Winkler
Weltliteratur
Blaue Reihe

EDUARD MÖRIKE

GELASSEN STIEG DIE NACHT ANS LAND

ERZÄHLUNGEN UND GEDICHTE

Herausgegeben und
mit einem Nachwort versehen
von Helmut Koopmann

Artemis & Winkler

Die Deutsche Bibliothek verzeichnet diese Publikation
in der Deutschen Nationalbibliographie;
detaillierte bibliographische Daten sind im Internet
unter http://dnb.ddb.de abrufbar.

3. Auflage 2004

Artemis & Winkler Verlag, Düsseldorf und Zürich

Umschlaggestaltung: Groothuis, Lohfert, Consorten (Hamburg)
Druck und Bindung: Friedrich Pustet, Regensburg
ISBN 3-538-06979-4
www.patmos.de

ERZÄHLUNGEN

LUCIE GELMEROTH

Novelle

Ich wollte – so erzählt ein deutscher Gelehrter in seinen noch ungedruckten Denkwürdigkeiten – als Göttinger Student auf einer Ferienreise auch meine Geburtsstadt einmal wieder besuchen, die ich seit lange nicht gesehen hatte. Mein verstorbener Vater war Arzt daselbst gewesen. Tausend Erinnerungen, und immer gedrängter, je näher ich der Stadt nun kam, belebten sich vor meiner Seele. Die Postkutsche rollte endlich durchs Tor, mein Herz schlug heftiger, und mit taumligem Blick sah ich Häuser, Plätze und Alleen an mir vorübergleiten. Wir fuhren um die Mittagszeit beim Gasthofe an, ich speiste an der öffentlichen Tafel, wo mich, so wie zu hoffen war, kein Mensch erkannte.

Über dem Essen kamen nur Dinge zur Sprache, die mir ganz gleichgültig waren, und ich teilte daher in der Stille die Stunden des übrigen Tags für mich ein. Ich wollte nach Tische die nötigsten Besuche schnell abtun, dann aber möglichst unbeschrien und einsam die alten Pfade der Kindheit beschleichen.

Die Gesellschaft war schon im Begriff auseinanderzugehen, als ihre Unterhaltung noch einige Augenblicke bei einer Stadtbegebenheit verweilte, die das Publikum sehr zu beschäftigen schien und alsbald auch meine Aufmerksamkeit im höchsten Grad erregte. Ich hörte einen mir aus alter Zeit gar wohlbekannten Namen nennen; allein es war von einer Missetäterin die Rede, von einem Mädchen, das eines furchtbaren Verbrechens geständig sein sollte; unmöglich konnte es eine und dieselbe Person mit derjenigen sein, die mir im Sinne lag. Und doch, es hieß ja immer: Lucie Gelmeroth, und wieder: Lucie Gelmeroth; es wurde zuletzt ein Umstand berührt, der mir keinen Zweifel mehr übrigließ; der Bissen stockte mir im Munde, ich saß wie gelähmt.

Dies Mädchen war die jüngere Tochter eines vordem sehr wohlhabenden Kaufmanns. Als Nachbarskinder spielten wir zusammen, und ihr liebliches Bild hat, in so vielen Jahren, niemals bei mir verwischt werden können. Das Geschäft ihres Vaters geriet, nachdem ich lange die Heimat verlassen, in tiefen Zerfall, bald starben beide Eltern. Vom Schicksal ihrer Hinterbliebenen hatte ich die ganze Zeit kaum mehr etwas gehört; ich hätte aber wohl, auch ohne auf eine so traurige Art, wie eben geschah, an die Familie erinnert zu werden, in keinem Fall versäumt sie aufzusuchen. Ich ward, was des Mädchens Vergehen betrifft, aus dem Gespräch der Herren nicht klug, die sich nun überdies entfernten; da ich jedoch den Prediger S., einen Bekannten meines väterlichen Hauses, als Beichtiger der Inquisitin hatte nennen hören, so sollte ein Besuch bei ihm mein erster Ausgang sein, das Nähere der Sache zu vernehmen.

Herr S. empfing mich mit herzlicher Freude, und sobald es nur schicklich war bracht ich mein Anliegen vor. Er zuckte die Achsel, seine freundliche Miene trübte sich plötzlich. »Das ist«, sagte er, »eine böse Geschichte, und noch bis jetzt für jedermann ein Rätsel. Soviel ich selber davon weiß, erzähl ich Ihnen gerne.«

Was er mir sofort sagte gebe ich hier, berichtigt und ergänzt durch anderweitige Eröffnungen, die mir erst in der Folge aus unmittelbarer Quelle geworden.

Die zwei verwaisten Töchter des alten Gelmeroth fanden ihr gemeinschaftliches Brot durch feine weibliche Handarbeit. Die jüngere, Lucie, hing an ihrer, nur um wenig ältern, Schwester Anna mit der zärtlichsten Liebe, und sie verlebten, in dem Hinterhause der vormaligen Wohnung ihrer Eltern, einen Tag wie den andern zufrieden und stille. Zu diesem Winkel des genügsamsten Glücks hatte Richard Lüneborg, ein junger subalterner Offizier von gutem Rufe, den Weg aufgefunden. Seine Neigung für Anna sprach sich aufs redlichste aus und verhieß eine sichere Versorgung. Seine regelmäßigen Besuche erheiterten das Leben der Mädchen, ohne daß es darum aus der gewohnten und beliebten Enge nur im mindesten herauszugehen brauchte. Offen vor jedermann lag das Verhältnis da, kein Mensch hatte mit Grund etwas dagegen einzuwenden. Das lustige Wesen Luciens stimmte neben der ruhigern Außenseite der gleichwohl innig liebenden Braut sehr gut mit Richards munterer Treuherzigkeit, und sie machten ein solches Kleeblatt zusammen, daß ein Fremder vielleicht hätte zweifeln mögen, welches von beiden Mädchen er denn eigentlich dem jungen Mann zuteilen solle.

Hatte beim traulichen Abendgespräch die ältere seine Hand in der ihrigen ruhen, so durfte Lucie von der andern Seite sich auf seine brüderliche Schulter lehnen; kein Spaziergang wurde einseitig gemacht, nichts ohne Luciens Rat von Richard gutgeheißen. Dies konnte, der Natur der Sache nach, in die Länge so harmlos nicht bleiben. Anna fing an, in ihrer Schwester eine Nebenbuhlerin zu fürchten, zwar zuverlässig ohne Ursache, doch dergestalt, daß es den andern nicht entging. Ein Wink reichte hin, um beider Betragen zur Zufriedenheit der Braut zu mäßigen, und alles war ohne ein Wort ausgeglichen.

Um diese Zeit traf den Lieutenant der unvermutete Befehl seiner Versetzung vom hiesigen Orte. Wie schwer sie auch allen aufs Herz fiel, so konnte man sich doch, insofern ein lange ersehntes Avancement, und hiemit die Möglichkeit einer Heirat, als die nächste Folge vorauszusehen war, so etwas immerhin gefallen lassen. Die Entfernung war beträchtlich, desto kürzer sollte die Trennung sein. Sie war's; doch schlug sie leider nicht zum Glück des Paares aus. – Daß Richard die erwartete Beförderung nicht erhielt, wäre das wenigste gewesen, allein er brachte sich selbst, er brachte das erste gute Herz – wenn er es je besaß – nicht mehr zurück. Es wird behauptet, Anna habe seit einiger Zeit abgenommen, aber nicht, daß irgend jemand sie weniger liebenswürdig gefunden hätte. Ihr Verlobter tat immer kostbarer mit seinen Besuchen, er zeigte sich gegen die Braut nicht selten rauh und schnöde, wozu er die Anlässe weit genug suchte. Die ganze Niedrigkeit seines Charakters bewies er endlich durch die Art, wie er die schwache Seite Annas, Neigung zur Eifersucht, benützte. Denn der Schwester, die ihn mit offenbarem Abscheu ansah, tat er nun schön auf alle Weise, als wollte er durch dies fühllose Spiel die andere an den Gedanken gewöhnen, daß er ihr weder treu sein wolle noch könne; er legte es recht darauf an, daß man ihn übersatt bekommen und je eher je lieber fortschicken möge. Die Mädchen machten ihm den Abschied leicht. Lucie schrieb ihm im Namen ihrer Schwester. Diese hatte zuletzt unsäglich gelitten. Nun war ein unhaltbares Band auf einmal losgetrennt von ihrem Herzen, sie fühlte sich erleichtert und schien heiter; allein sie glich dem Kranken, der nach einer gründlichen Kur seine Erschöpfung nicht merken lassen will und uns nur durch den freundlichen Schein der Genesung betrügt. Nicht ganz acht

Monate mehr, so war sie eine Leiche. Man denke sich Luciens Schmerz. Das Liebste auf der Welt, ihre nächste und einzige Stütze, ja alles ist ihr mit Anna gestorben. Was aber diesem Gram einen unversöhnlichen Stachel verlieh, das war der unmächtige Haß gegen den ungestraften Treulosen, war der Gedanke an das grausame Schicksal, welchem die Gute vor der Zeit hatte unterliegen müssen.

Vier Wochen waren so vergangen, als eines Tags die schreckliche Nachricht erscholl, man habe den Lieutenant Richard Lüneborg in einem einsam gelegenen Garten unweit der Stadt erstochen gefunden. Die meisten sahen die Tat sogleich als Folge eines Zweikampfs an, doch waren die Umstände zweifelhaft und man vermutete bald dies bald das. Ein Zufall führte die Gerichte gleich anfangs auf einen falschen Verdacht, von dem man nicht so bald zurücke kam. Vom wahren Täter hatte man in monatelanger Untersuchung auch noch die leiseste Spur nicht erhalten. Allein wie erschrak, wie erstaunte die Welt, als – *Lucie Gelmeroth,* das unbescholtenste Mädchen, sich plötzlich vor den Richter stellte, mit der freiwilligen Erklärung: *sie* habe den Lieutenant getötet, den Mörder ihrer armen Schwester, sie wolle gerne sterben, sie verlange keine Gnade! – Sie sprach mit einer Festigkeit, welche Bewunderung erregte, mit einer feierlichen Ruhe, die etlichen verdächtig vorkommen wollte und gegen des Mädchens eigne schauderhafte Aussage zu streiten schien; wie denn die Sache überhaupt fast ganz unglaublich war. Umsonst drang man bei ihr auf eine genaue Angabe der sämtlichen Umstände, sie blieb bei ihrem ersten einfachen Bekenntnisse. Mit hinreißender Wahrheit schilderte sie die Tugend Annas, ihre Leiden, ihren Tod, sie schilderte die Tücke des Verlobten, und keiner der Anwesenden erwehrte sich der tiefsten Rührung. »Nicht wahr?« rief sie, »von solchen Dingen weiß euer Gesetzbuch nichts? Mit Straßenräubern habt ihr, mit Mördern und Dieben allein es zu tun! Der Bettler, der für Hungersterben sich an dem Eigentum des reichen Nachbars vergreift – o freilich ja, der ist euch verfallen; doch wenn ein Bösewicht in seinem Übermut ein edles himmlisches Gemüt, nachdem er es durch jeden Schwur an sich gefesselt, am Ende hintergeht, mit kaltem Blut mißhandelt und schmachvoll in den Boden tritt, das geht euch wenig, geht euch gar nichts an. Wohl denn! wenn niemand deine Seufzer hörte, du meine arme arme Anne, so habe doch ich sie vernommen! an deinem Bett stand ich und nahm den letzten Hauch von der verwelkten Lippe, du kennst mein Herz, dir ist vielleicht schon offenbar, was ich vor Menschen auf ewig verschweige – du kannst, du wirst der Hand nicht fluchen, die sich verleiten ließ, deine beleidigte Seele durch Blut versöhnen zu wollen. Aber leben darf ich nicht bleiben, das fühl ich wohl, das ist sehr billig, und« – dabei wandte sie sich mit flehender Gebärde aufs neue an die Richter – »und ist Barmherzigkeit bei euch, so darf ich hoffen, man werde mein Urteil nicht lange verzögern, man werde mich um nichts weiter befragen.«

Der Inquirent wußte nicht, was er hier denken sollte. Es war der seltsamste Fall, der ihm je vorgekommen war. Doch blickte schon soviel aus allem hervor, daß das Mädchen, wenn sie auch selbst nicht ohne alle Schuld sein könne, doch den ungleich wichtigern Anteil von Mitschuldigen ängstlich unterdrücke. Übrigens hieß es bald unter dem Volk: sie habe mit dem Lieutenant öfters heimliche Zusammenkünfte am dritten Orte gepflogen, sie habe ihm Liebe und Wollust geheuchelt und ihn nach jenem Garten arglistig in den Tod gelockt.

Inzwischen sperrte man das sonderbare Mädchen ein und hoffte ihr auf diesem Weg in Bälde ein umfassendes Bekenntnis abzunötigen. Man irrte sehr; sie hüllte sich in hartnäckiges Schweigen, und weder List, noch Bitten, noch Drohung vermochten etwas. Da man bemerkte, wie ganz und einzig ihre Seele von dem Verlangen zu sterben erfüllt sei, so wollte man ihr hauptsächlich durch die wiederholte Vorstellung beikommen, daß sie auf diese Weise ihren Prozeß niemals beendigt sehen würde; allein man konnte sie dadurch zwar ängstigen und völlig außer sich bringen, doch ohne das geringste weiter von ihr zu erhalten.

Noch sagte mir Herr S., daß ein gewisser Hauptmann Ostenegg, ein Bekannter des Lieutenants, sich unmittelbar auf Luciens Einsetzung entfernt und durch verschiedenes verdächtig gemacht haben solle; es sei sogleich nach ihm gefahndet worden, und gestern habe man ihn eingebracht. Es müsse sich bald zeigen, ob dies zu irgend etwas führe.

Als ich am Ende unseres Gesprächs den Wunsch blicken ließ, die Gefangene selber zu sprechen, indem der Anblick eines alten

Freundes gewiß wohltätig auf sie wirken, wohl gar ein Geständnis beschleunigen könnte, schien zwar der Prediger an seinem Teile ganz geneigt, bezweifelte aber, ob er imstande sein werde, mir bei der weltlichen Behörde die Erlaubnis auszuwirken; ich sollte deshalb am folgenden Morgen zum Frühstück bei ihm vorsprechen und die Antwort einholen.

Den übrigen Abend zersplitterte ich wider Willen da und dort in Gesellschaft. Unruhig, wie ich war, und immer in Gedanken an die Unglückliche, welche zu sehn, zu beraten, zu trösten ich kaum erwarten konnte, sucht ich beizeiten die Stille meines Nachtquartiers, wo ich doch lange weder Schlaf noch Ruhe finden konnte. Ich überließ mich mancherlei Erinnerungen aus meiner und Luciens Kindheit, und es ist billig, daß der Leser, eh er die Auflösung der wunderbaren Geschichte erfährt, die Ungeduld dieser Nacht ein wenig mit mir teile, indem ich ihm eine von diesen kleinen Geschichten erzähle.

In meinem väterlichen Hause lebte man auf gutem und reichlichem Fuße. Wir Kinder genossen einer vielleicht nur allzu liberalen Erziehung, und es gab keine Freude, kein fröhliches Fest, woran wir nicht teilnehmen durften. Besonders lebhaft tauchte jetzt wieder eine glänzende Festivität vor mir auf, welche zu Ehren der Herzogin von *** veranstaltet wurde. Sie hatte eine Vorliebe für unsere Stadt, und da sie eine große Kinderfreundin war, so war in diesem Sinne ihr jährlicher kurzer Aufenthalt immer durch neue Wohltaten und Stiftungen gesegnet. Diesmal feierte sie ihr Geburtsfest in unsern Mauern. Ein Aufzug schön geputzter Knaben und Mädchen bewegte sich des Morgens nach dem Schlosse, wo die Huldigung durch Gesänge und eingelernte Glückwünsche nichts Außerordentliches darbot. Am Abend aber sollte durch eine Anzahl von Kindern, worunter Lucie und ich, vor Ihrer Königlichen Hoheit ein Schauspiel aufgeführt werden, und zwar auf einem kleinen natürlichen Theater, das zu den Hofgärten gehörig, in einer düsteren Allee, dem sogenannten Salon gelegen, nach allen seinen Teilen, Kulissen, Seitengemächern und dergleichen, aus grünem Buschwerk und Rasen bestand und, obschon sorgfältig unterhalten, seit Jahren nicht mehr gebraucht worden war. Wir hatten unter der Leitung eines erfahrenen Mannes verschiedene Proben gehalten, und endlich schien zu einer anständigen Aufführung nichts mehr zu fehlen.

Mein Vater hatte mir einen vollständigen türkischen Anzug machen lassen, meiner Rolle gemäß, welche überdies einen berittenen Mann verlangte, was durch die Gunst des königlichen Stallmeisters erreicht wurde, der eines der artigen, gutgeschulten Zwergpferdchen abgab. Da sämtliche Mitspielende zur festgesetzten Abendstunde schon in vollem Kostüm und nur etwa durch einen Überwurf gegen die Neugier und Zudringlichkeit der Gassenjugend geschützt, jedes einzeln von seinem Hause aus, nach dem Salon gebracht wurden, so war es meiner Eitelkeit doch nicht zuwider, daß, als der Knecht den mir bestimmten kleinen Rappen in der Dämmerung vorführte, ein Haufe junger Pflastertreter mich aufsitzen und unter meinem langen Mantel den schönen krummen Säbel, den blauen Atlas der Pumphosen, die gelben Stiefelchen und silbernen Sporen hervorschimmern sah. Bald aber hatte ich sie hinter mir, und wäre sehr gern auch den Reitknecht los gewesen, der seine Hand nicht von dem Zügel ließ, und unter allerlei Späßen und Sprüngen durch die Stadt mit mir trabte.

Der Himmel war etwas bedeckt, die Luft sehr still und lau. Als aber nun der fürstliche Duft der Orangerie auf mich zugeweht kam, und mir bereits die hundertfältigen Lichter aus den Kastanienschatten entgegenflimmerten, wie schwoll mir die Brust von bänglich stolzer Erwartung! Ich fand die grüne offene Szene, Orchester und Parterre aufs niedlichste beleuchtet, das junge Personal bereits beisammen; verwirrt und geblendet trat ich herzu. Indes die hohen Herrschaften noch in einem nahen Pavillon bei Tafel säumten, ließ auch die kleine Truppe sich es hier an seitwärts in der Garderobe angebrachten, lecker besetzten Tischen herrlich schmecken, sofern nicht etwa diesem oder jenem eine selige Ungeduld den Appetit benahm. Die Lustigsten unter den Mädchen vertrieben sich die Zeit mit Tanzen auf dem glattgemähten, saubern Grasschauplatz. Lucie kam mir mit glänzenden Augen entgegen und rief: »Ist's einem hier nicht wie im Traum? Ich wollte, das Stück ginge heut gar nicht los, und wir dürften nur immer passen und spaßen; mir wird kurios zumut, sobald mir einfällt, daß es Ernst werden soll.« Wir hörten einander noch einige Hauptpartien unserer Rollen ab. Sie kam nämlich als Christensklavin mit meiner sultanischen Großmut in vielfache Berührung und sollte zuletzt, durch ihre Tugend, ihren hohen Glauben, welcher selbst dem Helden Teilnahme und Bewunderung abzwang, der rettende Schutzengel einer braven Familie werden.

Wir waren mitten im Probieren, da erschien ein Lakai: die Gesellschaft habe sich fertig zu halten, man werde sogleich kommen. Geschwind sprang alles hinter die Kulissen, die lachenden Gesichter verwandelten sich, die Musik fing an, und das vornehme Auditorium nahm seine Plätze. Mit dem letzten Posaunenton trat, ohne daß erst ein Vorhang aufzuziehen war, jene Sklavin heraus. Die zarten Arme mit Ketten belastet, erhob sie ihre rührende Klage. Auftritt um Auftritt folgte sofort ohne Anstoß rasch aufeinander, bis gegen das Ende des ersten Akts. Ich glaubte schon ein lobreiches Flüstern sich durch die Reihen verbreiten zu hören; doch leider galten diese Rumore ganz etwas andrem. Ein regnerischer Wind hat sich erhoben, der in wenigen Minuten so stark wurde, daß die Lampen gleich zu Dutzenden verloschen und die Zuschauer laut redend und lachend aufbrachen, um eilig unter Dach zu kommen, bevor die Tropfen dichter fielen. Ein grauer Emir im Schauspiel deklamierte, ganz blind vor Eifer, noch eine Weile in den Sturm hinein, indes wir andern, wie vor die Köpfe geschlagen, bald da-, bald dorthin rannten. Einige lachten, andere weinten, unzählige Stimmen mit Rufen und Fragen durcheinander verhallten unverstanden im heftigsten Wind. Ein Hofbedienter kam herbeigesprungen und lud uns hinüber in den festlich erleuchteten Saal. Weil aber diese angenehme Botschaft nicht alsbald überall vernommen wurde und gleichzeitig verschiedene erwachsene Personen uns immer zuschrien: »Nach Hause, Kinder! macht daß ihr fortkommt!« – so legt ich schon die Hand an meinen kleinen Rappen, und nur ein Blick auf Lucien, die nah bei mir in einer Ecke ein flackerndes Lämpchen mit vorgeschützten Händen hielt, machte mich zaudern. »Frisch! aufgesessen Junker!« rief ein riesenhafter, schwarzbärtiger Gardist, warf mich mutwillig in den Sattel, faßte dann Lucien, trotz ihres Sträubens und Schreiens, und schwang sie hinter mich. Das Mädchen saß kaum oben, mit beiden Armen mich umklammernd, so rannte das Tier, der doppelten Last ungewohnt, mit Blitzesschnelligkeit davon, dem nächsten offenen Baumgang zu, und so die Kreuz und Quer wie ein Pfeil durch die feuchte Nacht der mannigfaltigen Alleen. An ein Aufhalten, an ein Umkehren war gar nicht zu denken. Zum Glück blieb ich im Bügel fest und wankte nicht, nur daß mir Luciens Umarmung fast die Brust eindrückte. Von Natur mutig und resolut, ergab sie sich bald in ihre verzweifelte Lage, ja mitten im Jammer kam ihr die Sache komisch vor, wenn anders nicht ihr lautes Lachen krampfhaft war.

Der Regen hatte nachgelassen, es wurde etwas heller; aber das Tote, Geisterhafte dieser Einsamkeit in einem Labyrinth von ungeheuren, regelmäßig schnell aufeinanderfolgenden Bäumen, der Gedanke, daß man, dem tollen Mute dieser Bestie unwiderstehlich preisgegeben, mit jedem Augenblicke weiter von Stadt und Menschen fortgerissen werde, war schrecklich über alle Vorstellung!

Auf einmal zeigte sich von fern ein Licht – es war, wie ich richtig mutmaßte, in der Hofmeisterei – wir kamen ihm näher und riefen um Hülfe, was nur aus unsern Kehlen wollte – da prallte das Pferd vor der weißen Gestalt eines kleinen Obelisken zurück und schlug einen Seitenweg ein, wo es aber sehr bald bei einer Planke ohnmächtig auf die Vorderfüße niederstürzte und zugleich uns beide nicht unglücklich abwarf.

Nun zwar für unsere Person gerettet, befanden wir uns schon in einer neuen großen Not. Das Pferd lag wie am Tode keuchend, und war mit allen guten Worten nicht zum Aufstehn zu bewegen; es schien an dem, daß es vor unsern Augen hier verenden würde. Ich gebärdete mich wie unsinnig darüber; meine Freundin jedoch, gescheiter als ich, verwies mir ein so kindisches Betragen, ergriff den Zaum, schlang ihn um die Planke und zog mich mit sich fort, jenem tröstlichen Lichtschein entgegen, um jemand herzuholen. Bald hatten wir die Meierei erreicht. Die Leute, soeben beim Essen versammelt, schauten natürlich groß auf, als das Pärchen in seiner fremdartigen Tracht außer Atem zur Stube hereintrat. Wir trugen unser Unglück vor, und derweil nun der Mann sich gemächlich anzog, standen wir Weibern und Kindern zur Schau, die uns durch übermäßiges Lamentieren über den Zustand unserer kostbaren Kleidung das Herz nur immer schwerer machten. Jetzt endlich wurde die Laterne angezündet, ein Knecht trug sie, und so ging man zu vieren nach dem unglücklichen Platz, wo wir das arme Tier noch in derselben Stellung fanden. Doch auf den ersten Ruck und Streich von einer

Männerhand sprang es behend auf seine Füße, und der Meier in seinem mürrischen Ton versicherte sofort, der dummen Kröte fehle auch kein Haar. Ich hätte in der Freude meines Herzens gleich vor dem Menschen auf die Kniee fallen mögen: statt dessen fiel mir Lucie um den Hals, mehr ausgelassen als gerührt und zärtlich allerdings, doch wohler hatte mir im Leben nichts Ähnliches getan.

Nach einer Viertelstunde kamen wir, unter Begleitung des Mannes, nach Hause. Die Eltern, welche beiderseits in der tödlichsten Angst nach uns ausgeschickt hatten, dankten nur Gott, daß wir mit unzerbrochenen Gliedern davongekommen waren.

Am andern Tag verließ die Herzogin die Stadt. Wir spielten bald nachher in meinem Hause unser Stück vor Freunden und Bekannten zu allseitiger Zufriedenheit. Aber auch an diese zweite Aufführung hing sich ein bedenklicher Zufall. Beim Aufräumen meiner Garderobe nämlich vermißte meine Mutter eine schöne Agraffe, die sie mir an den Turban befestigt hatte. Es schien, der Schmuck sei absichtlich herabgetrennt worden. Vergeblich war alles Nachforschen und Suchen; zuletzt wollte eine Gespielin den Raub bei Luciens kleinem Kram gesehen haben. Ich weiß nicht mehr genau, wie meine Mutter sich davon zu überzeugen suchte, nur kann ich mich erinnern, sehr wohl bemerkt zu haben, daß sie in einer ängstlichen Beratung mit einer Hausfreundin, wovon mir im Vorübergehen etwas zu Ohren kam, den Fehltritt des Kindes als ausgemacht annahm. Ich selbst war von dem Falle höchst sonderbar ergriffen. Ich vermied meine Freundin und begrüßte sie kaum, als sie in diesen Tagen wie gewöhnlich zu meiner Schwester kam. Merkwürdig, obwohl in Absicht auf das undurchdringliche Gewebe verkehrter Leidenschaft und feiner Sinnlichkeit, wie sie bereits in Kinderherzen wirkt, zu meiner Beschämung merkwürdig, ist mir noch heute der reizende Widerstreit, welchen der Anblick der schönen Diebin in meinem Innern rege machte. Denn wie ich mich zwar vor ihr scheute und nicht mit ihr zu reden, viel weniger sie zu berühren wagte, so war ich gleichwohl mehr als jemals von ihr angezogen, sie war mir durch den neuen, unheimlichen Charakterzug interessanter geworden, und wenn ich sie so von der Seite verstohlen ansah, kam sie mir unglaublich schön und zauberhaft vor.

Die Sache klärte sich aber zum Glück auf eine unerwartete Art noch zeitig genug von selbst auf, wovon ich nur sage, daß Luciens Unschuld vollkommen gerechtfertigt wurde. Bestürzt, beschämt durch diese plötzliche Enttäuschung sah ich den unnatürlichen Firnis, den meine Einbildung so verführerisch über die scheinbare Sünderin zog, doch keineswegs ungern verschwinden, indem sich eine lieblichere Glorie um sie zu verbreiten anfing.

Diese und ähnliche Szenen rief ich mir in jener unruhigen Nacht zurück und hatte mehr als *eine* bedeutsam vergleichende Betrachtung dabei anzustellen.

Am Morgen eilte ich bei Zeit zum Geistlichen, der mir mit der Nachricht entgegenkam, daß mein Besuch bei der Gefangenen keinen Anstand habe; er war nur über die Unbedenklichkeit verwundert, womit man die Bitte gewährte. – Wir säumten nicht, uns auf den Weg zu machen.

Mit Beklommenheit sah ich den Wärter die Türe zu Luciens einsamer Zelle aufschließen. Wir fanden sie vor einem Buche sitzen. Ich hätte sie freilich nicht wiedererkannt, sowenig als sie mich. Sie sah sehr blaß und leidend aus; ihre angenehmen Züge belebten sich mit einem flüchtigen Rot in sichtbar freudiger Überraschung, als ich ihr vorgestellt wurde. Allein sie sprach wenig, sehr behutsam und nur im allgemeinen über ihre Lage, indem sie davon Anlaß nahm auf ihre christliche Lektüre überzugehen, von welcher sie viel Gutes rühmte.

Der Prediger fühlte eine Spannung, und entfernte sich bald. Wirklich wurde nun Lucie nach und nach freier, ich selber wurde wärmer, ihr Herz fing an, sich mir entgegenzuneigen. In einer Pause des Gesprächs, nachdem sie kurz zuvor dem eigentlichen Fragepunkt sehr nah gekommen war, sah sie mir freundlich, gleichsam lauschend, in die Augen, ergriff meine Hand und sagte: »Ich brauche den Rat eines Freundes; Gott hat Sie mir gesandt, Sie sollen alles wissen! Was Sie dann sagen oder tun, will ich für gut annehmen.«

Wir setzten uns, und mit bewegter Stimme erzählte sie, was ich dem Leser hiermit nur im kürzesten Umriß und ohne eine Spur der schönen lebendigen Fülle ihrer eigenen Darstellung mitteilen kann.

Noch war Anna erst einige Wochen begraben, so erhielt Lucie

eines Abends in der Dämmerung den unerwarteten Besuch eines früheren Jugendfreundes, Paul Wilkens, eines jungen Kaufmanns. Lange vor Richard hatte derselbe für die ältere Schwester eine stille Verehrung gehegt, doch niemals Leidenschaft, nie eine Absicht blicken lassen. Er hätte aber auch als offener Bewerber kaum seinen Zweck erreicht, da er bei aller Musterhaftigkeit seiner Person und Sitten, durch eine gewisse stolze Trockenheit sich wider Willen gerade bei denen am meisten schadete, an deren Gunst ihm vor andern gelegen sein mußte. Die Krankheit und den Tod Annas erfuhr er nur zufällig bei seiner Rückkehr von einer längeren Reise. Es war ein trauriges Wiedersehn in Luciens verödetem Stübchen. Der sonst so verschlossene, wortkarge Mensch zerfloß in Tränen neben ihr. Sie erneuerten ihre Freundschaft, und mir ist nicht ganz unwahrscheinlich, obwohl es Lucie bestritt, daß Paul die Neigung zu der Toten im stillen schon auf die Lebende kehrte. Beim Abschiede nun, im Übermaß der Schmerzen, entschlüpften ihr, sie weiß nicht wie, die lebhaften Worte: »Räche die Schwester, wenn du ein Mann bist!« Sie dachte, wie ich gerne glauben mag, dabei an nichts Bestimmtes. Als aber sechs Tage darauf die Schreckenspost von ungefähr auch ihr zukam, war jenes Wort freilich ihr erster Gedanke. Ein Tag und eine Nacht verging ihr in furchtbarer Ungewißheit, unter den bängsten Ahnungen. Paul hatte sich seit jenem Abende nicht wieder bei ihr sehen lassen, er hatte ihr noch unter der Türe empfohlen, gegen niemand von seinem Besuche zu sprechen. Bei seiner eigenen Art und Weise fiel ihr dies nicht sogleich auf; jetzt mußte sie notwendig das Ärgste daraus schließen. Indes fand er Mittel und Wege, um heimliche Kunde von sich zu geben. Sein Billett ließ deutlich genug für Lucien erraten, daß der Lieutenant durch ihn, aber im ehrlichen Zweikampf gefallen. Sie möge sich beruhigen, und außer Gott, der mit der gerechten Sache gewesen, niemanden zum Vertrauten darin machen. Er werde unverzüglich verreisen und es stehe dahin, ob er je wiederkehre; sie werde im glücklichen Fall von ihm hören. – Es lag eine Summe in Gold beigeschlossen, die anzunehmen er auf eine zarte Weise bat.

Das Mädchen war in Verzweiflung. Sie sah sich einer Handlung teilhaftig, welche in ihren Augen um so mehr die Gestalt eines schweren Verbrechens annahm, je ängstlicher sie das

Geheimnis bei sich verschließen mußte, je größer die Emsigkeit der Gerichte, der Aufruhr im Publikum war. Die Vorstellung, daß sie den ersten, entscheidenden Impuls zur Tat gegeben, wurde bald so mächtig in ihr, daß sie sich selbst als Mörderin im eigentlichen Sinn betrachtete. Dazu kam die Sorge um Paul, er könne verraten und gefangen werden, um seine Treue lebenslang im Kerker zu bereuen. Ihre lebhafte Einbildungskraft, mit dem Gewissen verschworen, bestürmte nun die arme Seele Tag und Nacht. Sie sah fast keinen Menschen, sie zitterte, sooft jemand der Türe nahe kam. Und zwischen allen diesen Ängsten schlug alsdann der Schmerz um die verlorene Schwester auf ein neues mit verstärkter Heftigkeit hervor. Ihre Sehnsucht nach der Toten, durch die Einsamkeit gesteigert, ging bis zur Schwärmerei. Sie glaubte sich in eine Art von fühlbarem Verkehr durch stundenlange nächtliche Gespräche mit ihr zu setzen, ja mehr als einmal streifte sie vorübergehend schon an der Versuchung hin, die Scheidewand gewaltsam aufzuheben, ihrem unnützen, qualvollen Leben ein Ende zu machen.

An einem trüben Regentag, nachdem sie kurz vorher auf Annas Grabe nach Herzenslust sich ausgeweint, kam ihr mit eins, und wie durch eine höhere Eingebung, der ungeheure Gedanke: sie wolle, *müsse* sterben, die Gerechtigkeit selbst sollte ihr die Hand dazu leihen.

Es sei ihr da, bekannte sie mir, die Sünde des Selbstmords so eindrücklich und stark im Geiste vorgehalten worden, daß sie den größten Abscheu davor empfunden habe. Dann aber sei es wie ein Licht in ihrer Seele aufgegangen, als ihr dieselbe Stimme zugeflüstert habe: Gott wolle sie selbst ihres Lebens in Frieden entlassen, wofern sie es zur Sühnung der Blutschuld opfern würde.

In dieser seltsamen Suggestion lag, wie man sehr leicht sieht, ein großer Selbstbetrug versteckt. Sie wurde nicht einmal gewahr, daß der glühende Wunsch und die Aussicht, zu sterben, bei ihr die Idee jener Buße, oder doch die volle Empfindung davon, die eigentliche Reue, beinahe verschlang und aufhob.

Nach ihren weiblichen Begriffen konnte übrigens von seiten der Gerichte, nachdem sie sich einmal als schuldig angegeben hätte, ihrer Absicht weiter nichts entgegenstehn, und da sie, völlig unbekannt mit den Gesetzen des Duells, weder an Zeugen noch Mitwisser dachte, so fürchtete sie auch von dorther keinen Einspruch. Genug, sie tat den abenteuerlichen Schritt sofort mit aller Zuversicht, und länger als man denken sollte erhielt sich das Gefühl des Mädchens in dieser phantastischen Höhe.

Aus ihrer ganzen Darstellung mir gegenüber ging jedoch hervor, daß sie inzwischen selbst schon angefangen hatte, das Unhaltbare und Verkehrte ihrer Handlung einzusehen. Und so konnte denn jetzt zwischen uns kaum die Frage mehr sein, was man nun zu tun habe? Nichts anderes, erklärte ich, als ungesäumt die ganze, reine Wahrheit sagen! – Einen Augenblick fühlte sich Lucie sichtlich bei diesem Gedanken erleichtert. Dann aber stand sie plötzlich wieder zweifelhaft, ihre Lippen zitterten und jede Miene verriet den heftigen Kampf ihres Innern. Sie wurde ungeduldig, bitter, bei allem was ich sagen mochte. »Ach Gott!« rief sie zuletzt, »wohin bin ich geraten! wer hilft aus diesem schrecklichen Gedränge! Mein teurer und einziger Freund, haben Sie Nachsicht mit einer Törin, die sich so tief in ihrem eigenen Netz verstrickte, daß sie nun nicht mehr weiß was sie will oder soll – Sie dürfen mein Geheimnis nicht bewahren, das seh ich ein und konnte es denken bevor ich zu reden anfing – War's etwa besser, ich hätte geschwiegen? Nein, nein! Gott selber hat Sie mir geschickt und mir den Mund geöffnet – nur bitt ich, beschwör ich Sie mit Tränen: nicht zu rasch! Machen Sie heute und morgen noch keinen Gebrauch von dem was Sie hörten! Ich muß mich bedenken, ich muß mich erst fassen – die Schande, die Schmach! wie werd ich's überleben –«

Sie hatte noch nicht ausgeredet, als wir durch ein Geräusch erschreckt und unterbrochen wurden; es kam gegen die Türe. »Man wird mir ein Verhör ankündigen« – rief Lucie und faßte angstvoll meine Hände: »um Gottes willen, schnell! wie verhalte ich mich? wozu sind Sie entschlossen?« »Bekennen Sie!« versetzt ich mit Bestimmtheit und nahm mich zusammen. Drei Herren traten ein. Ein Wink des Oberbeamten hieß mich abtreten; ich sah nur noch, wie Lucie seitwärts schwankte, ich sah den unaussprechlichen Blick, den sie mir auf die Schwelle nachsandte.

Auf der Straße bemerkte ich, daß mir von fern eine Wache nachfolgte; unbekümmert ging ich nach meinem Quartier und in die allgemeine Wirtsstube, wo ich mich unter dem Lärm der Gäste auf den entferntesten Stuhl in eine Ecke warf.

Indem ich mir nun mit halber Besinnung die ganze Situation samt allen schlimmen Möglichkeiten, und wie ich mich in jedem Falle zu benehmen hätte, so gut es ging, vorhielt, trat eilig ein junger Mann zu mir und sagte: »Ich bin der Neffe des Predigers S., der mich zu Ihnen sendet. Er hat vor einer Stunde von guter Hand erfahren, daß das Gericht in Sachen Luciens Gelmeroth seit gestern schon auf sicherem Grunde sei, auch daß sich alles noch gar sehr zugunsten des Mädchens entwickeln dürfte. Wir haben überdies Ursache zu vermuten, es seien während Ihrer Unterredung mit dem Fräulein die Wände nicht ganz ohne Ohren gewesen; auf alle Fälle wird man Sie vernehmen; die Herren, merk ich, lieben die Vorsicht, wie uns die beiden Lümmel beweisen, die man in Absehn auf Ihre suspekte Person da draußen promenieren läßt. Glück zu, mein Herr! der letzte Akt der Tragikomödie lichtet sich schon, und Luciens Freunde werden sich demnächst vergnügt die Hände schütteln können.«

So kam es denn auch. Es fand sich in der Tat, daß durch das Geständnis des Hauptmanns, der sich, durch mehrere Indizien überführt, mit noch einem andern als Beistand des Duells bekannte, die Sache schon erhoben war, noch eh man Luciens und meine Bestätigung einzuholen kam. Das Mädchen hatte, unmittelbar auf jene Unterredung mit mir, unweigerlich alles gestanden. In kurzem war sie losgesprochen.

Jetzt aber forderte der Zustand ihres Innern die liebevollste, zärteste Behandlung. Sie glaubte sich entehrt, vernichtet in den Augen der Welt, als Abenteurerin verlacht, als Wahnsinnige bemitleidet. Fühllos und resigniert tat sie den unfreiwilligen Schritt ins menschliche Leben zurück. Die Zukunft lag wie eine unendliche Wüste vor ihr, sie selbst erschien sich nur eine leere verächtliche Lüge; sie wußte nichts mehr mit sich anzufangen.

Nun bot zwar für die nächste Zeit der gute Prediger und dessen menschenfreundliche Gattin eine wünschenswerte Unterkunft an. Allein wie sollte ein so tief zerrissenes Gemüt da, wo es überall an seinen Verlust, an seine Verirrung gemahnt werden mußte, je zu sich selber kommen? Man mußte darauf denken, ein stilles Asyl in einer entfernteren Gegend ausfindig zu machen. Meine Versuche blieben nicht fruchtlos. Ein würdiger Dorfpfarrer, mein nächster Anverwandter, der in einem der freundlichsten Täler des Landes mit seiner liebenswürdigen Familie ein echtes Patriarchenleben führte, erlaubte mir, die arme Schutzbefohlene ihm zu bringen. Ich durfte dort im Kreise feingesinnter, natürlich heiterer Menschen neben ihr noch mehrere Wochen verweilen, die mir auf ewig unvergeßlich bleiben werden.

Und soll ich nun zum Ende kommen, so wird nach alle dem bisher Erzählten wohl niemand das Geständnis überraschen, daß Mitleid oder Pietät es nicht allein gewesen, was mir das Schicksal des Mädchens so nahegelegt. Ich liebte Lucien, und konnte mich fortan getrost dem stillen Glauben überlassen, daß unser beiderseitiges Geschick für immer unzertrennlich sei. Mit welchen Gefühlen sah ich die Gegenwart oft im Spiegel der Vergangenheit! Wie ahnungsvoll war alles! Mein Kommen nach der Vaterstadt just im bedenklichsten Moment, wie bedeutend!

Noch aber fand ich es nicht an der Zeit, mich meiner Freundin zu erklären. Wir schieden wie Geschwister voneinander, sie ohne die geringste Ahnung meiner Absicht. Durch Briefe blieben wir in ununterbrochener Verbindung, und Lucie machte sich's zur Pflicht, in einer Art von Tagebuch mir von allem und jedem, was sie betraf, getreue Rechenschaft zu geben. Aus diesen Blättern ward mir denn bald klar, daß für das innere sittliche Leben des Mädchens, infolge jener tief eingreifenden Erfahrung und durch die milde Einwirkung des Mannes, welcher sie in seine Pflege nahm, eine Epoche angebrochen war, von deren segensreicher, lieblicher Entwicklung viel zu sagen wäre.

Die Welt verfehlte nicht, mir ein hämisches Mitleid zu zollen, als ich nach kaum zwei Jahren Lucie Gelmeroth als meine Braut heimführte; und doch verdanke ich Gott in ihr das höchste Glück, das einem Menschen irgend durch einen andern werden kann.

Hier bricht die Handschrift des Erzählers ab. Wir haben vergeblich unter seinen Papieren gesucht, vom Schicksal jenes flüchtigen Kaufmanns noch etwas zu erfahren. Auch mit Erkundigungen anderwärts sind wir nicht glücklicher gewesen.

DER SCHATZ

Novelle

Im ersten Gasthofe des Bades zu K* verweilte eines Abends eine kleine Gesellschaft von Damen und Herrn im großen Speisesaale, der nur noch sparsam erleuchtet war. Der Hofrat Arbogast, ein munterer, kurzweiliger, obgleich etwas eigener Mann von imposanter Gestalt, schon in den Fünfzigen, schickte sich an, eine Geschichte zu erzählen.

Er war, durch rätselhafte Umstände begünstigt, vom Goldschmied aus sehr schnelle zur Bedienung des damals sogenannten königlichen Schatzmeisteramtes in Achfurth gelangt, und eine Zeitlang gingen im höhern Publikum seltsame Sagen darüber, indem man nicht umhin konnte, die Sache mit einer, auf keinen Fall ganz grundlosen Gespenstergeschichte, welche den Hof zunächst anging, in Verbindung zu bringen.

Nun wurde man auch gegenwärtig wieder durch eine lustige Wendung, die das Gespräch genommen hatte, von selbst auf diesen Gegenstand geführt, und da man dem Hofrat mit allerlei Späßen und Anspielungen stets näher auf den Leib rückte, versprach er der Gesellschaft auf die Gefahr hin Genüge zu tun, daß man Unglaubliches zu hören bekommen und sich am Ende ganz gewiß bitter beklagen würde, als wenn er sie mit einem bloßen Kindermärchen hätte abspeisen wollen. »Es ist einerseits schade«, fügte er bei, »daß meine Frau sich heute so früh zurückgezogen hat. Da das, was Sie vernehmen sollen, ein Stück aus ihrem, wie aus meinem Leben ist, so könnten wir uns beide füglich in die Erzählung teilen, Sie hätten jedenfalls sogleich die sicherste Kontrolle für meine Darstellung an ihr. Auf der andern Seite gewinnt aber diese vielleicht an Unbefangenheit und historischer Treue –« »Nur zu! nur angefangen!« riefen einige Damen: »Wir sind nicht allzu skrupulös, und die Kritik, wer Lust zu zweifeln hat, steht nachher jedem frei.«

Wohlan! In Egloffsbronn, einer der ältesten Städte des Königreichs, lebte mein Vater, ein wackerer Goldschmied. Ich, als der einzige Sohn, sollte dieselbe Kunst dereinst bei ihm erlernen, allein er starb frühzeitig, und für das größte Glück war es daher zu halten, daß mich Herr Vetter Christoph Orlt, der erste Goldarbeiter in der Hauptstadt, umsonst in die Lehre aufnahm. Ich hatte große Lust an dem Geschäft und war so fleißig, daß ich nach fünf Jahren als zweiter Gesell in der Werkstatt saß.

Mein gutes Mütterlein war indes auch gestorben. Wie gern gedacht ich ihrer, wenn ich in Feierstunden oft an meinem Eckfenster allein zu Hause blieb, mit welcher Ehrfurcht zog ich dann zuweilen ein gewisses Angebinde hervor, welches ich einst aus ihrer Hand empfing! Es war am Tag der Konfirmation. Ich hatte nach der Abendkirche mit den andern Knaben und Mädchen einen Spaziergang gemacht – wie das so Sitte bei uns ist, daß die festliche Schar mit großen Blumensträußen an der Brust zusammen vor das Tor spaziert – und war nun eben wieder heimgekommen, da holte meine Mutter aus dem Schrank ganz hinten ein kleines wohlversiegeltes Paket hervor, worauf geschrieben stand: »Franz Arbogast am Tage seiner Einsegnung treulich zu übergeben.« Die Mutter versicherte mir, sie wisse nicht, woher es eigentlich komme, ich sei noch ein kleiner Bube gewesen, als sie es eines Morgens auf dem Herd in der Küche gefunden. Mir klopfte das Herz vor Erwartung; ich durfte den Umschlag mit eigenen Händen erbrechen, und was kam heraus? Ein Büchlein, schwarz in Korduan gebunden, mit grünem Schnitt, die Blätter schneeweiß Pergament, mit allerlei Sprüchen und Verslein, von einer kleinen, gar niedlichen Hand fast wie gedruckt beschrieben. Der Titel aber hieß:

Schatzkästlein,
zu Nutz und Frommen
eines
Jünglingen,
so als ein Osterkind geboren ward,
in 100 Reguln allgemeiner Lehr,
nebst einer Zugab
für sondere Fäll in Handel und Wandel;
wahrhaftig abgefasset
von
Dorothea Sophia von R.

Ich meinerseits war freilich insgeheim in meiner Hoffnung ein wenig getäuscht; die Mutter aber legte vor freudiger Verwunderung ihre Hände zusammen. »Ach Gott!« rief sie aus, »es ist die Wahrheit, ja, am Ostersonntag mittags zwölf Uhr hast du zum erstenmal das Licht der Welt erblickt!« Sie pries und segnete mich. »Mein Sohn«, sagte sie, »du wirst im Leben viel Glück haben, wenn du dich christlich hältst und auf die Weisungen in diesem Büchlein merkst.« Sie unterließ auch nicht, mir meine Pflichten wiederholt ans Herz zu legen, als sie mir bald darauf mein Wanderbündel schnürte, darin das wunderliche Schatzkästlein den besten Platz erhielt.

Ich könnte gerade nicht sagen, daß ich die nächsten Jahre einen absonderlichen Segen von diesem seltenen Besitztum spürte, obwohl ich gar bald die sämtlichen Sprüche von vorn und von hinten auswendig wußte; ja zu einer gewissen kritischen Zeit, wo ich gerade angefangen hatte, Wirtshaus, Tanzboden, Kugelbahn öfter als billig zu besuchen, da waren es, wie mir deuchte, nicht sowohl die hundert Reguln, als vielmehr die Erinnerung an meine gute Mutter, die Vorstellungen meines ehrlichen Meisters, was mich bald wieder ins Geleise brachte. Hier sei es übrigens gelegentlich bemerkt, daß mir von allen Arten der Versuchung just die am wenigsten gefährlich war, die sonst in jenen Jahren die allergewöhnlichste ist, die Neigung zu dem weiblichen Geschlechte. Es hatten deshalb meine Kameraden das ewige Gespött mit mir, ich hieß ein kalter Michel hin und her, und weil ich doch zuletzt um keinen Preis der Tropf sein wollte, der nicht wie jeder andere brave Kerl sein Mädchen hätte, nahm ich etlichemal einen tüchtigen Anlauf, kam bei ein Stück drei oder vieren herum, darunter ein Paar Goldfasanen, die redlich ihren Narren an mir fraßen; allein es tat nicht gut; nach vierzehn Tagen wollte ich schon Gift und Galle speien, vor lauter Langerweile und heimlichem Verdruß. Kurzum, auf diesen Punkt schien wohl mein Schatzkästlein recht zu behalten – »Dein erstes Lieb, dein letztes Lieb.« Ich konnte dieses Wort lediglich nur auf eine Kinderliebschaft mit einem guten armen Geschöpfe beziehen, das ich als das Opfer eines frühzeitigen Todes von Herzen beweinte.

Mein Vetter schenkte mir sofort ein immer größeres Vertrauen. Er schickte mich manchmal auf kleine Geschäftsreisen aus, er fing nichts Neues von Bedeutung an, eh er mit mir es erst besprochen hatte, und als er den Befehl erhielt, auf die Vermählung Seiner Majestät des Königs mit einer Prinzessin von Astern den Krönungsschmuck für die durchlauchtige Prinzessin Braut zu fertigen, so konnte er mir wohl keine größere Ehre erzeigen, als daß er das Hauptstück des wichtigen Auftrags, nämlich eine Krone von durchaus massiver, doch zierlicher Arbeit, wie sie sich in die Haare einer schönen, blutjungen Königin geziemt, mir größtenteils allein zu überlassen dachte. Die Zeichnung war gemacht und höchsten Orts gebilligt. Bevor man aber an das Werk selbst ging, war noch verschiedenes zu tun. Besonders fehlte es noch an einigen Steinen, die man im Lande nicht nach Wunsch erhalten konnte, daher mein Vetter sich nach reifer Überlegung zuletzt dahin entschied, ich sollte selbst nach Frankfurt gehn, die Steine auszuwählen. Es handelte sich nur darum, auf welche Art ich am sichersten reise, denn leider waren die Posten damals noch nicht so vortrefflich als jetzt eingerichtet; indessen fand sich doch Gelegenheit, die ersten Stationen mit ein paar Kaufleuten zu fahren. Der Vetter zählte mir vierhundert blanke Goldstücke vor; wir packten sie sorgfältig in mein Felleisen, und ich reiste ab.

Den zweiten Tag, in Gramsen, wo das Gefährt einen andern Weg nahm und mich daher absetzte, fiel Regenwetter ein, ich mußte mich bis zu Mittag gedulden, da ich es mir denn gern gefallen ließ, daß mir der Gramsener Bote ein Plätzchen ganz hinten in seinem Wagen gab, den eine Bläue gegen Wind und Wetter schützte. Ein junger Mann, ein Jude, wie mir schien, war meine einzige Gesellschaft. Wir waren gar bequem zwischen Wollsäcken gelagert, nur ging die Fahrt etwas langsam. Es wurde Nacht bis man Schwinddorf erreichte, wo der Jude sich absetzen ließ, indes wir noch drei gute Stunden bis zu dem Städtchen Rösheim vor uns hatten. Als ich nun so allein in meiner dunkeln Ecke lag und an verschiedenem herumdachte, war mir, als hätt ich längst einmal gehört, daß diese Gegend nicht im besten Rufe stehe; besonders schwebte mir die sonderbare Geschichte eines Galanteriehändlers vor, welchem sein Kasten, während des Marschierens, auf ganz unbegreiflich listige Art, Schubfach für Schubfach, soll ausgeleert worden sein. Mein Fuhrmann wollte zwar so eigentlich nichts von dergleichen wissen, doch konnte ich mich nicht enthalten, von Zeit zu Zeit durch die Tuchspalte hinten mit *einem* Aug hinauszuschauen. Der Himmel hatte sich wieder geklärt, man konnte jeden Baum und jeden Pfahl erkennen, man hörte auch nichts als das Klirren und Ächzen des Wagens, inzwischen ließ ich doch die Hand nicht von meinem Gepäck und tröstete mich mit des Fuhrmanns großem Hund; nur kam es mir ein paarmal vor, als wenn die Bestie sonderbar winsle, das ich aber zuletzt mitleidig dem puren Hunger zuschrieb.

»Jetzt noch ein Viertelstündchen, Herr, so hat sich's!« rief mir der alte Bursche zu und ließ zum erstenmal die Peitsche wieder herzhaft knallen. »Die Wahrheit zu gestehn«, fügte er bei, »sonst ist es auch gerade nicht mein Sach, so spät wegfahren: ein Fuhrmann aber, wißt Ihr wohl, hat es halt nicht immer am Schnürlein. Nu –

's Löwenwirts Roter
ist allzeit hell auf!«

Es schlug halb zwölfe, als man vor das Städtchen kam. Am nächsten Wirtshaus hielten wir. Es schien kein Mensch mehr aufzusein. Ich hob indes getrost mein Gepäck aus dem Wagen. Aber – Hölle und Teufel! wie wurde mir da! – das Ding war so leicht, war so locker! Den Angstschweiß auf der Stirn eil ich ins Haus; ein Stallknecht, halb im Schlaf, stolpert mit seiner Laterne heraus, ein zweites Licht reiß ich ihm aus der Hand, und jetzt in der Stube gleich atemlos wie der Feind übers Felleisen her! Das Schlößchen find ich unverletzt, ganz in der Ordnung – weiter – Allmächtiger! mein Gold ist fort! Der Schlag wollte mich treffen. »Nein, nein, ums Himmels willen, nein! es ist nicht möglich!« rief ich in Verzweiflung, und wühlte, zauste alles durcheinander. Das Schatzkästlein fiel mir entgegen (ich hatte es nur gleichsam aus Erbarmen so mitlaufen lassen): im Wahnsinn meiner Angst hielt ich es einen Augenblick für möglich, das Büchlein habe mir meine Dukaten verhext! – Halb mit Wut, halb mit Grauen warf ich den schwarzen Krüppel an die Wand; allein wie schnell verschwand der vermeintliche Zauber, da sich ein Messerschnitt, vier Finger breit, in meinem Felleisen entdeckte! Jetzt wußt ich vorderhand genug: der Jude hat dich bestohlen!

Soeben wollte ich hinaus, die Hausleute, die Nachbarschaft

aufschreien – da muß mein Fuß zufällig nochmals an das arme Büchlein stoßen, und wie ein Blitz schießt der Gedanke in mir auf: Halt! wie, wenn heut *Sankt Gorgon* wäre? Mechanisch nehm ich es vom Boden; indem tritt der Kellner herein, grüßt, fragt, ob ich noch zu trinken verlange? Ich nicke stumm, gedankenlos, und sehe mich dabei nach einem Wandkalender um.

»Was ist gefällig? neuer? alter? Dreiundachtziger? vierundachtziger?«

»Versteht sich, einen neuen!« rief ich mit Ungeduld und meinte den Kalender; »den heurigen, nur schnell! nur her damit!«

Der Kellner lächelte hochweise: »Wir haben hierzuland noch keinen heurigen!«

»Wie? was? um diese Zeit? verflucht! so bringt ins Kuckucks Namen einen alten! Das ist mir aber doch, beim Donner, eine Wirtschaft, wo man – ei daß dich, da hängt ja doch einer!« Ich riß den Kalender vom Nagel, ich blätterte mit bebender Hand – richtig! Gorgonii, der 9. September! Und daß ich jetzt nicht wie ein Narr vor Freuden in der Stube herumtanzte, den Gläserschrank zusammenschlug, den Kellner umarmte, war alles. Von nun an wußte ich, was für ein herrliches Kleinod mein Schatzkästlein sei. Stand nicht ein Verslein drin, ein Reimlein, ach, mehr wert als alle Reime in der Welt? (der siebente war's in der Zugab für sondere Fäll):

Was dir an Gorgon wird gestohlen,
Vor Cyprian kannst's wieder holen;
Jag nit darnach, mach kein Geschrei,
Und allerdings fürsichtig sei.

Ich zweifelte nicht einen Augenblick an der Unfehlbarkeit dieses prophetischen Rates. Denn, dacht ich, wär es überhaupt nicht richtig mit dem Büchlein, wie konnte es denn wissen und mir so treulich melden, daß man mich just auf Gorgonstag bestehle? und dann – und kurz, es war in mir ein unwiderstehlicher Glaube: vor Cyprian kannst's wieder holen. Bis dorthin waren's freilich noch immer siebzehn Tage; nun, meinte ich, das ist der äußerste Termin, wer weiß, es kann so gut auch morgen und übermorgen glücken. Wart Mauschel, wart Halunk! es wird sich bald ausweisen, wo deine Krallen es eingescharrt haben; drei Schritt von deinem Galgen, hoffe ich.

Franz Arbogast setzte sich hinter den Tisch, mit einer Empfindung, mit einem Gesicht, wie ungefähr ein Kaufmann haben mag, wenn er gerade einen Brief aus Nordamerika bekam, des Inhalts: Mein Herr! Ich habe die Ehre zu melden, daß Ihr sehr wackeres Schiff, die Faustina, nachdem wir sie bereits in der Gewalt der Seeräuber geglaubt, soeben wohlbehalten im Hafen eingelaufen ist.

Ich aß und trank nach Herzenslust, schenkte besonders auch dem Fuhrmann tapfer ein, der mir gestand, der Kellner habe ihm vorhin ins Ohr gesagt, ich müsse wohl ein Wiedertäufer sein, ein Separatiste oder dergleichen, ich hätte mein Gebetbuch so närrisch geküßt. »Gut«, habe er darauf gesagt, »wenn's nur kein Jude ist; denn der, den ich gefahren, der Spitzbub, stiehlt mir ein Paar nagelneue Handschuh weg! Ich hatte sie am Reif im Wagen hängen. Und das war nicht genug, beim Abschied im Finstern was tut er? drückt mir den breiten nichtsnutzigen Knopf da in die Hand statt einem Fünfzehner! Aber, nur stät! es gibt allerhand Knöpf, ganz besondere Sorten. Wißt Ihr wohl, Herr, welches die besten Knopfmacher sind, will sagen, die flinksten, und macht doch einer lang kein Dutzend im Jahr? Ihr ratet's nicht. Die Henkersknecht! Mein Seel, wenn mir der Jud wieder begegnet, das Rätsel geb ich ihm auf; was gilt's, er hat's heraus, eh ich ihm zweimal mit der Geißel winke?«

»Hört«, sprach ich zu dem Fuhrmann, »Ihr seid ein braver Kerl, wißt Ihr was? vielleicht daß mir der Jude doch noch früher in die Hände läuft als Euch; laßt mir den stählernen Knopf, hier ist ein Zwölfer dafür.« Der Handel fand keinen Anstand. – Mir fiel inzwischen ein, daß noch mein Stock im Wagen liege; ich ging mit Licht hinaus und fand bei der Gelegenheit noch einen meiner goldenen Füchse zwischen dem Flechtwerk des Korbes stecken und gleich dabei ein ziemlich großes Loch im Boden. Ich wußte nicht recht was ich davon denken sollte. Ich ließ es eben gut sein; zu holen war heut doch nichts mehr.

Singend und pfeifend ließ ich mir meine Schlafkammer zeigen, und ruhiger schlief ich in meinem Leben nicht als diese Nacht.

Am andern Morgen nun, nach ernstlicher Erwägung aller Umstände, schien es mir keineswegs geraten, mich aus der

Gegend zu entfernen. Ein jeder Schritt schien zwecklos, wo nicht bedenklich. »Jag nit darnach.« Das war für mich eben, als wenn ein Daniel mit eigenem Mund zu mir gesprochen hätte: »Mein Sohn, bleib Er ganz ruhig sitzen im Löwen zu Rösheim; Er sieht, es ist ein braves Wirtshaus hier; tu Er sich etwas gütlich auf den gehabten Schreck und scher Er sich den Teufel um die Sache, Er wird bald hören, was die Glocke schlägt.« Ich kam dieser Weisung gewissenhaft nach. Rösheim ist ein lustiges Städtchen, es fehlte mir nie an Gesellschaft, besonders meine Wirtin war die gute Stunde selbst. So gingen drei, sechs, sieben Tage hin. Dazwischen gab es freilich auch tiefsinnige Momente und nachgerade ward mir doch die Zeit zu lang.

Ich stehe eines Nachmittags am Fenster und gräme mich über das köstliche Wetter, das mir so jämmerlich verlorengeht: kommt eine Chaise vor das Haus gefahren, die ich sogleich für dieselbe erkenne, mit welcher ich damals von Achfurth abreiste. Ein Herr steigt aus, es war einer von jenen Kaufleuten, der nächste Nachbar meines Meisters, ein wusliger, kleiner geschwätziger Mann. Schnell wollt ich noch entweichen, doch eh ich mich's versah, war er herein.

»Ah! was der Tausend – da ist ja Herr Franz! Schön, schön, daß wir uns unvermutet treffen! Auf Ehre, wie bestellt! Wie steht's in Frankfurt? gute Geschäfte gemacht?«

»O ja, so so, so ziemlich, ja.«

»Charmant. Und, mein Freund, nun fährt Er natürlich mit mir, ich gehe direkte nach Haus und bin ganz allein.«

Ich fing nun an mich zu entschuldigen – ein guter Bekannter, den ich notwendig, Geschäfte halber, hier abwarten müsse, besondere Affären – kurz, alles was zu sagen war. Der Kaufmann stutzte, wollte nicht begreifen, sondierte, fragte, schwieg zuletzt und trank sein Schöppchen Würzburger, gelben. Ich bat mir Feder und Tinte aus und schrieb etliche Zeilen an den Vetter; daß ich Frankfurt dato noch nicht gesehen, ein kleiner Unfall habe mich verspätet, bereits sei aber alles wieder ganz auf gutem Weg, so daß ich hoffe noch zeitig genug mit meinen Einkäufen in Achfurth einzutreffen; übrigens möge er sich ja ganz stille halten, mit niemand weiter von der Sache reden, mir aber ganz und gar vertrauen. – Der Kaufmann sprach indessen leise mit dem Wirt beiseit. Gewiß erfuhr er von diesem, wie lang ich schon hier liege, und er konnte sich denn an den Fingern abzählen, daß ich noch nicht über die Grenze kam. Ich ließ mich das weiter nichts kümmern, versiegelte den Brief, empfahl ihn dem Herrn Nachbar zur Besorgung, er steckte ihn sehr seriös zu sich und schlürfte gelassen sein Restchen. »Viel Glück *nach Frankfurt*!« rief er mir mit höhnischem Gesicht beim Abschied zu. Der Wagen rollte fort.

Jetzt war auch meines Bleibens hier nicht länger. Ich hatte weder Rast noch Ruhe mehr, obgleich ich nicht wußte wohin. Ich fragte nach der Zeche, man war sogleich bereit, und wahrlich unverschämter wurde sie nie einem Grafen gemacht; ich hätte heulen mögen wie ein Weib, als ich berechnete, daß mir nur wenige Gulden übrigblieben.

Aber mein Mut sollte noch tiefer sinken. Denn auf der Straße, als ich schon ein gutes Weilchen fortgewandert war, fiel mir auf einmal ein, daß ich von nun an nirgends mehr im Lande sicher sei. Wird sich der Vetter wohl mit meinem Brief beruhigen? muß er nicht das Ärgste befürchten? Wenn er nun fahnden läßt auf dich! wenn man dich greift! Mir wurde es schwarz vor den Augen. Ich machte mir die bittersten Vorwürfe, verfluchte abermals das Schatzkästlein, denn dies war schuld, daß ich die Sache nicht sogleich vor Amt angab, wie jeder andere, der nicht ein ganzer Esel war, getan hätte; jetzt freilich war die Katz den Baum hinauf und alles war zu spät. Noch volle zwei Tage trieb ich mich, bald da, bald dort verweilend, und mich dabei immer aufs neue wieder an meinem Osterengel aufrichtend, im gleichen Reviere umher. Zuletzt kam mir in Sinn, daß nicht gar weit von hier, über der Grenze, ein paar weitläufige Verwandte meiner Mutter, vermögliche Pelzhändler, wohnten, die meinem Vater viel zu danken hatten. Glückshof, soviel ich wußte, hieß der Ort; dort war doch vorderhand Trost, Rat und Unterkunft zu hoffen. So setzte ich denn meinen Weg zum ersten Male wieder in einer entschiedenen Richtung fort, und eingedenk der Flasche des trefflichen Likörs, womit mich meine gute Base beim Abschied noch versah, bediente ich mich dieses Stärkungsmittels zu meinem Encouragement ein übers andere Mal mit solchem glücklichen Erfolg, daß ich seit langer Zeit wieder ein Liedlein summte und endlich meinen vielberühmten Baß mächtig und ungebändigt walten ließ.

Allein das wunderbare Schicksal, unter dessen Leitung ich stand, kündigte sich nunmehr auf eine höchst seltsame Weise an. Es war etwa fünf Uhr des Abends, als ich getrosten Herzens so fortschlendernd in eine gar betrübte Gegend kam. Da lag nur öde Heide weit und breit. Rechts drüben sah ein düsteres Gehölz hervor, und links vom Hügel her ein langweiliger ausgedienter Galgen, so windig und gebrechlich, daß er den magersten Schneider nicht mehr prästiert haben würde. Die Pfade wurden zweifelhaft, ich stand und überlegte, marschierte noch ein Stück und traf zu meiner großen Freude jetzt auf einen hölzernen Wegweiser. O weh, dem armen Hungerleider war die Schrift hüben und drüben rein abgegangen vor Alter! Er streckte den einen Arm rechts, den andern links hinaus und ließ die Leute dann das Ihre dabei denken. »Du wärst ein Kerl«, sprach ich, »für den Ewigen Juden, dem es wenig verschlägt, ob er in Tripstrill oder Herrnhut zur Kirchweih ankommt.« Nun sah ich unten einen Schäfer seine Herde langsam die Ebene herauftreiben. Dem rief ich zu: »He, guter Freund, wo geht der Weg nach Glückshof?« – Kaum ist mir das letzte Wort aus dem Mund, so klatscht es dreimal hinter mir, eben als schlüge jemand recht kräftig zwei hölzerne Hände zusammen. Erschrocken seh ich mich um – o unbegreiflicher, entsetzenvoller Anblick! Er hatte sich gedreht! der Wegweiser – gedreht, so wahr ich lebe! Mit einem Arm wies er schief über die Heide, den andern hatte er, damit ich ihn ja recht verstehen sollte, dicht an den Leib gezogen. Des Schäfers Antwort ging indes im Widerhall des Walds verloren. Ich starrte und staunte den Wegzeiger an und hörte wie mein Herz gleich einem Hammer schlug. Alter! sprach ich in meinem Sinn, du gefällst mir nur halb; du hältst wohl gute Nachbarschaft mit dem dreibeinigen Gesellen auf der Höhe, mich sollst du nicht drankriegen! Damit rannt ich davon, als wär er schon hinter mir her. Der Schäfer kam mir entgegen: »Was gibt's? Wer ist Euch auf den Fersen? Habt Ihr etwas verloren?« »Nichts! sagt nur, wo geht's Glückshof zu?« Der Mann mochte glauben, ich hätte gestohlen, er maß mich von Kopf bis zu Fuß; dann deutete er nach der Waldecke hin: »Von dort seht Ihr ins Tal, ein Fußpfad führt nach dem Weiler hinab, da fragt Ihr weiter.« Inmittelst hatt ich mich etwas gefaßt. Der Mann schien mir eine ehrliche Haut, demungeachtet nahm ich Anstand, ihm mein

Abenteuer zu vertrauen, und fragte nur, indem ich meinen Finger in der Richtung hielt, in der das hölzerne Gespenst gewiesen: »Was liegt denn *dahin*?« »Da? kämt Ihr schnurgerad aufs graue Schlößlein.« Bewahr mich Gott! dacht ich, dankte dem Schäfer und folgte seiner Weisung nach dem Walde. Im Gehen macht ich mir verschiedene Gedanken, und schaute wohl noch zehnmal um nach dem verwünschten Pfahl. Er hatte seine Alltagsstellung wieder angenommen und sah wahrhaftig aus, als könnte er nicht fünfe zählen. Was wollte er doch mit dem grauen Schlößchen? Ich hatte früher mancherlei davon erzählen hören. Es gehörte den Freiherrn von Rochen, und war, soviel ich wußte, noch unlängst bewohnt; es stand im Rufe arger Spukereien, doch nicht sowohl das Schlößchen selbst, als vielmehr seine nächste Umgebung. Die Sichel fließt unten vorbei, darin schon mancher, durch ein weibliches Gespenst irregeführt, den Tod gefunden haben soll. Nun glaubte ich nicht anders, als der Versucher habe mich in Wegweisersgestalt nach dieser Teufelsgegend locken wollen. Jedoch, erhob sich bald ein anderes Stimmchen in mir, wenn du ihm Unrecht tätest? wenn du gerade jetzt deinen Dukaten entliefst? Was also tun? kehr ich um? geh ich weiter? So stritt es hin und her in meiner Seele. Ermüdet und verdrossen setzt ich mich am Waldsaum oben nieder, wo ich denn immer tiefer in mich selbst versank, ohne zu merken, wie die Dämmerung einbrach und daß der Schäfer lange heimgetrieben. Rasch und entschlossen stand ich auf. Gut Nacht, Wegweiser! – Ich stieg bergab, dem Weiler zu.

Ein dichter Nebel hatte sich wie eine weiße See durchs Tal ergossen, er reichte bis zu mir herauf und ich stieg immer mehr in ihn hinein. Zum Glück war die Nacht nicht sehr finster, die Sterne taten ihre Schuldigkeit. Aber ach, ich glaubte bereits in der Tiefe zu wandeln, während ich nur auf einem fahrbaren Absatz des Berges rings um denselben herum und ganz unmerklich wieder aufwärts lief. In kurzem spazierte meines Vaters sein Sohn also wieder ganz hübsch auf der öden, verhenkerten Heide herum, ungefähr da wo ihm vor drei Stunden zum erstenmal das Trumm verlorenging.

Sie fragen, meine Wertesten, wie mir bei dieser Entdeckung zumute gewesen? Je nun, ich dachte, jetzt säßest du besser daheim bei deiner braven Meisterin, wenn sie den Abendsegen liest, meinethalben auch beim Storchenwirt und Fritz der Färber gäbe die Geschichte preis, wie er Anno 70 im Kniebis verirrte. Allein, wo nun hinaus? Eine bekannte gute Regel ist: wenn einer spürt, es sei ihm angetan, tut er am klügsten, er steckt den Verstand in den Sack und läuft wie seine Füße mögen. So tat ich auch, und fing das frische Kernlied an zu singen: Seid lustig und fröhlich ihr Handwerksgesellen! – Es ging jetzt unaufhörlich eben fort. Auf einmal aber schien es hell und immer heller um mich her zu werden, ich sah mich um, da ging der volle Mond sehr herrlich hinter goldnen Buchenwipfeln auf. Von Furcht empfand ich eigentlich nichts mehr, nur *selbigem* wollt ich nicht gern zum zweitenmal begegnen. Sooft er mir einfiel, tat ich einen herzhaften Zug aus der Flasche und hub alsbald mit heller Stimme wieder an:

Hamburg, eine große Stadt,
Die sehr viele Werber hat.
Mich hat nicht gereut,
Vielmehr erfreut,
Lübeck zu sehn;
Lübeck eine alte Stadt,
Welche viel Wahrzeichen hat.

Nun schritt ich über Stoppelfeld. Gottlob, das war doch eine Menschenspur. Aber, Goldschmied, wenn es nun allgemach hinunter und ans Wasser ging', und dir die bleiche Edelfrau ein kühles Bad anwiese?

Dresden in Sachsen,
Wo schöne Mädchen wachsen;
Ich denk jetzund
Alle Stund
An Nürnberg und Frankf –

patsch! lag ich auf der Nase. Der Schmerz trieb mir die Tränen in die Augen, mir schwebte ein Fluch auf der Zunge; aber nein –

Augsburg ist ein kunstreicher Ort,
Und zuletzt nach Elsaß fort.

Alsobald mit Gewalt
Geh ich nach Straßburg.
Es ist eine schwere Pein
Von Jungferen insgemein,
Wenn man alsdann
Nicht herzen kann
Und wieder soll mareschieren fort.

Allmittelst aber nahe an den Rand der Ebene gekommen, bemerkte ich auf gleicher Höhe mit derselben, links hin, wo sie in einem spitzen Vorsprung auslief, nur dreißig Schritt von mir, ein altes, guterhaltenes Gebäude, mehr schmal als breit, mit etlichen Türmchen und hoch gestaffeltem Giebel. Ich konnte nicht mehr zweifeln wo ich sei. Ganz sachte schlich ich näher. Es schimmerte Licht aus einem verschlossenen Laden des untern Stocks; hier mußte der Hausschneider wohnen. Ein Hund machte Lärm, und sogleich öffnete ein Weib das Fenster.

»Wer ist da?«

»Ein Handwerksgesell, ein verirrter.«

»Welche Profession?«

Ich wagte, eingedenk meiner gefährdeten Person, nicht, die Wahrheit zu sagen. »Ein Schneider!« sagt ich kleinlaut. Sie schien sich zu bedenken, entfernte sich vom Fenster und ich bemerkte, daß man drin sehr lebhaft deliberierte; es wisperten mehrere Stimmen zusammen, wobei ich öfter das fatale »Schneider« nur gar zu deutlich unterscheiden konnte.

Jetzt ging die Pforte auf. Der Hausvogt stand bereits im Gang; die Frau hielt auf der Stubenschwelle und hinter ihr ein sehr hübsches Mädchen, welches jedoch auffallend schnell wieder verschwand. Die Ehleute sahen einander an und baten mich, ins Zimmer zu spazieren.

Hier war nun alles gar sauber und reinlich bestellt. Ein Korb mit dürren Bohnen und reifen Haselnüssen, zum Ausmachen bereit, wurde beiseite geschoben, man nahm mir mein Gepäcke ab und hieß mich sitzen. Es war zehn Uhr vorüber. Die Alte deckte mir den Tisch, derweil der Mann, gesprächsweise, die nächstgelegenen Fragen, nach meiner Heimat und dergleichen, ohne Zudringlichkeit und in so biederem Ton an mich tat, daß ich mein einmal angenommenes Inkognito, wobei natürlich eine Lüge aus der andern folgte, nur mit innerlichem Widerstreben, deshalb auch etwas einsilbig und unsicher, behauptete. Das Mädchen lief einige Male geschäftig von der Küche durchs Zimmer, ohne mich kecklich anzusehen. Man brachte endlich eine warme Suppe und einen guten Rahmkuchen. Ich aß und trank mit Appetit, worauf mein Wirt sich bald erbot, mir meine Schlafstätte zu zeigen. Die Frau ging mit dem Licht voran, er selbst trug meinen Ranzen die Treppe hinauf nach einem hohen geweißten Eckzimmer, worin es neben einem frischen Bette nicht an den nötigsten Bequemlichkeiten fehlte. Ich sagte dankbar gute Nacht, setzte mein Licht auf den Tisch und öffnete unter kuriosen Gedanken ein Fenster.

Der Nebel ließ mich wenig unterscheiden, doch schien die Höhe da hinab beträchtlich, und, was mir nicht das lieblichste Gefühl erregte, dem sanften Rauschen eines Wassers nach, mußte die Sichel ganz unmittelbar am Fuß des Felsen, der das Schlößchen trug, vorüberziehn. Sei's drum! ich riegelte getrost die Türe, und zog mich aus. Mich niederlegen und schlafen war eins. Es regnete die halbe Nacht, ich merkte nichts davon; mir träumte lebhaft von dem schönen Mädchen.

Am andern Morgen, durch und durch gestärkt, fand ich die Sonne schon hoch am Himmel über dem engen Sicheltale stehen, welches, reichlich mit Laubwald geschmückt, die Aussicht hier zunächst sehr stille und reizend beschränkt, alsdann, mit einer kurzen Beugung um das Schloß, sich in das offene, flache Land verläuft.

Ein Glockengeläute von unten, aus dem gutsherrschaftlichen Dorf an der Seite des Berges, erinnerte mich, es sei Sonntag. Mein Herz bewegte sich dabei, ich weiß nicht wie. Doch war jetzt keine Zeit, um solchen Rührungen lang nachzuhängen; auf alles Denken aber und Grübeln über meine Lage tat ich sofort grundsätzlich ein für allemal Verzicht; nur, als ich mir den beispiellosen Spuk des gestrigen Abends zurückrief, geriet ich auf die Mutmaßung, ich könnte wohl ein bißchen beschnapst gewesen sein, denn meine Branntweinflasche fand sich beinahe leer.

Ich eilte, sauber angezogen, zu meinem Wirt hinunter, der mir mit Heiterkeit ankündigte, es sei nur noch ein Stündchen bis Mittag; sie hätten mich nicht wecken wollen, weil sie dächten, ich habe nicht besonders zu pressieren und würde vielleicht ein paar Tage bei ihnen ausruhen. Nach einigem, wiewohl nur scheinbaren Bedenken, und auf wiederholtes Zureden, nahm ich diese unerwartete Gastfreundschaft an und blieb geruhig in meinen Pantoffeln. »Zwar werden wir Euch leider über Tisch für diesmal nicht Gesellschaft leisten«, sagte der Schloßvogt; »der Schulmeister im Dorf läßt heute taufen, da sind wir zu Gevatter gebeten und müssen gleich fort: Josephe aber, meine Nichte, wird Euch nichts abgehen lassen.« Ich war alles zufrieden.

Das Ehpaar hatte sich in Staat begeben und außen wartete ein Fuhrwerk. Sie baten nochmals um Entschuldigung, mit dem Versprechen, vor Abend wieder dazusein.

Ich befand mich allein in der Stube, und mit Josephen, die draußen am Herde beschäftigt sein mochte, allein im ganzen Schlosse. Die Nähe dieses Mädchens, zu dem ich von der ersten Stunde an ein stilles, unerklärliches Vertrauen hegte, obgleich wir bis jetzt kaum ein Wort miteinander gewechselt, beunruhigte mich ganz sonderbar. Es zog und zupfte mich immer, sie in der Küche aufzusuchen, allein wenn ich eben dran war, schien mir von allen den bei Handwerksburschen üblichen galanten Redensarten nicht *eine* gut genug. Auf einmal kam sie selbst herein, band sich die Küchenschürze ab, stellte sich dann mit einigem Erröten mir gerade gegenüber und sprach, nachdem sie ihre offenen braunen Augen ein ganzes Weilchen auf mir ruhen lassen: »Also Ihr kennt mich wirklich gar nicht mehr?«

Da ich betroffen schwieg und nun mit halben Worten zu erkennen gab, daß ich auf eine frühere Bekanntschaft mit einem so charmanten Frauenzimmer im Augenblick mich nicht besinnen könne, verbarg sie sehr geschickt ihre Beschämung und Empfindlichkeit hinter ein flüchtiges Lachen und tat, als hätte sie den puren Scherz mit mir getrieben. »Nein! Nein!« rief ich, sie eifrig bei der Hand nehmend, »dahinter steckt etwas – Ihr seid betreten, Ihr seid gekränkt! Ums Himmels willen, beste, schönste Jungfer! helft mir ein klein wenig darauf – wenn, wo – wie hätten wir uns denn gesehen? es wird mir gleich beifallen!« In der Tat, ihr Gesicht wollte mir nun bereits ganz außerordentlich bekannt vorkommen, nur wußte ich es nirgend hinzutun. Ich bat sie wiederholt um einen kleinen Fingerzeig.

»Seid erst so gut«, versetzte sie, »und nennt mir Euren

Namen.« Da ich bestürzt ein wenig zauderte und eben eine ausweichende Antwort eben wollte, brach sie kurz ab, wie wenn sie ihre Frage selbst bereute: »Der Braten verbrennt mir! verzeiht, ich muß gehen.«

In kurzem kam sie wieder, schob ohne Geräusch einen Tisch in die Mitte der Stube und fing sodann, indem sie ihn sehr ruhig deckte, als wäre nichts geschehn, vom Wetter an. Als ich mich auf dergleichen nicht einließ, sondern mich nachdenkend und fast verdrießlich zeigte, nahm sie zuletzt, um dieser lächerlichen Spannung zu begegnen, das Wort: »Hört, tut mir doch den einzigen Gefallen, denkt nicht mehr an die einfältige Posse. Ich habe mich in der Person geirrt, und das ist alles! Noch einmal, ich bitte, denkt nicht mehr daran.« – Dagegen war nun freilich schicklicherweise nichts weiter zu sagen, obgleich ich ihren Worten nur halb traute.

Wir setzten uns zum Essen. Josephe tat alles, um mich zu zerstreuen. Sie war die lautere Unbefangenheit, Anmut und Herzensgüte. Zum erstenmal, ich darf beinah so sagen, zum erstenmal in meinem Leben begriff ich, wie es möglich sei, sich in ein Weibsbild zu verlieben.

»Man sagt soviel von Eurem grauen Schlößchen«, hub ich an, nachdem sie das Essen abgetragen und die herrlichsten Äpfel zum Nachtisch aufgestellt hatte, »wie wär's, Ihr schenktet mir, weil wir gerade so beisammen sind, einmal recht reinen Wein darüber ein?«

»Das kann geschehen«, antwortete sie; »wir reden sonst nicht leicht mit jemandem davon, allein man macht wohl eine Ausnahme. Zudem seid Ihr ein verständiger Mann und werdet Euch bei uns nicht fürchten.« (Hier sah sie mir sehr scharf, wie prüfend, ins Gesicht.) »Auch ist noch keiner Seele seit Menschengedenken im Hause selbst das mindeste zuleid geschehn, und außerhalb, nun ja, man hütet sich. Es gab wohl schon so leichtsinnige Menschen, die mögen immer ihren Fürwitz büßen.«

Sie hatte sich gesetzt und eine kaum erst angefangene Strickerei mit grün und schwarzem Garn zur Hand genommen, der Knaul lag ihr im Schoße. »Ach mein! so seht doch, was das regnet! was das schüttet! Wie gut ist's, daß Ihr heut nicht auf der Straße seid.« Und nun begann sie zu erzählen:

»Vor ungefähr vierhundert Jahren wohnte allhier ein Graf mit

Namen Veit von Löwegilt, ein frommer und tapferer Ritter. Er ehlichte als Witwer ein junges Fräulein, Irmel von der Mähne, welche ein Ausbund von Schönheit gewesen sein muß und sehr reich. Am Hochzeitabend, als der Tanz im kerzenhellen Saal begonnen hatte, und nun die Frau bald dem, bald jenem Gast die Hand zum Reigen gab, da sah Herr Löwegilt eine ganze Zeit mit Wohlgefallen zu, bald aber kam seltsame Wehmut über ihn, wie eine böse Ahnung, davon er sich jedoch nichts merken ließ; nur gegen das Ende des Tanzes gab er der Dame einen Wink, daß sie ein wenig aus dem Saale käme. Er nahm ein Licht und führte sie in ein ander Gemach. ›Mein liebstes Herz!‹ sprach er, da sie alleine waren, ›Euren Gemahl hat wunderlich verlangt, daß er sich abgesondert von den Leuten mit einem Küßlein Eurer Lieb versichere.‹ Damit schloß er sie in den Arm und küßte sie und sie tat gleich also. In ihrem Innern aber war sie ungehalten, dachte: was will mir der Narr? es ziemt den Wirten schlecht, die Gäste zu verlassen. Jetzt zog Herr Veit eine schwere, goldene Kette unter dem Goller hervor mit den Worten: ›Betrachtet diese Kette. Mein Ahnherr schenkte sie einst seiner Frau, der züchtigen und edlen Richenza vom Stain; hernachmals ist das Kleinod als ein ehrenwertes Denkzeichen der glücklichsten Ehe von einem Sohn auf den andern gekommen, und jetzo, heut, da Ihr mein väterliches Erbe als Hausfrau betreten, vergönnt, daß ich Euch diesen Schmuck umhängen mag: ich weiß, Ihr werdet ihn mit Ehren tragen.‹ – ›Ich danke meinem Herrn und gütigen Gemahl‹, antwortete die schöne Frau sehr freundlich: ›dafern Ihr aber irgend Zweifel habt an mir, so sei es nicht genug an meinem Wort, das Ihr in Marien-Kapelle empfangen, und ich gelobe nochmals hier, Euch als ein treues Weib zu dienen, so Gott mir nach dem Tode gnädig sei.‹ – So gingen sie, und Irmel war vergnügt über die gelbe Kette und zeigte das Geschenk mit Freuden der Gesellschaft vor.

Im Anfang ging alles ganz gut. Die Gräfin schenkte ihrem Mann im ersten Jahre einen Sohn. Sein Hauskreuz aber stellte sich beizeiten ein. Die Frau wurde geizig über die Maßen. Ein Sprichwort ging beim Volk, sie singe der Henne ums Ei. Es hieß: Frau Irmel ist nicht dumm, weil sie der Tropfen Öl im Lämplein dauert, läßt sie die Mägde bei Mondschein spinnen. Sonst war Gesang und Harfenspiel ihr schönster Zeitvertreib, jetzt tat sie nichts wie rechnen und ihre Leute scheren. Das Ärgste dabei war, sie fing ohne Wissen Herrn Löwegilts an, viel Geld auszuleihen auf Zins an ihre Untertanen und in der Nachbarschaft umher. Wenn nun die armen Leute nicht zu rechter Zeit bezahlten, sprach sie zum Vogt: ›Solang mein Mann daheim, mag ich nichts anfangen; er ist zu gut und dankt mir's wohl, wenn ich ihn mit dem Plack verschone. Jedoch das nächste Mal, daß er mit Reisigen aus ist, auf einen Monat oder zwei, da sollt Ihr sehn, wie ich mein Zornfähnlein aufs Dach stecke! Wir schicken den Presser herum und brauchen Gewalt; man muß dem Gauchenvolk die Frucht vom Acker und die Kuh von der Raufe wegnehmen.‹ Zum Glück kam es nicht gar so weit. Herr Veit erfuhr die feine Wirtschaft der Frau Gräfin und wollte sich zu Tod darüber schämen; allein weil er die Dame Tausendschön im ganzen doch wie närrisch liebte, verfuhr er christlich mit ihr und legte ihr in aller Güte den saubern Handel nieder. Das nahm sie denn so hin, wohl oder übel. Wie aber hätte ihr auch nur im Traum einfallen sollen, ihr Veit könnte so gottlos sein und den verwünschten Bauern ihre Schuld bis auf den letzten Heller schenken? Er machte das ganz in der Stille ab, und eines Tages bei Gelegenheit bekannte er's ihr frei, auf holde Art. Frau Irmel hörte ihn nur an, verblaßte, und sagte nicht ein Sterbenswort. Sie ging mit ihm denselben Tag, weil eben Ostern war, zu Gottes Tische. Da mag sie wohl ihr eigen Gift hinabgegessen haben anstatt den süßen Leib des Herrn. Von Stund an war sie wie verstockt. Es sah just aus, als hätte sie zu reden und zu lachen und zu weinen für immerdar verlernt. Wenn er so vor ihr stand und ihr zusprach mit guten klugen Worten, so sah sie unter sich wie ein demütig Muttergottesbild und wich mit falschem Seufzen auf die Seite; war der Gemahl hingegen auf der Jagd oder sonst ausgeritten, damit er einen Tag seinen Kummer vergesse, da sei der kalte Fisch daheim lauter Leben, lauter Scherz und lustige Bosheit gewesen. Wer sollte glauben, daß der Graf für eine solche Kreatur auch nur ein Fünklein Liebe haben können? Und doch, es heißt, er hing an ihren Augen trotz einem Bräutigam. Einige meinten drum, sie hab es ihm im roten Wein gegeben.

Einst saß er allein auf dem Saal und hatte seinen Knaben, nicht gar ein jährig Kind, sein liebstes Gut, auf seinem Schoß, und war sehr traurig, denn der Knabe war seit kurzer Zeit siech und elend worden und aß und trank nicht mehr, und wußte niemand was ihm fehle. Tritt leise die Amme herein, ein braves Weib, und fängt zu weinen an: ›Ach lieber Herr, ich habe etwas auf dem Herzen, das muß heraus und wäre mir die größte Sünde, so ich's vor Euch verschwieg. Dürft aber mich um Gottes willen nicht verraten bei der gestrengen Frau.‹ – Der Knabe, da sie solches sprach, bewegte sich mit Angst in seines Vaters Arm, als hätte er verstanden und gewußt, wovon die Rede sei. Der Graf winkte der Wärterin zu reden, die denn fortfuhr: ›Neulich, Ihr wart eben verreist, geh ich des Morgens, wie ich immer pflege, nach der Kammer zum Kind. Das hört ich schon von weitem schrein, als hätte man's am Messer. Indem ich eintrete, Gott steh mir bei, muß ich mit diesen meinen Augen sehn, wie die gnädige Frau den jungen Herrn, bevor sie ihm das Röcklein angezogen, glatt auf den Tisch gelegt, und ihn gequält, geschlagen und gekneipt, daß es zum Erbarmen gewesen. Wie sie mein ansichtig geworden, erschrak sie fast und tat dem Söhnlein schön und kitzelt' es, daß das arm Würmlein gelacht und geschrien untereinander. ›Schau, was er lacht!‹ rief sie: ›ist er nicht seines Vaters Konterfei?‹ – Ich dachte: wohl, du armes Kind, drum mußt du also leiden. – Herr, haltet's mir zu Gnaden, daß ich so frech vor Euer Edlen alles sage; glaubt aber nur, man hat wohl der Exempel mehr, daß eine Ehefrau ihres Mannes Fleisch und Bein im eigenen Kind hat angefeindet, und, mein ich, solches tut der böse Geist, daß einer Mutter Herz sich so verstellen muß und wüten wider die Frucht ihres Leibes.‹

So redete Judith und sah, wie ihrem Herrn ein übers andere Mal die Flammen zu Gesichte stiegen und wie er zitterte vor Zorn. Er sagte lange nichts und starrte vor sich nieder. Jetzt stand er auf, sprach zu dem Weib: ›Geh, sag dem Kaspar, daß er gleich drei Rosse fertig halten soll, den schönen Schimmel mit dem Weibersattel, den Rappen und sein eigen Pferd. Du selber lege dein Feierkleid an und nimm des Kindes Zeug zusammen in ein Bündlein, wir werden gleich verreisen. Fürchte dich nicht, dir soll kein Haar gekrümmt werden.‹ – Sie lief und tat wie ihr befohlen war, derweil Herr Veit sich rüstete. Alsdann nahm er das Büblein auf und eilte nach dem Hof. Auf seinen Wink bestieg Judith ihr Pferd; es war das edelste von allen aus dem Stall. Veit nahm den Junker vor sich hin; so ritten sie zum Tor hinaus, der

Knecht hintendrein. Frau Irmel aber sah am Erkerfenster halb versteckt dem allen zu, höchlich verwundert und erbost, und bildete sich freilich ein was es bedeute. Sie folgte dem Zug mit höhnischen Blicken den Burgweg hinunter, und als die Rößlein dann ins obere Sicheltal einlenkten, sprach Irmel bei sich selbst: Richtig! jetzt geht es nach Schloß Greifenholz, zur lieben gottseligen Frau Schwägerin. – So war es auch. Dort hatte der Graf seine nächsten Verwandten, bei denen er viel Trost und für den Knaben und die Wärterin die beste Aufnahme fand. Am zwölften Morgen kehrte der bedrängte Mann um eine große Sorge leichter zu seinem Fegfeuer zurück, denn sichtbarlich gedieh das Kind fern seiner Mutter, wie eine Rose an der Maiensonne. Die Gräfin fragte, wie man denken kann, mit keiner Silbe nach dem Junker, und beide Gatten lebten so fortan als ein paar stille und höfliche Leute zusammen.

Drüber geschah's einmal, daß Löwegilt in seines Kaisers Dienst mit Kriegsvolk auswärts war sechs ganzer Monate, vom Frühling bis tief in den Herbst. Das wäre eine schöne Zeit zur Buße gewesen, Frau Gräfin! Es gibt ein altes Lied, da steht der Vers:

> In Einsamkeit,
> In Einsamkeit
> Da wächst ein Blümlein gerne,
> Heißt Reu und Leid …

Das war auch des Grafen sein Hoffen und Beten, wenn er manchmal bei stiller Nacht in seinem Zelte lag und seines Weibes dachte.

Und als nun endlich Friede ward, und Fürsten, Ritter, Knechte, des Siegs vergnügt, nach Hause zogen, da dachte Löwegilt: Gott gebe, daß ich auch den Frieden daheim finde. Er führte seine Mannschaft unverweilt auf den kürzesten Wegen zurück. Sie hatten noch zwei kleine Tagreisen vor sich, da sie an einem Abend ein Städtlein liegen sahen, wo man zu übernachten dachte. Begegnete ihnen ein Mönch, der betete vor einem Kreuz. ›Ei‹, rief der Graf, und hielt: ›das ist ja Bruder Florian! willkommen, frommer Mann! Ihr kommet vom Gebirg herüber?‹ – ›Ja, edler Herr.‹ – ›Da habt Ihr doch auf dem Schloß eingekehrt?‹ – ›Für diesmal nicht, Gestrenger, ich hatte Eil.‹ – ›Das ist nicht schön von Euch. Und nicht ein Wörtlein hättet Ihr von ungefähr vernommen, wie es dort bei mir steht?‹ – ›Ach Herr‹, antwortete der Mönch, ›die Leute dichten immer viel, wer möchte alles glauben! Begehret nicht, daß Euer Ohr damit beleidigt werde.‹ – Bei solchem Wort erschrak der Löwegilt in seine Seele, er nahm den Mönch beiseit, der machte ihm zuletzt eine Eröffnung von so schlimmer Art, daß man den Grafen laut ausrufen hörte: ›Hilf Gott! hilf Gott! hast du die Schande zugelassen, so lasse nun auch zu, daß ich sie strafen mag!‹ Und hiermit spornte er sein Roß und ritt, nur von seinem getreuesten Knappen begleitet, die ganze Nacht hindurch, als wenn die Welt an tausend Enden brennte.

Frau Irmel indes glaubte ihren Gemahl noch hundert Meilen weit dem Feinde gegenüber, sonst hätte sie wohl ihre Schwelle noch zu rechter Zeit gesäubert. Seit vielen Wochen nämlich beherbergte sie einen Gast, einen absonderlichen Vogel. Derselbe kam eines Tags auf einer hinkenden Mähre geritten und fragte nach Herrn Veit, seinem sehr guten Freunde. Der Gräfin machte er viel vor: er sei ein Edelmann, landsflüchtig, soundso. Ein Knecht aber vom Schloß raunte den andern gleich ins Ohr, daß er den Kauzen da und dort auf Jahrmärkten gesehen habe, Latwerg und Salben ausschreien. Man warnte die Gräfin, sie hörte nicht drauf: der Bursche hatte gar zu schöne schwarze Haare, Augen wie Vogelbeer, und singen konnte er wie eine Nachtigall. Er wußte eine Menge welscher Lieder, die Gräfin schlug ihre Harfe dazu und ließ ihn nicht mehr von der Seite. Die Knechte aber und die Mägde unter sich hießen ihn nur den Ritter von Latwerg.

Nun saß das feine Paar, so wie gewöhnlich, nach dem Mittagmahl allein im Saal am großen Fenster, und schauten unter lustigem Gespräch in die offene Gegend hinaus, wie sie im hellen Sonnenschein, mit dem Fluß in der Mitte, dalag. Frau Irmel nahm ihre goldene Kette vom Hals, spielte damit und schlang sie so um ihren weißen Arm. ›Was dünkt Euch, Lieber‹, sagte sie, ›wenn ich ein Kettlein hätte, seht, nicht länger als die kleine Strecke dort, so weit die Sichel im Bogen zwischen den Wiesen längs dem Dörflein läuft. Versteht, ein jedes Glied müßte nicht größer sein als wie ich hier den Mittelfinger gegen den Daumen krümme, schaut!‹

›Ei‹, sagte der Galan, ›was Ihr für kurzweilige Einfäll habt! Das hieß' mir ein Geschmeide; hätten zwei Riesen genug dran zu schleppen.‹

›Nicht wahr? und nun was meint Ihr‹ (das sagte sie aber Herrn Veiten zum Spott, weil er von Hause aus nicht zu den Reichsten gehörte): ›wenn man dem Löwegilt sein Hab und Gut verkaufte, merkt wohl, nach Abzug dessen was *mein* ist, und machte den Plunder zu Gold und schmiedet' eine Kette draus, wie ich eben gesagt, wie groß schätzt Ihr, daß sie ausfallen würde?‹ – Es lachte der Galan und rief: ›Ich wollte schwören, sie reichte just hin, Frau Irmels Liebe zu Herrn Veit damit zu messen!‹ – Da klatschte Irmel lustig in die Hände und setzte sich dem Ritter auf den Schoß und küßte ihn und ließ sich von ihm herzen.

Auf einmal sprach er: ›Horcht! mir ist, ich höre jemand im Alkoven; wird doch das Gesinde nicht lauschen?‹ – ›Ihr träumt‹, sagte die Frau, ›er ist verschlossen gegen den Flur. Laßt mich sehen.‹

Aber, indem sie aufstehn will, o Höllenschreck! wer tritt hinter der Glastür vor – Graf Löwegilt, er selber, ihr Gemahl!

Die falsche Schlange, schnell bedacht, warf sich mit einem Schrei der Freuden dem Manne um den Hals, er schleuderte sie weg, daß sie im Winkel niederstürzte. Sodann griff seine starke Faust den Buhlen, wie dieser eben auf dem Sprung war auszureißen, und übergab ihn seinen Knechten zum sicheren Gewahrsam. Jetzt war er mit dem Weib allein. Da stand die arme Sünderin und deckte ihr Gesicht mit beiden Händen; er schaute sie erst lange an, dann nahm er ihr die Kette ab, riß solche mittenvoneinander, sprechend: ›*Also sei es von nun an zwischen uns! Und diese Kette hier werde für dich zu einer Zentnerlast, und sollest ihr Gewicht jenseits des Grabs mit Seufzen tragen, bis ihre Enden wiederum zusammenkommen.*‹ Damit warf er die beiden Stücke durchs offene Fenster hinab in den Fluß.

Ich mache kurz was weiter folgt. Dem saubern Ritter ward ein lüftig Sommerhaus gezimmert mit drei Säulen, nicht fern von hier, man nennt's am Galgenforst. Frau Irmel aber saß jetzt unten in der Burg wohl hinter Schloß und Riegel. Sie bot alles Erdenkliche auf, mit List und Gewalt zu entkommen, sogar wollte sie ihren Beichtvater bestechen, dem sie bekannt, sie hätte, weil sie vom ersten Tag an ihren Mann nicht lieben können, ein großes Unheil, wie nun leider eingetroffen, lange vorausgesehn, und drum beizeiten ihre Zukunft vorgesorgt, indem sie einen Notpfennig beiseit getan und außerhalb dem Schloß verborgen. Den Wächtern sagte sie: wer ihr zur Freiheit helfe, des Hände würde sie mit Golde füllen. Hierauf machten auch zwei einen Anschlag, sie wurden aber auf der Flucht ergriffen samt der Frau. Am andern Morgen fand man sie in ihrem Kerker tot. Sie hatte eine große silberne Nadel, womit sie immer ihre schönen Zöpfe aufzustecken pflegte, sich mitten in das Herz gestochen.

Nicht lang darauf verließ der Graf das Schloß und die Gegend für immer. Er lebte weit von hier auf einer einsamen Burg, der Hahnenkamm genannt, davon die Trümmer noch zu sehen sein sollen. Der junge Hugo war der Trost seines Alters. Er zeigte früh die edlen Tugenden und Fähigkeiten, dadurch er nachher als treuer Vasall und tüchtiger Kriegsmann in hohe Gnaden bei dem Kaiser kam. Geschlecht und Name der von Löwegilt ward nach und nach zu den berühmtesten gezählt in deutschen Landen; es kam ja das Herzogtum Astern an sie, daher sie auch den Namen führen, und, wie Euch wohl bekannt sein wird, die schöne Prinzessin Aurora, die unser König noch dies Jahr heimführt, ist eine Tochter des jetzt regierenden Herzogs, Ernst Löwegilt von Astern.«

»Was?« rief ich voll Erstaunen – »hier also, dieses Schloß wäre das Stammschloß der von Astern? und jene Irmel eine Ahnfrau der Prinzeß?«

»Nicht anders! Warum fällt Euch dies so auf?«

»Und hat das seine Richtigkeit, daß diese Irmel noch bis auf den heutigen Tag – nun, Ihr versteht mich schon –«

Josephe nickte ja, indem sie sich ein wenig an meinem Schreck zu weiden schien. Wir schwiegen beide eine ganze Weile und allerlei Gedanken stiegen in mir auf.

»Aber«, so fing ich, unwillkürlich leiser sprechend, wieder an: »auf welche Art erscheint sie denn? und wo?«

Mit einer unbegreiflichen Ruhe, doch ernsthaft wie billig, versetzte das Mädchen:

»Von jeher zeigt sie sich nur *bei* und *auf* dem Wasser, zunächst am Schloß, dem großen Saale gegenüber, dann abwärts eine Strecke bis gegen den Steg. Feldhüter und Schäfer versichern, sie nehme ihren Lauf auch wohl bis nahezu ans Dorf, weiter in keinem Fall. Ich selber sah sie bloß ein einzig Mal, vom Küchenfenster aus, die Küche aber liegt gerade unterm Saal. Es war um Johannis, drei Stunden vor Tag, wir hatten eben eine Wäsche und waren deshalb frühe aufgestanden. Der Mond schien ganz hell. Von ungefähr schau ich hinaus und auf die Sichel hinter. Da steht schneeweiß gekleidet ein schlankes Frauenbild in einem Nachen, der drüben an den Weidenbüschen so halb aus dem Schatten des grünen Gezweigs hervorstach, und ob es wohl kein rechter Nachen war, ich meine kein natürlicher, so hörte man doch deutlich, wie die Wellen am Schifflein unten schnalzten. Sie kauerte sich erst mühsam nieder, dann beugte sie sich weit über den Bord, indem sie mit den Händen hinab ins Wasser reichte und ringsherum wie suchend wühlte. Jetzt zog sie langsam, langsam, und mit dem ganzen Leib rückwärts gebeugt, etwas herauf, das schimmerte und glänzte als wie das lautre Gold und war, wie ich aufs deutlichste erkannte, eine dicke, mächtig schwere Kette. Elle um Elle zog sie herein in den Kahn, und dabei klirrt' und klang es jedesmal im Niederfallen so natürlich als nur etwas sein kann. So ging es lange fort, es war kaum auszudauern. Ich hatte meine Leute gleich herbeigeholt; die sahen alle nichts, und weil ich mich nach meiner Art weiter nicht ängstlich dabei anstellte, so hätten sie mir's nimmermehr geglaubt, wenn sie die sonderbaren Töne nicht so gut wie ich vernommen hätten. Auf einmal klatschte das Wasser laut auf, die Kette mußte abgerissen sein, so heftig schnellte es, und dabei, sag ich Euch, folgte ein Seufzer so tief aus einer hohlen Brust, so langgezogen und schmerzlich, daß wir im Innersten zusammenschraken. In diesem Augenblick war aber auch Gestalt und Kahn, alles wie weggeblasen.

Und – ja, daß ich das auch noch sage – verzeih mir Gott, noch muß ich lachen, wenn ich daran denke. Wir Weiber gingen mäuschenstill an unsere Kessel und Zuber zurück, und rieben und seiften drauflos und traute sich keine ein Wörtlein zu reden; auch dem Herrn Vetter, merkt ich wohl, war der Schlaf für heute vergangen: er ließ sein Licht fortbrennen und ging allein die Stube auf und nieder. Kaum guckt der Tag ein wenig in die Scheiben, so sticht der Mutwill schon eine von uns an, nämlich ein junges Weib vom Dorf, man nannte sie nur die lachende Ev. Die zieht so ein langes gewundenes Leintuch ganz sachte sachte aus dem Seifenwasser, Frau Irmel nachzuäffen, und macht ein paar Augen gegen uns – husch! hat sie eine Ohrfeige.«

»Eine Ohrfeige? was?«

»Ja denkt! aber nicht vom Geist. Es war mein Herr Vetter, der zufällig hinter ihr stand und ihren Frevel so von Rechts wegen bestrafte.«

Josephe lachte so herzlich, daß ich selber den Mund ein wenig verzog. Doch sogleich tadelte sie sich: man sollte nicht spaßen auf diesen Punkt.

Sie schwieg und strickte ruhig fort. Der Regen hatte aufgehört, nur die eintönige Musik der Dachtraufen klang vor den Fenstern.

Was mich betrifft, mir war ganz unheimlich geworden. Die Vorstellung, daß ich jenem Gespenst so nahe sei, die Möglichkeit, daß erst meine Beraubung, alsdann meine Verirrung auf das Schlößchen das Werk dieses schrecklichen Wesens sein könne – dieses zusammen jagte mich im stillen in einem Wirbel von Gedanken und ängstlichen Vermutungen herum. Das kluge Mädchen konnte mir vielleicht einiges Licht in diesen Zweifeln geben, und wenn ich auch nicht wagte, ihr mein Unglück offen zu entdecken, so nahm ich doch Anlaß, ihr die Geschichte des bestohlenen Galanteriekrämers mit Zügen meiner eigenen Geschichte zu erzählen und so ihre Meinung darüber zu hören.

Sie ließ mich ausreden und schüttelte den Kopf. »Dergleichen hörte ich wohl auch«, erwiderte sie, »sind aber dumme Märchen, glaubt mir: Spitzbuben machen sich's zunutz, vexieren und schrecken einfältige Leute daß sie in Todesangst ihr Hab und Gut im Stiche lassen.«

»Aber die Kette!« versetzte ich dringend, »bedenke Sie Jungfer, die Kette, so viele hundert Klafter lang, die wächst doch nicht von selbst so fort, das braucht Dukaten, fremdes Gold!«

»Braucht's nicht! Was Ihr doch närrisch seid! Der ganze Plunder wiegt kein Quentlein unseres Gewichts.«

»Wie? also alles eitel Schein und Dunst?«

»Nicht anders.«

»Allein« – so fragte ich nach einigem Besinnen weiter – »der Schatz, dessen Irmel im Kerker gedachte, soll der noch irgendwo vergraben liegen?«

»Man sagt es. Hättet Ihr Lust ihn zu lösen?«

»Nicht doch; ich meine nur, weil wir gerade von so wunderbaren Räubereien reden. Wär es nicht möglich, daß eben auch besagter Schatz von Jahr zu Jahr zulegte auf Kosten mancher Passagiere?«

»Was fällt Euch ein! Ihr meint also, daß so ein armer Geist mit Zangen und Messern ausziehe und ordentlich wie ein gemeiner Strauchdieb den Leuten die Koffer und Taschen umkehre?«

Ich sah das Abgeschmackte meines Argwohns ein, allein ich wußte nicht, ob ich mich freuen oder grämen sollte. Denn wenn mich vorhin der Gedanke mit einem freudigen Schrecken ergriff, daß ich vielleicht nur wenig Schritte von meinen Dukaten entfernt sein möge, so schwand mir die Hoffnung, dieselben jemals wieder zu erblicken, nun abermals in eine ungewisse Ferne. Was aber den Umstand anbelangt, daß ich als ein Verirrter meine Zuflucht hier, gerade hier in dem verhängnisvollen Ahnenschlosse der Herzoge von Astern finden mußte, nachdem ich in der Absicht ausgereist war, ein Geschäft zu besorgen, welches unmittelbar mit der Verherrlichung von Irmels Enkelin, künftig der ersten gekrönten Königin aus diesem Stamm, zusammenhing, und das auf eine so höchst rätselhafte Art gestört werden sollte – dahinter schien doch wahrlich mehr als ein bloßer Zufall zu stecken, es mußte eine höhere Hand im Spiele sein, und fester als jemals war ich entschlossen, ihr alles mit der vollsten Zuversicht zu überlassen, mich, ihres weiteren Winkes gewärtig, jeder eigenen Geschäftigkeit und Sorge zu entschlagen.

»Mein Freund wird mir so still«, sagte Josephe: »ich dächte, wir gingen ein wenig und schöpften draußen frische Luft.« Ich war bereit, denn dies fehlte mir wirklich.

Die erquickende Kühle wirkte auch sogleich auf meinen verdüsterten Sinn. Wir gingen langsam auf den breiten Platten vor dem Hause auf und nieder, während die Schöne noch stets mit ihrem sonderbaren grünen Gestricke beschäftigt blieb. Wir bogen rechts ums Schlößchen und blickten in das stille Sicheltal, am liebsten aber wandte man doch immer wieder nach der andern Seite zurück, wo man über die niedrige Schutzmauer weg, am Abgrund des Felsen, die köstliche Aussicht auf das tiefliegende Land und näher dann am Berg herauf den Anblick eines Teils vom Dorf genoß. Dort haftete mein Auge zwar oft unwillkürlich auf dem berüchtigten Flüßchen, das, hinter dem Schloß vorkommend, sich weit in die Landschaft schlängelnd verlor; allein ich drängte mit Gewalt alle unerfreulichen Bilder zurück.

Die Gegenwart des unwiderstehlichen Mädchens begeisterte mich zu einer Art von unschuldigem Leichtsinn und kecker Sicherheit; ich hatte ein Gefühl, wie wenn mich unter ihrem Schutz nichts Widriges noch Feindliches antasten dürfte. Die Sonne trat soeben hinter grauen und hochgelben Wolken hervor, sie beglänzte die herrliche Gegend, das alte Gemäuer, ach und vor allem das frische Gesicht meiner Freundin!

»Erzählt mir was aus Eurem Leben, von Eurer Wanderschaft und Abenteuern; nichts hört sich lustiger als Reisen, wenn man's nicht selbst mitmachen kann.«

Es fehlte wenig, daß ich ihr nicht auf der Stelle mein ganzes übervolles Herz eröffnete; jedoch, um ungefähr zu prüfen, wie es wohl mit dem ihrigen stehe, fing ich in hoffnungsvollem Liebesübermut verschiedenes von Frauengunst zu schwadronieren an, und wußte mich als einen auf diesem edlen Felde schon ganz erfahrenen Gesellen auszulassen. Das Mädchen lächelte bei diesem allen getrost und still in sich hinein.

»Und nun, mein Kind«, sagt ich zuletzt, »wie denkt denn Ihr in Eurer Einsamkeit hier oben von diesem bösen Männervolk?«

»Ich denke«, sagte sie mit angenehmer Heiterkeit, »wie eben jede Braut es denken muß: der Meine ist, so Gott will, noch der Beste von allen.«

Ein Donnerschlag für mich! Ich nahm mich möglichst zusammen. »Ei so?« – rief ich lachend und fühlte dabei, wie mir ein bittrer Krampf das Maul krumm zog – »so? man hat auch schon seinen Holderstock? Das hätt ich Ihr nicht zugetraut! Wer ist denn der Liebste?«

»Ihr sollt ihn kennenlernen, wenn Ihr noch ein paar Tage bleibt«, versetzte sie freundlich und ließ den Gegenstand schnell wieder fallen. Dagegen fing sie an, ausführlich von ihrem häuslichen Leben bei den zwei alten Leuten, von den letzten Bewohnern des Guts, insonderheit von einer seligen Freifrau Sophien als ihrer unvergeßlichen Wohltäterin zu reden. Mir war längst Hören und Sehen vergangen, mir sauste der Kopf wie im Fieber. Ach Gott! ich hatte mich den lieben langen Nachmittag an diesem braunen Augenschein geweidet und gewärmt und mir so allgemach den Pelz verbrannt und weiter nichts davon gemerkt!

Und jetzt, in *einem* Umsehn, wie war mir geworden! Unauslöschlichen heimlichen Jammer im Herzen! die tolle wilde Eifersucht durch alle Adern! Noch immer schwatzte das Mädchen, noch immer hielt ich wacker aus mit meiner sauer-süßen Fratze voll edler Teilnehmung, und schweifte in Gedanken schon meilenweit von hier im wilden Wald bei Nacht durch Wind und Regen, das Bündel auf dem Rücken. Ein Blick auf meine nächste Zukunft vernichtete mich ganz: die ungeheure Verantwortung, die auf mir lag, die Unmöglichkeit meiner Rückkehr nach Hause, gerichtliche Verfolgung, Schmach und Elend – dies alles tat sich jetzt wie eine breite Hölle vor mir auf.

Josephe hatte soeben geendigt. In der Meinung, ein Fuhrwerk vom Tal her zu hören, sprang sie mit Leichtigkeit aufs nächste Mäuerchen und horchte, den Ast eines Ahorns ergreifend, ein Weilchen in die Luft. Noch einmal verschlang ich ihr liebliches Bild – Ach so, dacht ich, in ebendieser Stellung, aber mit freudiger bewegtem Herzen, wird sie nun bald ihren Liebsten erwarten! Ich mußte das Gesicht abwenden, ich drängte mit Mühe die Tränen zurück. Ein Zug von Raben strich jetzt über unsern Häuptern hinweg, man hörte den kräftigen Schwung ihrer Flügel; es ging der Landesgrenze zu; der Anblick gab mir neue Kraft. Ja, ja – sprach ich halblaut: mit Tagesanbruch morgen wanderst du auch, du hast hier doch nichts zu erwarten als neue Täuschungen, neuen Verdruß! Ich fühlte plötzlich einen namenlosen Trost, als wenn es möglich wäre, mit Wandern und Laufen das Ende der Welt zu erreichen.

»Sie sind es nicht! des Müllers Esel waren's!« lachte Josephe und griff nach meiner Hand zum Niedersteigen.

Sie sah mich an. »Mein Gast ist ernsthaft worden – warum?« – Ich antwortete kurz und leichtsinnig. Sie aber forschte mit sinnenden munteren Blicken an mir und begann: »So wie wir uns hier gegenüberstehen, sollte man doch beinah meinen, wir kennten uns nicht erst von heute. Ja, aufrichtig gesagt, ich selbst kann diesen Glauben nicht loswerden, und, meiner Sache ganz gewiß zu sein, war ich gleich anfangs unhöflich genug und fragt Euch um den Namen; glaubt mir, ich brauch ihn jetzt nicht mehr. Um Euch indes zu zeigen, daß man bei mir mit faulen Fischen nicht ausreicht, so kommt, ich sag Euch was ins Ohr: – Männchen! wenn du ein *Schneider* bist, will ich noch heut Frau Schneidermeisterin heißen, und, Männchen! wenn du nicht der *kalte Michel* bist, heißt das *Franz Arbogast* aus Egloffsbronn, bin ich die dumme Beth von Jünneda« – hiemit kniff sie mich dergestalt in meinen linken Ohrlappen, daß ich laut hätte aufschreien mögen – zugleich aber fühlte ich auch so einen herzlichen, kräftigen Kuß auf den Lippen, daß ich wie betrunken dastand. »Für diesmal kommt Ihr so davon!« rief sie aus: »Adieu, ich muß jetzt kochen. Ihr bleibt nur hübsch hier und legt Euch in Zeiten auf Buße.«

Nachdem ich mich vom ersten Schrecken ein wenig erholt, empfand ich zunächst nur die süße Nachwirkung des empfangenen Kusses. All meine Sinne waren wie zauberhaft bewegt und aufgehellt; ich blickte wie aus neuen Augen rings die Gegenstände an, die ganz in Rosenlicht vor mir zu schwanken schienen. Wie gern wär ich Josephen nachgeeilt, doch eine sonderbare Scham ließ mir's nicht zu. Dabei trieb mich ein heimliches Behagen, die angenehmste Neugierde, wohin dies alles denn noch führen möchte, unstet im Hofe auf und ab. Denn daß die unvergleichliche Dirne mehr als ich denken konnte von mir wisse, daß sie, vielleicht im Einverständnisse mit ihren Leuten, irgend etwas Besonderes mit mir im Schilde führe, soviel lag wohl am Tage, ja mir erschien auf Augenblicke, ich wußte nicht warum, die fröhlichste Gewißheit: alle mein unverdientes Mißgeschick sei seiner glücklichen Auflösung nahe.

Leider fand sich den Abend keine Gelegenheit mehr, mit dem Mädchen ein Wort im Vertrauen zu reden. Die Alten kamen unversehens an, schwatzten, erzählten und packten Taufschmausbrocken aus. Dazwischen konnte ich jedoch bemerken, daß mich Josephe über Tisch zuweilen ernst und unverwandt, gleich als mit weit entferntem Geist, betrachtete, so wie mir nicht entgangen war, daß sie gleich bei der Ankunft beider Alten von diesen heimlich in die Kammer nebenan genommen und eifrigst ausgefragt wurde. Es mußte der Bericht nach Wunsch gelautet haben, denn eines nach dem andern kam mit sehr zufriedenem Gesicht zurück. Später, beim Gute-Nacht unter der Tür, drückte Josephe mir lebhaft die Hand. »Ich wünsche«, sagte sie, »daß Ihr Euch fein bis morgen auf etwas Guts besinnen mögt.« – Lang grübelte ich noch im Bett über die Worte nach, vergeblich mein Gedächtnis quälend, wo mir denn irgendeinmal in der Welt diese Gesichtszüge begegnet wären, die mir bald so bekannt, bald wieder gänzlich fremde deuchten. So übermannte mich der Schlaf.

Es schlug ein Uhr vom Jünnedaer Turm, als ich, von heftigem Durste gepeinigt, erwachte. Ich tappte nach dem Wasserkrug; verwünscht! er schien vergessen. Ich konnte mich so schnelle nicht entschließen mein Lager zu verlassen, um anderswo zu suchen was ich brauchte. Ich sank schlaftrunken ins Kissen zurück, und nun entspann sich, zwischen Schlaf und Wachen, der wunderlichste Kampf in mir: stehst du auf? bleibst du liegen? Ich suche endlich nach dem Feuerzeug, ich schlage Licht, werfe den Überrock um und schleiche in Pantoffeln durch den Gang, die Treppe hinab … Ob ich dies wachend oder schlafend tat – das, meine Wertesten, getraue ich mir selbst kaum zu entscheiden; es ist das ein Punkt in meiner Geschichte, worüber ich trotz aller Mühe noch auf diese Stunde nicht ins reine kommen konnte. Genug, es kam mir vor, ich stand im untern Flur und wollte nach der Küche. Die Ähnlichkeit der Türen irrte mich und ich geriet in ein Gemach, wo sich verschiedenes Gartengerät, gebrauchte Bienenkörbe und sonstiges Gerümpelwerk befand; auch war an der breitesten Wand eine alte, riesenhafte Landkarte von Europa aufgehängt (wie ich denn dieses alles den andern Tag gerade so beisammen fand). Schon griff ich wieder nach der Türe, als mir auf einem langen Brett bei andern Gefäßen ein voller Essigkolben in die Augen fiel. Das löscht den Durst doch besser als bloßes Wasser, dachte ich, hub den Kolben herab und trank in unmenschlichen Zügen; es wurde mir gar nicht genug. Auf einmal rief nicht weit von mir vernehmlich ein äußerst feines Stimmchen: »He! Landsmann, zünd Er doch ein klein bißchen hierher!« Ich sah mich allenthalben um, und es rief wieder: »Da! daher, wenn's gefällig ist.« So leuchte ich gegen die Karte hin, ganz nahe, und nehme mit Verwunderung ein Männlein wahr, auf Ehre, meine Damen, nicht größer als ein Dattelkern, vielleicht noch kleiner! Natürlich also ein Elfe, und zwar der Kleidung nach ein simpler Bürgersmann aus dieser Nation; sein grauer Rock etwas pauvre und landstreichermäßig. Er hing, vielmehr, er stand wie angeklebt auf der Karte, just an der südlichen Grenze von Holland. »Noch etwas näher das Licht, wenn ich bitten darf«, sagte das Kerlchen, »möchte nur gelegentlich sehen, wie weit es noch bis an den Pas de Calais ist, und unter welchem Grad der Länge und Breite ich bin.«

Nachdem er sich gehörig orientiert hatte, schien er zu einigem Diskurs nicht übel aufgelegt. Bevor ich ihn jedoch weiter zum Worte kommen ließ, bat ich ihn um den einzigen Gefallen, er möchte sich von mir doch auf den Boden niedersetzen lassen, »denn«, sagte ich in allem Ernst, »mir schwindelt, Euch in dieser Stellung zu sehen; habt Ihr doch wahrhaftig weit über Mückengröße und Gewicht, und wollt so mir nichts, dir nichts, an der Wand hinauflaufen ohne zu stürzen! Hier ist meine Hand, seid so gut.« – Statt aller Antwort machte er mit hellem Lachen drei bis vier Sätze in die Höhe, oder vielmehr, von meinem Standpunkt aus zu reden, in die Quere. »Versteht Ihr nun«, rief er aus, »was Schwerkraft heißt, Anziehungskraft der Erde? Ei Mann, ei Mann, habt ihr so wenig Bildung? Seht her!« Er wiederholte seine Sprünge mit vieler Selbstgefälligkeit. »Indessen, wenn's Euch in den Augen weh tut, auf ein Viertelstündchen kommt mir's nicht an. Nur nehmet die Karte behutsam hüben und drüben vom Nagel und laßt sie allgemach samt mir aufs Estrich herab, denn dies Terrain zu verlassen ist gegen meine Grundsätze.« Ich tat sofort mit aller Vorsicht wie er's verlangte. Das Blatt lag ausgebreitet zu meinen Füßen und ich legte mich, um das Wichtlein besser vor Augen zu haben, gerade vor ihm nieder, so daß ich ganz Frankreich und ein gut Stück vom Weltmeer mit meinem Körper zudeckte. Das Licht ließ er hart neben sich stellen, wo er denn, ganz bequemlich an den untern Rand des Leuchters gelehnt, sein Pfeiflein füllte und sich von mir den Fidibus reichen ließ.

»Ich war nämlich«, fing er an, »vormals Feldmesser in königlichen Diensten, verlor durch allerlei Kabalen diesen Platz, worauf ich eine Zeitlang bei den Breitsteißlern diente.« Bei dieser Gelegenheit ließ ich mir sagen, daß es mehrere Elfenvolksstämme gebe, die sich durch Leibesgröße gar sehr unterscheiden; die kleinsten wären die Zappelfüßler, zu denen sich mein wackerer Feldmesser bekannte, dann kämen Heuschreckenritter, Breitsteißler und so fort, zuletzt die Waidefeger, welche nach der Beschreibung ungefähr die Länge eines halben Mannsarms messen mögen. »Nun«, fuhr der kleine Prahlhans fort, »treib ich aber meine Kunst privatim aus Liebhaberei, mehr wissenschaftlich, reise daneben und verfolge noch einen besondern Zweck, den ich freilich nicht jedem unter die Nase binde.«

»Ihr habt«, bemerkte ich, »bei diesen wichtigen Geschäften doch immer hübsch trockenen Weg.«

»All gut«, versetzte er, »aber auch immer trockene Kehle. Den Mittag schien die Sonne so warm dort in dem Strich über Trier herein, daß ich beinah verschmachtet wär – Apropos, guter Freund, füllt doch einmal da meine Wanderflasche.« »Unser Wein ist aber stark«, sagt ich, indem ich ihn mit einem Tropfen aus meinem Essigkrug bediente. »Hat keine Not«, sprach er, und soff mit Macht, wobei er das Mündlein ein wenig verzog. »Was übrigens«, fuhr er nun fort, »den Weg betrifft, zum Exempel bei Nacht, ja lieber Gott, da ist einer keinen Augenblick sicher, ob er auf festem Erdreich einhergeht oder im Wasser; das wäre zwar insoweit einerlei, man macht ja keinen Fuß hier naß; hingegen ein Gelehrter, seht, es ist so eine Sache, man will sich keine Blöße geben, nicht einmal vor sich selbst. Ich lief unlängst bei hellem Tag nicht weit von der Stadt Andernach, und sah so in Gedanken vor mich nieder und dachte an nichts – auf einmal liegt der grüne breite Rhein, wie'n Meer, vor meinen Füßen! um ein kleines wär ich hineingeplumpst so lang wie ich bin – wie dumm! und stand doch schon eine Viertelstunde davor mit ellenlangen Buchstaben deutlich genug geschrieben: Rhenus. Vor Schrecken fiel ich rückwärts nieder und dauerte zwei Stunden, bis ich mich wieder besann und erholte.« – »Aber«, fragt ich, »habt Ihr denn das Rauschen dieses Stroms nicht schon von fern gehört?« »Gehorsamer Diener, Mosje, so weit haben's eure Herren Landkartenmacher noch nicht gar gebracht; all die Gewässer da, wie hübsch sie sich auch krümmen, machen nur stille Musik.« Der Feldmesser schwieg eine Zeitlang und schien etwas zu überlegen.

»Hört«, fing er wieder an, »ich muß jetzt doch mit meiner Hauptsache heraus. Ihr könntet mir einen Gefallen erweisen.« – »Recht gern.« – »So sagt einmal, es gibt ja sogenannte Osterkinder unter euch Menschen; wißt Ihr mir wohl Bescheid, wie solche ungefähr aussehn?« »Gewiß«, versetzte ich. Der Feldmesser hüpfte vor Freuden hoch auf. »Jetzt will ich Euch denn gleich vertrauen«, sprach er weiter, »um was es mir eigentlich ist. Merket auf. Euch ist bekannt, wo Jünneda liegt; unweit vom Irmelschloß. Nun haust in diesem Gau der Waidefegerkönig, ein stolzer, habgieriger Fürst, allzeit auf Raub und Plünderung bedacht, bestiehlt sogar das Menschenvolk nächtlicherweis und schleppt was er von Gold erwischen kann nach seinem alten Schatzgewölb – was glotzt Ihr mich so an? es ist doch wahr; die Waidfeger wittern das Gold. Da ist neulich erst wieder so ein Streich passiert, daß die Koken sich hinter ein Fuhrwerk machten, und einem reisenden Kaufherrn den Goldsack zwischen den Füßen ausleerten!«

»Was? zwischen den Füßen? ein Felleisen, nicht wahr?«

»Ja, oder dergleichen. Die haben ihre Pfiffe, Herr! Wie der Blitz kommen die einem Wagen von unten her bei, ein paar setzen sich auf die Langwied, durchgraben den Boden und schütteln den Dotter heraus – das Gelbe vom Ei, wie sie sagen – was Weißes ist, Silbergeld, lassen sie liegen.«

»Wo aber tragen sie's denn hin, ums Himmels willen? wo hat der König seinen Schatz?«

»Beim Sixchen, ja, das sollt ich eben wissen. Versteht, es hat damit so seine eigene Bewandtnis. Der Grundstock ist von Menschenhand gelegt, vor etlich hundert Jahren; von der bösen Frau Irmel habt Ihr gehört – ich kenn sie wohl und sie mich auch, mir tut sie nichts zuleide. Gut also, die soll noch zu ihren Lebzeiten eine Kiste mit einem braven Sparpfennig wo eingemauert haben – das war noch zu Hadelocks Zeiten, des ältesten Waidfegerkönigs. Nicht lange stand es an, so kam auch schon das Waidheer dahinter. Der König legte gleich Beschlag darauf und machte das Gewölbe zu seiner heimlichen Schatzkammer, wo man sofort alle kostbare Beute verwahrte, darunter auch die große Irmelskette, die Hadelock der Andere mit erstaunlicher Arbeit und Mühe in zweien Stücken aus dem sandigen Bette der Sichel herausschaffen lassen. Der Irmel-Geist hat seitdem keine Ruhe und sucht die Kette und kann sie nicht finden. Nun geht im Volk eine uralte Sage: ein Menschenjüngling würde dereinst das Kleinod ans Tageslicht bringen und wiederum zusammenfügen, dann wäre auch der Geist erlöst; der Jüngling aber müsse als ein Osterkind geboren sein, die seien äußerst rar und käme oft in einem Säkulo kaum *eins* zur Welt. Doch, unter uns gesagt, ich denke schon den rechten Mann wo aufzugabeln und wär es am Ende der Welt. Ich habe mich deshalb hier auf die Bahn gemacht, vorläufig einmal die Wege einzulernen und die Strapazen einer solchen Reise, Hunger und Durst in etwas zu gewöhnen. Mein Glück ist gemacht auf zeitlebens, wofern es gelingt, und Euch soll's nicht gereuen, wenn Ihr mir Rat und Beistand leisten mögt.«

Ich wollte ihm eben antworten, als er, das Köpfchen schnell zur Seite drehend und in die Ferne horchend, mir Stillschweigen zuwinkte. »Der Waidekönig gibt heute ein Fest; ich höre sie von weitem jubeln.«

»Wo denn?«

Er deutete links in die Ecke der Karte hinauf. Dort waren nämlich, wie man es auf älteren Augsburger Blättern gewöhnlich bemerkt, zu Verzierung des Titels verschiedene Schildereien angebracht, gewisse Symbole der Kunst, Zirkel und Winkelmaß, an den mächtigen Stamm einer Eiche gelehnt, hinter dem ein Stück Landschaft hervorsah, ein Tal mit Rebenhügeln und dergleichen, im Vordergrund eine gebrochene Weinbergmauer; das Ganze fabrikmäßig roh koloriert.

»Seht Ihr noch nichts?«

»Wo denn, zum Henker?«

»Unten im Tal!«

»Nicht eine Spur!«

»So seid Ihr blind, ins Kuckucks Namen!«

Jetzt kam es mir wahrhaftig vor, als wenn die Landschaft Leben annähme, die matten Farben sich erhöhten, ja alles schien sich vor mir auszudehnen, zu wachsen und zu strecken, der Länge wie der Breite nach; die Formen schwollen und rundeten sich, die Eiche rauschte in der Luft, zugleich vernahm ich ein winziges Tosen, Schwirren und Klingen von lachenden, jubelnden, singenden Stimmchen, das offenbar aus der Tiefe herkam.

»Stellt Euer Licht weg!« rief mir der Feldmesser zu, »oder löschet es lieber gar aus! der Mond ist ja schon lang herauf.« Ich tat wie er befahl, und da ließ freilich alles noch hundertmal schöner. Als ich aber vollends den Kopf übers Mäuerchen streckte – o Wunder! sah ich das lieblichste Tal sehr artig und festlich erleuchtet, mit tausend geputzten, gepützelten Leutchen bedeckt, die immerhin eine ziemlich ansehnliche Größe hatten, sehr schlank und wohlgebaute Puppen. Es war ein unendliches Drängen. Der meiste Teil bestand aus Landleuten, welche mit Kübeln und Butten geschäftig zwischen den Kufen umsprangen.

Eine Weinlese also, und eine königliche zwar! Denn vorn sah man in bunten geselligen Gruppen die Vornehmen vom Hofe, nach hinten zu eine gedeckte Tafel; vor allem stach ein Zelt hervor, es schien aus blendendweißen Herbstfäden gewoben, mit grünen Atlasdraperien behängt, welches im Mond- und Fackelschein aufs herrlichste erglänzte. Der Feldmesser war neben mir auf einen untern Ast der Eiche geklettert, wo er kommode alles übersah. Ich hatte gerade den König entdeckt und meine Augen suchten just die Königin, da ruft mir mein Begleiter zu: »Seht! Seht!« und deutet in die Luft nach einer neuen Erscheinung, welche zugleich von der ganzen kleinmächtigen Menge mit Jubelgeschrei und aufgeworfenen Mützen begrüßt wird. Wie muß ich erstaunen, wie hüpft mir das Herz vor kindischer närrischer Freude, als ich den goldnen Hahn vom Jünnedaer Kirchturm mit der großen Uhrtafel in seinen zwei Klauen daherfliegen sehe! Der arme Tropf flog sichtbar angestrengt, seine Flügel klirrten erbärmlich. Indessen merkt ich bald was daraus werden sollte: ein Festschießen galt es und hier kam die Scheibe. Der Vogel erreichte die Erde, setzte die Tafel inmitten eines länglicht umschränkten Platzes und ließ zugleich zwei Eisen fallen (die Zeiger der Uhr ohne Zweifel), die alsbald von mehreren Edlen betrachtet, in der Hand gewogen und wie es schien verdrießlich, als ein paar unförmliche Wurfspieße, wieder weggelegt wurden. Die Schützen zogen dagegen ihre silbernen Bogen hervor, alles ordnete sich, das Ziel war gerichtet, der Hahn amtspflichtlich stellte sich darauf. Er krähte hell bei jedem Schuß die betreffende Zahl nach den Ringen. Die Majestät selber verschmähte nicht, die Armbrust einmal zu versuchen, und ob sie gleich ganz abscheulich fehlschoß, ja sogar den Rufer blutig verletzte, so schrie derselbe doch, anständig seinen Schmerz verbeißend, mit lauter Stimme: »Zwölf in die Minut!« was diesmal ausnahmsweise noch höher als das Schwarze galt. Unmäßiger Beifall erscholl aus den Reihen, derweil der Göckel sich insgeheim den Pfeil aus seinem Schwanze zog. Ich konnte mich des Lachens nicht enthalten. Mein Feldmesser raunte mir zu: auf die Scheibe sei der König nie glücklich gewesen; vor zwei Jahren sei der gleiche Fall begegnet und man wolle wissen, es habe damals der Monarch, als ihm sein Hofnarr die wahre Bewandtnis mit dem Meisterschuß ins Ohr gesagt, die edle Delikatesse des Turmhahns so wohl vermerket, daß er desselben alleruntertänigstes Gesuch, ihm seine unscheinbar gewordene Vergoldung erneuern zu lassen, nicht nur ohne weiters bewilligt, sondern ihm überdies Titel und Rang eines geheimen Wetter- und Kirchenrats gnädigst verliehen habe.

Nun aber setzte sich der Hof zu Tische, und da war ich es leider selbst, welcher die ganze Herrlichkeit verstörte. Ich konnte nämlich bei andauerndem entsetzlichem Durste unmöglich der Versuchung widerstehn, den Arm ins Tal hinabzustrecken, und mir eine der größten, mit rotem Most gefüllten Kufen heraufzulangen, die ich auch, unbekümmert um das rasende Zetergeschrei, das in der Tiefe losbrach, geschwinde ausgetrunken hatte, nur eben wie man einen Becher leert. »Wir sind verloren!« rief der Feldmesser aus, rutschte vom Baum und war nicht mehr zu sehen. »Heidoh!! Heidoh!« scholl's aus dem Tal, »ein Menschenungeheuer auf der Höhe! Weh, weh! bei der heiligen Eiche! bei Hadelocks Baum!« »Auf! zu den Waffen, tapfre Recken!« rief eine stärkere Stimme: »rettet! rettet! dort ist mein Schatzgewölbe! des Königs heiliger Schatz!« Ein wütendes Getrappel kam jetzt über Stock und Stein den Berg herauf. Ich dachte an ein großes Hornißheer, ließ schnell den Becher fallen und entfloh.

Wie ich auf meine Stube, wie ich ins Bett gelangte, weiß ich nicht. Das weiß ich, daß ich mir die Augen rieb und nur geträumt zu haben glaubte.

Es war erst eben heller Tag geworden. Das sonderbare Nachtgesicht beschäftigte mich sehr. Der Leuchter stand auf meinem Tisch, die Tür war ordentlich verriegelt, hingegen fehlte der Wasserkrug richtig, und meinen Durst schien ich gestillt zu haben, denn wirklich, er war ganz verschwunden. Auf jeden Fall hat mir in meinem Leben kein Traum einen so heitern Eindruck hinterlassen; ich konnte nicht umhin, die glücklichste Vorbedeutung darin zu erblicken.

Mein Frohmut trieb mich aus dem Bette, so früh es auch noch war. Ich zog mich an und pfiff dabei vergnüglich in Gedanken. Von ungefähr kam mir mein leerer Beutel in die Hand, und in der Tat ich konnte ihn diesmal mit größter Seelenruhe betrachten. An seinem ledernen Zugbande hing ein alter, schlichter, oben und unten offener Fingerhut, den ich als ehrwürdigen Zeugen einer kindlichen Erinnerung seit vielen Jahren aus Gewohnheit, um nicht zu sagen aus Aberglauben, immer bei mir trug. Indem ich ihn so ansah, war's als fiel' es mir wie Schuppen von den Augen; ich glaubte mit einmal zu wissen, warum mir Josephe so äußerst bekannt vorgekommen, ja was noch sonderbarer – ich wußte wer sie sei! »Bei allen Heiligen und Wundern!« rief ich aus, und meine Kniee zitterten vor Schrecken und Entzücken: »es ist Ännchen! mein Ännchen und keine Josephe!«

Es drang mich fort, hinunter: unwissend, was ich wollte oder sollte, schoß ich, barfüßig, wie von Sinnen, den kalten Gang vor meinem Zimmer auf und nieder; ich preßte, mich zu fassen, die Hand auf meine Augen – »Sie kann's nicht sein!« rief ich, »du bist verrückt! ein Zufall hat sein Spiel mit dir – und doch ...« Ich hatte weder Ruhe noch Besinnung, alle die Wenn und Aber, Für und Wider bedächtig auszuklauben, nein, auf der Stelle, jetzt im Augenblick, durchs Mädchen selbst wollt ich Gewißheit haben; mein Innerstes lechzte und brannte nach ihr, nach ihrem lebendigen Anblick! Ich war die Treppe hinabgeschlichen und hatte im Vorbeigehn einen Blick in das Gemach geworfen, wo die Landkarte hing – allein was kümmerte mich jetzt das Teufelszeug! ich spürte nach des Mädchens Kammer: umsonst, noch rührte sich kein Laut im ganzen Hause. Ich konnte doch wahrhaftig nicht, als wäre Feuer im Dach, die Leute aus den Betten schreien, um nachher, wenn ich mich betrogen hätte, als ein Wahnsinniger vor ihnen dazustehn. Ich ging zurück nach meinem Zimmer, warf mich in voller Desperation aufs Bett und begrub mein Gesicht in die Kissen.

Doch es ist Zeit zu sagen, was mir so plötzlich eingekommen war.

In meiner Vaterstadt, zu Egloffsbronn, als meine Mutter sich sehr knapp, nach Witwenart, mit mir in ein Oberstübchen hinterm Krahnen zusammengezogen (ich war damals zehn Jahre alt), wohnte mit uns im gleichen Haus ein Sattlermeister, ein liederlicher Kerl, der nichts zu schaffen hatte und, weil er etwas Klarinett verstand, jahraus jahrein auf Dorfhochzeiten und Märkten herumzog. Sein junges Weib war ebenfalls der Leichtsinn selber. Sie hatten aber eine Pflegetochter, ein gar zu schönes Kind, mit welchem ich ausschließlich Kameradschaft hielt. An einem schönen Sonntagnachmittag, wir kamen eben aus der Kirche von einer Trauung her, ward von dem Pärchen ernstlich ausgemacht, daß man sich dermaleinst heiraten wolle. Ich gab ihr zum Gedächtnis dieser Stunde ein kleines Kreuz von Glas, sie hatte nichts so Kostbares in ihrem Vermögen, und heute noch kann ich es spüren, wie sie mich dauerte, als sie mir einen alten Fingerhut von ihrem Pfleger, an einem gelben Schnürchen hängend, übermachte. – Allein es sollte dieses Glück sehr bald aufs grausamste vernichtet werden. Im folgenden Winter nach unsrer Verlobung brach in der Stadt eine Kinderkrankheit aus, die man in dieser Gegend zum ersten Male sah. Es war jedoch nicht mehr noch weniger als das bekannte Scharlachfieber. Die Seuche räumte greulich auf in der unmündigen Welt. Auch meine Anne wurde krank. Mir war der Zutritt in die untere Kammer, wo sie lag, bei Leib und Leben untersagt. Nun ging es eben in die dritte Woche, da kam ich eines Morgens von der Schule. Weil meine Mutter nicht daheim, der Stubenschlüssel abgezogen war, erwartete ich sie, Büchlein und Federrohr im Arm, unter der Haustür und hauchte in die Finger, denn es fror. Auf einmal stürmt die Sattlersfrau mit lautem Heulen aus der Stube: soeben hab ihr Ännchen den letzten Zug getan! – Sie rannte fort, wahrscheinlich ihren Mann zu suchen. Ich wußte gar nicht wie mir war. Es wimmelten just so dicke Flocken vom Himmel; ein Kind sprang lustig über die Gasse und rief wie im Triumph: »'s schneit Müllersknecht! schneit Müllersknecht! schneit Müllersknecht!« Es kam mir vor, die Welt sei närrisch geworden und müsse alles auf den Köpfen gehn. Je länger ich aber der Sache nachdachte, je weniger konnte ich glauben, daß Ännchen gestorben sein könne. Es trieb mich, sie zu sehn, ich faßte mir ein Herz und stand in wenig Augenblicken am ärmlichen Bette der Toten, ganz unten, weil ich mich nicht näher traute. Keine Seele war in der Nähe. Ich weinte still und ließ kein Aug von ihr und nagte hastig hastig an meinem Schulbüchlein.

»Schmeckt's, Kleiner?« sagte plötzlich eine widrige Stimme hinter mir; ich fuhr zusammen wie vorm Tod, und da ich mich umsehe, steht eine Frau vor mir in einem roten Rock, ein schwarzes Häubchen auf dem Kopf und an den Füßen rote Schuhe. Sie war nicht sehr alt, aber leichenblaß, nur daß von Zeit zu Zeit eine fliegende Röte ihr ganzes Gesicht überzog. »Was sieht man mich denn so verwundert an? Ich bin die Frau von Scharlach! oder, wie der liebwerteste Herr Doktor sagen, die Fee

Briscarlatina!«* Sie ging nun auf mein armes Ännchen zu, beugte sich murmelnd über sie, wie segnend, mit den Worten:

»Kurze Ware,
Roter Tod;
Kurze Not
Und kurze Bahre!«

»Wär Numero Dreiundsiebenzig also!« Sie schritt vornehm die Stube auf und ab, dann blieb sie plötzlich vor mir stehn und klopfte mir gar freundlich kichernd auf die Backen. Mich wandelte ein unbeschreiblich Grauen an, ich wollte entspringen, wollte laut schreien, doch keins von beiden war ich imstande. Endlich, indem sie steif und strack auf die Wand losging, verschwand sie in derselben.

Kaum war sie weg, so kam Frau Lichtlein zur Türe herein, die Leichenfrau nämlich, ein frommes und reinliches Weib, das im Rufe geheimer Wissenschaft stand. Auf ihre Frage: wer soeben dagewesen? erzählte ich's ihr. Sie seufzte still und sagte, in dreien Tagen würd ich auch krank sein, doch soll ich mich nicht fürchten, es würde gut bei mir vorübergehn. Sie hatte mittlerweilen das Mädchen untersucht, und ach, wie klopfte mir das Herz, da sie mit einigem Verwundern für sich sagte: »Ei ja! ei ja! noch warm, noch warm! Laß sehn, mein Sohn, wir machen eine Probe.« Sie zog zwei kleine Äpfel aus der Tasche, weiß wie das schönste Wachs, ganz ungefärbt und klar, daß man die schwarzen Kern beinah durchschimmern sah. Sie legte der Toten in jede Hand einen und steckte sie unter die Decke. Dann nahm sie ganz gelassen auf einem Stuhle Platz, befragte mich über verschiedene Dinge: ob ich auch fleißig lerne und dergleichen; sie

* Viele Jahre nachher, als ich diese Geschichte gelegentlich vor einer Gesellschaft erzählte, tat sich ein junger Arzt nicht wenig auf die Entdeckung zugut, daß jene Worte weiter nichts als eine sonderbare Verstümmelung des lateinischen Namens Febris scarlatina seien. Der nämliche Gelbschnabel setzte mir dabei sehr gründlich auseinander, die ganze Erscheinung sei ein bloßes Phantasma gewesen, der fieberhafte Vorbote meiner bereits erfolgten Ansteckung; auf gleiche Weise pflege sich in Ungarn das gelbe Fieber anzukündigen.

Anmerkung des Hofrats

sagte auch, ich müßte Goldschmied werden. Nach einer Weile stand sie auf: »Nun laß uns nach den Äpfeln sehn, ob sie nicht Bäcklein kriegen, ob sich der Gift hineinziehn will.« – Ach, lieber Gott! weit weit gefehlt! kein Tüpfchen Rot, kein Striemchen war daran. Frau Lichtlein schüttelte den Kopf, ich brach in lautes Weinen aus. Sie aber sprach mir zu: »Sei wacker, mein Söhnchen, und gib dich zufrieden, es kann wohl noch werden.« Sie hieß mich aus der Stube gehn, nahm Abschied für heute und schärfte mir ein, keinem Menschen zu sagen was sie getan.

Auf der Treppe kam mir meine Mutter entgegen. Sie schlug die Hände überm Kopf zusammen, daß ich bei Ännchen gewesen. Sie hütete mich nun aufs strengste und ich kam nicht mehr aus der Stube. Man wollte mir am andern Tag verschweigen, daß meine Freundin gegen Abend beerdigt werden sollte; allein ich sah vom Fenster aus, wie der Tischler den Sarg ins Haus brachte. (Der Tischler aber war ein Sohn der Leichenfrau.) Jetzt erst geriet ich in Verzweiflung und war auf keine Art zu trösten. Darüber stürmte die Sattlersfrau herauf, meine Mutter ging ihr vor die Tür entgegen und jene fing zu lamentieren an, ihr liederlicher Mann sei noch nicht heimgekommen, sie habe keinen Kreuzer Geld daheim und sei in großer Not. Ich unterdessen, aufmerksam auf jeden Laut im untern Hause, hatte den Schemel vor ein kleines Guckfenster gerückt, welches nach hinten zu auf einen dunkeln Winkel sah, wohinaus auch das Fenster des Kämmerchens ging, in welchem Ännchen lag. Da sah ich unten einen Mann, dem jemand einen langen schweren Pack, mit einem gelben Teppiche umwickelt, zum Fenster hinausreichte. Ahnung durchzuckte mich, freudig und schauderhaft zugleich: ich glaubte Frau Lichtlein reden zu hören. Der Mann entfernte sich geschwind mit seinem Pack. Gleich darauf hörte ich hämmern und klopfen, ohne Zweifel wurde der Sarg zugeschlagen. Die Mutter kam herein, nahm Geld aus dem Schranke und gab es dem Weib vor der Türe. Ich weiß nicht, was mich abgehalten haben mag, etwas von dem zu sagen was eben vorgegangen war, im stillen aber hegte ich die wunderbarste Hoffnung; ja als der Leichenzug anging und alles so betrübt aussah, da lachte ich heimlich bei mir, denn ich war ganz gewiß, daß Ännchen nicht im Sarge sei, daß ich sie vielmehr bald lebendig wiedersehen würde.

In der folgenden Nacht erkrankte ich heftig, redete irre und seltsame Bilder umgaukelten mich. Bald zeigte mir die Leichenfrau den leeren Sarg, bald sah ich, wie sie sehr geschäftig war, den roten Rock der bösen Fee, samt ihren Schuhen, in den Sarg zu legen, bevor man ihn verschloß. Dann war ich auf dem Kirchhof ganz allein. Ein schönes Bäumchen wuchs aus einem Grab hervor und ward zusehends immer größer, es fing hochrot zu blühen an und trieb die prächtigsten Äpfel. Frau Lichtlein trat heran: »Merkst du?« sprach sie: »das macht der rote Rock, der fault im Boden. Muß gleich dem Totengräber sagen, daß er den Baum umhaue und verbrenne; wenn Kinder von den Früchten naschen, so kommt die Seuche wieder aus.«

Dergleichen wunderliches Zeug verfolgte mich während der ganzen Krankheit, und monatelang nach meiner Genesung verließ mich der Glaube nicht ganz, daß das Mädchen noch lebe, bis meine Mutter, welcher ich inzwischen alles anvertraute, mich mit hundert Gründen so schonend wie möglich eines andern belehrte. Auch wollte leider in der Folge wirklich kein Ännchen mehr zum Vorschein kommen. Mit erneuertem Schmerz vernahm ich nur später, das gute Kind wäre vielleicht bei einer besseren Behandlung noch gerettet worden, doch beide Pflegeeltern wären der armen Waise längst gern los gewesen.

Wir kehren zum grauen Schlößchen zurück.

Ich war so sehr in die Vergangenheit vertieft, daß ich einige Zeit die lebhafte Bewegung, die sich indes unten in der Wohnung des Schloßvogts verbreitete, ganz überhörte. Nun sprang ich auf, fuhr rasch in meine Kleider und ging hinab.

Schon von weitem vernahm ich die heftige Stimme der Alten im Innern der Stube. Es war ein lamentierendes Verwundern, Schelten und Toben, worein der Vogt zuweilen einen derben Fluch mischte. Ich stutzte, blieb stehn. »Der Spitzbub!« hieß es innen – »der keinnützige Schuft! vierhundert Dukaten! ist das erhört? Drum hat er gleich von Anfang seine Profession verleugnet! Du meine Güte, was sind wir doch Narren gewesen!«

Jetzt hatte ich genug. Mein Blut schien stillzustehen. Am äußern Hoftor stand ein junger, gutgekleideter Mann: er kehrte mir den Rücken zu, indem er einen Buben, der draußen Ziegen hütete, mit eifrigen Gebärden zu sich winkte; er gab ihm einen Auftrag, wie es schien, sehr dringend, und rief dem Knaben, da er schon im Laufen war, noch halblaut nach: »Sie sollen doch ins Teufels Namen machen! und ja die Fußeisen mitbringen! hörst du?« – – Man denke sich meine Bestürzung! Besinnungslos klink ich die Türe auf und trete in die Stube. Bloß beide Eheleute sind zugegen. Kein rechter Gruß, kein Blick wird mir gegönnt. Ein frisches Zeitungsblatt liegt auf dem Tisch, welches der Schloßvogt hurtig zu sich steckt, ich denke mir im Nu was es enthält. Er geht hinaus, vermutlich dem jungen Mann zu melden, daß ich schon unten sei.

»Ihr habt Besuch bekommen?« fragte ich, um nur etwas zu reden, mit erzwungenem Gleichmut die Alte. »Meiner Nichte Bräutigam!« versetzte sie kalt und fing mit recht absichtlichem Geräusch, um jedes weitere Gespräch zu hindern, Hanfkörner zu zerquetschen an, dem Distelfinken zum Frühstück. Ich hatte in meiner Verwirrung nach einem Buch gegriffen (ein Kochbuch war's, wenn ich nicht irre): dahinter wühlten meine Blicke sich schnell durch ein Rudel von tausend Gedanken hindurch. Reiß ich aus? Halt ich stand? Vielleicht wäre ersteres möglich gewesen, der beiden Männer hätt ich mich zur Not erwehrt; allein was half mir eine kurze Flucht? Und in der Tat, ich fühlte mich bereits durch die Notwendigkeit erleichtert, endlich ein offenes Geständnis abzulegen. Dessenungeachtet war mein Zustand fürchterlich. Nicht die Nähe meiner schmachvollen Verhaftung, nicht die Sorge, wie ich mich in einem so äußerst verwickelten Falle von allem Verdacht würde reinigen können – nein, einzig der Gedanke an Josephe war's, an Ännchen, was mich in diesen Augenblicken fast wahnsinnig machte, der unerträgliche Schmerz, dieses Mädchen, sie sei nun wer sie wolle, als die Verlobte eines andern zu denken, und eines Menschen zwar, welcher das schadenfrohe Werkzeug meiner Schmach, meines Verderbens werden sollte! Wußte *sie* etwa selbst um den verfluchten Plan? Unmöglich! doch für mein Gefühl, für meine Leidenschaft, indem ich sie mit dem verhaßten Kerl in eins zusammenwarf, war sie die schändlichste Verräterin. Liebe, Verachtung, Eifersucht goren im Aufruhr aller meiner Sinne dermaßen durcheinander, daß ich mich wirklich aufgelegt fühlte, das Mädchen mit eigener Hand aufzuopfern, den Kerker, welchem ich entgegenging, durch ein Verbrechen zu verdienen und so mein Leben zu verwirken, an welchem mir nichts mehr gelegen war.

Die Alte war inzwischen in die Kammer nebenan gegangen; soeben kam sie wieder heraus, zog die Türe still hinter sich zu und ging nach der Küche. Schnell, wie durch Eingebung getrieben, spring ich keck auf die Kammer zu und öffne ganz leise. Niemand ist da. Ich sehe eine zweite Tür, ich trete unhörbar über die Schwelle und bin durch einen Anblick überrascht, vor dem mein ganzes Herz wie Wachs zerschmilzt. Denn in dem engen, äußerst reinlichen Gemach, das ich mit einmal überblickte, lag die Schöne an ihrem Bett halbknieend hingesunken, die Arme auf den Stuhl gelegt, die Stirn auf beide Hände gedrückt, wie schlafend, ohne Bewußtsein; Gewand und Haare ungeordnet, so daß es schien, sie hatte kaum das Bett verlassen, als jene Nachricht sie betäubend überfiel.

Ich wagte nicht, die Unglückliche anzusprechen, ich fürchtete mich, ihr ins Gesicht zu sehn. Aber Sehnsucht und Jammer durchglühten mir innen die Brust, von selber streckte mein Arm sich aus, von selbst bewegten sich die Lippen – »Ännchen!« sagt ich – es war kein Rufen, es war nur ein Flüstern gewesen; dennoch im nämlichen Moment richtet die Schlummernde den Kopf empor; sie schaut, noch halb im Traum, nach mir herüber, der ich bewegungslos dastehe; nun aber, wie durch Engelshand im Innersten erweckt, steht sie auf ihren Füßen, schwankt – und liegt an meinem Halse.

So standen wir noch immer fest umschlungen, als es im Hofe laut und lauter zu werden begann. Tosende Stimmen durcheinander, ein Eilen und ein Rennen hin und her – das alles hörte ich und hörte nichts von allem. Jetzt kommt man heran durch die Zimmer, jetzt reißen sie die letzte Tür auf – ein allgemeiner Ausruf des Erstaunens! Das Mädchen wie in Todesangst drückt mich gewaltsamer an sich, dann sinkt sie erschaudernd plötzlich zusammen und fremde Hände fassen die Ohnmächtige auf. Vor meinen Augen wird es Nacht; ich fühle mich unsanft hüben und drüben beim Arme ergriffen und wie im Sturm hinweggeführt nach einem finstern Gange, dann abwärts einige Stufen, wo eine Tür sich öffnet und alsbald donnernd hinter mir zuschlägt.

Ich hatte mich in kurzer Zeit wieder gesammelt. Es war ein förmliches Gefängnis, worin ich mich nunmehr befand, dunkel und moderfeucht und kalt. Die Sichel, von dem Regen angeschwollen, brauste wild in die Tiefe. Ich überdachte meine Lage schnell. So schrecklich sie auch schien, sie konnte doch unmöglich lange dauern. Und was mich über alles tröstete, fürwahr ich brauchte das nicht weit in Gedanken zu suchen. Denn wenn es mir auch anfangs nur wie eine dämmernde Erinnerung vorschwebte, daß ich das geliebteste Mädchen vor wenig Augenblicken noch an diese Brust gedrückt, so gab ein nie gefühltes Feuer, das mir noch Mark und Bein heimlich durchzuckte, das seligste Zeugnis, daß dieses Wunder nicht ein eitles Blendwerk gewesen sein könne; ein Übermaß von Hoffnung und Entzücken riß mich vom Boden auf und machte mich laut jauchzen.

Bald aber, da Stunde um Stunde verging und es schon weit über Mittag geworden war, ohne daß sich ein Mensch um mich bekümmerte, stellten sich Ungeduld, Zweifel und Sorge allmählich bei mir ein. Für meinen Hunger hatte man zwar durch ein Stück schwarzes Brot, das ich nebst einem Wasserkrug in der Mauer entdeckte, hinreichend gesorgt, und ich verzehrte es mit großer Gier; doch eben diese reichliche Vorsorge ließ befürchten, daß ich für heute wenigstens aus diesem Loche nicht loskommen würde, daß ich vielleicht die Nacht hier zuzubringen hätte. Ich leugne nicht, mir war diese Aussicht entsetzlich. Denn, hatte nicht vielleicht jene verruchte Irmel in ebendiesen Mauern ihr blutiges Ende genommen? Wie, wenn es ihr einfiele, diese Nacht ihr altes Quartier einmal wiederzusehen? Es rieselte mir kalt den Rücken hinunter bei solchen Gedanken. Dabei wird man begreifen, daß es mir unter diesen Umständen keine sehr angenehme Diversion gewährte, der Frechheit zweier Ratten zuzusehen, welche sich auf den Rest meines Mittagmahls bei mir zu Gaste luden.

Es schlug drei auf dem Schloß; ich wollte fast vergehen. Auf einmal aber rasselten die Riegel. Der Schloßvogt öffnete, Verwirrung und Verlegenheit im Blick. »Der gnädig' Herr ist angekommen; er schickt mich, Euch zu holen.«

Ich folgte dem Vogt nach der vordern Hausflur, wo er mich warten hieß. Zu meinem Ärger standen hier verschiedene gemeine Leute herum, die sich ihrem Gebieter zu präsentieren wünschten, der Pächter samt dem Schäfer und dergleichen. Sie gafften mich wie einen armen Sünder an und zischelten einander in die Ohren; ich machte aber ein Gesicht wie ein Pandurenoberst und kehrte ihnen dann den Rücken zu.

Es dauerte nicht lang, so kam, gestiefelt und gespornt, vom Stalle her ein kleiner, blasser, ältlicher Herr mit großen blauen Augen, in Begleitung einer schneeweißen Dogge, durch deren gewaltige Größe die kurze Gestalt ihres Herrn nur desto auffallender wurde. Er sah mich im Vorbeigehn scharf so von der Seite an, sprach mit den andern ein paar gütige Worte, ließ abermals den Blick auf mich herübergleiten und war schon im Begriff die Leute zu entlassen. In diesem Augenblick gewahrte ich den jungen Mann, der sich am Morgen mit so vielem Eifer meiner Person hatte versichern wollen und den man mir als Ännchens Bräutigam bezeichnet – Aber wo nehm ich Worte her, um mein Erstaunen, mein Entsetzen auszudrücken, als ich beim zweiten Blick meinen Juden in ihm erkannte! – – Unfühlend, wo ich stand, und des Respekts vergessend, den ich der Gegenwart des gnädigen Herrn schuldig war, warf ich mich auf den Burschen mit einer Wut, mit einer Schnelligkeit, wie kaum ein Tiger sich auf seine sichere Beute stürzt. »Vermaledeiter Dieb! so hab ich dich!« und packt ihn kräftig bei der Kehle. Eine Totenstille entstand. Entsetzen hielt das Gesindel gebannt. Der alte Herr sah unwillig verlegen zu dem Auftritt, und einem allgemeinen Murren folgte unmittelbar der wildeste Tumult. Man wollte mir mit Gewalt meinen Feind entreißen, von dessen Gurgel meine Hand nicht loszubringen war, und hätten sie mich in Stücke zerrissen. Die kreischende Stimme des Freiherrn allein war imstande, mich zur Vernunft zurückzubringen. In kurzem ward es ruhig.

»Faßt Euch, Herr Peter!« sagte der Patron zu meinem Gegenpart, der mich erhitzt und keuchend mit weinerlichem Lachen angrinste – »ich hoffe, dieser allzu rasche Jüngling wird Euch seinerzeit den gröbsten Irrtum abzubitten haben; indes, Herr Schulzensohn, seid Ihr einmal entschieden angeklagt und werdet Euch gefallen lassen, inmitten dieser Leute hier Euch zu gedulden, bis ich mit jenem fertig bin.«

Der Schloßvogt führte mich nun auf Befehl des Herrn hinauf in den Saal, wo er mich alsbald wieder verließ. Ich hatte vor lauter Erwartung kaum einige Aufmerksamkeit auf das, was hier mich umgab. Uralte, gewirkte Tapeten mit abenteuerlichen Schildereien, zwei lange Reihen von Porträts bedeckten die Wände; ein ungeheures Fenster umfaßte die prächtigste Aussicht. Mir wurde die Zeit unsäglich lang. Endlich ging eine Flügeltür auf und Herr Marcell von Rochen trat herein, in feierlicher, sonderbarer Tracht. Er war in Reitstiefeln so wie vorher; sein übriger Einband jedoch erinnerte mich auf der Stelle frappant an mein Schatzkästlein. Er hatte ein schwarzseiden Mäntelchen an, darunter ein geschlitztes, spanisches Wams von meergrüner Farbe hervorstach. Sein grauer Knebelbart rieb sich an einem steifen Ringelkragen, welcher wie Pergament aussah. Wenn sich der Mann von ungefähr umdrehte, so war etwas Erkleckliches von einem Höcker zu gewahren, ein Merkmal, das gedachter Ähnlichkeit auf keine Weise Abbruch tat. Nichtsdestoweniger hatte sein ganzes Wesen etwas Ehrwürdiges, Unwiderstehliches für mich.

Er nahm nunmehr mit Anstand Platz und sprach: »Ihr seid Franz Arbogast aus Egloffsbronn, Goldschmiedsgesell bei Meister Orlt in Achfurth?«

»So ist es, Ew. Gnaden!« versetzte ich mit großer Zuversicht, und erzählte sofort auf Verlangen die ganze unglückselige Historie ausführlich und gewissenhaft, wobei er sehr aufmerksam zuhörte. Am Ende zog er die Klingel und ließ mein Felleisen bringen. Hierauf begehrte der Freiherr das Büchlein zu sehen, das eine so wichtige Rolle in meiner Geschichte gespielt. Ich überreichte ihm das unschätzbare Werklein ungesäumt, das er mit einem ganz erheiterten Gesicht, ja mit unverkennbarer Rührung, wie eine wohlbekannte Reliquie empfing. »Meiner Schwester Hand, bei Gott!« rief er halblaut, blätterte lang und schmunzelte dazwischen, sah mich dann wieder ernsthaft an, ging auf und ab, mit allen Zeichen stiller, nachdenklicher Verwunderung. Nun trat er auf mich zu, und sagte: »Also just vierhundert Dukaten betrüge die Summe, die Ihr verloren?«

»Gerade soviel, Ew. Gnaden.«

»Und davon hättet Ihr nicht das geringste übrigbehalten? Besinnt Euch ja wohl!«

Auf einmal fiel mir ein, daß ja noch ein Goldstück im Wagen gewesen und daß ich dieses in der Not bei der Zeche zu Rösheim auswechseln lassen. Ich bekannte aufrichtig wie alles gegangen.

»Da habt Ihr sehr übelgetan!« versetzte der Freiherr bedenklich, mit kaum merkbarer Schalkheit. »So geht es, wenn ein Osterjüngling nicht genau nach seinem Katechismo lebt. Ihr werdet Euch des trefflichen Spruches erinnern, worinnen gesagt ist, daß man sich fremden Eigentums unter keinerlei Umständen anmaßen möge. Genug, Ihr habt den Lockvogel hinausgelassen, mit dessen Hilfe Ihr die ganze goldne Schar gar leichtlich wieder in Eure Hand würdet bekommen haben.«

»O Gott! ich Unglückseliger!« rief ich verzweifelnd aus und schlug mich vor die Stirne.

»Geduld, Geduld, Gesell!« sagte der alte Herr, »noch ist nicht alles verloren. Laßt Euch den Fehler für die Zukunft zu einer Warnung dienen; indes« – hier griff er in die Tasche und zog zu meinem freudigsten Erstaunen den Dukaten hervor, den er mir lächelnd mit den Worten reichte: »Er kann nun freilich die erwünschte Wirkung nicht mehr tun, der Zeitpunkt ist versäumt; dessenungeachtet werdet Ihr vor Cyprian Eure 399 wiederhaben, da es Euch denn doch angenehm sein dürfte, auch den Vierhundertsten gleich draufzulegen. Er fand sich noch zum Glück in den Zähnen des goldenen Löwen.«

Mit Tränen küßte ich die Hände des Patrons und wußte meinem Danke keine Worte. Der unvergleichliche Mann fuhr nun fort:

»Franz Arbogast, Ihr seid von nun an frei, und die Gerechtigkeit gibt Euch hiemit durch meinen Mund und kraft dieses Papiers, bis auf ein weiteres, Euren ehrlichen Namen zurück. Marcell von Rochen hat Bürgschaft für Euch geleistet; ich sprach Euren wackeren Meister noch kürzlich in Achfurth. Er läßt Euch freundlichst grüßen. Auch mußte er mir das Versprechen geben, daß er die Arbeit, derenwegen Ihr nach Frankfurt reisen solltet, in keines andern Hände legen wolle. Es hat noch Zeit damit, und auf mein Wort bleibt Ihr nur vorderhand getrosten Muts hier auf dem Schlosse. Josephe wird schon sorgen, daß Ihr uns nicht entlauft; denn noch erwartet Euch ein wichtiges Geschäft. Ich kann für heute nicht bleiben, in wenig Tagen sehen wir uns wieder. Bevor ich aber scheide, nehmt meinen besten Segen für Euch und für Josephen. Gewiß, mein Freund, Euch ist nach mancher Prüfung ein selten Glück beschieden: was man dagegen von Euch fordern wird, das sollt Ihr seinerzeit von Eurer Braut vernehmen. Indes gehabt Euch wohl!« Hiemit entfernte er sich in ein Seitenzimmer, eh ich ihm nochmals hatte danken können.

Ich blieb in einer Art von freudiger Betäubung noch eine

ganze Weile auf *einem* Flecke stehn, halb in Erwartung, ob mein Wohltäter nicht noch einmal heraustrete. Als ich den Saal endlich verließ und die Treppe herabkam, stand der Freiherr bereits in seinen ordentlichen Kleidern unterm Tor und stieg soeben zu Pferde. Er winkte mir im Wegreiten noch ein Adieu zurück. Der Schloßvogt mußte ihn den Berg hinab, dem Dorfe zu, begleiten. Ein junger flinker Jäger, der hinterdreinritt, gab mir durch lustige Gebärden zu verstehn, daß man »den Juden« schon vorausgeführt habe. In Gottes Namen! dachte ich und eilte in die Stube und auf Ännchen zu, die mir entgegenflog.

Die Trunkenheit der nächsten Stunden zu beschreiben, soll mir billig erlassen sein.

Josephe – so will ich sie immerhin nennen, denn dieser Name war ihr ganz eigen geworden – Josephe zog mich an ein Tischchen, auf dem ein appetitliches Abendbrot, mit frischen Herbstblumen geziert, mein wartete. Ich hatte hundert Fragen an das Mädchen, doch meine Ungeduld sprang immer nur von einer zu der andern, dergestalt, daß ich am Ende sowenig wie vorher von allem begriff. Die seligste Konfusion von gegenseitigen Erklärungen, von Tränen, Scherzen, Küssen löste sich zuletzt in das Geständnis auf: man wolle jetzt nichts wissen und nichts fassen, als daß man sich wiederbesitze, daß man sich ewig so umschlungen halten würde.

Frau Base schien in großer Not, wie sie dem glücklichen Paar ihre Teilnahme ausdrücken sollte. Sie hatte in der Tat, wie ich nachher erfuhr, nicht das beste Gewissen. Denn wenn Josephe gestern, im Sinne mich zu prüfen, auf zweideutige Weise etwas von einem Bräutigam verlauten ließ, so hing dies bei der Alten ganz anders zusammen. Gedachter Schulzensohn, ein angehender Wirt, filzig und reich, doch sonst ein guter Christ, hoffte an diesem Mädchen eine tüchtige Hausfrau für sich zu erwerben und betrieb seine Absicht um so ernstlicher, da nicht verschwiegen blieb, daß sie von der seligen Freifrau von Rochen – auf welche merkwürdige Dame wir näher zurückkommen werden – mit einem Vermächtnis bedacht worden war, dessen Eröffnung bis auf ihre Hochzeit ausgesetzt sein sollte, und wovon, in Betracht, wieviel sie bei gnädiger Herrschaft gegolten, sehr übertriebene Vermutungen bestanden. Josephe, die den Menschen nicht entfernt ausstehen konnte, war überdies, durch manchen geheimnisvollen Wink ihrer verblichenen Beschützerin geleitet, mit Sinn und Herzen immerfort nur auf die Zeit gespannt, wo der Goldschmiedsgeselle von Achfurth anrücken würde. Die Base aber, insoweit auch sie in das Geheimnis eingeweiht war, hatte, als eingefleischtes Weltkind, noch nie so recht daran geglaubt und konnte endlich eine kleine Kuppelei nicht lassen. Doch ihre Künste scheiterten an der Beharrlichkeit des braven Kindes, und der gekränkte Freier blieb einige Zeit aus. Am letzten Sonntag kam er wieder, sein Heil noch einmal zu versuchen. Allein wie sehr war er erstaunt, als er noch außerhalb des Hofraumes wahrnehmen mußte, wie sich das Jüngferchen mit einem fremden Gesellen, dessen Person er sich von der Gramsener Botenfahrt her sogleich erinnerte, gar traulich vor dem Schlößchen hin und her spazierend, behagte. Er hatte auf der Stelle weg, wo das hinauszielte, zumal er an demselben Nachmittag in Jünneda mit der Gevatterschaft vom Schloß zusammengetroffen, und ihm die Ängstlichkeit, womit die Base ihn für dieses Mal von einem Besuche bei Sephchen abhalten wollte, bereits verdächtig vorgekommen war. Ganz stille schlich er sich den Berg wieder hinab und sann auf Rache. In kurzem trat auch wirklich ein ganz vertrackter Zufall ein, völlig dazu gemacht, mich mit *einem* Schlag in die Lüfte zu sprengen.

Herr Peter hatte nämlich in folgender Nacht einige Reisende beherbergt, Handelsherren, die mit anbrechendem Tage weiter wollten. Der Wirt war aufgestanden; er reichte ihnen zwischen dem Frühstück gefällig die neueste Zeitung, und einer trug daraus das Merkwürdigste vor, unter anderm einen ellenlangen Steckbrief, der viel Aufsehen erregte. Der Wirt geht eben durch das Zimmer, steht still und spitzt die Ohren; er ist von dem Signalement frappiert, er liest mit eigenen Augen, wird plötzlich Feuer und Flamme und rennt mit dem Blatte davon – zum Schulzen, seinem Vater. Der, weil er eben unpaß ist, überträgt die Sache dem Sohn, auf den er sich verlassen kann. In weniger als einer halben Stunde war meine Aufhebung erfolgt. – Daß ich nachher denselben Menschen, welcher mit solcher Zuversicht die Schergen wider *mich* aufbot, noch immer als den Dieb ansehen und behandeln konnte, war freilich eine Unbesonnenheit, die nur der blinde Drang des Augenblicks verzeihlich machte. Ich meinerseits indessen war nicht einmal geneigt, mir den Irrtum so sehr zu Herzen zu nehmen, besonders da ich gar wohl merkte, daß unser guter Schatzkästleinspatron, welcher von vornherein der Sache auf den Grund gesehen, dem schadenfrohen Kauzen eine vorübergehende Demütigung – er saß zwei ganze Tage zur Untersuchung im Arrest – absichtlich nicht ersparen wollte. –

Josephe schlug noch einen Gang ins Freie vor; der Abend war so schön, die Luft außerordentlich milde.

Indem wir nun allein so Hand in Hand entlang dem Ackerfeld, am Rand des Bergs hinwandelten, war mir's noch immer wie ein Märchen, daß ich das schönste liebste Mädchen von der Welt als meine ausgemachte Braut besitzen sollte und daß dieselbe zwar nach Leib und Seele mein altes Schätzlein aus der Melbergasse hinterm Krahnen sei! – – »So sag mir denn, ums Himmels willen«, hob ich an, »wie bist du von den Toten auferstanden?«

»Mir kam es wahrlich selber vor«, versetzte sie, »als ging' es nicht mit rechten Dingen zu, da ich eines Morgens die Augen aufschlug und mich in einem fremden Zimmer, wo alles gar vornehm und lieblich aussah, in einem feinen seidenen Bettchen zum ersten Male wiederfand. Es war ein wenig dunkel in dem Zimmer, die Laden waren zu, die Vorhänge herabgelassen. Nach einer Welle kam eine ältliche Dame herein; sie war mir gleich bekannt, so ein sanftes und liebreiches Witwengesicht hatt ich schon sonst einmal gesehen. Du mußt dich noch erinnern, zu Egloffsbronn, vor dem Brückentor, gegen die Landstraße hin, steht einzeln ein freundliches Haus zwischen Gärten –«

»Ganz recht! Es liefen immer ein paar prächtige Pfauen im Hofe herum, die wir oft halbe Stunden lang durch die Staketen beguckten –«

»Ja, und da rief uns eines Tags eine vornehme Frau in das Haus, befrug uns über dies und das, und schenkte jedem einen neuen Zwanziger. Wir kamen nachher noch einigemal, doch leider war die gute Frau nie mehr zu sehen. Nun aber kannte ich sie sogleich wieder. Sie setzte sich zu mir ans Bett, erkundigte sich nach meinem Befinden und reichte mir köstliche Bissen zur Stärkung. Dann trat Frau Lichtlein ins Gemach und gleich darauf ein schönes Frauenzimmer, das mich mit Schmeichelworten und Liebkosungen überhäufte und fast nur allzu lebhaft war.

Man nannte sie Josephe, zur ältern Dame sagte sie Tante Sophie. Sie zeigte mir ein schönes Kleid, das sollte ich anziehen sobald ich wieder aufstehn dürfte. Meine Frage, ob ich zu Egloffsbronn wäre, bejahte man mir, und als ich weiterforschte, ob ich denn wieder zu meinen Pflegeeltern müßte, hieß es: nein, die Tante nehme mich mit auf ihr Gut, wenn ich wollte. ›Ach ja‹, sagt ich, ›wenn der Goldschmied-Franz auch mitgeht.‹ ›Der kommt dir nach!‹ versetzte das Fräulein und lachte.

Kaum war ich völlig wiederhergestellt und wohl in meiner neugewachsenen Haut, so putzte mich das Fräulein so artig heraus, daß ich mich kaum mehr kannte; sie flocht mir mit eigener Hand meine Zöpfe, sie stellte Puppen und allerlei Spielwerk vor mich und ging dabei selber mit mir nur wie mit einer neuen Puppe um. ›Hören Sie, Tantchen!‹ rief sie der gnädigen Frau einmal zu, ›ich habe Lust, einen Vertrag mit Ihnen abzuschließen: hiermit verspreche ich, Ihnen nicht nur den kommenden Monat, wie wir ausgemacht haben, sondern ein ganzes Jahr auf Ihrem verrufenen Schlößchen Gesellschaft zu leisten, mit dem Beding, daß ich das Kind nach meinem Sinn erziehen und mir es ganz aneignen darf.‹

›Schon gut‹, war die Antwort, ›wir wollen sehen, wie lang das dauern wird.‹

Am Abend fuhr ein Wagen an und kam ein kleiner munterer Herr in Reisekleidern herauf, welchen die beiden Frauen mit vieler Zärtlichkeit empfingen. Es war der Herr vom Hause, ein Bruder jener Dame, die, so wie die Nichte, sich nur gastweise bei ihm, der eben Witwer war, aufhielt. Das Fräulein präsentierte mich dem Oheim, der sogleich herzlich zu lachen anfing: ›Ich wollte wetten, Schwester‹, rief er aus, ›das ist nun wieder eins von deinen Auserwählten, ein Osterlämmchen, eine Friedensbraut nach deinem heimlichen Kalender. Ja ja, Frau Irmel mag sich freuen: die große Stunde der Erlösung muß nun allernächstens schlagen. Ich hoffe doch, die Gräfin wird so höflich sein, mir mindestens ein Dritteil ihres Mammons zuzuscheiden.‹

›Du wirst‹, versetzte Frau Sophie lächelnd mit einem sanften Vorwurf, ›du wirst, Marcell, noch einst ganz anders von diesen Dingen reden.‹

So stritten sie und scherzten noch vieles hin und her, wovon ich nichts weiter verstand.

An einem heitern Wintermorgen reisten die beiden Frauen mit mir ab. Es war das erstemal in meinem Leben, daß ich in einer Kutsche fuhr; ich war vor Lust ganz außer mir. Den zweiten Tag erreichten wir das Schlößchen. Nun ging ein Leben wie im Himmel für mich an. Es war, als wäre ich nur für Josephen da; sie gab sich ganze Tage mit mir ab, und da ich sogar ihren Namen führen mußte, schien ich mir selber wie verwandelt und eine ganz neue Person. Nun sollte ich gleich tausenderlei Sachen auf einmal von dem Fräulein lernen; selbst auf der Harfe nahm ich Unterricht bei ihr. Es fand sich nämlich so ein altes Ding von Instrument aus den früheren Zeiten der Tante. Das Fräulein sagte oft: es sei die Irmels-Harpfe; ich wußte damals nicht was mit dem Scherz gemeint war, welchen die Tante jedesmal und endlich sehr ernsthaft verwies. Wir trieben unser Wesen so drei Monate zusammen, als meine junge Gönnerin zu meinem größten Kummer von den Verwandten nach der Hauptstadt abgerufen wurde. Die Tante konnte den Wildfang wohl missen, und späterhin gestand sie mir geradezu, es hätte in der Art, wie ihre Nichte mich behandelt, unmöglich fortgehn können; der Stand, in den ich künftig treten würde, verlange nicht etwa so ein verwöhntes Modepüppchen, wohl aber eine wackere Hauswirtin. Doch war es niemand weniger gegeben, mit Kindern umzugehen, als eben dieser guten, von mir so hochverehrten Frau; ich machte ihr nur Langeweile, störte und ärgerte sie. So mußte ich mich denn fast einzig zu des Hausschneiders halten, und war froh, daß ich nur jemand hatte, zu dem ich einmal wieder, wie einst in Egloffsbronn, Vetter und Base sagen durfte. Dies wurde gegenseitig so sehr zur Gewohnheit, daß jedermann uns für Verwandte hielt.«

Indem nun meine Braut – so fuhr der Hofrat zu erzählen fort – mich mit den Eigenheiten ihrer seligen Wohltäterin näher bekannt machte, bedauerte ich aufrichtig, diese Edle nicht mehr am Leben zu wissen: ihr hatte ich mein Schatzkästlein, ach und noch weit mehr zu verdanken.

Aber – mit diesen Worten wandte sich Herr Arbogast an eine ganz besonders aufmerksam zuhörende bejahrte Dame – Sie, Frau Majorin, bringen ja den Mund nicht mehr zusammen, seit ich von Frau Sophien rede! Am Ende haben Sie die Baronesse selbst gekannt?

»Gewiß! gewiß hab ich! Leibhaftig steht sie wieder vor mir, wie ich sie vor vierzig und mehr Jahren in meiner Jugend sah.«

»Was ist das?« brummte hier ein treuherziger Schweizer, der während der Erzählung einigemal sehr merklich eingenickt war: »Bi Gott, ich dacht, das alles si halt numme so ne Fabel g'si, jetzt chümmt es doch anderster usi! Hätt ich das eh gwüßt, hätt es mich bi miner Ehr nit g'schläferet!«

Auf dies Bekenntnis folgte ein allgemeines, unauslöschliches Gelächter. Der Hofrat endlich nahm das Wort und bat gedachte Dame um eine Schilderung der Frau von Rochen: ein solches Zeugnis, sagte er, wird für meinen Kredit als Erzähler entscheiden.

Die angenehme Frau ließ sich nicht lange bitten. »Von allen Gliedern der Familie«, fing sie an, »war Sophie die letzte, welche dem alten Rittersitz die Ehre ihrer persönlichen Gegenwart schenkte, indem sie den verstorbenen Gemahl, Anselm von Rochen, gern am Ort wo er begraben lag betrauern wollte. Ich sah sie dort mehrmals mit meiner Mutter, und hörte auch später noch manches von ihr. Ohne gerade menschenscheu zu sein, liebte sie Einsamkeit und Stille über alles, selbst ihre Kammerfrau verweilte nur wenige Stunden des Tags in ihrer unmittelbaren Nähe, und nicht über viermal im Jahre, an hohen Festen etwa, kam sie ins Dorf herab. Dagegen ward sie auch von groß und klein als eine Heilige verehrt, wenn nun die schlanke feingebaute Gestalt mit der ihr eigenen Freundlichkeit und, bei einem Alter von bald siebenzig Jahren, mit beinah jungfräulichem Anstand in der Kirche den gewohnten Platz einnahm und aus dem offenen erhöhten Gitterstuhl ihre Untertanen durch ein Lächeln begrüßte, nach angehörter Predigt aber die Kranken und die Armen als freigebige Trösterin in ihren Häusern besuchte.

Dem klösterlichen Leben, das Sophie im Innern ihrer prunklosen Gemächer führte, entsprachen denn auch ihre Lieblingsbeschäftigungen ganz und gar. Von Jugend an zu einer bewundernswürdigen Kunstfertigkeit in feiner bunter Stickerei geübt, war sie bei völlig ungeschwächten Sinnen noch immerfort imstande, dergleichen Arbeiten, wozu sie sich ehemals die reichsten Muster kommen ließ, mit gleicher Sorgfalt fortzusetzen; sie wiederholte unermüdet ihre alten Zeichnungen, um mit solchen Prachtstücken, an denen Gold und Silber glänzte, von Zeit zu

Zeit die Ihrigen zu überraschen, ganz unbekümmert freilich um den Geschmack des Tags.

Bedeutend aber war ihr Ansehn bei der Familie dadurch, daß sie die Gabe der Weissagung in hohem Grade besessen haben soll; besonders wollte sie es jedem gleich ansehen, ob er Sinn und Beruf für übersinnliche Dinge besitze. Auch stand sie allezeit mit einer Anzahl Geistlichen in Briefwechsel und wußte sich – zu einem Zweck, den weiter niemand kannte, worüber wir jetzt freilich ganz im klaren sind – von den Verhältnissen aller möglichen Menschen, von Zeit und Stunde ihrer Geburt und dergleichen genaue Kenntnis zu verschaffen. In ihrer eigenen Verwandtschaft fand sie den unbedingtesten Glauben, obschon sie gerade hier am sparsamsten mit ihren Eröffnungen war. Bruder Marcell allein wagte es, den hartnäckigen Zweifler, sogar gelegentlich den Spötter gegen sie zu spielen, dessenungeachtet ist er doch ihr Liebling immer geblieben. Nach ihrem Tode mag er sich wohl bekehrt haben, ja wie es scheint verschmähte er nicht, Sophiens mystische Hausfarbe, Grün, Schwarz und Weiß, zu Ehren der Schwester bei feierlichen Anlässen zu tragen.

Nun aber ist leicht zu vermuten, daß unserer guten Nonne das kleinste Verdienst dabei blieb, wenn unter ihrem frommen Regiment die Gutsökonomie, die gar nicht unbeträchtlich war, dennoch durchaus zum Vorteil der Besitzer aufrechterhalten wurde. Sie nahm von ihrem samtnen Armstuhl aus sehr regelmäßig Anteil an den vorkommenden Geschäften; sie hörte an bestimmten Tagen den Verwalter an, durchsah als eine gute Rechnerin die Bücher mit der Feder in der Hand, ermahnte die Dienstboten und übte mitunter auch wohl ein klein wenig die Kunst, unterrichtet zu scheinen, wo sie es nicht war. Jedoch verstand es sich bei männiglich von selbst, daß alles in der Wirtschaft hätte drunter und drüber gehn müssen ohne die Einsicht und Treue eines Verwalters, der wirklich seinesgleichen suchte. Der gute Mann nahm aber unvermutet seinen Abschied, die Güter wurden verpachtet, und die edle Matrone, den Bitten ihres Bruders jetzt nicht länger widerstrebend, entsagte diesem Aufenthalt und ließ es sich gefallen, den späten Abend ihres Lebens im Schoße der Familie zuzubringen.

Dies wäre nun alles, was ich zugunsten der Wahrhaftigkeit des Herrn Erzählers vorzubringen hatte.«

Nachdem sich die Versammlung für diese interessanten Nachrichten aufs schönste bedankt, sprach unser Hofrat weiter: Ich werde mich nunmehr zum Schluß so kurz wie möglich fassen.

Josephens Konfirmation war in der Dorfkirche vollzogen worden. Die Nachfeier des Tages aber fand in aller Stille auf dem Schlößchen statt. Am Abend nahm Sophie das Mädchen bei der Hand und führte sie nach einem Gemache im untern Stock, zu dem niemand, sogar der Vogt nicht, Zutritt hatte. Sephchen erblickte nun hier eine vollständige Goldschmiedswerkstatt, ganz neu und sauber eingerichtet. »Mein Kind!« sagte die edle Frau: »sieh an, das ist für deinen Franz, hier führst du ihn herein, wenn er mal kommen wird; hier muß dein Liebster sein Meisterstück machen. Ist das geschehn, so findet sich das übrige von selbst. Der Werkzeug bleibt sein Eigentum; er nimmt ihn mit gen Achfurth, wo ihr euch niederlassen sollt. Und dann gedenket mein und habt einander lieb in Gottesfurcht und Frieden.« – Zugleich bekam Josephe ein ähnliches Büchlein wie ich, obgleich sie nach Geburt und Rang nur ein Sonntagskind war. Die Werkstatt wurde nun wieder geschlossen, und ich war in der Tat der erste, dem sie sich nach vier Jahren wieder öffnete. Josephen war der Schlüssel durch Herrn Marcell bei seiner neulichen Anwesenheit behändigt worden. Ich hatte nur zu staunen und zu preisen, als ich mit meiner Braut von diesen Sachen Einsicht nahm; da war auch nicht das geringste vergessen, vom großen Ofen bis zum unbedeutendsten Lötrohr herab, und Stück für Stück untadelhafte Ware, so rein und einladend, daß einem gleich der Mund nach der Arbeit zu wässern anfing. Auf meine Frage, was denn wohl zunächst hier mein Geschäft sein würde, gab mir Josephe nur ganz verblümten Bescheid, indem sie mich auf Herrn von Rochens Wiederkunft verwies; allein ich hatte längst gewittert, was da werden sollte, und war gefaßt auf alles, obwohl ich gar nicht leugnen will, daß mir etwas unheimlich wurde, als mir das Mädchen bald hernach zwei sonderbar gestrickte Schärpen zeigte, worauf gewisse Chiffern und Figuren von grüner, schwarzer, weißer Farbe sich durchschlangen. »Wozu soll das, Josephe?« fragte ich.

»Die eine für dich, die andere für mich«, antwortete das Mädchen mit geheimnisvollem Lächeln, »wir tragen sie auf *eine* Nacht.«

»Aber wozu, um Gottes willen?«

Sie legte ihren Finger auf den Mund: »Für jetzt nicht weiter, Franz; du bist ein Mann, und da wo ich mich hin getraue, wirst du dich hoffentlich nicht scheuen.« – So kamen wir stillschweigend überein, daß vorderhand nicht mehr die Rede davon sein solle.

Der nächste schöne Morgen reizte uns zu einem kleinen Ausflug in die Gegend. Wir hatten uns noch unzählige Dinge zu sagen. Unter anderem wollte ich wissen, warum sie sich mir denn nicht gleich am ersten Abend, als ich kam, entdeckte? ja wie sie es nur übers Herz bringen können, den ganzen folgenden Tag so grausam Komödie mit mir zu spielen? – »So? meint der Herr«, entgegnete sie, »man hätte nicht auch Lust gehabt, ihm etwas auf den Zahn zu fühlen? Im ganzen habe ich mir freilich all die Jahre her nie eigentliche Sorge wegen deiner gemacht. Besonders hielt ich mich an das, was wir gelegentlich durch Reisende erfuhren. So kam einmal der Vetter, als eben Kirmes war zu Jünneda, mit einem lustigen Messerschmied an *einen* Tisch im Rößlein zu sitzen, der war nicht weit von hier zu Haus, kam erst von Achfurth her und wußte gar manches von dir; darunter war mir denn das wichtigste und angenehmste, daß sie dich dort den kalten Michel hießen. Die Base wollte dies nicht eben tröstlich für mich finden, ich aber sagte gleich, bei mir wird er schon auftauen. Nun mußt du aber wissen, Freund, ausdrücklich hatte Frau Sophie mir gesagt, du müßtest mich bei unserm Wiedersehn von selbst erkennen: dies sei die erste Probe, wie tief dir Ännchen noch im Herzen sitze. Und daß ich's nur gestehe, mir wollte schon anfangen bange werden, weil du so gar vernagelt warst; ja meinen Ohren traute ich kaum, als mir der Mensch anfing, von seinen Liebschaften da vorzuprahlen! Sieh, hätt ich mir nicht alle diese Faxen so ziemlich zurechtlegen können, es wär ja wahrhaftig mein Tod gewesen! Etwas muß aber doch daran sein, dachte ich, so arg er auch aufschneidet, ganz leer ging es nicht ab, dafür soll er mir jetzt ein bißchen zappeln.«

Unter so fröhlichen Gesprächen waren wir, stets auf der flachen Höhe des Gebirgs fortschlendernd, bis an die gutsherrlichen Weinberge gekommen, Wir setzten uns auf eine kleine Mauer und blickten, über die Rebstöcke weg, hinunter in den sogenannten Schelmengrund. Die Gegend fiel mir auf, ja ich war ganz verblüfft – denn auf und nieder war ja hier das Tälchen wieder, das ich in jener Nacht gesehen, wo es vom Herbstvergnügen der Waidefeger widerhallte! Wie sonderbar! Alles traf zu, die Eiche abgerechnet, von welcher nichts zu sehen war. Ich säumte nicht, die Sache gleich Josephen zu erzählen, die sich höchlich darüber vernahm. Zwar hielt auch sie den Spuk in jener Rumpelkammer für einen bloßen Traum, den sie jedoch nichtsdestoweniger bedeutsam fand. Nachdem wir uns den Ort, und namentlich eine gewisse rundliche, mit Gras und Disteln überwachsene Vertiefung in der Erde zunächst am Mäuerchen, genau bemerkt, begaben wir uns, aller guten Hoffnung voll, nachdenklich auf den Rückweg.

Zu Hause ließ ich es mein erstes sein, die alte Karte mit dem Titelbildchen genauer zu betrachten. Die Ähnlichkeit war abermals nicht zu verkennen, obgleich sie sich bereits nicht mehr so ganz wie vorhin wollte finden lassen. – Während ich noch darüber nachdenke, reicht mir Josephe einen Brief: er sei in unserer Abwesenheit vom Dorf gebracht worden. Ich meinte Wunder was es wäre, das schlaue Mädchen aber sagte: »Gib acht, Herr Peter hat was auf dem Korn.« So war es in der Tat. Seiner gekränkten Ehre eingedenk, machte er Miene, mir einen Prozeß anzuhängen; soviel sich aus der ganz konfusen Schreibart absehen ließ, schien er jedoch nicht ungeneigt, bevor es dahin käme, Genugtuung, und zwar mit barem Gelde, privatim von mir anzunehmen. – Zu rechter Zeit erinnerte ich mich jenes stählernen Knopfs, womit der Schuft den Fuhrmann damals prellte. Ich schlug sogleich ein säuberlich Papier um das edle Schaustück und legte ein paar Zeilen bei, worin ich ihm andeutete, wie sehr man sich zuweilen irren könne, und daß ein Biedermann, der in der Eile einen glatten Knopf für einen Fünfzehner ausgab, es eben auch passieren lassen müsse, wenn ihn ein anderer einmal für einen Galgenvogel nahm. – Der Brief tat völlig die gehoffte Wirkung; Herr Peter zeigte ihn zwar keiner Seele, doch soll er sich geäußert haben, ich hätte ihm sehr anständig Abbitte getan.

Nun kämen wir an das letzte Kapitel in meiner Geschichte, von dem ich zwar versichern darf, daß es seine besondern Reize hat, allein ich habe die Geduld meiner verehrten Zuhörer längst über die Gebühr erprobt und so mag es für heute bewenden.

»Wie? was, Herr Hofrat?« riefen mehrere Stimmen – »jetzt fällt es Ihnen plötzlich ein, Punktum zu machen, jetzt, da es auf das Ziel losgeht? da alles voll Erwartung ist? Nein, nein, das geht nicht an, wir protestieren sämtlich!«

Der Hofrat aber rückte gelassen seinen Stuhl, und da man ihn schon kannte, so sprach ihm niemand weiter zu.

»Wann werden wir denn nun das Ende hören?« fragten einige Damen.

»O morgen abend, wenn Sie wollen.«

»Was? da haben wir ja Ball! Als wenn er das nicht wüßte!«

»Gut – also übermorgen.«

»Da reisen Sie ja ab!«

»Ich?«

»Freilich! Ihre Frau hat es uns selbst gesagt. Seht doch, den Schalk! Er wollte uns wahrhaftig den Rest ohne weiteres schuldig bleiben!«

»Nun« – war die Antwort – »daß ich's nur gestehe, ich pflege diesen Teil meiner Geschichte, der sich im wesentlichen übrigens von selbst ergibt, nie gerne zu erzählen.«

»Darf man wissen, warum?«

»Eine Grille.«

»Das scheint geheimnisvoll.«

»Ich glaube unsern Freund beinahe zu verstehn«, sagte Cornelie, eine geistvolle, höchst liebenswürdige Blondine: »und so sehr mich selber die Neugierde plagt, es will mir doch zugleich gefallen, daß von den geisterhaften Dingen, die wir ahnen, der letzte Schleier nicht hinweggenommen werde. Sie würden einem fast, deucht mich, zu wirklich und zu nahe, und wären wenigstens mit einer heitern Darstellung, wie diese noch im ganzen war, kaum zu vereinigen.«

»Ei was!« rief Oberst Mathey hier mit halb komischer Ungeduld: »was für Umstände! Wir müssen absolut jetzt irgendeinen Schluß, einen expressen Schluß bekommen, und wenn wir ihn uns selbst erzählen sollten.«

»Das möchte wohl so schwer nicht sein«, sagte Cornelie.

»Eh bien! ich nehme Sie beim Wort, mein schönes Kind! Geschwinde, geben Sie uns eine hübsche Skizze, damit sich unsere Imagination vor Schlafengehn beruhige.«

»Fürs erste«, fing Cornelie an, »wird Herr von Rochen, als ihm der merkwürdige Traum erzählt wurde, sogleich Anstalt zur Nachgrabung bei jenen Weinbergen getroffen haben. Gewiß geschah dies mit der größten Vorsicht, und zwar nicht anders als bei Nacht, teils um ein Aufsehn zu verhüten, teils weil der feierliche Gegenstand es so erforderte. Es war die Nacht vor Cyprian. Herr Marcell ermangelte nicht, bei Fackelschein in seiner Ostergalatracht zu Pferde den kleinen Zug geziemend anzuführen. In dessen Mitte ging Herr Arbogast als Hauptperson, dann folgten ein halb Dutzend Arbeiter mit brennenden Laternen, Spaten und Hacken wohl versehen. Diese geheimnisvolle Prozession, die Ankunft auf dem Platze, die Tätigkeit der Leute daselbst, wobei kein lautes Wort gesprochen werden durfte, sodann die immer steigende Bewegung, da man nach einem zweistündigen Graben endlich auf ein Gewölbe, zuletzt auf eine schmale Treppe stößt, und nun der auserwählte Jüngling, die Fackel in der Hand, sich zwischen Schutt und Trümmerwerk hindurcharbeitend, ein enges Kellerchen betritt, wo er vor allen Dingen eine kleine verrostete Kiste entdeckt, hierauf, nicht weit davon, Frau Irmels unheilvolle Kette und endlich – o Entzücken! ein helles Häuflein Gold, seine Dukaten! – fürwahr das sind köstliche Szenen, deren getreue Ausmalung sich allerdings verlohnen würde. Allein das Wichtigste ist noch zurück. Der Irmelgeist, je näher die ersehnte Stunde kam, verdoppelte, wie man leicht denken kann, sein Seufzen, seine Ungeduld. Auf alle Fälle mußte der edle Jüngling noch um Mitternacht in seine Werkstatt gehn, die Kette herzustellen; ein kitzliches Geschäft, wobei er jeden Augenblick besorgte, daß ihm der Geist über die Schulter gucke, ob auch die Arbeit fördere. Das Bräutchen war ihm hier der größte Trost; sie hielt ihm vermutlich das Licht. Nachdem er fertig war, schickte das vielgetreue Paar sich an, das Letzte und Bedenklichste selbander zu bestehen. Josephe knüpfte sich und ihrem Liebsten die magische Leibbinde um, die zwar nicht jede Gänsehaut verhüten, doch sonst vor bösen Einflüssen bewahren konnte. So zog denn Bräutigam und Braut, die goldene Kette zwischen sich haltend, dem Sichelflusse zu, wo nun das Kleinod unter stillen Segenssprüchen den Wellen übergeben ward. Wie sich der Geist dabei benommen und wie Frau Irmels Danksagung gelautet, muß freilich dahingestellt bleiben; genug daß sie zur Ruhe kam. Begierig wäre ich, was in dem eisernen Kistchen gewesen, und fast noch mehr, was für niedliche Dinge das Waidfeger-Volk in die Nischen und Ritzen des königlichen Schatzgewölbs versteckt haben mochte. Zuverlässig fand man auch der Waidekönigin ihr Krönlein darunter, das ich mir so geschmackvoll, so zierlich vorstelle, daß es Herrn Arbogast gleich als Modell zu seiner größern Arbeit dienen konnte, von der die Welt behauptet, sie sei ein Meisterstück der Kunst; wo aber eigentlich der Künstler die unvergleichlichen, sonst nie gesehenen Formen dazu hernahm, hat er den Leuten freilich nicht gesagt und kann auch billig unter uns bleiben.«

Der Hofrat lächelte und sprach: »Sie haben in der Tat, bis auf einige Kleinigkeiten, meine Geheimnisse so artig erraten, daß ich mich, ganz im Ernst, darüber wundern muß und kein Bedenken trage, hiemit meine Geschichte für geschlossen zu erklären.«

Sofort entspann sich unter den Zuhörern noch eine kleine Diskussion über Wahrheit und Dichtung in dem erzählten Abenteuer. »Vielleicht«, sagte einer der Herrn, ein Forstmeister, »vielleicht bin ich imstande, gerade was die Hauptfrage betrifft, einiges Licht in den Zusammenhang zu bringen. Es hatten, ungefähr vor dreißig Jahren, wirklich Nachgrabungen bei jenem Schlößchen statt. Ein alter Förster meines Schwagers, der in der Nähe dort begütert ist, erzählte viel davon. Man fand einen langen, gewölbten, teilweise noch gut erhaltenen Gang. Er zog sich unterirdisch noch eine Strecke in den Wald hinein, wo er in eine wilde, fast unzugängliche Bergschlucht auslief. An seinem andern Ende, vermutlich in der Richtung nach der Burg, wo er etwa nur eingestürzt war, entdeckte man verschiedene, zum Teil kostbare Gegenstände, die schwerlich anders als durch Raub dahin gekommen sein konnten. Der berüchtigte Faligan, der sich bekanntlich im Spessart und im Odenwald lange umhertrieb und sein Leben in einem Gefecht mit streifenden Bauern durch einen Büchsenschuß verlor, soll an mehreren Orten solche geheime Niederlagen hinterlassen haben. Auch im gedachten Falle führten gewisse Spuren auf ihn zurück. Nun war er selbst zwar zu der Zeit, in die Herrn Arbogasts Beraubung fiele, schon längst tot, allein was hindert uns anzunehmen, daß in der Zwischenzeit ein ähnliches Genie das Loch entdeckt, den vorgefundenen Schatz auf gleiche Art vermehrt, und endlich auch Herrn Arbogasts Felleisen so glücklich operiert haben möge?«

Indes nun die Gesellschaft sich hierüber stritt, war der Hofrat still hinausgegangen, kam aber sehr bald wieder und sah sich rings im Saale um. Man fragte, was er suche. »Ich suche meine Frau!« versetzte er, »die ich schon längst im tiefsten Schlaf begraben glaubte. Ihr Bette ist noch unberührt!«

»Das sieht bedenklich aus!« sagte Cornelie, »wenn man sie Ihnen nur nicht entführte, Herr Hofrat! Sagt nicht Ihr Schatzkästlein etwas dergleichen?«

Eine bekannte, angenehme Stimme sprach hier auf einmal hinter dem Ofen hervor:

»Jag nit darnach, mach kein Geschrei,
Und allerdings fürsichtig sei.«

und sogleich trat zu allgemeinem Jubel Madam Arbogast aus ihrem dunkeln Versteck. Sie dankte ihrem Manne sehr anmutig für alle das Schöne und Gute, das er ihr angedichtet, bestätigte jedoch, daß er im ganzen keineswegs ein Märchen erzählt habe.

Als die Gesellschaft nun aufbrach, und jedermann sein Licht ergriff, sprach Arbogast noch mit Cornelien und sagte ihr etwas ins Ohr. »Ist's möglich?« rief sie mit Verwunderung, so daß die andern in der Türe stehenblieben. »Wissen Sie auch«, fuhr sie, gegen jene gewendet, heraus: »wer der verdächtige Wegzeiger war auf der Heide? – Der Ritter von Latwerg! Er wartete auf seinen Osterengel.«

»Was Teufels!« rief der Oberst. »Nun denn – Gut Nacht, Herr Ritter! Die Hähne krähen schon, mich verlangt nach dem Bette!«

DER BAUER UND SEIN SOHN

Märchen

Morgens beim Aufstehn sagt einmal der Peter ganz erschrocken zu seinem Weib: »Ei, schau doch, Ev, was hab' ich da für blaue Flecken! Am ganzen Leib schwarzblau! – und denkt mir doch nicht, daß ich Händel hatte!« »Mann!« sagte die Frau, »du hast gewiß wieder den Hansel, die arme Mähr, halb lahm geschlagen? Vom Ehni hab' ich das wohl öfter denn hundertmal gehört: wenn einer sein Vieh malträtiert, sei's Stier, sei's Esel oder Pferd, da schickt es seinem Peiniger bei Nacht die blauen Mäler zu. Jetzt haben wir's blank.« Der Peter aber brummte: »Hum, wenn's nichts weiter zu bedeuten hat!« schwieg still und meinte, die Flecken möchten ihm den Tod ansagen; deshalb er auch etliche Tage zahm und geschmeidig war, daß es dem ganzen Haus zugut kam. Kaum aber ist ihm die Haut wieder heil, da ist er wie immer der grimmige Peter mit seinem roten Kopf und lauter Flüchen zwischen den Zähnen. Der Hansel sonderlich hatte sehr böse Zeit, dazu noch bittern Hunger, und wenn ihm oft im Stall die Knochen alle weh taten von allzu harter Arbeit, sprach er wohl einmal vor sich hin: Ich wollt, es holte mich ein Dieb, den würd ich sanft wegtragen!

Es hatte aber der Bauer einen herzguten Jungen, Frieder mit Namen, der tat dem armen Tier alle Liebe. Wenn die Stalltür aufging, etwas leiser wie sonst, drehte der Hansel gleich den müden Kopf herum, zu sehn, ob es der Frieder sei, der ihm heimlich sein Morgen- oder Vesperbrot brachte. So kommt der Junge auch einmal hinein, erschrickt aber nicht wenig: denn auf des Braunen seinem Rücken sitzt ein schöner Mädchen-Engel mit einem silberhellen Rock und einem Wiesenblumenkranz im gelben Haar und streicht dem Hansel die Bückel und Beulen glatt mit seiner weißen Hand. Der Engel sieht den Frieder an und spricht:

»Dem wackern Hansel geht's noch gut,
Wenn ihn die Königsfrau reiten tut.
Arm Frieder
Wird Ziegenhüter,
Kriegt aber Überfluß,
Wenn er schüttelt die Nuß,
Wenn er schüttelt die Nuß!«

Solches gesagt, verschwand der Engel wieder und war nicht mehr da. Den Knaben überlief's, er huschte hurtig aus der Tür. Als er aber den Worten, die er vernommen, weiter nachsann, ward er fast traurig. Ach! dachte er, der Ziegenbub vom Flecken sein, das ist doch gar ein faul und ärmlichs Leben, da kann ich meiner Mutter nicht das Salz in die Suppe verdienen. Aber Nüß? woher? In meines Vaters Garten wachsen keine; und wenn ich sie auch ganzer Säcke voll schütteln sollte, wie der Engel verheißt, davon wird niemand satt. Ich weiß, was ich tun will, wann ich die Ziegen hüten muß: ich sammle Besenreißig nebenher und lerne Besen binden, da schafft sich doch ein Kreuzer. Solche Gedanken hatte Frieder jenen ganzen Tag, sogar in der Schule und schaute darein wie ein Träumer. »Wieviel ist sechs mal sechs?« fragte der Schulmeister beim Einmaleins. »Nun, Frieder, was geht dir heut im Kopf herum? schwätz!« Der Bub, voll Schrecken, wußte nicht, sollt' er sagen: Besenreißig, oder: sechsunddreißig, denn eigentlich war beides richtig; er sagte aber: »Besenreißig!« Da gab es ein Gelächter, daß alle Fenster klirrten, und blieb noch lang ein Sprichwort in der Schule, wenn einer in Gedanken saß: der hat Besenreißig im Kopf.

In der Nacht konnte Frieder nicht schlafen. Einmal kam es ihm vor, als sei es im Hof nicht geheuer; er richtete sich auf und sah durchs Fenster über seinem Bett. Sieh da! drang eine Helle aus dem Stall und kam der Hansel heraus und der Engel auf ihm, der ritt ihn aus dem Hof so sachten Tritts, als ging es über Baumwolle weg. Im ersten Augenblick will Frieder schreien, doch gleich besinnt er sich und denkt, es ist ja Hansels Glück! – legt sich also geruhig wieder hin und weint nur still in die Kissen, daß jetzt der Hansel fort sein soll und nimmer wiederkommen.

Wie nun die zwei auf offener Straße waren und der Gaul im hellen Mondschein seinen Schatten sah, sprach er für sich: »Ach!

bin ich nicht ein dürres Bein! eine Königin säße mir nimmermehr auf.« Der Engel sagte weiter nichts hiegegen und lenkte bald seitwärts in einen Feldweg ein, wo sie nach einer guten Strecke an eine schöne Wiese kamen; sie war voll goldener Blumen und hieß die *unsichtbare,* denn sie von ordinären Leuten nicht gesehen ward und ging bei Tage immer in einen nahen Wald hinein, daß sie kein Mensch ausfand. Kam aber guter armer Leute Kind mit einem Kühlein oder Geiß daher, dem zeigte der Engel die Wiese; es wuchs ein herrliches Futter auf ihr, auch mancherlei seltsame Kräuter, davon ein Tier fast wunderbar gedieh. Auf demselbigen Platz stieg der Engel jetzt ab, sprach: »Weide, Hans!« lief dann am Bach hinunter und schwand in die Lüfte, nur wie ein Stern am Himmel hinzückt. Der Hansel seinerseits fraß aber tapfer zu; und als er satt war, tat's ihm leid, so fett und milchig war das zarte Gras. Endlich kommt ihm der Schlaf; also legt er sich stracks an den Hügel dort bei den runden Buchen und ruht bei vier Stunden. Weckt ihn mit eins ein Jägerhorn, da war es Tag und stund die Sonne hell und klar am Himmel. Risch, springt er auf, sieht seinen Schatten auf dem grünen Rasen, verwundert sich und spricht: »Ei! was bin ich ein schmucker Kerl geworden! unecket, glatt und sauber!« So war es auch, und glänzte seine Haut als wie in Öl gebadet.

Nun aber jagte der König des Landes schon etliche Tage in selbiger Gegend und ging just aus dem Wald hervor mit seinen Leuten. »Ah schaut! ah schaut!« rief er: »was für ein schönes Roß! wie es die stolzen Glieder übt in Sprüngen und lustigen Sätzen!« So sprechend trat er nahe herzu mit den Herren vom Hofe, die vernahmen sich alle über das Pferd und klopften ihm liebkosend auf den Hals. Sagte der König: »Reit, Jäger, in das Dorf hinein, zu fragen, ob dieses Tier nicht feil. Sag' ihnen, es käm an keinen schlechten Herrn.« Derselbe Jägersmann ritt eine Schecke, welche dem Hansel wohlgefiel, derhalben er von selbst mit in den Flecken trabte, wo die Bauern alsbald neugierig die Köpfe aus den Fenstern streckten. »Hört, Leute! wessen ist der feine Braun?« ruft der Jäger durch die Gassen. »Mein ist er nicht! – das ist kein hiesiger!« hieß es von allen Seiten. »Sieh, Frieder, guck! « sagte der Peter, »das ist ein ungrischer. Ich wollt, der wär mein.« Zuletzt beteuerte der Hufschmied, ein solches Tier sei auf sechs Meilen im Revier gar nicht zu Hause. Da ritt der Jäger samt dem Hansel zum König zurück, vermeldend: »Das Roß ist herrenlos.« »Behalten wir's denn!« versetzte der König, und ging der Zug also weiter.

Indessen meint der Peter, es wäre Zeit sein Vieh zu füttern, und stößt mit Gähnen die Stalltür auf. Hu! macht der Rüpel Augen, wie er den leeren Stand der Mähre sieht! Lang waren ihm alle Gedanken wie pelzen. »Zum Gukuk!« fuhr er endlich auf, »wird nicht viel fehlen, war da vorhin der fremde Gaul mein Hansel und ist's mit des Teufels Blendwerk geschehen, daß ihn kein Mensch dafür erkannte!« Der Peter wollte sich die Haar ausraufen: allein was konnte er machen? Der Gaul war fort. Es haben mich nur die zwei Öchslein gedauert. An denen ließ der Unmensch seinen Grimm in diesen Tagen aus und mußten sie für ihrer drei arbeiten. Was ihnen aber, nächst Püffen, Schlägen, Hungerleiden, das Leben vollends ganz verleidete, das war das Heimweh nach dem braven Hans. Sie trauerten und wurden wie verstockt und taten alles hinterstfür; deshalb der Peter leis zu seinem Weibe sprach: »Es ist schon nicht anders, die Ochsen sind mir auch verhext.« Bald wurden die Ehleute eins, daß sie das Paar für ein Spottgeld dem Metzger abließen; der schlachtete sie in der Stadt. Allein was geschieht? In einer Nacht, da alles schlief, klopft es dem Peter am Laden; schreit er: »Wer ist da drauß?« Antworten ihm zwo tiefe Baßstimmen:

»Der Walse und der Bleß
Müssen wandeln deinetwegen,
Wollen zu fressen, fressen in ihre kalten Mägen!«

Dem Peter schauerte die Haut, er zupfte sein Weib: »Steh *du* auf, Ev!« »Ich nicht!« antwortete die Frau, »sie wollen halt ihr Sach von *dir*.« So stund der Großmaul auf mit Zittern, warf ihnen Futter hinaus, und wie sie damit fertig waren, gingen sie wieder.

Nun kam das Unglück Schlag auf Schlag. Der Peter brachte zwar vom nächsten Markt wieder zween Stiere heim, allein da zeigte sich's, es wollte mit aller Lieb kein Vieh mehr in dem Stalle bleiben: die beiden Stiere samt der Kuh wurden krank, man mußte sie mit Schaden aus dem Hause tun. Der Peter läuft zu einem Hexenbanner, will sagen Erzspitzbuben, legt ihm gutwillig einen Taler hin, dafür kriegt er ein Pulver, mit dem soll er den

Stall durchräuchern, Schlag zwölfe um Mittag. Er räucherte auch wirklich so handig, daß er die Glut ins Stroh brachte, und schlug der rote Hahn alsbald die Flügel auf dem Dach, das heißt, Stallung und Scheuer ging in lichten Flammen auf; mit knapper Not konnte die Löschmannschaft das Wohnhaus retten. Peter, wo will's mit dir hinaus? – Die nächste Nacht klopft es am Kammerladen. »Wer ist da?«

»Der Walse und der Bleß
Kommen in Wind und Regen,
Wollen zu fressen, fressen in ihre kalten Mägen!«

Da fuhr der Peter in Verzweiflung aus dem Bett, schlug die Hände überm Kopf zusammen und rief: »Ach mein! ach mein! soll ich die Toten füttern und hab doch bald für die Lebendigen nichts mehr!« Das erbarmte die Tiere, sie gingen fort, kamen auch nimmermehr.

Anstatt daß der Peter jetzt in sich geschlagen hätte und seinen Frevel gutgemacht, bot er dem Jammer Trutz im Wirtshaus unter lustigen Gesellen. Je mehr sein Weib ihn schalt und lamentierte, um desto weniger schmeckt's ihm daheim; er machte dabei Schulden, kein General hätt sich dran schämen dürfen, und bald kam es so weit, daß man ihm Haus und Gut verkaufte. Jetzt mußte er taglöhnen, und auch sein armes Weib spann fremder Leute Faden. Der Frieder aber, der saß richtig vor dem Dorf, hielt einen Stecken in der Hand und wartete der Ziegen oder band Besenreis auf den Verkauf.

Drei Jahre waren so vergangen, begab sich's einmal wieder, daß der König das Wildschwein jagte, und war auch die Königin diesmal dabei. Weil es aber Winterszeit war und sehr kalt, wollten die Herrschaften das Mittagsmahl nicht gern im Freien nehmen, sondern die königlichen Köche machten ein Essen fertig im Greifenwirtshaus und speiste man im obern Saal vergnüglich, dazu die Spielleute bliesen. Das Volk aber stund auf der Gasse, zu horchen. Als nunmehr nach der Tafel die Pferde wieder vorgeführt wurden und man auch das Leibroß der Königin zäumte, stund vornean der Ziegenbub, der sprach gar keck zum Reitknecht hin: »Das Roß ist meines Vaters Roß, daß Ihr's nur wißt!« Da lachte alles Volk laut auf; der Braune aber wieherte dreimal für Freuden und strich mit seinem Kopf an Frieders Achsel auf und nieder. Dies alles sah und hörte die Königin vom Fenster hochverwundert und sagt' es gleich ihrem Gemahl. Derselbe läßt den Ziegenbuben rufen und dieser tritt bescheidentlich, doch munter, in den Saal mit Backen rosenrot, und war er auch sonst ein sauberer Bursche mit lachenden Augen, ging aber barfuß. Redt ihn der König an: »Du sagtest ja, das schöne Pferd da unten wär deines Vaters, nicht?« »Und ist auch wahr, Herr, mit Respekt zu melden.« »Wie willst du das beweisen, Bursch?« »Ich will es wohl, wenn Ihr's vergönnt. Den Reitknecht hört ich rühmen, das Roß ließe niemand aufsitzen, außer die Königin, der es gehöre. Nun sollt Ihr aber sehn, ob mir's nicht stille hält und nachläuft, wenn ich ihm Hansel rufe: darnach mögt Ihr denn richten, ob ich die Wahrheit sprach.« Der König schwieg ein Weilchen, sprach dann zu einem seiner Leute: »Bringt mir drei wackre Männer aus der Gemeine her, damit wir hören, was sie dem Knaben zeugen.« Als nun die Männer kamen und über das Pferd gefragt wurden, so fiel ihr Ausspruch nicht zu Frieders Gunsten aus. Da tät der Knabe seinen Mund selbst auf und hub an, treu und einfältig die Geschichte vom Engel zu erzählen, wie er den Hansel entführte, auch wie er ihm unlängst wieder erschienen sei und ihm die unsichtbare Wiese gezeigt habe, welche den Hansel so stattlich gemacht. Darüber waren freilich die Anwesenden hoch erstaunt, etliche blickten schelmisch, allein die Königin sagte: »Gewiß, das ist ein frommer Sohn und steht ihm die Wahrheit an der Stirn geschrieben.« Der König selber schien dem Buben wohlgesinnt, doch, weil er guter Laune war, sprach er: »Das Probstück wollen wir ihm nicht erlassen.« Hiermit rief er den Frieder an ein Seitenfenster, das nach dem Freien ging auf einen Grasplatz, weit und flach, in dessen Mitte stand ein großer Nußbaum, wohl hundert Schritt vom Haus; es lag aber alles dicht überschneit, denn es im Christmond war. »Du siehst«, sagte der König, »die große Wiese hier.« »O ja, warum denn nicht«, rief ein Hofmann, des Königs Spaßmacher, halblaut dazwischen: »es ist zwar eine von den unsichtbaren, denn sie ist über und über mit Schnee zugedeckt.« Die Hofleute lachten; der König aber sprach zum Knaben: »Laß dich ein loses Maul nicht irren! Schau, du sollst mir auf dem Hansel einen Ring rund um den Nußbaum in den Schnee hier reiten, und wenn es gut abläuft, soll aller Boden innerhalb des Rings dein eigen sein!« Da freuten sich die Schranzen, meinend, es gäbe einen rechten Schnack; der Frieder wurde aber so freundlich, daß er die weißen Zähne nicht wieder unterbringen konnte. Das Roß ward vorgeführt (nachdem man ihm zuvor den goldnen Frauensattel abgenommen), es jauchzte hellauf, und alles Volk mit ihm, und Frieder saß oben mit *einem* Schwung. Erst ritt er langsam bis zur Wiese vor, hielt an, und maß mit dem Aug nach allen Seiten den Abstand vom Baum, dann setzt' er den Hansel in Trab und endlich in gestreckten Lauf, das ging wie geblasen und war es eine Lust ihm zuzusehen, wie sicher und wie leicht der Bursche saß. Er war aber nicht dumm und nahm den Kreis so weit als er nur konnte; gleichwohl lief derselbe am Ende so schön zusammen, als wäre er mit dem Zirkel gemacht. Mit Freudengeschrei ward der Frieder empfangen, im Nu saß er ab, küßte den Hansel auf den Mund und der König am Fenster winkt' ihn herauf in den Saal. »Du hast«, sprach er zu ihm, »dein Probstück wohl gemacht; die Wiese ist dein. Den Hansel anbelangend, den kann ich dir nicht wiedergeben: ich hab ihn meiner Königin geschenkt; soll aber dein Schaden nicht sein.« Mit diesen Worten drückte er ihm ein Beutelein in die Hand, gespickt voll Dublonen. Des war der Knabe sehr zufrieden, zumal die Königin hinzusetzte: er möge alle Jahr zur Stadt kommen, in ihrem Schloß vorsprechen und den Hansel besuchen. »Ja«, rief der Frieder, »und da bring ich Euch zur Kirchweih allemal ein Säcklein grüne Nüß vom Baum!« »Bleib es dabei!« sagte die Königin; so schieden sie. Der Frieder lief heim durch all das Volksgewühl und Gejubel hindurch, zu seinen Eltern. Der Peter hatte den Ritt von weitem heimlich mit angesehen, und jetzt tat er in seinem Herzen ein Gelübde – ich brauche ja wohl nicht zu sagen, worin das bestand. Genug, der Hansel und der Frieder hatten ihm wieder auf einen grünen Zweig geholfen: er wurde ein braver, ehrsamer Mann, dazu ein reicher, der einen noch reichern Sohn hinterließ. Seit dieser Zeit hat sich im ganzen Dorf kein Mensch an einem Tier mehr versündigt.

DIE HAND DER JEZERTE

Märchen

In des Königs Garten, eh das Frühlicht schien, rührte der Myrtenbaum die Blätter, sagend:

»Ich spüre Morgenwind in meinen Zweigen; ich trinke schon den süßen Tau: wann wird Jezerte kommen?«

Und ihm antwortete die Pinie mit Säuseln:

»Am niedern Fenster seh ich sie, des Gärtners Jüngste, schon durchs zarte Gitter. Bald tritt sie aus dem Haus, steigt nieder die Stufen zum Quell und klärt ihr Angesicht, die Schöne.«

Darauf antwortete der Quell:

»Nicht Salböl hat mein Kind, nicht Öl der Rose; es tunkt sein Haar in meine lichte Schwärze, mit seinen Händen schöpft es mich. Stille! ich höre das Liebchen.«

Da kam des Gärtners Tochter zum Born, wusch sich und kämmte sich und flocht ihre Zöpfe.

Und sieh, es traf sich, daß Athmas, der König, aus dem Palaste ging, der Morgenkühle zu genießen, bevor der Tag anbrach; und wandelte den breiten Weg daher auf gelbem Sand und wurde der Dirne gewahr, trat nahe zu und stand betroffen über ihre Schönheit, begrüßte die Erschrockene und küßt' ihr die Stirn.

Seit diesem war sie Athmas lieb und kam nicht mehr von seiner Seite Tag und Nacht; trug köstliche Gewänder von Byssus und Seide, und war geehrt von den Vettern des Königs, weil sie sich hold und demütig erwies gegen Große und Kleine und gab den Armen viel.

Übers Jahr aber wurde Jezerte krank, und half ihr nichts, sie starb in ihrer Jugend.

Da ließ der König ihr am Garten des Palasts ein Grabgewölbe bauen, wo der Quell entsprang, darüber einen kleinen Tempel, und ließ ihr Bildnis drin aufstellen aus weißem Marmor, ihre ganze Gestalt, wie sie lebte, ein Wunderwerk der Kunst. Den Quell aber hielt das Volk heilig.

Alle Monden einmal ging der König dahin, um Jezerte zu weinen. Er redete mit niemand jenen Tag, man durfte nicht Speise noch Trank vor ihn bringen.

Er hatte aber eine andere Buhle, Naïra; die ward ihm gram darob und eiferte im stillen mit der Toten; gedachte, wie sie ihrem Herrn das Andenken an sie verkümmere und ihm das Bild verderbe.

Sie beschied insgeheim Jedanja zu sich, einen Jüngling, so dem König diente; der trug eine heimliche Liebe zu ihr, das war ihr nicht verborgen. Sie sprach zu ihm: »Du sollst mir einen Dienst erzeigen, dran ich erkennen will, was ich an dir habe. Vernimm. Ich höre von Jezerten immerdar, wie schön sie gewesen, so daß ich viel drum gäbe, nur ihr Bildnis zu sehn, und ob ich zwar das nicht vermag, weil mein Herr es verschworen, will ich doch eines von ihr sehen, ihre Hand, davon die Leute rühmen, es sei ihresgleichen nicht mehr zu finden. So sollst du mir nun dieses Wunder schaffen und mir vor Augen bringen, damit ich es glaube.«

»Ach, Herrin«, sagte er, »ich will dich selbst hinführen, daß du Jezerte beschauest, bei Nacht.«

»Mitnichten!« antwortete sie: »wie könnte ich aus dem Palaste gehen? Tu, wie ich sagte, Lieber, und stille mein Gelüst.« – Und sie verhieß ihm große Gunst, da versprach es der Knabe.

Auf eine Nacht ersah er die Gelegenheit durch Pforten und Gänge, und kam zum Grabmal unbeschrieen, denn die Wache stand in den Höfen. Er hatte aber einen künstlichen Haken, der öffnete das Schloß, und wie er eintrat, sah er das Bildnis stehn im Schein der Lampen; die brannten Tag und Nacht.

Er trat herzu, faßte die eine Hand und brach sie ab, hart über dem Gelenke, barg sie in seinen Busen, eilte und zog die Tür hinter sich zu.

Wie er nun längs der Mauer hinlief, vernahm er ein Geräusch und deuchte ihm als käme wer. Da nahm er in der Angst die Hand und warf sie über die Mauer hinweg in den Garten und floh. Die Hand fiel aber mitten in ein Veilchenbeet und nahm keinen Schaden. Alsbald gereuete den Jüngling seine Furcht, denn sie war eitel, und schlich in den Garten, die Hand wiederzuholen; er fand sie aber nicht, und suchte bis der Tag anfing zu grauen, und war wie verblendet. So machte er sich fort und kam in seine Kammer.

Am andern Morgen, als die Sonne schien, lustwandelte Athmas unter den Bäumen. Er kam von ungefähr an jenes Beet und sah die weiße Hand in den Veilchen und hob sie auf mit Schrecken, lief hinweg und es entstand ein großer Lärm durch den Palast. Kamen auch alsbald Knechte des Königs und sagten ihm an: »Wir haben in der Dämmerung Jedanja gesehn durch den Garten hin fliehen und haben seine Fußstapfen verfolgt.« Darauf ward der Jüngling ergriffen und in das Gefängnis geworfen.

Naïra mittlerweile bangte nicht, denn sie war keck und sehr verschlagen. Berief in der Stille Maani zu sich, Jedanjas Bruder, und sagte: »Mich jammert dein Bruder, ich möchte ihm wohl heraushelfen, wenn er den Mut hätte, zu tun wie ich ihn heiße, und du mir eine Botschaft an ihn brächtest.«

Maani sprach: »Befiehl und nimm mein eigen Leben, daß ich nur den Knaben errette!«

Da hieß Naïra ihn schnell einen Pfeil herbeiholen. Sie aber nahm einen Griffel und schrieb der Länge nach auf den Schaft diese Worte:

»Verlange vor den König und sprich: ›Jedanja liebte Jezerten und war von ihr geliebt, und hängt sein Herz noch an der Toten, also daß er im blinden Wahn die Übeltat verübte.‹ So spreche mein Freund und fürchte nicht, daß ihn das Wort verderbe. Die dieses rät, wird alles gutmachen.«

Nachdem sie es geschrieben, sagte sie: »Nimm hin und schieße diesen Pfeil zu Nacht durchs Gitter, wo dein Bruder liegt im Turm.«

Maani ging und richtete es kühnlich aus.

Den andern Tag rief Athmas den Gefangenen vor sich und redete zu ihm: »Du hast das nicht von selbst getan. So bekenne denn, wer dich gedungen!«

Der Jüngling sagte: »Herr, niemand.«

Und als er Grund und Anlaß nennen sollte seines Frevels, verweigert' er's und schwieg, so hart man ihn bedrohte, und mußten ihn die Knechte wieder wegführen. Sie schlugen ihn und quälten ihn im Kerker, drei Tage nacheinander, solchermaßen, daß er nahe daran schien, zu sterben. Dies litt er aber listigerweise, der Absicht, daß er Glauben finden möge, wenn er nunmehr zu reden selbst begehrte. Ließ sich also am vierten Morgen, da die Peiniger aufs neue kamen, zu dem König bringen, fiel zitternd auf sein Angesicht, schien sprachlos, wie vor großer Angst und Reue, bis ihm verheißen ward, das Leben zu behalten, wofern er die Wahrheit bekenne. Da sagte er:

»So wisse, Herr! Bevor des Gärtners Tochter meinem Herrn gefiel, daß er sie für sich selbst erwählte, war sie von Jedanja geliebt, und sie liebte ihn wieder. Hernach floh ich hinweg aus Kummer, und kehrte nicht zur Stadt zurück, bis ich vernahm, Jezerte sei gestorben. Die ganze Zeit aber habe ich nicht aufgehört, das Kind zu lieben. Und da ich jüngst bei Nacht, von Sehnsucht übernommen, wider dein Gebot in das Gewölbe ging und sah das Bild, trieb mich unsinniges Verlangen, den Raub zu begehn.«

Der König hatte sich entfärbt bei dieser Rede und stand verworren eine Zeitlang in Gedanken; dann hieß er die Diener Jedanja freilassen, denn er zweifelte nicht mehr, daß dieser wahr gesprochen. Doch befahl er dem Jüngling und allen, die jetzo zugegen gewesen, bei Todesstrafe, nicht zu reden von der Sache.

Athmas war aber fortan sehr bekümmert, denn er dachte, Jezerte habe ihm gelogen, da sie ihm schwur, sie habe keinen Mann gekannt, bis sie der König gefunden; also daß er nicht wußte, sollte er die Tote ferner lieben oder hassen.

Einsmals, da Naïra sich bei ihm befand wie gewöhnlich, erblickte sie an seinem Sitz ein Kästchen von dunklem Holz, mit Perlen und Steinen geziert. Daran verweilten ihre Augen, bis Athmas es bemerkte und ihr winkte, das Kästchen zu öffnen. Sie lief und hob den Deckel auf, da lag Jezertes Hand darin auf einem Kissen. Sie sah dieselbe mit Verwunderung an und pries sie laut mit vielem Wesen vor dem König. Und er, indem er selber einen Blick hintat, sprach ohne Arg: »Schaut sie nicht traurig her, gleich einer Taube in der Fremde? Siehe, es war ein weißes Taubenpaar, nun hat der Wind die eine verstürmt von ihrer Hälfte weg. Ich will, daß sie der Grieche wieder mit dem Leib zusammenfüge.«

Diese Rede empfand Naïra sehr übel. Sie fing aber an, mit falschen Worten ihren Herrn zu trösten und sagte arglistig dabei, Jezerte möge wohl vor Gram um ihren Knaben krank geworden und gestorben sein. Hiemit empörte sie des Königes Herz und schaffte sich selbst keinen Vorteil, vielmehr ward er mißtrauisch gegen sie.

Er ging und sprach bei sich: Sollte es sein, wie dies Weib mir sagt, so will ich doch nimmer das Bildnis vertilgen. Wann jetzt die Zeit der heiligen fünf Nächte kommt, will ich's versenken in das Meer, nicht allzu fern der Stadt. Es sollen sich ergötzen an seiner Schönheit holde Geister in der Tiefe, und der Mond mit täuschendem Schein wird es vom Grund heraufheben. Dann werden die Schiffer dies Trugbild sehn und werden sich des Anblicks freuen.

Nicht lang hernach, da der König vor solchen Gedanken nicht schlief, erhob er sich von seinem Lager und ging nach dem Grabmal, sah das Bild, daran das abgebrochene Glied vom Künstler mit einer goldenen Spange wieder wohlbefestigt war, daß niemand einen Mangel hätte finden können, der es nicht wußte. Er kniete nieder, abgewendet von Jezerte, mit dem Gesicht gegen die Wand, und flehte Gott um ein gewisses Zeichen, ob das Kind unschuldig war oder nicht; wo nicht, so wollt er Jezerte vergessen von Stund an. Er hatte aber kaum gebetet, so ward der ganze Raum von süßem Duft erfüllt, als von Veilchen; als hätte Jezertes Hand von jenem Gartenbeet allen Wohlgeruch an sich genommen und jetzo von sich gelassen mit eins. Da wußte Athmas gewiß, sie sei ohne Tadel, wie er und jedermann sie immerdar gehalten; sprang auf, benetzte ihre Hand mit Tränen und dankte seinem Gott. Zugleich gelobte er ein großes Opfer, und ein zweites mit reichen Gaben an das arme Volk, wenn ihm der Täter geoffenbart würde.

Und sieh, den andern Morgen erschien Naïra zur gewohnten Stunde nicht in des Königs Gemächern, und ließ ihm sagen, sie sei krank, er möge auch nicht kommen, sie zu besuchen. Sie lag im Bette, weinte sehr vor ihren Frauen und tobte, stieß Verwünschungen aus und sagte nicht, was mit ihr sei; auch schickte sie den Arzt mit Zorn von sich.

Da sie nach einer Weile stiller geworden, rief sie herzu ihre Vertrauteste und wies ihr dar ihre rechte Hand, die war ganz schwarz, wie schwarzes Leder, bis an das Gelenk. Und sprach mit Lachen zu der ganz entsetzten Frau: »Diesmal wenn du nicht weißt zu schmeicheln und ein Bedenken hast, zu sagen, sie ist viel weißer als das Elfenbein, und zärter als ein Lotosblatt, will ich dir nicht feind sein!« – Dann weinte sie von neuem, besann sich und sagte mit Hast: »Nimm allen meinen Schmuck, Kleider und Gold zusammen, und schaffe, daß wir heute in der Nacht entkommen aus dem Schloß! Ich will aus diesem Lande.«

Das letzte Wort war ihr noch nicht vom Munde, da tat sich in der Wand dem Bette gegenüber eine Tür auf ohne Geräusch, die war bis diese Stunde für jedermann verborgen, und durch sie trat der König ein in das Gemach.

In ihrem Schrecken hielt Naïra beide Hände vors Gesicht, alsdann fuhr sie zurück und barg sich in die Kissen. Er aber rief: »Bei meinem Haupt, ich wollte, daß meine Augen dieses nicht gesehen hätten!« – So zornig er auch schien, man konnte doch wohl merken, daß es ihm leid tat um das Weib.

Er ging indes, wie er gekommen war, und sagte es den Fürsten, seinen Räten, an, alles, wie es gegangen. Diese verwunderten sich höchlich, und einer, Eldad, welcher ihm der nächste Vetter war, frug ihn: »Was will mein Herr, daß Naïra geschehe, und was dem Buben, den du losgelassen hattest?« – Der König sagte: »Verbannet sei die Lügnerin an einen wüsten Ort. Ihr Blut begehre ich nicht; sie hat den Tod an der Hand. Jedanja mögt ihr fangen und verwahren.«

Es war aber im Meer, zwo Meilen von dem Strand, an dem die Stadt gelegen, eine Insel, von Menschen nicht bewohnt, nur Felsen und Bäume. Dahin beschloß Eldad sie bringen zu lassen; denn beide hatten sich immer gehaßt. Als ihr nun das verraten ward, obwohl es annoch geheim bleiben sollte, sprach sie sogleich zu ihren Frauen: »Nicht anderes hat er im Sinn, denn daß ich dort umkomme. Ihr werdet Naïra nicht sehen von dieser Insel wiederkehren.«

Fortan hielt sie sich still und trachtete auf keine Weise dem zu entgehn, das ihrer wartete. Sie machte sich vielmehr bereit zur Reise auf den andern Morgen. Denn schon war bestellt, daß ein Fahrzeug drei Stunden vor Tag sie an der hintern Pforte des Palasts empfange.

Und als sie in der Frühe völlig fertig war und angetan mit einem langen Schleier, und schaute durchs Fenster herab in die Gärten, da der Mond hell hineinschien, sprach sie auf einmal zu den Frauen: »Hört, was ich jetzo dachte, indem ich also stand und mir mein ganz Elend vor Augen war. Ich sagte bei mir selbst: du möchtest dies ja wohl erdulden alles, die Schmach, den Bann und den Tod, wenn du nicht müßtest mit dir nehmen das böse

Mal an deiner Hand; denn es grauete mir vor mir selbst. In meinem Herzen sprach es da: Wenn du die Hand eintauchtest in Jezertes Quell beim Tempel, mit Bitten, daß sie dir vergebe, da wärest du rein. – Wer ginge nun gleich zu dem Hauptmann der Wache, daß er den Fürsten bitte, mir so viel zu gestatten?«

Und eine der Frauen lief alsbald. Der Hauptmann aber wollte nicht. Naïra sagte: »So gehe du selbst an den Quell, es wird dir niemand wehren, und tauche dieses Tuch hinein und bring es mir.«

Doch keine traute sich, ihr diesen Liebesdienst zu tun. Naïra rief und sah auf ihre Hand: »O wenn Jezertes Gottheit wollte, ein kleiner Vogel machte sich auf und striche seinen Flügel durch das Wasser und käme ans Fenster, daß ich ihn berühre!« – Dies aber mochte nicht geschehn; und kamen jetzt die Leute, Naïra abzuholen. Sie fuhr auf einem schlechten Boot, mit zween Schergen und acht Ruderknechten, schnell dahin; saß auf der mittlern Bank allein, gefesselt; zu ihren Füßen etwas Vorrat an Speisen und Getränk, nicht genug für fünf Tage. Und saß da still, in dichte Schleier eingewickelt, daß die Blicke der Männer sie nicht beleidigten, auch daß sie selbst nicht sehen mußte; und war, als schiffte sie schon jetzo unter den Schatten.

Bei jenem Eiland als sie angekommen waren, lösten die Begleiter ihre Bande und halfen ihr aussteigen; setzten drei Krüge und einen Korb mit Brot und Früchten auf den Stein und stießen wieder ab ungesäumt.

Die Männer behielten den Ort im Gesicht auf der Heimfahrt, solange sie vermochten, und sahen die Frau verhüllt dort sitzen, im Anfang ganz allein, so wie sie dieselbe verlassen, darnach aber gewahrten sie eine andere Frauengestalt, in weißen Gewändern, sitzend neben ihr.

Da hielten die Ruderer inne mit Rudern, und die Schergen berieten sich untereinander, ob man nicht umkehren solle. Der eine aber sagte: »Es gehet nicht natürlich zu, es ist ein Geist. Fahrt immer eilig zu, daß man's dem Fürsten anzeige.« – So taten sie und meldeten's Eldad; der aber verlachte und schalt sie sehr.

Jedanja unterdessen, nachdem er zeitig innegeworden, daß möchte seine Unwahrheit an Tag gekommen sein, hatte sich außer den Mauern der Stadt, unter dem Dach einer Tenne, versteckt. Und seine Brüder verkündigten ihm, Naïra sei heut nach dem Felsen gebracht. Alsbald verschwor er sich mit ihnen und etlichen Freunden, sie zu befrein, und wenn es alle den Hals kosten sollte.

Um Mitternacht bestiegen sie ein kleines Segelschiff, sechs rüstige Gesellen, mit Waffen wohlversehen. Sie mußten aber einen großen Umweg nehmen, weil Wächter waren am Strand verteilt und weithin hohes Felsgestad, da kein Schiff an- und abgehen konnte.

Dennoch am Abend des zweiten Tags, nach Ankunft der Naïra auf der Insel, erreichten sie dieselbige und erkannten bald den rechten Landungsplatz; sahen allda die Krüge und den Korb und fanden alles unberührt. Es überkam Jedanja große Angst um das Weib, das er liebte. Und suchten lang nach ihr und fanden sie zuletzt auf einem schönen Hügel unter einem Palmbaum liegen, tot; der Schleier über ihr Gesicht mit Fleiß gelegt, die Hände bloß und alle beide weiß wie der Schnee.

Da kamen die Jünglinge bald überein, es sollten ihrer vier auf gradem Weg zur Stadt zurücksteuern, derweil zwei andere bei der Leiche blieben. Jedanja selber wollte sich freiwillig vor den König stellen, ihm alles redlich zu gestehn und zu berichten, denn er kannte ihn für gut und großmütig und wußte wohl, es sei mit seinem Willen nicht also verfahren gegen Naïra. Auch kam er glücklich vor Athmas zu stehen, obwohl Eldad es verhindern wollte.

Wie nun der König alle diese Dinge, teils von dem Jüngling, teils von andern, aus dem Grund erforscht, auch jetzt erfahren hatte, was die Männer auf dem Boot gesehen, daraus er wohl merkte, Jezerte sei mit Naïra gewesen, da war er auf das äußerste bestürzt und so entrüstet über seinen Vetter, daß er ihn weg für immer jagte von dem Hof.

Zugleich verordnete der König, Naïra auf der Insel mit Ehren zu bestatten, ließ die Wildnis lichten und Gärten anlegen. In deren Mitte auf dem Hügel, erbaute man das Grab, bei dem Palmbaum, wo sie verschieden war.

DAS STUTTGARTER HUTZELMÄNNLEIN

Märchen

Ein Kobold gut bin ich bekannt
In dieser Stadt und weit im Land;
Meines Handwerks ein Schuster war
Gewiß vor siebenhundert Jahr.
Das Hutzelbrot ich hab erdacht,
Auch viel seltsame Streich gemacht.

Wohl vor fünfhundert und mehr Jahren, zu denen Zeiten, als Graf Eberhard von Wirtemberg, ein tapferer Kriegsheld und ruhmvoller Herr, nach langen, schrecklichen Fehden mit des deutschen Reichs Häuptern, mit dem Habsburger Rudolph und dessen Nachfolgern, zumal auch mit den Städten, das Schwabenland nun wieder zu Ruh und Frieden kommen ließ, befand sich in Stuttgart ein Schustergesell, namens Seppe, bei einem Meister, der ihm nicht gefiel, deshalb er ihm aufsagte; und weil er nie gar weit vor seine Vaterstadt hinausgekommen, nicht Eltern, noch Geschwister mehr hatte, so war er jetzt willens zu wandern.

Die letzte Nacht, bevor er reiste, saß er allein in der Gesellenkammer auf (die andern waren noch beim Wein oder sonst zum Besuch), sein Ranzen lag geschnürt vor ihm, sein Wanderstab daneben, der hübsche Bursche aber hing den Kopf, er wußte nicht so recht warum, und auf dem Tisch die Ampel brannte einen großen großen Butzen. Indem er jetzt aufschaute und nach dem Klämmchen griff, dem Zochen zu helfen, sah er auf seiner leeren Truche ein fremdes Männlein sitzen, kurz und stumpig, es hätte ihm nicht bis zum Gürtel gereicht. Es hatte ein schmutziges Schurzfell um, Pantoffeln an den Füßen, pechschwarze Haare, dazu aber hellblaue, freundliche Augen.

»Gott grüß dich, Seppe! Kennst mich nit? Ich bin der Pechschwitzer, das Hutzelmännlein, der Tröster. Ich weiß, du bist ein braves Burgerskind, sorgst immerdar für anderer Leute Fußwerk und gehst doch selbst nicht auf dem besten Zeug. Da du nun morgen reisen willt, so hab ich dir statt einem Wanderpfennig etwas mitgebracht von meiner eignen Arbeit: sind Glücksschuh, zwei Paar, schau her. Die einen legst du an, gleich morgen; sie ziehen sich nach dem Fuß und reißen nicht dein Leben lang; die andern aber nimm und stell sie unterwegs an eine Straße, versteh mich, unbeschrien, wo niemand zusieht. Vielleicht daß dir dein Glück nach Jahr und Tag einmal auf Füßen begegnet. Auch hast du hier noch obendrein etwas zum Naschen, ein Laiblein Hutzelbrot. So viel du davon schneidst, so viel wachst immer wieder nach im Ranzen oder Kasten, wenn du auch nur ein Ränftlein fingersbreit übrigbehältst. Ganz sollt du's nie aufzehren, sonst ist es gar. Behüt' dich Gott, und tu in allem wie ich sagte. Noch eins: kommst du etwa ins Oberland, Ulm zu und gen Blaubeuren, und findst von ungefähr ein Klötzlein Blei, nimm es zuhanden und bring's mir.« – Der Seppe versprach's und dankte geziemend für alles; das Männlein aber war in einem Hui verschwunden.

Nun jauchzte der Geselle überlaut, beschmeckte bald das Brot, beschaute bald die zwei Paar Schuhe. Sie sahen ziemlich aus wie er sie selber machte, nur daß sie feine wunderliche Stiche hatten und hübsch mit einem zarten, roten Leder ausgefüttert waren. Er zog sie an, spazierte so ein dutzendmal die Kammer auf und ab, da ihm denn in der Kürze freilich nichts Besonderes von Glück passieren wollte. Darnach ging er zu Bett und schlief bis der Morgen rot wurde. Da deucht' es ihn, als wenn ihm jemand klopfte, zwei-, dreimal, recht vernehmlich, daß er jählings erwachte. Die andern hörten's auch, doch schliefen sie gleich wieder ein. Das haben meine vier Rappen getan! dachte er und horchte hin, allein es rührte und regte sich nichts mehr.

Als er nun fix und fertig angezogen stand und gar vergnügt auf seine Füße niedersah, sprach er: »Jetzt laufen wir dem Teufel ein Bein weg! jetzt tausche ich mit keinem Grafen!« – Wohl und gut; nur eine Kleinigkeit hat er versehen: er hat den einen Schuh von seinem Paar mit dem einen vom andern verwechselt. Ach wer ihm das gesagt hätte!

So schlich er denn leis die Stiege hinunter, die Meistersleute nicht zu wecken; denn Abschied hatte er gestern genommen, und statt der Suppe aß er gleich ein tüchtiges Stück Schnitzbrot in währendem Gehen. So etwas hatte er noch niemals über seinen Mund gebracht, wohl aber oft von seiner Großmutter gehört, daß sie einmal in ihrer Jugend bei einer Nachbarsfrau ein Stücklein vom echten bekommen, und daß es eine Ungüte von Brot drum sei.

Wie er jetzt vor dem oberen Tor draußen war, zween Bogenschüsse oder drei, kam er an eine Brücke: da mußte er ein wenig niedersetzen, die Türme seiner Vaterstadt, das Grafenschloß, die Häuser und Mauern noch einmal in der Morgensonne besehen; dann, eh er weiterging, fiel ihm noch ein: hier könnt ich das Paar Schuh auf den Brückenrand stellen. Er tat's und zog fürbaß. – Eine Stunde über die Weinsteig hinaus kommt er in einen grünen Wald. Von ungefähr hört er auf einer Eiche den blauen Montag schreien, welches ein kurzweiliger Vogel ist, der seinen Namen davon hat, daß er immer einen Tag in der Woche mit der Arbeit aussetzt; da singt er nichts als Schelmenlieder und schaut gemächlich zu, wie andere Vögel ihre Nester richten, brüten und ihre Jungen ätzen; die seinigen krepieren ihm auch ordinär, deswegen er ein Raritätsvogel ist. So einen muß ich haben! denkt der Seppe: ich biet ihn einem großen Herrn an unterwegs. Ein sonderer Vogel ist oft gern zwei Kälber wert, die Hepsisauer haben ihre Kirchweih um einen Guckigauch verkauft: wenn ich nur einen Taler löse, tut mir's wohl. Wie komm ich nur gleich da hinauf? – Seiner Lebtage hat er nie klettern können, diesmal aber ging's, als hätten ihrer sechs an ihm geschoben, und wie er droben ist, da sieht er sieben Junge flügg, mit blauen Köpfen im Nest! Er streckt schon eine Hand darnach – krach! bricht ein fauler Ast, und drunten liegt der Schuster – daß er nicht Hals und Bein brach, war ein Wunder. »Ich weiß nicht«, sagte er, indem er aufstand und die Platte rieb, »was ich von dem Pechschwitzer denken soll; das ist kein mutiger Anfang!«

Zu seinem Trost zog er sein Schnitzbrot aus dem Ranzen und fand dasselbe wahrlich beinah schon wieder rund und ganz gewachsen. Er sprach dem Laiblein aber im Marschieren so lang zu, bis ihm ganz übel ward, und deuchte ihn, er habe sich für alle Zeit Urdrutz daran gegessen. Sei's drum! ein Sprüchlein sagt: es ist nur geschlecket, das nimmer klecket.

Sein Sinn war allermeist auf Augsburg oder Regensburg gerichtet, denn diese Städte hatte er vor manchen andern rühmen hören; zuvörderst wollte er aber nach Ulm.

Mit großen Freuden sah er bald von der Bempflinger Höhe

die Alb, als eine wundersame blaue Mauer ausgestreckt. Nicht anders hatte er sich immer die schönen blauen Glasberge gedacht, dahinter, wie man ihm als Kind gesagt, der Königin von Saba Schneckengärten liegen. Doch war ihm wohl bekannt, daß oben weithin wieder Dörfer seien, als: Böhringen, Zainingen, Feldstetten, Suppingen, durch welche sämtlich nacheinander er passieren mußte.

Jetzt hing sich auf der Straße ein Schönfärbergesell an ihn, gar sehr ein naseweises Bürschchen, spitzig und witzig, mit Backen rosenrot, Glitzäugelein, ein schwarzes Kräuselhaar dazu, und schwatzte oder pfiff in einem weg. Der Seppe achtete nicht viel auf ihn, zumal ihm eben jetzt etwas im Kopf umging, das hätte er sich gern allein im stillen überlegt. Am Weg stand eine Kelter, mit einem umgelegten Trog davor, auf diesen setzt' er sich, der Meinung, sein Weggenoß soll weitergehen. Der aber warf sich seitwärts hinter ihm ins Gras und schien bald eingeschlafen, von der Hitze müd. Da war es still umher; ein einziges Heimlein sang am staubigen Rain so seine Weise ohn Aufhören fort.

Endlich da fing der Seppe vor sich selbst, doch laut genug, zu sprechen an: »Jetzt weiß ich, was ich tu: ich werd ein Scherenschleifer! Wo ich halt geh und steh, juckt's mich, ein Rad zu treten, und sollt's ein Spinnrad sein!« (Dem war auch richtig so und konnte gar nicht anders sein, denn einer seiner Schuhe war für ein Mädchen gefeit und gesegnet.) »*Die* Art von Schleiferei« – so sprach der Seppe weiter – »muß einer doch bald können, und so ein Kerl führt seine Werkstatt lustig auf einem Schubkarrn durch die Welt, sieht alle Tage eine andre Stadt, da pflanzt er sich im Schatten an einem Markteck auf und dreht seinen Stein, daß die Funken wegfliegen. Die Leute mögen sprechen was sie wollen, das ist jetzt einmal mein Beruf und mein Genie, ich spür's in allen Gliedern; und wo mir recht ist, hat mein Ehni seliger einmal gesagt: ›Der Seppe ist unter dem Zeichen des Wetzsteins geboren.‹«

Bei diesen Reden richtete sich das Färberlein halb in die Höh: der ist ein Letzkopf! dachte es: und ich bin meines Lebens neben ihm nicht eines Glaubens Länge sicher; – stand sachte auf, schlich sich hinweg, in einem guten Bogen über das Ackerfeld, und fußete sodann der graden Straße nach, als brennte ihm der Steiß, Metzingen zu. Der Schuster, welcher endlich auch aufbrach, sah ihn von weitem rennen, argwöhnte aber nichts und zog seines Vorsatzes herzlich vergnügt demselben Flecken zu. Allein wie schaute er hoch auf, da alle Leute dort die Köpfe nach ihm aus den Fenstern streckten und ihm die Kinder auf der Gasse, an zwanzig, mit Geschrei nachsprangen und sangen:

»Scheer^{a}schleifer, wetz, wetz, wetz,
Laß dei Rädle schnurr^{a}!
Stu^{a}gart ist ^{a} grauße Stadt,
Lauft ^{a} Gä^{n}sbach dur^{a}.«

Der Seppe hatte einen Stiefelszorn, schwang öfter seinen Knotenstock gegen den Schwarm, sie schrieen aber nur um desto ärger, und also macht' er sich so hurtig er nur konnte aus dem Wespennest hinaus. Noch vor der letzten Hütte draußen hörte er ein Stimmlein verhallend im Wind:

»Scheer^{a}schleifer, wetz wetz wetz!«

Er hätte für sein Leben gern den Färber, welcher ihm den Possen spielte, da gehabt und ihm das Fell geruckt, wie er's verdiente, der aber blieb im Ort zurück, wo er in Arbeit stand. Sonst war der Wicht in Büßingen daheim, wie er dem Seppe sagte.

Derselbe ließ sich den erlittenen Schimpf nicht allzulang anfechten, noch seinen Vorsatz dadurch beugen. Er machte seinen Trott so fort, und widerfuhr ihm diesen Tag nichts weiter von Bedeutung, als daß er etlichmal rechts ging, wo er links gesollt hätte, und hinwiederum links, wo es rechts gemeint war; das freilich nach dem Zeugnis aller Reisbeschreiber schon gar die Art nicht ist, um zeitig und mit wenig Kosten an einen Ort zu kommen.

Einstweilen langte es doch eben noch bis Urach, wo er zur Nachtherberge blieb. Am Morgen ging's hinauf die hohe Steig auf das Gebirg, nicht ohne vieles Stöhnen, denn sein einer Schuh – er merkte es schon gestern – hatte ihm ein Hühneraug gedrückt, das machte ihm zu schaffen. Da wo die Steig am End ist, holte er zum Glück ein gutes Bäuerlein aus Suppingen auf einem Wagen mit etwas Schreinwerk ein, das hieß ihn ungebeten bei ihm aufsitzen.

Als sie nun eine Weile so, die große Ebene hinfahrend, beieinandersaßen, fing der Bauer an: »Mit Vergunst, i mu^{a}ß jetzt doch fürwitzig frog^{a}: Gelt, Ihr sind gewiß ^{a} Dreh^{a}r?« – »Warum?« –

»Ei«, sprach das Bäuerlein und sah auf des Gesellen Fuß, »do der Kamrad arbeit't allfort, ma moi^{n}t er mü^{a}ß äll mei vier Räder trett^{a}!«

Der Seppe schämte sich ein wenig, im Herzen war er aber selig froh und dachte: Hat mir der Bauer da ein Licht aufstecken müssen! Auf einen Drehstuhl will's mit dir hinaus und anderst nirgendshin!

Von nun an war der Schuster wie ein umgewandter Handschuh, ganz ein andrer Mensch, gesprächig, lustig, langte den Schnitzlaib heraus, gab ihn dem Bäuerlein bis auf den Anschnitt, sagend: »Lieber Mann, des bin ich froh, daß Ihr mir angesehen, daß ich ein Dreher bin!« – »Ha«, sprach der andere, »sell ist gu^{a}t merk^{a}.« – Der Alte kaute einen Bissen und machte ordentlich die Augen zu dabei, so gut schmeckte es ihm; das übrige hob er als Heimbringens auf für Weib und Kinder. Darnach ward er redselig, erzählte dem Gesellen allerlei; vom Hanf- und Flachsbau auf der Alb; wie sie im Winter gut in ihren strohgedeckten Hütten säßen, ingleichen wie man solche Dächer mit besonderer Kunst verfertige. Auch wußte er ihm viel zu sagen von Blaubeuren, einem Städtlein und Kloster im Tal, zwischen mächtigen Felsen gelegen; da komme er hindurch und möge er sich ja den Blautopf auch beschauen, wie alle Fremde tun.

Du aber, wohlgeneigter Leser, lasse dich, derweil die beiden so zusammen diskurieren, auch etlicher Dinge besonders berichten, die, ob sie sich zwar lang vor Seppes Zeit begeben, nichtsdestominder zu dieser Geschichte gehören. Vernimm hienach die wahre und anmutige

Historie von der schönen Lau

Der Blautopf ist der große runde Kessel eines wundersamen Quells bei einer jähen Felsenwand gleich hinter dem Kloster. Gen Morgen sendet er ein Flüßchen aus, die Blau, welche der Donau zufällt. Dieser Teich ist einwärts wie ein tiefer Trichter, sein Wasser von Farbe ganz blau, sehr herrlich, mit Worten nicht wohl zu beschreiben; wenn man es aber schöpft, sieht es ganz hell in dem Gefäß.

Zuunterst auf dem Grund saß ehmals eine Wasserfrau mit langen fließenden Haaren. Ihr Leib war allenthalben wie eines schönen, natürlichen Weibs, dies eine ausgenommen, daß sie zwischen den Fingern und Zehen eine Schwimmhaut hatte, blühweiß und zärter als ein Blatt vom Mohn. Im Städtlein ist noch heutzutag ein alter Bau, vormals ein Frauenkloster, hernach zu einer großen Wirtschaft eingerichtet, und hieß darum der Nonnenhof. Dort hing vor sechzig Jahren noch ein Bildnis von dem Wasserweib, trotz Rauch und Alter noch wohl kenntlich in den Farben. Da hatte sie die Hände kreuzweis auf die Brust gelegt, ihr Angesicht sah weißlich, das Haupthaar schwarz, die Augen aber, welche sehr groß waren, blau. Beim Volk hieß sie die arge *Lau* im Topf, auch wohl die schöne Lau. Gegen die Menschen erzeigte sie sich bald böse, bald gut. Zuzeiten, wenn sie im Unmut den Gumpen übergehen ließ, kam Stadt und Kloster in Gefahr, dann brachten ihr die Bürger in einem feierlichen Aufzug oft Geschenke, sie zu begütigen, als: Gold- und Silbergeschirr, Becher, Schalen, kleine Messer und andre Dinge; dawider zwar, als einen heidnischen Gebrauch und Götzendienst, die Mönche redlich eiferten, bis derselbe auch endlich ganz abgestellt worden. So feind darum die Wasserfrau dem Kloster war, geschah es doch nicht selten, wenn Pater Emmeran die Orgel drüben schlug und kein Mensch in der Nähe war, daß sie am lichten Tag mit halbem Leib heraufkam und zuhorchte; dabei trug sie zuweilen einen Kranz von breiten Blättern auf dem Kopf und auch dergleichen um den Hals.

Ein frecher Hirtenjung belauschte sie einmal in dem Gebüsch und rief: »Hei, Laubfrosch! git's gu^{a}t Wetter?« Geschwinder als ein Blitz und giftiger als eine Otter fuhr sie heraus, ergriff den Knaben beim Schopf und riß ihn mit hinunter in eine ihrer nassen Kammern, wo sie den ohnmächtig gewordenen jämmerlich verschmachten und verfaulen lassen wollte. Bald aber kam er wieder zu sich, fand eine Tür und kam, über Stufen und Gänge, durch viele Gemächer in einen schönen Saal. Hier war es lieblich, glusam mitten im Winter. In einer Ecke brannte, indem die Lau und ihre Dienerschaft schon schlief, auf einem hohen Leuchter mit goldenen Vogelfüßen als Nachtlicht eine Ampel. Es stand viel köstlicher Hausrat herum an den Wänden, und diese waren samt dem Estrich ganz mit Teppichen staffiert, Bildweberei in allen Farben. Der Knabe hurtig nahm das Licht herunter von dem Stock, sah sich in Eile um, was er noch sonst erwischen möchte, und griff aus einem Schrank etwas heraus, das stak in einem Beutel und war mächtig schwer, deswegen er vermeinte, es sei Gold; lief dann und kam vor ein erzenes Pförtlein, das mochte in der Dicke gut zwo Fäuste sein, schob die Riegel zurück und stieg eine steinerne Treppe hinauf in unterschiedlichen Absätzen, bald links, bald wieder rechts, gewiß vierhundert Stufen, bis sie zuletzt ausgingen und er auf ungeräumte Klüfte stieß; da mußte er das Licht dahinten lassen und kletterte so mit Gefahr seines Lebens noch eine Stunde lang im Finstern hin und her, dann aber brachte er den Kopf auf einmal aus der Erde. Es war tief Nacht, und dicker Wald um ihn. Als er nach vielem Irregehen endlich mit der ersten Morgenhelle auf gänge Pfade kam und von dem Felsen aus das Städtlein unten erblickte, verlangte ihn am Tag zu sehen, was in dem Beutel wäre; da war es weiter nichts als ein Stück Blei, ein schwerer Kegel, spannenlang, mit einem Öhr an seinem obern Ende, weiß vor Alter. Im Zorn warf er den Plunder weg, ins Tal hinab, und sagte nachher weiter niemand von dem Raub, weil er sich dessen schämte. Doch kam von ihm die erste Kunde von der Wohnung der Wasserfrau unter die Leute.

Nun ist zu wissen, daß die schöne Lau nicht hier am Ort zu Hause war; vielmehr war sie, als eine Fürstentochter, und zwar von Mutterseiten her halbmenschlichen Geblüts, mit einem alten Donaunix am Schwarzen Meer vermählt. Ihr Mann verbannte sie, darum, daß sie nur tote Kinder hatte. Das aber kam, weil sie stets traurig war, ohn einige besondere Ursach. Die Schwiegermutter hatte ihr geweissagt, sie möge eher nicht eines lebenden Kindes genesen, als bis sie fünfmal von Herzen gelacht haben würde. Beim fünften Male müßte etwas sein, das dürfe sie nicht wissen, noch auch der alte Nix. Es wollte aber damit niemals glücken, soviel auch ihre Leute deshalb Fleiß anwendeten; endlich da mochte sie der alte König ferner nicht an seinem Hofe leiden und sandte sie an diesen Ort, unweit der obern Donau, wo seine Schwester wohnte. Die Schwiegermutter hatte ihr zum Dienst und Zeitvertreib etliche Kammerzofen und Mägde mitgegeben, so muntere und kluge Mädchen als je auf Entenfüßen gingen (denn was von dem gemeinen Stamm der Wasserweiber ist, hat rechte Entenfüße); die zogen sie, pur für die Langeweile, sechsmal des Tages anders an – denn außerhalb dem Wasser ging sie in köstlichen Gewändern, doch barfuß –, erzählten ihr alte

Geschichten und Mären, machten Musik, tanzten und scherzten vor ihr. An jenem Saal, darin der Hirtenbub gewesen, war der Fürstin ihr Gaden oder Schlafgemach, von welchem eine Treppe in den Blautopf ging. Da lag sie manchen lieben Tag und manche Sommernacht, der Kühlung wegen. Auch hatte sie allerlei lustige Tiere, wie Vögel, Küllhasen und Affen, vornehmlich aber einen possigen Zwerg, durch welchen vormals einem Ohm der Fürstin war von eben solcher Traurigkeit geholfen worden. Sie spielte alle Abend Damenziehen, Schachzagel oder Schaf und Wolf mit ihm; sooft er einen ungeschickten Zug getan, schnitt er die raresten Gesichter, keines dem andern gleich, nein immer eines ärger als das andere, daß auch der weise Salomo das Lachen nicht gehalten hätte, geschweige denn die Kammerjungfern oder du selber, liebe Leserin, wärst du dabeigewesen; nur bei der schönen Lau schlug eben gar nichts an, kaum daß sie ein paarmal den Mund verzog.

Es kamen alle Jahr um Wintersanfang Boten von daheim, die klopften an der Halle mit dem Hammer, da frugen dann die Jungfern:

»Wer pochet, daß einem das Herz erschrickt?«

Und jene sprachen:

»Der König schickt!
Gebt uns wahrhaftigen Bescheid,
Was Guts Ihr habt geschafft die Zeit.«

Und sie sagten:

»Wir haben die ferndigen Lieder gesungen,
Und haben die ferndigen Tänze gesprungen,
Gewonnen war es um ein Haar! –
Kommt, liebe Herren, übers Jahr.«

So zogen sie wieder nach Haus. Die Frau war aber vor der Botschaft und darnach stets noch einmal so traurig.

Im Nonnenhof war eine dicke Wirtin, Frau Betha Seysolffin, ein frohes Biederweib, christlich, leutselig, gütig; zumal an armen reisenden Gesellen bewies sie sich als eine rechte Fremdenmutter. Die Wirtschaft führte zumeist ihr ältster Sohn, Stephan, welcher verehelicht war; ein anderer, Xaver, war Klosterkoch, zwo Töchter noch bei ihr. Sie hatte einen kleinen Küchengarten vor der Stadt, dem Topf zunächst. Als sie im Frühjahr einst am ersten warmen Tag dort war und ihre Beete richtete, den Kappis, den Salat zu säen, Bohnen und Zwiebel zu stecken, besah sie sich von ungefähr auch einmal recht mit Wohlgefallen wieder das schöne blaue Wasser überm Zaun und mit Verdruß daneben einen alten garstigen Schutthügel, der schändete den ganzen Platz; nahm also, wie sie fertig war mit ihrer Arbeit und das Gartentürlein hinter sich zugemacht hatte, die Hacke noch einmal, riß flink das gröbste Unkraut aus, erlas etliche Kürbiskern aus ihrem Samenkorb und steckte hin und wieder einen in den Haufen. (Der Abt im Kloster, der die Wirtin, als eine saubere Frau, gern sah – man hätte sie nicht über vierzig Jahr geschätzt, er selber aber war gleich ihr ein starkbeleibter Herr – stand just am Fenster oben und grüßte herüber, indem er mit dem Finger drohte, als halte sie zu seiner Widersacherin.) Die Wüstung grünte nun den ganzen Sommer, daß es eine Freude war, und hingen dann im Herbst die großen gelben Kürbis an dem Abhang nieder bis zu dem Teich.

Jetzt ging einsmals der Wirtin Tochter, Jutta, in den Keller, woselbst sich noch von alten Zeiten her ein offener Brunnen mit einem steinernen Kasten befand. Beim Schein des Lichts erblickte sie darinne mit Entsetzen die schöne Lau, schwebend bis an die Brust im Wasser; sprang voller Angst davon und sagt's der Mutter an; die fürchtete sich nicht und stieg allein hinunter, litt auch nicht, daß ihr der Sohn zum Schutz nachfolge, weil das Weib nackt war.

Der wunderliche Gast sprach diesen Gruß:

»Die Wasserfrau ist kommen,
Gekrochen und geschwommen,
Durch Gänge steinig, wüst und kraus,
Zur Wirtin in das Nonnenhaus.
Sie hat sich meinethalb gebückt,
Mein' Topf geschmückt
Mit Früchten und mit Ranken,
Das muß ich billig danken.«

Sie hatte einen Kreisel aus wasserhellem Stein in ihrer Hand, den gab sie der Wirtin und sagte: »Nehmt dieses Spielzeug, liebe

Frau, zu meinem Angedenken. Ihr werdet guten Nutzen davon haben. Denn jüngsthin habe ich gehört, wie Ihr in Eurem Garten der Nachbarin klagtet, Euch sei schon auf die Kirchweih angst, wo immer die Bürger und Bauern zu Unfrieden kämen und Mord und Totschlag zu befahren sei. Derhalben, liebe Frau, wenn wieder die trunkenen Gäste bei Tanz und Zeche Streit beginnen, nehmt den Topf zur Hand, und dreht ihn vor der Tür des Saals im Öhrn, da wird man hören durch das ganze Haus ein mächtiges und herrliches Getöne, daß alle gleich die Fäuste werden sinken lassen und guter Dinge sein, denn jählings ist ein jeder nüchtern und gescheit geworden. Ist es an dem, so werfet Eure Schürze auf den Topf, da wickelt er sich alsbald ein und lieget stille.«

So redete das Wasserweib. Frau Betha nahm vergnügt das Kleinod samt der goldenen Schnur und dem Halter von Ebenholz, rief ihrer Tochter Jutta her (sie stand nur hinter dem Krautfaß an der Staffel), wies ihr die Gabe, dankte, und lud die Frau, sooft die Zeit ihr lang wär, freundlich ein zu fernerem Besuch, darauf das Weib hinabfuhr und verschwand.

Es dauerte nicht lang, so wurde offenbar, welch einen Schatz die Wirtschaft an dem Topf gewann. Denn nicht allein, daß er durch seine Kraft und hohe Tugend die übeln Händel allezeit in einer Kürze dämpfte, er brachte auch dem Gasthaus bald erstaunliche Einkehr zuwege. Wer in die Gegend kam, gemein oder vornehm, ging ihm zulieb; insonderheit kam bald der Graf von Helfenstein, von Wirtemberg und etliche große Prälaten; ja ein berühmter Herzog aus Lombardenland, so bei dem Herzoge von Bayern gastweis war und dieses Wegs nach Frankreich reiste, bot vieles Geld für dieses Stück, wenn es die Wirtin lassen wollte. Gewiß auch war in keinem andern Land seinesgleichen zu sehn und zu hören. Erst, wenn er anhub sich zu drehen, ging es doucement her, dann klang es stärker und stärker, so hoch wie tief, und immer herrlicher, als wie der Schall von vielen Pfeifen, der quoll und stieg durch alle Stockwerke bis unter das Dach und bis in den Keller, dergestalt, daß alle Wände, Dielen, Säulen und Geländer schienen davon erfüllt zu sein, zu tönen und zu schwellen. Wenn nun das Tuch auf ihn geworfen wurde und er ohnmächtig lag, so hörte gleichwohl die Musik sobald nicht auf, es zog vielmehr der ausgeladene Schwall mit starkem Klingen,

Dröhnen, Summen noch wohl bei einer Viertelstunde hin und her.

Bei uns im Schwabenland heißt so ein Topf aus Holz gemeinhin eine Habergeis; Frau Betha ihrer ward nach seinem vornehmsten Geschäfte insgemein genannt der Bauren-Schwaiger. Er war gemacht aus einem großen Amethyst, des Name besagen will: wider den Trunk; weil er den schweren Dunst des Weins geschwinde aus dem Kopf vertreibt, ja schon von Anbeginn dawidertut, daß einen guten Zecher das Selige berühre; darum ihn auch weltlich und geistliche Herren sonst häufig pflegten am Finger zu tragen.

Die Wasserfrau kam jeden Mond einmal, auch je und je unverhofft zwischen der Zeit, weshalb die Wirtin eine Schelle richten ließ, oben im Haus, mit einem Draht, der lief herunter an der Wand beim Brunnen, damit sie sich gleichbald anzeigen konnte. Also ward sie je mehr und mehr zutunlich zu den wackeren Frauen, der Mutter samt den Töchtern und der Söhnerin.

Einsmals an einem Nachmittag im Sommer, da eben keine Gäste kamen, der Sohn mit den Knechten und Mägden hinaus in das Heu gefahren war, Frau Betha mit der Ältesten im Keller Wein abließ, die Lau im Brunnen aber Kurzweil halben dem Geschäft zusah, und nun die Frauen noch ein wenig mit ihr plauderten: da fing die Wirtin an: »Mögt Ihr Euch denn einmal in meinem Haus und Hof umsehn? Die Jutta könnte Euch etwas von Kleidern geben; ihr seid von *einer* Größe.«

»Ja«, sagte sie, »ich wollte lange gern die Wohnungen der Menschen sehn, was alles sie darin gewerben, spinnen, weben, ingleichen auch wie Eure Töchter Hochzeit machen und ihre kleinen Kinder in der Wiege schwenken.«

Da lief die Tochter fröhlich mit Eile hinauf, ein rein Leintuch zu holen, bracht es, und half ihr aus dem Kasten steigen, das tat sie sonder Mühe und lachenden Mundes. Flugs schlug ihr die Dirne das Tuch um den Leib und führte sie bei ihrer Hand eine schmale Stiege hinauf in der hintersten Ecke des Kellers, da man durch eine Falltür oben gleich in der Töchter Kammer gelangt. Allda ließ sie sich trocken machen und saß auf einem Stuhl, indem ihr Jutta die Füße abrieb. Wie diese ihr nun an die Sohle kam, fuhr sie zurück und kicherte. »War's nicht gelacht?« frug sie selber sogleich. – »Was anders?« rief das Mädchen und jauchzte:

»Gebenedeiet sei uns der Tag! ein erstes Mal wär es geglückt!« – Die Wirtin hörte in der Küche das Gelächter und die Freude, kam herein, begierig wie es zugegangen, doch als sie die Ursach vernommen – du armer Tropf, so dachte sie, das wird ja schwerlich gelten! – ließ sich indes nichts merken, und Jutte nahm etliche Stücke heraus aus dem Schrank, das Beste was sie hatte, die Hausfreundin zu kleiden. »Seht«, sagte die Mutter: »sie will wohl aus Euch eine Susann Preisnestel machen.« – »Nein«, rief die Lau in ihrer Fröhlichkeit: »laß mich die Aschengruttel sein in deinem Märchen!« – nahm einen schlechten runden Faltenrock und eine Jacke; nicht Schuh noch Strümpfe litt sie an den Füßen, auch hingen ihre Haare ungezöpft bis auf die Knöchel nieder. So strich sie durch das Haus von unten bis zuoberst, durch Küche, Stuben und Gemächer. Sie verwunderte sich des gemeinsten Gerätes und seines Gebrauchs, besah den reingefegten Schenktisch, und darüber in langen Reihen die zinnenen Kannen und Gläser, alle gleich gestürzt, mit hängendem Deckel, dazu den kupfernen Schwenkkessel samt der Bürste, und mitten in der Stube an der Decke der Weber Zunftgeschmuck, mit Seidenband und Silberdraht geziert, in dem Kästlein von Glas. Von ungefähr erblickte sie ihr eigen Bild im Spiegel, davor blieb sie betroffen und erstockt eine ganze Weile stehn, und als darauf die Söhnerin sie mit in ihre Stube nahm und ihr ein neues Spiegelein, drei Groschen wert, verehrte, da meinte sie Wunders zu haben, denn unter allen ihren Schätzen fand sich dergleichen nicht.

Bevor sie Abschied nahm geschah's, daß sie hinter den Vorhang des Alkoven schaute, woselbst der jungen Frau und ihres Mannes Bett, sowie der Kinder Schlafstätte war. Saß da ein Enkelein mit rotgeschlafenen Backen, hemdig, und einen Apfel in der Hand, auf einem runden Stühlchen von guter Ulmer Hafnerarbeit, grünverglaset. Das wollte dem Gast außer Maßen gefallen; sie nannte es einen viel zierlichen Sitz, rümpft' aber die Nase mit eins, und da die drei Frauen sich wandten zu lachen, vermerkte sie etwas und fing auch hell zu lachen an, und hielt sich die ehrliche Wirtin den Bauch, indem sie sprach: »Diesmal fürwahr hat es gegolten, und Gott schenk Euch so einen frischen Buben als mein Hans da ist!«

Die Nacht darauf, daß sich dies zugetragen, legte sich die schöne Lau getrost und wohlgemut, wie schon in langen Jahren nicht, im Grund des Blautopfs nieder, schlief gleich ein, und bald erschien ihr ein närrischer Traum.

Ihr deuchte da, es war die Stunde nach Mittag, wo in der heißen Jahreszeit die Leute auf der Wiese sind und mähen, die Mönche aber sich in ihren kühlen Zellen eine Ruhe machen, daher es noch einmal so still im ganzen Kloster und rings um seine Mauern war. Es stund jedoch nicht lange an, so kam der Abt herausspaziert und sah, ob nicht etwa die Wirtin in ihrem Garten sei. Dieselbe aber saß als eine dicke Wasserfrau mit langen Haaren in dem Topf, allwo der Abt sie bald entdeckte, sie begrüßte und ihr einen Kuß gab, so mächtig, daß es vom Klostertürmlein widerschallte, und schallte es der Turm ans Refektorium, das sagt' es der Kirche und die sagt's dem Pferdstall und der sagt's dem Fischhaus und das sagt's dem Waschhaus und im Waschhaus da riefen's die Zuber und Kübel sich zu. Der Abt erschrak bei solchem Lärm; ihm war, wie er sich nach der Wirtin bückte, sein Käpplein in Blautopf gefallen, sie gab es ihm geschwind, und er watschelte hurtig davon.

Da aber kam aus dem Kloster heraus unser Herrgott, zu sehn was es gebe. Er hatte einen langen weißen Bart und einen roten Rock. Und frug den Abt, der ihm just in die Hände lief:

»Herr Abt, wie ward Euer Käpplein so naß?«

Und er antwortete:

»Es ist mir ein Wildschwein am Wald verkommen,
Vor dem hab ich Reißaus genommen;
Ich rannte sehr und schwitzet baß,
Davon ward wohl mein Käpplein so naß.«

Da hob unser Herrgott, unwirs ob der Lüge, seinen Finger auf, winkt' ihm und ging voran, dem Kloster zu. Der Abt sah hehlings noch einmal nach der Frau Wirtin um, und diese rief: »Ach liebe Zeit, ach liebe Zeit, jetzt kommt der gut alt Herr in die Prison!«

Dies war der schönen Lau ihr Traum. Sie wußte aber beim Erwachen und spürte noch an ihrem Herzen, daß sie im Schlaf sehr lachte, und ihr hüpfte noch wachend die Brust, daß der Blautopf oben Ringlein schlug.

Weil es den Tag zuvor sehr schwül gewesen, so blitzte es jetzt in der Nacht. Der Schein erhellte den Blautopf ganz, auch spürte sie am Boden, es donnere weitweg. So blieb sie mit zufriedenem Gemüte noch eine Weile ruhen, den Kopf in ihre Hand gestützt, und sah dem Wetterblicken zu. Nun stieg sie auf, zu wissen ob der Morgen etwa komme: allein es war noch nicht viel über Mitternacht. Der Mond stand glatt und schön über dem Rusenschloß, die Lüfte aber waren voll vom Würzgeruch der Mahden.

Sie meinte fast der Geduld nicht zu haben bis an die Stunde, wo sie im Nonnenhof ihr neues Glück verkünden durfte, ja wenig fehlte, daß sie sich jetzt nicht mitten in der Nacht aufmachte und vor Juttas Türe kam (wie sie nur einmal, Trostes wegen, in übergroßem Jammer nach der jüngsten Botschaft aus der Heimat, tat), doch sie besann sich anders und ging zu besserer Zeit.

Frau Betha hörte ihren Traum gutmütig an, obwohl er ihr ein wenig ehrenrührig schien. Bedenklich aber sagte sie darauf: »Baut nicht auf solches Lachen, das im Schlaf geschah; der Teufel ist ein Schelm. Wenn Ihr auf solches Trugwerk hin die Boten mit fröhlicher Zeitung entließet, und die Zukunft strafte Euch Lügen, es könnte schlimm daheim ergehen.«

Auf diese ihre Rede hing die schöne Lau den Mund gar sehr und sagte: »Frau Ahne hat der Traum verdrossen!« – nahm kleinlauten Abschied und tauchte hinunter.

Es war nah bei Mittag, da rief der Pater Schaffner im Kloster dem Bruder Kellermeister eifrig zu: »Ich merk, es ist im Gumpen letz! die Arge will Euch Eure Faß wohl wieder einmal schwimmen lehren. Tut Eure Läden eilig zu, vermachet alles wohl!«

Nun aber war des Klosters Koch, der Wirtin Sohn, ein lustiger Vogel, welchen die Lau wohl leiden mochte. Der dachte ihren Jäst mit einem Schnak zu stillen, lief nach seiner Kammer, zog die Bettscher aus der Lagerstätte und steckte sie am Blautopf in den Rasen, wo das Wasser auszutreten pflegte, und stellte sich mit Worten und Gebärden als einen vielgetreuen Diener an, der mächtig Ängsten hätte, daß seine Herrschaft aus dem Bette fallen und etwa Schaden nehmen möchte. Da sie nun sah das Holz so recht mit Fleiß gesteckt und über das Bächlein gespreizt, kam ihr in ihrem Zorn das Lachen an, und lachte überlaut, daß man's im Klostergarten hörte.

Als sie hierauf am Abend zu den Frauen kam, da wußten sie es schon vom Koch und wünschten ihr mit tausend Freuden Glück. Die Wirtin sagte: »Der Xaver ist von Kindesbeinen an gewesen als wie der Zuberclaus, jetzt kommt uns seine Torheit zustatten.«

Nun aber ging ein Monat nach dem andern herum, es wollte sich zum dritten- oder viertenmal nicht wieder schicken. Martini war vorbei, noch wenig Wochen und die Boten standen wieder vor der Tür. Da ward es den guten Wirtsleuten selbst bang, ob heuer noch etwas zustande käme, und alle hatten nur zu trösten an der Frau. Je größer deren Angst, je weniger zu hoffen war.

Damit sie ihres Kummers eher vergesse, lud ihr Frau Betha einen Lichtkarz ein, da nach dem Abendessen ein halb Dutzend muntre Dirnen und Weiber aus der Verwandtschaft in einer abgelegenen Stube mit ihren Kunkeln sich zusammensetzten. Die Lau kam alle Abend in Juttas altem Rock und Kittel, und ließ sich weit vom warmen Ofen weg in einem Winkel auf den Boden nieder, und hörte dem Geplauder zu, von Anfang als ein stummer Gast, ward aber bald zutraulich und bekannt mit allen. Um ihretwillen machte sich Frau Betha eines Abends ein Geschäft daraus, ihr Weihnachtskripplein für die Enkel beizeiten herzurichten: die Muttergottes, mit dem Kind im Stall, bei ihr die drei Weisen aus Morgenland, ein jeder mit seinem Kamel, darauf er hergereist kam und seine Gaben brachte. Dies alles aufzuputzen und zu leimen was etwa lotter war, saß die Frau Wirtin an dem Tisch beim Licht mit ihrer Brille, und die Wasserfrau mit höchlichem Ergötzen sah ihr zu, so wie sie auch gerne vernahm, was ihr von heiligen Geschichten dabei gesagt wurde, doch nicht daß sie dieselben dem rechten Verstand nach begriff oder zu Herzen nahm, wie gern auch die Wirtin es wollte.

Frau Betha wußte ferner viel lehrreicher Fabeln und Denkreime, auch spitzweise Fragen und Rätsel; die gab sie nacheinander im Vorsitz auszuraten, weil sonderlich die Wasserfrau von Hause aus dergleichen liebte und immer gar zufrieden schien, wenn sie es ein- und das andremal traf (das doch nicht allzu leicht geriet). Eines derselben gefiel ihr vor allen, und was damit gemeint ist nannte sie ohne Besinnen:

»Ich bin eine dürre Königin,
Trag auf dem Haupt eine zierliche Kron,

Und die mir dienen mit treuem Sinn,
Die haben großen Lohn.

Meine Frauen müssen mich schön frisiern,
Erzählen mir Märlein ohne Zahl,
Sie lassen kein einzig Haar an mir,
Doch siehst du mich nimmer kahl.

Spazieren fahr ich frank und frei,
Das geht so rasch, das geht so fein;
Nur komm ich nicht vom Platz dabei –
Sagt, Leute, was mag das sein?«

Darüber sagte sie, in etwas fröhlicher denn zuvor: »Wenn ich dereinstens wiederum in meiner Heimat bin, und kommt einmal ein schwäbisch Landeskind, zumal aus Eurer Stadt, auf einer Kriegsfahrt oder sonst durch der Walachen Land an unsere Gestade, so ruf er mich bei Namen, dort wo der Strom am breitesten hineingeht in das Meer – versteht, zehn Meilen einwärts in dieselbe See erstreckt sich meines Mannes Reich, so weit das süße Wasser sie mit seiner Farbe färbt – dann will ich kommen und dem Fremdling zu Rat und Hilfe sein. Damit er aber sicher sei, ob ich es bin und keine andere, die ihm schaden möchte, so stelle er dies Rätsel. Niemand aus unserem Geschlechte außer mir wird ihm darauf antworten; denn dortzuland sind solche Rocken und Rädlein, als Ihr in Schwaben führet, nicht gesehn, noch kennen sie dort Eure Sprache; darum mag dies die Losung sein.«

Auf einen andern Abend ward erzählt vom Doktor Veylland und Herrn Konrad von Wirtemberg, dem alten Gaugrafen, in dessen Tagen es noch keine Stadt mit Namen Stuttgart gab. Im Wiesental, da wo dieselbe sich nachmals erhob, stund nur ein stattliches Schloß mit Wassergraben und Zugbrücke; von Bruno, dem Domherrn von Speyer, Konradens Oheim, erbaut, und nicht gar weit davon ein hohes steinernes Haus. In diesem wohnte dazumal mit einem alten Diener ganz allein ein sonderlicher Mann, der war in natürlicher Kunst und in Arzneikunst sehr gelehrt und war mit seinem Herrn, dem Grafen, weit in der Welt herumgereist, in heißen Ländern, von wo er manche Seltsamkeit, an Tieren, vielerlei Gewächsen und Meerwundern heraus nach Schwaben brachte. In seinem Öhrn sah man der fremden Sachen eine Menge an den Wänden herumhangen: die Haut vom Krokodil, sowie Schlangen und fliegende Fische. Fast alle Wochen kam der Graf einmal zu ihm; mit andern Leuten pflegte er wenig Gemeinschaft. Man wollte behaupten, er mache Gold; gewiß ist, daß er sich unsichtbar machen konnte, denn er verwahrte unter seinem Kram einen Krackenfischzahn. Einst nämlich, als er auf dem Roten Meer das Bleilot niederließ, die Tiefe zu erforschen, da zockt es unterm Wasser, daß das Tau fast riß. Es hatte sich ein Krackenfisch im Lot verbissen und zween seiner Zähne darinne gelassen. Sie sind wie eine Schustersahle spitz und glänzend schwarz. Der eine stak sehr fest, der andre ließ sich leicht ausziehen. Da nun ein solcher Zahn, etwa in Silber oder Gold gefaßt und bei sich getragen, besagte hohe Kraft besitzt und zu den größten Gütern, so man für Geld nicht haben kann, gehört, der Doktor aber dafür hielt, es zieme eine solche Gabe niemand besser als einem weisen und wohldenkenden Gebieter, damit er überall, in seinen eigenen und Feindes Landen, sein Ohr und Auge habe, so gab er einen dieser Zähne seinem Grafen, wie er ja ohnedem wohl schuldig war, mit Anzeigung von dessen Heimlichkeit, davon der Herr nichts wußte. Von diesem Tage an erzeigte sich der Graf dem Doktor gnädiger als allen seinen Edelleuten oder Räten, und hielt ihn recht als seinen lieben Freund, ließ ihm auch gern und sonder Neid das Lot zu eigen, darin der andere Zahn war, doch unter dem Gelöbnis, sich dessen ohne Not nicht zu bedienen, auch ihn vor seinem Ableben entweder ihm, dem Grafen, erblich zu verlassen oder auf alle Weise der Welt zu entrücken, wo nicht ihn gänzlich zu vertilgen. Der edle Graf starb aber um zwei Jahre eher als der Veylland, und hinterließ das Kleinod seinen Söhnen nicht; man glaubt, aus Gottesfurcht und weisem Vorbedacht hab er's mit in das Grab genommen oder sonst verborgen.

Wie nun der Doktor auch am Sterben lag, so rief er seinen treuen Diener Curt zu ihm ans Bett und sagte: »Lieber Curt! es gehet diese Nacht mit mir zum Ende, so will ich dir noch deine guten Dienste danken und etliche Dinge befehlen. Dort bei den Büchern, in dem Fach zuunterst in der Ecke, ist ein Beutel mit hundert Imperialen, den nimm sogleich zu dir; du wirst auf Lebenszeit genug daran haben. Zum zweiten, das alte geschriebene Buch in dem Kästlein daselbst verbrenne jetzt vor meinen Augen, hier in dem Kamin. Zum dritten findest du ein Bleilot dort, das nimm, verbirg's bei deinen Sachen, und wenn du aus dem Hause gehst in deine Heimat, gen Blaubeuren, laß es dein erstes sein, daß du es in den Blautopf wirfst.« – Hiermit war er darauf bedacht, daß es, ohne Gottes besondere Fügung, in ewigen Zeiten nicht in irgendeines Menschen Hände komme. Denn damals hatte sich die Lau noch nie im Blautopf blicken lassen, und hielt man selben überdies für unergründlich.

Nachdem der gute Diener jenes alles, teils auf der Stelle ausgerichtet, teils versprochen, nahm er mit Tränen Abschied von dem Doktor, welcher vor Tage noch das Zeitliche gesegnete.

Als nachher die Gerichtspersonen kamen und allen kleinen Quark aussuchten und versiegelten, da hatte Curt das Bleilot zwar beiseit gebracht, den Beutel aber nicht versteckt, denn er war keiner von den Schlauesten, und mußte ihn dalassen, bekam auch nach der Hand nicht einen Deut davon zu sehen, kaum daß die schnöden Erben ihm den Jahreslohn auszahlten.

Solch Unglück ahnete ihm schon, als er, auch ohnedem betrübt genug mit seinem Bündelein in seiner Vaterstadt einzog. Jetzt dachte er an nichts, als seines Herrn Befehl vor allen Dingen zu vollziehen. Weil er seit dreiundzwanzig Jahren nimmer hier gewesen, so kannte er die Leute nicht, die ihm begegneten, und da er gleichwohl einem und dem andern Guten Abend sagte, gab's ihm niemand zurück. Die Leute schauten sich, wenn er vorüberkam, verwundert an den Häusern um, wer doch da gegrüßt haben möchte, denn keines erblickte den Mann. Dies kam, weil ihm das Lot in seinem Bündel auf der linken Seite hing; ein andermal, wenn er es rechts trug, war er von allen gesehen. Er aber sprach für sich: »Zu meiner Zeit sind di^{a} Blaubeur^{a}m^{a}r so grob ett gwä!«

Beim Blautopf fand er seinen Vetter, den Seilermeister, mit dem Jungen am Geschäft, indem er längs der Klostermauer, rückwärts gehend, Werg aus seiner Schürze spann, und weiterhin der Knabe trillte die Schnur mit dem Rad. – »Gott grü^{a}ß di, Vetter Seiler!« rief der Curt und klopft' ihm auf die Achsel. Der Meister guckt sich um, verblaßt, läßt seine Arbeit aus den Händen fallen und lauft was seine Beine mögen. Da lachte der andere, sprechend: »Der denkt, mei' Seel, i wandele geistweis!

D' Leut hant gwiß mi für tot hi^{a} gsagt, anstatt mein'n Herr^{a} – ei so schlag!«

Jetzt ging er zu dem Teich, knüpfte sein Bündel auf und zog das Lot heraus. Da fiel ihm ein, er möchte doch auch wissen, ob es wahr sei, daß der Gumpen keinen Grund noch Boden habe (er wär gern auch ein wenig so ein Spiriguckes wie sein Herr gewesen), und weil er vorhin in des Seilers Korb drei große starke Schnürbund liegen sehn, so holte er dieselben her und band das Lot an einen. Es lagen just auch frischgebohrte Teichel, eine schwere Menge, in dem Wasser bis gegen die Mitte des Topfs, darauf er sicher Posto fassen konnte, und also ließ er das Gewicht hinunter, indem er immer ein Stück Schnur an seinem ausgestreckten Arm abmaß, drei solcher Längen auf ein Klafter rechnete und laut abzählte: » – 1 Klafter, 2 Klafter, 3, 4, 5, 6, 7, 8, 9, 10«; – da ging der erste Schnurbund aus, und mußte er den zweiten an das Ende knüpfen, maß wiederum ab und zählte bis auf 20. Da war der andere Schnurbund gar – »Heid^{a}guguk, ist dees ^{a} Ti^{a}fe!« – und band den dritten an das Trumm, fuhr fort zu zählen: »21, 22, 23, 24 – Höll-Element, mei Arm will nimme! – 25, 26, 27, 28, 29, 30 – Jetzet gu^{a}t Nacht, 's Meß hot ^{a} End! Do heißt's halt, mir nex, dir nex, rappede kappede, so isch usgang^{a}!« – Er schlang die Schnur, bevor er aufzog, um das Holz, darauf er stand, ein wenig zu verschnaufen, und urteilte bei sich: Der Topf ist währle bod^{a}laus.

Indem der Spinnerinnen eine diesen Schwank erzählte, tat die Wirtin einen schlauen Blick zur Lau hinüber, welche lächelte; denn freilich wußte sie am besten, wie es gegangen war mit dieser Messerei; doch sagten beide nichts. Dem Leser aber soll es unverhalten sein.

Die schöne Lau lag jenen Nachmittag auf dem Sand in der Tiefe, und, ihr zu Füßen, eine Kammerjungfer, Aleila, welche ihr die liebste war, beschnitte ihr in guter Ruh die Zehen mit einer goldenen Schere, wie von Zeit zu Zeit geschah.

Da kam hernieder langsam aus der klaren Höh ein schwarzes Ding, als wie ein Kegel, des sich im Anfang beide sehr verwunderten, bis sie erkannten was es sei. Wie nun das Lot mit neunzig Schuh den Boden rührte, da ergriff die scherzlustige Zofe die Schnur und zog gemach mit beiden Händen, zog und zog, solang bis sie nicht mehr nachgab. Alsdann nahm sie geschwind die Schere und schnitt das Lot hinweg, erlangte einen dicken Zwiebel, der war erst gestern in den Topf gefallen und war fast eines Kinderkopfes groß, und band ihn bei dem grünen Schossen an die Schnur, damit der Mann erstaune, ein ander Lot zu finden, als das er ausgeworfen. Derweile aber hatte die schöne Lau den Krackenzahn im Blei mit Freuden und Verwunderung entdeckt. Sie wußte seine Kraft gar wohl, und ob zwar für sich selbst die Wasserweiber oder -männer nicht viel darnach fragen, so gönnen sie den Menschen doch so großen Vorteil nicht, zumalen sie das Meer und was sich darin findet von Anbeginn als ihren Pacht und Lehn ansprechen. Deswegen denn die schöne Lau mit dieser ungefähren Beute sich dereinst, wenn sie zu Hause käme, beim alten Nix, ihrem Gemahl, Lobs zu erholen hoffte. Doch wollte sie den Mann, der oben stund, nicht lassen ohn Entgelt, nahm also alles was sie eben auf dem Leibe hatte, nämlich die schöne Perlenschnur an ihrem Hals, schlang selbe um den großen Zwiebel, gerade als er sich nunmehr erhob; und daran war es nicht genug, sie hing zuteuerst auch die goldne Schere noch daran und sah mit hellem Aug, wie das Gewicht hinaufgezogen ward. Die Zofe aber, neubegierig, wie sich das Menschenkind dabei gebärde, stieg hinter dem Lot in die Höhe, und weidete sich zwo Spannen unterhalb dem Spiegel an des Alten Schreck und Verwirrung. Zuletzt fuhr sie mit ihren beiden aufgehobenen Händen ein maler viere in der Luft herum, die weißen Finger als zu einem Fächer oder Wadel ausgespreizt. Es waren aber schon zuvor auf des Vetter Seilers Geschrei viel Leut aus der Stadt herausgekommen, die standen um den Blautopf her und sahn dem Abenteuer zu, bis wo die grausigen Hände erschienen; da stob mit eins die Menge voneinander und entrann.

Der alte Diener aber war von Stund an irrsch im Kopf, ganzer sieben Tage, und sah der Lau ihre Geschenke gar nicht an, sondern saß da, bei seinem Vetter, hinterm Ofen, und sprach des Tags wohl hundertmal ein altes Sprüchlein vor sich hin, von welchem kein Gelehrter in ganz Schwabenland Bescheid zu geben weiß, woher und wie oder wann erstmals es unter die Leute gekommen. Denn von ihm selber hatte es der Alte nicht; man gab es lang vor seiner Zeit, gleichwie noch heutiges Tags, den Kindern scherzweis auf, wer es ganz hurtig nacheinander ohne Tadel am öftesten hersagen könne; und lauten die Worte:

»'s leit a Klötzle Blei glei bei Blaubeura,
glei bei Blaubeura leit a Klötzle Blei.«

Die Wirtin nannt es einen rechten Leirenbendel, und sagte: »Wer hätte auch den mindesten Verstand da drin gesucht, geschweige eine Prophezeiung!«

Als endlich der Curt mit dem siebenten Morgen seine gute Besinnung wiederfand, und ihm der Vetter die kostbaren Sachen darwies, so sein rechtliches Eigentum wären, da schmunzelte er doch, tat sie in sicheren Verschluß, und ging mit des Seilers zu Rat, was damit anzufangen. Sie achteten alle fürs beste, er reise mit Perlen und Schere gen Stuttgart, wo eben Graf Ludwig sein Hoflager hatte, und biete sie demselben an zum Kauf. So tat er denn. Der hohe Herr war auch nicht karg und gleich bereit, so seltene Zier nach Schätzung eines Meisters für seine Frau zu nehmen; nur als er von dem Alten hörte, wie er dazu gekommen, fuhr er auf und drehte sich voll Ärger auf dem Absatz um, daß ihm der Wunderzahn verloren sei. Ihm war vordem etwas von diesem kund geworden und hatte er dem Doktor, bald nach Herrn Konrads Hintritt, seines Vaters, sehr darum angelegen, doch umsonst.

Dies war nun die Geschichte, davon die Spinnerinnen damals plauderten. Doch ihnen war das Beste daran unbekannt. Eine Gevatterin, so auch mit ihrer Kunkel unter ihnen saß, hätte noch gar gern gehört, ob wohl die schöne Lau das Lot noch habe, auch was sie damit tue? und red'te so von weitem darauf hin; da gab Frau Betha ihr nach ihrer Weise einen kleinen Stich, und sprach zur Lau: »Ja, gelt, jetzt macht Ihr Euch bisweilen unsichtbar, geht herum in den Häusern und guckt den Weibern in die Töpfe, was sie zu Mittag kochen? Eine schöne Sach um so ein Lot für fürwitzige Leute!«

Inmittelst fing der Dirnen eine an, halblaut das närrische Gesetzlein herzusagen; die andern taten ein gleiches, und jede wollt es besser können, und keine brachte es zum dritten- oder viertenmal glatt aus dem Mund; dadurch gab es viel Lachen. Zum letzten mußte es die schöne Lau probieren, die Jutte ließ ihr keine Ruh. Sie wurde rot bis an die Schläfe, doch hub sie an, und klüglicherweise gar langsam:

»’s leit [a] Klötzle Blei glei bei Blaubeuren.«

Die Wirtin rief ihr zu, so sei es keine Kunst, es müsse gehen wie geschmiert! Da nahm sie ihren Anlauf frisch hinweg, kam auch alsbald vom Pfad ins Stoppelfeld, fuhr buntüberecks und wußte nimmer gicks noch gacks. Jetzt, wie man denken kann, gab es Gelächter einer Stuben voll, das hättet ihr nur hören sollen, und mittendraus hervor der schönen Lau ihr Lachen, so hell wie ihre Zähne, die man alle sah!

Doch unversehens, mitten in dieser Fröhlichkeit und Lust, begab sich ein mächtiges Schrecken.

Der Sohn vom Haus, der Wirt – er kam gerade mit dem Wagen heim von Sonderbuch und fand die Knechte verschlafen im Stall –, sprang hastig die Stiege herauf, rief seine Mutter vor die Tür und sagte, daß es alle hören konnten: »Um Gotteswillen, schickt die Lau nach Haus! Hört Ihr denn nicht im Städtlein den Lärm? der Blautopf leert sich aus, die untere Gasse ist schon unter Wasser, und in dem Berg am Gumpen ist ein Getös und Rollen, als wenn die Sündflut käme!« – Indem er noch so sprach, tat innen die Lau einen Schrei: »Das ist der König, mein Gemahl, und ich bin nicht daheim!« – Hiermit fiel sie von ihrem Stuhl sinnlos zu Boden, daß die Stube zitterte. Der Sohn war wieder fort, die Spinnerinnen liefen jammernd heim mit ihren Rocken, die andern aber wußten nicht was anzufangen mit der armen Lau, welche wie tot dalag. Eins machte ihr die Kleider auf, ein anderes strich sie an, das dritte riß die Fenster auf, und schafften doch alle miteinander nichts.

Da streckte unverhofft der lustige Koch den Kopf zur Tür herein, sprechend: »Ich hab mir’s eingebildet, sie wär’ bei euch! Doch, wie ich sehe, geht’s nicht allzu lustig her. Macht, daß die Ente in das Wasser kommt, so wird sie schwimmen!« – »Du hast gut reden!« sprach die Mutter mit Beben: »*hat* man sie auch im Keller und im Brunnen, kann sie sich unten nicht den Hals abstürzen im Geklüft?« – »Was Keller!« rief der Sohn: »was Brunnen! das geht ja freilich nicht – laßt mich nur machen! Not kennt kein Gebot – ich trag sie in den Blautopf.« – Und damit nahm er, als ein starker Kerl, die Wasserfrau auf seine Arme. »Komm, Jutta – nicht heulen – geh mir voran mit der Latern.« – »In Gottes Namen«, sagte die Wirtin: »doch nehmt den Weg hintenherum durch die Gärten: es wimmelt die Straße mit Leuten und Lichtern.« – »Der Fisch hat sein Gewicht!« sprach er im Gehn, schritt aber festen Tritts die Stiege hinunter, dann über den Hof, und links und rechts, zwischen Hecken und Zäunen hindurch.

Am Gumpen fanden sie das Wasser schon merklich gefallen, gewahrten aber nicht, wie die drei Zofen, mit den Köpfen dicht unter dem Spiegel, ängstig hin und wider schwammen, nach ihrer Frau ausschauend. Das Mädchen stellte die Laterne hin, der Koch entledigte sich seiner Last, indem er sie behutsam mit dem Rücken an den Kürbishügel lehnte. Da raunte ihm sein eigener Schalk ins Ohr: wenn du sie küßtest, freute dich's dein Leben lang und könntest du doch sagen, du habest einmal eine Wasserfrau geküßt. Und ehe er es recht dachte, war's geschehen. Da löschte ein Schuck Wasser aus dem Topf das Licht urplötzlich aus, daß es stichdunkel war umher, und tat es dann nicht anders, als wenn ein ganz halb Dutzend nasser Hände auf ein paar kernige Backen fiel' und wo es sonst hintraf. Die Schwester rief: »Was gibt es denn?« – »Maulschellen, heißt man's hierherum!« sprach er: »ich hätte nicht gedacht, daß sie am Schwarzen Meer sottige Ding auch kenneten!« – Dies sagend, stahl er sich eilends davon, doch weil es vom Widerhall drüben am Kloster auf Mauern und Dächern und Wänden mit Maulschellen brazzelte, stund er bestürzt, wußte nicht recht wohin, denn er glaubte den Feind vorn und hinten. (Solch einer Witzung brauchte es, damit er sich des Mundes nicht berühme, den er geküßt, unwissend zwar, daß er es *müssen* tun, der schönen Lau zum Heil.)

Inwährend diesem argen Lärm nun hörte man die Fürstin in ihrem Ohnmachtschlaf so innig lachen, wie sie damals im Traum getan, wo sie den Abt sah springen. Der Koch vernahm es noch von weitem, und ob er's schon auf sich zog, und mit Grund, erkannte er doch gern daraus, daß es nicht weiter Not mehr habe mit der Frau.

Bald kam mit guter Zeitung auch die Jutte heim, die Kleider, den Rock und das Leibchen im Arm, welche die schöne Lau zum letztenmal heut am Leibe gehabt. Von ihren Kammerjungfern, die sie am Topf in Beisein des Mädchens empfingen, erfuhr sie gleich zu ihrem großen Trost, der König sei noch nicht gekommen, doch mög es nicht mehr lang anstehn, die große Wasserstraße sei schon angefüllt. Dies nämlich war ein breiter hoher Felsenweg, tief unterhalb den menschlichen Wohnstätten, schön grad und eben mitten durch den Berg gezogen, zwo Meilen lang von da bis an die Donau, wo des alten Nixen Schwester ihren Fürstensitz hatte. Derselben waren viele Flüsse, Bäche, Quellen dieses Gaus dienstbar; die schwellten, wenn das Aufgebot an sie erging, besagte Straße in gar kurzer Zeit so hoch mit ihren Wassern, daß sie mit allem Seegetier, Meerrossen und Wagen füglich befahren werden mochte, welches bei festlicher Gelegenheit zuweilen als ein schönes Schaugepräng mit vielen Fackeln und Musik von Hörnern und Pauken geschah.

Die Zofen eilten jetzo sehr mit ihrer Herrin in das Putzgemach, um sie zu salben, zöpfen und köstlich anzuziehen; das sie auch gern zuließ und selbst mithalf, denn sie in ihrem Innern fühlte, es sei nun jegliches erfüllt, zusamt dem fünften, so der alte Nix und sie nicht wissen durfte.

Drei Stunden wohl nachdem der Wächter Mitternacht gerufen, es schlief im Nonnenhof schon alles, erscholl die Kellerglocke zweimal mächtig, zum Zeichen daß es Eile habe, und hurtig waren auch die Frauen und die Töchter auf dem Platz.

Die Lau begrüßte sie wie sonst vom Brunnen aus, nur war ihr Gesicht von der Freude verschönt, und ihre Augen glänzten, wie man es nie an ihr gesehen. Sie sprach: »Wißt, daß mein Ehgemahl um Mitternacht gekommen ist. Die Schwieger hat es ihm vorausverkündigt ohnelängst, daß sich in dieser Nacht mein gutes Glück vollenden soll, darauf er ohne Säumen auszog, mit Geleit der Fürsten, seinem Ohm und meinem Bruder Synd und vielen Herren. Am Morgen reisen wir. Der König ist mir hold und gnädig, als hieß' ich von heute an erst sein Gespons. Sie werden gleich vom Mahl aufstehn, sobald sie den Umtrunk gehalten. Ich schlich auf meine Kammer und hierher, noch meine Gastfreunde zu grüßen und zu herzen. Ich sage Dank, Frau Ahne, liebe Jutta, Euch Söhnerin, und Jüngste dir. Grüßet die nicht zugegen sind, die Männer und die Mägde. In jedem dritten Jahr wird Euch Botschaft von mir; auch mag es wohl geschehn, daß ich noch bälder komme selber, da bring ich mit auf diesen meinen Armen ein lebend Merkmal, daß die Lau bei Euch gelacht. Das wollen Euch die Meinen allezeit gedenken, wie ich selbst. Für jetzo, wisset, liebe Wirtin, ist mein Sinn: einen Segen zu stiften in dieses Haus für viele seiner Gäste. Oft habe ich vernommen, wie Ihr den armen wandernden Gesellen Guts getan mit freier Zehrung und Herberg. Damit Ihr solchen fortan mögt noch eine weitere Handreichung tun, so werdet Ihr zu diesem Ende finden beim Brunnen hier einen steinernen Krug voll guter Silbergroschen: davon teilt ihnen nach Gutdünken mit, und ich will das Gefäß, bevor der letzte Pfennig ausgegeben, wieder füllen. Zudem will ich noch stiften auf alle hundert Jahr fünf Glückstage (denn dies ist meine holde Zahl), mit unterschiedlichen Geschenken, also, daß wer von reisenden Gesellen der erste über Eure Schwelle tritt am Tag der mir das erste Lachen brachte, der soll empfangen, aus Eurer oder Eurer Kinder Hand, von fünferlei Stücken das Haupt. Ein jeder, so den Preis gewinnt, gelobe, nicht Ort noch Zeit dieser Bescherung zu verraten. Ihr findet aber solche Gaben jedesmal hier nächst dem Brunnen. Die Stiftung, wisset, mache ich für alle Zeit, solang ein Glied von Eurem Stammen auf der Wirtschaft ist.«

Nach diesen Worten redete sie noch manches leise mit der Wirtin und sagte zuletzt: »Vergesset nicht das Lot! der kleine Schuster soll es nimmermehr bekommen.« – Da nahm sie nochmals Abschied und küßte ein jedes. Die beiden Frauen und die Mädchen weinten sehr. Sie steckte Jutten einen Fingerreif mit grünem Schmelzwerk an und sprach dabei: »Ade, Jutta! Wir haben zusammen besondere Holdschaft gehabt, die müsse fernerhin bestehen!« – Nun tauchte sie hinunter, winkte und verschwand.

In einer Nische hinter dem Brunnen fand sich richtig der Krug samt den verheißnen Angebinden. Es war in der Mauer ein Loch mit eisernem Türlein versehen, von dem man nie gewußt, wohin es führe; das stand jetzt aufgeschlagen, und war daraus ersichtlich, daß die Sachen durch dienstbare Hand auf diesem Weg seien hergebracht worden, deshalb auch alles wohl trocken verblieb. Es lag dabei: ein Würfelbecher aus Drachenhaut, mit goldenen Buckeln beschlagen; ein Dolch mit kostbar eingelegtem Griff; ein elfenbeinen Weberschifflein; ein schönes Tuch von fremder Weberei, und mehr dergleichen. Aparte aber lag ein Kochlöffel aus Rosenholz mit langem Stiel, von oben herab fein gemalt und vergoldet, den war die Wirtin angewiesen dem lustigen Koch zum Andenken zu geben. Auch keins der andern war vergessen.

Frau Betha hielt bis an ihr Lebensende die Ordnung der guten Lau heilig, und ihre Nachkommen nicht minder. Daß jene sich nachmals mit ihrem Kind im Nonnenhof zum Besuch eingefunden, davon zwar steht nichts in dem alten Buch, das diese Geschichten berichtet, doch mag ich es wohl glauben.

Es waren seit der Fürstin Abschied nah bei hundert Jahr vergangen, als unser Seppe, der Schuster, im Dörflein Suppingen vom Wagen stieg, dem Bäuerlein noch vielmals dankte und sich von ihm den Weg Blaubeuren zu nachweisen ließ. Bis Mittag, sagte der Mann, könne er gar wohl dort sein.

Das hätte sich auch nicht gefehlt, bald aber fing sein Hühneraug ihn wieder zu buksieren an. Er mußte alle fünfzig Schritt hinsetzen, und wenn er einmal saß, trat er das Rad so fleißig, als wenn er auf Bestellung zu arbeiten hätte. Endlich zum letztenmal riß er sich auf und hinkte vollends die Steig hinab.

Sie läuteten im Kloster drei, da er ins Städtlein kam.

Während er nun auf die Herberge zuging, lief eben Jörg Seysolff, der Wirt und Bräumeister, über den Hof, und sprach zu seinem Weib, die auf der Hausbank saß und ihren Salat zum Abendessen putzte: »Schau, Emerenz, da kommt auch schon der dritt!« – »Ei, weiß Gott«, sagte sie: »und ist ein Unterländer – ach mein, knappt der daher! dem sei es gunnt.«

Der Seppe sah hoch auf, als ihn die Leute so mit sonderlicher Freundlichkeit begrüßten. Sie gingen alle beide gleich mit ihm hinauf. Er ließ sich eine Halbe geben, ein Sauerkraut mit Schweinefleisch aufwärmen.

Der Wirt, wie er vernahm, daß er von Stuttgart käme, frug ihn nach dem und jenem: ob sie auch Hagelwetter drunten hätten? was jetzt die Gerste gelte? bis wann des Grafen Jüngste Hochzeit habe, von deren Schönheit man überall höre. Der Seppe diente ihm auf alles ordentlich, dagegen er sich übers Essen manches von hiesigen Geschichten, besonders von dem Wasserweib, erzählen ließ. Auch zeigte ihm der Wirt das alte Konterfei von ihr im Hausgang an der Stiege, sowie das herrliche Kunstwerk, den Bauren-Schwaiger, an welchem er sich nicht satt sehn und hören konnte. »Das laßt mir«, sagte er, »doch einmal einen Dreher heißen, wo den gemacht hat!« – »Ja«, meinte Jörg, »die Arbeit ist auch nicht an *einem* Tag gemacht.« – »Will's glauben«, sagte der Seppe und seufzte, denn er gedachte an seine Dreherei.

Nachdem er nun gegessen und getrunken, frug er nach seiner Schuldigkeit. Zween Batzen, war die Antwort. Die legt der Seppe auf den Tisch. »Bekämt Ihr sechzehn Kreuzer 'naus«, sagte der Wirt, zählte sie hin und steckte die zween Batzen ein, wie wenn es sich so in der ganzen Welt von selbst verstünde. Es war jedoch ein alter Brauch von der Frau Betha Zeiten her, den Reisenden auf solche Weise ihren Zehrpfennig zu reichen. Der Schuster lächelte, als wollt er fragen, wie ist das gemeint? – »Laßt's gut sein, lieber Gesell«, sprach Jörg Seysolff: »kommt mit zu meinem Ehni, der sagt Euch schon mehr.«

Er führte ihn durch einen langen Gang an eine stille Tür, die tat er vor ihm auf. Da saß in einer säuberlichen Stube ein gar schöner Greis von achtzig Jahr in einem Sorgenstuhl beim Fenster. Die Sonne fiel eben ein wenig zwischen den Vorhänglein durch auf einen kleinen Tisch, so vor ihm stand, schneeweiß gedeckt, darauf nichts weiter denn ein blauer Topf mit Wasser und noch etwas in einem Tuche war. Der Alte aber war der kleine Hans, Frau Bethas Herzblatt, gewesen. Er redete den Schuster in Gegenwart des Wirtes also an:

»Hab Gott zum Gruß auf dieser Schwell!
Obwohl das Glück dein Reisgesell;
Ob solches mit dir in der Wiegen
Von Mutterleib aus kam zu liegen,
Ob du es in dem Gürtel hegest,
Ob du es in den Sohlen trägest.«

Hierauf behändigte der Greis dem Seppe das Tüchlein und sprach: »Du magst es einmal, wenn du Meister bist und gründest deinen eignen Herd, deiner Liebsten verehren, am Heiratstag, dazu dir aller Segen werde.«

Was aber war im Tuch? Eine silberne Haube – man konnte nichts Schöneres sehen. Der Seppe wäre deckenhoch gesprungen, wenn sich's geschickt hätte.

Nun sagte ihm der Alte, wem er das Angebind verdanke, dann ließ er ihn Verschwiegenheit geloben, zu dessen sichtlicher

Bekräftigung er einen Finger in dem Topfe netzen und auf den Mund legen mußte. Auch gab er dem Gesellen noch eine christliche Vermahnung, empfing den Dank desselben und ganz am End empfahl er ihm, wenn er ein Klötzlein Blei von ungefähr wo finde hier herum, so möge er solches daher in den Nonnenhof bringen. – In seines Herzens Freude fast hätte er's versprochen, da fiel ihm zum Glück noch der Pechschwitzer ein, deswegen er nur sagte: »Ich will sehn.«

Jetzt machte er sich auf die Bahn und lenkte seine Schritte zuvörderst hinter das Kloster, wo ihm der Quell gleich in die Augen strahlte. Soviel man ihm davon gerühmt, doch hätte er sich solche Wunderpracht in seinem Sinn nicht eingebildet, und meinte er bei sich: es ist nicht anders denn als wenn zum wenigsten ein Stücker sechs Blaufärber samt einem vollen Kessel eben erst darin ersoffen wären!

Wie er sich recht daran ersättigt und im Andenken an das Wasserweib etliche Vaterunser aus gutem Herzen für ihr Heil gebetet hatte (denn er der Meinung war, sie sitze schon bei hundert Jahr samt andern armen Heidenseelen auf der hellen Wiese, da sie in Wahrheit jung und schön wie ehedem noch bei den Ihren lebte), vergaß er auch das Klötzlein nicht, nach welchem so viel Fragens war. Er hatte von dem Doktor Veylland und dem Lot schon als ein kleiner Bube den Urgroßvater hören erzählen. Der Bauer wußte nichts davon; den Wirt im Nonnenhof befrug er aber nicht, weil ihm erst jetzt einkam, es seie mit dem Blei wohl gar dasselbe Lot gemeint. Nun sah er hinter manchen Busch und Baum, und weiterhin an seiner Straße hier und dort in einen Graben, fand aber nichts dergleichen und ließ sich endlich deshalb keine grauen Haare wachsen.

Der Schmerzen seines Fußwerks ganz und gar vergessen, und nichts als Glücksgedanken und Habergeisen in dem Kopf, hinkt' er so immerfort das Blautal hinunter. Bisweilen, wenn es ihm sein Linker zu arg machte, hockt' er auf einen Stein, packte die silberne Haube heraus und legte sie vor sich aufs Knie, an seinen zukünftigen Schatz dabei denkend. Es war nur gut, daß ihm nicht wissend, was schon zween andere Gesellen, ein Feilenhauer und ein Nagelschmied, nur eine halbe Stunde eh er kam, aus dem Nonnenhof davongetragen, er hätte seine Haube nur noch mit halben Freuden angesehen. Die beiden Bursche waren auf der Steig hinter der Stadt an dem Schuster vorübergekommen und hatten ihn gegrüßt, doch weil er eben saß und in Gedanken mit dem Rad im besten Werken war, so sah er gar nicht auf und brummte nur so für sich hin: »Schön guten Morgen!« – obzwar die Sonne ihm von Abend auf den Buckel schien. »Ja morgen nach dem Bad!« sagte der eine, und lachten sich beide die Haut voll darüber.

Mit sinkender Nacht kam er wohl- oder übelbehalten nach Ulm.

Es war gerade Markt und hie und da Musik und Tanz. Er trat in eins der nächsten Wirtshäuser, wo ihrer sechs Gesellen beim Wein an einem Tisch beisammensaßen und einen Rundgesang anstimmten. Mann für Mann sang einzeln sein Gesetz, darauf mit Macht der Chor einfiel und sie alle die Gläser anstießen. Der Leser mag wohl so viel Verse vernehmen, als sie eben jetzt sangen; das Lied im ganzen ist viermal so lang.

Erster Gesell: Seid ihr beisammen all?
Ihr Freund', auf jeden Fall
Zeigt eure Professionen an,
Daß wir nach Sitten stoßen an,
Mit großem Freudenschall!

Chor: Zeigt eure Professionen an,
Daß wir nach Sitten stoßen an!

Zweiter: Eine Wiege vor die Freud,
Eine Bahre vor das Leid:
Meinem Hobel ist das alles gleich,
Der denkt, ich mach den Meister reich,
Spän' gibt es allezeit.

Chor: Seinem Hobel ist etc.

Dritter: Meine Arbeit ist wohl fein,
Von Gold und Edelstein;
Allein das kriegt man bald gar satt,
Zumal man es nicht eigen hat:
Gebt mir so güldnen Wein!

Chor: Ich glaub's ihm schon, das wird man satt etc.

Vierter: Wen freut ein kecker Mut,
Nicht daurt sein junges Blut,
Ich schaff ihm Wehre mannigfalt,
Zu Scherz und Ernst, widr Feindsgewalt;
Mein Zeug ist allweg gut.

Chor: Und gilt es wider Feindsgewalt,
Ein Spieß und Schwert uns auch gefallt.

Fünfter: Der Schneider sitzt am Glas;
Vom Wirt nehm ich die Maß,
Zu Hause schaff ich gar nicht viel,
Meine Stich mach ich beim Kartenspiel,
Da weiß ich doch für was.

Chor: Ei, Bruder Leipziger, beßr' Er sich,
Denn, sieht Er, das ist liederlich.

Sechster: Meine Kunst, das glaubt gewiß,
Schreibt sich vom Paradies.
Von Mägdlein bin ich wertgeschätzt,
Ich hab ja was ihr Herz ersetzt,
Veiel und Röslein süß.

Chor: Von Mägdlein ist er etc.

Jetzt kam die Reihe an den Schuster, und da derselbe sein Gesetzlein so aus froher Kehle sang, ward es dem Seppe um den Brustfleck weh, daß er sein gutes Handwerk lassen sollte. Dabei vermerkte er, wie ihn sein rechter Schuh zweimal ganz weidlich vor Vergnügen zwickte, so zwar, wie wenn er sagen wollte: hörst du Narr?

Erster: Gebt meinem Stand die Ehr!
Den Schuster braucht man sehr.
Zwar führ ich nicht den besten Gout,
Allein wer macht euch Hochzeitschuh,
Wenn ich kein Schuster wär?

Chor: Zwar führt er nicht etc.

Dem Seppe quoll bereits das Wasser in den Augen; er sprach bei sich mit ingrimmigen Schmerzen: Du bist kein Schuster und bist auch kein Dreher, du bist der wirtembergisch Niemez! – Und schwur in seiner Seele, hinfort zu bleiben was er war.

Zweiter: Und wer kein Pietist,
Und auch kein Hundsfott ist,
Der mag sich wohl beim Wein erfreun –
Mein letzter Schluck soll ehrlich sein!
So meint's ein guter Christ.

Chor: Stoßt an, Kameraden, stimmet ein:
Mein letzter Schluck soll ehrlich sein!

Hier stand der Seppe auf, trat hin zu den Kompanen und grüßte mit bescheidener Ansprache. Da machten sie ihm Platz an ihrem Tisch, tranken ihm zu und hörten, was für ein Landsmann er sei, welches Gewerbs, wohin er wollte. »Warum bleibt Ihr nicht hier?« sagte Vinzenz, der Schuster: »In Ulm ist es schön und Arbeit findet Ihr dermal genug.« – Er ließ sich nicht schwer überreden, und schon den andern Tag stand er bei einer jungen Witwe ein, von welcher ihm der Herbergvater sagte.

Als er das erstemal in deren Haus einging, empfing er eine Warnung: sein Rechter wollte nicht über die Schwelle; doch achtete er weiter nicht darauf.

Die Witwe war eine schöne Person, und wie der Seppe schon nicht leicht mehr eine ansah, daß ihm nicht einfiel was der Pechschwitzer sagte: »Vielleicht begegnet dir dein Glück einmal auf Füßen«: so prüfte er auch jetzt, obwohl mit schüchternen Blicken, die stattliche Frau. Sie sah sehr blaß, nicht gar vergnügt, und sparte ihre Worte gegen jedermann. Ihr Tun in allen Dingen war aber sanft und klug, so daß sie einen jungen Mann wohl locken konnte.

Es mag zuvor schon manchem so mit ihr gegangen sein, beim Seppe blieb es auch nicht aus, und desto minder, da ihm nach den ersten Wochen deuchte, er gelte vor den andern etwas bei der Meisterin. Geschah es, daß sie ihrer einen nötig hatte, zu einer kleinen Hilfe außerhalb der Werkstatt, dann rief sie immer zehnmal gegen eines ihn vom Stuhl hinweg, und wenn er samstags für die Küche Holz kleinsägte, sie aber backte eben Zwiebelkuchen, da trug sie ihm gewiß ein Stück, warm von dem Ofen weg, zum voraus in den Schopf hinaus; das schmeckte zu solchem Geschäft aus der Faust ganz außer Maßen.

Von dort an aber gebärdeten sich des Hutzelmanns lederne Söhne sehr übel; insonderheit auf der Gesellenkammer war oft die halbe Nacht in Seppes Kasten, wo sie standen, ein Gepolter und Gerutsch, als hätten sie die ärgsten Händel miteinander, und die Gesellen schimpften und fluchten nicht wenig deshalb. »Es ist der Marder«, sagten sie: »Er hat den alten Schlupf zwischen den Dielen wiedergefunden; wird nicht viel fehlen hat er Junge; wir brechen morgen auf und bescheren ins Kindbett.« – Der Seppe schwieg dazu; am andern Morgen aber holt' er in der Stille einen schweren platten Stein aus einem Bühnenwinkel vor, den stellte er bedachtsam mit dem Rand auf sie, quer über den Reihen. »So«, sprach er, »jetzt ihr Ketzer, ihr schwernötige, jetzt bocket, gampet und durnieret wenn ihr könnt!« – Da molestierten sie hinfort auch niemand mehr.

Nun, lieber Leser, ist es Zeit, daß du erfahrest, wie es derweil ergangen mit dem andern Paar, das der Gesell an jenem Morgen auf der Brücke ließ, als er aus Stuttgart wanderte.

Nicht tausend Schritt war er hinweg, kam eine Bäuerin von Häslach her und sah die Schuh. Die hat der Böse hingestellt, mir zur Versuchung! dachte sie, bekreuzte sich und lief ihrer Wege. Spazierte drauf – denn es war ein Feiertag – ein Seifensieder aus der Stadt gemächlich, nach seinem Weinberg zu schauen. Derselbe aber war ein Frommer. Wie er die herrenlose Ware sieht, denkt er, wie geht das zu? die wären meiner Frau wie angemessen! Ich will mich nicht vergreifen, das sei fern: nur wenn ich wiederkomme und sie stehn noch da, mag mir's ein Zeichen sein, daß sie der liebe Gott mir schenkt für meine Christel. Damit das Pärlein aber nicht etwan von der Sonnenhitze leide, nahm es der kluge Mann und stellte es unter die Brücke in Schatten, wo es nicht leicht ein Mensch entdecken mochte.

Bald drauf kommt aus dem Tor ein sauberes Bürgermädchen, Vrone Kiderlen, einer Witfrau Tochter; trug ein Grättlein am

Arm und wollte Himbeern lesen im Bupsinger Wald. (Der hatte seinen Namen von einer Ortschaft auf dem Berg, von welcher heutzutag die Spur nicht mehr vorhanden ist, doch heißt der Wald daher noch jetzo der Bopser.) Indem sie nun über das Brücklein geht, patscht etwas unten, und so ein paarmal nacheinander. Was mag das sein? denkt sie und steigt hinunter an den Bach. »Heilige Mutter! nagelneue Schuhe!« ruft sie, und schaut sich um, ob sie nicht jemand sehe, der sie vexieren wollte oder ihr den schönen Fund tun ließ, weil eben heut ihr Wiegentag war. Sie nahm das Paar, zog es zur Probe einmal an und freute sich, wie gut es ihr paßte und wie gar leicht sich darin gehen ließ. Bald aber kam ihr ein Bedenken an, und schon hat sie den einen wieder abgestreift; der andere hingegen wollte ihr nicht mehr vom Fuß. Sie drückte, zog und preßte, daß ihr der Schweiß ausbrach, half nichts – und war sie doch so leicht hineingekommen!

Je mehr sie diesem Ding nachdachte, desto verwunderlicher kam's ihr vor. So eine verständige Dirne sie war, am Ende glaubte sie gewiß, die Schuhe seien ihr von ihrer Namensheiligen Veronika auf diesen Tag beschert, und dankte alsbald der Patronin aus ehrlichem Herzen. Dann zog sie ohne weiters auch den andern wieder an, schob ihre alten in den Deckelkorb und stieg getrost den Berg hinauf.

Im Wald traf sie ein altes Weib bereits im Himbeerlesen an. Diese gesellte sich zu ihr, obwohl sie einander nicht kannten. Während aber nun beide so hin und her suchten, geschah's, daß sich der Vrone an den linken Fuß eine kostbare Perlenschnur hing, die da im Moos verloren lag. Das Mädchen merkt' es nicht und trat beim nächsten Schritt von ungefähr sich mit dem andern Schuh die Schnur vom linken los; das sah das Weib von hinten, hob heimlich das Geschmeide auf und barg's in ihrem Rock.

Die Schnur war aber keine andere, denn jene von der schönen Lau, und war an die Tochter des jetzigen Grafen, die schöne Irmengard, von dessen Frau Ahne vererbt.

Als endlich die zwei nacheinander heimgingen, verkündigte just in den Straßen des Grafen Ausrufer, daß gestern im Bupsinger Forst, unfern dem Lusthaus, ein Nuster mit Perlen verlorengegangen, und wer es wiederschaffe, dem sollten fünfzehn Goldgulden Finderlohn werden. Da freute sich das Weib, zog eilig ihre besten Kleider daheim an, kam in das Schloß und ward sogleich vor die junge Gräfin gelassen. »Ach Frau, ach liebe Frau!« rief diese ihr schon in der Tür entgegen: »Ihr habt wohl mein Nuster gefunden? gebt her, ich will es Euch lohnen!« –

Nun zog das Weib ein Schächtelein hervor und wie das Fräulein es aufmachte, lagen sechs oder sieben zierliche Mausschwänze drin, nach Art eines Halsbands künstlich geschlungen. Das Fräulein tat einen Schrei und fiel vor Entsetzen in Ohnmacht. Das Weib in Todesängsten lief davon, ward aber von der Wache auf den Gängen festgenommen und in Haft zu peinlichem Verhör gebracht. Darin bekannte sie nichts weiter als daß sie da und da den Perlenschmuck vom Boden aufgehoben und ihn, so schön wie er gewesen, daheim in die Schachtel getan, der guten und ehrlichen Meinung, das gnädige Fräulein damit zu erfreuen. Im Wald sei aber eine Dirn an sie geraten, die müß es mit dem Bösen haben, von dieser sei der Streich. – Weil nun der Graf nicht wollte, daß man bei so bewandten Sachen viel Aufhebens mache, da mit Gewalt hier nichts zu richten sei, ließ man das Weib mit Frieden. Zum Glück kam nichts von ihren Reden an die Vrone, sie wäre ihres guten Leumunds wegen drob verzweifelt.

Auch anderweits erlebte sie in ihren Wunderschuhen viel Unheil, obschon der Segen nicht ganz mangelte. Als zum Exempel ging sie Sonntag nachmittag gern über einen Wiesplatz hinter ihrem Haus, eine Gespielin zu besuchen; da stieß sie sich ein wie das andere Mal an so ein kleines verwünschtes Ding von einem Stotzen, wie sie pflegen auf Bleichen im Wasen zu stecken, fiel hin, so lang sie war, hub aber sicher einen Fund vom Boden auf: nicht allemal ein Stücklein altes Heidengold, einen silbernen Knopf oder Wirtel, dergleichen oft der Maulwurf aus der Erde stößt, doch war ihr ein ehrliches Gänsei, noch warm vom Legen, gewiß. Besonder ging es ihr beim Tanz: da sah man sie zuweilen so konträre, wiewohl kunstreiche, Sprünge tun, daß alles aus der Richte kam und sie sich schämen mußte. Als ein gutes und fröhliches Blut zwar zog sie sich's nicht mehr als billig zu Gemüt und lachte immer selbst am ersten über sich, nur hieß es hinterdrein: Schad um die hübsche Dirne, sie wird mit einemmal ein ganzer Dapp! Die eigne Mutter schüttelte den Kopf bedenklich, und eines Tages sagte sie, als ginge ihr ein Licht wie eine Fackel auf, zur Tochter: »Ich wette, die vertrackten Schuhe allein sind schuld! Der Alfanz hat mir gleich nur halb gefallen; wer weiß was für ein Rauner sie hingestellt hat.« – Das Mädchen hatte selber schon an so etwas gedacht, jedoch verstand sie sich nicht leicht dazu, sie gänzlich abzuschaffen, sie waren eben gar zu gut und dauerhaft. Indes ging sie noch jenen Tag zum Meister Bläse, sich ein paar neue zu bestellen. Es war derselbige, bei welchem es der Seppe nicht aushalten mögen. Die Vrone sah auf dessen Stühlchen ungern einen andern sitzen; sie hatte ihn gekannt und gar wohl leiden können.

Wie nun der alte Bläse ihr das Maß am Fuß nahm, stachen ihm die fremden Schuhe alsbald in die Augen. Er nahm den einen so in seine feiste Hand, betrachtete ihn stillschweigend lang und sagte: »Da hat Sie was Apartes: darf man fragen, wo die gemacht sind?« – Das Mädchen, welches bis daher von ihrem Fund noch weiter niemand hatte sagen wollen, gab scherzweis zur Antwort: »Ich hab sie aus dem Bach gezogen!« – Die fünf Gesellen lachten, der Alte aber brummte vor sich hin: »Das könnt erst noch wahr sein.«

Am Abend in der Feierstunde sprach er zu seinem Weib und seiner Tochter Sara: »Ich will euch etwas offenbaren. Die Kiderlen hat ein Paar Glücksschuh am Fuß; ich kenne das Wahrzeichen.« – »Ei«, meinte die Tochter aus Neid: »sie haben ihr noch keinen Haufen Geld und auch noch keinen Mann gebracht.« – »Es kann noch kommen«, versetzte der Alte. – »Wohl«, sagte die Mutter: »wenn man sie ihr nur abführen könnt! ich wollte so etwas der Sare gönnen.« – Da beschlossen sie dann miteinander, der Vater solle ein Paar Schuh wie diese machen und die Sare sie heimlich verwechseln.

Der Mann begab sich gleich den andern Morgen an die Arbeit. So häkelich sie war, dennoch, die feinen, wundersam gezackten Nähte, die rote Fütterung mit einem abgetragenen Stück Leder, alles zumal geriet so wohl, daß er selbst sein Vergnügen dran hatte. Die böse List ins Werk zu setzen, ersannen sie bald auch Mittel und Wege.

Dicht bei der Stadt, wo man herauskommt bei dem Tor, welches nachmals, von dortiger Schießstatt her, das Büchsentor hieß, sah man zu jener Zeit noch einen schönen ansehnlichen Weiher, ähnlich dem Feuersee, der eine gute Strecke weiter oben dermalen noch besteht. Am Ufer war ein Balken- und Brettergerüst mit Tischen und Bänken hinein in das Wasser gebaut, wo die Frauen und Dirnen der Stadt ihre Wäsche rein zu machen pflegten. Hier stunden sie manchmal zu vierzig oder fünfzig, seiften und rieben um die Wette, und hatten ein Gescherz und Geschnatter, daß es eine Lust war, alle mit bloßen Armen und Füßen. Nun paßten des Schusters wohl auf, bis die Vrone das nächste Mal wusch; denn Bläses Haus lag hart am See, und stieß das Wasser unten an die Mauer. Auf einen Mittwochmorgen, da eben schönes warmes Wetter war, kam denn die junge Kiderlen mit einer Zaine: geschwind sprang auch die Sare mit der ihren, und traf es glücklich, neben sie an einen Tisch zu kommen. Da stellten beide ihre Schuh, wie es der Brauch war, unter die Bank. Die Vrone hatte seit acht Tagen heut das erstemal ihr Glückspaar wieder angelegt, mit Fleiß: denn weil sie richtig dieser ganzen Zeit das Melkfaß nimmer umgestoßen, das Spinnrad nimmer ausgetreten, noch sonst einen bösen Tritt getan, so wollte sie, des Dinges ganz gewiß zu sein, jetzo die Gegenprobe machen. Die falsche Diebin war mit den paar Laken, so sie mitgenommen, in einer Kürze fertig, schlug sie zusammen, bückte sich, stak in *einem* Umsehn in des Pechschwitzers Schuhen, schob ihres Vaters Wechselbälge dafür hin, und: »Bhüt Gott, Vronele! mach au bald ein End!« – mit diesen Worten lief sie fort, frohlockend ihrer wohlvollbrachten Hinterlist; und als die andre nach drei Stunden, um die Essenszeit, vergnügt auch heimging unter den letzten, nahm sie der Täuscherei nicht im geringsten wahr.

Der Pechschwitzer aber, der wußte den Handel haarklein, und dachte jetzt darauf, wie er dem Bläse gleich die nächste Nacht den Teufel im Glas zeigen wolle.

Derselbe hatte allezeit, besonders auf die Krämermärkte, dergleichen eben wieder einer vor der Türe war, einen großen Vorrat seiner Ware in einer obern Kammer, die nach dem See hinausging, liegen. Nach zwölfe in der Nacht vernahm die Schusterin ein seltsamliches Pflatschen auf dem Wasser, stieß und erweckte ihren Mann, damit er sehe was sei. – »Ei, was wird's sein! Die Fisch hant öfters solche Possen.« – Er war nicht wohl bei Mute, hatte gestern beim Wein einen Bösen getan, und hub gleich wieder an zu schnarchen und zu raunsen. Sie ließ ihm aber keine Ruh, bis er herausfuhr und ein Fenster auftat. Erst rieb er sich die Augen, alsdann sprach er verwundert: »Der See ist schwarz und grutzelt voll mit Wasserratten! weit hinein, wohl fünfzehn Ellen von der Mauer. Junge und alte, Kerl wie die Ferkel sind darunter! Man sicht's perfekt, es ist sternhell. Ei, ei, sieh, sieh! die garstige Kogen! wie sie die Schwänz für Wohlsein schwenken, schlurfen, rudern und schwimmen! Ursach ist aber, weil es diese Zeit so heiß gewesen, da badt das Schandvolk gern.«

Dem Bläse kam es so besonder und kurzweilig vor, daß er sich einen Stuhl ans Fenster ruckte, die Arme auf den Simsen legte und das Kinn darauf. So wollte er der Sache noch eine Weile warten. Die Augen wurden ihm allgemach schwer und fielen ihm gar zu, doch fuhr er fort zu seinem Weib zu sprechen, welches inmittelst wieder eingedoset war, unsinnige verkehrte Reden, wie einer führt im Traum und in der Trunkenheit. »Du, Narr«, sprach er, »was Armbrust, Bolz und Spieß, in solchen Haufen! das würd viel batten! … Mordsakerlot, ich wollt, das Bulver wär erfunden allbereits! Mit drei, vier Traubenschuß, aus einer Quartan-Schlang oder Tarras, wollt ich nicht schlecht aufräumen da unter der Bagasche!« –

Jetzt aber tat es wiederum Patsch auf Patsch. Der Schuster streckte seinen Kopf hinaus und wußte nicht woran er sei, mit allen seinen fünf Sinnen. Denn es flog nur so mit denen Tierern aus dem Kammerladen über ihm, ja unversehens fuhr ihm deren eines an den Schädel, und wie er's packt in seiner Faust, da sah es wahrlich einem schweren Bauernstiefel von seiner eignen Arbeit gleich aufs Haar! Voll Schrecken rief er seinem Weib, schrie die Gesellen aus dem Schlaf, und bis sie kamen, pflanzet' er sich selbst mit einem Prügel an die Tür der obern Bodenstiege, damit ihm der Spitzbuben keiner entkomme. Allein es ließ sich niemand sehn, noch hören, und als die Gesellen erschienen, die Bühne wohl umstellten und der beherzteste von ihnen die Kammertür aufriß, und keine Menschenseele zu verspüren war, fiel dem Bläse das Herz in die Hosen. Er sagte leis zu seiner Frau: »Die Sach steht auf Saufedern, Weib – es steckt, schätz ich, ein anderer dahinter, der ist mir zu gewaltig!« Und nannt ihr den Pechschwitzer. Die Schusterin, die sonst ein Maul als wie ein Scharsach führte, war da auf einmal zahm, bebte an allen Gliedern, und so die Tochter auch. Der Bläse aber sprach zu den Gesellen: »Macht keinen Lärm! geht vor in Nachbar Lippens Hof, des Fischers, macht in der Stille ein paar Nachen los, nehmt was ihr findet an Stangen und Netzen: wir müssen alle Ware noch vor Tag zusammenbringen, sonst hab ich Schand und Spott der ganzen Stadt.«

Indem sie gingen rannte schon der Fischer über die Gasse und auf sie zu. Der hatte eben auf den See gehn wollen, etlicher Karpfen wegen, auf die Freitagsfasten, sah das wunderliche Wesen und lief, es dem Schuster zu melden. Indem sie nun zu sieben, samt dem Lipp, in zwei Schifflein verteilt, bald hier- bald dorthin stachen, faheten und suchten, begann es von neuem zu werfen, und war es damit merklich auf ihre Köpfe abgezielt. Zwar kamen weder Schuh noch Stiefel mehr, dafür aber Leisten, deren auch eine Last droben lag; nicht alte garstige Klötze allein, vernutzet und vom Wurm zerstochen, auch schöne neue zum Verkauf, sämtlich von gutem hartem Holz, und kamen tapfer nacheinander durch die Luft daher. Da schrie denn einer bald in dem, bald in dem andern Schifflein: »Hopp! Schaut auf!« – und schlug doch links und rechts ein mancher Donnerkeil nicht unrecht ein.

Der Fischer sagte zu dem Bläse: »Auf solche Weis, Gevatter, möcht ich mein Handwerk nicht das ganz Jahr treiben. In allweg aber sei's bezeugt, Ihr wisset mit dem Netz wohl umzugehn. Von heut an möget Ihr als Obermeister einer ehrsamen Stuagarter Schuhmacherzunft ganz kecklich einen Hecht so kreuzweis übern Leist in Euer Zeichen lassen malen, dem Sprichwort zum Trutz.«

Der Morgen kam schon hell herbei, als sie nach vielem Schweiß, Angst, Not und Schrecken den Weiher wieder glatt und sauber hatten. Der größte Nachen wurde voll des nassen Zeuges, auch war wieder ziemlich alles beisammen, nur da und dort fand man am Tag ein und das andre Stück noch im Röhricht versteckt.

Von dieser Geschichte erging das Gerücht natürlicherweise gar bald an die Einwohnerschaft. Die mehrsten achteten's für Satanswerk, und schwanete es dem Meister schon, daß sich ein manches scheuen werde, ihm seine Ware abzunehmen, wie sich's in Wahrheit auch nachher befand. Nach einem Scherzwort etlicher Fazvögel aber ward von dort an lange Zeit eine besondere Gattung grober Schuhe, so hier gemacht und weit und breit versendet wurden, nicht anderst mehr verschrieben, oder ausgeboten, als mit dem Namen: echte, genestelte Stuttgarter Wasserratten.

Jetzt war des Meisters erste Sorge, daß das gestohlene Gut nur wieder fort aus seinem Haus und an die Eigentümerin komme. Zwar seiner Frauen war am lichten Tag der Mut wieder gewachsen; ja, meinte sie, es sollte lieber alles, Kundschaft und Haus und Hof hinfahren, nur diese Schuh wenn sie behielten, da rindere ihnen (wie ein Sprichwort sagt) der Holzschlegel auf der Bühne. Der Bläse aber schüttelte das Haupt: »Meinst du, Er könne uns nicht auch am Leib was schaden? Behüt uns Gott vor Gabelstich, dreimal gibt neun Löcher!« – Er drohte seinem Weib mit Schlägen, wenn sie noch etwas sage, ging unmüßig im ganzen Haus herum, von einem Fenster zum andern, und wollte fast verzwatzeln, bis es dunkel ward, wo seine Tochter die vermaledeiten Schuhe unter den Schurz nahm und forttrug.

Sie schlich sich damit an der Kiderlen Scheuer von hinten und stellte sie in eine Fensterluke, wo sie die Vrone, als sie früh in Stall ging, ihre Kuh zu futtern, auch sicherlich gefunden hätte, wenn sie vom Pechschwitzer nicht über Nacht wären wegstipitzt worden.

Indessen trug die gute Dirne das falsche Gemächt sonder Schaden, und wenn ein Tag herum war, hieß es beim Bettgehn allemal: »Jetzt aber, Mutter, glaubt Sie doch, daß es nicht Not gehabt hat selletwegen?« – Die Mutter sprach: »Beschrei es nicht.« – Auf solche Weise kam denn alles wiederum in sein Geleis, und galt die Vrone wie vordem für ein kluges, anstelliges Mädchen.

Geraume Zeit nachdem sich dieses zugetragen, saß der Bläse in seinem Weinberg draußen beim Herdweg auf der Bank am Gartenhaus, bekümmerten Gemüts, weil es die Zeit her stark hinter sich ging in seinem Geschäft. Indem er nun so in Gedanken den heurigen Herbst überschlug, was er ertragen könne, samt den Zwetschgen, davon die Bäume schwer voll hingen – horch! vispert etwas hinter ihm, und wer steht da? der Pechschwitzer, der Hutzelmann, der Tröster. Mein Schuster wurde käsebleich. »Erschrecket nicht, Zunftmeister! ich komme nicht in Bösem. Wir haben einen Stuß miteinander gehabt, das ist ja wieder gut, und wär es nicht, will ich's vergüten, soviel an mir ist. Jetzt aber hätte ich ein kleins Anliegen, Obermeister.« – »Und in was Stücken, liebes Herrlein, kann ich Euch dienstlich sein?« – »Mit Erlaubnis«, sprach der Hutzelmann und nahm Platz auf der Bank und hieß den andern zu ihm sitzen: »Seht, jensmal in der Nacht, da ich auf Eurem obern Boden war und Ihr am Fenster unten, hörte ich Euch ein Wörtlein sprechen, das will mir nimmer aus dem Sinn. Ihr habt gesagt: ›Ich wollt nur daß das Bulver schon erfunden wär!‹ Was meintet Ihr damit?«

Der Bläse, sich besinnend, machte ein Gesicht, als wenn ein Mensch aufwacht bei Nacht in einem Kuhstall, darein er seines Wissens mit eigenen Füßen nicht gekommen ist, lachte und sprach: »Herrlein – das hätte der Bläse gesagt? nun, wenn ich es noch weiß, soll mich der Teufel holen!« – »Ei, schwöret nicht, mein Freund«, entgegnet ihm der andere, »warum wollt Ihr es leugnen? Vertrauet mir's; nur so beim Beilichen, was das Bulver ist. Ich bin einmal in derlei Heimlichkeit ein Stigelfizischer, seht. Euer Schaden soll's nicht sein, und möget Ihr dafür etwas von meinen Künsten lernen.« – Da stellte sich der Bläse an, als wenn er freilich etwas wüßte, und sprach: »Weil Ihr es seid, Pechschwitzer, so möcht ich Euch wohl gern zu Willen sein; vergönnt mir nur Bedenkfrist einen Tag, damit ich doch mein Weib auch erst darum befrage.« – Der andre fand das nicht unbillig, bat ihn beim Abschied inständig nochmals, gelobte ihm Verschwiegenheit und wollte morgen wiederkommen.

»Jetzt, Sante Blasi, hilf!« – so rief der Alte aus, wie er allein war: »jetzt muß das Bulver raus aus meinem dicken Schustersgrind und wenn's die halb Welt kostet!« – Da saß er, hatte beide Ellenbogen auf den Knieen und beide Fäuste an den Backen. »Vor die Ratten«, sprach er, »kann's nichts sein, warum? sott's Bulver hat man lang. Selle Nacht aber ist es mir wampel gewesen, mag leicht sein hat mir's traumt vom güldnen Magen-Triet, so allein der König in Persia hat. – – Es gibt ein Kräutlein, heißt Allermanns-Harnisch, und gibt ein anders, das heißt Dierletey, und wieder eins, Mamortica: kein Wurzler hat's, noch Krämer. Daraus hat meiner Mutter selig ihre G'schwey eine Salben gemacht, die war vor alles gut. – – Ich will halt einmal gehn und schauen, was zu machen ist, und will erst Spezies kaufen; Probieren ist über Studieren.«

Auf seinem Weg zur Stadt sann er scharf nach. Auf einmal schnellt' er mit dem Finger in die Luft, und – »Wetter!« rief er aus, »kann einer so ein Stier sein und noch lang sinnieren hin und her, wo doch ein Ding glatt auf der Hand liegt! Was mag ein Schuster bei dem andern sonst für einen Vorteil suchen zu erfahren, wenn es nichts aus dem Handwerk ist? Da laß ich mich schon finden.«

Er lief zum Krämer stracks, zu holen was er brauchte. Daheim in einer hintern Stube setzt er sich an einen langen Tisch mit einer Halbmaß Wein, macht allda unterschiedliches Gemeng mit seinem besten Essig an zu einem schwarzen Quatsch, knetet und knauzet's wohl unter dem Daum, probiert's auf alle Weise, und war ihm lang nicht fein genug. Das dauerte bis an den andern Abend.

Wie nun der Hutzelmann auf die gesetzte Stunde pünktlich kam, und ihm der Bläse mit Geschmunzel seinen Teig hinhielt, roch der daran und sagte: »Lieber Mann, da hätten wir halt eine neue Schuhwichs?« – »Aufzuwarten, ja.« – »Mich will bedünken«, sprach lächelnder Miene der Kleine: »Ihr habt selbst noch weit hin bis Ihr das Bulver findt, und habt jetzt nur viel Arbeit, Müh und Kösten unnötigerweis gehabt mit mir. Dafür, wie auch um andrer Einbuß willen, soll Euch indes Vergütung werden. Ich will Euch das Rezept zu meiner Fett-Glanz-Stiefelwichsen geben, die mögt Ihr schachtelweis mit gutem Vorteil verkaufen.«

Das Männlein wußte wohl, was es hiermit verhieß, denn Meister Bläse ward ein reicher Mann mit solcher Handelschaft in wenig Jahren. Seine Erben bewahren annoch das Geheimnis, und allen feinen Leuten unsrer Tage (da zwar ein mehr belobtes Pulver zeither gefunden ist) wüßt ich fürwahr eine bessere Wichs nicht zu nennen; obwohl ich nicht verschweigen darf, was der Pechschwitzer dazumal eben dem Bläse gar ehrlich bekannte: »Ein Ledder wohl zu halten, nach Ledders Natur, ist das fürnehmst der Schmer allezeit, und hat er Glanzes genug an ihm selbsten.« Welcher Ausspruch indes hier dahingestellt bleibe.

Laßt aber sehn, was seither der Gesell in Ulm für Glückssprünge mag gemacht haben.

Zween Monat – eher drunter als drüber – kann er daselbst gewesen sein, da war er mürb und gar bereits vor Liebe zu der Meisterin; und wenn er wohl bisweilen meinte, ein wenig mehr Gespräch und Fröhlichkeit stünd ihr gut an, so dachte er doch immer gern eines alten wahrhaften Worts: Stille Schaf seind mille- und wollereich, wird ihnen gewartet. Alle Samstagnacht, wenn er auf seine Kammer ging, sprach er bei sich: Jetzt morgen tragst du ihr die Heirat an, und wenn er eben drauf und dran war, ließ er's wieder, aus Blödigkeit und Sorge, sie möchte ihn zuletzt doch stolz ablaufen lassen.

Nun hatten sie einsmals ein Schweinlein gemetzelt, das zweite seitdem man den Lichtbraten hatte – es war schon im Hornung und schien ein vorzeitiger Frühling zu werden – da befand sich der Seppe am Morgen allein mit ihr in der Küche, das Fleischwerk in den Rauch zu hängen. Inmittelst als er sich die Leiter unter dem Schlot zurechtstellte, die Würste sich in Ringen um die Arme hing, erzählte er ihr von Regensburg und Regensburger Würsten, was er vom Hörensagen wußte; und wie er so mit seiner Tracht aufstieg in das Kamin, sie aber unten stand beim Herd, sprach sie: »Nach Regensburg geht Ihr doch noch; es liegt Euch allfort in Gedanken.«

Der Seppe, weil sie ihm nicht ins Gesicht sehn konnte – denn oberhalb stak er im Finstern – nahm sich ein Herz und sagte: »Wenn es auf mich ankäm, ich wollte leben und sterben bei Euch.«

»Ihr sollt auch unvertrieben sein!« gab sie zur Antwort.

»Ja«, sagte er und stockte: »es mag halt einer doch auch nicht sein Leben lang ledig verbleiben.«

Sie sagte nichts darauf. Da fing er wieder an: »Nach einem rechten Weibe kann ein armer Teufel heutigs Tags weit suchen.«

Darauf sie ihm entgegnete: »Man sucht erst einmal in der Nähe.«

Dem Seppe schossen bei dem Wort die Flammen in die Backen, als wollten sie oben zum Schornstein ausschlagen!

Die Stangen hingen alle voll, er hätte können gehn; allein der Angstschweiß brach ihm aus, er wußte nicht, wie er am hellen Tagslicht vor die Frau hintreten, noch was er weiter sagen solle. Drum nestelt' er und ruckt' und zappelte noch eifrig eine Weile an den Würsten hin und wider. Auf einmal aber sprach er: »Meisterin, ich habe je und je schon oftermals gedacht, wir wären füreinander. Ich hätte eine Lieb zu Ihr und groß Zutrauen.«

»Davon läßt sich schon reden!« sagte sie. – Nun stieg er flugs herab, und stand vor ihr mit einem schwarzen Rußfleck um die Nase, darüber sie ein wenig lächelte, und einen Zipfel ihrer weißen Schürze nahm und ihn abwischte. Das tat ihm ganz im Herzen wohl, er faßte ihre Hand und hatte ihren Mund geküßt eh sie sich des versah. Sie aber gab ihm ein Gleiches zurück. – »So seid Ihr nicht mehr meine Meisterin, Ihr seid jetzt meine Braut!« – Sie bejaht' es, und waren sie beide vergnügt, schwatzten und kosten noch lang miteinander.

Bevor er wieder in die Werkstatt ging, sagte sie noch: »Wir wollen niemand etwas merken lassen, bis Ihr das Meisterrecht habt und wir bald fürsche machen können.«

Selbigen Abend eilte es dem Seppe nicht wie sonst nach dem Essen zum Bier. Er freute sich schon seit dem Morgen auf diese gute Stunde. Sobald die andern aus dem Haus, begab er sich auf seine Kammer, wusch und kämmte sich, legte ein sauberes Hemd und sein Sonntagswams an, zu Ehren dem Verspruch, und als er dann neben der Frau so recht in Ruh und Frieden saß, die Läden und die Haustür zugeschlossen waren, ein frisches Licht im Leuchter angesteckt, so legt' er ihr zuvörderst die silberne Haube, seine Brautschenke, hin. Ja da empfing er freilich Lobs und Danks mit Haufen. Wo bringt's der Fantel her? mochte sie denken: da er es nicht gekauft, noch hoffentlich vom Markt gestohlen hat! – Sie hätte es gar gern gewußt, doch band er sich die Zunge fest und lachte nur so.

Sie holte Wein herauf vom Keller und er brachte den Schnitzlaib herunter. Der Leser bildet sich schon selber ein, sie werde heute schwerlich das erstemal davon gekostet haben: o nein, den Seppe kränkte nur, daß er nicht füglich alle Tage mit einem neuen Stück bei ihr ankommen konnte, indem die Meisterin schon ohnedas sich wunderte, was doch der Bursch für einen guten Döte habe an dem Stuttgarter Hofzuckerbecken (wie er ihr weisgemacht), dem's auf ein Laiblein alle acht Tag nicht ankomme. Denn ob es ihm schon nicht verboten war zu offenbaren, wie es damit bewandt, so scheute er sich doch. Jetzt fühlte sie ihm besser auf den Zahn, und sagte: »Gesteht's nur, Seppe, gelt, Brot und Haube sind aus *einem* Haus?« – »Das nicht«, erwidert' er: »Das eine anbelangend, so will ich meine herzliebe Braut von Grund der Wahrheit berichten; denn mit dem Zuckerbeck, das war gespaßt. Habt Ihr in Ulm auch schon gehört vom Hutzelmann?« – »Kein Wort.« – »Vom Pechschwitzer, vom Tröster?« – »Nichts.« – »Gut denn.« – Er nahm sein Glas, tat ihr Bescheid, fing an, der Frau treuherzig zu eröffnen alles, was ihm die Nacht vor seiner Reise widerfahren. Im Anfang schaute sie ihm so in das Gesicht dabei, als gält es eben Scherz, doch weil er gar zu ernsthaft dreinsah, dachte sie: er ist ein Wunderlecker und ein Träumer. Je mehr sie aber zweifelte, je mehr ereiferte er sich. »Da will ich meiner Liebsten zum Exempel vom Doktor Veylland eine Geschichte erzählen, die ist gewiß und wahr, ich hab sie von meinem Großvater. Ihr höret sie einmal zum Zeitvertreib, nachher mögt Ihr dran glauben oder nicht.

Der Veylland war ein guter Freund vom Graf Konrad von Wirtemberg, demselbigen, welcher den Grund zu meiner Vaterstadt gelegt, und trieb sein Wesen als ein stiller alter Herr in einem einzechten Gebäu, das stand daselbst im Tal unweit dem Platz, wo dermalen das Schloß zu sehen ist. Des Doktors vornehmstes Vergnügen war ein großer Garten hinter seinem Haus, drin pflanzte er das schönste Obst im ganzen Gau; nur daß ihm alle Herbst die Bupsinger Bauern die Hälfte wegstahlen, trotz einer hohen Mauer, so rings um das Haus und den Garten her lief. Dies ärgerte den Herrn, daß er oft krank darüber ward. Jetzt kommt einmal am lichten Tag, indem er eben bei verschlossener Tür in einem alten Buch studiert, der Hutzelmann zu ihm, der Pechschwitzer, der Tröster (welchen zuvor der Doktor noch nicht kannte) und bietet ihm ein Mittel wider diese Gauchen, mit dem Beding, daß er ihm alljährlich einen Scheffel gute Wadelbiren liefere zu Hutzeln. Der Doktor ging das unschwer ein. Da brachte jener unter seinem Schurzfell einen Stiefelknecht hervor von ordentlichem Buchenholz, noch neu und als ein wundersamer Krebs geschnitzt, mit einem platten Rücken und kurzen starken Scheren; am Bauch untenher war er schwarz angestrichen, darauf mit weißer Farbe ein Drudenfuß gemacht. ›Nehmt diesen meinen Knecht‹, sagte der Hutzelmann: ›und stellet ihn wohin Ihr wollt im Haus, doch daß er freien Paß in Garten habe, etwa durch einen Kandel oder Katzenlauf. Im übrigen laßt ihn nur machen und kümmert Euch gar nichts um ihn. Es kann geschehen, daß Ihr mitten in der Nacht hört einen Menschen schreien, winslen und girmsen, da springst zu, greifet den Dieb und stäupet ihn; dann sprechet zu dem Knecht die Wort:

Zanges, Banges, laß ihn gahn,
Wohl hast du dein Amt getan.

Doch ehe Ihr den Bauern oder Nachtschach laufen laßt, sollt Ihr ihn heißen seine Stiefel oder Schuh abtun, dabei mein Knecht ihm trefflich helfen wird, und diese Pfandstück möget Ihr behalten, auch seiner Zeit nach Belieben verschenken. Dafern mein Krebs in seiner Pflicht saumselig würde oder sonst sich unnütz machte, schenkt ihm nur etlich gute Tritt keck auf die Aberschanz; ich hoff, es soll nicht nötig sein. Sonst ist er ganz ein frommes Tier, und zäh, man kann Holz auf ihm spalten; nur allein vor der Küchen sollt Ihr ihn hüten: er steigt gern überall herum und fällt einmal in einen Kessel mit heiß Wasser; das vertragt er nicht. Aber ich komme schon wieder und sehe selbst nach, lieber Herr. Gehabt Euch wohl.‹ –

Der Doktor Veylland stellte jetzt den Stiefelknecht vor seine Stubentür. Da blieb er stehen bis zum Abend unverregt, und sah so dumm wie ein ander Stück Holz. Im Zwielichten aber, wie man just an nichts dachte, ging es auf einmal Holterpolter, Holterpolter die Stiege hinab und durchs Gußloch hinaus in den Garten. Da sahen Herr und Diener ihn vom Fenster aus durchs grüne Gras an der Mauer hin schleichen und kratteln, an allen vier Seiten herum und immer so fort, die ganze liebe lange Nacht.

Der alte Diener hatte seine Lagerstatt im untern Stock gegen den Garten; nun streckt' er sich in Kleidern auf sein Lotterbett. Eine Stunde verstrich nach der andern, der Alte hörte nichts, als hin und wieder wie durch das Geäst ein reifes Obst herunter rauscht' und plumpste. Doch gegen Morgen, eben da er sich aufs andre Ohr hinlegte und seine Zudeck besser an sich nahm, denn es war frisch, erscholl von fernen her ein Zetermordgeschrei, als wenn es einem Menschen an das Leben geht. Der Diener sprang hinaus und sah auf sechzig Schritt, wie des Hutzelmanns Knecht einen baumstarken Kerl am Fersen hatte und mit Gewalt gegen das Haus herzerrte, also daß beide Teile rückwärts gingen, Dieb und Büttel (wie ja der Krebse Art auch ohnedem so ist), und war ein Zerren, Würgen, Sperren, Drängen und Reißen, dazu viel Keuchens und Schnaufens, Wimmerns und Bittens, daß es erbärmlich war zu hören und sehen.

Der arme Schächer, so ein Bupsinger Weinschröter war, trachtet' im Anfang wohl mitsamt dem Schergen durchzugehn, der aber hatte gut zwo Ochsenstärken und strafte ihn mit Kneipen jedesmal so hart, daß er sich bald gutwillig gab. Auf solche Weise kamen sie bis an das Haus, da hielt der Krebs gerade vor der Tür und stand der Doktor schon daselbst in seinem Schlafrock, lachend; sprach:

›Zanges, Banges, laß ihn gahn,
Wohl hast du dein Amt getan!‹

Dann ließ er den Bauern die Bundschuh austun, und mochte der laufen.

Die andre Nacht gleich wurden ihrer zween nacheinander eingebracht, die dritte wieder einer und alsofort bis auf die dreißig, lauter Bupsinger. Denn weil sich jeder schämte, sagt's keiner, die andern zu warnen. Der gute Knecht verfehlte nicht leicht seinen Mann; ein einzigmal kam er mit einem leeren Stiefel angerutscht und hielt denselben bis zum Morgen unverruckt mit großer Kraft in seinen Zangen, bis ihn von ungefähr der Herr vom Haus erblickte. Das Schuhwerk aber nagelte der Diener alles nach der Reih im leeren Pferdstall an der Wand herum. – Es gibt noch ein liebliches Stücklein davon: wie nämlich einst der Graf mit seiner Frauen und zwei Söhnlein auf Besuch bei dem Veylland gewesen. Herr Konrad bauete bei dessen Garten eine Stuterei – daher nachmals die Stadt Stutgarten hieß – beschied seinen Werkmeister her auf den Platz und zeigte selbst wie alles werden sollte. Es wollte aber gern der Doktor denen kleinen Junkherrn eine Kurzweil schaffen und bat den Hutzelmann derhalben, um daß er ein unschuldig Zinselwerk bereite; der versprach's. Als nun die Knaben nach der Mahlzeit in dem Garten spielten, da ward's lebendig in dem Stall, und kam bald aus der Tür hervor ein ganzer Zug von kleinen zierlichen Rößlein, lauter Rappen mit Sattel und Zeug, und das waren die Stiefel gewesen; sie gingen zwei und zwei und wurden von kleinen Roßbuben geführt, und das waren die Bundschuh. Die Junker hatten ihre Freude mit den ganzen Abend. Auf einmal tat es außen an dem Garten einen Pfiff, der ganze Troß saß wie der Blitz ein jeder in seinem Sattel, die Rößlein aber waren zumal Heupferde geworden, grasgrün, einen Schuh lang, mit Flügeln, die setzten all über die Mauer hinweg und kamen nicht mehr. Doch nach der Hand fand man so Stiefel als Schuh wie zuvor an die Stallwand genagelt.

Vor Jahren habe ich zu Stuttgart auf dem Markt ein Spiel gesehn in einem Dockenkasten, so auch von diesem handelte. Hätt ich nur alles noch so recht im Kopf! Da wird gesagt zum Vorbericht in wohlgesetzten Reimen, was ich Euch erst erzählt, und sonst noch was voraus zu wissen nötig ist, von Bernd Jobsten, dem Hofnarrn. Der ward denselben Spätling fortgejagt vom Grafen, weil er nicht wollte seiner bösen Zunge Zaum und Zügel anlegen, absonderlich gegen die fremden Herrschaften und Gäste. Nun klagte er sein Mißgeschick dem Doktor, als welcher ihm schon einmal Gnade beim Herrn derhalben ausgewirkt, jetzt aber sich dessen nicht mehr unterstand; doch steuert' er ihm etwas auf den Weg und hieß ihn auch die Schuh im Stall mitnehmen, wofern er etwa meinte, sich ein Geldlein mit zu machen. ›Ja‹, sagte der Narr: ›das kommt mir schon recht – vergelt es Gott!‹ – und holte sie gleich ab in einem großmächtigen Kräben, und trug sie auf dem Rücken weg, talabwärts, wußte auch schon, was anfangen damit.

Am Necker unterm Kahlenstein fand er des Grafen Schäfer auf der Weid und stellte seine Bürde ein wenig bei ihm ab, erzählte ihm, wie er den Dienst verscherzt und was er da trage. Hiermit hebt denn die Handlung an, und spricht sofort der Narr:

Ich bin jetzt alt und gichtbrüchig,
Und meine Sünden beißen mich;
Drum will ich baun ein Klösterlein
Und selber gehn zuerst hinein,
In angenehmer Schauenlichkeit
Verdrönsgen dieses Restlein Zeit. –

Spricht
der Schäfer: Klöster bauen kost't halt viel Geld.

Der Narr: Just darauf ist mein Sinn gestellt.
Hiezu bedarf es ein Heiltum,
Daß alle Leut gleich laufen drum.
Ein Armes bringt sein Scherflein her,
Der Reich schenkt Äcker, Hof, Wald und mehr.

Der Schäfer: Solch Heiltum kriegen ist nichts Kleins.

Der Narr: Hat mancher keins, er schnitzet eins.
Ich, Gott sei Dank, bin wohl versehn.
– Diese Schuh, mußt du verstehn,
Der vielberühmt Doktor Veylland
Nächst an der Stadt Jerusalem fand,
Unterm Schutt in einer eisen Truh,
Ein gar alt Pergament dazu
Mit Juden-G'schrift. Selbes bekennt:
Als Mose nun hätt Israels Heer
Geführet durch das Rote Meer,
Und König Pharao, Reiter und Wagen,
Ersäufet in der Tiefe lagen,
Frohlockt das Volk auf diesen Strauß,
Zog weinend Schuh und Stiefel aus,
Am Stecken sie zu tragen heim,
Ins Land, wo Milch und Honigseim,
In ihren Häusern sie aufzuhenken
Zu solches Wunders Angedenken.
Aus sechshunderttausend ohngefahr
Erlas man diese dreißig Paar
Und brachte sie an sichern Ort,
Als einen künftigen Segenshort;
Daß wer das Leder küssen mag
Sei ledig seiner Lebetag
Von Allerweltsart Wassersnot;
Auch Wassersucht und sottem Tod.

Der Schäfer: Hast du das G'schrift auch bei der Hand?

Der Narr: Das, meint ich, gäb dir dein Verstand.
Es liegt im Kräben unterst drin;
Und hätt ich's nicht, gält's her wie hin.
Die War blieb trocken auf Meeresgrund,
Und ist brottrocken auf diese Stund!

Nun kenn ich einen guten Pfaffen,
Der soll mir helfen mein Ding beschaffen,

Soll es anrühmen dem Provinzial,
Der meldt's gen Rom dem General.
Da wird sehr bald Bescheid ergehn,
Man wöll der Sach nit widerstehn,
Sie solln nur forschen bei diesem Jobst,
Was er lieber wär, Prior oder Probst.

Als denn der Narr zum Pater in seine Zelle kommt und ihm den Antrag stellt, begehrt derselbe allererst das Pergament zu sehen. Ja, sagt der Schelm, vorm Jahr noch hätt er's ihm wohl weisen können, allein, ganz schrumpflig, mürb und brüchig, wie er es überkommen, sei es ihm nach und nach zuschanden gegangen. Dafür zieht er aus seinem Korb hervor ein alt schwer eisen Marschloß, vorgebend, es sei vor der Truchen gelegen. Der Mönch, wie leicht zu denken, hält ihm nichts drauf, verachtet ihm sein ganz Beginnen, verwarnet und bedrohet ihn gar. Der Narr, weil er vermeint, die Sach an ihr selbsten gefiel' ihm schon, sie möchte wahr sein oder nicht, er scheue minder den Betrug als den Genossen, erboset er sich sehr in anzüglichen Reden und spricht mit der Letzt:

Sag, Pfaff, tust du die Bibel lesn?

Der Pater: War die ganz Wuchn drüber gsessn.

Der Narr: Ich dacht nur, weil sie in Latein.

Der Pater: Wohl! daß nit jeds Vieh stört hinein.

Der Narr: Wohlan, so weißt du baß dann ich,
Was dort geweissagt ist auf dich
Und die Frau Mutter der Christenheit,
Wie ihr es nämlich treibt die Zeit.
Zum Exempel Proverbia
Im dreiß'gisten, was steht allda?
Die Eigel hat zwo Töchter schnöd:
Bring her, bring her, heißen alle beed.
Die ein hat einen Ablaßkram,
Die ander heischet sonder Scham.

– Ei, das hofft ich nur auch zu nutzen.
Pfaff, du tätst mit, hätt's nit sein Butzen!

So zieht er ab mit seinem Kräben, unter heftigem Schelten und Drohen des Mönchs. Noch aber läßt er sein Vorhaben nicht, ein Kloster zu erbauen, und sollen ihm die Bundschuh und die Stiefel inallweg dazu helfen. Sobald er wieder auf der Straßen ist, spricht er:

Jetzt, wüßt ich nur 's Pechfisels Haus!
Der macht' mir ein' Trupp Münchlein draus;
Die schicket' ich dann in die Welt,
Zu kollektiern ein Gottesgeld.
Vielleicht er macht sie mir gleich beritten
Auf Saumrößlein mit frommen Sitten:
Sie kämen doch viel 'ringer *so* rum,
Als wie per pedes apostolorum.

Nachdem er lang vergebens überall dem kleinen Schuster nachgefragt, so findet er denselben von ungefähr beim Bupsinger Brünnlein sitzen, an dem Berg, darin seine Wohnung und Werkstatt ist und wo er eben einen Becher Wassers schöpfte. Der Narr mit großer Scheinheiligkeit entdeckt ihm sein Anliegen, doch der Pechschwitzer antwortet ihm:

Ich dient Euch gern, mein guter Freund,
Aber was geistlich Sachen seind,
Laßt meine Kunst mit unverworrn;
Es brächt mir eitel Haß und Zorn.
Mein Rat ist darum: geht zur Stund,
Verkauft so gut ihr könnt den Schund.
Bei die Bupsinger droben, hör ich, wär
Großer Mangel eine Weil schon her.
So brauchet es kein lang Hausieren.
Doch müßt Ihr nicht Eur Geld verlieren,
Wolln sie mit dem Beutel nit schier heraus,
Droht, es käm ihnen der Werr ins Haus,
Der Presser; das werden sie schon verstehn.

Darauf der Narr: Ich folg Euch, Meister, und dank Euch schön.

Jetzt kommt das Lustigste, das aber muß man sehen: wie nämlich Bernd Jobst in dem Dorf seinen Korb auf der Gasse ausschüttet, die Bauren aus den Häusern kommen und gleich ein groß Geriß anhebt, da jeder mit Geschrei sein Eigentum aussucht, und alle sich untereinander als Diebe verraten. Sie weigern sich der Zahlung gar hartselig, bis sich der Jobst anstellt zu gehen und sich etwas verlauten läßt vom Werr, daß er ihn schicken wolle. Auf dieses ist mit eins ein jeder willig und bereit, ja auch der gröbst Torangel zahlt, was ihn ein neues Paar vom Krämermarkt nicht kostete.

Allmittelst hat der Schäfer bei Gelegenheit dem Grafen erzählt, was Wunderlichs der Jobst vorhabe, der Doktor aber es bestätiget nach dem, was er vom Pechschwitzer vernommen, und ist das Ende von dem Lied, daß Herr Konrad dem Narren für diesmal Vergebung erteilt, weil ihm der Schwank gefallen.«

So erzählte der Seppe. Die Meisterin hörte ihm nur so aus Höflichkeit zu und insgeheim mit Gähnen. »Ja, ja«, sprach sie am Ende: »das sind mir einmal Sachen!« – und nahm das Ränftlein in die Hand, das er von seinem Brot übriggelassen. Nun, muß man wissen, hatte sie am Fenster einen schönen großen Vogel, der saß in seinem Ring frei da. Ihr erster Mann nahm ihn einmal an Zahlungs statt von einem bösen Kunden an; es war ein weißer Sittich mit einem schwarzen Schnabel und auch dergleichen Füßen. Er sollte, hieß es, alles sprechen, wenn er das rechte Futter bekäme, und ob er zwar die ganze Zeit nicht sprach, und sich der Schuster dessenthalb betrogen fand, so ward er doch der Frau Liebling.

Derselbe schaute jetzt der Meisterin, wie sie das Restlein Brot so hielt, mit einem krummen Kopf begierig auf die Finger. Da sagte sie zu ihrem Bräutigam: »Soll es der Heinz nicht haben?« – Der Seppe dachte freilich: Damit geht manches Hundert schöner Laiblein ungesehn zuschanden; doch gab er ihr zur Antwort: »Was mein ist, das ist Euer, und was Euch hin ist, soll auch mir hin sein.« – So schnellte sie den Brocken ihrem Heinz hinauf, der schnappte ihn, zerbiß und schluckt' ihn nieder; kaum aber war's geschehn, so hub der Sittich an zu reden und brachte laut und deutlich diese Worte vor:

»Gut, gut, gut – ist des Hutzelmanns sein Brot.
Wer einen hat umbracht und zween, schlägt auch den dritten tot.«

Die Meisterin saß bleich als wie die Wand auf ihrem Stuhl, der Gesell aber, wähnend, sie sei darob verwundert vielmehr denn entsetzt, lachte und rief: »Der ist kein Narr! er meint, wenn man es einmal recht verschmeckte, fräß einer leicht auf einen Sitz drei Laib!« – Darauf die Frau zwar gleichermaßen groß Ergötzen an dem Tier bezeugte; doch mochte es ihr wind und weh inwendig sein, und als der Bräutigam, nachdem er lang genug von dem närrischen Vogel geredt und Scherz mit ihm getrieben, jetzo von andern, nötigen Dingen zu handeln begann: wie sie es künftighin im Haus einrichten wollten, wen von den Gesellen behalten, wem kündigen und so mehr, war sie mit den Gedanken unstet immer nebenaus; das wollten sie bei guter Zeit ausmachen, sagte sie, tat schläfrig, besah die Haube noch einmal und setzte sie auf vor dem Spiegel – »Puh! friert's mich in der Hauben!« rief sie zumal und schüttelte sich ordentlich: »das Silber kältet so.« – Dann sagte sie: »Wenn schwarze Band dran wären, mein! es wär recht eine Armesünderhaube für eine fürstliche Person!« – und lachte über diese ihre Rede einen Schochen, daß den Gesellen ein Gräusel ankam. Gleich aber war sie wieder recht und gut, gespräch, liebkoste dem Gespons und machte ihn vergnügt wie er nur je gewesen. Darnach so gaben sie einander küssend Gute Nacht und ging er aller guten Dinge voll auf seine Kammer.

Den andern Morgen, es war Sonntag, sah er den schönen Sittich nicht mehr sitzen in dem Ring, und die Meisterin sagte mit unholder Miene: »Das Schnitzbrot hat ihm schlecht getan, ich fand ihn unterm Bank da tot und steif, und schafft ihn mir gleich aus den Augen.«

Das deuchte dem Gesellen doch fast fremde, auch sah er einen Blutfleck am Boden. Am meisten aber wunderte und kränkte ihn, daß ihm die Frau so schnorzig war.

Am Nachmittag, weil seine Braut nicht heimkam von der Kirche aus, spazierte er mit seinen Kameraden um den Wall nach einer neuen Schenke gegen Söflingen. Einer von ihnen schlug ein paarmal bei ihm auf den Busch und stichelte auf seine Liebste; da denn ein anderer, ein loser Hesse, den Scherz aufnahm und sagte: der Fang wär recht für einen Schwaben, die haben gute Mägen, Schuhnägel zu verdauen.

Weil nun der Seppe nicht verstand wie das gemeint sei, blieb er mit seinem Nebenmann, einem ehrlichen Sindelfinger, ein wenig dahinten und frug ihn darum. »Das ist dir eine neue Mär?« sprach der gar trocken: »Deine Meisterin, sagt man, hab in Zeit von drei Jahr ihren zween Männern mit Gift vergeben. Vom letzten soll es sicher sein, vom ersten glaubt's darum ganz Ulm. Den zweiten hat man erst verwichenes Frühjahr begraben. Die Richter hätten ihr das Urteil gern zum Tod gesprochen, konnten aber nichts machen, denn auf dem Sterbbett sagte ihr Mann, er habe Schuhnägel gefressen. Dergleichen fanden sich nachher auch richtig in dem Leib, allein man glaubt, er habe sie in Schmerzen und Verzweiflungsmut, als er das Gift gemerkt, nur kurze Zeit vor seinem End geschluckt.«

Dem Seppe verging das Gesicht. Er schritt und schwankte nur noch so wie auf Wollsäcken bis in die Schenke. Dort stahl er sich hinweg und ließ sein volles Glas dahinten.

Abwegs in einem einsamen Pfad saß er auf einer Gartenstaffel nieder, seine Lebensgeister erst wieder zu sammeln. Alsdann dankte er Gott mit gefalteten Händen, daß er ihn noch so gnädig errettet, überlegte und kam bald zu dem Beschluß, gleich in der nächsten Nacht das Haus der schlimmen Witwe, ja Ulm selbst insgeheim zu verlassen. Er blieb dort sitzen auf dem gleichen Fleck, bis die Sonne hinab und es dunkel war. Dann ging er in die Stadt, strich, wie ein armer Sünder und Meineider, lang in den Straßen hin und her, und suchte zuletzt, von Durst und Hunger angetrieben, eine abgelegene Trinkstube, wo viele Gäste zechten, ihn aber niemand kannte. Dort barg er sich in einem dunklen Sorgeneck bei einem Fenster nach den Gärten und der Donau zu.

Er konnte, wie man spricht, von keinem Berg sein Unglück übersehen. Zu allem Herzleid hin, nicht gar sechs Batzen im Vermögen – denn einen Rest Guthabens bei der Frau, wie hätte er ihn fordern mögen? – dazu sein gutes Hutzelbrot verheillost, das ihm jetzt auf der Reise für Hungersterben hätte dienen können, und endlich Spott und Schande vor und hinter ihm!

Er ging bei sich zu Rat, ob er in seine Heimat solle oder weiterziehen. Das eine kam ihn schier so sauer wie das andre an. Was werden deine Freunde sagen, wenn du schon wiederkommst, als wie der Brogel-Wenz vom welschen Krieg? (derselbe nämlich grüßte die Weinsteig schon wieder am siebenten Tag) – so dachte er; allein die Welt, soweit es in der Fremde heißt, kam ihm jetzt giftig, greulich vor, so öd und traurig wie das Ulmer Elend, das er dort unten in den Gärten liegen sah; aus einem Fenster dämmerte der kleine Schein vom Licht des Siechenwärters, dabei vielleicht ein armer Tropf, fern von dem lieben Vaterland, jetzt seinen Geist aufgab. Darum, es koste was es wolle, heim ging sein Weg, nur Stuttgart zu! Von keinem Menschen gedachte er Abschied zu nehmen, am wenigsten von Ihr, deren Gestalt und Mienen er mit Grauen immer vor sich sah. Deshalb er auch nicht eher aus dem Wirtshaus ging, als bis er sicher war, ihr nicht mehr zu begegnen, und seine Mitgesellen ebenfalls schon schliefen. Es war schon zwölfe und die Scharwach kam zum zweitenmal, den letzten Gästen abzubieten.

Wie er nun langsam durch die leeren Gassen nach seinem Viertel lenkte, vernahm er oben in dem Giebel eines kleinen Hauses den Gesang von zwo Dirnen, deren eine, eines Kürschners Tochter, Kunigund, er wohl kannte, ein braves und sehr schönes Mädchen, mit welchem er im Pflug manchen Schleifer herumgetanzt hatte. Wär er nicht gleich im Anfang so tief in die Witwe verschossen gewesen, die hätte ihm vor allen Ulmer Bürgerskindern wohlgefallen, und er ihr auch.

Die Dirnen plauderten, wie es ihm vorkam, finsterlings im Bett und sangen das Lied von dem traurigen Knaben, dem sein Schatz verstarb, das hatte zum Titel: Lieb in den Tod, und eine so herrliche Weise als sonst vielleicht kein anderes. Da sie es noch einmal von vorn anfingen, stand er still und horchte hinter einer Beuge Faßholz stille zu.

»Uf^{a}m Kirchhof, am Chor,
Blüeht ^{a} Blo-Holder-Strauß,
Do fleugt ^{a} weiß Täuble,
Vor's tag^{a} tuet, aus.

Es streicht wohl ^{a} Gäss^{a}le
Nieder und zwu^{a},
Es fliegt mer ins Fenster,
Es kommt uf mi zu^{a}.

Jetz kenn i mein Schatz
Und sei linneweiß Gwand,
Und sei silberes Ringle
Von mir an der Hand.

Es nickt mer en Grueß,
Setzt se nieder am Bett,
Frei luegt mer's ins Gsicht,
Aber a[u]rüehrt me's net.

Drei Woch[a] vor Ostr[a],
Wann's Nachthüehle schreit,
Do mach[a] mer Hochzig,
Mei Schatz hot mer's g'sait.

Mer mach[a] kein Lebtag,
Mer halt[a] kein' Tanz.
Wer goht mit zur Kirch[a]?
Wer flicht mer d[a] Kranz?«

In währendem Zuhören dachte der Seppe: die wird sich auch wohl wundern wenn sie hört, ich sei bei Nacht und Nebel fort als wie ein Dieb! – und dachte ferner: Wenn diese Gundel deine Liebste hätte werden sollen, und wär dir heut gestorben, ob du jetzt übler dran wärest denn so, oder besser? – Er wußte in der Kürze sich selbst keinen Bescheid darauf, stöhnte nur tief aus der Brust und ging weiter. Beim Haus der Witwe angekommen, drehte er den Schlüssel in der Tür so leis er konnte um, schlich auf den Zehen an ihrer Schlafkammer vorbei, kam in die seinige, von den Gesellen unberufen, und packte seine Sachen ein, nachdem er erst die guten Kleider aus- und andere angezogen, auch mit herzlicher Reue des Hutzelmanns Schuhe, die es so gut mit ihm gemeint, unter dem Stein hervorgenommen und sie nach langer Zeit das erstemal wieder an die Füße getan.

Und also schied er auf zeitlebens aus dem Haus, darin er sich vor wenig Stunden noch als wie in seinem Eigentum vergnüglich umgeschaut hatte. Er kam an das Liebfrauentor und schellte dem Wächter; der ließ ihn hinaus und war der einzige Mensch in ganz Ulm, welcher ihm Glück auf die Reise gewünscht.

Als er so in der Nacht, auf trockener Landstraße und bei gelinder Luft, nicht völlig eine halbe Stunde weit gewandert war, so regte sich sein Linker allbereits mit Jucken, Treten, Hopsen und sonst viel Ungebühr. »So«, rief der Seppe grimmig: »moi^{n}st, di^{a} Gugelfu^{a}hr gang wieder a^{n}? I will d'r beizeit d'rfür tu^{a}!« – saß nieder, riß den linken ab und faßte auch den rechten – da fiel ihm ein, den könntst du anbehalten: mit *einem* Fuß im Glück ist besser denn mit keinem; zog also einen Stiefel an zum andern Schuh, probiert' es eine Strecke, und wahrlich es tat gut.

In seinem Innern aber, so arg es auch darin noch durcheinanderging, daß ihm das Heulen näher als das Pfeifen lag, so gab er sich doch selbst schon kühnlicheren Zuspruch mit Vernunft, nahm sein versehrtes Herz, drückt' es, gleich wie die Hausfrauen pflegen mit einem zertretenen Hühnlein zu tun, in sanften Händen wieder zurecht, und endlich ging sein Trost und letzter Schluß dahin, wie sein Vetter als sagte: »Es hat nur drei gute Weiber gegeben: die eine ist im Bad ersoffen, die ander ist aus der Welt geloffen, die dritte sucht man noch.«

Unweit Gerhausen kam schon allgemach der Tag; bald sah er auch Blaubeuren liegen, und auf den Dächern rauchte hie und da schon ein Kamin.

Eine Ackerlänge vor dem Tor geschah ihm etwas unverhofft.

Dort zog der Weg sich unter den Felsen linker Hand an einer Steile hin. Der Seppe dachte eben, wenn er jetzt in das Städtlein käme, ein warmes Frühstück täte seinem Magen wohl, und rechnete, wie weit er damit komme, denn sein Beutel mochte nicht viel leiden. Bei dem Bräumeister konnte er aber mit Ehren nicht wieder einsprechen; er meinte, die Leute möchten sagen: dem hat das Handwerksburschen-Einmaleins im Nonnenhof gefallen und mag ihm ganz eine kommode Rechnung sein! Dies denkend schritt er hitziger fürbaß – mit eins aber kann er nicht weiter und ist er mit dem Schuh wie angenagelt an den Boden, zieht, reißt und schnellt, zockt noch einmal aus Leibeskräften, da fuhr er endlich aus dem Schuh – der aber flog zugleich den Rain hinunter, wohl eines Hauses Höhe, in einen Felsenspalt!

Gern oder ungern mußte ihm der Seppe nach. Als er nun mit Gefahr den Fleck erreicht, wo er ihn hatte fallen sehen, und in dem Steinriß mit der Hand herumsuchte, auch alsbald ihn erwischte, indem so stieß er an ein fremdes Ding, das zog er mit ans Licht: – »Hoho! *davon* kam dir die Witterung!?« rief er und hielt das Bleilot in der Hand, betrachtet' es mit Freuden, schlupft in den Schuh und ist wie der Wind wieder oben. Nachdem er den Fund in den Ranzen gesteckt, der jetzo freilich das Zwiefache wog, ging er nicht wenig getröstet hinein in die Stadt.

Die Leute machten erst die Läden auf und trieben das Vieh an die Tränke. Er kam an einem Bäckerhaus vorbei, da roch gerade so ein guter warmer Dunst heraus, daß es ihn recht bei der Nase hineinzog. Er ließ sich einen Schnaps und keinen kleinen Ranken Brot dazu geben; das hielt dann wieder Leib und Seele auf etliche Stunden zusammen.

Sofort auf seinem Weg probierte er das Lot auf alle Weise, wenn hin und wieder ein Metzger oder sonst ein Mensch bei ihm vorüberkam, und als er nur den Vorteil erst mit rechts und links weghatte, vertrieb er sich die Zeit, samt seinem Herzensbrast, auf das anmutigste und beste.

Auf der Höhe der Feldstetter Markung fuhr hinter ihm daher mit einem leeren Wagen und zween starken Ochsen ein Böhringer Bauer. Der Seppe wollte gern ein Stück weit von ihm mitgenommen sein und sprach ihn gar bescheiden und ziemlich darum an; der aber war ein grober Knollfink, tat als hört' er ihn nicht. Ei, denkt mein Schuster: hörest du mich nicht, so hab mich auch gesehn, und sollst mich dennoch führen! – verschwand wie ein Luftgeist im Rücken des Manns und setzte sich hinten aufs Brett. Da sprach der Bauer mit sich selbst und maulte: »Hätt i viel z'tau^{n}, wenn i di^{a} Kerle äll uflad^{a} wött – Hott ane, Scheck! – di^{a} Scheur^{a}burzler do! äll Hunds-Od^{a}m lauft o^{a}r d'rher. Mi^{a}r kommt ko^{a}r über d'Schwell und uf d^{a} Wag^{a}, mi^{a}r et!« – Das hörte der Gesell mit großem Ergötzen und hielt sich immer still, gleichwie der andre auch still ward. Nach einer Weile holt der Böhringer just aus, auf schwäbische Manier die Nas zu putzen, hielt aber jäh betroffen inn, denn hinter ihm sprach es, als wie aus einem hohlen Faß heraus, die Wort:

»Zehn Ochsen und ein Bauer sind zwölf Stück Rindvieh.«

Der Bauer, mit offenem Maul, schaut um, schaut über sich gen die Sperlachen, horcht, ruft Oha dem Gespann, steigt ab dem Wagen, guckt unterhalb zwischen die Räder, und da kein Mensch zu sehen war, und auf der Ebene weit und breit kein Baum oder Grube, noch sonst des Orts Gelegenheit darnach gewesen wäre, daß sich ein Mensch verbergen mochte: stand ihm das Haar gen Berg, saß eilends auf und trieb die Tiere streng in *einem* Trott, was sie erlaufen mochten, bis vor seinen Ort, denn er vermeinte nicht anders, als der Teufel habe ihm Spitzfündiges aufgegeben, und wenn er den Verstand nicht dazu habe, so gehe es ihm an das Leben.

Der Seppe stieg nicht bälder von dem Wägen als bis der Bauer in seiner Hofrait hielt, dann wandelte er durchs Dorf, unsichtbarlich, und hatte mit diesem Abenteuer, die schöne Kurzweil ungerechnet, wohl eine halbe Meil Weges Profit.

Er kam ins Tal hinunter und auf Urach, er wußte nicht wie.

Vor dem Gasthaus, demselben, wo er im Herweg übernachtet war, stiegen etliche reisende Herren von Adel samt ihren Knechten gerade zu Roß; er hörte, sie ritten auf Stuttgart. Herrn Eberhards Tochter hatte Hochzeit, als gestern, gehabt mit Graf Rudolph von Hohenberg; auf ebendiese Zeit beging ihr Herr Vater, der Graf, seine silberne Hochzeit. Es dauerten die Lustbarkeiten noch drei Tage lang am Hof und in der Stadt, Turnier und andre Spiele. Das hörte der Geselle gern; er dachte, da hat man deiner nicht viel acht und mögen deine Freunde glauben, du kamst des Lebtags wegen heim. Ihn lüstete nicht sehr darnach, demungeachtet säumte er sich nicht auf seinem Weg, und als er sich um die drei Groschen und etliche Heller, so er aus allen Taschen elendiglich zusammenzwickte, noch einmal wacker satt gegessen und getrunken, so setzt' er seinen Stab gestärkt und mutig weiter. Stets einem flinken Wässerlein, der Erms, nachgehend, befand er sich gar bald vor Metzingen.

Er dachte trutzig und getrost vor jedermanns Augen den Ort zu passieren, wo er vor einem halben Jahr den Schabernack erlitten, und war auf Schimpf und Glimpf gefaßt, nur wollte er zuvor den zweiten Stiefel noch außen vor dem Ort antun, damit er doch nicht mit Gewalt den Spott der Gaffer auf sich ziehe. Aber wie er sich dazu anschicken will, kommt ihm ein anderes dazwischen, das ließ ihm keine Zeit.

Gleich vor dem Flecken, frei auf einem Gutstück, lag eines Schönfärbers Haus; an dessen einer Seite hingen allerhand Stück Zeug, in Rot, Blau, Gelb und Grün gefärbt, auf Stangen und im

Rahmen aufgezogen, davor ein grüner Grasplatz war. Dort nun, doch näher bei der Straße, sah der Seppe, nur einen Steinwurf weit von ihm, das nasenweise Färberlein stehn, das Gesicht nach dem Flecken gekehrt. Das Bürschlein hatte Gähnaffen feil, weil seine Meistersleute nicht daheim, oder paßte es auf eine hübsche Dirne, sah und hörte deshalb weiter nichts.

»Wohl bei der Heck, du Laff!« sagte der Seppe frohlockend vor sich, indem er risch seitab der Straße sprang: »jetzt will ich dir den Plirum geigen!« – warf seinen Ranzen linksherum, lief eilig zu und stand unsichtbar auf dem Wasen, ein Dutzend Schritte hinter dem Färber. Geschwind besann er sich, was er zuerst beginne, trat an das Lattenwerk, zog wie der Blitz einen trockenen Streif des roten Zeugs herab und breitete denselben glatt aufs Gras; alsdann stellte er sich in leibhaftiger Gestalt, ohne Willkomm und Gruß, nicht in Gutem noch Bösem, ganz dichte vor den Färber hin. Der, seinen Feind erkennend, macht' ein Gesicht als wie der Esel, wenn er Teig gefressen hat; und plötzlich wollte er auf und davon. Der Schuster aber hatt ihn schon gefaßt – kein Schraubstock zwängt ein Werkholz fester denn unser Geselle das Büblein hielt bei seinen zween Armstecken. Er hieß ihn stille schweigen, so wolle er ihm aus Barmherzigkeit an seinem Leib nichts tun; nahm ihn sodann gelinde, legt' ihn aufs eine Tuchend überzwerch, drückt' ihm die Ellenbogen grad am Leib und wergelt' ihn mit Händen geschickt im Tuch hinab, wie man ein Mangholz wälzet, daß er schön glatt gewickelt war bis an das Kinn. Drauf band er ihm ein grünes Band, das er auch von der Latte gezogen, kreuzweis von unten bis hinauf und knüpft's ihm auf der Brust mit einer schönen Schlaufe. Nach allem diesem aber nahm und trug er ihn, nicht anders als ein Pfätschenkind dahingetragen wird, auf seinen Armen weg (in deren einem er den Wanderstock am Riemen hangen hatte). Weil er jedoch bei diesem ganzen Vornehmen das Lot links trug und weil der Krackenzahn mehr nicht kann ungesehen machen als das zum Mann gehört, so war es wunderbarlich, ja grausig, fremd und lustig gleichermaßen anzusehn, wie auf der breiten Straße, mitteninne, ein gesunder Knab, wie Milch und Blut, mit schwarzem Kräuselhaar, in Wickelkindsgestalt frei in der Luft herschwebete und schrie.

Das Volk lief zu aus allen Gassen, ein jedes lacht' und jammerte in einem Atem, die Weiblein schrien Mirakel und: »Hilf Gott! es ist des Färbers Knab, der Vite! Springt ihm denn keiner bei von euch Mannsnamen?« – Doch niemand traute sich hinzu.

Da fing der Seppe an, sangweis mit heller Stimme:

»Scher^{a}schleifer, wetz, wetz, wetz,
Laß dei Rädle schnurr^{a}!
Stu^{a}gart ist ^{a} grauße Stadt,
Lauft ^{a} Gä^{n}sbach dur^{a}.«

Und als das Kind sich ungebärdig stellte, schwang er's und flaigert's hin und her und sang:

»Färbersbü^{a}ble, schrei net so,
Mach mer keine Mändl^{a}!
D' Bü^{a}singer mit zwanzig Johr
Trait mer en de Wendl^{a}.
Heisasa! Hopsasa!
Wi^{a} de kleine Kendl^{a}.«

Die Leute fanden ihrem Staunen, Schrecken, Dattern und Zagen nicht Worte noch Gebärden mehr. Eins schob und stieß und drängte nur das andere dem Abenteuer immer nach oder voraus. Bei dem Gemeindhaus aber schwenkte sich der Seppe seitwärts nach dem Kirchplatz unversehens, daß alles vor ihm schreiend auseinanderfuhr.

Dort, mitten auf dem Platz, sah man den Vite sänftlich an die Erde niederkommen. Da lag denn ein seltsamer Täufling, zornheulend, sonder Hilfe, derweil der Schuster flüchtig durch die Menge wischte. Weit draußen vor dem Ort noch hörte er das Lärmen und Brausen der Leute.

Bei Tolfingen am Necker spürte er anfangen in den Beinen, daß er verwichene Nacht in keinem Bett gewesen, jetzt fünfzehn Stunden Wegs in *einem* Strich gemacht, daneben ihn der letzte Possen auch manchen Tropfen Schweiß gekostet haben mag. Der Abend dämmerte schon stark und er hatte noch fünf gute Stunden heim. Bei frischen Kräften hätte er Stuttgart nicht füglich vor Mitternacht können erlaufen, so schachmatt aber, wie er war, und mit vier Pfennigen Zehrgeld im Sack, schien ihm nicht ratsam, es nur zu probieren. Wo aber bleiben über die Nacht und doch kein Scheurenburzler sein? – Halt, dachte er, dient nicht in der Stadt Nürtingen, nur anderthalb Stunden von da, der Kilian aus Münster als Mühlknapp? Das ist die beste Haut von der Welt, der läßt dich nicht auf der Gasse liegen und borgt dir leicht ein weniges auf den Weg – Jetzt ist lang Tag! – Er tat erst einen frischen Trunk in Tolfingen, wo das Wasser nichts kostet, dann kaufte er sich ein Brot für seinen letzten Kreuzer, verzehrt' es ungesäumt und lotterte, indem es finster ward, gemächlich die Straße am Necker hinauf. Mit der Letzte erschleppt' er sich fast nicht mehr, doch endlich erschienen die Lichter der Stadt und hörte er das große Wuhr ob der Brücke schon rauschen, hart neben welcher jenseits die vielen Werke klapperten.

Der Müller aß eben zu Nacht mit seinen Leuten und Gesind, darunter nur kein Kilian zu sehen war. Man sagte dem Schuster, der sei vor einem Vierteljahr gewandert. Da stand der arme Schlucker mit seinem gottigen Glücksschuh und seinem Stiefel! wußte nicht was er jetzt machen sollte. Indes hieß ihn die Müllerin ablegen und mitessen; und nach dem Tischgebet, dieweil der Mann leicht merken mochte, es sei ein ordentlicher Mensch und habe Kummer, bot er ihm an, über Nacht im Wartstüblein, wo die Mahlknechte rasten, auf einer der Pritschen zu liegen. Das ließ er sich nicht zweimal sagen und machte sich alsbald hinunter, ein Jung wies ihm den Weg zwischen sechs Gängen hindurch, die gellten ihm die Ohren im Vorbeigehn nicht schlecht aus. Zwei Stieglein hinunter und eins hinauf, kam er in ein gar wohnliches, vertäfertes Gemach, und streckte sich auf so ein schmales Lager hin. Wie grausam müd er aber war, ein Schlaf kam nicht in seine Augen; Fenster und Boden zitterten in einem fort, es schellte bald da, bald dort, die Knechte tappten aus und ein, und die ganze Nacht brannte das Licht.

Um eins, da ihn der Oberknecht noch wachen sah, sprach der zu ihm: wenn er auf Nachtruh halte, hier sei er in die unrechte Herberg geraten, das Schlafen in der Mühle woll gelernt sein wie das Psalmenbeten in der Hölle; er soll aufstehn, sie wollten sich selbdritt die Zeit vertreiben mit Trischacken: langte die Karten vom Wandbrett herunter und stellte einen vollen Bierkrug auf den Tisch. Der Seppe wollte nicht, bekannte auch, daß er Gelds ohne sei; allein da hieß es: »Schuster! dein Schnappsack hat ein leidlich Gewicht, und Stein' hast du keinswegs darin, wenn aber, so sei uns ein ehrlicher Schuldner.« So gab er endlich nach und nahm sein Spiel vor sich. Wetter! wie paßten gleich die Kerl da auf! Was er nur zog und hinwarf, allemal die besten Stiche! Jetzt wurden seine Sinne hell und wach zumal, er dachte, hei da springt ein Wandergeld heraus! Das erste Spiel gewonnen, das zweite desgleichen. Beim dritten und beim vierten zog er heimlich den Schuh aus unter dem Tisch, daß es nicht merklich würde, und verspielt's damit hintereinander, doch brachte er es vier- und sechsfach wieder ein, und pünktlich machte einer jedesmal die Striche auf die Tafel, daß man's nachher zusammenrechnen könne. Es war ihm über einen Gulden gutgeschrieben, und als den andern endlich so die Lust verging, war es ihm eben recht und legte er sich noch ein Stündlein nieder. Da fiel der Schlaf auch bald auf ihn als wie ein Maltersack, doch ohne Letzung. Er war mit seinem Geist in Ulm und träumte nur von Greuel, Gift und peinlichem Gericht. Ein Mahljung, welcher durch das Stüblein lief, vernahm von ungefähr wie er im Schlaf die Worte redete: »Fürn Galgen hilft kein Goller und fürs Kopfweh kein Kranz!« – ging hin und hinterbracht's den Knechten; die kamen Juxes halber und standen um den Schlafenden, sein bitterlich Gesicht bescherzend. Auch nestelten sie ihm den Ranzen auf, aus Fürwitz, was er Schatzwerts darin habe, zogen das schwere Blei heraus und lachten ob des Knaben Einfalt solchermaßen, daß ihnen gleich das Schiedfell hätte platzen mögen. »Tropf!« sprach der eine, »hast du sonst nichts gestohlen, darum springt dir der Strick nicht nach!« – und packten's ihm wieder säuberlich ein.

Als nun der Seppe endlich am lichten Tag erwacht war, gürtete er sich gleich, nahm Hut und Stock und fand die beiden Spielgesellen in der Mühle am Geschäft. Er hätte gern sein Geld gehabt, wenn es auch nur die Hälfte oder ein Drittel sein sollte. Sie aber lachend, mit Faxen und Zeichen, bedeuteten ihm, sie verstünden nicht über dem Lärm was er wolle und hätten unmöglich der Zeit. Nun sah er wohl, er sei betrogen, kehrte den seellosen Schelmen den Rücken und ging hinauf, dem Müller seinen schuldigen Dank abzustatten. Dort in der Küche gab man ihm noch einen glatt geschmälzten Hirsenbrei; damit im Leibe wohl verwarmt, zog er zum Tor hinaus und über die Brücke, dann rechts Ober-Ensingen zu. Gern hätte er zuvor den Herbergvater in der Stadt um eine Wegspend angegangen, er traute aber nicht, weil er in Ulm sich keinen Abschied in sein Büchlein hatte schreiben lassen.

Auf dem Berg, wo der Wolfschluger Wald anfangt, sah man damals auf einem freien Platz ein Paar uralte Lindenbäume, ein offen Bethäuslein dabei, samt etlichen Ruhbänken. Allhie beschaute sich der Seppe noch einmal die ausgestreckte blaue Alb, den Breitenstein, den Teckberg mit der großen Burg der Herzoge, so einer Stadt beinah gleichkam, und Hohen-Neuffen, dessen Fenster er von weitem hell herblinken sah. Er hielt dafür, in allen deutschen Landen möge wohl Herrlicheres nicht viel zu finden sein, als dies Gebirg, zur Sommerszeit, und diese weite gesegnete Gegend. Uns hat an dem Gesellen wohl gefallen, daß er bei aller Übelfahrt und Kümmernis noch solcher Augenweide pflegen mochte.

Von ungefähr, als er sich wandte, fand er auf einem von den Ruhebänken ein Verslein mit Kreide geschrieben, das konnte er nicht sonder Müh entziffern, denn sichtlich stand es nicht seit jüngst, und Schnee und Regen waren darüber ergangen. Es hieß:

Ich habe Kreuz und Leiden,
Das schreib ich mit der Kreiden,
Und wer kein Kreuz und Leiden hat,
Der wische meinen Reimen ab.

Der Seppe ruhte lang mit starren Blicken auf der Schrift, er dachte: Dem, welcher dies geschrieben, war der Mut so weit herunter als wie dir, kann sein noch weiter – tröst ihn Gott! – Nachdenksam kehrte er sich zur Kapelle, legte Ranzen, Hut und Stock, wie sich gebührte, haußen ab und ging, seine Andacht zu halten, hinein; nach deren Verrichtung er sich bei den Namen und Sprüchen verweilte, so von allerhand Volk, von frommen Pilgrimen und müßigen Betern, an den Wänden umher mit Rotstein oder mit dem Messer angeschrieben waren. In einem Eck ganz hinten stund zu lesen dieser Reim:

Bitt, Wandrer, für mich,
So bittst du für dich.

Mit Schmerzen ich büße,
In Tränen ich fließe.
Das *Erbe* der *Armen*
Das heißet *Erbarmen.*

Recht wie ein Blitzstrahl zückten die Worte in ihn, und war ihm eben, als flehet' es ihn aus den Zeilen an mit gerungenen Händen um seine Fürbitte, als eine letzte Guttat an der Frau, so ihrer vor allen den lebenden Menschen bedürfe. Seit jener Stunde, wo er sich im stillen von ihr schied, war ihm noch kein Bedenken oder Sorge angekommen um das verderbte und verlorene Weib; nun aber fiel das treue Schwabenherz gleich williglich auf seine Knie, vergab an seinem Teil und wünschte redlich, Gott möge ihren bösen Sinn zur Buße kehren und ihr dereinstens gnädig sein; für sich insonderheit bat er, Gott wolle seiner schonen und ihn kein blutig Ende an ihr erleben lassen. Hierauf erhob er sich, die Augen mit dem Ärmel wischend, und setzte seine Reise fort.

Nach dreien Stunden, um Bernhausen auf den Fildern, hub sein Magen an mit ihm zu hadern und zu brummen. Er hätte sich mit seinem Lot in manches reichen Bauern Haus und Küche leichtlich wie Rolands Knappe helfen können, welcher vermittelst seines Däumerlings dem Sultan sein Leibessen samt der Schüssel frei vor dem Maul wegnahm. Ihm kam jedoch vor Traurigkeit dergleichen gar nicht in den Sinn: auch hatte er sein Leben lang weder gestohlen, noch gebettelt. Kein leiderer Weggenoß ist aber denn der Hunger. Er rauft, wenn er einmal recht anfangt, einem Wandersmann schockweis die Kraft aus dem Gebein, nimmt von dem Herzen Trost und Freudigkeit hinweg, schreit allen alten Jammer nach, recht wie bei Nacht ein Hund den andern aufweckt, daß ihrer sieben miteinander heulen. Das dauerte bei dem Gesellen bis endlich Degerloch da war und er nun um die Mittagszeit seine Vaterstadt im lichten Sonnenschein und Rauch vom Berg aus liegen sah. Da brannten ihm die salzigen Tropfen vor Freuden im Aug und waren seine Füße alsbald wie neugeboren.

Von weitem hörte er Trompetenschall und sah es vor dem Tor und in den Straßen blinken und wimmeln. Die Ritter kamen in Harnisch und Wehr zurück vom großen Stechen; Roß und Mann bis an den Helmbusch voller Staub. Es wogte bunt von Grafen,

Edelherrn und Knappen, von Bürgersleuten und vielem Landvolk.

Der Seppe drückte sich, wie er zur Stadt hineinkam, scheu nur an den Häusern hin: denn ob er gleich unsichtbar ging, um seiner schlechten Kleidung willen, auch weil er übel, schwach und schwindlig war vor übergroßer Anstrengung, weshalb er nicht viel Grüßens oder Redens brauchen konnte, so war ihm doch bei jedem Schritt, wie wenn die Blicke aller Leute auf ihn zielten, und wurde rot und blaß, so oft als ein guter Bekannter oder ein Mädchen seiner alten Nachbarschaft bei ihm vorüberlachte. Er strebte einem engen Gäßlein zu im Bohnenviertel, wo eine alte Base von ihm wohnte. Am Eck schob er den Ranzen rechtsherum, und schon von ihrem Fenster aus begrüßte ihn das gute Fraulein, seine Dot. Er sprang mit letzten Kräften die Stiege noch hinauf, aber unter der Tür knickt' er in den Knieen zusammen und schwanden ihm zumal die Sinne. Die Frau rief ihren Hausmann, holte Wein und was sonst helfen mochte. In Bälde hatten sie den armen Lungerer so weit zurechtgebracht, daß er auf seinen Füßen stehn, sich hinter den Tisch setzen, essen und trinken konnte.

Dabei erzählte ihm das Mütterlein, was sich alle die Zeit her begeben; vom großen Beilager im Schloß, wie auch, daß morgen noch ein Haupttag sei. Weil nämlich eben Faßnacht in der Nähe war und die erlauchte Braut nichts lieber sah als einen schönen Mummenschanz, so wurde von dem Rat der Stadt beschlossen, daß ein solcher mit ausnehmender Pracht auf dem Markt gehalten werde. Der Graf dagegen wollte zu Mittag die Bürgerschaft in den Straßen bewirten, welches der Jahreszeit halben wohl geschehen mochte, indem der Winter so gelind und kurz ausfiel, daß wahrlich im Stuttgarter Tal fast die Bäume ausschlugen. »Auf diesen Tag nun, siehst du«, sprach die Base, »tut jung und alt sein Bestes, der Arme wie der Reiche; wer keinen Heiden oder Mohren machen kann, der findet einen bunten Lappen zum Zigeuner, und wem die Larve fehlt, der färbt sich im Gesicht. Da hat vorhin die Kiderlen, die Vrone, die du kennst, sich Feierwams und Hosen von ihrem Vetter, meines Hausmanns Buben, abgeholt und er verbutzelt sich mit seiner Ahne ihrem Hochzeitstaat. Seppe, wir müssen uns für dich beizeiten auch nach was umtun. Für jetzo, schätz ich aber, hast du das Bett am nötigsten.« – »Ach, wohl, Frau Dot!« sprach er: »und ich wollt nur, die Nacht hätt ihre achtundvierzig Stund!« – »Nu«, meinte sie, »vier hast du bis wir essen, da läßt sich schon ein schön Stück Schlafs vorweg herunterspinnen«; – und führte ihn hinauf in eine kleine Kammer, in welcher allezeit ein gutes Gastbett aufgemacht war.

Kaum hatte er sich ausgezogen, und sein zerschelltes, brechliches und ganz vermürbtes Knochenrüstwerk behutsam ausgestreckt, da schlief er auch schon wie ein Dachs, und so in einem fort, bis abends spät, wo ihm die Frau eine Suppe mit Fleisch hinaufbrachte, und noch ein wenig mit ihm diskurierte. Nun wünschte sie ihm Gute Nacht und ging mit ihrem Licht.

Sie war aber die Stiege noch nicht gar hinunter, so ruckt etwas an seinem Stuhl, ein Lämplein macht die Kammer klar und eine Stimme sagte: »Grüß dich Gott, Seppe! verschrick nit, der Pechschwitzer ist es, der Hutzelmann, der Tröster. So, so, auch wieder hiesig? Sorg nit ich plag dich lang – du brauchst der Ruh – nur auf ein Wort: sag an, gelt, Bursch, hast's Klötzle?«

»Jo freile, hani's, Meister.«

»Laß sehn! wo steckt's? im Bündel? – hab es schon! bei meinem Leisten! ja, da glotzt er raus, der Krackenzahn. Du erzigs Narrenglückskind du! Und hast fein nur mit *einem* Hund gejagt! Du Malefizglücksspitzbub du!« – Mit diesen und viel andern närrischen Ausrufungen bewies das Männlein seine Freude. Drauf sagte es mit Ernst: »Mein Sohn, du hast dies teuere Stück, wie du zwar schuldig warst, deinem Patron getreulich überliefert, da du es nicht allein im Nonnenhof können vertrumpeln, um einen Pfifferling aus des Wasserweibs Hafen, sondern konntest vor Kaiser und Könige gehen damit, die hätten dir dies schlechte Blei gern sechsmal und mehr mit Gold aufgewogen – nun, Seppe, denk an mich, das sollt du nicht bereuen. Hab Gute Nacht.« – Im Gehen frug er noch: »Wie sicht's mit dem Laiblein?«

»Ja, Meister, um sell bin i komm[a], sell ist –«

»Gfressen?«

»Jo, aber ett vo mir!«

»Ei daß dich! Hat das auch müssen verhansleardlet sein! Nu, wenn's nur gfressen ist; gibt wieder einmal ein anders vielleicht. B'hüt Gott! Morgen bei rechter Zeit siehst mich wieder.«

Die Sonne ging am andern Morgen glatt und schön herauf am Himmel und hatte die Nebel über der Stadt mit Macht in der Früh schon vertrieben. Man hörte die Gassen aus und ein vielfach Geläufe, Lachen und Gesprang; es war schon um die achte, in einer halben Stunde ging der Aufzug an. Da hielt es die Base nun hoch an der Zeit, daß sie ihr Patlein wecke, denn, meinte sie, auf allen Fall muß er die Herrlichkeit mitmachen und soll so gut wie jeder andere Bürgersohn an der Gesellentafel speisen auf des Herrn Grafen Kosten. Mit Mühe hatte sie noch gestern abend einen langen weißen Judenbart, samt Mantel und Mütze für ihn bei einer Trödlerin mietweis erlangt. Sie nahm den Plunder auf den Arm, den guten Burschen gleich auf seiner Kammer damit zu erfreuen: da klopfte es und kam ein junger Gesell herein, wenig geringer als ein Edelknabe angezogen, mit einem krachneuen, rotbraunen Wammes von Sammet, schwarzen Pluderhosen, Kniebändern von Seide und gelben Strümpfen. Er hielt sein Barett vors Gesicht gedeckt, und als er es wegnahm, stand da vor seiner lieben Dot der Schuster Seppe, mit Blicken, halb beschämt und halb von Freude strahlend. Die Frau schlug in die Hände, rief: »Jemine! was soll das heißen? Bub, sag, wo hast du das geborgt?« – »Ihr sollt's schon heut noch hören, Base: es ist eine weitläufe Sach, und ich muß gleich fort.« – »Nun, sei's woher es wolle; aus einem vornehmen Schrank muß es sein. Nein, aber Seppe, wie gut dir's steht, alles, bis auf den feinen Hemdkragen hinaus! Ich sag dir, es wär Sünd und Schad, wenn du eine Larve umbändest. Mein Jud, soviel ist ausgemacht, darf seinen Spieß jetzt nur woanders hintragen. Da, schau einmal, was ich dir Schönes hatte!« – Und hiermit lief sie in die Küche, dem Knaben eine gute Eiergerste zum Morgenatz zu bringen.

Derweil er seine Schüssel leerte, zog sich die Base im Alkoven festtägig an. Sie wollte des Getreibes gern auch Zeuge sein, von einem obern Fenster aus bei einem Schneider auf dem Markt. Der Seppe aber eilte ihr voraus, Sankt Leonhards Kapelle und der Wette zu, stracks auf den Platz.

Von keiner Seele unterwegs ward er erkannt, noch auch gesehn. Warum? er wird doch nicht das Lot mitschleppen? Nein, aber seine linke Brusttasche barg eine zierliche Kapsel, darinne lag der ausgezogene Krackenzahn, gefaßt in Gold und überdies in ein goldenes Büchslein geschraubt, samt einer grünen Schnur daran. Der Hutzelmann ließ alles über Nacht von einem Meister in der Stadt, mit welchem er gut Freund war, fertigen und übergab dem Seppe das Kleinod mit der Weisung, dasselbe seinem Landesherrn, dem Grafen, zu Ehren seines Jubeltags nachträglich zu behändigen, sobald er merke, daß der Scherz zu Ende gehe und die Herrschaft am Aufstehen wäre.

Wie der Gesell nunmehr an Ort und Stelle kam, sah er den weiten Markt bereits an dreien Seiten dicht mit Volk besetzt und Kopf an Kopf in allen Fenstern. Er nahm seinen Stand beim Gasthof zum Adler, und zwar zuvörderst unsichtbar, außer den Schranken. Etliche Schritt weit von den Häusern nämlich liefen Planken hin, dahinter mußten sich die Schaulustigen halten, daß innerhalb der ganze Raum frei bleibe für die Faßnachtsspiele, so wie auch für die fremden Tänzer und Springer, welche ihr großes Seil ganz in der Mitte querüber vom Rathaus aufgespannt hatten, dergestalt, daß es an beiden Seiten gleich schräg herunterlief und hüben und drüben noch ein breiter Weg für den Maskenzug blieb.

Am Rathaus auf der großen Altane erhub sich ein Gezelt von safranfarbigem Sammet mit golddurchwirkten Quasten, den gräflichen Wappen und prächtigen Bannern geschmückt. Den Eingang schützten sechs Hellebardierer aus der Stadtbürgerschaft. Es hingen aus den Fenstern aller Häuser bunte Teppiche heraus, und an den Schranken standen, gleich weit voneinander, grüne Tännlein aufgerichtet. Von den sechs Straßen am Markt waren viere bewacht: darin sah man die Tische gedeckt für das Volk, Garküchen und Schankbuden, wo nachher Bier und Wein gezapft wurde und fünfzig Keller- und Hof-Bartzefanten die Speisen empfingen.

Gegen dem Rathaus über sodann, am andern Ende des Markts, war der Spielleute Stand. Dieselben machten jetzo einen großen Tusch: denn aus der Gasse hinter ihnen nahete der Hof; nämlich: Graf Eberhard, mit dem von Hohenberg, dem Vater, das jüngst vermählte Paar, wie auch des Grafen Sohn, Herr Ulrich, auf weißen, köstlich geschirrten Rossen; die Gemahlin des Grafen und andre hohe Frauen aber in Sänften getragen; zu deren beiden Seiten gingen Pagen und ritten Kavaliere hinterdrein.

Sobald die Herrschaften, vom Schultheiß gebührend empfangen und in das Rathaus geleitet, auf der Altane Platz genommen, einige vornehme Gäste jedoch an den Fenstern, begann sogleich der Mummenschanz.

In guter Ordnung kamen aus der Gasse an dem Rathauseck beim Brunnen mit dem steinernen Ritter, so einzelne wie ganze Rotten aufgezogen.

Zum Anfang wandelte daher: der Winter als ein alter Mann, den lichten Sommer führend bei der Hand als eine hübsche Frau. Sie hatte einen Rosenkranz auf ihrem ungeflochtenen gelben Haar, ein Knäblein trug den Schlepp ihres Gewands, samt einem großen Blumenstrauß, ein anderes trug ihm ein Kohlenbecken nach und einen dürren Dornbusch. Auf seinem Haupt und Pelz war Schnee vom Zuckerbecken; sie raubte ihm bisweilen einen Bissen mit zierlichem Finger davon, zur Letzung bei der Hitze, das er aus Geiz ihr gern gewehrt hätte.

Nun ritt der hörnene Siegfried ein mit einer großen Schar, auch der schreckliche Hagen und Volker.

Dann gingen zwanzig Schellennarren zumal an einer Leine, die stellten sich sehr weise an, da jeder blindlings mit der Hand rückwärts den Hintermann bei seiner Nase zupfen wollte, der letzte griff gar mühlich immer in der Luft herum, wo niemand mehr kam. Auf einem höllischen Wagen, gezogen von vier schwarzen Rossen fuhr der Saufteufel, der Spielteufel und ihr Geschwisterkind, Frau Hoffart, mit zweien Korabellen, und hatten zum Fuhrmann den knöchernen Tod.

Jetzt segelte ein großes Schiff daher auf einem niederen Gestell; dies war mit wasserblauem Zeug bedeckt und sah man daran keine Räder, noch solche die es schoben. Auf dem Verdeck stund der Patron, ein Niederländer Kaufherr, beschaute sich die fremde Stadt so im Vorüberziehn.

Dahinter kam ein Kropfiger und Knegler, mit jämmerlichen dünnen Beinen, und führte seinen wundersamen Kropf auf einem Schubkarrn vor sich her mit Seufzen und häufigen Zähren, daß er der Ware keinen Käufer finde, und rief dem Schiffsherrn nach: sein Fahrzeug hänge schief und mangele Ballasts, er wolle ihm den Kropf um ein Billiges lassen. Gar ehrlich beteuerte jener, desselben nicht benötiget zu sein; doch als ein mitleidiger Herr hielt er ein wenig an und gab dem armen Sotterer viel Trost und guten Rat: er möge seines Pfundes sich nicht äußern, vielmehr sein hüten und pflegen, es sollte ihm wohl wuchern, wenn er nach Schwaben führ auf Cannstatt, zum ungeschaffenen Tag; es möge leicht für ihn den Preis dort langen. Da dankte ihm der arm Gansgalli tausendmal und fuhr gleich einen andern Weg; der Kaufmann aber schiffte weiter.

Mit andern Marktweibern, ausländischer Mundart und Tracht, kam auch ein frisches Bauermägdlein, rief: »Besen, liebe Frauen! Besen feil!« – Sogleich erschien auf dem Verdeck des Schiffs ein leichtfertiger Jüngling in abgerissenen Kleidern, eine lange Feder auf dem Hut und eine Laute in der Hand. Sein Falkenauge suchte und fand die Verkäuferin flugs aus dem Haufen der andern heraus, und zum Patron hinspringend sagte er mit Eifer: in dieser Stadt sei er zu Haus, er habe gerade geschlafen und hätte schier die Zeit verpaßt; er wolle da am Hafendamm aussteigen, wofern der Patron es erlauben und ein wenig anlegen möchte. Der gute Herr rief dem Matrosen, es ward ein Brett vom Schiff ans Land gelegt, der Jüngling küßte dem Kaufmann die Hände mit Dank, daß er ihn mitgenommen, sprang hinüber und auf das Bauermägdlein zu. Nun führten sie ein Lied auf im Wechselgesang, dazu er seine Saiten schlug. Während desselben hielt der ganze Zug, und alles horchte still.

»Grüß dich Gott, herzlieber Schatz,
Dich und deine Besen! –
Grüß dich Gott, du schlimmer Wicht,
Wo bist du gewesen? –

Schatz, wo ich gewesen bin,
Darf ich dir wohl sagen:
War in fremde Lande hin,
Hab gar viel erfahren.

Sah am Ende von der Welt,
Wie die Bretter paßten,
Noch die alten Monden hell
All in einem Kasten:

Sahn wie schlechte Fischtuch aus,
Sonne kam gegangen,

Tupft ich nur ein wenig drauf,
Brannt mich wie mit Zangen.

Hätt ich noch ein Schritt getan,
Hätt ich nichts mehr funden.
Sage nun, mein Liebchen, an,
Wie du dich befunden. –

In der kalten Wintersnacht
Ließest du mich sitzen:
Ach mein schwarzbraun Äugelein
Mußten Wasser schwitzen!

Darum reis in Sommernacht
Nur zu allr Welt Ende;
Wer sich gar zu lustig macht,
Nimmt ein schlechtes Ende.«

Mit diesem Abschiedsgruß ließ sie ihn stehen. Er spielte, der Dirne gelassen nachschauend, seine Weise noch vollends hinaus, stieß sich den Hut aufs linke Ohr und lief hinweg.

Es traten ferner ein fünf Wurstelmaukeler. Das waren von alters her bei der Stuttgarter Faßnacht fünf Metzgerknechte, mit Kreuzerwürsten über und über behangen, daß man sonst nichts von ihnen sah. Sie hatten jeder über das Gesicht eine große Rindsblase gezogen, mit ausgeschnittenen Augen, das Haupt bekränzt mit einem Blunzenring. Wenn es nachher zur Mahlzeit ging, dann durften die Kinder der Stadt, für die kein Platz war an den Tischen, kommen, und durfte sich jedes ein Würstlein abbinden, der Maukeler hielt still und bückte sich, wenn es nötig war; dazu wurden Wecken in Menge verteilt.

Noch gab es viel mutwillige und schöne Stampaneien, deren ich ungern geschweige.

Nachdem der ganze Mummenschanz an den drei Seiten des Markts langsam herumgekommen, und links vom Rathaus abgezogen war, dem Hirschen zu, bestiegen die Springer und Tänzer das Seil.

Der Seppe war die ganze Zeit an seinem Platz verharrt; auch hatte er sich lang nicht offenbar gemacht, doch endlich tat er dies, auf schlaue Art, indem er sich geheim zur Erde bückte und sichtbarlich aufstand, dadurch es etwa denen, so zunächst an ihm gestanden, schien, als schlupfet er unter den Planken hervor. Von wegen seiner edlen Kleidung wiesen ihn die Wärtel auch nicht weg, deren keiner ihn kannte; nur seine alten guten Freunde grüßten ihn von da und dort mit Winken der Verwunderung.

Der Seppe hatte bis daher alles und jedes, die ganze Mummerei, geruhig, obwohl mit unverwandtem Aug und Ohr, an ihm vorbeiziehen lassen. Wie aber jetzt die fremden Gaukler, lauter schöne Männer, Frauen und Kinder, in ihrer lüftigen Tracht ihre herrliche Kunst sehen ließen, und ihnen jegliche Verrichtung, als Tanzen, Schweben, Sich-Verwenden, Niederfallen, Knieen, so gar unschwer vonstatten ging, als wär es nur geblasen, kam ihn auf einmal große Unruh an, ja ein unsägliches Verlangen, es ihnen gleichzutun. Er merkte aber bald, daß solche Lust ihm von den Füßen kam, denn alle beede, jetzt zum erstenmal einträchtig, zogen und drängten ihn sanft mit Gewalt nach jenem Fleck hin, wo das Seil an einem starken Pflock am Boden festgemacht war, und schief hinauflief bis an die vordere Gabel. Der Seppe dachte, dieses ist nur wieder so ein Handel wie mit der Dreherei, und fiel ihm auch gleich ein, daß Meister Hutzelmann, auf dessen Geheiß er heute die Glücksschuh alle zween anlegen müssen, das Lachen habe fast nicht bergen können. Er stieß die Zehen hart wider das Pflaster, strafte sich selbst mit innerlichem Schelten, ob solcher törichten, ja gottlosen Versuchung und hielt sich unablässig vor im Geist Schmach, Spott, Gelächter dieser großen Menge Menschen, dazu Schwindel, jähen Sturz und Tod, so lang bis ihm der Siedig auf der Haut ausging und er seine Augen hinwegwenden mußte.

Nun aber zum Beschluß der Gauklerkünste erschien in Bergmannshabit, mit einer halben Larve im Gesicht, ein neuer Springer, ein kleiner stumpiger Knorp; der nahte sich dem Haupt der Tänzer, bescheidentlich anfragend, ob ihm vergönnt sei, auch ein Pröblein abzulegen? Es ward ihm mit spöttischer Miene verwilligt, und alsbald beschritt er das Seil, ohne Stange. Er trug ein leinen Säcklein auf dem Rücken, das er an eines der gekreuzten Schraghölzer hing, dann prüfte er mit einem Fuß die Spannung, lief vor bis in die Mitte und hub jetzt an, so wunderwürdige und gewaltige Dinge, daß alles, was zuvor gesehen war, nur Stümperarbeit schien. Kopfunter hing er plötzlich, der kurze Zwagstock, an dem Seil herab und zangelte sich so daran vorwärts auf das behendeste, und wiederum zurück, schwang sich empor und stand bolzgrad; fiel auf sein Hinterteil, da schnellte ihn das Seil hinauf mit solcher Macht, daß er dem Rathausgiebel um ein kleines gleichgekommen wär, und dennoch kam er wieder jedesmal schön auf denselben Fleck zu stehen und zu sitzen. Zuletzt schlug er ein Rad von einem End des Seils zum andern, das ging – man sah nicht mehr was Arm oder Bein an ihm sei! So oft auch schon seit dreien Stunden der Beifallsruf erschollen war, solch ein Gejubel und Getöbe, wie über den trefflichen Bergmann, war noch nicht erhört. Die Gaukler schauten ganz verblüfft darein, fragten und rieten untereinander, wer dieser Satan wäre? indes die andern Leute alle meinten, dies sei nur so ein Scherz und das Männlein gehöre zu ihnen. Hanswurst insonderheit stand als ein armer ungesalzener Tropf mit seinem Gugel da, sein Possenwerk war alles Läuresblosel neben solchem Meister, ob dieser schon das Maul nicht dabei brauchte.

Nachdem der Bergmann so geendigt und sich mit unterschiedlichen Scharrfüßen allerseits verneigt, sprang er hinab aufs Pflaster. Auf seinen Wink kam der Hanswurst mit Schalksehrfurcht zu ihm gesprungen, fing einen Taler Trinkgeld auf in seinem spitzigen Hut, und nahm zugleich, höflich das Ohr herunter zu dem Männlein neigend, einen Auftrag hin, welchen er gleichbald vollzog, indem er rundherum mit lauter Stimme rief: »Wer will von euch noch, liebe Leut, den hänfenen Richtweg versuchen? Es ist ein jeder freundlich, und sonder Schimpf und Arges, eingeladen, wes Standes und Geschlechts er sei, das Säcklein dort am Schragen für sich herabzuholen! Es sind drei Hutzellaib darin. Er möge aber, rat ich ihm, in der Geschwindigkeit sein Testament noch machen – des Säckleins wegen mein ich nur – denn der Geschickteste bricht oftermals den Hals am ersten; es ist mir selbst einmal passiert, in Bamberg auf dem Domplatz – ja lacht nur!«

Jetzt aber, liebe Leser, möget ihr euch selbst einbilden, was für Gemurmel, Staunen und Schrecken unter der Menge entstund, als der Seppe vortrat bei den Schranken und sich zu dem Wagstück anschickte! Mehr denn zehn Stimmen mahnten eifrig ab, ernsthafte Männer, mancher Kamerad, zumal einige Frauen setzten sich dawider: allein der Jüngling, dem der Mut und die Begier wie Feuer aus den Augen witterte, sah fast ergrimmt und achtete gar nicht darauf. Hanswurst sprang lustig herzu mit der Kreide, rieb ihm die Sohlen tüchtig ein und wollt ihm die Bleistange reichen, doch wies der Gesell sie mit Kopfschütteln weg. Bereits aber wurden die Dienste des Narren am andern Ende des Seils auch nötig. Denn zum größten Verwundern der Zuschauer trat dort auch eins aus den Reihen hervor: man wußte nicht, sei es ein Knabe oder eine Dirne. Es trug ein rosenrotes weißgeschlitztes Wams von Seiden zu dergleichen lichtgrünen Beinkleidern, samt Federhut, und hatte eine feine Larve vor.

Die Spielleute, Bläser und Pauker, die Gaffens wegen ihres Amtes gar vergessend saßen, griffen an und machten einen Marsch, nicht zu gemach und nicht zu flink, nur eben recht. Da traten die beiden zugleich auf das Seil, das nicht zu steil anstieg, setzten die Füße, fest und zierlich, einen vor den andern, vorsichtig, doch nicht zaghaft, die freien Arme jetzt weit ausgereckt, jetzt schnelle wieder eingezogen, wie es eben dem Gleichgewicht diente.

Kein Laut, noch Odemzug ward unter den tausend und tausend Zuschauern gehört, ein jedes fürchtete wie für sein eigen Leben, es war als wenn jedermann wüßte, daß sich dies Paar jetzo das erstemal auf solche Bahn verwage.

Die junge Gräfin bedeckte vor Angst das Gesicht mit der Hand; den Grafen selber, ihren Vater, den eisenfesten Mann, litt es nicht mehr auf seinem Sitz, gar leise stand er auf. Auch die Musik ging stiller, wie auf Zehen, ihren Schritt, ja wer nur acht darauf gegeben hätte, der Rathausbrunnen mit seinen vier Rohren hörte allgemach zu rauschen und zu laufen auf, und der steinerne Ritter krümmte sich merklich. – – – Nur stet! nur still! drei Schritt noch und – Juchhe! scholl's himmelhoch: das erste Ziel war gewonnen! Sie faßten beiderseits zumal, jedes an seinem Ort, die Stangen an, verschnauften, gelehnt an die Gabel.

Der unbekannte Knabe wollte sich die Stirne wischen mit der Hand, uneingedenk der Larve: da entfiel ihm dieselbe zusamt dem Hut und – ach! ein Graus für alle Gefreundte, Vettern und Basen, Gespielen, Bekannte, so Buben als Mädchen – die Vrone ist's! Die Vrone Kiderlen, einer Witwe Tochter von hier! – so ging's von Mund zu Mund. »Ist es denn eine Menschenmöglichkeit?« rief eine Bürstenbindersfrau: »Das Vronele, meiner nächsten Nachbarin Kind? Nu, Gott sei Dank, bärig vor einer halben Stund ist ihre Mutter heim – es ward ihr übel schon über den vorigen Künsten – und jetzt das eigene Kind – der Schlag hätt sie gerührt, wenn sie das hätte sehen sollen!« – Schon erhoben sich wiederum Stimmen im Kreis, und noch lauter als vorhin beim Seppe, mit Drohen, Bitten und Flehn an die Dirne, nicht weiterzugehen. Sie aber, ganz verwirrt, flammrot vor Scham, nicht wissend selbst, wie ihr geschehn, wie sie's vermocht, stand da wie am Pranger, die Augen schwammen ihr und ihre Kniee zitterten. Ein Mann lief fort, eine Leiter zu holen.

Derweil war aber schon der flinke Bergmann an der andern Seite zum Seppe auf das Seil gekommen und hatte ihm etwas ins Ohr geraunt, worauf der ungesäumt den linken Schuh abzog und seiner Partnerin mutig die Worte zurief: »Komm, Vrone, es hat keine Not! trau auf mein Wort, faß dir ein Herz und tu mit deinem rechten Schuh wie du mich eben sahst mit meinem linken tun, und wirf ihn mir keck zu!«

Sie folgte dem Geheiß, mit Lächeln halb, und halb mit Weinen, warf – da flog der Schuh dem Burschen wie von selber an seinen ausgestreckten Fuß. Nun warf er ebenfalls, und ihr geschah dasselbe.

»Jetzt, Vrone, mir entgegen! Es ist nur bis ich dich einmal beim kleinen Finger habe, und wenn du mit der Patschhand einschlägst, dann soll es mir und dir etwas Gutes bedeuten! Frisch dran, ihr Spielleut, macht uns auf, und einen lustigen!«

Das fehlte nicht. Die vier Füße begannen sich gleich nach dem Zeitmaß zu regen, nicht schrittweis wie zuvor und bedächtig, vielmehr im kunstgerechten Tanz, als hätten sie von klein auf mit dem Seil verkehrt, und schien ihr ganzes Tun nur wie ein liebliches Gewebe, das sie mit der Musik zustand zu bringen hätten. Von nun an waren alle Blicke sorglos und wohlgefällig auf das hübsche Paar gerichtet und gingen immer von einem zum andern. Der Mann auf dem Brunnen hatte längst wieder den Atem gefunden, und das Wasser sprang aus den acht Rohren noch einmal so begierig als sonst. Auf jedem Mädchenantlitz, unten auf dem Platz und oben in den Fenstern, war aber recht der Widerschein der Anmut zu erblicken, die man vor Augen hatte. Kein Kriegsmann war so trutzig, und kein Graubart von der Ratsherrnbank so ernsthaft und gestreng, daß ihm das Herz dabei nicht lachte, und die Handwerksgesellen der Stadt waren stolz, daß einer von den Ihren vor all den fremden Gästen so herrlichen Ruhm davontrage.

Der Seppe sah im Tanz nicht mehr auf seinen schmalen Pfad, noch minder nach den Leuten hin, er schaute allein auf das Mädchen, welches in unverstellter Sittsamkeit nur je und je seine Augen aufhob.

Als beide in der Mitte jetzt zusammenkamen, ergriff er sie bei ihren Händen, sie standen still und blickten sich einander freundlich ins Gesicht; auch sah man ihn ein Wörtlein heimlich mit ihr sprechen. Darnach auf einmal sprang er hinter sie und schritten beide, sich im Tanz den Rücken kehrend, auseinander. Bei der Kreuzstange machte er halt, schwang seine Mütze und rief gar herzhaft: »Es sollen die gnädigsten Herrschaften leben!« – Da denn der ganze Markt zusammen Vivat rief, dreimal, und einem jeden Teil besonders. In während diesem Schreien und Tumult, unter dem Schall der Zinken, Pauken und Trompeten lief der Seppe zur Vrone hinüber, die bei der andern Gabel stand, umfing sie mit den Armen fest und küßte sie vor aller Welt! Das kam so unverhofft und sah so schön und ehrlich, daß manchem vor Freude die Tränen los wurden, ja die liebliche Gräfin erfaßte in jäher Bewegung den Arm ihres Manns und drückt' ihn an sich. Nun wandte sich die Vrone, und unter dem Jauchzen der Leute, dem Klatschen der Ritter und Damen, wie hurtig eilte sie mit glutroten Wangen das Seil hinab! der Seppe gleich hinter ihr drein, das leinene Säcklein mitnehmend.

Kaum daß sie wiederum auf festem Boden waren, kam schon ein Laufer auf sie zu und lud sie ein, auf die Altane zu kommen; das sie auch ohnedem zu tun vorhatten.

Sämtliche hohe Herrschaften empfingen sie im Angesicht des Volks mit Glückswünschen und großen Lobsprüchen, dabei sie sich mit höflicher Bescheidung annoch alles weiteren Fragens enthielten, indem sie zwar nicht zweifelten, daß es mit dem Gesehenen seine besondere Bewandtnis haben müsse, doch aber solchem nachzuforschen nicht dem Ort und der Zeit gemäß hielten. Der Seppe nahm bald der Gelegenheit wahr, ein wenig rückwärts der Gesellschaft, den zwilchenen Sack aufzumachen, nahm die Laiblein heraus und legte sie, höfischer Sitte unkundig, nur frei auf die Brüstung vor die Frau Gräfin Mutter, als eine kleine Verehrung für sie, vergaß auch nicht dabei zu sagen, daß man an diesem Brot sein ganzes Leben haben könne. Sie bedankte sich freundlich der Gabe, obwohl sie, des Gesellen Wort für einen Scherz hinnehmend, den besten Wert derselben erst nach der Hand erfuhr. Dann zog er sein Geschenk für den erlauchten Herrn heraus. Wie sehr erstaunte dieser nicht bei Eröffnung der Kapsel! und aber wie viel mehr noch als er das goldene Büchslein aufschraubte! Denn er erriet urplötzlich, was für ein Zahn das sei, bemeisterte jedoch in Mienen und Gebärden Verwunderung und Freude. Er wollte den Gesellen gleichwohl seines Danks versichern, tat eben den Mund dazu auf, als an der andern Seite drüben der schönen Irmengard ein Freudenruf entfuhr, daß alles auf sie blickte. Die Vrone nämlich hatte ihr ein kleines Lädlein dargebracht, worin die verlorene Perlenschnur lag. (Der kluge Leser denkt schon selbst, wer früh am Morgen heimlich bei der Dirne war.) Nicht aber könnte ich beschreiben das holde Frohlocken der Dame, mit welchem sie den Schmuck ihrem Gemahl und den andern der Reihe nach wies. Er war unverletzt, ohne Makel geblieben und jedermann beteuerte, so edle große Perlen noch niemals gesehen zu haben. Nunmehr verlangte man zu wissen, was Graf Eberhard bekam. »Seht an«, sprach er: »ein Reliquienstück, mir werter als manch köstliche Medey an einer Kleinodschnur: des Königs Salomo Zahnstocher, so er im täglichen Gebrauch gehabt. Mein guter Freund, der hochwürdige Abt von Kloster Hirschau sendet ihn mir zum Geschenk. Er soll, wenn man bisweilen das Zahnfleisch etwas damit ritzet, den Weisheitszahn noch vor dem Schwabenalter treiben. Da wir für unsere Person, so Gott will, solcher Fördernis nicht mehr bedürfen, so denken wir dies edle Werkzeug, auf ausdrückentlich Begehren, hie und da in unserer Freundschaft hinzuleihen, es auch gleich heut, da wir etliche Junker zu Gast haben werden, bei Tafel mit dem Nachtrunk herumgehen zu lassen.« – So scherzte der betagte Held, und alles war erfreut ihn so vergnügt zu sehen.

Jetzt wurde den Bürgern das Zeichen zum Essen gegeben. Für jede Gasse, wo gespeist ward, hatte man etliche Männer bestellt, welche dafür besorgt sein mußten, daß die Geladenen in Ordnung ihre Sitze nahmen. So lang bis dies geschehen war, pflogen die Herrn und Damen heiteren Gesprächs mit dem Gesellen und der Vrone. Ein Diener reichte Spanierwein in Stotzengläsern, Hohlippen und Krapfen herum, davon die beiden auch ihr Teil genießen mußten. – »Ihr seid wohl Bräutigam und Braut?« frug die Frau Mutter. – »Ja, Ihro Gnaden«, sprach der Seppe: »dafern des Mädchens Mutter nichts dawider hat, sind wir's seit einer halben Stunde.« – »Was?« rief der Graf: »Ihr habt euch auf dem Seil versprochen? Nun, bei den Heiligen zusammen, der Streich gefällt mir noch am allerbesten! So etwas mag doch nur im Schwabenland passieren. Glückzu, ihr braven Kinder! Auf einem Becher lieset man den Spruch: ›Lottospiel und Heiratstag Ohn groß Gefahr nie bleiben mag.‹ Ihr nun, nach solcher Probe, seid quitt mit der Gefahr euer Leben lang.« – Dann sprach er zu seinem Gemahl und den andern: »Jetzt laßt uns in die Gassen gehn, unsern wackeren Stuttgarter Bürgern gesegnete Mahlzeit zu wünschen, drauf wollen wir gleichfalls zu Tisch. Das Brautpaar wird dabeisein, hört ihr? Kommt in das Schloß zu uns. Ihr habt Urlaub auf eine Stunde; das mag hinreichen, euch den mütterlichen Segen zu erbitten, wo nicht, so will ich selbst Fürsprecher sein.«

Begehrte nun der Leser noch weiteres zu wissen, als da ist: wie sich das Brautpaar heimgefunden; ob sie von Freunden und Neugierigen nicht unterwegs erdrückt, zerrissen und gefressen worden? was Mutter Kiderlen und was die Base sagte? wie es denn bei der gräflichen Tafel herging, auch was nachher der Graf mit dem Seppe besonders verhandelt und so mehr – so würde ich bekennen, daß meine Spule abgelaufen sei, bis auf das wenige, das hier nachfolgt.

Am Markt, gegen dem Adler über, sieht man dermalen noch ein merkwürdiges altes Haus, vornher versehen mit drei Erkern, davon ein paar auf den Ecken gar heiter, wie Türmlein, stehn, mit Knöpfen und Windfahnen; hüben und drüben unterhalb der Eckvorsprünge, zwei Heiligenbilder aus Stein gehauen, je mit einem kleinen Baldachin von durchbrochener Arbeit gedeckt: Maria mit dem Kind, samt dem jungen Johannes einerseits, und St. Christoph der Riese andererseits, wie er den Knaben Jesus auf seiner Schulter über das Wasser trägt, einen Baumstamm in der

Faust zum Stab. Dies Haus – in seinen Grundfesten, samt dem Warengewölb, vermutlich noch dasselbige – gehörte von Voreltern her dem Grafen eigentümlich, und ward von ihm auf jenen Tag unserem Schuster in Erkenntlichkeit für seine kostbare Gabe und zum Beweis besonderer Gnade als freie Schenkung überlassen, nebst einem Teil des inbefindlichen Hausrats, welchem der Graf schalkhaftigerweise noch einen neuen Schleifstein mit Rad beifügte. Die Vrone bekam von den gnädigen Frauen einen künstlich geschnitzten Eichenschrank voll Linnenzeug zu ihrer Aussteuer.

Am Hochzeittag gaben sich beide das Wort, ihre Glücksschuh zwar zum ewigen Gedächtnis dankbar aufzuheben, doch nie mehr an den Fuß zu bringen, indem sie alles hätten, vornehmlich aneinander selbst, was sie nur wünschen könnten, auch überdies hofften, mit christlichem Fleiß ihr Zeitliches zu mehren.

Der Seppe, jetzt Meister Joseph geheißen, blieb seinem Gewerbe getreu, noch über achtundzwanzig Jahr; dann lebte er als ein wohlhabender Mann und achtbarer Ratsherr, mit Kindern gesegnet, seine Tage in Ruh mit der Vrone.

Unter seinen Hausfreunden war einer, man hieß ihn den Datte, der kam an jedem dritten Samstagabend auf ein Glas Wein und einen guten Käs zu ihm, mit dem Beding, daß niemand sonst dabeisei, als die liebwerte Frau und die Kinder (diese hatte er gern und sie taten und spielten als klein mit ihm, wie wenn er ihresgleichen wäre). Da ward alsdann geschwatzt von Zunftgeschäften und von den alten Zeiten, ingleichem gern von einem und dem andern ein starker Schwank erzählt. Derselbe Hausfreund brachte den werten Eheleuten an ihrem goldenen Jubeltag ein silbernes Handleuchterlein, vergoldet, in Figur eines gebückten Männleins, so einen schweren Stiefel auf dem Haupte trägt und einen Laib unter dem Arm. Rings aber um den Fuß des Leuchters waren eingegraben diese Reime:

Will jemand sehn mein frazzengsicht
ich halt ihm selbs darzu das licht.
mich kränket nur daß noch zur stund
mich geküßt kein frauenmund.
die mir allein gefallen hat

ein cron und schaufalt dieser stadt
hab ich vor funfzig jaren heunt
müeßen lassen meinem freund.
zum datte hant sie mich erkorn
zu schlichten zwilauf hadder zorn.
deß gieng ich müeßig all die jar
mag es auch bleiben immerdar.

Und nun, mein Leser, liebe Leserin, leb wohl! Deucht dir etwa, du habest jetzt genug auf eine Weile an Märchen, wohl, ich verspreche, dergleichen sobald nicht wieder zu Markte zu bringen; gefiel dir aber dieser Scherz, will ich es gleichwohl also halten. Es gelte, wie geschrieben steht zum Schluß des andern Buchs der Makkabäer: allezeit Wein oder Wasser trinken ist nicht lustig; sondern zuweilen Wein, zuweilen Wasser trinken, das ist lustig; also ist es auch lustig, so man mancherlei lieset. Das sei das Ende.

Anhang

Worterklärungen u. a.

99 *Zochen,* Docht.

100 *unbeschrien,* ohne daß dich jemand darüber anredet.

100 *Hutzelbrot, Schnitzbrot,* ein Backwerk, hauptsächlich aus gedörrten Früchten, Birnen (Hutzeln), Feigen, Nußkern usw. bestehend, in Schwaben gewöhnlich zu Weihnachten beschert.

101 *eine Ungüte,* unvergleichlich gut; wie man sagt: eine *Unmenge,* ein *Unlärm* usf.

101 *Hepsisau,* ein Dörfchen unweit Kirchheim unter Teck. *Guckigauch,* Guckuck. Dieser Scherz ist auch in E. Meiers schöner Sammlung von Sagen, Sitten und Gebräuchen aus Schwaben, S. 448, angeführt.

101 *Urdrutz, Urdruß,* Widerwille gegen eine Speise, an welcher man sich übergessen hat.

102 *Letzkopf,* Querkopf. *letz,* verkehrt, schlimm.

103 ^{a} *grauße,* eine große.

103 *Stiefelszorn,* gewaltiger Zorn.

104 *Der Blautopf.* Die dunkle, vollkommen blaue Farbe der Quelle, ihre verborgene Tiefe und die wilde Natur der ganzen Umgebung verleihen ihr ein feierliches, geheimnisvolles Ansehn. Kein Wunder, wenn sie in alten Zeiten als heilig betrachtet wurde und wenn das Volk noch jetzt mit abenteuerlichen Vorstellungen davon sich trägt. – Der Durchmesser des Beckens ist in der einen Richtung von dem Wehr an 125', in der andern 130', der Umfang also 408'. Der Prälat Weißensee nahm im Jahr 1718 eine Untersuchung vor und fand die Tiefe zu 63½ Fuß; gegen welchen Erfund, besonders von seiten des Volks, das sich die Unergründlichkeit nicht nehmen lassen wollte, mancherlei Einwendungen gemacht wurden. Das Ergebnis einer spätern Untersuchung, im Sommer 1829, war aber auch nur 71' am Punkt der größten Tiefe. Dieselbe befindet sich ziemlich in der Mitte des Topfs; nach den Seiten nimmt sie überall ab, so daß sich daraus wirklich eine trichterförmige Gestalt des Beckens ergibt. Die Untersuchung widerlegte auch die Meinung, daß Bäume und Baumstämme auf dem Grund versenkt liegen, denn das Senkblei fand nirgends den mindesten Widerstand. Mit Verwunderung vernahmen einzelne die Messung und fragten, ob denn das Senkblei unten nicht geschmolzen sei? Denn eine alte Sage sprach von glühender Hitze in den untersten Schichten. – Die schöne Bläue des übrigens kristallhel-

len Wassers verstärkt sich mit zunehmender Tiefe; nur an dem Rande, wo die Vegetation einwirkt, fällt sie ins Grüne. Bis jetzt ist dieses Blau noch nicht genügend erklärt. Weder in der Umgebung, noch in der Farbe des Grunds kann die Ursache liegen, weil das Wasser sein bläuliches Ansehen bis zum Ausfluß in die Donau behält. Ebensowenig hat eine chemische Untersuchung durch Prof. Schübler einen Gehalt an Metallen oder andern Stoffen, wodurch die Erscheinung veranlaßt sein könnte, gezeigt; das Wasser stellte sich nur reiner als die meisten Trinkwasser dar. – Sein Spiegel ist gewöhnlich ganz ruhig, so daß man kein Hervorquellen bemerkt; dennoch ist der Abfluß so stark, daß er nicht nur mittelst des an der Quelle angebrachten Brunnenhauses die ganze Stadt und das Kloster mit Wasser versieht, sondern auch ein ebenfalls daran stehendes Hammerwerk und unmittelbar darauf vier Mühlen treibt. Bei anhaltendem Regen- und Tauwetter trübt sich die Quelle, wird auffallend stärker und so unruhig, daß sie beträchtliche Wellen aufwirft und Überschwemmungen verursacht. Im J. 1641 soll die Gefahr so groß gewesen sein, daß ein Bettag gehalten, eine Prozession zum Blautopf veranstaltet und zu Versöhnung der erzürnten Gottheit (allerdings keiner Nymphe) zwei vergoldete Becher hineingeworfen wurden, worauf das Toben nachgelassen habe. Unstreitig steht der Blautopf durch unterirdische Klüfte in Verbindung mit der Albfläche und insbesondere mit den darauf befindlichen Erdtrichtern. – Einige hundert Schritte von dem Topf ist ein zweiter ähnlicher Quell, der Gieselbach, an welchem einst die alte Niklaus-Kapelle und ein Nonnenkloster stand. Nach Memmingers Beschr. d. Ob. A. Blaub.

105 *Lau,* von *La,* Wasser, welches in *lo, lau, b'lau* überging, daher nach Schmid der Name des Flüßchens Blau (und Blautopf) abzuleiten wäre.

105 *Gumpen* (der), gewöhnlich nur eine vertiefte Stelle auf dem Grunde des Wassers, hier das Ganze einer größern Wassersammlung mit bedeutender kesselartiger Vertiefung. Wer etwa, wie einige ohne Not wollen, das Wort *Topf* im Sinn von *Kreisel* nimmt und es damit erklärt, daß das Wasser, besonders bei starkem Regen- und Tauwetter, wo es sich in der Mitte pyramidalisch erhebt, eine kreisende Bewegung macht, der wird unsern Ausdruck doppelt gerechtfertigt finden, da *gumpen, gampen* entschieden so viel ist als: hüpfen, tanzen, mutwillig hinausschlagen.

105 *kleine Messer.* Es war eine alte Sitte, die noch nicht ganz abgekommen ist, sich zum Zeichen der Freundschaft mit Messern zu beschenken; vorzüglich herrschte sie in den Klöstern. Der Mystiker, Meister Heinrich von Nördlingen, Taulers und Susos Freund, schickte den Klosterfrauen zu Medingen öfters Messer zum Geschenke. Daher vielleicht die Redensart: Messerlein geben, d. h. nachgeben, Abbitte tun.

105 *glusam,* mäßig erwärmt (auch in moralischer Bedeutung: stillen Charakters).

106 *gänge Pfade,* begangene.
107 *Küllhasen,* Kaninchen.
107 *Schachzagel* (das), Schachspiel.
107 *fernd,* vor einem Jahr.
108 *Kappis,* Kohl.
109 *Öhrn,* Hausflur.
110 *Habergeis* – von *heben,* wegen der hüpfenden, hoppelnden Bewegung des Kreisels –; *Bauren-Schwaiger,* von *geschweigen,* stillen. Die alten Griechen und Römer hatten magische Kreisel, Rollen und Räder, meist aus Erz, deren sich Frauen und Mädchen zum Liebeszauber bedienten, indem sie dieselben unter seltsamen Bannsprüchen herumdrehten. So in der zweiten Idylle des Theokrit. Nach einem Epigramm der griech. Anthologie hatten vornehme Thessalerinnen dergleichen aus Edelstein und Gold, mit Fäden purpurner Wolle umwickelt, welcher besonders eine geheime Kraft inwohnen sollte. Natürlich hat man sich diese Kreisel weit kleiner, überhaupt von andrer Form als den unsern zu denken. In jenem Epigramm wird der Venus ein solches Weihgeschenk gebracht:

Nikos Kreisel, mit dem sie den Mann fern über das Meer zieht,
Oder dem stillen Gemach sittige Mädchen entlockt,
Lieget, ein hell Amethystengerät und mit Golde verzieret,
Kypris, ein lieber Besitz, deinem Altare geweiht,
Mitten von Wolle des purpurnen Lamms umwunden. Larissas
Zauberin bracht ihn dir, Göttin, ein gastlich Geschenk.

s. Jacobs Leben und Kunst der Alten.

Während der Stoff, woraus das Instrument der Larisserin bestand, zum Zweck selbst nichts beitrug, wird er in unsrem Fall Hauptsache, und die von den Alten dem Amethyst zugeschriebene Wirkung, derentwegen man sonst den Stein in Schmuckform bei sich trug, ist hier an den tönenden Kreisel geknüpft.
110 *das Selige, selig,* berauscht, ist nicht gleichbedeutend mit glückselig, obwohl darauf hinspielend, sondern gleichen Stamms mit *Sal,* Rausch, niedersächs., *soûl,* betrunken, franz. – »als verfälschten die Bürger den Landwein auf eine so unleidentliche Weise, daß mehrere Leute das Selige berührt hätte.« Gemeiners Regensb. Chron. zum Jahr 1474.
110 *Söhnerin,* Schwiegertochter.
111 *Susanne Preisnestel,* scherzhafte Bezeichnung aufgeputzter Mädchen. *Preis* heißt der Saum am Hemd; *prisen,* einfassen; mit einer Kette, gewöhnlich von Silber, einschnüren, um den bei der vormaligen oberschwäbischen Frauentracht üblichen Brustvorstecker zu befestigen; der hiezu gebrauchte seidene oder wollene Bändel hieß Preisnestel.
111 *Aschengruttel* (Aschenbrödel), sonst im Schwäbischen auch Aschengrittel und Äschengrusel genannt.

112 *einen roten Rock.* Ein alter Reim, welchen die Wärtinnen hersagen, wenn sie die Kinder auf den Knieen reiten lassen, enthält schon diese Vorstellung:

Hott^{a}, Hott^{a}, Rößle,
Z'Stu^{a}gart steht ^{a} Schlößle,
Z'Stu^{a}gart steht ^{a} Gart^{a}haus,
Guck^{a}t drei schöne Jungfr^{a} raus:
Die ein spinnt Seide,
Die ander spinnt Weide,
Die dritt die spinnt ^{a}n rot^{a} Rock
Für unsern li^{a}b^{a} Herr^{a}gott.

s. E. Meiers »Kinderreime«, S. 5

112 *baß,* sehr, gut, besser.
112 *unwirs, unwirsch,* ungehalten.
113 *Wetterblicken; der Blick, Durnblick, Wetterblick,* Blitz.
113 *Rusenschloß,* oder Hohen-Gerhausen, vormals eine gewaltige Bergfeste, jetzt äußerst malerische Ruine über dem Dorfe Gerhausen gelegen, in der Nähe vom *Ruck,* einer minder bedeutenden Burg.
113 *Mahd* (das), 1) die zu mähende Wiese, 2) das Gemähte.
113 *Jäst, Jast,* Gärung, aufbrausender Zorn.
114 *Zuberclaus,* ein Mensch, der seltsame Einfälle hat; vielleicht, sagt Schmid, eine scherzhafte Verstümmelung des Wortes *superklug,* zugleich anspielend auf den Claus Narr. Letzterer ist ohne Zweifel in dem Wort enthalten, im übrigen hat diese Erklärung etwas zu Modernes. Ein humoristischer Etymolog nimmt die erste Worthälfte bar, und will, ich weiß nicht wo, gefunden haben, daß sich Claus Narr eines solchen Geräts bei einem Ulmer Schifferstechen als Fahrzeugs, in Ermangelung eines ordentlichen Nachens, bedient habe.
114 *Lichtkarz, Karz;* entweder von *garten,* müßig sein, umherschwärmen, *z'Garten gehen,* Besuch machen, oder wahrscheinlicher von *Kerze,* Versammlung von Spinnerinnen, auch *Vorsitz* genannt.
114 *spitzweise,* spitzfindig, »mit spitzwysen Worten«. Ulmer Urk.
115 *ein steinernes Haus.* Es ist das der Stiftskirche westlich gegenüberstehende, jetzt Architekt Mäntlersche Haus gemeint, das gegenwärtig noch *»zum Schlößlein«* heißt. Es soll den Herrn von Kaltenthal gehört haben; Memminger, in seiner Beschr. der Stadt, macht es aber sehr wahrscheinlich, daß das Gebäude von Anfang Gräflich Wirtembergisches Besitztum und zwar einer der Sitze oder eine der Burgen gewesen sei, die nächst dem Stutengarten die Entstehung von Stuttgart veranlaßt haben mögen.
115 *in natürlicher Kunst, natürlich,* naturkundig. »von den sachen des siechtumbs nach gemainen löffen der natur schreiben die natürlichen maister.« Steinhöwel (Ulmer Arzt). Natürliche Meister sind aber nicht

bloß Ärzte, sondern auch Philosophen. In dem »Buch der sterbenden Menschheit« heißt es: »ein mächtiger wolgelerter man in philosophia das ist in natürlicher kunst.«

116 *Imperial,* war ehmals eine Goldmünze; der Name ist nur noch in Rußland üblich.

118 *Spiriguckes,* ein *wunderwitziger,* neugieriger, auf Kuriositäten erpichter Mensch von sonderbarem Wesen.

118 *mir nex – – usgang*^{a}, sagt man am Schlusse der Erzählung einer Sache, die auf nichts hinausläuft.

118 *bod*^{a}*laus,* bodenlos.

119 *zuteuerst,* sogar.

119 *irrsch,* nicht recht bei sich.

120 *'s leit* ^{a} *Klötzle,* es liegt etc. Diese Zeilen finden sich ebenso in E. Meiers Kinderreimen.

120 *Leirenbendel,* langweiliges Einerlei; zunächst der schwäb. Volksname für einen Vogel, Wendehals.

120 *Gesetzlein,* Sprüchlein, Strophe eines Lieds.

121 *buntüberecks,* verkehrt, durcheinander.

122 *sottige, söttige, sotte,* solche.

122 *Witzung,* Witzigung, Warnung.

124 *Holdschaft,* Liebschaft, zärtliche Freundschaft.

125 *buksieren,* necken, plagen.

125 *knappen,* hinken.

126 *Ehni, Ähne,* Großvater.

126 *Heiratstag,* Verlobungstag.

127 *helle Wiese,* Hölle, Fegfeuer. »der ward entzuckt vnd gefürt jn die helle wise.« Legende.

128 *morgen nach dem Bad,* Sprichwort du kommst zu spät.

130 *der wirtembergisch Niemez, (Niemer,* Niemand), einer der so viel als nichts ist, kein Gewerbe versteht oder treibt.

131 *bocken,* mit den Köpfen aneinanderstoßen, klopfen. *durnieren,* lärmen, lautähnlich mit *durnen,* donnern.

131 *Grättlein,* kleiner Korb.

132 *Wiegentag,* Geburtstag; Marchthalers von Eßlingen Hauschronik.

132 *Irmengard,* eine der vier Töchter Eberhards, von seiner zweiten Gemahlin, Irmengard von Baden, »die prächtigste der Rosen«, wie ihre Grabschrift sie nennt; starb 1329.

132 *Nuster,* Halsschnur, von Pater noster; daher auch *Patter.*

134 *Alfanz,* Gewinn, Vorteil.

134 *Rauner (raunen,* leise reden, murmeln), Beschwörer. »dye nit will hören die stymen der rauner.« Alte Übers. d. Psalm. 58.

134 *einen ansehnlichen Weiher,* In Wirklichkeit wurde dieser sogenannte mittlere See beim alten Sebastians-, nachmaligen Büchsentor, der seit 1700 ausgetrocknet ist, so wie die ganze obere Vorstadt, mit Ausnahme

vielleicht von einzelnen Häusern, erst durch Graf Ulrich den Vielgeliebten angelegt.

135 *hatte einen Bösen getan,* war unmäßig.

136 *grutzelt voll,* sehr voll.

136 *Traubenschuß,* ein Schuß mit vielen Schroten aus kleinem Gewehr, hier angewendet auf grobes Geschütz, dergleichen die *Quartanschlange* war, welche zehnpfündige Kugeln schoß, und der *Tarras,* der übrigens auch als Büchse genannt wird.

136 *Die Sach steht auf Saufedern,* ist mißlich.

136 *Scharsach,* Schermesser. »als ain geschliffen Scharsach.« Psalm 52.

137 *Fazvögel,* von *fazen,* spotten. Ital. *fazio,* Possenreißer; lat. *facetiae,* witzige Scherze.

138 *der Holzschlegel – auf der Bühne,* (auf dem obern Boden unter dem Dach), ohne Aufwand und Mühe gelinge ihnen alles.

138 *selletwegen,* jenes wegen.

138 *beschreien, berufen* (abergläubische Warnung vor allzugroßer Sicherheit).

138 *Stuß,* Stoß, Verdruß.

139 *beim Beilichen,* ungefähr; die *Beiliche,* die Nähe.

139 *stigelfizisch,* naseweis.

139 *Grind,* pöbelhaft für Kopf.

139 *wampel, wimbel,* übel, magenschwach; ähnlich *to wamble* im Engl.

139 *Triet* (die), ein Magenpulver. Frnz. *trisenet.*

139 *Allermanns-Harnisch, runde Siegwurz* (Gladiolus communis), ehmals in medizinischem Gebrauch; wurde als Amulett gegen Verwundungen und verschiedene Krankheiten, sowie zu andern abergläubischen Zwecken getragen und wird zuweilen noch vom Volke gebraucht.

139 *Dierletey,* nicht näher bekanntes Ingrediens einer Salbe; in der Mörin des Herm. v. Sachsenheim erwähnt.

139 *Mamortica* (Momordica balsamina), der echte Balsamapfel, wundheilendes Mittel.

139 *Wurzler,* Apotheker.

139 *G'schwey,* Schwägerin.

140 *Ledder* statt *Leder* sprechen alle gereisten Schuster in Schwaben.

141 *Mille, Mil,* Milch; ulmisch.

141 *Lichtbraten, Lichtgans,* ein Braten, welchen Handwerker, die im Winter auch des Nachts arbeiten, Schuster, Schneider, Weber u. dgl., ihren Gesellen beim Anfang des Winters zum besten geben. Bis zu Ende des 18. Jahrh. bestand in Ulm dieser Gebrauch in einem mit Musik, Trommeln und Pfeifen, und bisweilen mit öffentlichen Aufzügen verbundenen Schmause.

142 *fürsche,* vor sich, vorwärts.

142 *Döte,* männlicher –, *Dot, Dote,* weiblicher Taufpate.

143 *Wunderlecker,* ein Wundersüchtiger (ohne Vorgang).

143 *einzecht,* einzeln.

143 *Wadelbir,* eine Birnenart. »mit manchen bieren«. Hugo v. Trimberg.

143 *Drudenfuß,* von *Drude, Trut,* Unholdin; eine magische Figur, aus zwei zu einem Fünfeck verbundenen Triangeln bestehend.

143 *Kandel,* Rinne, Abzugskanal.

144 *Nachtschach,* Räuber, Dieb; von *Schach,* Raub.

144 *Aberschanz,* das Hintere.

145 *Weinschröter,* Weingärtner.

145 *eine Stuterei.* Gabelkhover, in seiner handschriftlichen Chronik vom J. 1621, will den Platz noch wissen, wo das alte Stutenhaus gestanden. »Zwanzig Schritt ohngefehrlich«, sagt er, »von der jetzigen Stiftskirche gegen Mitternacht, da Paulus Sautter, Provisor sitzt.« Dieser Sautter saß aber, einer Hausurkunde zufolge, in dem jetzigen Weinschenk Thumschen Haus, und nach einer bekannten Überlieferung wäre dies Haus das älteste der Stadt.

145 *Zinselwerk,* Gaukelwerk. »Celestinus hat den introitum mit anderm zinselwerk hin dar gesetzt.« Spreter, Bericht von der alt. christl. Meß. – »on vnser verdienst, vergebenlich, nit durch ablas oder eygen zinßelwerk.« Spret., Christl. Instruction.

146 *Dockenkasten,* Puppentheater.

146 *Kräben,* Tragkorb.

146 *Schauenlichkeit,* Kontemplation, beschauliches Leben. »nit minder vorhalt mich vor disen gesellen, die allein der Schawenlicheit gleben (geleben) wend.« Spreter, Christl. Instr.

146 *drönsgen,* Intensivform von *trehnsen,* langsam etwas verrichten; entspricht dem franz. *trainer,* ziehen, dem engl. *to train, to drone,* und *to drowse,* schlummern, schläfrig sein.

146 *Heiltum,* Reliquie. Der Pfarrer zu Leipheim, im J. 1500, bestrich die Leute für ein Opfer mit dem Heiltum St. Veits.

148 *Marschloß, Maderschl., Malschl.* (Schweizerisch: *Malle,* Tasche; franz. *malle*), Vorlegschloß.

148 *die Eigel,* der Blutigel; in den ältern Ausgaben der Lutherischen Bibel, Sprüche Sal. 30, 15.

149 *'ringer,* mit geringerer Mühe.

149 *schier,* bald.

149 *Werr,* Erdkrebs, ein den Fruchtfeldern schädliches, großes Insekt.

150 *hartselig,* hartnäckig. »durch wunderzeichen wil Gott das hartsälig volck ziehen und berüffen.« Spreter, Instr.

150 *Torangel,* Schimpfname für grobe Bauern.

150 *Sittich, Sitter,* psittacus, Papagei.

151 *wind und weh,* sehr übel, sowohl im körperlichen als geistigen Sinne gebraucht; *wind,* wahrscheinlich von *schwinden,* woher auch *Schwindel* stammt, also *schwindlig.* »ir wart so swinde und we dar nach.« Koloczaer Codex altdeutscher Ged., herausg. von Mailáth usw. S. 232.

151 *schnorzig,* verdrießlicher Laune, worin man jemand anschnurrt.

152 *Meineider*, Meineidiger. Marchth. Chron.
153 *Brogel-Wenz; sich broglen*, prahlen; alt *brogen*, sich regen, in die Höhe richten, ungestüm sein. Engl. *to brag*, ital. *brogliare*. Die Zusammensetzung mit einem Namen, als sprichwörtliche Anspielung, ist willkürlich.
153 *Elend*, ein Garten in Ulm hinter dem Hospital an der Donau, auf dessen Stelle ehemals vermutlich ein Pfleghaus für arme Pilger und Fremdlinge war. Dergleichen Anstalten hießen auch anderwärts *Elendhäuser, elende Herbergen*. – *Elend, ellend*, aus *el*, fremd, und *lend*, bedeutet überhaupt die Irre, Fremde.
153 *Pflug*, Name eines Gasthofs in Ulm.
153 *Uf*^{a}*m*, auf dem.
153 *Blo-Holder-Strauß*, Busch von blauem Holunder, Syringe.
153 *vor's*, bevor es.
154 *Nachthüehle*, Nachthuhn, Käuzlein.
155 *di*^{a} *Gugelfu*^{a}*hr gang wieder a*^{n} (gehe wieder an). Die Gugelnarren, d. h. die Narren mit den spitzigen Hanswursthüten, ließen sich zur Fastnachtszeit auf Karren herumführen und trieben Unfug; daher Gugelfuhr für große Lustbarkeit und jeden lustig lärmenden Unfug.
156 *Herzensbrast*, Beklemmung, Herzeleid; von Bresten, Gebrechen.
156 *Scheurenburzler*, Landstreicher, Zigeuner, der in Scheunen auf dem Lande das Nachtlager zu nehmen pflegt.
156 *äll Hundsod*^{a}*m*, alle Augenblicke.
156 *gen die Sperlachen* (plur.), gegen das Himmelszelt; von *sperren* und *Laken* oder *Lachen*, Tuch, das über einen Wagen zur Bedeckung gespannt ist. »wann got jnn den sperlachen wonet vnd sy mit seinen gnaden erleuchtet.« Buch der sterb. Menschh.
157 *Hofraite* (die), der ganze zu einem Haus gehörige Umfang von Hof, Bäulichkeiten usw.
158 *Gähnaffen* (Maulaffen) *feilhaben*, müßig dastehen.
158 *den Plirum geigen*, abprügeln.
158 *Wasen*, Rasen, Anger.
159 *trait mer*, trägt man.
159 *Dattern*, dottern, zittern. Engl. *to totter*.
160 *Jetzt ist lang Tag*, Sprichw. es hat keine Not mehr.
160 *Wuhr* (das), Wehr. »ich hab gebawen die wasser wure.« Buch der sterb. Menschh.
160 *gottig, gotzig, gotteseinzig*, einzig.
160 *Trischacken*, eine Art Kartenspiel; ital. *i tre sciacchi*.
161 *Schiedfell*, Zwerchfell, weil es Herz und Lunge von den andern Eingeweiden scheidet; diaphragma.
161 *Faxen*, auffallende, lächerliche Gesten.
161 *seellos*, ruchlos. »die Trewloßen, Ehrloßen und Seelloßen bauren.« Brief an Schwäb. Hall im J. 1525.
162 *Ich habe Kreuz – ab*. Diese Zeilen fand der Verfasser selbst an einem

ähnlichen Ort auf freiem Felde von einer ungeübten Hand mit Kreide angeschrieben.

164 *verbutzen,* vermummen. »am Fastnacht soll sich niemand verbutzen, verkleiden, verwelschen« (von *Wale, Walch, Welscher,* Fremder). Ulm. Verordn. v. J. 1612. Die *Butz* heißt Scherz, Betrug, Lüge; *der Butz,* Narr, Possenreißer, Larve.

165 *verhansleardlen,* auf eine einfältige Weise verlieren, versäumen. *Hans Leand, Hans Leard,* Johann Leonhard, wird zur Bezeichnung eines einfältigen Menschen gebraucht.

166 *Morgenatz,* Frühstück. Marchth. Chron.

167 *Bartzefant* (der), Diener; franz. *poursuivant.*

168 *Korabelle,* Buhldirne, wahrscheinlich aus *mia cara bella* entstanden und auf *Barbara,* in der Volkssprache *Belle,* anspielend; kommt noch in Weitzmanns Gedichten vor.

168 *Knegler,* einer, der stark durch die Nase redet.

168 *Sotterer,* ein siecher Mensch; von *sottern,* kränkeln, mit Sucht verwandt.

169 *ungeschaffen,* ungestaltet. »da (in Cannstatt) ist alle Jar ain tag haißt der ungeschaffene tag, vonn mannen Jungen gesellen weiber vnd Jungfraw vnnd welcher der vngestaltest ist der gewindt ain Rockh vnnd ander ding darzu vnnd welche die vngeschafnest ist die gewindt ain Gurttl pewtel (Beutel) Handschuh vnnd ander Ding.« Ladisl. Sunthaim, Historiograph des K. Maximil. I. S. Memmingers Cannstatt.

169 *Grüß dich Gott, herzlieber* usw. ein altes Volkslied, aus des Knaben Wunderhorn (II, 300) mit einiger Veränderung entlehnt.

170 *Wurstelmaukeler; maucheln, maukeln, mau*^{n}*klen, mockeln, vermockeln,* verstecken, heimlich zu Werke gehen, betrügen *(bemogeln);* daher *Butzenmaukeler,* die verkleidete Person, welche ehmals an Fastnachten, an Nikolai, oder zu Weihnachten, die Kinder zu erschrecken, aufgestellt wurde. Die Verbindung mit *Wurst* in unserem Text ist willkürlich, und diese Gestalt dem Pfingstlimmel nachgebildet. Es war dies ein Knabe, welcher zur Pfingstzeit, vom Scheitel bis auf die Füße ganz mit frischem Grün und Feldblumen umflochten, entweder zu Fuß oder auf einem Pferde sitzend und von zwei andern Burschen geführt, in der Stadt oder im Dorf herumzog. Den Kopf bedeckte eine ellenlange, spitze Kappe von Laubwerk und das Gesicht war zuweilen mit Baumrinde verlarvt. Der Verf. fand diese Sitte noch auf der Alb, in Ochsenwang. Zu Augsburg, wo man Schilf zu der Verkleidung nahm, hieß ein solcher Knabe der *Wasservogel.*

170 *Blunz* (der), dicke Blutwurst.

170 *Stampanei* (die), Ersonnenes, Erdichtetes, Märchen; von *Stampf,* weil Bilder mit dem Stampf abgedruckt wurden. Josua Mahler (im J. 1551) sagt, nachdem er die in der Hauptkirche zu Aachen vorgezeigten Reliquien aufgezählt hat: »es ist dieß Münster ein rechter Kramladen zu derley Stampaneyen.«

171 *der Siedig,* der Angstschweiß.

172 *Läuresblosel, Leiresbläslein,* soviel als: ein dummes Ding; mag von *Leier* und *blasen* herkommen, zunächst also: ein schlechtes Geleier.

174 *bärig,* kaum.

175 *Zwilch* (der), grobe Leinwand.

176 *Medey,* ein Kleinod, vielleicht eine *Medaille,* zum Hutschmuck gehörig. »Ob dem stulp (des spanischen Huts) gieng ein Schnur vmbher Nicht anderst alß wenns ein Kron wer; Gar köstlich von schönen Medeyen, Orndlich gesetzet nach der Reyen, Treflich vil schöne Edel Stein Theurer art dran gestanden sein.« Aus: Fürstl. Würt. Pomp und Solennität, durch M. Jo. Ottingerum beschrieben, Stuttg. 1607. »Medeyen oder Rosen an der Cleinodschnur«. Ebendas.

177 *Stotzenglas,* kurzes Kelchglas mit einem Fuße.

177 *Hohlippen,* hohle Hippen, gerolltes Oblatengebackenes.

177 *Krapf,* mit Obst, Weinbeeren, Rosinen und dergl. gefülltes Backwerk. Im Altdeutschen bedeutet das Wort einen gekrümmten Haken.

179 *Schaufalt (der Falt* schwäb.), die Falte an Tüchern, die nach außen hin, um besonders gesehen zu werden, gelegt wird; daher das Vorzüglichste seiner Art, womit man prangt, z. B. eine Person in einer Familie. Ähnlich ist *Ausbund:* was im Zusammenbinden auswärts gerichtet wird, und ebenso das vormals gebräuchliche *Überbund.*

179 *Datte,* Vater (Kindersprache). In einigen Orten Wirtembergs war ehemals die Gewohnheit, daß Ehezwistigkeiten, ehe sie zu sehr überhandgenommen, durch einen stattlichen, untadelhaften Mann im Dorfe, den man den Datte nannte, der aber unbekannt blieb, gerügt und bestraft wurden. Er klopfte nämlich, von zwei selbstgewählten Gehülfen begleitet, an dem Hause uneiniger Eheleute an, antwortete auf die Frage, wer da? bloß: *der Datte kommt,* und ging ohne weiteres wieder weg. Hörte der Zwist nicht auf, so erschien er zum zweiten Male und beobachtete dasselbe. Blieb auch dies ohne Erfolg, so kam er zum dritten Male vermummt, drang in das Haus und prügelte den schuldigen Teil tüchtig ab. Der Mißbrauch hob diesen vielleicht altgermanischen Gebrauch auf.

179 *Zwilauf,* Zwist. »Peter Vngelter vf der Stette haissen gen Straßburg verritten von Irer zwilöff wegen dorvnter zu reden.« Aus e. Städterechnung.

MOZART AUF DER REISE NACH PRAG

Novelle

Im Herbst des Jahres 1787 unternahm Mozart in Begleitung seiner Frau eine Reise nach Prag, um »Don Juan« daselbst zur Aufführung zu bringen.

Am dritten Reisetag, den vierzehnten September, gegen elf Uhr morgens, fuhr das wohlgelaunte Ehepaar noch nicht viel über dreißig Stunden Wegs von Wien entfernt, in nordwestlicher Richtung, jenseits vom Mannhardsberg und der deutschen Thaya, bei Schrems, wo man das schöne Mährische Gebirg bald vollends überstiegen hat.

»Das mit drei Postpferden bespannte Fuhrwerk«, schreibt die Baronesse von T. an ihre Freundin, »eine stattliche, gelbrote Kutsche, war Eigentum einer gewissen alten Frau Generalin Volkstett, die sich auf ihren Umgang mit dem Mozartischen Hause und ihre ihm erwiesenen Gefälligkeiten von jeher scheint etwas zugut getan zu haben.« – Die ungenaue Beschreibung des fraglichen Gefährts wird sich ein Kenner des Geschmacks der achtziger Jahre noch etwa durch einige Züge ergänzen. Der gelbrote Wagen ist hüben und drüben am Schlage mit Blumenbuketts, in ihren natürlichen Farben gemalt, die Ränder mit schmalen Goldleisten verziert, der Anstrich aber noch keineswegs von jenem spiegelglatten Lack der heutigen Wiener Werkstätten glänzend, der Kasten auch nicht völlig ausgebaucht, obwohl nach unten zu kokett mit einer kühnen Schweifung eingezogen; dazu kommt ein hohes Gedeck mit starrenden Ledervorhängen, die gegenwärtig zurückgestreift sind.

Von dem Kostüm der beiden Passagiere sei überdies so viel bemerkt. Mit Schonung für die neuen, im Koffer eingepackten Staatsgewänder war der Anzug des Gemahls bescheidentlich von Frau Constanzen ausgewählt; zu der gestickten Weste von etwas verschossenem Blau sein gewohnter brauner Überrock mit einer Reihe großer und dergestalt fassonierter Knöpfe, daß eine Lage rötliches Rauschgold durch ihr sternartiges Gewebe schimmerte, schwarzseidene Beinkleider, Strümpfe, und auf den Schuhen vergoldete Schnallen. Seit einer halben Stunde hat er wegen der für diesen Monat außerordentlichen Hitze sich des Rocks entledigt und sitzt vergnüglich plaudernd, barhaupt, in Hemdärmeln da. Madame Mozart trägt ein bequemes Reisehabit, hellgrün und weiß gestreift; halb aufgebunden fällt der Überfluß ihrer schönen, lichtbraunen Locken auf Schultern und Nacken herunter; sie waren zeit ihres Lebens noch niemals von Puder entstellt, während der starke, in einen Zopf gefaßte Haarwuchs ihres Gemahls für heute nur nachlässiger als gewöhnlich damit versehen ist.

Man war eine sanft ansteigende Höhe zwischen fruchtbaren Feldern, welche hie und da die ausgedehnte Waldung unterbrachen, gemachsam hinauf und jetzt am Waldsaum angekommen.

»Durch wieviel Wälder«, sagte Mozart, »sind wir nicht heute, gestern und ehegestern schon passiert! – Ich dachte nichts dabei, geschweige daß mir eingefallen wäre, den Fuß hineinzusetzen. Wir steigen einmal aus da, Herzenskind, und holen von den blauen Glocken, die dort so hübsch im Schatten stehn. Deine Tiere, Schwager, mögen ein bißchen verschnaufen.«

Indem sie sich beide erhoben, kam ein kleines Unheil an den Tag, welches dem Meister einen Zank zuzog. Durch seine Achtlosigkeit war ein Flakon mit kostbarem Riechwasser aufgegangen und hatte seinen Inhalt unvermerkt in die Kleider und Polster ergossen. »Ich hätt es denken können«, klagte sie, »es duftete schon lang so stark! O weh, ein volles Fläschchen echte Rosée d'Aurore rein ausgeleert! Ich sparte sie wie Gold.« – »Ei, Närrchen«, gab er ihr zum Trost zurück, »begreife doch, auf solche Weise ganz allein war uns dein Götter-Riechschnaps etwas nütze. Erst saß man in einem Backofen und all dein Gefächel half nichts, bald aber schien der ganze Wagen gleichsam ausgekühlt; du schriebst es den paar Tropfen zu, die ich mir auf den Jabot goß; wir waren neu belebt und das Gespräch floß munter fort, statt daß wir sonst die Köpfe hätten hängen lassen wie die Hämmel auf des Fleischers Karren; und diese Wohltat wird uns auf dem ganzen Weg begleiten. Jetzt aber laß uns doch einmal zwei Wienerische Nos'n recht expreß hier in die grüne Wildnis stecken!«

Sie stiegen Arm in Arm über den Graben an der Straße und

sofort tiefer in die Tannendunkelheit hinein, die, sehr bald bis zur Finsternis verdichtet, nur hin und wieder von einem Streifen Sonne auf sammetnem Moosboden grell durchbrochen ward. Die erquickliche Frische, im plötzlichen Wechsel gegen die außerhalb herrschende Glut, hätte dem sorglosen Mann ohne die Vorsicht der Begleiterin gefährlich werden können. Mit Mühe drang sie ihm das in Bereitschaft gehaltene Kleidungsstück auf. – »Gott, welche Herrlichkeit!« rief er, an den hohen Stämmen hinaufblickend, aus: »man ist als wie in einer Kirche! Mir deucht, ich war niemals in einem Wald, und besinne mich jetzt erst, was es doch heißt, ein ganzes Volk von Bäumen beieinander! Keine Menschenhand hat sie gepflanzt, sind alle selbst gekommen, und stehen so, nur eben weil es lustig ist beisammen wohnen und wirtschaften. Siehst du, mit jungen Jahren fuhr ich doch in halb Europa hin und her, habe die Alpen gesehn und das Meer, das Größeste und Schönste, was erschaffen ist: jetzt steht von ungefähr der Gimpel in einem ordinären Tannenwald an der böhmischen Grenze, verwundert und verzückt, daß solches Wesen irgend existiert, nicht etwa nur so una finzione di poeti ist, wie ihre Nymphen, Faune und dergleichen mehr, auch kein Komödienwald, nein aus dem Erdboden herausgewachsen, von Feuchtigkeit und Wärmelicht der Sonne großgezogen! Hier ist zu Haus der Hirsch, mit seinem wundersamen zackigen Gestäude auf der Stirn, das possierliche Eichhorn, der Auerhahn, der Häher.« Er bückte sich, brach einen Pilz, und pries die prächtige hochrote Farbe des Schirms, die zarten weißlichen Lamellen an dessen unterer Seite, auch steckte er verschiedene Tannenzapfen ein.

»Man könnte denken«, sagte die Frau, »du habest noch nicht zwanzig Schritte hinein in den Prater gesehen, der solche Raritäten doch auch wohl aufzuweisen hat.«

»Was Prater! Sapperlott, wie du nur das Wort hier nennen magst! Vor lauter Karossen, Staatsdegen, Roben und Fächern, Musik und allem Spektakel der Welt, wer sieht denn da noch sonst etwas? Und selbst die Bäume dort, so breit sie sich auch machen, ich weiß nicht – Bucheckern und Eicheln, am Boden verstreut, sehn halter aus als wie Geschwisterkind mit der Unzahl verbrauchter Korkstöpsel darunter. Zwei Stunden weit riecht das Gehölz nach Kellnern und nach Soßen.«

»O unerhört!« rief sie, »so redet nun der Mann, dem gar nichts über das Vergnügen geht, Backhähnl im Prater zu speisen!«

Als beide wieder in dem Wagen saßen, und sich die Straße jetzt nach einer kurzen Strecke ebenen Wegs allmählich abwärts senkte, wo eine lachende Gegend sich bis an die entfernteren Berge verlor, fing unser Meister, nachdem er eine Zeitlang still gewesen, wieder an: »Die Erde ist wahrhaftig schön, und keinem zu verdenken, wenn er so lang wie möglich darauf bleiben will. Gott sei's gedankt, ich fühle mich so frisch und wohl wie je, und wäre bald zu tausend Dingen aufgelegt, die denn auch alle nacheinander an die Reihe kommen sollen, wie nur mein neues Werk vollendet und aufgeführt sein wird. Wieviel ist draußen in der Welt, und wieviel daheim, Merkwürdiges und Schönes, das ich noch gar nicht kenne, an Wunderwerken der Natur, an Wissenschaften, Künsten und nützlichen Gewerben! Der schwarze Köhlerbube dort bei seinem Meiler weiß dir von manchen Sachen auf ein Haar so viel Bescheid wie ich, da doch ein Sinn und ein Verlangen in mir wäre, auch einen Blick in dies und jens zu tun, das eben nicht zu meinem nächsten Kram gehört.«

»Mir kam«, versetzte sie, »in diesen Tagen dein alter Sackkalender in die Hände von Anno fünfundachtzig; da hast du hinten angemerkt drei bis vier Notabene. Zum ersten steht: ›Mitte Oktober gießet man die großen Löwen in kaiserlicher Erzgießerei‹; fürs zweite, doppelt angestrichen: ›Professor Gattner zu besuchen.‹ Wer ist der?«

»O recht, ich weiß – auf dem Observatorio der gute alte Herr, der mich von Zeit zu Zeit dahin einlädt. Ich wollte längst einmal den Mond und 's Mandl drin mit dir betrachten. Sie haben jetzt ein mächtig großes Fernrohr oben; da soll man auf der ungeheuern Scheibe, hell und deutlich bis zum Greifen, Gebirge, Täler, Klüfte sehen, und von der Seite, wo die Sonne nicht hinfällt, den Schatten, den die Berge werfen. Schon seit zwei Jahren schlag ich's an, den Gang zu tun, und komme nicht dazu, elender- und schändlicherweise!«

»Nun«, sagte sie, »der Mond entläuft uns nicht. Wir holen manches nach.«

Nach einer Pause fuhr er fort: »Und geht es nicht mit allem so? O pfui, ich darf nicht daran denken, was man verpaßt, verschiebt und hängenläßt! – von Pflichten gegen Gott und Menschen nicht zu reden – ich sage von purem Genuß, von den kleinen unschuldigen Freuden, die einem jeden täglich vor den Füßen liegen.«

Madame Mozart konnte oder wollte von der Richtung, die sein leicht bewegliches Gefühl hier mehr und mehr nahm, auf keine Weise ablenken, und leider konnte sie ihm nur von ganzem Herzen recht geben, indem er mit steigendem Eifer fortfuhr: »Ward ich denn je nur meiner Kinder ein volles Stündchen froh? Wie halb ist das bei mir, und immer en passant! Die Buben einmal rittlings auf das Knie gesetzt, mich zwei Minuten mit ihnen durchs Zimmer gejagt, und damit basta, wieder abgeschüttelt! Es denkt mir nicht, daß wir uns auf dem Lande zusammen einen schönen Tag gemacht hätten, an Ostern oder Pfingsten, in einem Garten oder Wäldel, auf der Wiese, wir unter uns allein, bei Kinderscherz und Blumenspiel, um selber einmal wieder Kind zu werden. Allmittelst geht und rennt und saust das Leben hin – Herr Gott! bedenkt man's recht, es möcht einem der Angstschweiß ausbrechen!«

Mit der soeben ausgesprochenen Selbstanklage war unerwartet ein sehr ernsthaftes Gespräch in aller Traulichkeit und Güte zwischen beiden eröffnet. Wir teilen dasselbe nicht ausführlich mit, und werfen lieber einen allgemeinen Blick auf die Verhältnisse, die teils ausdrücklich und unmittelbar den Stoff, teils auch nur den bewußten Hintergrund der Unterredung ausmachten.

Hier drängt sich uns voraus die schmerzliche Betrachtung auf, daß dieser feurige, für jeden Reiz der Welt und für das Höchste, was dem ahnenden Gemüt erreichbar ist, unglaublich empfängliche Mensch, soviel er auch in seiner kurzen Spanne Zeit erlebt, genossen und aus sich hervorgebracht, ein stetiges und rein befriedigtes Gefühl seiner selbst doch lebenslang entbehrte.

Wer die Ursachen dieser Erscheinung nicht etwa tiefer suchen will, als sie vermutlich liegen, wird sie zunächst einfach in jenen, wie es scheint, unüberwindlich eingewohnten Schwächen finden, die wir so gern, und nicht ganz ohne Grund, mit alledem, was an Mozart der Gegenstand unserer Bewunderung ist, in eine Art notwendiger Verbindung bringen.

Des Mannes Bedürfnisse waren sehr vielfach, seine Neigung zumal für gesellige Freuden außerordentlich groß. Von den vornehmsten Häusern der Stadt als unvergleichliches Talent gewürdigt und gesucht, verschmähte er Einladungen zu Festen, Zirkeln und Partien selten oder nie. Dabei tat er der eigenen Gastfreundschaft innerhalb seiner näheren Kreise gleichfalls genug. Einen längst hergebrachten musikalischen Abend am Sonntag bei ihm, ein ungezwungenes Mittagsmahl an seinem wohlbestellten Tisch mit ein paar Freunden und Bekannten, zwei-, dreimal in der Woche, das wollte er nicht missen. Bisweilen brachte er die Gäste, zum Schrecken der Frau, unangekündigt von der Straße weg ins Haus, Leute von sehr ungleichem Wert, Liebhaber, Kunstgenossen, Sänger und Poeten. Der müßige Schmarotzer, dessen ganzes Verdienst in einer immer aufgeweckten Laune, in Witz und Spaß, und zwar vom gröbern Korn bestand, kam so gut wie der geistvolle Kenner und der treffliche Spieler erwünscht. Den größten Teil seiner Erholung indes pflegte Mozart außer dem eigenen Hause zu suchen. Man konnte ihn nach Tisch einen Tag wie den andern am Billard im Kaffeehaus, und so auch manchen Abend im Gasthof finden. Er fuhr und ritt sehr gerne in Gesellschaft über Land, besuchte als ein ausgemachter Tänzer Bälle und Redouten und machte sich des Jahrs einige Male einen Hauptspaß an Volksfesten, vor allen am Brigitten-Kirchtag im Freien, wo er als Pierrot maskiert erschien.

Diese Vergnügungen, bald bunt und ausgelassen, bald einer ruhigern Stimmung zusagend, waren bestimmt, dem lang gespannten Geist nach ungeheurem Kraftaufwand die nötige Rast zu gewähren; auch verfehlten sie nicht, demselben nebenher auf den geheimnisvollen Wegen, auf welchen das Genie sein Spiel bewußtlos treibt, die feinen flüchtigen Eindrücke mitzuteilen, wodurch es sich gelegentlich befruchtet. Doch leider kam in solchen Stunden, weil es dann immer galt, den glücklichen Moment bis auf die Neige auszuschöpfen, eine andere Rücksicht, es sei nun der Klugheit oder der Pflicht, der Selbsterhaltung wie der Häuslichkeit, nicht in Betracht. Genießend oder schaffend kannte Mozart gleich wenig Maß und Ziel. Ein Teil der Nacht war stets der Komposition gewidmet. Morgens früh, oft lange noch im Bett, ward ausgearbeitet. Dann machte er, von zehn Uhr an, zu Fuß oder im Wagen abgeholt, die Runde seiner Lektionen, die in der Regel noch einige Nachmittagsstunden wegnahmen. »Wir plagen uns wohl auch rechtschaffen«, so schreibt er selber einmal einem Gönner, »und es hält öfter schwer, nicht die

Geduld zu verlieren. Da halst man sich als wohl akkreditierter Cembalist und Musiklehrmeister ein Dutzend Schüler auf, und immer wieder einen neuen, unangesehn was weiter an ihm ist, wenn er nur seinen Taler per marca bezahlt. Ein jeder ungrischer Schnurrbart vom Geniekorps ist willkommen, den der Satan plagt, für nichts und wieder nichts Generalbaß und Kontrapunkt zu studieren: das übermütigste Komteßchen, das mich wie Meister Coquerel, den Haarkräusler, mit einem roten Kopf empfängt, wenn ich einmal nicht auf den Glockenschlag bei ihr anklopfe usw.« Und wenn er nun durch diese und andere Berufsarbeiten, Akademien, Proben und dergleichen abgemüdet, nach frischem Atem schmachtete, war den erschlafften Nerven häufig nur in neuer Aufregung eine scheinbare Stärkung vergönnt. Seine Gesundheit wurde heimlich angegriffen, ein je und je wiederkehrender Zustand von Schwermut wurde, wo nicht erzeugt, doch sicherlich genährt an eben diesem Punkt, und so die Ahnung eines frühzeitigen Todes, die ihn zuletzt auf Schritt und Tritt begleitete, unvermeidlich erfüllt. Gram aller Art und Farbe, das Gefühl der Reue nicht ausgenommen, war er als eine herbe Würze jeder Lust auf seinen Teil gewöhnt. Doch wissen wir, auch diese Schmerzen rannen abgeklärt und rein in jenem tiefen Quell zusammen, der aus hundert goldenen Röhren springend, im Wechsel seiner Melodien unerschöpflich, alle Qual und alle Seligkeit der Menschenbrust ausströmte.

Am offenbarsten zeigten sich die bösen Wirkungen der Lebensweise Mozarts in seiner häuslichen Verfassung. Der Vorwurf törichter, leichtsinniger Verschwendung lag sehr nahe; er mußte sich sogar an einen seiner schönsten Herzenszüge hängen. Kam einer, in dringender Not ihm eine Summe abzuborgen, sich seine Bürgschaft zu erbitten, so war meist schon darauf gerechnet, daß er sich nicht erst lang nach Pfand und Sicherheit erkundigte; dergleichen hätte ihm auch in der Tat so wenig als einem Kinde angestanden. Am liebsten schenkte er gleich hin, und immer mit lachender Großmut, besonders wenn er meinte gerade Überfluß zu haben.

Die Mittel, die ein solcher Aufwand neben dem ordentlichen Hausbedarf erheischte, standen allerdings in keinem Verhältnis mit den Einkünften. Was von Theatern und Konzerten, von Verlegern und Schülern einging, zusamt der kaiserlichen Pension, genügte um so weniger, da der Geschmack des Publikums noch weit davon entfernt war, sich entschieden für Mozarts Musik zu erklären. Diese lauterste Schönheit, Fülle und Tiefe befremdete gemeinhin gegenüber der bisher beliebten, leicht faßlichen Kost. Zwar hatten sich die Wiener an »Belmonte und Constanze« – dank den populären Elementen dieses Stücks – seinerzeit kaum ersättigen können, hingegen tat, einige Jahre später, »Figaro«, und sicher nicht allein durch die Intrigen des Direktors, im Wettstreit mit der lieblichen, doch weit geringeren »Cosa rara«, einen unerwarteten, kläglichen Fall; derselbe »Figaro«, den gleich darauf die gebildetern oder unbefangenern Prager mit solchem Enthusiasmus aufnahmen, daß der Meister, in dankbarer Rührung darüber, seine nächste große Oper eigens für sie zu schreiben beschloß. – Trotz der Ungunst der Zeit und dem Einfluß der Feinde hätte Mozart mit etwas mehr Umsicht und Klugheit noch immer einen sehr ansehnlichen Gewinn von seiner Kunst gezogen: so aber kam er selbst bei jenen Unternehmungen zu kurz, wo auch der große Haufen ihm Beifall zujauchzen mußte. Genug, es wirkte eben alles, Schicksal und Naturell und eigene Schuld zusammen, den einzigen Mann nicht gedeihen zu lassen.

Welch einen schlimmen Stand nun aber eine Hausfrau, sofern sie ihre Aufgabe kannte, unter solchen Umständen gehabt haben müsse, begreifen wir leicht. Obgleich selbst jung und lebensfroh, als Tochter eines Musikers ein ganzes Künstlerblut, von Hause aus übrigens schon an Entbehrung gewöhnt, bewies Constanze allen guten Willen, dem Unheil an der Quelle zu steuern, manches Verkehrte abzuschneiden und den Verlust im Großen durch Sparsamkeit im Kleinen zu ersetzen. Nur eben in letzterer Hinsicht vielleicht ermangelte sie des rechten Geschicks und der frühern Erfahrung. Sie hatte die Kasse und führte das Hausbuch; jede Forderung, jede Schuldmahnung, und was es Verdrießliches gab, ging ausschließlich an sie. Da stieg ihr wohl mitunter das Wasser an die Kehle, zumal wenn oft zu dieser Bedrängnis, zu Mangel, peinlicher Verlegenheit und Furcht vor offenbarer Unehre, noch gar der Trübsinn ihres Mannes kam, worin er tagelang verharrte, untätig, keinem Trost zugänglich, indem er mit Seufzen und Klagen neben der Frau, oder stumm in einem Winkel vor sich hin, den *einen* traurigen Gedanken, zu sterben, wie eine endlose Schraube verfolgte. Ihr guter Mut verließ sie dennoch selten, ihr heller Blick fand meist, wenn auch nur auf einige Zeit, Rat und Hülfe. Im wesentlichen wurde wenig oder nichts gebessert. Gewann sie ihm mit Ernst und Scherz, mit Bitten und Schmeicheln für heute so viel ab, daß er den Tee an ihrer Seite trank, sich seinen Abendbraten daheim bei der Familie schmecken ließ, um nachher nicht mehr auszugehen, was war damit erreicht? Er konnte wohl einmal, durch ein verweintes Auge seiner Frau plötzlich betroffen und bewegt, eine schlimme Gewohnheit aufrichtig verwünschen, das Beste versprechen, mehr als sie verlangte – umsonst, er fand sich unversehens im alten Fahrgeleise wieder. Man war versucht zu glauben, es habe anders nicht in seiner Macht gestanden und eine völlig veränderte Ordnung nach unsern Begriffen von dem, was allen Menschen ziemt und frommt, *ihm* irgendwie gewaltsam aufgedrungen, müßte das wunderbare Wesen geradezu selbst aufgehoben haben.

Einen günstigen Umschwung der Dinge hoffte Constanze doch stets insoweit, als derselbe von außen her möglich war: durch eine gründliche Verbesserung ihrer ökonomischen Lage, wie solche bei dem wachsenden Ruf ihres Mannes nicht ausbleiben könne. Wenn erst, so meinte sie, der stete Druck wegfiel, der sich auch ihm, bald näher, bald entfernter, von dieser Seite fühlbar machte, wenn er, anstatt die Hälfte seiner Kraft und Zeit dem bloßen Gelderwerb zu opfern, ungeteilt seiner wahren Bestimmung nachleben dürfe, wenn endlich der Genuß, nach dem er nicht mehr jagen, den er mit ungleich besserem Gewissen haben würde, ihm noch einmal sowohl an Leib und Seele gedeihe, dann sollte bald sein ganzer Zustand leichter, natürlicher, ruhiger werden. Sie dachte gar an einen gelegentlichen Wechsel ihres Wohnorts, da seine unbedingte Vorliebe für Wien, wo nun einmal nach ihrer Überzeugung kein rechter Segen für ihn sei, am Ende doch zu überwinden wäre.

Den nächsten entscheidenden Vorschub aber zu Verwirklichung ihrer Gedanken und Wünsche versprach sich Madame Mozart vom Erfolg der neuen Oper, um die es sich bei dieser Reise handelte.

Die Komposition war weit über die Hälfte vorgeschritten. Vertraute, urteilsfähige Freunde, die, als Zeugen der Entstehung des außerordentlichen Werks, einen hinreichenden Begriff von seiner Art und Wirkungsweise haben mußten, sprachen überall davon in einem Tone, daß viele selber von den Gegnern darauf gefaßt sein konnten, es werde dieser »Don Juan«, bevor ein halbes Jahr verginge, die gesamte musikalische Welt, von einem Ende Deutschlands bis zum andern, erschüttert, auf den Kopf gestellt, im Sturm erobert haben. Vorsichtiger und bedingter waren die wohlwollenden Stimmen anderer, die von dem heutigen Standpunkt der Musik ausgehend einen allgemeinen und raschen Sukzeß kaum hofften. Der Meister selber teilte im stillen ihre nur zu wohlbegründeten Zweifel.

Constanze ihrerseits, wie die Frauen immer, wo ihr Gefühl einmal lebhaft bestimmt und noch dazu vom Eifer eines höchst gerechten Wunsches eingenommen ist, durch spätere Bedenklichkeiten von da- und dorther sich viel seltener als die Männer irremachen lassen, hielt fest an ihrem guten Glauben, und hatte eben jetzt im Wagen wiederum Veranlassung, denselben zu verfechten. Sie tat's, in ihrer fröhlichen und blühenden Manier, mit doppelter Geflissenheit, da Mozarts Stimmung im Verlauf des vorigen Gesprächs, das weiter zu nichts führen konnte und deshalb äußerst unbefriedigend abbrach, bereits merklich gesunken war. Sie setzte ihrem Gatten sofort mit gleicher Heiterkeit umständlich auseinander, wie sie nach ihrer Heimkehr die mit dem Prager Unternehmer als Kaufpreis für die Partitur akkordierten hundert Dukaten zur Deckung der dringendsten Posten und sonst zu verwenden gedenke, auch wie sie zufolge ihres Etats den kommenden Winter hindurch bis zum Frühjahr gut auszureichen hoffe.

»Dein Herr Bondini wird sein Schäfchen an der Oper scheren, glaub es nur; und ist er halb der Ehrenmann, den du ihn immer rühmst, so läßt er dir nachträglich noch ein artiges Prozentchen von den Summen ab, die ihm die Bühnen nacheinander für die Abschrift zahlen; wo nicht, nun ja, gottlob, so stehen uns noch andere Chancen in Aussicht, und zwar noch tausendmal solidere. Mir ahnet allerlei.«

»Heraus damit!«

»Ich hörte unlängst ein Vögelchen pfeifen, der König von Preußen hab einen Kapellmeister nötig.«

»Oho!«

»Generalmusikdirektor wollt ich sagen. Laß mich ein wenig phantasieren! Die Schwachheit habe ich von meiner Mutter.«

»Nur zu! je toller je besser.«

»Nein, alles ganz natürlich. – Vornweg also nimm an: übers Jahr um diese Zeit –«

»Wenn der Papst die Grete freit –«

»Still doch, Hanswurst! Ich sage, aufs Jahr um Sankt Ägidi muß schon längst kein kaiserlicher Kammerkomponist mit Namen Wolf Mozart in Wien mehr weit und breit zu finden sein.«

»Beiß dich der Fuchs dafür!«

»Ich höre schon im Geist, wie unsere alten Freunde von uns plaudern, was sie sich alles zu erzählen wissen.«

»Zum Exempel?«

»Da kommt z. B. eines Morgens früh nach neune schon unsere alte Schwärmerin, die Volkstett, in ihrem feurigsten Besuchssturmschritt quer übern Kohlmarkt hergesegelt. Sie war drei Monate fort, die große Reise zum Schwager in Sachsen, ihr tägliches Gespräch, solang wir sie kennen, kam endlich zustand; seit gestern nacht ist sie zurück, und jetzt, mit ihrem übervollen Herzen – es schwattelt ganz von Reiseglück und Freundschaftsungeduld und allerliebsten Neuigkeiten – stracks hin zur Oberstin damit! die Trepp hinauf und angeklopft und das Herein nicht abgewartet: stell dir den Jubel selber vor und das Embrassement beiderseits! – ›Nun, liebste, beste Oberstin‹, hebt sie nach einigem Vorgängigen mit frischem Odem an: ›ich bringe Ihnen ein Schock Grüße mit, ob Sie erraten von wem? Ich komme nicht so gradenwegs von Stendal her, es wurde ein kleiner Abstecher gemacht, linkshin, nach Brandenburg zu.‹ – ›Wie? wär es möglich … Sie kamen nach Berlin? sind bei Mozarts gewesen?‹ – ›Zehn himmlische Tage!‹ – ›O liebe, süße, einzige Generalin, erzählen Sie, beschreiben Sie! Wie geht es unsern guten Leutchen? Gefallen sie sich immer noch so gut wie anfangs dort? Es ist mir fabelhaft, undenkbar, heute noch, und jetzt nur desto mehr, da Sie von ihm herkommen – Mozart als Berliner! Wie benimmt er sich doch? wie sieht er denn aus?‹ –›O der! Sie sollten ihn nur sehen. Diesen Sommer hat ihn der König ins Karlsbad geschickt. Wann wäre seinem herzgeliebten Kaiser Joseph so etwas eingefallen, he? Sie waren beide kaum erst wieder da, als ich ankam. Er glänzt von Gesundheit und Leben, ist rund und beleibt und vif wie Quecksilber; das Glück sieht ihm und die Behaglichkeit recht aus den Augen.‹«

Und nun begann die Sprecherin in ihrer angenommenen Rolle die neue Lage mit den hellsten Farben auszumalen. Von seiner Wohnung Unter den Linden, von seinem Garten und Landhaus an, bis zu den glänzenden Schauplätzen seiner öffentlichen Wirksamkeit und den engeren Zirkeln des Hofs, wo er die Königin auf dem Piano zu begleiten hatte, wurde alles durch ihre Schilderung gleichsam zur Wirklichkeit und Gegenwart. Ganze Gespräche, die schönsten Anekdoten schüttelte sie aus dem Ärmel. Sie schien fürwahr mit jener Residenz, mit Potsdam und mit Sanssouci bekannter als im Schlosse zu Schönbrunn und auf der kaiserlichen Burg. Nebenbei war sie schalkhaft genug, die Person unsres Helden mit einer Anzahl völlig neuer hausväterlicher Eigenschaften auszustatten, die sich auf dem soliden Boden der preußischen Existenz entwickelt hatten, und unter welchen die besagte Volkstett, als höchstes Phänomen und zum Beweis wie die Extreme sich manchmal berühren, den Ansatz eines ordentlichen Geizchens wahrgenommen hatte, das ihn unendlich liebenswürdig kleide. – »›Ja, nehmen's nur, er hat seine dreitausend Taler fix, und das wofür? Daß er die Woche einmal ein Kammerkonzert, zweimal die große Oper dirigiert – Ach, Oberstin, ich habe ihn gesehen, unsern lieben, kleinen goldenen Mann, inmitten seiner trefflichen Kapelle, die er sich zugeschult, die ihn anbetet! saß mit der Mozartin in ihrer Loge, schräg gegen den höchsten Herrschaften über! Und was stand auf dem Zettel, bitte Sie – ich nahm ihn mit für Sie – ein kleines Reis'präsent von mir und Mozarts dreingewickelt – hier schauen Sie, hier lesen Sie, da stehts mit ellenlangen Buchstaben gedruckt!‹ – ›Hilf Himmel! was? ‚Tarar'!‹ – ›Ja, gelten's, Freundin, was man erleben kann! Vor zwei Jahren, wie Mozart den ‚Don Juan' schrieb und der verwünschte giftige, schwarzgelbe Salieri auch schon im stillen Anstalt machte, den Triumph, den er mit seinem Stück davontrug in Paris, demnächst auf seinem eignen Territorio zu begehen, und unserem guten, Schnepfen liebenden, allzeit in ‚Cosa rara' vergnügten Publikum nun doch auch mal so eine Gattung Falken sehn zu lassen, und er und seine Helfershelfer bereits zusammen munkelten und raffinierten, daß sie den ‚Don Juan' so schön gerupft wie jenesmal den ‚Figaro', nicht tot und nicht lebendig, auf das Theater stellen wollten – wissen's, da tat ich ein Gelübd, wenn das infame Stück gegeben wird, ich geh nicht hin, um keine Welt! Und hielt auch Wort. Als alles lief und rannte – und, Oberstin, Sie mit – blieb ich an meinem Ofen sitzen, nahm meine Katze auf den Schoß und aß meine Kaldausche; und so die folgenden paar Male auch. Jetzt aber, stellen Sie sich vor, ‚Tarar' auf der Berliner Opernbühne, das Werk seines Todfeinds, von Mozart dirigiert!‹ – ›Da müssen Sie schon drein!‹ rief er gleich in der ersten Viertelstunde, ›und wär's auch nur, daß Sie den Wienern sagen können, ob ich dem Knaben Absalon ein Härchen krümmen ließ. Ich wünschte, er wär selbst dabei, der Erzneidhammel sollte sehen, daß ich nicht nötig hab, einem andern sein Zeug zu verhunzen, damit ich immerfort der bleiben möge, der ich bin!‹«

»Brava! bravissima!« rief Mozart überlaut und nahm sein Weibchen bei den Ohren, verküßte, herzte, kitzelte sie, so daß sich dieses Spiel mit bunten Seifenblasen einer erträumten Zukunft, die leider niemals, auch nicht im bescheidensten Maße, erfüllt werden sollte, zuletzt in hellen Mutwillen, Lärm und Gelächter auflöste.

Sie waren unterdessen längst ins Tal herabgekommen und näherten sich einem Dorf, das ihnen bereits auf der Höhe bemerklich gewesen und hinter welchem sich unmittelbar ein kleines Schloß von modernem Ansehen, der Wohnsitz eines Grafen von Schinzberg, in der freundlichen Ebene zeigte. Es sollte in dem Ort gefüttert, gerastet und Mittag gehalten werden. Der Gasthof, wo sie hielten, lag vereinzelt am Ende des Dorfs bei der Straße, von welcher seitwärts eine Pappelallee von nicht sechshundert Schritten zum herrschaftlichen Garten führte.

Mozart, nachdem man ausgestiegen, überließ wie gewöhnlich der Frau die Bestellung des Essens. Inzwischen befahl er für sich ein Glas Wein in die untere Stube, während sie, nächst einem Trunke frischen Wassers, nur irgendeinen stillen Winkel, um ein Stündchen zu schlafen, verlangte. Man führte sie eine Treppe hinauf, der Gatte folgte, ganz munter vor sich hin singend und pfeifend. In einem rein geweißten und schnell gelüfteten Zimmer befand sich unter andern veralteten Möbeln von edlerer Herkunft – sie waren ohne Zweifel aus den gräflichen Gemächern seinerzeit hierhergewandert – ein sauberes, leichtes Bett mit gemaltem Himmel auf dünnen, grünlackierten Säulen, dessen seidene Vorhänge längst durch einen gewöhnlichern Stoff ersetzt waren. Constanze machte sich's bequem, er versprach sie rechtzeitig zu wecken, sie riegelte die Türe hinter ihm zu und er suchte nunmehr Unterhaltung für sich in der allgemeinen Schenkstube. Hier war jedoch außer dem Wirt keine Seele, und weil dessen Gespräch dem Gast sowenig wie sein Wein behagte, so bezeugte er Lust, bis der Tisch bereit wäre, noch einen Spaziergang nach dem Schloßgarten zu machen. Der Zutritt, hörte er, sei anständigen Fremden wohl gestattet und die Familie überdies heut ausgefahren.

Er ging, und hatte bald den kurzen Weg bis zu dem offenen Gattertor zurückgelegt, dann langsam einen hohen alten Lindengang durchmessen, an dessen Ende linker Hand er in geringer Entfernung das Schloß von seiner Fronte auf einmal vor sich hatte. Es war von italienischer Bauart, hell getüncht, mit weit vorliegender Doppeltreppe; das Schieferdach verzierten einige Statuen in üblicher Manier, Götter und Göttinnen, samt einer Balustrade.

Von der Mitte zweier großen, noch reichlich blühenden Blumenparterre ging unser Meister nach den buschigen Teilen der Anlagen zu, berührte ein paar schöne dunkle Piniengruppen, und lenkte seine Schritte auf vielfach gewundenen Pfaden, indem er sich allmählich den lichteren Partien wieder näherte, dem lebhaften Rauschen eines Springbrunnens nach, den er sofort erreichte.

Das ansehnlich weite, ovale Bassin war rings von einer sorgfältig gehaltenen Orangerie in Kübeln, abwechselnd mit Lorbeeren und Oleandern umstellt; ein weicher Sandweg, gegen den sich eine schmale Gitterlaube öffnete, lief rundumher. Die Laube bot das angenehmste Ruheplätzchen dar; ein kleiner Tisch stand vor der Bank und Mozart ließ sich vorn am Eingang nieder.

Das Ohr behaglich dem Geplätscher des Wassers hingegeben, das Aug auf einen Pomeranzenbaum von mittlerer Größe geheftet, der außerhalb der Reihe, einzeln, ganz dicht an seiner Seite auf dem Boden stand und voll der schönsten Früchte hing, ward unser Freund durch diese Anschauung des Südens alsbald auf eine liebliche Erinnerung aus seiner Knabenzeit geführt. Nachdenklich lächelnd reicht er hinüber nach der nächsten Frucht, als wie um ihre herrliche Ründe, ihre saftige Kühle in hohler Hand zu fühlen. Ganz im Zusammenhang mit jener Jugendszene aber, die wieder vor ihm aufgetaucht, stand eine längst verwischte musikalische Reminiszenz, auf deren unbestimmter Spur er sich ein Weilchen träumerisch erging. Jetzt glänzen seine Blicke, sie irren da und dort umher, er ist von einem Gedanken ergriffen, den er sogleich eifrig verfolgt. Zerstreut hat er zum zweitenmal die Pomeranze angefaßt, sie geht vom Zweige los und bleibt ihm in der Hand. Er sieht und sieht es nicht; ja so weit geht die künstlerische Geistesabwesenheit, daß er, die duftige Frucht beständig unter der Nase hin und her wirbelnd und bald den Anfang, bald die Mitte einer Weise unhörbar zwischen den Lippen bewegend, zuletzt instinktmäßig ein emalliertes Etui aus der Seitentasche des Rocks hervorbringt, ein kleines Messer mit silbernem Heft daraus nimmt und die gelbe kugelige Masse von oben nach unten langsam durchschneidet. Es mochte ihn dabei entfernt ein dunkles Durstgefühl geleitet haben, jedoch begnügten sich die angeregten Sinne mit Einatmung des köstlichen Geruchs. Er starrt minutenlang die beiden innern Flächen an, fügt sie sachte wieder zusammen, ganz sachte, trennt und vereinigt sie wieder.

Da hört er Tritte in der Nähe, er erschrickt, und das Bewußtsein, wo er ist, was er getan, stellt sich urplötzlich bei ihm ein. Schon im Begriff, die Pomeranze zu verbergen, hält er doch gleich damit inne, sei es aus Stolz, sei's weil es zu spät dazu war. Ein großer breitschulteriger Mann in Livree, der Gärtner des Hauses, stand vor ihm. Derselbe hatte wohl die letzte verdächtige Bewegung noch gesehen und schwieg betroffen einige Sekunden. Mozart, gleichfalls sprachlos, auf seinem Sitz wie angenagelt, schaute ihm halb lachend, unter sichtbarem Erröten, doch gewissermaßen keck und groß mit seinen blauen Augen ins Gesicht; dann setzte er – für einen Dritten wäre es höchst komisch anzusehn gewesen – die scheinbar unverletzte Pomeranze mit einer Art von trotzig couragiertem Nachdruck in die Mitte des Tisches.

»Um Vergebung«, fing jetzt der Gärtner, nachdem er den wenig versprechenden Anzug des Fremden gemustert, mit unterdrücktem Unwillen an: »ich weiß nicht, wen ich hier – «

»Kapellmeister Mozart aus Wien.«

»Sind ohne Zweifel bekannt im Schloß?«

»Ich bin hier fremd und auf der Durchreise. Ist der Herr Graf anwesend?«

»Nein.«

»Seine Gemahlin?«

»Sind beschäftigt und schwerlich zu sprechen.«

Mozart stand auf und machte Miene zu gehen.

»Mit Erlaubnis, mein Herr – wie kommen Sie dazu, an diesem Ort auf solche Weise zuzugreifen?«

»Was?« rief Mozart, »zugreifen? Zum Teufel, glaubt Er denn, ich wollte stehlen und das Ding da fressen?«

»Mein Herr, ich glaube was ich sehe. Diese Früchte sind gezählt, ich bin dafür verantwortlich. Der Baum ist vom Herrn Grafen zu einem Fest bestimmt, soeben soll er weggebracht werden. Ich lasse Sie nicht fort, ehbevor ich die Sache gemeldet und Sie mir selbst bezeugten, wie das da zugegangen ist.«

»Sei's drum. Ich werde hier so lange warten. Verlaß Er sich darauf!«

Der Gärtner sah sich zögernd um, und Mozart, in der Meinung, es sei vielleicht nur auf ein Trinkgeld abgesehn, griff in die Tasche, allein er hatte das geringste nicht bei sich.

Zwei Gartenknechte kamen nun wirklich herbei, luden den Baum auf eine Bahre und trugen ihn hinweg. Inzwischen hatte unser Meister seine Brieftasche gezogen, ein weißes Blatt herausgenommen, und während daß der Gärtner nicht von der Stelle wich, mit Bleistift angefangen zu schreiben:

»Gnädigste Frau! Hier sitze ich Unseliger in Ihrem Paradiese, wie weiland Adam, nachdem er den Apfel gekostet. Das Unglück ist geschehen, und ich kann nicht einmal die Schuld auf eine gute Eva schieben, die eben jetzt von Grazien und Amoretten eines Himmelbetts umgaukelt, im Gasthof sich des unschuldigsten Schlafes erfreut. Befehlen Sie und ich stehe persönlich Ihro Gnaden Rede über meinen mir selbst unfaßlichen Frevel. Mit aufrichtiger Beschämung

Hochdero
untertänigster Diener
W. A. Mozart,
auf dem Wege nach Prag.«

Er übergab das Billett, ziemlich ungeschickt zusammengefaltet, dem peinlich wartenden Diener mit der nötigen Weisung.

Der Unhold hatte sich nicht sobald entfernt, als man an der hinteren Seite des Schlosses ein Gefährt in den Hof rollen hörte. Es war der Graf, der eine Nichte und ihren Bräutigam, einen jungen reichen Baron, vom benachbarten Gut herüberbrachte. Da die Mutter des letztern seit Jahren das Haus nicht mehr verließ, war die Verlobung heute bei ihr gehalten worden; nun sollte dieses Fest in einer fröhlichen Nachfeier mit einigen Verwandten auch hier begangen werden, wo Eugenie gleich einer eigenen Tochter seit ihrer Kindheit eine zweite Heimat fand. Die Gräfin war mit ihrem Sohne Max, dem Lieutenant, etwas früher nach Hause gefahren, um noch verschiedene Anordnungen zu treffen. Nun sah man in dem Schlosse alles, auf Gängen und Treppen, in voller Bewegung, und nur mit Mühe gelang es dem Gärtner, im Vorzimmer endlich den Zettel der Frau Gräfin einzuhändigen, die ihn jedoch nicht auf der Stelle öffnete, sondern ohne genau auf die Worte des Überbringers zu achten, geschäftig weitereilte. Er wartete und wartete, sie kam nicht wieder. Eins um das andere von der Dienerschaft, Aufwärter, Zofe, Kammerdiener, rannte an ihm vorbei; er fragte nach dem Herrn – der kleidete sich um; er suchte nun und fand den Grafen Max auf seinem Zimmer, der aber unterhielt sich angelegentlich mit dem Baron und schnitt ihm, wie in Sorge, er wolle etwas melden oder fragen, wovon noch nichts verlauten sollte, das Wort vom Munde ab: »Ich komme schon – geht nur!« Es stand noch eine gute Weile an, bis endlich Vater und Sohn zugleich herauskamen und die fatale Nachricht empfingen.

»Das wär ja höllenmäßig!« rief der dicke, gutmütige, doch etwas jähe Mann; »das geht ja über alle Begriffe! Ein Wiener Musikus, sagt Ihr? Vermutlich irgend solch ein Lump, der um ein Viatikum läuft und mitnimmt was er findet?«

»Verzeihen Ew. Gnaden, darnach sieht er gerad nicht aus. Er deucht mir nicht richtig im Kopf; auch ist er sehr hochmütig. Moser nennt er sich. Er wartet unten auf Bescheid; ich hieß den Franz um den Weg bleiben und ein Aug auf ihn haben.«

»Was hilft es hintendrein, zum Henker? Wenn ich den Narren auch einstecken lasse, der Schaden ist nicht mehr zu reparieren! Ich sagt Euch tausendmal, das vordere Tor soll allezeit geschlossen bleiben. Der Streich wär aber jedenfalls verhütet worden, hättet Ihr zur rechten Zeit Eure Zurüstungen gemacht.«

Hier trat die Gräfin hastig und mit freudiger Aufregung, das offene Billett in der Hand, aus dem anstoßenden Kabinett. »Wißt ihr«, rief sie, »wer unten ist? Um Gottes willen, lest den Brief – Mozart aus Wien, der Komponist! Man muß gleich gehen, ihn heraufzubitten – ich fürchte nur, er ist schon fort! was wird er von mir denken! Ihr, Velten, seid ihm doch höflich begegnet? Was ist denn eigentlich geschehen?«

»Geschehn?« versetzte der Gemahl, dem die Aussicht auf den Besuch eines berühmten Mannes unmöglich allen Ärger auf der Stelle niederschlagen konnte: »Der tolle Mensch hat von dem Baum, den ich Eugenien bestimmte, eine der neun Orangen abgerissen, hm! das Ungeheuer! Somit ist unserm Spaß geradezu die Spitze abgebrochen und Max mag sein Gedicht nur gleich kassieren.«

»O nicht doch!« sagte die dringende Dame; »die Lücke läßt sich leicht ausfüllen, überlaßt es nur mir. Geht beide jetzt, erlöst, empfangt den guten Mann, so freundlich und so schmeichelhaft ihr immer könnt. Er soll, wenn wir ihn irgend halten können, heut nicht weiter. Trefft ihr ihn nicht im Garten mehr, sucht ihn im Wirtshaus auf, und bringet ihn mit seiner Frau. Ein größeres Geschenk, eine schönere Überraschung für Eugenien hätte der Zufall uns an diesem Tag nicht machen können.«

»Gewiß!« erwiderte Max, »dies war auch mein erster Gedanke. Geschwinde, kommen Sie, Papa! Und« – sagte er, indem sie eilends nach der Treppe liefen – »der Verse wegen seien Sie ganz ruhig. Die neunte Muse soll nicht zu kurz kommen; im Gegenteil, ich werde aus dem Unglück noch besonderen Vorteil ziehen.« – »Das ist unmöglich!« – »Ganz gewiß.« – »Nun, wenn das ist – allein ich nehme dich beim Wort – so wollen wir dem Querkopf alle erdenkliche Ehre erzeigen.«

Solange dies im Schloß vorging, hatte sich unser Quasi-Gefangener, ziemlich unbesorgt über den Ausgang der Sache, geraume Zeit schreibend beschäftigt. Weil sich jedoch gar niemand sehen ließ, fing er an unruhig hin und her zu gehen; darüber kam dringliche Botschaft vom Wirtshaus, der Tisch sei schon lange bereit, er möchte ja gleich kommen, der Postillion pressiere. So suchte er denn seine Sachen zusammen und wollte ohne weiteres aufbrechen, als beide Herrn vor der Laube erschienen.

Der Graf begrüßte ihn, beinah wie einen früheren Bekannten, lebhaft mit seinem kräftig schallenden Organ, ließ ihn zu gar keiner Entschuldigung kommen, sondern erklärte sogleich seinen Wunsch, das Ehepaar zum wenigsten für diesen Mittag und Abend im Kreis seiner Familie zu haben. »Sie sind uns, mein liebster Maestro, so wenig fremd, daß ich wohl sagen kann, der Name Mozart wird schwerlich anderswo mit mehr Begeisterung und häufiger genannt als hier. Meine Nichte singt und spielt, sie bringt fast ihren ganzen Tag am Flügel zu, kennt Ihre Werke auswendig und hat das größte Verlangen, Sie einmal in mehrerer Nähe zu sehen, als es vorigen Winter in einem Ihrer Konzerte anging. Da wir nun demnächst auf einige Wochen nach Wien gehen werden, so war ihr eine Einladung beim Fürsten Gallizin, wo man Sie öfter findet, von den Verwandten versprochen. Jetzt aber reisen Sie nach Prag, werden so bald nicht wiederkehren, und Gott weiß, ob Sie der Rückweg zu uns führt. Machen Sie heute und morgen Rasttag! Das Fuhrwerk schicken wir sogleich nach Hause und mir erlauben Sie die Sorge für Ihr Weiterkommen.«

Der Komponist, welcher in solchen Fällen der Freundschaft oder dem Vergnügen leicht zehnmal mehr, als hier gefordert war, zum Opfer brachte, besann sich nicht lange; er sagte diesen einen halben Tag mit Freuden zu, dagegen sollte morgen mit dem frühesten die Reise fortgesetzt werden. Graf Max erbat sich das Vergnügen, Madame Mozart abzuholen und alles Nötige im Wirtshaus abzumachen. Er ging, ein Wagen sollte ihm gleich auf dem Fuß nachfolgen.

Von diesem jungen Mann bemerken wir beiläufig, daß er mit einem, von Vater und Mutter angeerbten, heitern Sinn Talent und Liebe für schöne Wissenschaften verband, und ohne wahre Neigung zum Soldatenstand sich doch als Offizier durch Kenntnisse und gute Sitten hervortat. Er kannte die französische Literatur, und erwarb sich, zu einer Zeit, wo deutsche Verse in der höheren Gesellschaft wenig galten, Lob und Gunst durch eine nicht gemeine Leichtigkeit der poetischen Form in der Muttersprache nach guten Mustern, wie er sie in Hagedorn, in Götz und andern fand. Für heute war ihm nun, wie wir bereits vernahmen, ein besonders erfreulicher Anlaß geworden, seine Gabe zu nutzen.

Er traf Madame Mozart, mit der Wirtshaustochter plaudernd, vor dem gedeckten Tisch, wo sie sich einen Teller Suppe vorausgenommen hatte. Sie war an außerordentliche Zwischenfälle, an kecke Stegreifsprünge ihres Manns zu sehr gewöhnt, als daß sie über die Erscheinung und den Auftrag des jungen Offiziers mehr als billig hätte betreten sein können. Mit unverstellter Heiterkeit, besonnen und gewandt, besprach und ordnete sie ungesäumt alles Erforderliche selbst. Es wurde umgepackt, bezahlt, der Postillion entlassen, sie machte sich, ohne zu große Ängstlichkeit in Herstellung ihrer Toilette, fertig, und fuhr mit dem Begleiter wohlgemut dem Schlosse zu, nicht ahnend, auf welche sonderbare Weise ihr Gemahl sich dort eingeführt hatte.

Der befand sich inzwischen bereits sehr behaglich daselbst und auf das beste unterhalten. Nach kurzer Zeit sah er Eugenien mit ihrem Verlobten; ein blühendes, höchst anmutiges, inniges Wesen. Sie war blond, ihre schlanke Gestalt in carmoisinrote, leuchtende Seide mit kostbaren Spitzen festlich gekleidet, um ihre Stirn ein weißes Band mit edlen Perlen. Der Baron, nur wenig älter als sie, von sanftem, offenem Charakter, schien ihrer wert in jeder Rücksicht.

Den ersten Aufwand des Gesprächs bestritt, fast nur zu freigebig, der gute launige Hausherr, vermöge seiner etwas lauten, mit Späßen und Historchen sattsam gespickten Unterhaltungsweise. Es wurden Erfrischungen gereicht, die unser Reisender im mindesten nicht schonte.

Eines hatte den Flügel geöffnet, »Figaros Hochzeit« lag aufgeschlagen, und das Fräulein schickte sich an, von dem Baron akkompagniert, die Arie Susannas in jener Gartenszene zu singen, wo wir den Geist der süßen Leidenschaft stromweise, wie die gewürzte sommerliche Abendluft, einatmen. Die feine Röte auf Eugeniens Wangen wich zwei Atemzüge lang der äußersten Blässe; doch mit dem ersten Ton, der klangvoll über ihre Lippen kam, fiel ihr jede beklemmende Fessel vom Busen. Sie hielt sich lächelnd, sicher auf der hohen Woge, und das Gefühl dieses Moments, des einzigen in seiner Art vielleicht für alle Tage ihres Lebens, begeisterte sie billig.

Mozart war offenbar überrascht. Als sie geendigt hatte, trat er zu ihr und fing mit seinem ungezierten Herzensausdruck an: »Was soll man sagen, liebes Kind, hier wo es ist wie mit der lieben Sonne, die sich am besten selber lobt, indem es gleich jedermann wohl in ihr wird! Bei solchem Gesang ist der Seele zumut wie dem Kindchen im Bad: es lacht und wundert sich und weiß sich in der Welt nichts Besseres. Übrigens glauben Sie mir, unsereinem in Wien begegnet es nicht jeden Tag, daß er so lauter, ungeschminkt und warm, ja so komplett sich selber zu hören bekommt.« – Damit erfaßte er ihre Hand und küßte sie herzlich. Des Mannes hohe Liebenswürdigkeit und Güte nicht minder, als das ehrenvolle Zeugnis, wodurch er ihr Talent auszeichnete, ergriff Eugenien mit jener unwiderstehlichen Rührung, die einem leichten Schwindel gleicht, und ihre Augen wollten sich plötzlich mit Tränen anfüllen.

Hier trat Madame Mozart zur Türe herein, und gleich darauf erschienen neue Gäste, die man erwartet hatte: eine dem Haus sehr eng verwandte freiherrliche Familie aus der Nähe, mit einer Tochter, Franziska, die seit den Kinderjahren mit der Braut durch die zärtlichste Freundschaft verbunden und hier wie daheim war.

Man hatte sich allerseits begrüßt, umarmt, beglückwünscht, die beiden Wiener Gäste vorgestellt, und Mozart setzte sich an den Flügel. Er spielte einen Teil eines Konzerts von seiner Komposition, welches Eugenie soeben einstudierte.

Die Wirkung eines solchen Vortrags in einem kleinen Kreis wie der gegenwärtige unterscheidet sich natürlicherweise von jedem ähnlichen an einem öffentlichen Orte durch die unendliche Befriedigung, die in der unmittelbaren Berührung mit der Person des Künstlers und seinem Genius innerhalb der häuslichen bekannten Wände liegt.

Es war eines jener glänzenden Stücke, worin die reine Schönheit sich einmal, wie aus Laune, freiwillig in den Dienst der Eleganz begibt, so aber, daß sie gleichsam nur verhüllt in diese mehr willkürlich spielenden Formen und hinter eine Menge blendender Lichter versteckt, doch in jeder Bewegung ihren eigensten Adel verrät und ein herrliches Pathos verschwenderisch ausgießt.

Die Gräfin machte für sich die Bemerkung, daß die meisten Zuhörer, vielleicht Eugenie selbst nicht ausgenommen, trotz der gespanntesten Aufmerksamkeit und aller feierlichen Stille während eines bezaubernden Spiels, doch zwischen Auge und

Ohr gar sehr geteilt waren. In unwillkürlicher Beobachtung des Komponisten, seiner schlichten, beinahe steifen Körperhaltung, seines gutmütigen Gesichts, der rundlichen Bewegung dieser kleinen Hände, war es gewiß auch nicht leicht möglich, dem Zudrang tausendfacher Kreuz- und Quergedanken über den Wundermann zu widerstehen.

Zu Madame Mozart gewendet sagte der Graf, nachdem der Meister aufgestanden war: »Einem berühmten Künstler gegenüber, wenn es ein Kennerlob zu spitzen gilt, das halt nicht eines jeden Sache ist, wie haben es die Könige und Kaiser gut! Es nimmt sich eben alles einzig und außerordentlich in einem solchen Munde aus. Was dürfen sie sich nicht erlauben, und wie bequem ist es z. B., dicht hinterm Stuhl Ihres Herrn Gemahls, beim Schlußakkord einer brillanten Phantasie dem bescheidenen klassischen Mann auf die Schulter zu klopfen und zu sagen: ›Sie sind ein Tausensassa, lieber Mozart!‹ Kaum ist das Wort heraus, so geht's wie ein Lauffeuer durch den Saal: ›Was hat er ihm gesagt?‹ – ›Er sei ein Tausendsassa, hat er zu ihm gesagt!‹ Und alles, was da geigt und fistuliert und komponiert, ist außer sich von diesem einen Wort; kurzum, es ist der große Stil, der familiäre Kaiserstil, der unnachahmliche, um welchen ich die Josephs und die Friedrichs von je beneidet habe, und das nie mehr als eben jetzt, wo ich ganz in Verzweiflung bin, von anderweitiger geistreicher Münze zufällig keinen Deut in allen meinen Taschen anzutreffen.«

Die Art, wie der Schäker dergleichen vorbrachte, bestach immerhin und rief unausbleiblich ein Lachen hervor.

Nun aber auf die Einladung der Hausfrau verfügte die Gesellschaft sich nach dem geschmückten runden Speisesalon, aus welchem den Eintretenden ein festlicher Blumengeruch und eine kühlere, dem Appetit willkommene Luft entgegenwehte.

Man nahm die schicklich ausgeteilten Plätze ein, und zwar der distinguierte Gast den seinigen dem Brautpaar gegenüber. Von einer Seite hatte er eine kleine ältliche Dame, eine unverheiratete Tante Franziskas, von der andern die junge reizende Nichte selbst zur Nebensitzerin, die sich durch Geist und Munterkeit ihm bald besonders zu empfehlen wußte. Frau Constanze kam zwischen den Hauswirt und ihren freundlichen Geleitsmann, den Lieutenant; die übrigen reihten sich ein, und so saß man zu elfen nach Möglichkeit bunt an der Tafel, deren unteres Ende leer blieb. Auf ihr erhoben sich mitten zwei mächtig große Porzellanaufsätze mit gemalten Figuren, breite Schalen gehäuft voll natürlicher Früchte und Blumen über sich haltend. An den Wänden des Saals hingen reiche Festons. Was sonst da war, oder nach und nach folgte, schien einen ausgedehnten Schmaus zu verkünden. Teils auf der Tafel, zwischen Schüsseln und Platten, teils vom Serviertisch herüber im Hintergrund blinkte verschiedenes edle Getränk, vom schwärzesten Rot bis hinauf zu dem gelblichen Weiß, dessen lustiger Schaum herkömmlich erst die zweite Hälfte eines Festes krönt.

Bis gegen diesen Zeitpunkt hin bewegte sich die Unterhaltung, von mehreren Seiten gleich lebhaft genährt, in allen Richtungen. Weil aber der Graf gleich anfangs einigemal von weitem und jetzt nur immer näher und mutwilliger auf Mozarts Gartenabenteuer anspielte, so daß die einen heimlich lächelten, die andern sich umsonst den Kopf zerbrachen, was er denn meine, so ging unser Freund mit der Sprache heraus.

»Ich will in Gottes Namen beichten«, fing er an, »auf was Art mir eigentlich die Ehre der Bekanntschaft mit diesem edlen Haus geworden ist. Ich spiele dabei nicht die würdigste Rolle, und um ein Haar, so säß ich jetzt, statt hier vergnügt zu tafeln, in einem abgelegenen Arrestantenwinkel des gräflichen Schlosses und könnte mir mit leerem Magen die Spinneweben an der Wand herum betrachten.«

»Nun ja!« rief Madame Mozart, »da werd ich schöne Dinge hören.«

Ausführlich nun beschrieb er erst, wie er im »Weißen Roß« seine Frau zurückgelassen, die Promenade in den Park, den Unstern in der Laube, den Handel mit der Gartenpolizei, kurz, ungefähr was wir schon wissen, gab er alles mit größter Treuherzigkeit und zum höchsten Ergötzen der Zuhörer preis. Das Lachen wollte fast kein Ende nehmen; selbst die gemäßigte Eugenie enthielt sich nicht, es schüttelte sie ordentlich.

»Nun«, fuhr er fort, »das Sprichwort sagt: hat einer den Nutzen, dem Spott mag er trutzen. Ich hab meinen kleinen Profit von der Sache, Sie werden schon sehen. Vor allem aber hören Sie, wie's eigentlich geschah, daß sich ein alter Kindskopf so vergessen konnte. Eine Jugenderinnerung war mit im Spiele.

Im Frühling 1770 reiste ich als dreizehnjähriges Bürschchen mit meinem Vater nach Italien. Wir gingen von Rom nach Neapel. Ich hatte zweimal im Konservatorium und sonst zu verschiedenen Malen gespielt. Adel und Geistlichkeit erzeigten uns manches Angenehme, vornehmlich attachierte sich ein Abbate an uns, der sich als Kenner schmeichelte und übrigens am Hofe etwas galt. Den Tag vor unserer Abreise führte er uns in Begleitung einiger anderen Herrn in einen königlichen Garten, die Villa reale, bei der prachtvollen Straße geradhin am Meere gelegen, wo eine Bande sizilianischer commedianti sich produzierte – figli di Nettuno, wie sie sich neben andern schönen Titeln auch nannten. Mit vielen vornehmen Zuschauern, worunter selbst die junge liebenswürdige Königin Carolina samt zwei Prinzessinnen, saßen wir auf einer langen Reihe von Bänken im Schatten einer zeltartig bedeckten, niedern Galerie, an deren Mauer unten die Wellen plätscherten. Das Meer mit seiner vielfarbigen Streifung strahlte den blauen Sonnenhimmel herrlich wider. Gerade vor sich hat man den Vesuv, links schimmert sanft geschwungen eine reizende Küste herein.

Die erste Abteilung der Spiele war vorüber; sie wurde auf dem trockenen Bretterboden einer Art von Flöße ausgeführt, die auf dem Wasser stand, und hatte nichts Besonderes; der zweite aber und der schönste Teil bestand aus lauter Schiffer-, Schwimm- und Taucherstücken und blieb mir stets mit allen Einzelnheiten frisch im Gedächtnis eingeprägt.

Von entgegengesetzten Seiten her näherten sich einander zwei zierliche, sehr leicht gebaute Barken, beide, wie es schien, auf einer Lustfahrt begriffen. Die eine, etwas größere, war mit einem Halbverdeck versehen, und nebst den Ruderbänken mit einem dünnen Mast und einem Segel ausgerüstet, auch prächtig bemalt, der Schnabel vergoldet. Fünf Jünglinge von idealischem Aussehen, kaum bekleidet, Arme, Brust und Beine dem Anschein nach nackt, waren teils an dem Ruder beschäftigt, teils ergötzten sie sich mit einer gleichen Anzahl artiger Mädchen, ihren Geliebten. Eine darunter, welche mitten auf dem Verdecke saß und Blumenkränze wand, zeichnete sich durch Wuchs und Schönheit, sowie durch ihren Putz vor allen übrigen aus. Diese dienten ihr willig, spannten gegen die Sonne ein Tuch über sie und reichten ihr die Blumen aus dem Korb. Eine Flötenspielerin saß zu ihren Füßen, die den Gesang der andern mit ihren hellen Tönen unterstützte. Auch jener vorzüglichen Schönen fehlte es nicht an einem eigenen Beschützer; doch verhielten sich beide ziemlich gleichgültig gegeneinander und der Liebhaber deuchte mir fast etwas roh.

Inzwischen war das andere, einfachere Fahrzeug näher gekommen. Hier sah man bloß männliche Jugend. Wie jene Jünglinge Hochrot trugen, so war die Farbe der letztern Seegrün. Sie stutzten beim Anblick der lieblichen Kinder, winkten Grüße herüber und gaben ihr Verlangen nach näherer Bekanntschaft zu erkennen. Die Munterste hierauf nahm eine Rose vom Busen und hielt sie schelmisch in die Höhe, gleichsam fragend, ob solche Gaben bei ihnen wohl angebracht wären, worauf von drüben allerseits mit unzweideutigen Gebärden geantwortet wurde. Die Roten sahen verächtlich und finster darein, konnten aber nichts machen, als mehrere der Mädchen einig wurden, den armen Teufeln wenigstens doch etwas für den Hunger und Durst zuzuwerfen. Es stand ein Korb voll Orangen am Boden; wahrscheinlich waren es nur gelbe Bälle, den Früchten ähnlich nachgemacht. Und jetzt begann ein entzückendes Schauspiel, unter Mitwirkung der Musik, die auf dem Uferdamm aufgestellt war.

Eine der Jungfrauen machte den Anfang und schickte fürs erste ein paar Pomeranzen aus leichter Hand hinüber, die, dort mit gleicher Leichtigkeit aufgefangen, alsbald zurückkehrten; so ging es hin und her, und weil nach und nach immer mehr Mädchen zuhalfen, so flogs mit Pomeranzen bald dem Dutzend nach in immer schnellerem Tempo hin und wider. Die Schöne in der Mitte nahm an dem Kampfe keinen Anteil, als daß sie höchst begierig von ihrem Schemel aus zusah. Wir konnten die Geschicklichkeit auf beiden Seiten nicht genug bewundern. Die Schiffe drehten sich auf etwa dreißig Schritte in langsamer Bewegung umeinander, kehrten sich bald die ganze Flanke zu, bald schief das halbe Vorderteil; es waren gegen vierundzwanzig Bälle unaufhörlich in der Luft, doch glaubte man in der Verwirrung ihrer viel mehr zu sehen. Manchmal entstand ein förmliches Kreuzfeuer, oft stiegen sie und fielen in einem hohen Bogen; kaum ging einmal einer und der andere fehl, es war, als stürzten sie von selbst durch eine Kraft der Anziehung in die geöffneten Finger.

So angenehm jedoch das Auge beschäftigt wurde, so lieblich

gingen fürs Gehör die Melodien nebenher: sizilianische Weisen, Tänze, Saltarelli, Canzoni a ballo, ein ganzes Quodlibet, auf Girlandenart leicht aneinandergehängt. Die jüngere Prinzeß, ein holdes unbefangenes Geschöpf, etwa von meinem Alter, begleitete den Takt gar artig mit Kopfnicken; ihr Lächeln und die langen Wimpern ihrer Augen kann ich noch heute vor mir sehen.

Nun lassen Sie mich kürzlich den Verlauf der Posse noch erzählen, obschon er weiter nichts zu meiner Sache tut. Man kann sich nicht leicht etwas Hübscheres denken. Währenddem das Scharmützel allmählich ausging und nur noch einzelne Würfe gewechselt wurden, die Mädchen ihre goldenen Äpfel sammelten und in den Korb zurückbrachten, hatte drüben ein Knabe, wie spielenderweis, ein breites, grüngestricktes Netz ergriffen und kurze Zeit unter dem Wasser gehalten; er hob es auf, und zum Erstaunen aller fand sich ein großer, blau, grün und gold schimmernder Fisch in demselben. Die nächsten sprangen eifrig zu, um ihn herauszuholen, da glitt er ihnen aus den Händen, als wär es wirklich ein lebendiger, und fiel in die See. Das war nun eine abgeredte Kriegslist, die Roten zu betören und aus dem Schiff zu locken. Diese, gleichsam bezaubert von dem Wunder, sobald sie merkten, daß das Tier nicht untertauchen wollte, nur immer auf der Oberfläche spielte, besannen sich nicht einen Augenblick, stürzten sich alle ins Meer, die Grünen ebenfalls, und also sah man zwölf gewandte, wohlgestalte Schwimmer den fliehenden Fisch zu erhaschen bemüht, indem er auf den Wellen gaukelte, minutenlang unter denselben verschwand, bald da, bald dort, dem einen zwischen den Beinen, dem andern zwischen Brust und Kinn herauf, wieder zum Vorschein kam. Auf einmal, wie die Roten eben am hitzigsten auf ihren Fang aus waren, ersah die andere Partei ihren Vorteil und erstieg schnell wie der Blitz das fremde, ganz den Mädchen überlassene Schiff unter großem Gekreische der letztern. Der nobelste der Burschen, wie ein Merkur gewachsen, flog mit freudestrahlendem Gesicht auf die Schönste zu, umfaßte, küßte sie, die, weit entfernt in das Geschrei der andern einzustimmen, ihre Arme gleichfalls feurig um den ihr wohlbekannten Jüngling schlang. Die betrogene Schar schwamm zwar eilends herbei, wurde aber mit Rudern und Waffen vom Bord abgetrieben. Ihre unnütze Wut, das Angstgeschrei der Mädchen, der gewaltsame

Widerstand einiger von ihnen, ihr Bitten und Flehen, fast erstickt vom übrigen Alarm, des Wassers, der Musik, die plötzlich einen andern Charakter angenommen hatte – es war schön über alle Beschreibung und die Zuschauer brachen darüber in einen Sturm von Begeisterung aus.

In diesem Moment nun entwickelte sich das bisher locker eingebundene Segel: daraus ging ein rosiger Knabe hervor mit silbernen Schwingen, mit Bogen, Pfeil und Köcher, und in anmutvoller Stellung schwebte er frei auf der Stange. Schon sind die Ruder alle in voller Tätigkeit, das Segel blähte sich auf: allein gewaltiger als beides schien die Gegenwart des Gottes und seine heftig vorwärtseilende Gebärde das Fahrzeug fortzutreiben, dergestalt, daß die fast atemlos nachsetzenden Schwimmer, deren einer den goldenen Fisch hoch mit der Linken über seinem Haupte hielt, die Hoffnung bald aufgaben, und bei erschöpften Kräften notgedrungen ihre Zuflucht zu dem verlassenen Schiffe nahmen. Derweil haben die Grünen eine kleine bebuschte Halbinsel erreicht, wo sich unerwartet ein stattliches Boot mit bewaffneten Kameraden im Hinterhalt zeigte. Im Angesicht so drohender Umstände pflanzte das Häufchen eine weiße Flagge auf, zum Zeichen, daß man gütlich unterhandeln wolle. Durch ein gleiches Signal von jenseits ermuntert, fuhren sie auf jenen Haltort zu, und bald sah man daselbst die guten Mädchen alle, bis auf die eine, die mit Willen blieb, vergnügt mit ihren Liebhabern das eigene Schiff besteigen. – Hiemit war die Komödie beendigt.«

»Mir deucht«, so flüsterte Eugenie mit leuchtenden Augen dem Baron in einer Pause zu, worin sich jedermann beifällig über das eben Gehörte aussprach, »wir haben hier eine gemalte Symphonie von Anfang bis zu Ende gehabt, und ein vollkommenes Gleichnis überdies des Mozartischen Geistes selbst in seiner ganzen Heiterkeit! Hab ich nicht recht? ist nicht die ganze Anmut ›Figaros‹ darin?«

Der Bräutigam war im Begriff, ihre Bemerkung dem Komponisten mitzuteilen, als dieser zu reden fortfuhr.

»Es sind nun siebzehn Jahre her, daß ich Italien sah. Wer, der es einmal sah, insonderheit Neapel, denkt nicht sein Leben lang daran, und wär er auch, wie ich, noch halb in Kinderschuhen gesteckt! So lebhaft aber wie heut in Ihrem Garten war mir der letzte schöne Abend am Golf kaum jemals wieder aufgegangen.

Wenn ich die Augen schloß – ganz deutlich, klar und hell, den letzten Schleier von sich hauchend, lag die himmlische Gegend vor mir verbreitet! Meer und Gestade, Berg und Stadt, die bunte Menschenmenge an dem Ufer hin, und dann das wundersame Spiel der Bälle durcheinander! Ich glaubte wieder dieselbe Musik in den Ohren zu haben, ein ganzer Rosenkranz von fröhlichen Melodien zog innerlich an mir vorbei, Fremdes und Eigenes, Krethi und Plethi, eines immer das andre ablösend. Von ungefähr springt ein Tanzliedchen hervor, Sechsachtelstakt, mir völlig neu. – Halt, dacht ich, was gibt's hier? Das scheint ein ganz verteufelt niedliches Ding! Ich sehe näher zu – alle Wetter! das ist ja Masetto, das ist ja Zerlina!« – Er lachte gegen Madame Mozart hin, die ihn sogleich erriet.

»Die Sache«, fuhr er fort, »ist einfach diese. In meinem ersten Akt blieb eine kleine leichte Nummer unerledigt, Duett und Chor einer ländlichen Hochzeit. Vor zwei Monaten nämlich, als ich dieses Stück der Ordnung nach vornehmen wollte, da fand sich auf den ersten Wurf das rechte nicht alsbald. Eine Weise, einfältig und kindlich und sprützend von Fröhlichkeit über und über, ein frischer Busenstrauß mit Flatterband dem Mädel angesteckt, so mußte es sein. Weil man nun im geringsten nichts erzwingen soll, und weil dergleichen Kleinigkeiten sich oft gelegentlich von selber machen, ging ich darüber weg und sah mich im Verfolg der größeren Arbeit kaum wieder danach um. Ganz flüchtig kam mir heut im Wagen, kurz eh wir ins Dorf hereinfuhren, der Text in den Sinn; da spann sich denn weiter nichts an, zum wenigsten nicht daß ich's wüßte. Genug, ein Stündchen später, in der Laube beim Brunnen, erwisch ich ein Motiv, wie ich es glücklicher und besser zu keiner andern Zeit, auf keinem andern Weg erfunden haben würde. Man macht bisweilen in der Kunst besondere Erfahrungen, ein ähnlicher Streich ist mir nie vorgekommen. Denn eine Melodie, dem Vers wie auf den Leib gegossen – doch, um nicht vorzugreifen, so weit sind wir noch nicht, der Vogel hatte nur den Kopf erst aus dem Ei, und auf der Stelle fing ich an, ihn vollends rein herauszuschälen. Dabei schwebte mir lebhaft der Tanz der Zerline vor Augen, und wunderlich spielte zugleich die lachende Landschaft am Golf von Neapel herein. Ich hörte die wechselnden Stimmen des Brautpaars, die Dirnen und Bursche im Chor.«

Hier trällerte Mozart ganz lustig den Anfang des Liedchens:

Giovinette, che fatte all' amore, che fatte all' amore,
Non lasciate, che passi l'età, che passi l'età, che passi l'età!
Se nel seno vi bulica il core, vi bulica il core,
Il remedio vedete lo quà! La la la! La la la!
Che piacer, che piacer che sarà!
Ah la la! Ah la la usf. *

»Mittlerweile hatten meine Hände das große Unheil angerichtet. Die Nemesis lauerte schon an der Hecke und trat jetzt hervor in Gestalt des entsetzlichen Mannes im galonierten blauen Rock. Ein Ausbruch des Vesuvio, wenn er in Wirklichkeit damals an dem göttlichen Abend am Meer Zuschauer und Akteurs, die ganze Herrlichkeit Parthenopes mit einem schwarzen Aschenregen urplötzlich verschüttet und zugedeckt hätte, bei Gott, die Katastrophe wäre mir nicht unerwarteter und schrecklicher gewesen. Der Satan der! so heiß hat mir nicht leicht jemand gemacht. Ein Gesicht wie aus Erz – einigermaßen dem grausamen römischen Kaiser Tiberius ähnlich! Sieht so der Diener aus, dacht ich, nachdem er weggegangen, wie mag erst Seine Gnaden selbst dreinsehen! Jedoch, die Wahrheit zu gestehn, ich rechnete schon ziemlich auf den Schutz der Damen, und das nicht ohne Grund. Denn diese Stanzel da, mein Weibchen, etwas neugierig von Natur, ließ sich im Wirtshaus von der dicken Frau das Wissenswürdigste von denen sämtlichen Persönlichkeiten der gnädigen Herrschaft in meinem Beisein erzählen, ich stand dabei und hörte so –«

Hier konnte Madame Mozart nicht umhin, ihm in das Wort zu fallen und auf das angelegentlichste zu versichern, daß im Gegenteil *er* der Ausfrager gewesen; es kam zu heitern Kontestationen zwischen Mann und Frau, die viel zu lachen gaben. – »Dem sei nun wie ihm wolle«, sagte er, »kurzum, ich hörte so

* Liebe Schwestern, zur Liebe geboren,
Nützt der Jugend schön blühende Zeit!
Hängt ihr's Köpfchen in Sehnsucht verloren,
Amor ist euch zu helfen bereit. Tral la la!
Welch Vergnügen erwartet euch da! usw.

entfernt etwas von einer lieben Pflegetochter, welche Braut, sehr schön, dazu die Güte selber sei und singe wie ein Engel. Per Dio! fiel mir jetzt ein: das hilft dir aus der Lauge! Du setzt dich auf der Stelle hin, schreibst 's Liedchen auf, soweit es geht, erklärst die Sottise der Wahrheit gemäß, und es gibt einen trefflichen Spaß. Gedacht, getan. Ich hatte Zeit genug, auch fand sich noch ein sauberes Bögchen grün liniert Papier. – Und hier ist das Produkt! Ich lege es in diese schönen Hände, ein Brautlied aus dem Stegreif, wenn Sie es dafür gelten lassen.«

So reichte er sein reinlichst geschriebenes Notenblatt Eugenien über den Tisch, des Onkels Hand kam aber der ihrigen zuvor, er haschte es hinweg und rief: »Geduld noch einen Augenblick, mein Kind!«

Auf seinen Wink tat sich die Flügeltüre des Salons weit auf, und es erschienen einige Diener, die den verhängnisvollen Pomeranzenbaum anständig, ohne Geräusch in den Saal hereintrugen und an der Tafel unten auf eine Bank niedersetzten; gleichzeitig wurden rechts und links zwei schlanke Myrtenbäumchen aufgestellt. Eine am Stamm des Orangenbaums befestigte Inschrift bezeichnete ihn als Eigentum der Braut; vorn aber, auf dem Moosgrund, stand, mit einer Serviette bedeckt, ein Porzellanteller, der, als man das Tuch hinwegnahm, eine zerschnittene Orange zeigte, neben welche der Oheim mit listigem Blick des Meisters Autographen steckte. Allgemeiner unendlicher Jubel erhob sich darüber.

»Ich glaube gar«, sagte die Gräfin, »Eugenie weiß noch nicht einmal, was eigentlich da vor ihr steht? Sie kennt wahrhaftig ihren alten Liebling in seinem neuen Flor und Früchteschmuck nicht mehr!«

Bestürzt, ungläubig sah das Fräulein bald den Baum, bald ihren Oheim an. »Es ist nicht möglich«, sagte sie, »ich weiß ja wohl, er war nicht mehr zu retten.«

»Du meinst also«, versetzte jener, »man habe dir nur irgend ungefähr so ein Ersatzstück ausgesucht? Das wär was Rechts! Nein, sieh nur her – ich muß es machen, wie's in der Komödie der Brauch ist, wo sich die totgeglaubten Söhne oder Brüder durch ihre Muttermäler und Narben legitimieren. Schau diesen Auswuchs da! und hier die Schrunde übers Kreuz, du mußt sie hundertmal bemerkt haben. Wie? ist er's oder ist er's nicht?« –

Sie konnte nicht mehr zweifeln; ihr Staunen, ihre Rührung und Freude war unbeschreiblich.

Es knüpfte sich an diesen Baum für die Familie das mehr als hundertjährige Gedächtnis einer ausgezeichneten Frau, welche wohl verdient, daß wir ihrer mit wenigem hier gedenken.

Des Oheims Großvater, durch seine diplomatischen Verdienste im Wiener Kabinett rühmlich bekannt, von zwei Regenten nacheinander mit gleichem Vertrauen beehrt, war innerhalb seines eigenen Hauses nicht minder glücklich im Besitz einer vortrefflichen Gemahlin, Renate Leonore. Ihr wiederholter Aufenthalt in Frankreich brachte sie vielfach mit dem glänzenden Hofe Ludwigs XIV. und mit den bedeutendsten Männern und Frauen dieser merkwürdigen Epoche in Berührung. Bei ihrer unbefangenen Teilnahme an jenem steten Wechsel des geistreichsten Lebensgenusses verleugnete sie auf keinerlei Art, in Worten und Werken, die angestammte deutsche Ehrenfestigkeit und sittliche Strenge, die sich in den kräftigen Zügen des noch vorhandenen Bildnisses der Gräfin unverkennbar ausprägt. Vermöge ebendieser Denkungsweise übte sie in der gedachten Sozietät eine eigentümliche naive Opposition, und ihre hinterlassene Korrespondenz weist eine Menge Spuren davon auf, mit wieviel Freimut und herzhafter Schlagfertigkeit, es mochte nun von Glaubenssachen, von Literatur und Politik, oder von was immer die Rede sein, die originelle Frau ihre gesunden Grundsätze und Ansichten zu verteidigen, die Blößen der Gesellschaft anzugreifen wußte, ohne doch dieser im mindesten sich lästig zu machen. Ihr reges Interesse für sämtliche Personen, die man im Hause einer Ninon, dem eigentlichen Herd der feinsten Geistesbildung treffen konnte, war demnach so beschaffen und geregelt, daß es sich mit dem höheren Freundschaftsverhältnis zu einer der edelsten Damen jener Zeit, der Frau von Sévigné, vollkommen wohl vertrug. Neben manchen mutwilligen Scherzen Chapelles an sie, vom Dichter eigenhändig auf Blätter mit silberblumigem Rande gekritzelt, fanden sich die liebevollsten Briefe der Marquisin und ihrer Tochter an die ehrliche Freundin aus Österreich nach ihrem Tod in einem Ebenholzschränkchen der Großmutter vor.

Frau von Sévigné war es denn auch, aus deren Hand sie eines Tages, bei einem Feste zu Trianon, auf der Terrasse des Gartens den blühenden Orangenzweig empfing, den sie sofort auf das

Geratewohl in einen Topf setzte und glücklich angewurzelt mit nach Deutschland nahm.

Wohl fünfundzwanzig Jahre wuchs das Bäumchen unter ihren Augen allgemach heran und wurde später von Kindern und Enkeln mit äußerster Sorgfalt gepflegt. Es konnte nächst seinem persönlichen Werte zugleich als lebendes Symbol der feingeistigen Reize eines beinahe vergötterten Zeitalters gelten, worin wir heutzutage freilich des wahrhaft Preisenswerten wenig finden können, und das schon eine unheilvolle Zukunft in sich trug, deren welterschütternder Eintritt dem Zeitpunkt unserer harmlosen Erzählung bereits nicht ferne mehr lag.

Die meiste Liebe widmete Eugenie dem Vermächtnis der würdigen Ahnfrau, weshalb der Oheim öfters merken ließ, es dürfte wohl einst eigens in ihre Hände übergehen. Desto schmerzlicher war es dem Fräulein denn auch, als der Baum im Frühling des vorigen Jahres, den sie nicht hier zubrachte, zu trauern begann, die Blätter gelb wurden und viele Zweige abstarben. In Betracht, daß irgendeine besondere Ursache seines Verkommens durchaus nicht zu entdecken war und keinerlei Mittel anschlug, gab ihn der Gärtner bald verloren, obwohl er seiner natürlichen Ordnung nach leicht zwei- und dreimal älter werden konnte. Der Graf hingegen, von einem benachbarten Kenner beraten, ließ ihn nach einer sonderbaren, selbst rätselhaften Vorschrift, wie sie das Landvolk häufig hat, in einem abgesonderten Raume ganz insgeheim behandeln, und seine Hoffnung, die geliebte Nichte eines Tags mit dem zu neuer Kraft und voller Fruchtbarkeit gelangten alten Freund zu überraschen, ward über alles Erwarten erfüllt. Mit Überwindung seiner Ungeduld und nicht ohne Sorge, ob denn wohl auch die Früchte, von denen etliche zuletzt den höchsten Grad der Reife hatten, so lang am Zweige halten würden, verschob er die Freude um mehrere Wochen auf das heutige Fest, und es bedarf nun weiter keines Worts darüber, mit welcher Empfindung der gute Herr ein solches Glück noch im letzten Moment durch einen Unbekannten sich verkümmert sehen mußte.

Der Lieutenant hatte schon vor Tische Gelegenheit und Zeit gefunden, seinen dichterischen Beitrag zu der feierlichen Übergabe ins reine zu bringen und seine vielleicht ohnehin etwas zu ernst gehaltenen Verse durch einen veränderten Schluß den

Umständen möglichst anzupassen. Er zog nunmehr sein Blatt hervor, das er, vom Stuhle sich erhebend und an die Kusine gewendet, vorlas. Der Inhalt der Strophen war kurz gefaßt dieser:

Ein Nachkömmling des vielgepriesenen Baums der Hesperiden, der vor alters, auf einer westlichen Insel, im Garten der Juno, als eine Hochzeitsgabe für sie von Mutter Erde, hervorgesproßt war, und welchen die drei melodischen Nymphen bewachten, hat eine ähnliche Bestimmung von jeher gewünscht und gehofft, da der Gebrauch, eine herrliche Braut mit seinesgleichen zu beschenken, von den Göttern vorlängst auch unter die Sterblichen kam. Nach langem vergeblichen Warten scheint endlich die Jungfrau gefunden, auf die er seine Blicke richten darf. Sie erzeigt sich ihm günstig und verweilt oft bei ihm. Doch der musische Lorbeer, sein stolzer Nachbar am Bord der Quelle, hat seine Eifersucht erregt, indem er droht, der kunstbegabten Schönen Herz und Sinn für die Liebe der Männer zu rauben. Die Myrte tröstet ihn umsonst und lehrt ihn Geduld durch ihr eigenes Beispiel; zuletzt jedoch ist es die andauernde Abwesenheit der Liebsten, was seinen Gram vermehrt und ihm, nach kurzem Siechtum, tödlich wird.

Der Sommer bringt die Entfernte und bringt sie mit glücklich umgewandtem Herzen zurück. Das Dorf, das Schloß, der Garten, alles empfängt sie mit tausend Freuden. Rosen und Lilien, in erhöhtem Schimmer, sehen entzückt und beschämt zu ihr auf, Glück winken ihr Sträucher und Bäume: für *einen,* ach, den edelsten, kommt sie zu spät. Sie findet seine Krone verdorrt, ihre Finger betasten den leblosen Stamm und die klirrenden Spitzen seines Gezweigs. Er kennt und sieht seine Pflegerin nimmer. Wie weint sie, wie strömt ihre zärtliche Klage!

Apollo von weitem vernimmt die Stimme der Tochter. Er kommt, er tritt herzu und schaut mitfühlend ihren Jammer. Alsbald mit seinen allheilenden Händen berührt er den Baum, daß er in sich erbebt, der vertrocknete Saft in der Rinde gewaltsam anschwillt, schon junges Laub ausbricht, schon weiße Blumen da und dort in ambrosischer Fülle aufgehen. Ja – denn was vermöchten die Himmlischen nicht? – schön runde Früchte setzen an, dreimal drei, nach der Zahl der neun Schwestern; sie wachsen und wachsen, ihr kindliches Grün zusehends mit der Farbe des Goldes vertauschend. Phöbus – so schloß sich das Gedicht –

Phöbus überzählt die Stücke,
Weidet selbsten sich daran,
Ja, es fängt im Augenblicke
Ihm der Mund zu wässern an.

Lächelnd nimmt der Gott der Töne
Von der saftigsten Besitz:
»Laß uns teilen, holde Schöne,
Und für Amorn – diesen Schnitz!«

Der Dichter erntete rauschenden Beifall, und gern verzieh man die barocke Wendung, durch welche der Eindruck des wirklich gefühlvollen Ganzen so völlig aufgehoben wurde.

Franziska, deren froher Mutterwitz schon zu verschiedenen Malen bald durch den Hauswirt, bald durch Mozart in Bewegung gesetzt worden war, lief jetzt geschwinde, wie von ungefähr an etwas erinnert, hinweg, und kam zurück mit einem braunen englischen Kupferstich größten Formats, welcher wenig beachtet in einem ganz entfernten Kabinett unter Glas und Rahmen hing.

»Es muß doch wahr sein, was ich immer hörte«, rief sie aus, indem sie das Bild am Ende der Tafel aufstellte, »daß sich unter der Sonne nichts Neues begibt! Hier eine Szene aus dem goldenen Weltalter – und haben wir sie nicht erst heute erlebt? Ich hoffe doch, Apollo werde sich in dieser Situation erkennen.«

»Vortrefflich!« triumphierte Max, »da hätten wir ihn ja, den schönen Gott, wie er sich just gedankenvoll über den heiligen Quell hinbeugt. Und damit nicht genug – dort, seht nur, einen alten Satyr hinten im Gebüsch, der ihn belauscht! Man möchte darauf schwören, Apoll besinnt sich eben auf ein lange vergessenes arkadisches Tänzchen, das ihn in seiner Kindheit der alte Chiron zu der Zither lehrte.«

»So ist's! nicht anders!« applaudierte Franziska, die hinter Mozart stand. »Und«, fuhr sie gegen diesen fort, »bemerken Sie auch wohl den fruchtbeschwerten Ast, der sich zum Gott heruntersenkt?«

»Ganz recht; es ist der ihm geweihte Ölbaum.«

»Keineswegs! die schönsten Apfelsinen sind's! Gleich wird er sich in der Zerstreuung eine herunterholen.«

»Vielmehr«, rief Mozart, »er wird gleich diesen Schelmenmund mit tausend Küssen schließen!« Damit erwischte er sie am Arm und schwur, sie nicht mehr loszulassen, bis sie ihm ihre Lippen reiche, was sie denn auch ohne vieles Sträuben tat.

»Erkläre uns doch, Max«, sagte die Gräfin, »was unter dem Bilde hier steht!«

»Es sind Verse aus einer berühmten Horazischen Ode. Der Dichter Ramler in Berlin hat uns das Stück vor kurzem unübertrefflich deutsch gegeben. Es ist vom höchsten Schwung. Wie prächtig eben diese *eine* Stelle:

– – – hier, der auf der Schulter
Keinen untätigen Bogen führet!

Der seines Delos grünenden Mutterhain
Und Pataras beschatteten Strand bewohnt,
Der seines Hauptes goldne Locken
In die kastalischen Fluten tauchet.«

»Schön! wirklich schön!« sagte der Graf, »nur hie und da bedarf es der Erläuterung. So z. B., ›der keinen untätigen Bogen führet‹, hieße natürlich schlechtweg: der allezeit einer der fleißigsten Geiger gewesen. Doch, was ich sagen wollte: bester Mozart, Sie säen Unkraut zwischen zwei zärtliche Herzen.«

»Ich will nicht hoffen – wieso?«

»Eugenie beneidet ihre Freundin, und hat auch allen Grund.«

»Aha, Sie haben mir schon meine schwache Seite abgemerkt. Aber was sagt der Bräutigam dazu?«

»Ein- oder zweimal will ich durch die Finger sehen.«

»Sehr gut; wir werden der Gelegenheit wahrnehmen. Indes fürchten Sie nichts, Herr Baron; es hat keine Gefahr, solang mir nicht der Gott hier sein Gesicht und seine langen gelben Haare borgt. Ich wünschte wohl, er tät's! er sollte auf der Stelle Mozarts Zopf mitsamt seinem schönsten Bandl dafür haben.«

»Apollo möge aber dann zusehen«, lachte Franziska, »wie er es anfängt künftig, seinen neuen französischen Haarschmuck mit Anstand in die kastalische Flut zu tauchen!«

Unter diesen und ähnlichen Scherzen stieg Lustigkeit und Mutwillen immer mehr. Die Männer spürten nach und nach den Wein, es wurden eine Menge Gesundheiten getrunken und

Mozart kam in den Zug, nach seiner Gewohnheit in Versen zu sprechen, wobei ihm der Lieutenant das Gleichgewicht hielt und auch der Papa nicht zurückbleiben wollte; es glückte ihm ein paarmal zum Verwundern. Doch solche Dinge lassen sich für die Erzählung kaum festhalten, sie wollen eigentlich nicht wiederholt sein, weil eben das, was sie an ihrem Ort unwiderstehlich macht, die allgemein erhöhte Stimmung, der Glanz, die Jovialität des persönlichen Ausdrucks in Wort und Blick fehlt.

Unter andern wurde von dem alten Fräulein zu Ehren des Meisters ein Toast ausgebracht, der ihm noch eine ganze lange Reihe unsterblicher Werke verhieß. – »À la bonne heure, ich bin dabei!« rief Mozart und stieß sein Kelchglas kräftig an. Der Graf begann hierauf mit großer Macht und Sicherheit der Intonation, kraft eigener Eingebung, zu singen:

Mögen ihn die Götter stärken
Zu den angenehmen Werken –

Max (fortfahrend):
Wovon der da Ponte weder,
Noch der große Schikaneder –

Mozart:
Noch bi Gott der Komponist
’s mindest weiß zu dieser Frist!

Graf:
Alle, alle soll sie jener
Hauptspitzbub von Italiener
Noch erleben, wünsch ich sehr,
Unser Signor Bonbonnière!*

Max:
Gut, ich geb ihm hundert Jahre –

* So nannte Mozart unter Freunden seinen Kollegen Salieri, der wo er ging und stand Zuckerwerk naschte, zugleich mit Anspielung auf das Zierliche seiner Person.

Mozart:
Wenn ihn nicht samt seiner Ware –

Alle drei con forza:
Noch der Teufel holt vorher,
Unsern Monsieur Bonbonnière.

Durch des Grafen ausnehmende Singlust schweifte das zufällig entstandene Terzett mit Wiederaufnahme der letzten vier Zeilen in einen sogenannten endlichen Kanon aus, und die Fräulein Tante besaß Humor oder Selbstvertrauen genug, ihren verfallenen Soprano mit allerhand Verzierungen zweckdienlich einzumischen. Mozart gab nachher das Versprechen, bei guter Muße diesen Spaß nach den Regeln der Kunst expreß für die Gesellschaft auszuführen, das er auch später von Wien aus erfüllte.

Eugenie hatte sich im stillen längst mit ihrem Kleinod aus der Laube des Tiberius vertraut gemacht; allgemein verlangte man jetzt das Duett vom Komponisten und ihr gesungen zu hören, und der Oheim war glücklich, im Chor seine Stimme abermals geltend zu machen. Also erhob man sich und eilte zum Klavier ins große Zimmer nebenan.

Ein so reines Entzücken nun auch das köstliche Stück bei allen erregte, so führte doch sein Inhalt selbst, mit einem raschen Übergang, auf den Gipfel geselliger Lust, wo die Musik an und für sich nicht weiter in Betracht mehr kommt, und zwar gab zuerst unser Freund das Signal, indem er vom Klavier aufsprang, auf Franziska zuging und sie, während Max bereitwilligst die Violine ergriff, zu einem Schleifer persuadierte. Der Hauswirt säumte nicht, Madame Mozart aufzufordern. Im Nu waren alle beweglichen Möbel, den Raum zu erweitern, durch geschäftige Diener entfernt. Es mußte nach und nach ein jedes an die Tour, und Fräulein Tante nahm es keineswegs übel, daß der galante Lieutenant sie zu einer Menuett abholte, worin sie sich völlig verjüngte. Schließlich, als Mozart mit der Braut den Kehraus tanzte, nahm er sein versichertes Recht auf ihren schönen Mund in bester Form dahin.

Der Abend war herbeigekommen, die Sonne nah am Untergehen, es wurde nun erst angenehm im Freien, daher die Gräfin den Damen vorschlug, sich im Garten noch ein wenig zu erholen. Der Graf dagegen lud die Herrn auf das Billardzimmer, da Mozart bekanntlich dies Spiel sehr liebte. So teilte man sich denn in zwei Partien, und wir unsererseits folgen den Frauen.

Nachdem sie den Hauptweg einigemal gemächlich auf und ab gegangen, erstiegen sie einen runden, von einem hohen Rebengeländer zur Hälfte umgebenen Hügel, von wo man in das offene Feld, auf das Dorf und die Landstraße sah. Die letzten Strahlen der herbstlichen Sonne funkelten rötlich durch das Weinlaub herein.

»Wäre hier nicht vertraulich zu sitzen«, sagte die Gräfin, »wenn Madame Mozart uns etwas von sich und dem Gemahl erzählen wollte?«

Sie war ganz gerne bereit, und alle nahmen höchst behaglich auf den im Kreis herbeigerückten Stühlen Platz.

»Ich will etwas zum besten geben, das Sie auf alle Fälle hätten hören müssen, da sich ein kleiner Scherz darauf bezieht, den ich im Schilde führe. Ich habe mir in Kopf gesetzt, der Gräfin Braut zur fröhlichen Erinnerung an diesen Tag ein Angebind von sonderlicher Qualität zu verehren. Dasselbe ist so wenig Gegenstand des Luxus und der Mode, daß es lediglich nur durch seine Geschichte einigermaßen interessieren kann.«

»Was mag das sein, Eugenie?« sagte Franziska, »zum wenigsten das Tintenfaß eines berühmten Mannes.«

»Nicht allzuweit gefehlt! Sie sollen es noch diese Stunde sehen; im Reisekoffer liegt der Schatz. Ich fange an, und werde mit Ihrer Erlaubnis ein wenig weiter ausholen.

Vorletzten Winter wollte mir Mozarts Gesundheitszustand, durch vermehrte Reizbarkeit und häufige Verstimmung, ein fieberhaftes Wesen, nachgerade bange machen. In Gesellschaft noch zuweilen lustig, oft mehr als recht natürlich, war er zu Haus meist trüb in sich hinein, seufzte und klagte. Der Arzt empfahl ihm Diät, Pyrmonter und Bewegung außerhalb der Stadt. Der Patient gab nicht viel auf den guten Rat; die Kur war unbequem, zeitraubend, seinem Taglauf schnurstracks entgegen. Nun machte ihm der Doktor die Hölle etwas heiß, er mußte eine lange Vorlesung anhören von der Beschaffenheit des menschlichen Geblüts, von denen Kügelgens darin, vom Atemholen und vom Phlogiston – halt unerhörte Dinge; auch wie es eigentlich gemeint sei von der Natur mit Essen, Trinken und Verdauen, das eine Sache ist, worüber Mozart bis dahin ganz ebenso unschuldig dachte wie sein Junge von fünf Jahren. Die Lektion, in der Tat, machte merklichen Eindruck. Der Doktor war noch keine halbe Stunde weg, so find ich meinen Mann nachdenklich, aber mit aufgeheitertem Gesicht, auf seinem Zimmer über der Betrachtung eines Stocks, den er in einem Schrank mit alten Sachen suchte und auch glücklich fand; ich hätte nicht gemeint, daß er sich dessen nur erinnerte. Er stammte noch von meinem Vater, ein schönes Rohr mit hohem Knopf von Lapislazuli. Nie sah man einen Stock in Mozarts Hand, ich mußte lachen.

›Du siehst‹, rief er, ›ich bin daran, mit meiner Kur mich völlig ins Geschirr zu werfen. Ich will das Wasser trinken, mir alle Tage Motion im Freien machen und mich dabei dieses Stabes bedienen. Da sind mir nun verschiedene Gedanken beigegangen. Es ist doch nicht umsonst, dacht ich, daß andere Leute, was da gesetzte Männer sind, den Stock nicht missen können. Der Kommerzienrat, unser Nachbar, geht niemals über die Straße, seinen Gevatter zu besuchen, der Stock muß mit. Professionisten und Beamte, Kanzleiherrn, Krämer und Chalanten, wenn sie am Sonntag mit Familie vor die Stadt spazieren, ein jeder führt sein wohlgedientes, rechtschaffenes Rohr mit sich. Vornehmlich hab ich oft bemerkt, wie auf dem Stephansplatz, ein Viertelstündchen vor der Predigt und dem Amt, ehrsame Bürger da und dort truppweis beisammenstehen im Gespräch: hier kann man so recht sehen, wie eine jede ihrer stillen Tugenden, ihr Fleiß und Ordnungsgeist, gelaßner Mut, Zufriedenheit, sich auf die wackern Stöcke gleichsam als eine gute Stütze lehnt und stemmt. Mit einem Wort, es muß ein Segen und besonderer Trost in der altväterischen und immerhin etwas geschmacklosen Gewohnheit liegen. Du magst es glauben oder nicht, ich kann es kaum erwarten, bis ich mit diesem guten Freund das erstemal im Gesundheitspaß über die Brücke nach dem Rennweg promeniere! Wir kennen uns bereits ein wenig und ich hoffe, daß unsere Verbindung für alle Zeit geschlossen ist.‹

Die Verbindung war von kurzer Dauer: das drittemal, daß beide miteinander aus waren, kam der Begleiter nicht mehr mit zurück. Ein anderer wurde angeschafft, der etwas länger Treue hielt, und jedenfalls schrieb ich der Stockliebhaberei ein gut Teil von der Ausdauer zu, womit Mozart drei Wochen lang der Vorschrift seines Arztes ganz erträglich nachkam. Auch blieben die guten Folgen nicht aus; wir sahen ihn fast nie so frisch, so hell und von so gleichmäßiger Laune. Doch machte er sich leider in kurzem wieder allzu grün und täglich hatt ich deshalb meine Not mit ihm. Damals geschah es nun, daß er, ermüdet von der Arbeit eines anstrengenden Tages, noch spät, ein paar neugieriger Reisenden wegen, zu einer musikalischen Soiree ging – auf eine Stunde bloß, versprach er mir heilig und teuer; doch das sind immer die Gelegenheiten, wo die Leute, wenn er nur erst am Flügel festsitzt und im Feuer ist, seine Gutherzigkeit am mehrsten mißbrauchen; denn da sitzt er alsdann wie das Männchen in einer Montgolfiere, sechs Meilen hoch über dem Erdboden schwebend, wo man die Glocken nicht mehr schlagen hört. Ich schickte den Bedienten zweimal mitten in der Nacht dahin, umsonst, er konnte nicht zu seinem Herrn gelangen. Um drei Uhr früh kam dieser denn endlich nach Haus. Ich nahm mir vor, den ganzen Tag ernstlich mit ihm zu schmollen.«

Hier überging Madame Mozart einige Umstände mit Stillschweigen. Es war, muß man wissen, nicht unwahrscheinlich, daß zu gedachter Abendunterhaltung auch eine junge Sängerin, Signora Malerbi, kommen würde, an welcher Frau Constanze mit allem Recht Ärgernis nahm. Diese Römerin war durch Mozarts Verwendung bei der Oper angestellt worden, und ohne Zweifel hatten ihre koketten Künste nicht geringen Anteil an der Gunst des Meisters. Sogar wollten einige wissen, sie habe ihn mehrere Monate lang eingezogen und heiß genug auf ihrem Rost gehalten. Ob dies nun völlig wahr sei oder sehr übertrieben, gewiß ist, sie benahm sich nachher frech und undankbar, und erlaubte sich selbst Spöttereien über ihren Wohltäter. So war es ganz in ihrer Art, daß sie ihn einst, gegenüber einem ihrer glücklichern Verehrer, kurzweg un piccolo grifo raso (ein kleines rasiertes Schweinsrüsselchen) nannte. Der Einfall einer Circe würdig, war um so empfindlicher, weil er, wie man gestehen muß, immerhin ein Körnchen Wahrheit enthielt.*

* Man hat hier ein älteres kleines Profilbild im Auge, das, gut gezeichnet und gestochen, sich auf dem Titelblatt eines Mozartschen Klavierwerks befindet, unstreitig das ähnlichste von allen, auch neuerdings im Kunsthandel erschienenen Porträts.

Beim Nachhausegehen von jener Gesellschaft, bei welcher übrigens die Sängerin zufällig nicht erschienen war, beging ein Freund im Übermut des Weins die Indiskretion, dem Meister dies boshafte Wort zu verraten. Er wurde schlecht davon erbaut, denn eigentlich war es für ihn der erste unzweideutige Beweis von der gänzlichen Herzlosigkeit seines Schützlings. Vor lauter Entrüstung darüber empfand er nicht einmal sogleich den frostigen Empfang am Bette seiner Frau. In einem Atem teilte er ihr die Beleidigung mit, und diese Ehrlichkeit läßt wohl auf einen mindern Grad von Schuldbewußtsein schließen. Fast machte er ihr Mitleid rege. Doch hielt sie geflissentlich an sich, es sollte ihm nicht so leicht hingehen. Als er von einem schweren Schlaf kurz nach Mittag erwachte, fand er das Weibchen samt den beiden Knaben nicht zu Hause, vielmehr säuberlich den Tisch für ihn allein gedeckt.

Von jeher gab es wenige Dinge, welche Mozart so unglücklich machten, als wenn nicht alles hübsch eben und heiter zwischen ihm und seiner guten Hälfte stand. Und hätte er nun erst gewußt, welche weitere Sorge sie schon seit mehreren Tagen mit sich herumtrug! – eine der schlimmsten in der Tat, mit deren Eröffnung sie ihn nach alter Gewohnheit so lange wie möglich verschonte. Ihre Barschaft war ehestens alle, und keine Aussicht auf baldige Einnahme da. Ohne Ahnung von dieser häuslichen Extremität war gleichwohl sein Herz auf eine Art beklommen, die mit jenem verlegenen, hülflosen Zustand eine gewisse Ähnlichkeit hatte. Er mochte nicht essen, er konnte nicht bleiben. Geschwind zog er sich vollends an, um nur aus der Stickluft des Hauses zu kommen. Auf einem offenen Zettel hinterließ er ein paar Zeilen italienisch: »Du hast mir's redlich eingetränkt, und geschieht mir schon recht. Sei aber wieder gut, ich bitte dich, und lache wieder, bis ich heimkomme. Mir ist zumut, als möcht ich ein Kartäuser und Trappiste werden, ein rechter Heulochs, sag ich dir!« – Sofort nahm er den Hut, nicht aber auch den Stock zugleich; der hatte seine Epoche passiert.

Haben wir Frau Constanze bis hieher in der Erzählung abgelöst, so können wir auch wohl noch eine kleine Strecke weiter fortfahren.

Von seiner Wohnung, bei der Schranne, rechts gegen das Zeughaus einbiegend, schlenderte der teure Mann – es war ein warmer, etwas umwölkter Sommernachmittag – nachdenklich lässig über den sogenannten Hof, und weiter an der Pfarre zu Unsrer Lieben Frau vorbei, dem Schottentor entgegen, wo er seitwärts zur Linken auf die Mölkerbastei stieg und dadurch der Ansprache mehrerer Bekannten, die eben zur Stadt hereinkamen, entging. Nur kurze Zeit genoß er hier, obwohl von einer stumm bei den Kanonen auf und nieder gehenden Schildwache nicht belästigt, der vortrefflichen Aussicht über die grüne Ebene des Glacis und die Vorstädte hin nach dem Kahlenberg und südlich nach den steierischen Alpen. Die schöne Ruhe der äußern Natur widersprach seinem innern Zustand. Mit einem Seufzer setzte er seinen Gang über die Esplanade und sodann durch die Alser-Vorstadt ohne bestimmten Zielpunkt fort.

Am Ende der Währinger Gasse lag eine Schenke mit Kegelbahn, deren Eigentümer, ein Seilermeister, durch seine gute Ware, wie durch die Reinheit seines Getränks den Nachbarn und Landleuten, die ihr Weg vorüberführte, gar wohlbekannt war. Man hörte Kegelschieben und übrigens ging es bei einer Anzahl von höchstens einem Dutzend Gästen mäßig zu. Ein kaum bewußter Trieb, sich unter anspruchslosen, natürlichen Menschen in etwas zu vergessen, bewog den Musiker zur Einkehr. Er setzte sich an einen der sparsam von Bäumen beschatteten Tische zu einem Wiener Brunnenobermeister und zwei andern Spießbürgern, ließ sich ein Schöppchen kommen und nahm an ihrem sehr alltäglichen Diskurs eingehend teil, ging dazwischen umher, oder schaute dem Spiel auf der Kegelbahn zu.

Unweit von der letztern, an der Seite des Hauses, befand sich der offene Laden des Seilers, ein schmaler, mit Fabrikaten vollgepfropfter Raum, weil außer dem, was das Handwerk zunächst lieferte, auch allerlei hölzernes Küchen-, Keller- und landwirtschaftliches Gerät, ingleichem Tran und Wagensalbe, auch weniges von Sämereien, Dill und Kümmel, zum Verkauf umherstand oder -hing. Ein Mädchen, das als Kellnerin die Gäste zu bedienen und nebenbei den Laden zu besorgen hatte, war eben mit einem Bauern beschäftigt, welcher, sein Söhnlein an der Hand, herzugetreten war, um einiges zu kaufen, ein Fruchtmaß, eine Bürste, eine Geißel. Er suchte unter vielen Stücken eines heraus, prüfte es, legte es weg, ergriff ein zweites und drittes, und kehrte unschlüssig zum ersten zurück; es war kein Fertigwerden. Das

Mädchen entfernte sich mehrmals der Aufwartung wegen, kam wieder und war unermüdlich, ihm seine Wahl zu erleichtern und annehmlich zu machen, ohne daß sie zu viel darum schwatzte.

Mozart sah und hörte, auf einem Bänkchen bei der Kegelbahn, diesem allen mit Vergnügen zu. Sosehr ihm auch das gute verständige Betragen des Mädchens, die Ruhe und der Ernst in ihren ansprechenden Zügen gefiel, noch mehr interessierte ihn für jetzt der Bauer, welcher ihm, nachdem er ganz befriedigt abgezogen, noch viel zu denken gab. Er hatte sich vollkommen in den Mann hineinversetzt, gefühlt, wie wichtig die geringe Angelegenheit von ihm behandelt, wie ängstlich und gewissenhaft die Preise, bei einem Unterschied von wenig Kreuzern, hin und her erwogen wurden. Und, dachte er, wenn nun der Mann zu seinem Weibe heimkommt, ihr seinen Handel rühmt, die Kinder alle passen, bis der Zwerchsack aufgeht, darin auch was für sie sein mag; sie aber eilt, ihm einen Imbiß und einen frischen Trunk selbstgekelterten Obstmost zu holen, darauf er seinen ganzen Appetit verspart hat!

Wer auch so glücklich wäre, so unabhängig von den Menschen! ganz nur auf die Natur gestellt und ihren Segen, wie sauer auch dieser erworben sein will!

Ist aber mir mit meiner Kunst ein anderes Tagwerk anbefohlen, das ich am Ende doch mit keinem in der Welt vertauschen würde: warum muß ich dabei in Verhältnissen leben, die das gerade Widerspiel von solch unschuldiger, einfacher Existenz ausmachen? Ein Gütchen wenn du hättest, ein kleines Haus bei einem Dorf in schöner Gegend, du solltest wahrlich neu aufleben! Den Morgen über fleißig bei deinen Partituren, die ganze übrige Zeit bei der Familie; Bäume pflanzen, deinen Acker besuchen, im Herbst mit den Buben die Äpfel und die Birn heruntertun; bisweilen eine Reise in die Stadt zu einer Aufführung und sonst, von Zeit zu Zeit ein Freund und mehrere bei dir – welch eine Seligkeit! Nun ja, wer weiß was noch geschieht!

Er trat vor den Laden, sprach freundlich mit dem Mädchen und fing an, ihren Kram genauer zu betrachten. Bei der unmittelbaren Verwandtschaft, welche die meisten dieser Dinge zu jenem idyllischen Anfluge hatten, zog ihn die Sauberkeit, das Helle, Glatte, selbst der Geruch der mancherlei Holzarbeiten an. Es fiel ihm plötzlich ein, Verschiedenes für seine Frau, was ihr nach seiner Meinung angenehm und nutzbar wäre, auszuwählen. Sein Augenmerk ging zuvörderst auf Gartenwerkzeug. Constanze hatte nämlich vor Jahr und Tag auf seinen Antrieb ein Stückchen Land vor dem Kärntner Tor gepachtet und etwas Gemüse darauf gebaut; daher ihm jetzt fürs erste ein neuer großer Rechen, ein kleinerer dito, samt Spaten, ganz zweckmäßig schien. Dann weiteres anlangend, so macht es seinen ökonomischen Begriffen alle Ehre, daß er einem ihn sehr appetitlich anlachenden Butterfaß nach kurzer Überlegung, wiewohl ungern, entsagte; dagegen ihm ein hohes, mit Deckel und schön geschnitztem Henkel versehenes Geschirr zu unmaßgeblichem Gebrauch einleuchtete. Es war aus schmalen Stäben von zweierlei Holz, abwechselnd hell und dunkel, zusammengesetzt, unten weiter als oben und innen trefflich ausgepicht. Entschieden für die Küche empfahl sich eine schöne Auswahl Rührlöffel, Wellhölzer, Schneidbretter und Teller von allen Größen, sowie ein Salzbehälter einfachster Konstruktion zum Aufhängen.

Zuletzt besah er sich noch einen derben Stock, dessen Handhabe mit Leder und runden Messingnägeln gehörig beschlagen war. Da der sonderbare Kunde auch hier in einiger Versuchung schien, bemerkte die Verkäuferin mit Lächeln, das sei just kein Tragen für Herren. »Du hast recht, mein Kind«, versetzte er, »mir deucht, die Metzger auf der Reise haben solche; weg damit, ich will ihn nicht. Das übrige hingegen alles, was wir da ausgelesen haben, bringst du mir heute oder morgen ins Haus.« Dabei nannte er ihr seinen Namen und die Straße. Er ging hierauf, um auszutrinken, an seinen Tisch, wo von den dreien nur noch einer, ein Klempnermeister, saß.

»Die Kellnerin hat heut mal einen guten Tag«, bemerkte der Mann. »Ihr Vetter läßt ihr vom Erlös im Laden am Gulden einen Batzen.«

Mozart freute sich nun seines Einkaufs doppelt; gleich aber sollte seine Teilnahme an der Person noch größer werden. Denn als sie wieder in die Nähe kam, rief ihr derselbe Bürger zu: »Wie steht's, Kreszenz? Was macht der Schlosser? Feilt er nicht bald sein eigen Eisen?«

»O was!« erwiderte sie im Weitereilen: »Selbiges Eisen, schätz ich, wächst noch im Berg, zuhinterst.«

»Es ist ein guter Tropf«, sagte der Klempner. »Sie hat lang

ihrem Stiefvater hausgehalten und ihn in der Krankheit verpflegt, und da er tot war, kam's heraus, daß er ihr Eigenes aufgezehrt hatte; zeither dient sie da ihrem Verwandten, ist alles und alles im Geschäft, in der Wirtschaft und bei den Kindern. Sie hat mit einem braven Gesellen Bekanntschaft und würde ihn je eher je lieber heiraten; das aber hat so seine Haken.«

»Was für? Er ist wohl auch ohne Vermögen?«

»Sie ersparten sich beide etwas, doch langt es nicht gar. Jetzt kommt mit nächstem drinnen ein halber Hausteil samt Werkstatt in Gant; dem Seiler wär's ein Leichtes, ihnen vorzuschießen, was noch zum Kaufschilling fehlt, allein er läßt die Dirne natürlich nicht gern fahren. Er hat gute Freunde im Rat und bei der Zunft, da findet der Geselle nun allenthalben Schwierigkeiten.«

»Verflucht!« – fuhr Mozart auf, so daß der andere erschrak und sich umsah, ob man nicht horche. »Und da ist niemand, der ein Wort nach dem Recht dareinspräche? den Herrn eine Faust vorhielte? Die Schufte, die! Wart nur, man kriegt euch noch beim Wickel.«

Der Klempner saß wie auf Kohlen. Er suchte das Gesagte auf eine ungeschickte Art zu mildern, beinahe nahm er es völlig zurück. Doch Mozart hörte ihn nicht an. »Schämt Euch, wie Ihr nun schwatzt. So macht's ihr Lumpen allemal, sobald es gilt mit etwas einzustehen!« – Und hiemit kehrte er dem Hasenfuß ohne Abschied den Rücken. Der Kellnerin, die alle Hände voll zu tun hatte mit neuen Gästen, raunte er nur im Vorbeigehen zu: »Komme morgen beizeiten, grüße mir deinen Liebsten; ich hoffe, daß eure Sache gut geht.« Sie stutzte nur und hatte weder Zeit noch Fassung ihm zu danken. Geschwinder als gewöhnlich, weil der Auftritt ihm das Blut etwas in Wallung brachte, ging er vorerst denselben Weg, den er gekommen, bis an das Glacis, auf welchem er dann langsamer, mit einem Umweg, im weiten Halbkreis um die Wälle wandelte. Ganz mit der Angelegenheit des armen Liebespaars beschäftigt, durchlief er in Gedanken eine Reihe seiner Bekannten und Gönner, die auf die eine oder andere Weise in diesem Fall etwas vermochten. Da indessen, bevor er sich irgend zu einem Schritt bestimmte, noch nähere Erklärungen von seiten des Mädchens erforderlich waren, beschloß er diese ruhig abzuwarten und war nunmehr, mit Herz und Sinn den Füßen vorauseilend, bei seiner Frau zu Hause.

Mit innerer Gewißheit zählte er auf einen freundlichen, ja fröhlichen Willkommen, Kuß und Umarmung schon auf der Schwelle, und Sehnsucht verdoppelte seine Schritte beim Eintritt in das Kärntner Tor. Nicht weit davon ruft ihn der Postträger an, der ihm ein kleines, doch gewichtiges Paket übergibt, worauf er eine ehrliche und akkurate Hand augenblicklich erkennt. Er tritt mit dem Boten, um ihn zu quittieren, in den nächsten Kaufladen; dann, wieder auf der Straße, kann er sich nicht bis in sein Haus gedulden; er reißt die Siegel auf, halb gehend, halb stehend verschlingt er den Brief.

»Ich saß«, fuhr Madame Mozart hier in der Erzählung bei den Damen fort, »am Nähtisch, hörte meinen Mann die Stiege heraufkommen und den Bedienten nach mir fragen. Sein Tritt und seine Stimme kam mir beherzter, aufgeräumter vor, als ich erwartete und als mir wahrhaftig angenehm war. Erst ging er auf sein Zimmer, kam aber gleich herüber. ›Guten Abend!‹ sagt' er; ich, ohne aufzusehen, erwiderte ihm kleinlaut. Nachdem er die Stube ein paarmal stillschweigend gemessen, nahm er unter erzwungenem Gähnen die Fliegenklatsche hinter der Tür, was ihm noch niemals eingefallen war, und murmelte vor sich: ›Wo nur die Fliegen gleich wieder herkommen!‹ – fing an zu patschen da und dort, und zwar so stark wie möglich. Dies war ihm stets der unleidlichste Ton, den ich in seiner Gegenwart nie hören lassen durfte. Hm, dacht ich, daß doch was man selber tut, zumal die Männer, ganz etwas anderes ist! Übrigens hatte ich so viele Fliegen gar nicht wahrgenommen. Sein seltsames Betragen verdroß mich wirklich sehr. – ›Sechse auf *einen* Schlag!‹ rief er: ›willst du sehen?‹ – Keine Antwort. Da legt er mir etwas aufs Nähkissen hin, daß ich es sehen mußte, ohne ein Auge von meiner Arbeit zu verwenden. Es war nichts Schlechteres als ein Häufchen Gold, soviel man Dukaten zwischen zwei Finger nimmt. Er setzte seine Possen hinter meinem Rücken fort, tat hin und wieder einen Streich und sprach dabei für sich: ›Das fatale, unnütze, schamlose Gezücht! Zu was Zweck es nur eigentlich auf der Welt ist – Patsch! – offenbar bloß daß man's totschlage – Pitsch – darauf verstehe ich mich einigermaßen, darf ich behaupten. – Die Naturgeschichte belehrt uns über die erstaunliche Vermehrung dieser Geschöpfe – Pitsch Patsch –: in meinem Hause wird immer sogleich damit aufgeräumt. Ah maledette! disperate! – Hier wieder ein Stück zwanzig. Magst du sie?‹ – Er kam und tat wie vorhin. Hatte ich bisher mit Mühe das Lachen unterdrückt, länger war es unmöglich, ich platzte heraus, er fiel mir um den Hals und beide kicherten und lachten wir um die Wette.

›Woher kommt dir denn aber das Geld?‹ frag ich, während daß er den Rest aus dem Röllelchen schüttelt. – ›Vom Fürsten Esterhazy! durch den Haydn! Lies nur den Brief.‹ Ich las.

›Eisenstadt usw. Teuerster Freund! Seine Durchlaucht, mein gnädigster Herr, hat mich zu meinem größesten Vergnügen damit betraut, Ihnen beifolgende sechzig Dukaten zu übermachen. Wir haben letzt Ihre Quartetten wieder ausgeführt und Seine Durchlaucht waren solchermaßen davon eingenommen und befriediget als bei dem erstenmal, vor einem Vierteljahre, kaum der Fall gewesen. Der Fürst bemerkte mir (ich muß es wörtlich schreiben): ›Als Mozart Ihnen diese Arbeit dedizierte, hat er geglaubt nur Sie zu ehren, doch kann's ihm nichts verschlagen, wenn ich zugleich ein Kompliment für mich darin erblicke. Sagen Sie ihm, ich denke von seinem Genie bald so groß wie Sie selbst, und mehr könn er in Ewigkeit nicht verlangen.‹ – ›Amen!‹ setz ich hinzu. Sind Sie zufrieden?

Postskript. Der lieben Frau ins Ohr: Sorgen Sie gütigst, daß die Danksagung nicht aufgeschoben werde. Am besten geschäh es persönlich. Wir müssen so guten Wind fein erhalten.‹

›Du Engelsmann! o himmlische Seele!‹ rief Mozart ein übers andere Mal, und es ist schwer zu sagen, was ihn am meisten freute, der Brief, oder des Fürsten Beifall oder das Geld. Was mich betrifft, aufrichtig gestanden, mir kam das letztere gerade damals höchst gelegen. Wir feierten noch einen sehr vergnügten Abend.

Von der Affäre in der Vorstadt erfuhr ich jenen Tag noch nichts, die folgenden ebensowenig, die ganze nächste Woche verstrich, keine Kreszenz erschien, und mein Mann, in einem Strudel von Geschäften, vergaß die Sache bald. Wir hatten an einem Sonnabend Gesellschaft; Hauptmann Wesselt, Graf Hardegg und andere musizieren. In einer Pause werde ich hinausgerufen – da war nun die Bescherung! Ich geh hinein und frage: ›Hast du Bestellung in der Alservorstadt auf allerlei Holzware gemacht?‹ – ›Potz Hagel, ja! Ein Mädchen wird dasein? Laß sie nur hereinkommen!‹ So trat sie denn in größter Freundlichkeit, einen vollen Korb am Arm, mit Rechen und Spaten ins Zimmer, entschuldigte ihr langes Ausbleiben, sie habe den Namen der Gasse nicht mehr gewußt und sich erst heut zurechtgefragt. Mozart nahm ihr die Sachen nacheinander ab, die er sofort mit Selbstzufriedenheit mir überreichte. Ich ließ mir herzlich dankbar alles und jedes wohl gefallen, belobte und pries, nur nahm es mich Wunder, wozu er das Gartengeräte gekauft. – ›Natürlich‹, sagt' er, ›für dein Stückchen an der Wien.‹ – ›Mein Gott, das haben wir ja aber lange abgegeben! weil uns das Wasser immer so viel Schaden tat und überhaupt gar nichts dabei herauskam. Ich sagte dir's, du hattest nichts dawider.‹ – ›Was? Und also die Spargeln, die wir dies Frühjahr speisten –‹ ›Waren immer vom Markt.‹ – ›Seht‹, sagt' er, ›hätt ich das gewußt! Ich lobte sie dir so aus bloßer Artigkeit, weil du mich wirklich dauertest mit deiner Gärtnerei; es waren Dingerl wie die Federspulen.‹

Die Herrn belustigte der Spaß überaus; ich mußte einigen sogleich das Überflüssige zum Andenken lassen. Als aber Mozart nun das Mädchen über ihr Heiratsanliegen ausforschte, sie ermunterte, hier nur ganz frei zu sprechen, da das, was man für sie und ihren Liebsten tun würde, in der Stille, glimpflich und ohne jemandes Anklagen solle ausgerichtet werden, so äußerte sie sich gleichwohl mit so viel Bescheidenheit, Vorsicht und Schonung, daß sie alle Anwesenden völlig gewann und man sie endlich mit den besten Versprechungen entließ.

›Den Leuten muß geholfen werden!‹ sagte der Hauptmann. ›Die Innungskniffe sind das wenigste dabei; hier weiß ich einen, der das bald in Ordnung bringen wird. Es handelt sich um einen Beitrag für das Haus, Einrichtungskosten und dergleichen. Wie, wenn wir ein Konzert für Freunde im Trattnerischen Saal mit Entree ad libitum ankündigten?‹ – Der Gedanke fand lebhaften Anklang. Einer der Herrn ergriff das Salzfaß und sagte: ›Es müßte jemand zur Einleitung einen hübschen historischen Vortrag tun, Herrn Mozarts Einkauf schildern, seine menschenfreundliche Absicht erklären, und hier das Prachtgefäß stellt man auf einem Tisch als Opferbüchse auf, die beiden Rechen als Dekoration rechts und links dahinter gekreuzt.‹

Dies nun geschah zwar nicht, hingegen das Konzert kam zustande; es warf ein Erkleckliches ab, verschiedene Beiträge folgten nach, daß das beglückte Paar noch Überschuß hatte, und auch die andern Hindernisse waren schnell beseitigt. Duscheks in Prag, unsre genausten Freunde dort, bei denen wir logieren, vernahmen die Geschichte, und *sie*, eine gar gemütliche herzige Frau, verlangte von dem Kram aus Kuriosität auch etwas zu haben; so legt ich denn das Passendste für sie zurück und nahm es bei dieser Gelegenheit mit. Da wir inzwischen unverhofft eine neue liebe Kunstverwandte finden sollten, die nah daran ist, sich den eigenen Herd einzurichten, und ein Stück gemeinen Hausrat, welches Mozart ausgewählt, gewißlich nicht verschmähen wird, will ich mein Mitbringen halbieren, und Sie haben die Wahl zwischen einem schön durchbrochenen Schokoladequirl und mehrgedachter Salzbüchse, an welcher sich der Künstler mit einer geschmackvollen Tulpe verunköstigt hat. Ich würde unbedingt zu diesem Stück raten; das edle Salz, soviel ich weiß, ist ein Symbol der Häuslichkeit und Gastlichkeit, wozu wir alle guten Wünsche für Sie legen wollen.«

So weit Madame Mozart. Wie dankbar und wie heiter alles von den Damen auf- und angenommen wurde, kann man denken. Der Jubel erneuerte sich, als gleich darauf bei den Männern oben die Gegenstände vorgelegt und das Muster patriarchalischer Simplizität nun förmlich übergeben ward, welchem der Oheim in dem Silberschranke seiner nunmehrigen Besitzerin und ihrer spätesten Nachkommen keinen geringern Platz versprach, als jenes berühmte Kunstwerk des florentinischen Meisters in der Ambraser Sammlung einnehme.

Es war schon fast acht Uhr; man nahm den Tee. Bald aber sah sich unser Musiker an sein schon am Mittag gegebenes Wort, die Gesellschaft näher mit dem »Höllenbrand« bekannt zu machen, der unter Schloß und Riegel, doch zum Glück nicht allzu tief im Reisekoffer lag, dringend erinnert. Er war ohne Zögern bereit. Die Auseinandersetzung der Fabel des Stücks hielt nicht lange auf, das Textbuch wurde aufgeschlagen und schon brannten die Lichter am Fortepiano.

Wir wünschten wohl, unsere Leser streifte hier zum wenigsten etwas von jener eigentümlichen Empfindung an, womit oft schon ein einzeln abgerissener, aus einem Fenster beim Vorübergehen an unser Ohr getragener Akkord, der nur von *dorther* kommen kann, uns wie elektrisch trifft und wie gebannt festhält; etwas von jener süßen Bangigkeit, wenn wir in dem Theater, solange das Orchester stimmt, dem Vorhang gegenübersitzen. Oder ist es nicht so? Wenn auf der Schwelle jedes erhabenen tragischen Kunstwerks, es heiße »Macbeth«, »Ödipus« oder wie sonst, ein Schauer der ewigen Schönheit schwebt, wo träfe dies in höherem, auch nur in gleichem Maße zu, als eben hier? Der Mensch verlangt und scheut zugleich aus seinem gewöhnlichen Selbst vertrieben zu werden, er fühlt, das Unendliche wird ihn berühren, das seine Brust zusammenzieht, indem es sie ausdehnen und den Geist gewaltsam an sich reißen will. Die Ehrfurcht vor der vollendeten Kunst tritt hinzu; der Gedanke, ein göttliches Wunder genießen, es als ein Verwandtes in sich aufnehmen zu dürfen, zu können, führt eine Art von Rührung, ja von Stolz mit sich, vielleicht den glücklichsten und reinsten, dessen wir fähig sind.

Unsre Gesellschaft aber hatte damit, daß sie ein uns von Jugend auf völlig zu eigen gewordenes Werk jetzt erstmals kennenlernen sollte, einen von unserem Verhältnis unendlich verschiedenen Stand, und, wenn man das beneidenswerte Glück der persönlichen Vermittlung durch den Urheber abrechnet, bei weitem nicht den günstigen wie wir, da eine reine und vollkommene Auffassung eigentlich niemand möglich war, auch in mehr als *einem* Betracht selbst dann nicht möglich gewesen sein würde, wenn das Ganze unverkürzt hätte mitgeteilt werden können.

Von achtzehn fertig ausgearbeiteten Nummern* gab der Komponist vermutlich nicht die Hälfte; (wir finden in dem, unserer Darstellung zugrunde liegenden Bericht nur das letzte Stück dieser Reihe, das Sextett, ausdrücklich angeführt) – er gab sie meistens, wie es scheint, in einem freien Auszug, bloß auf dem Klavier, und sang stellenweise darein, wie es kam und sich schickte. Von der Frau ist gleichfalls nur bemerkt, daß sie zwei Arien vorgetragen habe. Wir möchten uns, da ihre Stimme so stark als lieblich gewesen sein soll, die erste der Donna Anna (»Du kennst den Verräter«), und eine von den beiden der Zerline dabei denken.

Genaugenommen waren, dem Geist, der Einsicht, dem Ge-

* Bei dieser Zählung ist zu wissen, daß Elviras Arie mit dem Rezitativ und Leporellos »Hab's verstanden« nicht ursprünglich in der Oper enthalten gewesen.

schmacke nach, Eugenie und ihr Verlobter die einzigen Zuhörer wie der Meister sie sich wünschen mußte, und jene war es sicher ungleich mehr als dieser. Sie saßen beide tief im Grunde des Zimmers; das Fräulein regungslos, wie eine Bildsäule, und in die Sache aufgelöst auf einen solchen Grad, daß sie auch in den kurzen Zwischenräumen, wo sich die Teilnahme der übrigen bescheiden äußerte oder die innere Bewegung sich unwillkürlich mit einem Ausruf der Bewunderung Luft machte, die von dem Bräutigam an sie gerichteten Worte immer nur ungenügend zu erwidern vermochte.

Als Mozart mit dem überschwenglich schönen Sextett geschlossen hatte, und nach und nach ein Gespräch aufkam, schien er vornehmlich einzelne Bemerkungen des Barons mit Interesse und Wohlgefallen aufzunehmen. Es wurde vom Schlusse der Oper die Rede, sowie von der, vorläufig auf den Anfang Novembers anberaumten Aufführung, und da jemand meinte, gewisse Teile des Finale möchten noch eine Riesenaufgabe sein, so lächelte der Meister mit einiger Zurückhaltung; Constanze aber sagte zu der Gräfin hin, daß er es hören mußte: »Er hat noch was in petto, womit er geheim tut, auch vor mir.«

»Du fällst«, versetzte er, »aus deiner Rolle, Schatz, daß du das jetzt zur Sprache bringst; wenn ich nun Lust bekäme, von neuem anzufangen? und in der Tat, es juckt mich schon.«

»Leporello!« rief der Graf, lustig aufspringend, und winkte einem Diener: »Wein! Sillery, drei Flaschen!«

»Nicht doch! damit ist es vorbei – mein Junker hat sein letztes im Glase.«

»Wohl bekomm's ihm – und jedem das Seine!«

»Mein Gott, was hab ich da gemacht!« lamentierte Constanze, mit einem Blick auf die Uhr, »gleich ist es elfe, und morgen früh soll's fort – wie wird das gehen?«

»Es geht halt gar nicht, Beste! nur schlechterdings gar nicht.«

»Manchmal«, fing Mozart an, »kann sich doch ein Ding sonderbar fügen. Was wird denn meine Stanzl sagen, wenn sie erfährt, daß eben das Stück Arbeit, was sie nun hören soll, um ebendiese Stunde in der Nacht, und zwar gleichfalls vor einer angesetzten Reise, zur Welt geboren ist?«

»Wär's möglich? Wann? Gewiß vor drei Wochen, wie du nach Eisenstadt wolltest?«

»Getroffen! Und das begab sich so. Ich kam nach zehne, du schliefst schon fest, von Richters Essen heim, und wollte versprochenermaßen auch bälder zu Bett, um morgens beizeiten heraus und in den Wagen zu steigen. Inzwischen hatte Veit, wie gewöhnlich, die Lichter auf dem Schreibtisch angezündet, ich zog mechanisch den Schlafrock an, und fiel mir ein, geschwind mein letztes Pensum noch einmal anzusehen. Allein, o Mißgeschick! verwünschte, ganz unzeitige Geschäftigkeit der Weiber! du hattest aufgeräumt, die Noten eingepackt – die mußten nämlich mit: der Fürst verlangte eine Probe von dem Opus; – ich suchte, brummte, schalt, umsonst! Darüber fällt mein Blick auf ein versiegeltes Kuvert: vom Abbate, den greulichen Haken nach auf der Adresse – ja wahrlich! und schickt mir den umgearbeiteten Rest seines Texts, den ich vor Monatsfrist noch nicht zu sehen hoffte. Sogleich sitz ich begierig hin und lese und bin entzückt, wie gut der Kauz verstand, was ich wollte. Es war alles weit simpler, gedrängter und reicher zugleich. Sowohl die Kirchhofsszene, wie das Finale, bis zum Untergang des Helden, hat in jedem Betracht sehr gewonnen. (Du sollst mir aber auch, dacht ich, vortrefflicher Poet, Himmel und Hölle nicht unbedankt zum zweitenmal beschworen haben!) Nun ist es sonst meine Gewohnheit nicht, in der Komposition etwas vorauszunehmen, und wenn es noch so lockend wäre; das bleibt eine Unart, die sich sehr übel bestrafen kann. Doch gibt es Ausnahmen, und kurz, der Auftritt bei der Reiterstatue des Gouverneurs, die Drohung, die vom Grabe des Erschlagenen her urplötzlich das Gelächter des Nachtschwärmers haarsträubend unterbricht, war mir bereits in die Krone gefahren. Ich griff einen Akkord und fühlte, ich hatte an der rechten Pforte angeklopft, dahinter schon die ganze Legion von Schrecken beieinanderliege, die im Finale loszulassen sind. So kam fürs erste ein Adagio heraus: d-moll, vier Takte nur, darauf ein zweiter Satz mit fünfen – es wird, bild ich mir ein, auf dem Theater etwas Ungewöhnliches geben, wo die stärksten Blasinstrumente die Stimme begleiten. Einstweilen hören Sie's, so gut es sich hier machen läßt.«

Er löschte ohne weiteres die Kerzen der beiden neben ihm stehenden Armleuchter aus, und jener furchtbare Choral: »Dein Lachen endet vor der Morgenröte!« erklang durch die Totenstille des Zimmers. Wie von entlegenen Sternenkreisen fallen die Töne aus silbernen Posaunen, eiskalt, Mark und Seele durchschneidend, herunter durch die blaue Nacht.

»Wer ist hier? Antwort!« hört man Don Juan fragen. Da hebt es wieder an, eintönig wie zuvor, und gebietet dem ruchlosen Jüngling die Toten in Ruhe zu lassen.

Nachdem diese dröhnenden Klänge bis auf die letzte Schwingung in der Luft verhallt waren, fuhr Mozart fort: »Jetzt gab es für mich begreiflicherweise kein Aufhören mehr. Wenn erst das Eis einmal an *einer* Uferstelle bricht, gleich kracht der ganze See und klingt bis an den entferntesten Winkel hinunter. Ich ergriff unwillkürlich denselben Faden weiter unten bei Don Juans Nachtmahl wieder, wo Donna Elvira sich eben entfernt hat und das Gespenst, der Einladung gemäß, erscheint. – Hören Sie an.«

Es folgte nun der ganze lange, entsetzenvolle Dialog, durch welchen auch der Nüchternste bis an die Grenze menschlichen Vorstellens, ja über sie hinausgerissen wird, wo wir das Übersinnliche schauen und hören, und innerhalb der eigenen Brust von einem Äußersten zum andern willenlos uns hin und her geschleudert fühlen.

Menschlichen Sprachen schon entfremdet, bequemt sich das unsterbliche Organ des Abgeschiedenen, noch einmal zu reden. Bald nach der ersten fürchterlichen Begrüßung, als der Halbverklärte die ihm gebotene irdische Nahrung verschmäht, wie seltsam schauerlich wandelt seine Stimme auf den Sprossen einer luftgewebten Leiter unregelmäßig auf und nieder! Er fordert schleunigen Entschluß zur Buße: kurz ist dem Geist die Zeit gemessen; weit, weit, weit ist der Weg! Und wenn nun Don Juan, im ungeheuren Eigenwillen den ewigen Ordnungen trotzend, unter dem wachsenden Andrang der höllischen Mächte, ratlos ringt, sich sträubt und windet, und endlich untergeht, noch mit dem vollen Ausdruck der Erhabenheit in jeder Gebärde – wem zitterten nicht Herz und Nieren vor Lust und Angst zugleich? Es ist ein Gefühl, ähnlich dem, womit man das prächtige Schauspiel einer unbändigen Naturkraft, den Brand eines herrlichen Schiffes anstaunt. Wir nehmen wider Willen gleichsam Partei für diese blinde Größe und teilen knirschend ihren Schmerz im reißenden Verlauf ihrer Selbstvernichtung.

Der Komponist war am Ziele. Eine Zeitlang wagte niemand, das allgemeine Schweigen zuerst zu brechen.

»Geben Sie uns«, fing endlich, mit noch beklemmtem Atem, die Gräfin an, »geben Sie uns, ich bitte Sie, einen Begriff, wie Ihnen war, da Sie in jener Nacht die Feder weglegten!«

Er blickte, wie aus einer stillen Träumerei ermuntert, helle zu ihr auf, besann sich schnell und sagte, halb zu der Dame, halb zu seiner Frau: »Nun ja, mir schwankte wohl zuletzt der Kopf. Ich hatte dies verzweifelte Dibattimento, bis zu dem Chor der Geister, in *einer* Hitze fort, beim offenen Fenster, zu Ende geschrieben, und stand nach einer kurzen Rast vom Stuhl auf, im Begriff, nach deinem Kabinett zu gehen, damit wir noch ein bißchen plaudern und sich mein Blut ausgleiche. Da machte ein überquerer Gedanke mich mitten im Zimmer stillstehen.« (Hier sah er zwei Sekunden lang zu Boden, und sein Ton verriet beim Folgenden eine kaum merkbare Bewegung.) »Ich sagte zu mir selbst: wenn du noch diese Nacht wegstürbest, und müßtest deine Partitur an diesem Punkt verlassen: ob dir's auch Ruh im Grabe ließ'? – Mein Auge hing am Docht des Lichts in meiner Hand und auf den Bergen von abgetropftem Wachs. Ein Schmerz bei dieser Vorstellung durchzückte mich einen Moment; dann dacht ich weiter: wenn denn hernach über kurz oder lang ein anderer, vielleicht gar so ein Welscher, die Oper zu vollenden bekäme, und fände von der Introduktion bis Numero siebzehn, mit Ausnahme *einer* Piece, alles sauber beisammen, lauter gesunde, reife Früchte ins hohe Gras geschüttelt, daß er sie nur auflesen dürfte; ihm graute aber doch ein wenig hier vor der Mitte des Finale, und er fände alsdann unverhofft den tüchtigen Felsbrocken da insoweit schon beiseite gebracht: er möchte drum nicht übel in das Fäustchen lachen! Vielleicht wär er versucht, mich um die Ehre zu betrügen. Er sollte aber wohl die Finger dran verbrennen; da wär noch immerhin ein Häuflein guter Freunde, die meinen Stempel kennen und mir was mein ist redlich sichern würden. – Nun ging ich, dankte Gott mit einem vollen Blick hinauf, und dankte, liebes Weibchen, deinem Genius, der dir so lange seine beiden Hände sanft über die Stirne gehalten, daß du fortschliefst wie eine Ratze und mich kein einzigmal anrufen konntest. Wie ich dann aber endlich kam und du mich um die Uhr befrugst, log ich dich frischweg ein paar Stunden jünger als du warst, denn es ging stark auf viere; und nun wirst du begreifen, warum du mich um sechse nicht aus den Federn brachtest, der Kutscher wieder heimgeschickt und auf den andern Tag bestellt werden mußte.«

»Natürlich«, versetzte Constanze, »nur bilde sich der schlaue Mann nicht ein, man sei so dumm gewesen, nichts zu merken! Deswegen brauchtest du mir deinen schönen Vorsprung fürwahr nicht zu verheimlichen!«

»Auch war es nicht deshalb.«

»Weiß schon – du wolltest deinen Schatz vorerst noch unbeschrieen haben.«

»Mich freut nur«, rief der gutmütige Wirt, »daß wir morgen nicht nötig haben, ein edles Wiener Kutscherherz zu kränken, wenn Herr Mozart partout nicht aufstehen kann. Die Ordre ›Hans spann wieder aus‹ tut jederzeit sehr weh.«

Diese indirekte Bitte um längeres Bleiben, mit der sich die übrigen Stimmen im herzlichsten Zuspruch verbanden, gab den Reisenden Anlaß zu Auseinandersetzung sehr triftiger Gründe dagegen; doch verglich man sich gerne dahin, daß nicht zu zeitig aufgebrochen und noch vergnügt zusammen gefrühstückt werden solle.

Man stand und drehte sich noch eine Zeitlang in Gruppen schwatzend umeinander. Mozart sah sich nach jemandem um, augenscheinlich nach der Braut; da sie jedoch gerade nicht zugegen war, so richtete er naiverweise die ihr bestimmte Frage unmittelbar an die ihm nahe stehende Franziska: »Was denken Sie denn nun im ganzen von unserm ›Don Giovanni‹? was können Sie ihm Gutes prophezeien?«

»Ich will«, versetzte sie mit Lachen, »im Namen meiner Base so gut antworten als ich kann: Meine einfältige Meinung ist, daß wenn ›Don Giovanni‹ nicht aller Welt den Kopf verrückt, so schlägt der liebe Gott seinen Musikkasten gar zu, auf unbestimmte Zeit heißt das, und gibt der Menschheit zu verstehen –« – »Und gibt der Menschheit«, fiel der Onkel verbessernd ein, »den Dudelsack in die Hand und verstocket die Herzen der Leute, daß sie anbeten Baalim.«

»Behüt uns Gott!« lachte Mozart. »Je nun, im Lauf der nächsten sechzig, siebzig Jahre, nachdem ich lang fort bin, wird mancher falsche Prophet aufstehen.«

Eugenie trat mit dem Baron und Max herbei, die Unterhaltung hob sich unversehens auf ein Neues, ward nochmals ernsthaft und bedeutend, so daß der Komponist, eh die Gesellschaft auseinanderging, sich noch gar mancher schönen, bezeichnenden Äußerung erfreute, die seiner Hoffnung schmeichelte.

Erst lange nach Mitternacht trennte man sich; keines empfand bis jetzt, wie sehr es der Ruhe bedurfte.

Den andern Tag (das Wetter gab dem gestrigen nichts nach) um zehn Uhr sah man einen hübschen Reisewagen, mit den Effekten beider Wiener Gäste bepackt, im Schloßhof stehen. Der Graf stand mit Mozart davor, kurz ehe die Pferde herausgeführt wurden, und fragte, wie er ihm gefalle.

»Sehr gut; er scheint äußerst bequem.«

»Wohlan, so machen Sie mir das Vergnügen und behalten Sie ihn zu meinem Andenken.«

»Wie? ist das Ernst?«

»Was wäre es sonst?«

»Heiliger Sixtus und Calixtus – Constanze! du!« rief er zum Fenster hinauf, wo sie mit den andern heraussah. »Der Wagen soll mein sein! du fährst künftig in deinem eigenen Wagen!«

Er umarmte den schmunzelnden Geber, betrachtete und umging sein neues Besitztum von allen Seiten, öffnete den Schlag, warf sich hinein und rief heraus: »Ich dünke mich so vornehm und so reich wie Ritter Gluck! Was werden sie in Wien für Augen machen!«

»Ich hoffe«, sagte die Gräfin, »Ihr Fuhrwerk wiederzusehn bei der Rückkehr von Prag, mit Kränzen um und um behangen!«

Nicht lang nach diesem letzten fröhlichen Auftritt setzte sich der vielgelobte Wagen mit dem scheidenden Paar wirklich in Bewegung und fuhr im raschen Trab nach der Landstraße zu. Der Graf ließ sie bis Wittingau fahren, wo Postpferde genommen werden sollten.

Wenn gute, vortreffliche Menschen durch ihre Gegenwart vorübergehend unser Haus belebten, durch ihren frischen Geistesodem auch unser Wesen in neuen raschen Aufschwung versetzten und uns den Segen der Gastfreundschaft in vollem Maße zu empfinden gaben, so läßt ihr Abschied immer eine unbehagliche Stockung, zum mindesten für den Rest des Tags, bei uns zurück, wofern wir wieder ganz nur auf uns selber angewiesen sind.

Bei unsern Schloßbewohnern traf wenigstens das letztere nicht zu. Franziskas Eltern nebst der alten Tante fuhren zwar alsbald auch weg; die Freundin selbst indes, der Bräutigam, Max ohnehin, verblieben noch. Eugenien, von welcher vorzugsweise hier die Rede ist, weil sie das unschätzbare Erlebnis tiefer als alle ergriff, ihr, sollte man denken, konnte nichts fehlen, nichts genommen oder getrübt sein; ihr reines Glück in dem wahrhaft geliebten Mann, das erst soeben seine förmliche Bestätigung erhielt, mußte alles andre verschlingen, vielmehr, das Edelste und Schönste, wovon ihr Herz bewegt sein konnte, mußte sich notwendig mit jener seligen Fülle in *eines* verschmelzen. So wäre es auch wohl gekommen, hätte sie gestern und heute der bloßen Gegenwart, jetzt nur dem reinen Nachgenuß derselben leben können. Allein am Abend schon, bei den Erzählungen der Frau, war sie von leiser Furcht für ihn, an dessen liebenswertem Bild sie sich ergötzte, geheim beschlichen worden; diese Ahnung wirkte nachher, die ganze Zeit als Mozart spielte, hinter allem unsäglichen Reiz, durch alle das geheimnisvolle Grauen der Musik hindurch, im Grund ihres Bewußtseins fort, und endlich überraschte, erschütterte sie das was er selbst in der nämlichen Richtung gelegentlich von sich erzählte. Es ward ihr so gewiß, so ganz gewiß, daß dieser Mann sich schnell und unaufhaltsam in seiner eigenen Glut verzehre, daß er nur eine flüchtige Erscheinung auf der Erde sein könne, weil sie den Überfluß, den er verströmen würde, in Wahrheit nicht ertrüge.

Dies, neben vielem andern, ging, nachdem sie sich gestern niedergelegt, in ihrem Busen auf und ab, während der Nachhall »Don Juans« verworren noch lange fort ihr inneres Gehör einnahm. Erst gegen Tag schlief sie ermüdet ein.

Die drei Damen hatten sich nunmehr mit ihren Arbeiten in den Garten gesetzt, die Männer leisteten ihnen Gesellschaft, und da das Gespräch natürlich zunächst nur Mozart betraf, so verschwieg auch Eugenie ihre Befürchtungen nicht. Keins wollte dieselben im mindesten teilen, wiewohl der Baron sie vollkommen begriff. Zur guten Stunde, in recht menschlich reiner, dankbarer Stimmung pflegt man sich jeder Unglücksidee, die einen gerade nicht unmittelbar angeht, aus allen Kräften zu erwehren. Die sprechendsten, lachendsten Gegenbeweise wurden, besonders vom Oheim, vorgebracht, und wie gerne hörte nicht

Eugenie alles an! Es fehlte nicht viel, so glaubte sie wirklich zu schwarz gesehen zu haben. Einige Augenblicke später, als sie durchs große Zimmer oben ging, das eben gereinigt und wieder in Ordnung gebracht worden war, und dessen vorgezogene, grün damastene Fenstergardinen nur ein sanftes Dämmerlicht zuließen, stand sie wehmütig vor dem Klaviere still. Durchaus war es ihr wie ein Traum, zu denken, wer noch vor wenigen Stunden davor gesessen habe. Lang blickte sie gedankenvoll die Tasten an, die *er* zuletzt berührt, dann drückte sie leise den Deckel zu und zog den Schlüssel ab, in eifersüchtiger Sorge, daß so bald keine andere Hand wieder öffne. Im Weggehn stellte sie beiläufig einige Liederhefte an ihren Ort zurück; es fiel ein älteres Blatt heraus, die Abschrift eines böhmischen Volksliedchens, das Franziska früher, auch wohl sie selbst, manchmal gesungen. Sie nahm es auf, nicht ohne darüber betreten zu sein. In einer Stimmung wie die ihrige wird der natürlichste Zufall leicht zum Orakel. Wie sie es aber auch verstehen wollte, der Inhalt war der Art, daß ihr, indem sie die einfachen Verse wieder durchlas, heiße Tränen entfielen.

Ein Tännlein grünet wo,
Wer weiß, im Walde;
Ein Rosenstrauch, wer sagt,
In welchem Garten?

Sie sind erlesen schon,
Denk es, o Seele,
Auf deinem Grab zu wurzeln
Und zu wachsen.

Zwei schwarze Rößlein weiden
Auf der Wiese,
Sie kehren heim zur Stadt
In muntern Sprüngen.
Sie werden schrittweis gehn
Mit deiner Leiche;
Vielleicht, vielleicht noch eh
An ihren Hufen
Das Eisen los wird,
Das ich blitzen sehe!

GESCHICHTE VON DER SILBERNEN KUGEL

ODER

DER KUPFERSCHMIED VON ROTHENBURG

[A.]

Zu Anfang der für das westliche Deutschland so verderblich gewordenen neunziger Jahre, kurz eh das Deutsche Reich die Waffen gegen die neue französische Republik ergriff, hatte der ausgediente Steuereinnehmer Knisel seinen Ruhesitz in der damaligen Freien Reichsstadt Rothenburg genommen. Er folgte hierin wie in allen möglichen Fällen des häuslichen Lebens dem unbedingten Willen seiner Frau, welche daselbst geboren und erzogen war, und ihren Lieblingswunsch um so begieriger betrieb, da sich zu Wiedererwerbung des stattlichen Hauses ihrer Voreltern soeben günstige Gelegenheit darbot.

Die Frau, mit achtundvierzig Jahren erst an den genannten, als Junggesell ergrauten Mann verheiratet, erschien noch jetzt als eine saubere wohlgenährte Person, von strengem Blick und ausdrucksvoll gegossenen Zügen. Außer einer im stillen immer geschäftigen Sorge für Erhaltung und Vermehrung ihres beträchtlichen Vermögens war ihr kaum eine andere menschliche Neigung gegeben, und mit der entschiedenen Anhänglichkeit an die Vaterstadt hatte sie vor der geringsten ihrer Mitbürgerinnen wenigstens nichts voraus.

Unter Herrn Knisel denke man sich eine langgestreckte schmale Figur, ein feines, etwas klein geratenes Gesicht, die niedrige Stirn von reinlich gewickelten Buckeln umgeben, dünne Arme und beinweiße Finger, den ganzen Menschen in jedem Betracht seiner ehlichen Hälfte unähnlich. Als der einzige gemeinschaftliche Zug ist ein ausnehmender Ordnungsgeist zu bezeichnen, und ohne die ihm eigene Fügsamkeit, dahinter sich bisweilen wohl etwas Schalkähnliches versteckte, ohne die Anspruchlosigkeit, mit welcher er geräuschlos, oft verstohlen, seinen besondern Liebhabereien nachhing, hätten die Leutchen sich zum steten Ärger leben müssen. Wenn er an langen Sommernachmittagen, sein leichtes Hauswams auf dem Leibe, im großen kühl gehaltenen Wohnzimmer – es war weißgetüncht, zum Teil mit Eichenholz getäfelt – die eben frisch vom Garten oder Feld gebrachten Kräuter, die teils der Speisekammer, teils der Hausapotheke angehörten; Scharfgarbe, Melisse, Kamille auf reinlich mit Papier belegten Hurden zum Trocknen ausbreitete; noch mehr, wenn er an seinem Pulte stehend das Kapitalbuch vor sich hatte, die Zinstermine nachsah und seine Einträge machte, so konnte Frau Susanne ihn gerne um sich haben. Er schrieb die gefälligste Hand, fest, rundlich und bequem; in jenem Hausbuch sah man Blatt für Blatt, den hübsch in Fraktur gehaltenen Namen des Schuldners voran, jedes Wort, alle Ziffern und Zeichen mit rabenschwarzer selbstverfertigter Dinte so gleich und rein zwischen den roten Linien stehen als gälte es ein Muster dieser Art für ewige Zeiten in diesem Pergamentbande aufzustellen.

Freilich bestand in Ansehung der sämtlichen Geschäfte seiner Feder im Verwaltungsfache der große Unterschied zwischen unserm Paare, daß es ihr wesentlich um die Sache, ihm lediglich bloß um die Form zu tun war. Von seinem frühren öffentlichen Amte her war ihm ein kanzellistisches Bedürfnis, eine spielende Schreiblust geblieben, die er indes doch keineswegs allein im Wege seiner administrativen Pflichten, vielmehr mit ungleich größerem Vergnügen an Gegenständen übte, durch deren Pflege er in eine ehrenwerte, wenn auch etwas weitläuftige Beziehung zur Wissenschaft trat. Herr Knisel war Naturaliensammler, daneben Altertümler und entwickelte seit seinem Aufenthalt zu Rothenburg eine nicht zu verachtende kompilatorische Tätigkeit für die Geschichte und Topographie der alten Reichsstadt. In erstgedachter Eigenschaft muß ihm ein liebevoller Sinn und ein geübtes Auge für kleine stille Einzelheiten der Natur, Lebendiges und Totes, Stein, Pflanze oder Käfer zugestanden werden, das immerhin schon weit mehr ist als man bei einem ganz verknöcherten Pedanten, wie sich der gute Mann dem ersten Anschein nach darstellen mochte, gesucht haben würde. Sein systematisch in zwei hohen Schränken aufgestelltes, schön katalogisiertes Kabinett von Petrefakten, ein größtenteils längst vor der Heirat erworbener Besitz, enthielt nach dem Zeugnis von Kennern, manches beneidenswerte Stück, häufig mit einem Signo exclamationis (!) zum Zeichen des selbstgemachten Funds versehn; und seine Vorliebe gerade für diesen Zweig der Naturbetrachtung war um so eigentümlicher, je seltener im allgemeinen derselbe damals noch von Dilettanten gepflegt wurde. Einen eifrigen Steinsammler fand er indessen im Stadtapotheker, Herrn – einem entfernten Vetter seiner Frau, der als wohlhabender Mann sich die Vermehrung seiner Fächer manchen Gulden [kosten] ließ. Bei der geringen Achtung welche Frau S[usanne] für diese Studien ihres Mannes hatte bedurfte es schon einer so namhaften Autorität aus ihrer eigenen Verwandtschaft, um ihre Meinung von dem Werte solcher Raritäten einigermaßen zu verbessern. Demungeachtet blieben jene beiden Schränke nebst andern Seltsamkeiten in einer abgelegenen unheizbaren Kammer des obern Stocks verwiesen, so daß der gute Knisel sich seiner besten Schätze stets nur durch einen Teil des Jahres recht nach Lust erfreuen konnte. An weitere Erwerbungen war außer dem was Gunst und Zufall brachte seit lang nicht mehr zu denken, es wäre denn daß sich bisweilen in der Stille mit Erdarbeitern und Werkleuten ein kleiner Handel machen ließ.

[B.]

Aus angeborner Menschenfreundlichkeit bewies er sich, wofern die Gegenwart der Frau ihm nicht die Hände band, freigebig gegen Arme aller Art, gegen wandernde Handwerksgesellen zumal und reisende Halbkünstler, an deren Unterhaltung er sich stundenlang vergnügte. Ängstlich und karg fand man ihn nur mit Gegenständen seiner besondern Passion. Um seinen reichen Vorrat an holländischem und anderm Schreibpapier, an Federkielen, Siegellack, Bindfaden und dergleichen niemals anzugreifen, behalf er sich im Notfall kümmerlich und zahlte gern das Doppelte für schlechtere Ware, wie sie im Augenblick zu haben war, eine Eigenschaft, welche mitunter zu seltsamen Auftritten zwischen dem Ehepaar führte.

Herr K[nisel] besaß wenn auch weit entfernt von einem höheren Gesichtspunkt und mehr nur auf das Seltsame als das Bedeutende gerichtet – einen nicht ganz verächtlichen Sinn für antiquarische Denkwürdigkeiten.

Humanistisches und literarisches Bedürfnis

Seine Lektüre blieb allerdings nach Maßgabe der kleinen mehr durch Zufall als durch eigene Wahl zusammengekommenen Bibliothek auf einen ziemlich engen Kreis beschränkt. Von Lieblingen im Fach der schönen Wissenschaften sah man bei ihm in erster Reihe nächst Brockes' »Irdischem Vergnügen in G[ott]« die verdeutschte »Clarisse«, den »Grandison«, verschiedene Teile von Wieland und Thümmel, besonders aber den »Spitzbart«, eine tragikomische Geschichte, und »Leben und Meinungen des Freiherrn von Münchhausen«, dabei las er als ferner Lateiner »Oweni Epigrammata«.

… sein tiefer Respekt vor den wissenschaftlichen Arbeiten berühmter Männer in diesem Gebiet, wozu er in bescheidenem Ehrgeiz fürs Leben gern ein Scherflein beizutragen wünschte nur daß er immerfort verlegen war sie an den rechten Mann zu bringen.

Fremde Besucher Rothenburgs, die von dem Tale her den Anblick dieser Stadt – es ist die Abendseite – zum ersten Male haben, sind durch das Imposante ihrer hohen prächtigen Lage, vermöge deren sie in alten Reisewerken häufig mit Jerusalem verglichen wird, nicht minder durch die Menge von Türmen und Türmchen überrascht, welche rund oder eckig, stumpf oder spitz allenthalben aufsteigen.

[C.]

Die Stadt zieht sich in langer Ausdehnung auf einem Felsenhügel (von Keuperkalk) über den Tauberfluß hin, so daß sie ihren Mauergürtel mehr oder weniger dicht an den Talrand vorrückt, der auf der Strecke seines steilsten Abfalls schon in der Fehdezeit nur geringer Befestigung bedurfte. Auf einem breiten Vorsprung dieses Felsens erblickt man die mit rohen Quadersteinen gewaltig unterbauten Überreste der sogenannten alten Burg, von welcher die Stadt ihren Anfang genommen. Die ganze Bergwand zeigt sich, insoweit nicht einige Felsblößen und wildbewachsene Schluchten die Anpflanzung verwehren, mit Wein und Obstbau heiter und mannigfaltig bekleidet. An der entgegengesetzten Talseite schwingt sich der Berg mit einmal weit und steil heraus.

Nach einer längst verschwundenen Feste wird dieser Punkt, von welchem aus Oktavio Piccolomini im Jahre 1634 die Stadt mit Granaten und glühenden Kugeln beschoß, die Engelsburg genannt. In einer schönen Schlangenlinie fließt die Tauber untenher; während des Sommers meist friedlich, klein und geräuschlos, zeitweise stark und ungestüm genug. Zerstreute Gebäude, ein gut eingerichtetes Wildbad, verschiedene Mühlen und ländliche Hütten umgeben den Fluß. Dicht bei der Kreuzung zweier Steigen, die unmittelbar zur Stadt hinaufführen, fällt jedermann sogleich die schöne Brücke auf, ein altes großartiges Bauwerk, das mit seiner gedoppelten Reihe übereinanderstehender Bogen, an die römischen Aquädukte erinnert. Hiezu in malerische Nachbarschaft tritt links am Fluß, von hohen Pappeln überragt, die Herrenmühle und rechts, durch die Reinheit seiner deutschen Bauart ausgezeichnet, das Kirchlein Unsrer lieben Frauen zu Cobolzell (so hieß zu Ehren des heiligen Cobol, eines Waldbruders der grauesten Vorzeit, das kleine Dorf, das einst an diesem Fleck gestanden haben soll). Von hier aus lief, mit frommer Anspielung auf jene von Pilgern bezeugte Ortsähnlichkeit ein breiter Stationsweg aufwärts gegen die alte Burg. Wallfahrende Scharen aus der Nähe und Ferne versammelten sich in der Stadt und zogen feierlich zuerst die Cobolzeller Steige herab, nach dem Kirchlein im Tal, bewegten sich alsdann zwischen den Leidensbildern des Erlösers von einer Station zur andren hinauf, um nächst an dem Burgtor eine große steinerne Kreuzigungsgruppe zu berühren und so fort endlich zum Altar des heiligen Bluts in der Hauptkirche von St. Jakob zu gelangen. Dies Herkommen blieb bis gegen 1544, wo die Gemeine, längst lebhaft vom Zug der Reformation ergriffen, die erste evangelische Predigt in St. Jakob zu hören bekam. Diese Kirche, das köstlichste Denkmal des einstigen Glanzes der Stadt, gehört als eine Schöpfung des 14. und 15. Jahrhunderts derselben edlen Bauart an, die das Erhabene der großen Massen durch Zierlichkeit und Mannigfaltigkeit der Teile zu mildern und zu erheitern weiß. Wenn man bedauern kann, daß die zwei hohen, in durchbrochene Spitzen auslaufenden Türme das Ebenmaß des Ganzen in seiner ursprünglichen Anlage merklich verletzen, so sondern sich dagegen die anderweitigen geschmacklosen Zutaten, die ein abgelebtes und eitles Geschlecht dem ehrwürdigen Bau von außen und innen aufdrang, vor unserm Blick unschwer von selber ab, bis man sie eines Tages in Wirklichkeit verschwinden lassen wird. Die Stadt hat überhaupt vieles Sehenswerte an Gebäuden, an öffentlichen Plätzen und Anstalten: der Marktplatz mit seiner Umgebung, die beiden Rathäuser samt dem Archiv und den unterirdischen Staatsgefängnissen.

[D.]

… unweit davon das Fronwaghaus mit der merkwürdigen Nürnberger Uhr, wo die Ratsgeschlechter ihre Trinkstube hatten; das Wohnhaus ferner des alten Geschlechts der Jaxtheimer, in welchem gewöhnlich die Kaiser herbergten; das große Brunnenwerk, vermittelst dessen das Wasser vom Talgrund jenseits der Tauber unter dem Flußbett hinweg bis auf die Höhe des Klingenturms gehoben wird; sodann die Klöster, Kirchen und Kapellen, das Hospital, die reiche, mit Waffen mannigfacher Art versehene Rüstkammer, dies alles und was sonst für die Eigentümlichkeit eines reichsstädtischen Lebens, für seinen abenteuerlichen Reiz in Krieg und Frieden bezeichnend sein mag – gibt dem Altertumsforscher vielfachen nicht leicht zu erschöpfenden Stoff. Wir haben nur noch flüchtig das Außenbild der Stadt von denjenigen Seiten zu ergänzen auf welchen sich, ihrer natürlichen Lage gemäß, die eigentlichen Befestigungswerke befinden.

Von der nördlich gelegenen Klingenbastei erstreckten sich dieselben bis zu der südlichen Spitze der Stadt und deckten so die lange Linie nach Morgen gegen die Ebene hin. Das stärkste Bollwerk, die Spitalbastei, deren oberer Gang für schwere Kartaunen und anderes Geschütz mäßiger Größe eingerichtet war, lag eben an jenem südlichen Ende; sie konnte für sich als abgesonderte Forteresse verteidigt werden. An der Ringmauer steht eine ganze Reihe von Türmen, darunter sich der Faulturm – er ist rund wie aus einem Stücke gedreht – durch seine Schönheit und Höhe auszeichnet. Bei den Wällen am Klingentor, am Galgen- und Rödertor erstürmte Tilly im September 1631 die Stadt; beim Gottesacker wo die Straße nach Ansbach und Nürnberg führt, hatte Gustav Adolf im folgenden Jahr sein Lager geschlagen. Und dies sind nicht die einzigen Erinnerungen kriegerischer Art von welchen jene Zinnen und Türme reden könnten.

[SCHEMA I] *[Unvollkommene Skizze]*

Zwei Jugendfreunde, Georg Arends und Franz Wintermantel, beide aus Rothenburg, assoziieren sich als Fabrikanten in Nürnberg. Das Etablissement reussiert nicht; der jüngere, Wintermantel, erkrankt und stirbt zu eben der Zeit als ein Bankrott unvermeidlich scheint. Bei der Massenuntersuchung ergibt sich aber, daß nicht nur die Gläubiger befriedigt werden können, sondern daß beiden Familien noch etwas Vermögen bleibt. Frau Wintermantel zieht, den letzten Wünschen ihres Gatten gemäß, nach seiner Vaterstadt Rothenburg. Heinrich Arends, als kinderloser Witwer, geht unter den vorteilhaftesten Bedingungen in Geschäften eines großen Hauses nach dem Kap. Seine Schwester Susanne (die als Witwe eines Geistlichen den alten Steuereinnehmer Knisel in Ulm geheiratet) hat eine Kiste mit schwerem altfränkischen Silbergeschirr (einen Teil der Mitgift seiner Frau) in Verwahrung, welche er bei dem drohenden Gant zu ihr gerettet hatte. Vor seiner Abreise bittet er die Schwester dieses Silberservice vorderhand in ihrem Verschluß zu behalten, nach Umständen aber es zu Gelde zu machen und das Kapital für die, jetzt erst dreijährige Tochter seines verstorbenen Freundes Wintermantel, seinem Patchen Augusta, anzulegen, gegen dessen Hinterbliebene er besondere Verpflichtungen zu haben glaubt, insofern er das gemeinschaftliche Mißgeschick zum größten Teil *seiner* verfehlten Spekulation zuschrieb. Mad. Wintermantel, mit welcher er gewissermaßen auf gespanntem Fuße steht, erfährt von *dieser* Verabredung nichts, um so weniger, weil man sie nicht für die beste Haushälterin hält. Sie widerlegt jedoch eine solche Meinung durch die Tat, indem sie sich in Rothenburg anständig durch fleißige Handarbeit (Blumen- und Putzmacherei) ernährt, ihre Tochter gut erzieht usw.

Nach Jahr und Tag erfährt man daß Arends in dem fremden Lande gestorben. Frau Susanne zögert mit Vollziehung seines Auftrags, sie kann sich von dem anvertrauten Schatze nicht trennen, und weiß sich damit zu beruhigen daß Mutter und Tochter nicht Not leiden. Übrigens trifft sie doch im stillen einige Vorkehrung daß das Silber Augusten einstens zufallen soll; und als auch sie späterhin ihren Wohnsitz in Rothenburg hat, erzeigt sie derselben je und je eine Wohltat.

[SCHEMA II]

Ein Kaufmann Arends stirbt als Witwer in seinem 50. Jahr ohne Kinder zu hinterlassen zur Zeit als ihm ein Bankerott drohte. Er übergibt seiner Schwester eine Kiste mit altem Silbergerät, das sie seinem Patchen Augusten (der zehnjährigen Waise seines besten Freundes) retten soll. Nach seinem Tode zeigte sich aber nicht allein daß sämtliche Gläubiger befriedigt werden konnten, sondern sogar noch einiges Vermögen übrigblieb. Die Schwester kann sich nicht entschließen sich von dem anvertrauten Schatz zu trennen, beschwichtigt aber ihr Gewissen durch den Vorsatz, das Mädchen in ihrem Testament auf entsprechende Weise zu bedenken; inzwischen läßt sie derselben unter anderer Form die Zinsen dieses Kapitals regelmäßig zukommen.

Mittlerweile hat sie den alten Steuereinnehmer (Knisel? Arthaus) geheuratet. Sie lassen sich nach dessen Pensionierung in Rothenburg an der Tauber nieder. Bekanntschaft des Steuereinnehmers mit dem jungen Zinngießer Christel, seinem Nachbar an der Stadtmauer.

Im Frühjahr 1800 verreist die Frau zu ihrer kranken Schwester. Den 12. Juli erscheint eine Anzahl französischer Chasseurs in der Stadt. Ihr Betragen macht dem Steuereinnehmer für die Zukunft bange. In der Frau Abwesenheit läßt sich der Steuereinnehmer von Christel bewegen das im Jahre 1796 in eine Wand der Hausflur eingemauerte Silbergerät zu größerer Sicherheit einzuschmelzen, in Kugelform zu gießen und als Kirchturmknopf aufzustecken. (Andere wertvolle Gegenstände bleiben in ihrem bisherigen Verstecke.)

Christel schmelzt und gießt das vom Steuereinnehmer ihm vorgewogene Silber unter dessen Augen. Es bleiben vier silberne Löffel und ein Kännchen übrig als die Form sich füllt. Das Gewicht der fertigen Kugel stimmt genau mit der Rechnung. Haussuchung bei Christel durch die Polizei. (Er hat noch Zeit, die Kugel wegzubringen.) Ohne recht zu wissen in welcher Absicht, flüchtet er die Kugel, im Drange des Augenblicks läßt er sie – am lichten Tag, im hellen Morgensonnenschein – durch sein Kammerfenster über die Mauer den Berg hinabspringen – sie stürzt in etlichen großen Sätzen lustig in die unten vorbeifließende Tauber. Kein Mensch hat's wahrgenommen.

Christel entkommt. Vergebliche Nachforschungen.

1802 stirbt die Frau Friederike unvermutet schnell.

Ihr Mann fast kindisch überlebt sie nicht lange.

1805 Auffindung der Kugel durch einen Fischer im Mondschein. Gerichtliche Verhandlung über den rechtmäßigen Erben der Kugel. Charlotte hatte schon früher von ihren Ansprüchen, soviel sie selbst davon wußte, gegen eine Freundin geäußert. Allein es meldet sich der Schwestersohn von Frau Friederike. Er hat kein eigentliches Dokument, wohl aber ein genaues unter den Papieren der Erblasserin vorgefundenes Verzeichnis sämtlicher Stücke Silber mit Angaben des einzelnen Gewichts. Die Summe dieser Angaben stimmt nahezu, doch nicht ganz mit der Schwere der Kugel. Der Neffe bringt ein silbernes Etui und drei Löffel mit G. v. A. bezeichnet. Diese Bezeichnung findet sich auf jenem Papier gleichfalls für ein ganzes Dutzend Löffel.

An dem Etui springt in der Hand des Untersuchungsrichters oder eines Aktuars zufällig ein geheimes Ressort worin sich ein Zeddel findet mit den Worten: »Dieses Etewü war bei den 32 ? Stück Silbersachen, so mein sel. Bruder vor die Auguste D. bestimmte; ich habe solches mit seiner Bewilligung vor mich eingetauscht und ein silbern Leuchterlin davor hingetan.

T. Rosina Friederike Arthaus, geb. J.«

Hierauf entscheidet das Gericht zugunsten Augustens.

GEDICHTE

AN EINEM WINTERMORGEN, VOR SONNENAUFGANG

O flaumenleichte Zeit der dunkeln Frühe!
Welch neue Welt bewegest du in mir?
Was ist's, daß ich auf einmal nun in dir
Von sanfter Wollust meines Daseins glühe?

Einem Kristall gleicht meine Seele nun,
Den noch kein falscher Strahl des Lichts getroffen;
Zu fluten scheint mein Geist, er scheint zu ruhn,
Dem Eindruck naher Wunderkräfte offen,
Die aus dem klaren Gürtel blauer Luft
Zuletzt ein Zauberwort vor meine Sinne ruft.

Bei hellen Augen glaub ich doch zu schwanken;
Ich schließe sie, daß nicht der Traum entweiche.
Seh ich hinab in lichte Feenreiche?
Wer hat den bunten Schwarm von Bildern und Gedanken
Zur Pforte meines Herzens hergeladen,
Die glänzend sich in diesem Busen baden,
Goldfarbgen Fischlein gleich im Gartenteiche?

Ich höre bald der Hirtenflöten Klänge,
Wie um die Krippe jener Wundernacht,
Bald weinbekränzter Jugend Lustgesänge;
Wer hat das friedenselige Gedränge
In meine traurigen Wände hergebracht?

Und welch Gefühl entzückter Stärke,
Indem mein Sinn sich frisch zur Ferne lenkt!
Vom ersten Mark des heutgen Tags getränkt,
Fühl ich mir Mut zu jedem frommen Werke.

Die Seele fliegt, so weit der Himmel reicht,
Der Genius jauchzt in mir! Doch sage,
Warum wird jetzt der Blick von Wehmut feucht?
Ist's ein verloren Glück, was mich erweicht?
Ist es ein werdendes, was ich im Herzen trage?
– Hinweg, mein Geist! hier gilt kein Stillestehn:
Es ist ein Augenblick, und alles wird verwehn!

Dort, sieh, am Horizont lüpft sich der Vorhang schon!
Es träumt der Tag, nun sei die Nacht entflohn;
Die Purpurlippe, die geschlossen lag,
Haucht, halbgeöffnet, süße Atemzüge:
Auf einmal blitzt das Aug, und, wie ein Gott, der Tag
Beginnt im Sprung die königlichen Flüge!

ERINNERUNG

An C. N.

Jenes war zum letzten Male,
Daß ich mit dir ging, o Clärchen!
Ja, das war das letztemal,
Daß wir uns wie Kinder freuten.

Als wir eines Tages eilig
Durch die breiten, sonnenhellen,
Regnerischen Straßen, unter
Einem Schirm geborgen, liefen;
Beide heimlich eingeschlossen
Wie in einem Feenstübchen,
Endlich einmal Arm in Arme!

Wenig wagten wir zu reden,
Denn das Herz schlug zu gewaltig,
Beide merkten wir es schweigend,
Und ein jedes schob im stillen
Des Gesichtes glühnde Röte
Auf den Widerschein des Schirmes.

Ach, ein Engel warst du da!
Wie du auf den Boden immer
Blicktest, und die blonden Locken
Um den hellen Nacken fielen.

»Jetzt ist wohl ein Regenbogen
Hinter uns am Himmel«, sagt ich,
»Und die Wachtel dort im Fenster,
Deucht mir, schlägt noch eins so froh!«

Und im Weitergehen dacht ich
Unsrer ersten Jugendspiele,
Dachte an dein heimatliches
Dorf und seine tausend Freuden.
– »Weißt du auch noch«, frug ich dich,
»Nachbar Büttnermeisters Höfchen,
Wo die großen Kufen lagen,
Drin wir sonntags nach Mittag uns
Immer häuslich niederließen,
Plauderten, Geschichten lasen,
Während drüben in der Kirche
Kinderlehre war – (ich höre
Heute noch den Ton der Orgel
Durch die Stille ringsumher):
Sage, lesen wir nicht einmal
Wieder wie zu jenen Zeiten
– Just nicht in der Kufe, mein ich –
Den beliebten ›Robinson‹?«

Und du lächeltest und bogest
Mit mir um die letzte Ecke.
Und ich bat dich um ein Röschen,
Das du an der Brust getragen,
Und mit scheuen Augen schnelle
Reichtest du mir's hin im Gehen:
Zitternd hob ich's an die Lippen,
Küßt es brünstig zwei- und dreimal;

Niemand konnte dessen spotten,
Keine Seele hat's gesehen,
Und du selber sahst es nicht.

An dem fremden Haus, wohin
Ich dich zu begleiten hatte,
Standen wir nun, weißt, ich drückte
Dir die Hand und –

Dieses war zum letzten Male,
Daß ich mit dir ging, o Clärchen!
Ja, das war das letztemal,
Daß wir uns wie Kinder freuten.

NÄCHTLICHE FAHRT

Jüngst im Traum ward ich getragen
Über fremdes Heideland;
Vor den halbverschlossnen Wagen
Schien ein Trauerzug gespannt.

Dann durch mondbeglänzte Wälder
Ging die sonderbare Fahrt,
Bis der Anblick offner Felder
Endlich mir bekannter ward.

Wie im lustigen Gewimmel
Tanzt nun Busch und Baum vorbei!
Und ein Dorf nun – guter Himmel!
O mir ahnet, was es sei.

Sah ich doch vorzeiten gerne
Diese Häuser oft und viel,
Die am Wagen die Laterne
Streift im stummen Schattenspiel.

Ja, dort unterm Giebeldache
Schlummerst du, vergeßlich Herz!
Und daß dein Getreuer wache,
Sagt dir kein geheimer Schmerz.

– Ferne waren schon die Hütten;
Sieh, da flattert's durch den Wind!
Eine Gabe zu erbitten
Schien ein armes, holdes Kind.

Wie vom bösen Geist getrieben,
Werf ich rasch der Bettlerin
Ein Geschenk von meiner Lieben,
Jene goldne Kette, hin.

Plötzlich scheint ein Rad gebunden,
Und der Wagen steht gebannt,
Und das schöne Mädchen unten
Hält mich schelmisch bei der Hand.

»Denkt man so damit zu schalten?
So entdeck ich den Betrug?
Doch den Wagen festzuhalten,
War die Kette stark genug.

Willst du, daß ich dir verzeihe,
Sei erst selber wieder gut!
Oder wo ist deine Treue,
Böser Junge, falsches Blut?«

Und sie streichelt mir die Wange,
Küßt mir das erfrorne Kinn,
Steht und lächelt, weinet lange
Als die schönste Büßerin.

Doch mir bleibt der Mund verschlossen,
Und kaum weiß ich, was geschehn;
Ganz in ihren Arm gegossen
Schien ich selig zu vergehn.

Und nun fliegt mit uns, ihr Pferde,
In die graue Welt hinein!
Unter uns vergeh die Erde,
Und kein Morgen soll mehr sein!

DER JUNGE DICHTER

Wenn der Schönheit sonst, der Anmut
Immer flüchtige Erscheinung,
Wie ein heller Glanz der Sonne,
Mir zu staunendem Entzücken
Wieder vor die Sinne trat;
Wenn Natur mir oft und alles
Erdenlebens liebe Fülle
Fast zu schwer am Busen wurde,
Daß nur kaum ein trunknes Jauchzen
Noch der Ausdruck lautern Dankes
Für solch süßes Dasein war:
O wie drang es da mich armen,
Mich unmündgen Sohn Apollens,
Dieses alles, schön gestaltet
Unter goldnen Leierklängen,
Fest, auf ewig festzuhalten!

Doch, wenn mir das tief Empfundne
Nicht alsbald so rein und völlig,
Wie es in der Seele lebte,
In des Dichters zweite Seele,
Den Gesang, hinüberspielte,
Wenn ich nur mit stumpfem Finger
Ungelenk die Saiten rührte –
Ach, wie oft wollt ich verzweifeln,
Daß ich stets ein Schüler bleibe!

Aber, Liebchen, sieh, bei dir
Bin ich plötzlich wie verwandelt:
Im erwärmten Winterstübchen,
Bei dem Schimmer dieser Lampe,
Wo ich deinen Worten lausche,
Hold bescheidnen Liebesworten!
Wie du dann geruhig deine
Braunen Lockenhaare schlichtest,
Also legt sich mir geglättet
All dies wirre Bilderwesen,
All des Herzens eitle Sorge,
Viel-zerteiltes Tun und Denken.
Froh begeistert, leicht gefiedert,
Flieg ich aus der Dichtung engen
Rosenbanden, daß ich nur
Noch in ihrem reinen Dufte,
Als im Elemente, lebe.

O du Liebliche, du lächelst,
Schüttelst, küssend mich, das Köpfchen,
Und begreifst nicht, was ich meine.
Möcht ich selber es nicht wissen,
Wissen nur, daß du mich liebest,
Daß ich in dem Flug der Zeit
Deine kleinen Hände halte!

DER KNABE UND DAS IMMLEIN

Im Weinberg auf der Höhe
Ein Häuslein steht so windebang;
Hat weder Tür noch Fenster,
Die Weile wird ihm lang.

Und ist der Tag so schwüle,
Sind all verstummt die Vögelein,
Summt an der Sonnenblume
Ein Immlein ganz allein.

Mein Lieb hat einen Garten,
Da steht ein hübsches Immenhaus:
Kommst du daher geflogen?
Schickt sie dich nach mir aus?

»O nein, du feiner Knabe,
Es hieß mich niemand Boten gehn;
Dies Kind weiß nichts von Lieben,
Hat dich noch kaum gesehn.

Was wüßten auch die Mädchen,
Wenn sie kaum aus der Schule sind!
Dein herzallerliebstes Schätzchen
Ist noch ein Mutterkind.

Ich bring ihm Wachs und Honig;
Ade! – ich hab ein ganzes Pfund;
Wie wird das Schätzchen lachen,
Ihm wässert schon der Mund.«

Ach, wolltest du ihr sagen,
Ich wüßte, was viel süßer ist:
Nichts Lieblichers auf Erden
Als wenn man herzt und küßt!

RAT EINER ALTEN

Bin jung gewesen,
Kann auch mitreden,
Und alt geworden,
Drum gilt mein Wort.

Schöne reife Beeren
Am Bäumchen hangen:
Nachbar, da hilft kein
Zaun um den Garten;
Lustige Vögel
Wissen den Weg.

Aber, mein Dirnchen,
Du laß dir raten:
Halte dein Schätzchen
Wohl in der Liebe,
Wohl im Respekt!

Mit den zwei Fädlein
In eins gedrehet,
Ziehst du am kleinen
Finger ihn nach.

Aufrichtig Herze,
Doch schweigen können,
Früh mit der Sonne
Mutig zur Arbeit,
Gesunde Glieder,
Saubere Linnen,
Das machet Mädchen
Und Weibchen wert.

Bin jung gewesen,
Kann auch mitreden,
Und alt geworden,
Drum gilt mein Wort.

BEGEGNUNG

Was doch heut nacht ein Sturm gewesen,
Bis erst der Morgen sich geregt!
Wie hat der ungebetne Besen
Kamin und Gassen ausgefegt!

Da kommt ein Mädchen schon die Straßen,
Das halb verschüchtert um sich sieht;
Wie Rosen, die der Wind zerblasen,
So unstet ihr Gesichtchen glüht.

Ein schöner Bursch tritt ihr entgegen,
Er will ihr voll Entzücken nahn:
Wie sehn sich freudig und verlegen
Die ungewohnten Schelme an!

Er scheint zu fragen, ob das Liebchen
Die Zöpfe schon zurechtgemacht,
Die heute nacht im offnen Stübchen
Ein Sturm in Unordnung gebracht.

Der Bursche träumt noch von den Küssen,
Die ihm das süße Kind getauscht,
Er steht, von Anmut hingerissen,
Derweil sie um die Ecke rauscht.

DER JÄGER

Drei Tage Regen fort und fort,
Kein Sonnenschein zur Stunde;
Drei Tage lang kein gutes Wort
Aus meiner Liebsten Munde!

Sie trutzt mit mir und ich mit ihr,
So hat sie's haben wollen;
Mir aber nagt's am Herzen hier,
Das Schmollen und das Grollen.

Willkommen denn, des Jägers Lust,
Gewittersturm und Regen!
Fest zugeknöpft die heiße Brust,
Und jauchzend euch entgegen!

Nun sitzt sie wohl daheim und lacht
Und scherzt mit den Geschwistern;
Ich höre in des Waldes Nacht
Die alten Blätter flüstern.

Nun sitzt sie wohl und weinet laut
Im Kämmerlein, in Sorgen;
Mir ist es wie dem Wilde traut,
In Finsternis geborgen.

Kein Hirsch und Rehlein überall!
Ein Schuß zum Zeitvertreibe!
Gesunder Knall und Widerhall
Erfrischt das Mark im Leibe. –

Doch wie der Donner nun verhallt
In Tälern, durch die Runde,
Ein plötzlich Weh mich überwallt,
Mir sinkt das Herz zu Grunde.

Sie trutzt mit mir und ich mit ihr,
So hat sie's haben wollen,
Mir aber frißt's am Herzen hier,
Das Schmollen und das Grollen.

Und auf! und nach der Liebsten Haus!
Und sie gefaßt ums Mieder!
»Drück mir die nassen Locken aus,
Und küß und hab mich wieder!«

JÄGERLIED

Zierlich ist des Vogels Tritt im Schnee,
Wenn er wandelt auf des Berges Höh:
Zierlicher schreibt Liebchens liebe Hand,
Schreibt ein Brieflein mir in ferne Land'.

In die Lüfte hoch ein Reiher steigt,
Dahin weder Pfeil noch Kugel fleugt:
Tausendmal so hoch und so geschwind
Die Gedanken treuer Liebe sind.

EIN STÜNDLEIN WOHL VOR TAG

Derweil ich schlafend lag,
Ein Stündlein wohl vor Tag,
Sang vor dem Fenster auf dem Baum
Ein Schwälblein mir, ich hört es kaum,
Ein Stündlein wohl vor Tag:

»Hör an, was ich dir sag!
Dein Schätzlein ich verklag:
Derweil ich dieses singen tu,
Herzt es ein Lieb in guter Ruh,
Ein Stündlein wohl vor Tag.«

O weh! nicht weiter sag.
O still! nichts hören mag!
Flieg ab, flieg ab von meinem Baum!
– Ach, Lieb und Treu ist wie ein Traum
Ein Stündlein wohl vor Tag.

STORCHENBOTSCHAFT

Des Schäfers sein Haus und das steht auf zwei Rad,
Steht hoch auf der Heiden, so frühe, wie spat;
Und wenn nur ein mancher so'n Nachtquartier hätt!
Ein Schäfer tauscht nicht mit dem König sein Bett.

Und käm ihm zu Nacht auch was Seltsames vor,
Er betet sein Sprüchel und legt sich aufs Ohr;
Ein Geistlein, ein Hexlein, so lustige Wicht',
Sie klopfen ihm wohl, doch er antwortet nicht.

Einmal doch, da ward es ihm wirklich zu bunt:
Es knopert am Laden, es winselt der Hund;
Nun ziehet mein Schäfer den Riegel – ei schau!
Da stehen zwei Störche, der Mann und die Frau.

Das Pärchen, es machet ein schön Kompliment,
Es möchte gern reden, ach, wenn es nur könnt!
Was will mir das Ziefer? – ist so was erhört?
Doch ist mir wohl fröhliche Botschaft beschert.

Ihr seid wohl dahinten zu Hause am Rhein?
Ihr habt wohl mein Mädel gebissen ins Bein?
Nun weinet das Kind und die Mutter noch mehr,
Sie wünschet den Herzallerliebsten sich her?

Und wünschet daneben die Taufe bestellt:
Ein Lämmlein, ein Würstlein, ein Beutelein Geld?
So sagt nur, ich käm in zwei Tag oder drei,
Und grüßt mir mein Bübel und rührt ihm den Brei!

Doch halt! warum stellt ihr zu zweien euch ein?
Es werden doch, hoff ich, nicht Zwillinge sein? –
Da klappern die Störche im lustigsten Ton,
Sie nicken und knicksen und fliegen davon.

DIE SCHLIMME GRET UND DER KÖNIGSSOHN

»Gott grüß dich, junge Müllerin!
Heut wehen die Lüfte wohl schön?«
»Laßt sie wehen von Morgen und Abend,
Meine leere Mühle zu drehn!«

»Die stangenlangen Flügel
Sie haspeln dir eitel Wind?«
»Der Herr ist tot, die Frau ist tot,
Da feiert das Gesind.«

»So tröste sich Leid mit Leide!
Wir wären wohl gesellt:
Ich irr, ein armer Königssohn,
Landflüchtig durch die Welt.

Und drunten an dem Berge
Die Hütte dort ist mein;
Da liegt auch meine Krone,
Geschmuck und Edelstein.

Willt meine Liebste heißen,
So sage, wie und wann,
An Tagen und in Nächten,
Ich zu dir kommen kann?« –

»Ich bind eine güldne Pfeife
Wohl an den Flügel hin,
Daß sie sich helle hören läßt,
Wann ich daheime bin.

Doch wollt Ihr bei mir wohnen,
Sollt mir willkommen sein:
Mein Haus ist groß und weit mein Hof,
Da wohn ich ganz allein.« –

Der Königssohn mit Freuden
Ihr folget in ihr Haus;
Sie tischt ihm auf, kein Edelhof
Vermöchte so stattlichen Schmaus:

Schwarzwild und Rebhuhn, Fisch und Met;
Er fragt nicht lang woher.
Sie zeigt so stolze Sitten,
Des wundert er sich sehr.

Die erste Nacht, da er kost mit ihr,
In das Ohr ihm sagte sie: »Wißt,
Eine Jungfrau muß ich bleiben,
So lieb Euer Leben Euch ist!« –

Einsmals da kam der Königssohn
Zu Mittag von der Jagd,
Unfrohgemut, doch barg er sich,
Sprach lachend zu seiner Magd:

»Die Leute sagten mir neue Mär
Von dir, und böse dazu;
Sankt Jörgens Drach war minder schlimm,
Wenn man sie hört, denn du.«

»Sie sagen, daß ich ein falsches Ding,
Daß ich eine Hexe sei?«
»Nun ja, mein Schatz, so sprechen sie!
Eine Hexe, meiner Treu!

Ich dachte: wohl, ihr Narren,
Ihr lüget nicht daran;
Mit den schwarzen Augen, aufs erstemal,
Hat sie mir's angetan.

Und länger ruh ich keinen Tag,
Bis daß ich König bin,
Und morgen zieh ich auf die Fahrt:
Aufs Jahr bist du Königin!« –

Sie blitzt ihn an wie Wetterstrahl,
Sie blickt ihn an so schlau:
»Du lügst in deinen Hals hinein!
Du willt keine Hexe zur Frau.

Du willt dich von mir scheiden;
Das mag ja wohl geschehn:
Sollt aber von der schlimmen Gret
Noch erst ein Probstück sehn.« –

»Ach, Liebchen, ach, wie hebet sich,
Wie wallet dein schwarzes Haar!
Und rühret sich kein Lüftchen doch;
O sage, was es war?

Schon wieder, ach, und wieder!
Du lachest und mir graut:
Es singen deine Zöpfe … Weh!
Du bist die Windesbraut!«

»Nicht seine Braut, doch ihm vertraut;
Meine Sippschaft ist gar groß.
Komm, küsse mich! ich halte dich
Und lasse dich nimmer los!

O pfui, das ist ein schief Gesicht!
Du wirst ja kreideweiß!
Frisch, munter, Prinz! ich gebe dir
Mein bestes Stücklein preis.« –

Rührlöffel in der Küch sie holt,
Rührlöffel ihrer zwei,
War jeder eine Elle lang,
Waren beide nagelneu.

»Was guckst du so erschrocken?
Denkst wohl, es gäbe Streich'?
Nicht doch, Herzliebster, warte nur,
Dein Wunder siehst du gleich.«

Auf den obern Boden führt sie ihn:
»Schau, was ein weiter Platz!
Wie ausgeblasen, hübsch und rein!
Hie tanzen wir, mein Schatz.

Schau, was ein Nebel zieht am Berg!
Gib acht, ich tu ihn ein!«
Sie beugt sich aus dem Laden weit,
Die Geister zu bedräun;

Sie wirbelt übereinander
Ihre Löffel so wunderlich,
Sie wickelt den Nebel und wickelt,
Und wirft ihn hinter sich.

Sie langt hervor ein Saitenspiel,
Sah wie ein Hackbrett aus,
Sie rühret es nur leise,
Es zittert das ganze Haus.

»Teil dich, teil dich, du Wolkendunst!
Ihr Geister, geht herfür!
Lange Männer, lange Weiber, seid
Hurtig zu Dienste mir!«

Da fangt es an zu kreisen,
Da wallet es hervor,
Lange Arme, lange Schleppen,
Und wieget sich im Chor.

»Faßt mir den dummen Jungen da!
Geschwinde wickelt ihn ein!
Er hat mein Herz gekränket,
Das soll er mir bereun.«

Den Jüngling von dem Boden hebt's,
Es dreht ihn um und um,
Es trägt ihn als ein Wickelkind
Dreimal im Saal herum.

Margret ein Wörtlein murmelt,
Klatscht in die Hand dazu:
Da fegt es wie ein Wirbelwind
Durchs Fenster fort im Nu.

Und fähret über die Berge,
Den Jüngling mitteninn,
Und fort bis wo der Pfeffer wächst –
O Knabe, wie ist dir zu Sinn?

Und als er sich besonnen,
Lag er im grünen Gras,
Hoch oben auf dem Seegestad;
Die Liebste bei ihm saß.

Ein Teppich war gebreitet,
Köstlich gewirket, bunt,
Darauf ein lustig Essen
In blankem Silber stund.

Und als er sich die Augen reibt
Und schaut sich um und an,
Ist sie wie eine Prinzessin schön,
Wie ein Prinz er angetan,

Sie lacht ihn an wie Maienschein,
Da sie ihm den Becher beut,
Sie legt den Arm um seinen Hals;
Vergessen war all sein Leid.

Da ging es an ein Küssen,
Er kriegt nicht satt an ihr;
Fürwahr ihr güldner Gürtel wär
Zu Schaden kommen schier.

»Ach Liebchen, ach, wie wallet hoch
Dein schwarzes Ringelhaar!
Warum mich so erschrecken jetzt?
Nun ist meine Freude gar.«

»Rück her, rück her, sei nicht so bang!
Nun sollt du erst noch sehn,
Wie lieblich meine Arme tun;
Komm, es ist gleich geschehn!« –

Sie drückt ihn an die Brüste,
Der Atem wird ihm schwer;
Sie heult ein grausiges Totenlied,
Und wirft ihn in das Meer.

LIEBESVORZEICHEN

Ich stand am Morgen jüngst im Garten
Vor dem Granatbaum sinnend still;
Mir war, als müßt ich gleich erwarten,
Ob er die Knospe sprengen will.

Sie aber schien es nicht zu wissen,
Wie mächtig ihr die Fülle schwoll,
Und daß sie in den Feuerküssen
Des goldnen Tages brennen soll.

Und dort am Rasen lag Jorinde;
Wie schnell bin ich zum Gruß bereit,
Indes sie sich nur erst geschwinde
Den Schlummer aus den Augen streut!

Dann leuchtet dieser Augen Schwärze
Mich an in lieb- und guter Ruh,
Sie hört dem Mutwill meiner Scherze
Mit kindischem Verwundern zu.

Dazwischen dacht ich wohl im stillen:
Was hast du vor? sie ist ein Kind!
Die Lippen, die von Reife quillen,
Wie blöde noch und fromm gesinnt!

Fürwahr, sie schien es nicht zu wissen,
Wie mächtig ihr die Fülle schwoll,
Und daß sie in den Feuerküssen
Des kecksten Knaben brennen soll.

Still überlegt ich auf und nieder,
Und ging so meiner Wege fort;
Doch fand der nächste Morgen wieder
Mich zeitig bei dem Bäumchen dort.

Mein! wer hat ihm in wenig Stunden
Ein solches Wunder angetan?
Die Flammenkrone aufgebunden?
Und was sagt mir dies Zeichen an?

Ich eile rasch den Gang hinunter,
Dort geht sie schon im Morgenstrahl;
Und bald, o Wunder über Wunder!
Wir küßten uns zum erstenmal.

Nun trieb der Baum wohl Blüt auf Blüte
Frisch in die blaue Luft hinaus,
Und noch, seitdem er lang verglühte,
Ging uns das Küssen nimmer aus.

SUSCHENS VOGEL

Ich hatt ein Vöglein, ach wie fein!
Kein schöners mag wohl nimmer sein:

Hätt auf der Brust ein Herzlein rot,
Und sung und sung sich schier zu Tod.

Herzvogel mein, du Vogel schön,
Nun sollt du mit zu Markte gehn! –

Und als ich in das Städtlein kam,
Er saß auf meiner Achsel zahm;

Und als ich ging am Haus vorbei
Des Knaben, dem ich brach die Treu,

Der Knab just aus dem Fenster sah,
Mit seinem Finger schnalzt er da:

Wie horchet gleich mein Vogel auf!
Zum Knaben fliegt er husch! hinauf;

Der koset ihn so lieb und hold,
Ich wußt nicht, was ich machen sollt,

Und stund, im Herzen so erschreckt,
Mit Händen mein Gesichte deckt',

Und schlich davon und weinet sehr,
Ich hört ihn rufen hinterher:

»Du falsche Maid, behüt dich Gott,
Ich hab doch wieder mein Herzlein rot!«

IN DER FRÜHE

Kein Schlaf noch kühlt das Auge mir,
Dort geht schon der Tag herfür
An meinem Kammerfenster.
Es wühlet mein verstörter Sinn
Noch zwischen Zweifeln her und hin
Und schaffet Nachtgespenster.
– Ängste, quäle
Dich nicht länger, meine Seele!
Freu dich! Schon sind da und dorten
Morgenglocken wach geworden.

ER IST'S

Frühling läßt sein blaues Band
Wieder flattern durch die Lüfte;
Süße, wohlbekannte Düfte
Streifen ahnungsvoll das Land.
Veilchen träumen schon,
Wollen balde kommen.
– Horch, von fern ein leiser Harfenton!
Frühling, ja du bist's!
Dich hab ich vernommen!

IM FRÜHLING

Hier lieg ich auf dem Frühlingshügel:
Die Wolke wird mein Flügel,
Ein Vogel fliegt mir voraus.
Ach, sag mir, all-einzige Liebe,
Wo du bleibst, daß ich bei dir bliebe!
Doch du und die Lüfte, ihr habt kein Haus.

Der Sonnenblume gleich steht mein Gemüte offen,
Sehnend,
Sich dehnend
In Lieben und Hoffen.
Frühling, was bist du gewillt?
Wann werd ich gestillt?

Die Wolke seh ich wandeln und den Fluß,
Es dringt der Sonne goldner Kuß
Mir tief bis ins Geblüt hinein;
Die Augen, wunderbar berauschet,
Tun, als schliefen sie ein,
Nur noch das Ohr dem Ton der Biene lauschet.

Ich denke dies und denke das,
Ich sehne mich, und weiß nicht recht, nach was:
Halb ist es Lust, halb ist es Klage;
Mein Herz, o sage,
Was webst du für Erinnerung
In golden grüner Zweige Dämmerung?
– Alte unnennbare Tage!

ERSTES LIEBESLIED EINES MÄDCHENS

Was im Netze? Schau einmal!
Aber ich bin bange;
Greif ich einen süßen Aal?
Greif ich eine Schlange?

Lieb ist blinde
Fischerin;
Sagt dem Kinde,
Wo greift's hin?

Schon schnellt mir's in Händen!
Ach Jammer! o Lust!
Mit Schmiegen und Wenden
Mir schlüpft's an die Brust.

Es beißt sich, o Wunder!
Mir keck durch die Haut,
Schießt's Herze hinunter!
O Liebe, mir graut!

Was tun, was beginnen?
Das schaurige Ding,
Es schnalzet da drinnen,
Es legt sich im Ring.

Gift muß ich haben!
Hier schleicht es herum,
Tut wonniglich graben
Und bringt mich noch um!

FUSSREISE

Am frischgeschnittnen Wanderstab
Wenn ich in der Frühe
So durch Wälder ziehe,
Hügel auf und ab:
Dann, wie's Vöglein im Laube
Singet und sich rührt,
Oder wie die goldne Traube
Wonnegeister spürt
In der ersten Morgensonne:
So fühlt auch mein alter, lieber
Adam Herbst- und Frühlingsfieber,
Gottbeherzte,
Nie verscherzte
Erstlings-Paradieseswonne.

Also bist du nicht so schlimm, o alter
Adam, wie die strengen Lehrer sagen;
Liebst und lobst du immer doch,
Singst und preisest immer noch,
Wie an ewig neuen Schöpfungstagen,
Deinen lieben Schöpfer und Erhalter.

Möcht es dieser geben,
Und mein ganzes Leben
Wär im leichten Wanderschweiße
Eine solche Morgenreise!

BESUCH IN URACH

Nur fast so wie im Traum ist mir's geschehen,
Daß ich in dies geliebte Tal verirrt.
Kein Wunder ist, was meine Augen sehen,
Doch schwankt der Boden, Luft und Staude schwirrt,
Aus tausend grünen Spiegeln scheint zu gehen
Vergangne Zeit, die lächelnd mich verwirrt;
Die Wahrheit selber wird hier zum Gedichte,
Mein eigen Bild ein fremd und hold Gesichte!

Da seid ihr alle wieder aufgerichtet,
Besonnte Felsen, alte Wolkenstühle!
Auf Wäldern schwer, wo kaum der Mittag lichtet
Und Schatten mischt mit balsamreicher Schwüle.
Kennt ihr mich noch, der sonst hieher geflüchtet,
Im Moose, bei süß-schläferndem Gefühle,
Der Mücke Sumsen hier ein Ohr geliehen,
Ach, kennt ihr mich, und wollt nicht vor mir fliehen?

Hier wird ein Strauch, ein jeder Halm zur Schlinge,
Die mich in liebliche Betrachtung fängt;
Kein Mäuerchen, kein Holz ist so geringe,
Daß nicht mein Blick voll Wehmut an ihm hängt:
Ein jedes spricht mir halbvergeßne Dinge;
Ich fühle, wie von Schmerz und Lust gedrängt
Die Träne stockt, indes ich ohne Weile,
Unschlüssig, satt und durstig, weitereile.

Hinweg! und leite mich, du Schar von Quellen,
Die ihr durchspielt der Matten grünes Gold!
Zeigt mir die urbemoosten Wasserzellen,
Aus denen euer ewigs Leben rollt,

Im kühnsten Walde die verwachsnen Schwellen,
Wo eurer Mutter Kraft im Berge grollt,
Bis sie im breiten Schwung an Felsenwänden
Herabstürzt, euch im Tale zu versenden.

O hier ist's, wo Natur den Schleier reißt!
Sie bricht einmal ihr übermenschlich Schweigen;
Laut mit sich selber redend will ihr Geist,
Sich selbst vernehmend, sich ihm selber zeigen.
– Doch ach, sie bleibt, mehr als der Mensch, verwaist,
Darf nicht aus ihrem eignen Rätsel steigen!
Dir biet ich denn, begier'ge Wassersäule,
Die nackte Brust, ach, ob sie dir sich teile!

Vergebens! und dein kühles Element
Tropft an mir ab, im Grase zu versinken.
Was ist's, das deine Seele von mir trennt?
Sie flieht, und möcht ich auch in dir ertrinken!
Dich kränkt's nicht, wie mein Herz um dich entbrennt,
Küssest im Sturz nur diese schroffen Zinken;
Du bleibest, was du warst seit Tag und Jahren,
Ohn ein'gen Schmerz der Zeiten zu erfahren.

Hinweg aus diesem üppgen Schattengrund
Voll großer Pracht, die drückend mich erschüttert!
Bald grüßt beruhigt mein verstummter Mund
Den schlichten Winkel, wo sonst halb verwittert
Die kleine Bank und wo das Hüttchen stund;
Erinnrung reicht mit Lächeln die verbittert
Bis zur Betäubung süßen Zauberschalen;
So trink ich gierig die entzückten Qualen.

Hier schlang sich tausendmal ein junger Arm
Um meinen Hals mit inn'gem Wohlgefallen.
O säh ich mich, als Knaben sonder Harm,
Wie einst, mit Necken durch die Haine wallen!
Ihr Hügel, von der *alten* Sonne warm,
Erscheint mir denn auf keinem von euch allen
Mein Ebenbild, in jugendlicher Frische
Hervorgesprungen aus dem Waldgebüsche?

O komm, enthülle dich! dann sollst du mir
Mit Freundlichkeit ins dunkle Auge schauen!
Noch immer, guter Knabe, gleich ich dir,
Uns beiden wird nicht voreinander grauen!
So komm und laß mich unaufhaltsam hier
Mich deinem reinen Busen anvertrauen! –
Umsonst, daß ich die Arme nach dir strecke,
Den Boden, wo du gingst, mit Küssen decke!

Hier will ich denn laut schluchzend liegen bleiben,
Fühllos, und alles habe seinen Lauf! –
Mein Finger, matt, ins Gras beginnt zu schreiben:
Hin ist die Lust! hab alles seinen Lauf!
Da, plötzlich, hör ich's durch die Lüfte treiben,
Und ein entfernter Donner schreckt mich auf;
Elastisch angespannt mein ganzes Wesen
Ist von Gewitterluft wie neu genesen.

Sieh! wie die Wolken finstre Ballen schließen
Um den ehrwürdgen Trotz der Burgruine!
Von weitem schon hört man den alten Riesen,
Stumm harrt das Tal mit ungewisser Miene,
Der Kuckuck nur ruft sein einförmig Grüßen
Versteckt aus unerforschter Wildnis Grüne,
Jetzt kracht die Wölbung, und verhallet lange,
Das wundervolle Schauspiel ist im Gange!

Ja nun, indes mit hoher Feuerhelle
Der Blitz die Stirn und Wange mir verklärt,
Ruf ich den lauten Segen in die grelle
Musik des Donners, die mein Wort bewährt:
O Tal! du meines Lebens andre Schwelle!
Du meiner tiefsten Kräfte stiller Herd!
Du meiner Liebe Wundernest! ich scheide,
Leb wohl! – und sei dein Engel mein Geleite!

AN EINE ÄOLSHARFE

Tu semper urges flebilibus modis
Mysten ademptum: nec tibi Vespero
Surgente decedunt amores,
Nec rapidum fugiente Solem.
Hor.

Angelehnt an die Efeuwand
Dieser alten Terrasse,
Du, einer luftgebornen Muse
Geheimnisvolles Saitenspiel,
Fang an,
Fange wieder an
Deine melodische Klage!

Ihr kommet, Winde, fern herüber,
Ach, von des Knaben,
Der mir so lieb war,
Frisch grünendem Hügel.
Und Frühlingsblüten unterweges streifend,
Übersättigt mit Wohlgerüchen,
Wie süß bedrängt ihr dies Herz!
Und säuselt her in die Saiten,
Angezogen von wohllautender Wehmut,
Wachsend im Zug meiner Sehnsucht,
Und hinsterbend wieder.

Aber auf einmal,
Wie der Wind heftiger herstößt,
Ein holder Schrei der Harfe
Wiederholt, mir zu süßem Erschrecken,
Meiner Seele plötzliche Regung;
Und hier – die volle Rose streut, geschüttelt,
All ihre Blätter vor meine Füße!

HOCHZEITLIED

Mit einem blauen Kornblumenkranze

Nicht weit vom Dorf zwei Linden stehen,
Einsam, der Felder stille Hut,
Wo in der Sommernächte Wehen
Ein Hirte gern, ein Dichter, ruht.

Hell schwamm auf Duft und Nebelhülle
Des Mondes leiser Zaubertag,
Kaum unterbrach die süße Stille
Von fern bescheidner Wachtelschlag.

Und wie ich ruhig so inmitten
All dieser Schönheit lag und sann,
Da kam mit leicht gehobnen Schritten
Ein göttlich Frauenbild heran.

Gewiß, es war der Musen eine,
Erschrocken merkt ich's, lustbewegt;
Sie setzt sich zu mir an dem Raine,
Die Hand auf meinen Arm gelegt.

Und schüttelt lächelnd aus dem Kleide
Blaue Zyanen, Stern an Stern:
»Dich stört's nicht, wenn an deiner Seite
Ich heut ein Kränzlein bände gern.

Nicht wahr, mit Schwärmen und mit Plaudern
Verbrächte gern mein Freund die Nacht?
Doch flecht ich still, und ohne Zaudern
Sei du mir auf ein Lied bedacht!

Sieh, wo das Dörflein mit der Spitze
Des gelben Turms herüberschaut,
Dort schlummert auf dem Elternsitze
Noch wenig Nächte eine Braut.

Sie schläft; der Wange Rosen beben,
Wir beide ahnen wohl, wovon;
Um die halb offne Lippe schweben
Die Träume glühnder Küsse schon.

Ach nein! mit lauten Herzensschlägen
Hört sie vielleicht der Glocken Klang,
Hört am Altar den Vatersegen
Und eines Engels Brautgesang;

Sieht unter Weinen sich umschlungen
Von Mutter-Lieb, von Schwester-Treu,
Das Herz, von Lust und Schmerz gedrungen,
Macht sich mit tausend Tränen frei.

Und alle diese sel'gen Träume,
Der nächste Morgen macht sie wahr;
Es stehen schon des Hauses Räume
Geschmückt für froher Gäste Schar.

Hier aber, wo mit den Gespielen
Das Mädchen oft sich Veilchen las,
Vielleicht alleine mit Gefühlen
Der sehnsuchtsvollen Ahnung saß,

Hier, unterm Blick prophet'scher Sterne,
Weih ich mit dir dies Fest voraus:
Tief schaut die Muse in die Ferne
Des bräutlichen Geschicks hinaus.

Wie golden winkt die neue Schwelle
Des Lebens jedem jungen Paar!
Doch weiß man, daß nicht stets so helle
Der Mittag wie der Morgen war.

Bei manchem lauten Hochzeitfeste
Schlich mit weissagendem Gemüt
Ich aus dem Kreis entzückter Gäste,
Und sang ein heimlich Trauerlied.

Heut aber seh ich schöne Tage
Blühn in gedrängter Sternensaat,
Entschieden liegt schon auf der Waage,
Was dieses Paar vom Schicksal bat.

Hast, Liebchen, du der Jugend Blüte,
Anmut und Liebenswürdigkeit,
All deines Herzens lautre Güte
Kühn deinem Einzigen geweiht;

Läßt du der Heimat Friedensauen,
So manch ein lang gewohntes Glück,
Um dir den eignen Herd zu bauen,
Halb wehmutsvoll, halb froh zurück:

Getrost! so darf ich laut es zeugen,
Ein würdig Herz hast du gewählt;
Selbst böser Neid bekennt mit Schweigen,
Daß nichts zu deinem Glücke fehlt.

Denn Heiterkeit und holde Sitte,
Wie Sommerluft, durchwehn dein Haus,
Und, goldbeschuht, mit leisem Tritte
Gehn Segensengel ein und aus.«

Die Muse schwieg, und ohne Säumen
Flocht sie nun mit geschäftger Hand,
Indes zu anspruchlosen Reimen
Ich ihre Worte still verband.

Auf einmal hielt sie mir entgegen
Den fertigen Zyanenkranz,
Und sprach: »Bring's ihr mit meinem Segen!«
Und schwand dahin im Nebelglanz.

Ich aber blieb noch lange lauschen,
Von Liebestrunkenheit bewegt,
Das Ährenfeld begann zu rauschen,
Von Morgenschauern angeregt.

Und lichter ward's und immer lichter,
In mir und außer mir; da ging
Die Sonne auf, von der der Dichter
Den ersten Strahl für euch empfing.

MEIN FLUSS

O Fluß, mein Fluß im Morgenstrahl!
Empfange nun, empfange
Den sehnsuchtsvollen Leib einmal,
Und küsse Brust und Wange!
– Er fühlt mir schon herauf die Brust,
Er kühlt mit Liebesschauerlust
Und jauchzendem Gesange.

Es schlüpft der goldne Sonnenschein
In Tropfen an mir nieder,
Die Woge wieget aus und ein
Die hingegebnen Glieder;
Die Arme hab ich ausgespannt,
Sie kommt auf mich herzugerannt,
Sie faßt und läßt mich wieder.

Du murmelst so, mein Fluß, warum?
Du trägst seit alten Tagen
Ein seltsam Märchen mit dir um,
Und mühst dich, es zu sagen;
Du eilst so sehr und läufst so sehr,
Als müßtest du im Land umher,
Man weiß nicht wen, drum fragen.

Der Himmel, blau und kinderrein,
Worin die Wellen singen,
Der Himmel ist die Seele dein:
O laß mich ihn durchdringen!
Ich tauche mich mit Geist und Sinn
Durch die vertiefte Bläue hin,
Und kann sie nicht erschwingen!

Was ist so tief, so tief wie sie?
Die Liebe nur alleine.
Sie wird nicht satt und sättigt nie
Mit ihrem Wechselscheine.
– Schwill an, mein Fluß, und hebe dich!
Mit Grausen übergieße mich!
Mein Leben um das deine!

Du weisest schmeichelnd mich zurück
Zu deiner Blumenschwelle.
So trage denn allein dein Glück,
Und wieg auf deiner Welle
Der Sonne Pracht, des Mondes Ruh:
Nach tausend Irren kehrest du
Zur ewgen Mutterquelle!

JOSEPHINE

Das Hochamt war. Der Morgensonne Blick
Glomm wunderbar im süßen Weihrauchscheine;
Der Priester schwieg; nun brauste die Musik
Vom Chor herab zur Tiefe der Gemeine.
So stürzt ein sonnetrunkner Aar
Vom Himmel sich mit herrlichem Gefieder,
So läßt Jehovens Mantel unsichtbar
Sich stürmend aus den Wolken nieder.

Dazwischen hört ich eine Stimme wehen,
Die sanft den Sturm der Chöre unterbrach;
Sie schmiegte sich mit schwesterlichem Flehen
Dem süß verwandten Ton der Flöte nach.

Wer ist's, der diese Himmelsklänge schickt?
Das Mädchen dort, das so bescheiden blickt.
Ich eile sachte auf die Galerie;
Zwar klopft mein Herz, doch tret ich hinter sie.

Hier konnt ich denn in unschuldsvoller Lust
Mit leiser Hand ihr festlich Kleid berühren,
Ich konnte still, ihr selber unbewußt,
Die nahe Regung ihres Wesens spüren.

Doch, welch ein Blick und welche Miene,
Als ich das Wort nun endlich nahm,
Und nun der Name Josephine
Mir herzlich auf die Lippen kam!
Welch zages Spiel die braunen Augen hatten!
Wie barg sich unterm tiefgesenkten Schatten
Der Wimper gern die ros'ge Scham!

Und wie der Mund, der eben im Gesang
Die Gottheit noch auf seiner Schwelle hegte,
Sich von der Töne heilgem Überschwang
Zu mir mit schlichter Rede herbewegte!

O dieser Ton – ich fühlt es nur zu bald,
Schlich sich ins Herz und macht es tief erkranken;
Ich stehe wie ein Träumer in Gedanken,
Indes die Orgel nun verhallt,
Die Sängerin vorüberwallt,
Die Kirche aufbricht und die Kerzen wanken.

AUF DER REISE

Zwischen süßem Schmerz,
Zwischen dumpfem Wohlbehagen
Sitz ich nächtlich in dem Reisewagen,
Lasse mich so weit von dir, mein Herz,
Weit und immer weiter tragen.

Schweigend sitz ich und allein,
Ich wiege mich in bunten Träumen,
Das muntre Posthorn klingt darein,
Es tanzt der liebe Mondenschein
Nach diesem Ton auf Quellen und auf Bäumen
Sogar zu mir durchs enge Fensterlein.

Ich wünsche mir nun dies und das.
O könnt ich jetzo durch ein Zauberglas
Ins Goldgewebe deines Traumes blicken!
Vielleicht dann säh ich wieder mit Entzücken
Dich in der Laube wohlbekannt,
Ich sähe Genovevens Hand
Auf deiner Schulter traulich liegen,
Am Ende säh ich selber mich,
Halb keck und halb bescheidentlich,
An deine holde Wange schmiegen.

Doch nein! wie dürft ich auch nur hoffen,
Daß jetzt mein Schatten bei dir sei!
Ach, stünden deine Träume für mich offen,
Du winktest wohl auch wachend mich herbei!

FRAGE UND ANTWORT

Fragst du mich, woher die bange
Liebe mir zum Herzen kam,
Und warum ich ihr nicht lange
Schon den bittern Stachel nahm?

Sprich, warum mit Geisterschnelle
Wohl der Wind die Flügel rührt,
Und woher die süße Quelle
Die verborgnen Wasser führt?

Banne du auf seiner Fährte
Mir den Wind in vollem Lauf!
Halte mit der Zaubergerte
Du die süßen Quellen auf!

LEBEWOHL

»Lebe wohl« – Du fühlest nicht,
Was es heißt, dies Wort der Schmerzen;
Mit getrostem Angesicht
Sagtest du's und leichtem Herzen.

Lebe wohl! – Ach tausendmal
Hab ich mir es vorgesprochen,
Und in nimmersatter Qual
Mir das Herz damit gebrochen!

HEIMWEH

Anders wird die Welt mit jedem Schritt,
Den ich weiter von der Liebsten mache;
Mein Herz, das will nicht weiter mit.
Hier scheint die Sonne kalt ins Land,
Hier deucht mir alles unbekannt,
Sogar die Blumen am Bache!
Hat jede Sache
So fremd eine Miene, so falsch ein Gesicht.
Das Bächlein murmelt wohl und spricht:
Armer Knabe, komm bei mir vorüber,
Siehst auch hier Vergißmeinnicht!
– Ja, die sind schön an jedem Ort,
Aber nicht wie dort.
Fort, nur fort!
Die Augen gehn mir über!

GESANG ZU ZWEIEN IN DER NACHT

Sie:

Wie süß der Nachtwind nun die Wiese streift,
Und klingend jetzt den jungen Hain durchläuft!
Da noch der freche Tag verstummt,
Hört man der Erdenkräfte flüsterndes Gedränge,
Das aufwärts in die zärtlichen Gesänge
Der reingestimmten Lüfte summt.

Er:

Vernehm ich doch die wunderbarsten Stimmen,
Vom lauen Wind wollüstig hingeschleift,
Indes, mit ungewissem Licht gestreift,
Der Himmel selber scheinet hinzuschwimmen.

Sie:
Wie ein Gewebe zuckt die Luft manchmal,
Durchsichtiger und heller aufzuwehen;
Dazwischen hört man weiche Töne gehen
Von sel'gen Feen, die im blauen Saal
Zum Sphärenklang,
Und fleißig mit Gesang,
Silberne Spindeln hin und wider drehen.

Er:
O holde Nacht, du gehst mit leisem Tritt
Auf schwarzem Samt, der nur am Tage grünet,
Und luftig schwirrender Musik bedienet
Sich nun dein Fuß zum leichten Schritt,
Womit du Stund um Stunde missest,
Dich lieblich in dir selbst vergissest –
Du schwärmst, es schwärmt der Schöpfung Seele mit!

DIE TRAURIGE KRÖNUNG

Es war ein König Milesint,
Von dem will ich euch sagen:
Der meuchelte sein Bruderskind,
Wollte selbst die Krone tragen.
Die Krönung ward mit Prangen
Auf Liffey-Schloß begangen.
O Irland! Irland! warest du so blind?

Der König sitzt um Mitternacht
Im leeren Marmorsaale,
Sieht irr in all die neue Pracht,
Wie trunken von dem Mahle;
Er spricht zu seinem Sohne:
»Noch einmal bring die Krone!
Doch schau, wer hat die Pforten aufgemacht?«

Da kommt ein seltsam Totenspiel,
Ein Zug mit leisen Tritten,
Vermummte Gäste groß und viel,
Eine Krone schwankt inmitten;
Es drängt sich durch die Pforte
Mit Flüstern ohne Worte;
Dem Könige, dem wird so geisterschwül.

Und aus der schwarzen Menge blickt
Ein Kind mit frischer Wunde;
Es lächelt sterbensweh und nickt,
Es macht im Saal die Runde,
Es trippelt zu dem Throne,
Es reichet eine Krone
Dem Könige, des Herze tief erschrickt.

Darauf der Zug von dannen strich,
Von Morgenluft berauschet,
Die Kerzen flackern wunderlich,
Der Mond am Fenster lauschet;
Der Sohn mit Angst und Schweigen
Zum Vater tät sich neigen –
Er neiget über eine Leiche sich.

JUNG VOLKER

Gesang der Räuber

Jung Volker, das ist unser Räuberhauptmann,
Mit Fiedel und mit Flinte,
Damit er geigen und schießen kann,
Nach dem just Wetter und Winde.
Fiedel und die Flint,
Fiedel und die Flint!
Volker spielt auf.

Ich sah ihn hoch im Sonnenschein
Auf einem Hügel sitzen:
Da spielt er die Geig und schluckt roten Wein,
Seine blauen Augen ihm blitzen.
Fiedel und die Flint,
Fiedel und die Flint!
Volker spielt auf.

Auf einmal, er schleudert die Geig in die Luft,
Auf einmal, er wirft sich zu Pferde:
Der Feind kommt! Da stößt er ins Pfeifchen und ruft:
»Brecht ein, wie der Wolf in die Herde!«
Fiedel und die Flint,
Fiedel und die Flint!
Volker spielt auf.

JUNG VOLKERS LIED

Und die mich trug im Mutterleib,
Und die mich schwang im Kissen,
Die war ein schön frech braunes Weib,
Wollte nichts vom Mannsvolk wissen.

Sie scherzte nur und lachte laut,
Und ließ die Freier stehen:
Möcht lieber sein des Windes Braut,
Denn in die Ehe gehen!

Da kam der Wind, da nahm der Wind
Als Buhle sie gefangen:
Von dem hat sie ein lustig Kind
In ihren Schoß empfangen.

NIMMERSATTE LIEBE

So ist die Lieb! So ist die Lieb!
Mit Küssen nicht zu stillen:
Wer ist der Tor und will ein Sieb
Mit eitel Wasser füllen?
Und schöpfst du an die tausend Jahr,
Und küssest ewig, ewig gar,
Du tust ihr nie zu Willen.

Die Lieb, die Lieb hat alle Stund
Neu wunderlich Gelüsten;
Wir bissen uns die Lippen wund,
Da wir uns heute küßten.
Das Mädchen hielt in guter Ruh,
Wie's Lämmlein unterm Messer;
Ihr Auge bat: nur immer zu,
je weher, desto besser!

So ist die Lieb, und war auch so,
Wie lang es Liebe gibt,
Und anders hat Herr Salomo,
Der Weise, nicht verliebt.

DER GÄRTNER

Auf ihrem Leibrößlein,
So weiß wie der Schnee,
Die schönste Prinzessin
Reit't durch die Allee.

Der Weg, den das Rößlein
Hintanzet so hold,
Der Sand, den ich streute,
Er blinket wie Gold.

Du rosenfarbs Hütlein,
Wohl auf und wohl ab,
O wirf eine Feder
Verstohlen herab!

Und willst du dagegen
Eine Blüte von mir,
Nimm tausend für *eine*,
Nimm alle dafür!

SCHÖN-ROHTRAUT

Wie heißt König Ringangs Töchterlein?
Rohtraut, Schön-Rohtraut.
Was tut sie denn den ganzen Tag,
Da sie wohl nicht spinnen und nähen mag?
Tut fischen und jagen.
O daß ich doch ihr Jäger wär!
Fischen und jagen freute mich sehr.
– Schweig stille, mein Herze!

Und über eine kleine Weil,
Rohtraut, Schön-Rohtraut,
So dient der Knab auf Ringangs Schloß
In Jägertracht und hat ein Roß,
Mit Rohtraut zu jagen.
O daß ich doch ein Königssohn wär!
Rohtraut, Schön-Rohtraut lieb' ich so sehr.
– Schweig stille, mein Herze!

Einsmals sie ruhten am Eichenbaum,
Da lacht Schön-Rohtraut:
Was siehst mich an so wunniglich?
Wenn du das Herz hast, küsse mich!
Ach! erschrak der Knabe!
Doch denket er: mir ist's vergunnt,
Und küsset Schön-Rohtraut auf den Mund.
– Schweig stille, mein Herze!

Darauf sie ritten schweigend heim,
   Rohtraut, Schön-Rohtraut;
Es jauchzt der Knab in seinem Sinn:
Und würdst du heute Kaiserin,
   Mich sollt's nicht kränken!
Ihr tausend Blätter im Walde wißt,
Ich hab Schön-Rohtrauts Mund geküßt!
   – Schweig stille, mein Herze!

LIED VOM WINDE

Sausewind, Brausewind!
Dort und hier!
Deine Heimat sage mir!

»Kindlein, wir fahren
Seit vielen vielen Jahren
Durch die weit weite Welt,
Und möchten's erfragen,
Die Antwort erjagen,
Bei den Bergen, den Meeren,
Bei des Himmels klingenden Heeren,
Die wissen es nie.
Bist du klüger als sie,
Magst du es sagen.
– Fort, wohlauf!
Halt uns nicht auf!
Kommen andre nach, unsre Brüder,
Da frag wieder.«

Halt an! Gemach,
Eine kleine Frist!
Sagt, wo der Liebe Heimat ist,
Ihr Anfang, ihr Ende?

»Wer's nennen könnte!
Schelmisches Kind,
Lieb ist wie Wind,

Rasch und lebendig,
Ruhet nie,
Ewig ist sie,
Aber nicht immer beständig.
– Fort! Wohlauf! auf!
Halt uns nicht auf!
Fort über Stoppel und Wälder und Wiesen!
Wenn ich dein Schätzchen seh,
Will ich es grüßen.
Kindlein ade!«

DAS VERLASSENE MÄGDLEIN

Früh, wann die Hähne krähn,
Eh die Sternlein verschwinden,
Muß ich am Herde stehn,
Muß Feuer zünden.

Schön ist der Flammen Schein,
Es springen die Funken;
Ich schaue so drein,
In Leid versunken.

Plötzlich, da kommt es mir,
Treuloser Knabe,
Daß ich die Nacht von dir
Geträumet habe.

Träne auf Träne dann
Stürzet hernieder;
So kommt der Tag heran –
O ging' er wieder!

AGNES

Rosenzeit! wie schnell vorbei,
Schnell vorbei
Bist du doch gegangen!
Wär mein Lieb nur blieben treu,
Blieben treu,
Sollte mir nicht bangen.

Um die Ernte wohlgemut,
Wohlgemut
Schnitterinnen singen.
Aber, ach! mir kranken Blut,
Mir kranken Blut
Will nichts mehr gelingen.

Schleiche so durchs Wiesental,
So durchs Tal,
Als im Traum verloren,
Nach dem Berg, da tausendmal,
Tausendmal
Er mir Treu geschworen.

Oben auf des Hügels Rand,
Abgewandt,
Wein ich bei der Linde;
An dem Hut mein Rosenband,
Von seiner Hand,
Spieler in dem Winde.

ELFENLIED

Bei Nacht im Dorf der Wächter rief:
Elfe!
Ein ganz kleines Elfchen im Walde schlief –
Wohl um die Elfe! –

Und meint, es rief ihm aus dem Tal
Bei seinem Namen die Nachtigall,
Oder Silpelit hätt ihm gerufen.
Reibt sich der Elf die Augen aus,
Begibt sich vor sein Schneckenhaus,
Und ist als wie ein trunken Mann,
Sein Schläflein war nicht voll getan,
Und humpelt also tippe tapp
Durchs Haselholz ins Tal hinab,
Schlupft an der Mauer hin so dicht,
Da sitzt der Glühwurm, Licht an Licht.
»Was sind das helle Fensterlein?
Da drin wird eine Hochzeit sein:
Die Kleinen sitzen beim Mahle
Und treiben's in dem Saale.
Da guck ich wohl ein wenig 'nein!«
– Pfui, stößt den Kopf an harten Stein!
Elfe, gelt, du hast genug?
Gukuk! Gukuk!

DIE SCHWESTERN

Wir Schwestern zwei, wir schönen,
So gleich von Angesicht,
So gleicht kein Ei dem andern,
Kein Stern dem andern nicht.

Wir Schwestern zwei, wir schönen,
Wir haben lichtbraune Haar,
Und flichtst du sie in *einen* Zopf,
Man kennt sie nicht fürwahr.

Wir Schwestern zwei, wir schönen,
Wir tragen gleich Gewand,
Spazieren auf dem Wiesenplan
Und singen Hand in Hand.

Wir Schwestern zwei, wir schönen,
Wir spinnen in die Wett,
Wir sitzen an *einer* Kunkel,
Und schlafen in *einem* Bett.

O Schwestern zwei, ihr schönen,
Wie hat sich das Blättchen gewendt!
Ihr liebet einerlei Liebchen –
Und jetzt hat das Liedel ein End.

DIE SOLDATENBRAUT

Ach, wenn's nur der König auch wüßt,
Wie wacker mein Schätzelein ist!
Für den König, da ließ' er sein Blut,
Für mich aber ebensogut.

Mein Schatz hat kein Band und kein' Stern,
Kein Kreuz wie die vornehmen Herrn,
Mein Schatz wird auch kein General;
Hätt er nur seinen Abschied einmal!

Es scheinen drei Sterne so hell
Dort über Marien-Kapell;
Da knüpft uns ein rosenrot Band,
Und ein Hauskreuz ist auch bei der Hand.

JEDEM DAS SEINE

Aninka tanzte
Vor uns im Grase
Die raschen Weisen.
Wie schön war sie!

Mit den gesenkten,
Bescheidnen Augen
Das stille Mädchen –
    Mich macht' es toll!

Da sprang ein Knöpfchen
Ihr von der Jacke,
Ein goldnes Knöpfchen,
    Ich fing es auf –

Und dachte Wunder
Was mir's bedeute,
Doch hämisch lächelt'
    Jegór dazu,

Als wollt er sagen:
Mein ist das Jäckchen
Und was es decket,
Mein ist das Mädchen,
    Und dein – der Knopf!

RITTERLICHE WERBUNG

Englisch

Wo gehst du hin, du schönes Kind?
Zu melken, Herr! – sprach Gotelind.

Wer ist dein Vater, du schönes Kind?
Der Müller im Tal – sprach Gotelind.

Wie, wenn ich dich freite, schönes Kind?
Zu viel der Ehre! – sprach Gotelind.

Was hast du zur Mitgift, schönes Kind?
Herr, mein Gesicht! – sprach Gotelind.

So kann ich dich nicht wohl frein, mein Kind.
Wer hat's Euch geheißen? – sprach Gotelind.

DER FEUERREITER

Sehet ihr am Fensterlein
Dort die rote Mütze wieder?
Nicht geheuer muß es sein,
Denn er geht schon auf und nieder.
Und auf einmal welch Gewühle
Bei der Brücke, nach dem Feld!
Horch! das Feuerglöcklein gellt:
    Hinterm Berg,
    Hinterm Berg
Brennt es in der Mühle!

Schaut! da sprengt er wütend schier
Durch das Tor, der Feuerreiter,
Auf dem rippendürren Tier,
Als auf einer Feuerleiter!
Querfeldein! Durch Qualm und Schwüle
Rennt er schon, und ist am Ort!
Drüben schallt es fort und fort:
    Hinterm Berg,
    Hinterm Berg
Brennt es in der Mühle!

Der so oft den roten Hahn
Meilenweit von fern gerochen,
Mit des heilgen Kreuzes Span
Freventlich die Glut besprochen –
Weh! dir grinst vom Dachgestühle
Dort der Feind im Höllenschein.
Gnade Gott der Seele dein!
    Hinterm Berg,
    Hinterm Berg
Rast er in der Mühle!

Keine Stunde hielt es an,
Bis die Mühle borst in Trümmer;
Doch den kecken Reitersmann
Sah man von der Stunde nimmer.

Volk und Wagen im Gewühle
Kehren heim von all dem Graus;
Auch das Glöcklein klinget aus.
    Hinterm Berg,
    Hinterm Berg
Brennt's! –

Nach der Zeit ein Müller fand
Ein Gerippe samt der Mützen
Aufrecht an der Kellerwand
Auf der beinern Mähre sitzen:
Feuerreiter, wie so kühle
Reitest du in deinem Grab!
Husch! da fällt's in Asche ab.
    Ruhe wohl,
    Ruhe wohl
Drunten in der Mühle!

DIE TOCHTER DER HEIDE

    Wasch dich, mein Schwesterchen, wasch dich!
Zu Robins Hochzeit gehn wir heut:
Er hat die stolze Ruth gefreit.
    Wir kommen ungebeten;
Wir schmausen nicht, wir tanzen nicht
Und nicht mit lachendem Gesicht
    Komm ich vor ihn zu treten.

    Strähl dich, mein Schwesterchen, strähl dich!
Wir wollen ihm singen ein Rätsel-Lied,
Wir wollen ihm klingen ein böses Lied;
    Die Ohren sollen ihm gellen.
Ich will ihr schenken einen Kranz
Von Nesseln und von Dornen ganz:
    Damit fährt sie zur Hölle!

Schick dich, mein Schwesterchen, schmück dich!
Derweil sie alle sind am Schmaus,
Soll rot in Flammen stehn das Haus,
Die Gäste schreien und rennen.
Zwei sollen sitzen unverwandt,
Zwei hat ein Sprüchlein festgebannt;
Zur Kohle müssen sie brennen.

Lustig, mein Schwesterchen, lustig!
Das war ein alter Ammensang.
Den falschen Rob vergaß ich lang.
Er soll mich sehen lachen!
Hab ich doch einen andern Schatz,
Der mit mir tanzet auf dem Platz –
Sie werden Augen machen!

DES SCHLOSSKÜPERS GEISTER ZU TÜBINGEN

Ballade, beim Weine zu singen

Ins alten Schloßwirts Garten
Da klingt schon viele Jahr kein Glas;
Kein Kegel fällt, keine Karten,
Wächst aber schön lang Gras.

Ich mutterseelalleine
Setzt mich an einen langen Tisch;
Der Schloßwirt regt die Beine,
Vom Roten bringt er frisch.

Und läßt sich zu mir nieder;
Von alten Zeiten redt man viel,
Man seufzet hin und wieder;
Der Schöpplein wird kein Ziel.

Da nun der Tag gegangen,
Der Schloßwirt sagt kein Wörtlein mehr;
Neun Lichter tät er langen,
Neun Stühle setzt er her.

Als wie zum größten Feste
Auftischt er, daß die Tafel kracht:
Was kämen noch für Gäste?
Ist doch schier Mitternacht!

Der Narr, was kann er wollen?
Er macht sich an die Kugelbahn,
Läßt eine Kugel rollen,
Ein Höllenlärm geht an.

Es fahren gar behende
Acht Kegel hinterm Brett herauf,
Schrein: »Hagel und kein Ende!
Wer Teufel weckt uns auf?«

Und waren acht Studiosen,
Wohl aus der Zopf- und Puderzeit:
Rote Röcklein, kurze Hosen,
Und ganz charmante Leut.

Die sehen mit Ergetzen
Den edelen Karfunkelwein;
Gleich täten sie sich letzen
Und zechen und juchhein.

Den Wirt erbaut das wenig;
Er sprach: »Ihr Herren, wollt verzeihn:
Wo ist der Schoppenkönig?
Wann seid ihr denn zu neun?«

»Ach Küper, lieber Küper,
Wie machest uns das Herze schwer!
Wohl funfzig Jahr und drüber
Begraben lieget er.

Gott hab den Herren selig
Mit seiner roten Habichtsnas!
Regierete so fröhlich,
Kam tags auf sieben Maß.

Einst tät er uns bescheiden,
Sprach: ›Männiglich kennt mein Gebot,
Den Gerstensaft zu meiden;
Man büßet's mit dem Tod.

Mit ein paar lausigen Dichtern
Traf man beim sauren Bier euch an,
Versteht sich, nudelnüchtern,
Wohl auf der Kugelbahn.

Kommt also her, ihr Lümmel!‹ –
Er zog sein' Zauberstab herfür –
Wir stürzten wie vom Himmel –
Acht Kegel waren wir!

Jetzt ging es an ein Hudeln,
Ein' hölzern' König man uns gab,
Doch schoß man nichts wie Pudel,
Da schafften sie uns ab.

Nun dauert es nicht lange,
So zieht das Burschenvolk einmal
Aufs Schloß, mit wildem Sange,
Zum König in den Saal:

›Wir wolln dich Lands verweisen,
So du nicht schwörest ab den Wein;
Bierkönig sollt du heißen!‹
– Er aber saget: ›Nein;

Da habt ihr meine Krone!
An mir ist Hopfen und Malz verlorn.‹ –
So stieg er von dem Throne
In seinem edlen Zorn.

Für Kummer und für Grämen
Der Herre wurde krank und alt,
Zerfiele wie ein Schemen
Und holt der Tod ihn bald.

Mit Purpur ward gezieret
Sein Leichnam als ein König groß;
Ein tief Gewölb man führet
Zu Tübingen im Schloß.

Vier schwarze Edelknaben
Sein' Becher trugen vor der Bahr;
Der ist mit ihm begraben,
War doch von Golde gar,

Damals ward prophezeiet,
Wenn nur erst hundert Jahr herum,
Da würde der Thron erneuet
Vom alten Königtum.

So müssen wir halt warten,
Bis daß die Zeit erfüllet was;
Und in des Schloßwirts Garten
Derweil wächst langes Gras.

Ach Küper, lieber Küper,
Jetzt geige du uns wieder heim!
Die Nacht ist schier vorüber:
Acht Kegel müssen wir sein.«

Der Schloßwirt nimmt die Geigen
Und streicht ein Deo Gloria,
Sie tanzen einen Reigen –
Und keiner ist mehr da.

DIE GEISTER AM MUMMELSEE

Vom Berge was kommt dort um Mitternacht spät
Mit Fackeln so prächtig herunter?
Ob das wohl zum Tanze, zum Feste noch geht?
Mir klingen die Lieder so munter.
O nein!
So sage, was mag es wohl sein?

Das, was du da siehest, ist Totengeleit,
Und was du da hörest, sind Klagen.
Dem König, dem Zauberer, gilt es zu Leid,
Sie bringen ihn wieder getragen.
O weh!
So sind es die Geister vom See!

Sie schweben herunter ins Mummelseetal –
Sie haben den See schon betreten –
Sie rühren und netzen den Fuß nicht einmal –
Sie schwirren in leisen Gebeten –
O schau,
Am Sarge die glänzende Frau!

Jetzt öffnet der See das grünspiegelnde Tor;
Gib acht, nun tauchen sie nieder!
Es schwankt eine lebende Treppe hervor,
Und – drunten schon summen die Lieder.
Hörst du?
Sie singen ihn unten zur Ruh.

Die Wasser, wie lieblich sie brennen und glühn!
Sie spielen in grünendem Feuer;
Es geisten die Nebel am Ufer dahin,
Zum Meere verzieht sich der Weiher –
Nur still!
Ob dort sich nichts rühren will?

Es zuckt in der Mitten – o Himmel! ach hilf!
Nun kommen sie wieder, sie kommen!
Es orgelt im Rohr, und es klirret im Schilf;
Nur hurtig, die Flucht nur genommen!
Davon!
Sie wittern, sie haschen mich schon!

DER SCHATTEN

Von Dienern wimmelt's früh vor Tag,
Von Lichtern, in des Grafen Schloß.
Die Reiter warten sein am Tor,
Es wiehert morgendlich sein Roß.

Doch er bei seiner Frauen steht
Alleine noch im hohen Saal:
Mit Augen gramvoll prüft er sie,
Er spricht sie an zum letztenmal.

»Wirst du, derweil ich ferne bin
Bei des Erlösers Grab, o Weib,
In Züchten leben und getreu
Mir sparen deinen jungen Leib?

Wirst du verschließen Tür und Tor
Dem Manne, der uns lang entzweit,
Wirst meines Hauses Ehre sein,
Wie du nicht warest jederzeit?«

Sie nickt; da spricht er: »Schwöre denn!«
Und zögernd hebt sie auf die Hand.
Da sieht er bei der Lampe Schein
Des Weibes Schatten an der Wand.

Ein Schauer ihn befällt – er sinnt,
Er seufzt und wendet sich zumal.
Er winkt ihr einen Scheidegruß,
Und lässet sie allein im Saal.

Elf Tage war er auf der Fahrt,
Ritt krank ins welsche Land hinein:
Frau Hilde gab den Tod ihm mit
In einem giftigen Becher Wein.

Es liegt eine Herberg an der Straß,
Im wilden Tal, heißt Mutintal,
Da fiel er hin in Todesnot,
Und seine Seele Gott befahl.

Dieselbe Nacht Frau Hilde lauscht,
Frau Hilde luget vom Altan:
Nach ihrem Buhlen schaut sie aus,
Das Pförtlein war ihm aufgetan.

Es tut einen Schlag am vordern Tor,
Und aber einen Schlag, daß es dröhnt und hallt;
Im Burghof mitten steht der Graf –
Vom Turm der Wächter kennt ihn bald.

Und Vogt und Zofen auf dem Gang
Den toten Herrn mit Grausen sehn,
Sehn ihn die Stiegen stracks herauf
Nach seiner Frauen Kammer gehn.

Man hört sie schreien und stürzen hin,
Und eine jähe Stille war.
Das Gesinde, das flieht, auf die Zinnen es flieht:
Da scheinen am Himmel die Sterne so klar.

Und als vergangen war die Nacht,
Und stand am Wald das Morgenrot,
Sie fanden das Weib in dem Gemach
Am Bettfuß unten liegen tot.

Und als sie treten in den Saal,
O Wunder! steht an weißer Wand
Frau Hildes Schatten, hebet steif
Drei Finger an der rechten Hand.

Und da man ihren Leib begrub,
Der Schatten blieb am selben Ort,
Und blieb, bis daß die Burg zerfiel;
Wohl stünd er sonst noch heute dort.

MÄRCHEN VOM SICHERN MANN

Soll ich vom sicheren Mann ein Märchen erzählen, so höret!
– Etliche sagen, ihn habe die steinerne Kröte geboren.
Also heißet ein mächtiger Fels in den Bergen des Schwarzwalds,
Stumpf und breit, voll Warzen, der häßlichen Kröte vergleichbar.
Darin lag er und schlief bis nach den Tagen der Sündflut.
Nämlich es war sein Vater ein Waldmensch, tückisch und grausam,
Allen Göttern ein Greul und allen Nymphen gefürchtet.
Ihm nicht durchaus gleich ist der Sohn, doch immer ein Unhold;
Riesenhaft an Gestalt, von breitem Rücken und Schultern.
Ehmals ging er fast nackt, unehrbarlich; aber seit Menschen-
Denken im rauh grauhärenen Rock, mit schrecklichen Stiefeln.
Grauliche Borsten bedecken sein Haupt und es starret der Bart ihm.
(Heimlich besucht ihn, heißt es, der Igelslocher Balbierer
In der Höhle, woselbst er ihm dient wie der sorgsame Gärtner,
Wenn er die Hecken stutzt mit der unermeßlichen Schere.)
Lauter Nichts ist sein Tun und voll von törichten Grillen:
Wenn er herniedersteigt vom Gebirg bei nächtlicher Weile,
Laut im Gespräch mit sich selbst, und oft ingrimmigen Herzens
Weg- und Meilenzeiger mit *einem* gemessenen Tritt knickt
(Denn die hasset er bis auf den Tod, unbilligerweise);
Oder auch wenn er zur Winterzeit ins beschneiete Blachfeld
Oft sich der Länge nach streckt und, aufgestanden, an seinem
Konterfei sich ergötzt, mit bergerschütterndem Lachen.

Aber nun lag er einmal mittags in seiner Behausung,
Seinen geliebtesten Fraß zu verdaun, saftstrotzende Rüben,
Zu dem geräucherten Speck, den die Bauern ihm bringen vertragsweis;
Plötzlich erfüllete wonniger Glanz die Wände der Höhle
Lolegrin stand vor ihm: der liebliche Götterjüngling,
Welcher ein Lustigmacher bestellt ist seligen Göttern,
(Sonst nur auf Orplid* gesehn, denn andere Lande vermied er)

Weylas schalkischer Sohn, mit dem Narrenkranz um die Schläfe,
Zierlich aus blauen Glocken und Küchenschelle geflochten.
Er nun redte den Ruhenden an mit trüglichem Ernste:
»Suckelborst, sicherer Mann, sei gegrüßt! und höre vertraulich
Was die Himmlischen dir durch meine Sendung entbieten.
– Sämtlich ehren sie deinen Verstand und gute Gemütsart,
So wie deine Geburt: es war dein Vater ein Halbgott,
Und desgleichen auch hielten sie dich stets; aber in einem
Bist du ihnen nicht recht; das sollt du jetzo vernehmen.
Bleibe nur, Lieber, getrost so liegen – ich setze bescheiden
Mich auf den Absatzrand hier deines würdigen Stiefels,
Der wie ein Felsblock ragt, und unschwer bin ich zu tragen.

Siehe, Serachadan zeugete dich mit der Riesenkröte,
Seine unsterbliche Kraft in ihrem Leibe verschließend,
Da sie noch lebend war; doch gleich nach ihrer Empfängnis
Ward sie verwandelt in Stein und hauchte dein Vater den Geist aus.
Aber du schliefest im Mutterleib neun Monde und drüber,
Denn im zehnten kamen die großen Wasser auf Erden;
Vierzig Tage lang strömte der Regen und vierzig Nächte
Auf die sündige Welt, so Tiere wie Menschen ersäufend;
Eine einzige See war über die Lande ergossen,
Über Gebirg und Tal, und deckte die wolkigen Gipfel.
Doch du lagest zufrieden in deinem Felsen verborgen,
So wie die Auster ruht in festverschlossenen Schalen,
Oder des Meeres Preis, die unbezahlbare Perle.
Götter segneten deinen Schlaf mit hohen Gesichten,
Zeigten der Schöpfung Heimliches dir, wie alles geworden:
Erst, wie der Erdball, ganz mit wirkenden Kräften geschwängert,
Einst dem dunkelen Nichts entschwebte, zusamt den Gestirnen;
Wie mit Gras und Kraut sich zuerst der Boden begrünte,
Wie aus der Erde Milch, so sie hegt im inneren Herzen,
Wurde des Fleisches Gebild, das zarte, darinnen der Geist wohnt,
Tier- und Menschengeschlecht, denn erdgeboren sind beide.
Zudem sang dir dein Traum der Völker späteste Zukunft,

* *Orplid,* eine fabelhafte Insel, deren Beschützerin die Göttin *Weyla* ist. Man vergleiche hiezu: Maler Nolten, 1. T.

So wie der Throne Wechselgeschick und der Könige Taten,
Ja, du sahst den verborgenen Rat der ewigen Götter.
Solches vergönnten sie dir, auf daß du, ein herrlicher Lehrer
Oder ein Seher, die Wahrheit wiederum andern verkündest;
Nicht den Menschen sowohl, die da leben und wandeln auf Erden –
Ihnen ja dient nur wenig zu wissen –, ich meine die Geister
Unten im Schattengefild, die alten Weisen und Helden,
Welche da traurig sitzen und forschen das hohe Verhängnis,
Schweigsam immerdar, des erquicklichen Wortes entbehrend.
Aber vergebens harren sie dein, dieweil du ja gänzlich
Deines erhabnen Berufs nicht denkst. Laß, Alter, mich offen
Dir gestehen, so wie du es bisher getrieben, erscheinst du
Weder ein Halbgott, noch ein Begeisteter, sondern ein Schweinpelz.
Greulichem Fraß nachtrachtest du nur und sinnest auf Unheil;
Steigest des Nachts in den Fluß, bis über die Kniee gestiefelt,
Trennest die Bänder los an den Flößen und schleuderst die Balken
Weit hinein in das Land, den ehrlichen Flößern zum Torten.
Taglang trollest du müßig umher im wilden Gebirge,
Ahmest das Grunzen des Keulers nach und lockest sein Weibchen,
Greifest, wenn sie nun rennt durch den Busch, die Sau bei den Ohren,
Zwickst die wütende, grausam an ihrem Geschreie dich weidend.
Siehe, dies wissen wir wohl, denn jegliches sehen die Götter.
Aber du reize sie länger nicht mehr! es möchte dich reuen.
Schmeidige doch ein weniges deine borstige Seele!
Suche zusammen dein Wissen und lichte die rußigen Kammern
Deines Gehirns und besinne dich wohl auf alles und jedes,
Was dir geoffenbart; dann nimm den Griffel und zeichn es
Fein mit Fleiß in ein Buch, damit es daure und bleibe;
Leg den Toten es aus in der Unterwelt! Sicherlich weißt du
Wohl die Pfade dahin und den Eingang, welcher dich nicht schreckt,
Denn du bist ja der sichere Mann mit den wackeren Stiefeln.
Lieber, und also scheid ich. Ade! wir sehen uns wieder.«

Sprach es, der schelmische Gott, und ließ den Alten alleine.
Der nun war wie verstürzt und stand ihm fast der Verstand still.
Halblaut hebt er zu brummen erst an und endlich zu fluchen,
Schandbare Worte zumal, gottloseste, nicht zu beschreiben.
Aber nachdem die Galle verraucht war und die Empörung,
Hielt er inne und schwieg; denn jetzo gemahnte der Geist ihn,
Nicht zu trotzen den Himmlischen, deren doch immer die Macht ist,
Sondern zu folgen vielmehr. Und alsbald wühlt sein Gedanke
Rückwärts durch der Jahrtausende Wust, bis tief wo er selber
Noch ein Ungeborener träumte die Wehen der Schöpfung,
(Denn so sagte der Gott und Götter werden nicht lügen)
Aber da deucht es ihm Nacht, dickfinstere; wo er umhertappt,
Nirgend ist noch ein Halt und noch kein Nagel geschlagen,
Anzuhängen die Wucht der wundersamen Gedanken,
Welche der Gott ihm erregt in seiner erhabenen Seele;
Und so kam er zu nichts und schwitzete wie ein Magister.
Endlich ward ihm geschenkt, daß er flugs dahin sich bedachte:
Erst ein Buch sich zu schaffen, ein unbeschriebenes, großes,
Seinen Fäusten gerecht und wert des künftigen Inhalts.
Wie er solches erreicht, o Muse, dies hilf mir verkünden!

Längst war die Sonne hinab, und Nacht beherrschte den Erdkreis
Seit vier Stunden, da hebt der sichere Mann sich vom Lager,
Setzet den runden Hut auf das Haupt und fasset den Wander-
Stab und verlässet die Höhle. Gemächlich steigt er bergaufwärts,
Redt mit sich selber dabei und brummt nach seiner Gewohnheit.

Aber nun hub sich der Mond auch schon in leuchtender Schöne
Rein am Forchenwalde herauf und erhellte die Gegend,
Samt der Höhe von Igelsloch, wo nun Suckelborst anlangt.
Kaum erst hatte der Wächter die zwölfte Stunde gerufen,
Alles ist ruhig im Dorf und nirgend ein Licht mehr zu sehen,
Nicht in den Kunkelstuben gesellig spinnender Mägdlein,
Nicht am einsamen Stuhle des Webers oder im Wirtshaus,
Mann und Weib im Bette, die Last des Tages verschlafend.

Suckelborst tritt nun sacht vor die nächstgelegene Scheuer,
Misset die zween Torflügel, die Höhe sowohl wie die Breite,

Still mit zufriedenem Blick (auch waren sie nicht von den kleinsten,
Aber er selbst war größer denn sie, dieweil er ein Riese).
Schloß und Riegel betrachtet er wohl, kneipt dann mit dem Finger
Ab den Kloben und öffnet das Tor und hebet die Flügel
Leicht aus den Angeln und lehnt an die Wand sie übereinander.
Alsbald schaut er sich um nach des Nachbars Scheuer und schreitet
Zu demselben Geschäft und raubet die mächtigen Tore,
Stellt zu den vorigen sie an die Wand und also fort macht er
Weiter im Gässchen hinauf, bis er dem fünften und sechsten
Bauern auf gleiche Weise die Tenne gelüftet. Am Ende
Überzählt er die Stücke: es waren gerade ein Dutzend
Blätter, und fehlte nur noch, daß er mit sauberen Stricken
Hinten die Öhre der Angeln verband, da war es ein Schreibbuch,
Gar ein stattliches; doch dies blieb ein Geschäft für daheime.
Also nimmt er es unter den Arm, das Werk, und trollt sich.

Unterdes war aufschauernd vom Schlaf der schnarchenden Bauern
Einer erwacht und hörte des schwer Entwandelnden Fußtritt.
Hastig entrauscht er dem Lager und stößt am niedrigen Fenster
Rasch den Schieber zurück und horcht und sieht mit Entsetzen
Rings im mondlichen Dorf der Scheuern finstere Rachen
Offenstehn; da fährt er voll Angst in die lederne Hose
(Beide Füße verkehrt, den linken macht er zum rechten),
Rüttelt sein Weib und redet zu ihr die eifrigen Worte:
»Käthe! steh auf! Der sichere Mann – ich hab ihn vernommen –
Hat wie der Feind im Flecken hantiert und die Scheuern geplündert!
Schau im Hause mir nach und im Stall! ich laufe zum Schulzen.«
Also stürmt er hinaus. Doch tut er selber im Hof erst
Noch einen Blick in die Ställe, ob auch sein Vieh noch vorhanden;
Aber da fehlte kein Schweif, und es muht ihm entgegen die Schecke,
Meint, es wär Fütternszeit; er aber enteilt in die Gasse,
Klopft unterwegs dem Büttel am Laden und ruft ihm das Wort zu:

»Michel, heraus! mach Lärm! Der sichere Mann hat den Flecken
Heimgesucht und die Scheuern erbrochen und übel
gewirtschaft't!«
Solches noch redend hinweg schon lief er und weckte den
Schultheiß,
Weckte den Bürgermeister und andere seiner Gefreundte.
Alsbald wurden die Straßen lebendig, es staunten die Männer,
Stießen Verwünschungen aus, im Chor lamentierten die Weiber,
Jeder durchmusterte seinen Besitz, und wenig getröstet,
Als kein größerer Schaden herauskam, fielen mit Unrecht
über den Wächter die Grimmigsten her und schrien: »Du
Schlafratz!
Du keinnütziger Tropf!« und ballten die bäurischen Fäuste,
Ihn zu bleuen, und nahmen auch nur mit Mühe Vernunft an.
Endlich zerstreuten sie sich zur Ruhe; doch stellte der Schultheiß
Wachen noch aus für den Fall, daß der Unhold noch einmal
käme.

Suckelborst hatte derweil schon wieder die Höhle gewonnen,
Welche von vorn gar weit und hoch in den Felsen sich wölbte.
Duftende Kiefern umschatteten, riesige, dunkel den Eingang.
Hier denn leget er nieder die ungeheueren Tore,
Und sich selber dazu, des goldenen Schlafes genießend.

Aber sobald die Sonne nur zwischen den Bäumen hereinschien,
Gleich an die Arbeit machet er sich, die Tore zu heften.
Saubere Stricke schon lagen bereit, gestohlene freilich;
Und er ordnet die Blätter mit sinnigen Blicken und füget
Vorn und hinten zur Decke die schönsten (sie waren des
Schulzen,
Künstlich über das Kreuz mit roten Leisten beschlagen).
Aber auf einmal jetzt, in des stattlichen Werkes Betrachtung,
Wächst ihm der Geist, und er nimmt die mächtige Kohle vom
Boden,
Legt vor das offene Buch sich nieder und schreibet aus Kräften,
Striche, so grad wie krumm, in unnachsagbaren Sprachen,
Kratzt und schreibt und brummelt dabei mit zufriedenem
Nachdruck.
Anderthalb Tag' arbeitet er so, kaum gönnet er Zeit sich,
Speise zu nehmen und Trank, bis die letzte Seite gefüllt ist,

Endlich am Schluß denn folget das Punctum, groß wie ein
Kindskopf.
Tief aufschnaufend erhebet er sich, sein Buch zuschmetternd.

Jetzo, nachdem er das Herz sich gestärkt mit reichlicher Mahlzeit,
Nimmt er den Hut und den Stock und reiset. Auf einsamen
Pfaden
Stets gen Mitternacht läuft er, denn dies ist der Weg zu den
Toten.
Schon mit dem siebenten Morgen erreicht er die finstere Pforte.
Purpurn streifte soeben die Morgenröte den Himmel,
Welche den lebenden Menschen das Licht des Tages verkündet,
Als er hinabwärts stieg, furchtlos, die felsigen Hallen.
Aber er hatte der Stunden noch zweimal zwölfe zu wandeln
Durch der Erde gewundenes Ohr, wo ihn Lolegrin heimlich
Führete, bis er die Schatten ersah, die, luftig und schwebend,
Dämmernde Räume bewohnen, die Bösen sowohl wie die
Guten.

Vorn bei dem Eingang sammelte sich unliebsames Kehricht
Niederen Volks: trugsinnende Krämer und Kuppler und Metzen,
Lausige Dichter dabei und unzählbares Gesindel.
Diese, zu schwatzen gewohnt, zu Possen geneigt und zu Händeln,
Mühten vergebens sich ab, zu erheben die lispelnde Stimme –
Denn hellklingendes Wort ist nicht den Toten verliehen –
Und so winkten sie nur mit heftig bewegter Gebärde,
Stießen und zerrten einander als wie im Gewühle des Jahrmarkts.
Weiter dagegen hinein sah man ruhmwürdige Geister,
Könige, Helden und Sänger, geschmückt mit ewigem Lorbeer;
Ruhig ergingen sie sich und saßen, die einen zusammen,
Andre für sich, und es trennte die weit zerstreuten Gruppen
Hügel und Fels und Gebüsch und die finstere Wand der
Zypressen.

Kaum nun war der sichere Mann in der Pforte erschienen,
Aufrecht die hohe Gestalt, mit dem Weltbuch unter dem Arme,
Sieh, da betraf die Schatten am Eingang tödliches Schrecken.
Auseinander stoben sie all, wie Kinder vom Spielplatz,
Wenn es im Dorfe nun heißt: der Hummel* ist los! und da
kommt er!

Doch der sichere Mann, vorschreitend, winkete gnädig
Ringsumher, da kamen sie näher und standen und gafften.

Suckelborst lehnet nunmehr sein mächtiges Manuskriptum
Gegen den niedrigen Hügel, den rundlichen, welchem genüber
Er selbst Platz zu nehmen gedenkt auf moosigem Felsstück.
Doch erst leget er Hut und Stock zur Seite bedächtig,
Streicht mit der breiten Hand sich den beißenden Schweiß von der Stirne,
Räuspert sich, daß die Hallen ein prasselndes Echo versenden,
Sitzet nieder sodann und beginnt den erhabenen Vortrag.
Erst, wie der Erdball, ganz mit wirkenden Kräften geschwängert,
Einst dem dunkelen Nichts entschwebte zusamt den Gestirnen,
Wie mit Gras und Kraut sich zuerst der Boden begrünte,
Wie aus der Erde Milch, so sie hegt im inneren Herzen,
Wurde des Fleisches Gebild, das zarte, darinnen der Geist wohnt,
Tier- und Menschengeschlecht, denn erdgeboren sind beide.
Solches, nach bestem Verstand und soweit ihn der Dämon erleuchtet,
Lehrte der Alte getrost, und still aufhorchten die Schatten.
Aber es hatte der Teufel, das schwarze, gehörnete Scheusal,
Sich aus fremdem Gebiet des unterirdischen Reiches
Unberufen hier eingedrängt, neugierig und boshaft,
Wie er wohl manchmal pflegt, wenn er Kundschaft suchet und Kurzweil.
Und er stellte sich hinter den Sprechenden, ihn zu verhöhnen,
Schnitt Gesichter und reckte die Zung und machete Purzel-
Bäum, als ein Aff, und reizte die Seelen beständig zu lachen.
Wohl bemerkt' es der sichere Mann, doch tat er nicht also,
Sondern er redete fort, in würdiger Ruhe beharrend.
Indes trieb es der andere nur um desto verwegner,
Schob am Ende den Schwanz, den gewichtigen, langen, dem Alten
Sacht in die Hintertasche des Rocks, als wenn es ihn fröre:
Plötzlich da greifet der sichere Mann nach hinten, gewaltig
Mit der Rechten erfaßt er den Schweif und reißet ihn schnellend
Bei der Wurzel heraus, daß es kracht – ein gräßlicher Anblick.
Laut auf brüllet der Böse, die Tatzen gedeckt auf die Wunde,

* Schwäbisch, für *Bulle*

Dreht im rasenden Schmerz wie ein Kreisel sich, schreiend und winselnd,
Und schwarz quoll ihm das Blut wie rauchendes Pech aus der Wunde;
Dann, wie ein Pfeil zur Seite gewandt, mit Schanden entrinnt er
Durch die geschwind eröffnete Gasse der staunenden Seelen,
Denn nach der eigenen Hölle verlangt ihn, wo er zu Haus war;
Und man hörte noch weit aus der Ferne des Flüchtigen Wehlaut.

Aber es standen die Scharen umher von Grausen gefesselt,
Ehrfurchtsvoll zum sicheren Mann die Augen erhoben.
Dieser hielt noch und wog den wuchtigen Schweif in den Händen,
Den bisweilen ein zuckender Schmerz noch leise bewegte.
Sinnend schaut' er ihn an und sprach die prophetischen Worte:

»Wie oft tut der sichere Mann dem Teufel ein Leides?
Erstlich heute, wie eben geschehn, ihr saht es mit Augen;
Dann ein zweites, ein drittes Mal in der Zeiten Vollendung:
Dreimal rauft der sichere Mann dem Teufel den Schweif aus.
Neu zwar sprosset hervor ihm derselbige, aber nicht ganz mehr;
Kürzer gerät er, je um ein Dritteil, bis daß er welket.
Gleichermaßen vergeht dem Bösen der Mut und die Stärke,
Kindisch wird er und alt, ein Bettler, von allen verachtet.
Dann wird ein Festtag sein in der Unterwelt und auf der Erde;
Aber der sichere Mann wird ein lieber Genosse den Göttern.«

Sprach es, und jetzo legt' er den Schweif in das Buch als ein Zeichen,
Sorgsam, daß oben noch just der haarige Büschel heraussah,
Denn er gedachte für jetzt nicht weiter zu lehren, und basta
Schmettert er zu den Deckel des ungeheueren Werkes,
Faßt es unter den Arm, nimmt Hut und Stock und empfiehlt sich.

Unermeßliches Beifallklatschen des sämtlichen Pöbels
Folgte dem Trefflichen nach, bis er ganz in der Pforte verschwunden,
Und es rauschte noch lang und tosete freudiger Aufruhr.

Aber Lolegrin hatte, der Gott, das ganze Spektakel
Heimlich mit angesehn und gehört, in Gestalt der Zikade

Auf dem hängenden Zweig der schwarzen Weide sich wiegend.
Jetzo verließ er den Ort und schwang sich empor zu den Göttern,
Ihnen treulich zu melden die Taten des sicheren Mannes
Und das himmlische Mahl mit süßem Gelächter zu würzen.

GESANG WEYLAS

Du bist Orplid, mein Land!
Das ferne leuchtet;
Vom Meere dampfet dein besonnter Strand
Den Nebel, so der Götter Wange feuchtet.

Uralte Wasser steigen
Verjüngt um deine Hüften, Kind!
Vor deiner Gottheit beugen
Sich Könige, die deine Wärter sind.

CHOR JÜDISCHER MÄDCHEN

Aus einer unvollendeten Oper

Wir fürchten uns nicht in des Königs Saale;
Er lud uns zum Mahle,
So sind wir nun da.
Eia la la! Eia la la!
Ist doch auch des Königs sein Töchterlein da!

Duftende Quellen
Springen im Saal,
Und wie Gazellen
Wir hüpfen ums Mahl.

Keine soll stocken im Tanz!
Schüttelt nur Locken und Kranz!
Lustig! im Taumel mutwilliger Tänze
Fliegen die Kränze,
Fliegt es mit Rosen und Bändern im Saal.
Eia la la! Eia la la! usw.

IDEALE WAHRHEIT

Gestern entschlief ich im Wald, da sah ich im Traume das kleine
Mädchen, mit dem ich als Kind immer am liebsten verkehrt.
Und sie zeigte mir hoch im Gipfel der Eiche den Kuckuck,
Wie ihn die Kindheit denkt, prächtig gefiedert und groß,
»Drum! dies ist der wahrhaftige Kuckuck!« – rief ich – »Wer sagte
Mir doch neulich, er sei klein nur, unscheinbar und grau?«

GEFUNDEN

Zeus, um die Mitte zu finden vom Erdkreis, den er beherrschte,
Wußte den sinnigsten Rat; kindliche Dichtung erzählt's:
Adler, ein Paar, von Morgen den einen, den andern von Abend,
Ließ er fliegen, zugleich, gegeneinander gekehrt.
Wo sie alsdann, gleichmäßiger Kraft mit den Fittigen strebend,
Trafen zusammen, da fand, was er verlangte, der Gott.
So, wo die Weisheit sich und die Schönheit werden begegnen,
Stellet den Dreifuß keck, bauet den Tempel nur auf!

DIE SCHÖNE BUCHE

Ganz verborgen im Wald kenn ich ein Plätzchen, da stehet
Eine Buche, man sieht schöner im Bilde sie nicht.
Rein und glatt, in gediegenem Wuchs erhebt sie sich einzeln,
Keiner der Nachbarn rührt ihr an den seidenen Schmuck.
Rings, soweit sein Gezweig der stattliche Baum ausbreitet,
Grünet der Rasen, das Aug still zu erquicken, umher;
Gleich nach allen Seiten umzirkt er den Stamm in der Mitte;
Kunstlos schuf die Natur selber dies liebliche Rund.
Zartes Gebüsch umkränzet es erst; hochstämmige Bäume,
Folgend in dichtem Gedräng, wehren dem himmlischen Blau.
Neben der dunkleren Fülle des Eichbaums wieget die Birke
Ihr jungfräuliches Haupt schüchtern im goldenen Licht.
Nur wo, verdeckt vom Felsen, der Fußsteig jäh sich hinabschlingt,
Lässet die Hellung mich ahnen das offene Feld.

– Als ich unlängst einsam, von neuen Gestalten des Sommers
Ab dem Pfade gelockt, dort im Gebüsch mich verlor,
Führt' ein freundlicher Geist, des Hains auflauschende Gottheit,
Hier mich zum erstenmal, plötzlich, den Staunenden, ein.
Welch Entzücken! Es war um die hohe Stunde des Mittags,
Lautlos alles, es schwieg selber der Vogel im Laub.
Und ich zauderte noch, auf den zierlichen Teppich zu treten;
Festlich empfing er den Fuß, leise beschritt ich ihn nur.
Jetzo, gelehnt an den Stamm (er trägt sein breites Gewölbe
Nicht zu hoch), ließ ich rundum die Augen ergehn,
Wo den beschatteten Kreis die feurig strahlende Sonne,
Fast gleich messend umher, säumte mit blendendem Rand.
Aber ich stand und rührte mich nicht; dämonischer Stille,
Unergründlicher Ruh lauschte mein innerer Sinn.
Eingeschlossen mit dir in diesem sonnigen Zauber-
Gürtel, o Einsamkeit, fühlt ich und dachte nur dich!

JOHANN KEPLER

Gestern, als ich vom nächtlichen Lager den Stern mir in Osten
Lang betrachtete, den dort mit dem rötlichen Licht,
Und des Mannes gedachte, der seine Bahnen zu messen,
Von dem Gotte gereizt, himmlischer Pflicht sich ergab,
Durch beharrlichen Fleiß der Armut grimmigen Stachel
Zu versöhnen, umsonst, und zu verachten bemüht:
Mir entbrannte mein Herz von Wehmut bitter; ach! dacht ich,
Wußten die Himmlischen dir, Meister, kein besseres Los?
Wie ein Dichter den Helden sich wählt, wie Homer von Achilles'
Göttlichem Adel gerührt, schön im Gesang ihn erhob,
Also wandtest du ganz nach jenem Gestirne die Kräfte,
Sein gewaltiger Gang war dir ein ewiges Lied.
Doch so bewegt sich kein Gott von seinem goldenen Sitze,
Holdem Gesange geneigt, den zu erretten, herab,
Dem die höhere Macht die dunkeln Tage bestimmt hat,
Und euch Sterne berührt nimmer ein Menschengeschick;
Ihr geht über dem Haupte des Weisen oder des Toren
Euren seligen Weg ewig gelassen dahin!

AUF DAS GRAB VON SCHILLERS MUTTER

Cleversulzbach, im Mai

Nach der Seite des Dorfs, wo jener alternde Zaun dort
    Ländliche Gräber umschließt, wall ich in Einsamkeit oft.
Sieh den gesunkenen Hügel; es kennen die ältesten Greise
    Kaum ihn noch, und es ahnt niemand ein Heiligtum hier.
Jegliche Zierde gebricht und jedes deutende Zeichen;
    Dürftig breitet ein Baum schützende Arme umher.
Wilde Rose! dich find ich allein statt anderer Blumen;
    Ja, beschäme sie nur, brich als ein Wunder hervor!
Tausendblättrig eröffne dein Herz! entzünde dich herrlich
    Am begeisternden Duft, den aus der Tiefe du ziehst!
Eines Unsterblichen Mutter liegt hier bestattet; es richten
Deutschlands Männer und Fraun eben den Marmor ihm auf.

AN EINE LIEBLINGSBUCHE MEINES GARTENS

in deren Stamm ich Höltys Namen schnitt

Holdeste Dryas, halte mir still! es schmerzet nur wenig:
    Mit wollüstigem Reiz schließt sich die Wunde geschwind.
Eines Dichters Namen zu tragen bist du gewürdigt,
    Keinen Lieberen hat Wiese noch Wald mir genannt.
Sei du künftig von allen deinen Geschwistern die erste,
    Welche der kommende Lenz wecket und reichlich belaubt!
Und ein liebendes Mädchen, von deinem Dunkel umduftet,
    Sehe den Namen, der, halb nur verborgen, ihr winkt.
Leise drückt sie, gedankenvoll, die Lippen auf diese
    Lettern, es dringet ihr Kuß dir an das innerste Mark.
Wehe der Hand, die dich zu schädigen waget! Ihr glücke
    Nimmer, in Feld und Haus, nimmer ein friedliches Werk!

THEOKRIT

Sei, o Theokritos, mir, du Anmutsvollster, gepriesen!
    Lieblich bist du zuerst, aber auch herrlich fürwahr.
Wenn du die Chariten schickst in die Goldpaläste der Reichen,
    Unbeschenkt kehren sie dir, nackenden Fußes, zurück.

Müßig sitzen sie wieder im ärmlichen Hause des Dichters,
Auf die frierenden Knie traurig die Stirne gesenkt.
Oder die Jungfrau führe mir vor, die, rasend in Liebe,
Da ihr der Jüngling entfloh, Hekates Künste versucht.
Oder besinge den jungen Herakles, welchem zur Wiege
Dienet der eherne Schild, wo er die Schlangen erwürgt:
Klangvoll fährst du dahin! dich kränzte Kalliope selber,
Aber bescheiden, ein Hirt, kehrst du zur Flöte zurück.

TIBULLUS

Wie der wechselnde Wind nach allen Seiten die hohen
Saaten im weichen Schwung niedergebogen durchwühlt:
Liebekranker Tibull! so unstet fluten, so reizend,
Deine Gesänge dahin, während der Gott dich bestürmt.

EINER GEISTREICHEN FRAU

Wem in das rein empfindende Herz holdselige Musen
Anmut hauchten und ihm liehn das bezaubernde Wort –
Alles glauben wir ihm; doch diesen schmeichelnden Lippen
Glaubt ich alles, bevor ich nur ein Wörtchen vernahm.

AN HERMANN

Unter Tränen rissest du dich von meinem Halse!
In die Finsternis lang sah ich verworren dir nach.
Wie? auf ewig? sagtest du so? Dann lässet auf ewig
Meine Jugend von mir, lässet mein Genius mich!
Und warum? bei allem, was heilig, weißt du es selber,
Wenn es der Übermut schwärmender Jugend nicht ist?
O verwegenes Spiel! Komm! nimm dein Wort noch zurücke!
– Aber du hörtest nicht, ließest mich staunend allein.
Monde vergingen und Jahre; die heimliche Sehnsucht im Herzen,
Standen wir fremd, es fand keiner ein mutiges Wort,
Um den kindischen Bann, den luftgewebten, zu brechen,
Und der gemeine Tag löschte bald jeglichen Wunsch.

Aber heutige Nacht erschien mir wieder im Traume
Deine Knabengestalt – Wehe! wo rett ich mich hin
Vor dem lieblichen Bild? Ich sah dich unter den hohen
Maulbeerbäumen im Hof, wo wir zusammen gespielt.
Und du wandtest dich ab, wie beschämt, ich strich dir die Locken
Aus der Stirne: »O du«, rief ich, »was kannst du dafür!«
Weinend erwacht ich zuletzt, trüb schien der Mond auf mein Lager,
Aufgerichtet im Bett saß ich und dachte dir nach.
O wie tobte mein Herz! Du fülltest wieder den Busen
Mir, wie kein Bruder vermag, wie die Geliebte nicht kann!

MUSE UND DICHTER

»Krank nun vollends und matt! Und du, o Himmlische, willst mir
Auch schon verstummen – o was deutet dies Schweigen mir an?
Gib die Leier!« – »Nicht doch, dir ist die Ruhe geboten.
Schlafe! träume nur! still ruf ich dir Hülfe herab.
Deinem Haupte noch blühet ein Kranz; und sei es zum Leben,
Sei's zum Tode, getrost! meine Hand windet ihn dir.«
»Keinen Lorbeer will ich, die kalte Stirne zu schmücken:
Laß mich leben, und gib fröhliche Blumen zum Strauß!«

AUF DEM KRANKENBETTE

Gleichwie ein Vogel am Fenster vorbei mit sonnebeglänztem
Flügel den blitzenden Schein wirft in ein schattig Gemach,
Also, mitten im Gram um verlorene Jahre des Siechbetts,
Überraschet und weckt leuchtende Hoffnung mich oft.

BEI TAGESANBRUCH

»Sage doch, wird es denn heute nicht Tag? es dämmert so lange,
Und schon zu Hunderten, horch! singen die Lerchen im Feld.«

Immer ja saugt ihr lichtbegieriges Auge die ersten
Strahlen hinweg, und so wächset nur langsam der Tag.

AN MEINEN ARZT, HERRN DR. ELSÄSSER

Siehe! da stünd ich wieder auf meinen Füßen, und blicke
Froh erstaunt in die Welt, die mir im Rücken schon lag!
Aber ich spreche von Dank dir nicht: du liesest ihn besser
Mir im Auge, du fühlst hier ihn im Drucke der Hand.
Ich glückseliger Tor, der ich meine, du solltest verwundert
Über dich selber mit uns sein, ja gerührt, so wie ich!
Doch daran erkennen wir dich – Den schwindelnden Nachen
Herrlich meisternd fährt ruhig der Schiffer ans Land,
Wirft in den Kahn das Ruder, das, ach! so viele gerettet,
Laut umjauchzen sie ihn, aber er achtet es kaum,
Kettet das Schiff an den Pflock, und am Abend sitzt er beim Kruge
Wie ein anderer Mann, füllet sein Pfeifchen und ruht.

MASCHINKA

Dieser schwellende Mund, den Reiz der Heimat noch atmend,
Kennt die Sprache nicht mehr, die ihn so lieblich geformt
Nach der Grammatik greifet die müßige Schöne verdrießlich,
Stammelt russischen Laut, weil es der Vater befiehlt.
Euer Stammeln ist süß, doch pflegt ihr, trutzige Lippen,
Heimlich ein ander Geschäft, das euch vor allem verschönt!

VERSUCHUNG

Wenn sie in silberner Schale mit Wein uns würzet die Erdbeern,
Dicht mit Zucker noch erst streuet die Kinder des Walds:
O wie schmacht ich hinauf zu den duftigern Lippen, wie dürstet
Nach des gebogenen Arms schimmernder Weiße mein Mund!

LOSE WARE

»Tinte! Tinte, wer braucht! Schön schwarze Tinte verkauf ich!«
Rief ein Büblein gar hell Straßen hinauf und hinab.
Lachend traf sein feuriger Blick mich oben im Fenster,
Eh ich mich's irgend versah, huscht er ins Zimmer herein.
Knabe, dich rief niemand! – »Herr, meine Ware versucht nur!«
Und sein Fäßchen behend schwang er vom Rücken herum.
Da verschob sich das halb zerrissene Jäckchen ein wenig
An der Schulter und hell schimmert ein Flügel hervor.
»Ei, laß sehen, mein Sohn, du führst auch Federn im Handel?
Amor, verkleideter Schelm! soll ich dich rupfen sogleich?«
Und er lächelt, entlarvt, und legt auf die Lippen den Finger:
»Stille! sie sind nicht verzollt – stört die Geschäfte mir nicht!
Gebt das Gefäß, ich füll es umsonst, und bleiben wir Freunde!«
Dies gesagt und getan, schlüpft er zur Türe hinaus. –
Angeführt hat er mich doch: denn will ich was Nützliches schreiben,
Gleich wird ein Liebesbrief, gleich ein Erotikon draus.

IM PARK

Sieh, der Kastanie kindliches Laub hängt noch wie der feuchte
Flügel des Papillons, wenn er die Hülle verließ;
Aber in laulicher Nacht der kürzeste Regen entfaltet
Leise die Fächer und deckt schnelle den luftigen Gang.
– Du magst eilen, o himmlischer Frühling, oder verweilen,
Immer dem trunkenen Sinn fliehst du, ein Wunder, vorbei.

LEICHTE BEUTE

Hat der Dichter im Geist ein köstliches Liedchen empfangen,
Ruht und rastet er nicht, bis es vollendet ihn grüßt.
Neulich so sah ich, o Schönste, dich erstmals flüchtig am Fenster,
Und ich brannte: nun liegst heute du schon mir im Arm!

NACHTS AM SCHREIBEPULT

Primel und Stern und Syringe, von einsamer Kerze beleuchtet,
Hier im Glase, wie fremd blickt ihr, wie feenhaft, her!
Sonne schien, als die Liebste euch trug, da wart ihr so freudig:
Mitternacht summt nun um euch, ach! und kein Liebchen ist hier.

MIT EINEM ANAKREONSKOPF UND EINEM FLÄSCHCHEN ROSENÖL

Als der Winter die Rosen geraubt, die Anakreons Scheitel
Kränzten am fröhlichen Mahl, wo er die Saiten gerührt,
Träufelt' ihr köstliches Öl in das Haar ihm Aphrogeneia,
Und ein rosiger Hauch haftet an jeglichem Lied.
Doch nur wo ein *Liebender* singt die Töne des Greisen,
Füllet Hallen und Saal wieder der herrliche Duft.

GÖTTERWINK

Nachts auf einsamer Bank saß ich im tauenden Garten,
Nah dem erleuchteten Saal, der mir die Liebste verbarg.
Rund umblüheten ihn die Akazien, duftaushauchend,
Weiß wie der fallende Schnee deckten die Blüten den Weg.
Mädchengelächter erscholl und Tanz und Musik in dem Innern,
Doch aus dem fröhlichen Chor hört ich nur andre heraus.
Trat sie einmal ans Fenster, ich hätte den dunkelsten Umriß
Ihrer lieben Gestalt gleich unter allen erkannt.
Warum zeigt sie sich nicht, und weiß, es ist der Geliebte
Niemals ferne von ihr, wo sie auch immer verweilt?
Ihr umgebt sie nun dort, o feine Gesellen! Ihr findet,
Schön ist die Blume, noch rein atmend die Würze des Hains.
Dünkt euch dies Kind wohl eben gereift für das erste Verständnis
Zärtlicher Winke? Ihr seid schnelle, doch kommt ihr zu spät.
Stirne, Augen und Mund, von Unschuld strahlend, umdämmert
Schon des gekosteten Glücks seliger Nebel geheim.
Blickt sie nicht wie abwesend in euren Lärmen? Ihr Lächeln
Zeigt nur gezwungen die Zahnperlen, die köstlichen, euch.

Wüßtet ihr was die Schleife verschweigt im doppelten Kranze
Ihrer Flechten! Ich selbst steckte sie küssend ihr an,
Während mein Arm den Nacken umschlang, den eueren Blicken
Glücklich der seidene Flor, lüsterne Knaben, verhüllt.
– Also sprach ich und schwellte mir so Verlangen und Sehnsucht;
Kleinliche Sorge bereits mischte sich leise darein.
Aber ein Zeichen erschien, ein göttliches: nicht die Geliebte
Schickt' es, doch Amor selbst, welchen mein Kummer gerührt.
Denn an dem Altan, hinter dem nächtlichen Fenster, bewegt sich
Plötzlich, wie Fackelschein, eilig vorüber ein Licht,
Stark herstrahlend zu mir, und hebt aus dem dunkeln Gebüsche,
Dicht mir zur Seite, die hoch glühende Rose hervor.
Heil! o Blume, du willst mir verkünden, o götterberührte,
Welche Wonne, noch heut, mein, des Verwegenen, harrt
Im verschloßnen Gemach. Wie schlägt mein Busen! – Erschütternd
Ist der Dämonien Ruf, auch der den Sieg dir verspricht.

DAS BILDNIS DER GELIEBTEN

Maler, du zweifelst mit Recht, indem du den seltenen Umriß
Meiner Geliebten bedenkst, wie du beginnest dein Werk.
Ob von vorn das Gesichtchen, ob du's von der Seite mir zeigest?
Viel hat beides für sich und mich beklemmet die Wahl.
»Nun, dreiviertel?« Ich möchte das reine Profil nicht entbehren,
Wo sie, so eigen, so neu, kaum nur sich wiedererkennt.
Sinnen wir lang? Schon weiß ich, vernimm, die natürlichste Auskunft:
Male die doppelte mir kühn auf dasselbige Tuch.
Denn was wagst du dabei? Man wird zwei Schwestern erblicken,
Ähnlich einander, doch hat jede das Ihre voraus.
Und mich stell in die Mitte! Den Arm auf die Achsel der einen
Leg ich, aber den Blick feßle die andere mir,
Die mit hängenden Flechten im häuslichen Kleide dabeisteht,
Nieder zum Boden die lang schattende Wimper gesenkt,

Indes jene, geschmückt, und die fleißig geordneten Zöpfe
Unter dem griechischen Netz, offenen Auges mir lacht.
– Eifersucht quälte dich öfter umsonst: wie gefällt dir, Helene,
Dein zweideutiger Freund zwischen dies Pärchen gestellt?

DATURA SUAVEOLENS

Ich sah eben ein jugendlich Paar, o Blume Dianas,
Vor dir stehen; es war Wange an Wange gelegt.
Beide sie schlürften zugleich den unnennbaren Duft aus dem weiten,
Schneeigen Becher und leis hört ich ein doppeltes Ach!
»Küsse mich!« sagte sie jetzt, und mitten im Strome des Nektars
Atmend wechselten sie Küsse, begeisterten Blicks.
– Zürn, o Himmlische, nicht! Du hast fürwahr zu den Gaben
Irdischer Liebe den Hauch göttlicher Schöne gemischt.

WEIHGESCHENK

Von kunstfertigen Händen geschält, drei Äpfelchen, zierlich,
Hängend an *einem* Zweig, den noch ein Blättchen umgrünt;
Weiß wie das Wachs ihr Fleisch, von lieblicher Röte durchschimmert;
Dicht aneinandergeschmiegt, bärgen die nackten sich gern.
Schämet euch nicht, ihr Schwestern! euch hat ein Mädchen entkleidet,
Und den Chariten fromm bringet ein Sänger euch dar.

AN EINE SÄNGERIN

Soll auf der Jungfrau Mund die begeisterte Rede verpönt sein,
Ist euch des tiefern Gefühls volles Bekenntnis versagt:
O wie preis ich die Sängerin drum, die, unter der Muse
Schutz, mir den lieblichen Grund ihres Gemütes enthüllt!
Niemand ärgert sich mehr, ja entzückt steht selbst der Philister,
Fühlt, in des Schönen Gestalt, ewige Mächte sich nah.

INSCHRIFT AUF EINE UHR MIT DEN DREI HOREN

Βάρδισται μακάρων Ὧραι φίλαι –
Theokr.

Am langsamsten von allen Göttern wandeln wir,
Mit Blätterkronen schön geschmückte, schweigsame.
Doch wer uns ehrt und wem wir selber günstig sind,
Weil er die Anmut liebet und das heilge Maß,
Vor dessen Augen schweben wir im leichten Tanz
Und machen mannigfaltig ihm den langen Tag.

AUF EINE LAMPE

Noch unverrückt, o schöne Lampe, schmückest du,
An leichten Ketten zierlich aufgehangen hier,
Die Decke des nun fast vergeßnen Lustgemachs.
Auf deiner weißen Marmorschale, deren Rand
Der Efeukranz von goldengrünenem Erz umflicht,
Schlingt fröhlich eine Kinderschar den Ringelreihn.
Wie reizend alles! lachend, und ein sanfter Geist
Des Ernstes doch ergossen um die ganze Form –
Ein Kunstgebild der echten Art. Wer achtet sein?
Was aber schön ist, selig scheint es in ihm selbst.

ERINNA AN SAPPHO

(Erinna, eine hochgepriesene junge Dichterin des griechischen Altertums, um 600 v. Chr., Freundin und Schülerin Sapphos zu Mitylene auf Lesbos. Sie starb als Mädchen mit neunzehn Jahren. Ihr berühmtestes Werk war ein episches Gedicht, »Die Spindel«, von dem man jedoch nichts Näheres weiß. Überhaupt haben sich von ihren Poesien nur einige Bruchstücke von wenigen Zeilen und drei Epigramme erhalten. Es wurden ihr zwei Statuen errichtet, und die Anthologie hat mehrere Epigramme zu ihrem Ruhme von verschiedenen Verfassern.)

»Vielfach sind zum Hades die Pfade«, heißt ein
Altes Liedchen – »und einen gehst du selber,
Zweifle nicht!« Wer, süßeste Sappho, zweifelt?
Sagt es nicht jeglicher Tag?
Doch den Lebenden haftet nur leicht im Busen
Solch ein Wort, und dem Meer anwohnend ein Fischer von Kind auf
Hört im stumpferen Ohr der Wogen Geräusch nicht mehr.
– Wundersam aber erschrak mir heute das Herz. Vernimm!

Sonniger Morgenglanz im Garten,
Ergossen um der Bäume Wipfel,
Lockte die Langschläferin (denn so schaltest du jüngst Erinna!)
Früh vom schwüligen Lager hinweg.
Stille war mein Gemüt; in den Adern aber
Unstet klopfte das Blut bei der Wangen Blässe.

Als ich am Putztisch jetzo die Flechten löste,
Dann mit nardeduftendem Kamm vor der Stirn den Haar-
Schleier teilte – seltsam betraf mich im Spiegel Blick in Blick.
Augen, sagt ich, ihr Augen, was wollt ihr?
Du, mein Geist, heute noch sicher behaust da drinne,
Lebendigen Sinnen traulich vermählt,
Wie mit fremdendem Ernst, lächelnd halb, ein Dämon,
Nickst du mich an, Tod weissagend!
– Ha, da mit eins durchzuckt' es mich
Wie Wetterschein! wie wenn schwarzgefiedert ein tödlicher Pfeil
Streifte die Schläfe hart vorbei,
Daß ich, die Hände gedeckt aufs Antlitz, lange
Staunend blieb, in die nachtschaurige Kluft schwindelnd hinab.

Und das eigene Todesgeschick erwog ich;
Trockenen Augs noch erst,
Bis da ich dein, o Sappho, dachte,
Und der Freundinnen all,
Und anmutiger Musenkunst,
Gleich da quollen die Tränen mir.

Und dort blinkte vom Tisch das schöne Kopfnetz, dein Geschenk,
Köstliches Byssosgeweb, von goldnen Bienlein schwärmend.
Dieses, wenn wir demnächst das blumige Fest
Feiern der herrlichen Tochter Demeters,
Möcht ich *ihr* weihn, für meinen Teil und deinen;
Daß sie hold uns bleibe (denn viel vermag sie),
Daß du zu früh dir nicht die braune Locke mögest
Für Erinna vom lieben Haupte trennen.

DIE HERBSTFEIER

Auf! im traubenschwersten Tale
Stellt ein Fest des Bacchus an!
Becher her und Opferschale!
Und des Gottes Bild voran!
Flöte mit Gesang verkünde
Gleich des Tages letzten Rest,
Mit dem Abendstern entzünde
Sich auch unser Freudenfest!

Braune Männer, schöne Frauen
Soll man hier versammelt sehn;
Greise auch, die ehrengrauen,
Dürfen nicht von ferne stehn;
Knaben, so die Krüge füllen,
Und, daß er vollkommen sei,
Treten zögernd auch die stillen
Mädchen unserm Kranze bei.

Noch ist vor der nahen Feier
Süß beklommen manche Brust,
Aber weiter bald und freier
Übergibt sie sich der Lust.
Taut euch nicht wie Frühlingsregen
Lieblicher Gedankenschwarm?
Erdenleben, laß dich hegen,
Uns ist wohl in deinem Arm!

Wahrlich und schon mit Entzücken
Ist der Gott im vollen Lauf,
Schließt vor den erwärmten Blicken
Seine goldnen Himmel auf.
Amor auch hat nichts dawider,
Wenn sich Wang an Wange neigt,
Und der Mund, im Takt der Lieder,
Sich dem Mund entgegenbeugt.

Mädchen! schlingt die wildsten Tänze!
Reißt nur euren Kranz entzwei!
Ohne Furcht, denn solche Kränze
Flicht man immer wieder neu;
Doch den andern, den ich meine,
Nehmt, ihr Zärtlichen, in acht!
Und zumal im Mondenscheine,
Und zumal in solcher Nacht.

Laßt mir doch den Alten machen,
Der sich dort zum Korbe bückt
Und den Krug mit hellem Lachen
Kindisch an die Wange drückt!
Wie sein kleiner Sohn geschäftig
Sorge um den Zecher trägt
Und ihm mit der Fackel kräftig
Den gekrümmten Rücken schlägt!

Aber schaut nach dem Gebüsche,
Wo gedrungner Efeu webt,
Wie sich dort das träumerische
Marmorbild des Gottes hebt!

Lasset uns ihm näher treten,
Schließt mit Fackeln einen Kreis!
Flehet zu ihm in Gebeten,
Doch geheimnisvoll und leis.

Wie er lächelnd abwärts blicket!
Er besinnet sich nur kaum.
Herrlicher! dein Auge nicket,
Doch dies alles ist kein Traum;
Luna sucht mit frommer Leuchte
Dich, o schöner Jüngling, hier,
Schöpfet zärtlich ihre feuchte
Klarheit auf die Stirne dir.

Wie der Menschen, so der Götter
Liebster Liebling heißest du:
Selber Zeus rief seinem Retter
Herzliches Willkommen zu;
Dumpf ist des Olympus Dröhnen,
Aber wie melodisch Gold
Muß sein starres Erz ertönen,
Wenn dein Thyrsus auf ihm rollt.

Und eh Mars im Kriegerschwarme
Sich zur Ebne niederläßt,
Schließet er in seine Arme
Dich, wie die Geliebte, fest,
Fühlet nun an Göttermarke
Sich gedoppelt einen Gott,
Und es brüllt der Himmlisch-Arge
Todeslust und Siegerspott.

Wie dir alle dienen müssen,
Schmiegt auch Eros' hohe Macht
Leise tot sich dir zu Füßen,
Oder schauert auf und wacht.
Und Apollo mit der Leier
Rufet Welt und Sternenbahn
Gern aus dem verklärten Feuer
Deines holden Wahnes an.

Vater! soll, zur Wut erhoben,
Jetzo mit zerschlagner Brust
Die Mänade um dich toben?
Fluchst du unsrer keuschen Lust?
Gib, o Fürst, gib uns ein Zeichen,
Daß wir deine Kinder sei'n!
Wundertäter ohnegleichen,
Laß ein Wunder uns erfreun!

Tritt in unsre bunte Mitte,
Oder winke mit der Hand,
Wandle drei gemeßne Schritte
Längs der hohen Rebenwand!
– Ach, er läßt sich nicht bewegen …
Aber, horcht, es bebt das Tal!
Ja, das ist von Donnerschlägen.
Horch, und schon zum drittenmal!

Selber Zeus hat nun geschworen,
Daß sein Sohn uns günstig sei.
So ist kein Gebet verloren,
So ist der Olymp getreu.
– Doch nach solcher Götterfülle
Ungestümem Überschwang
Werden alle Herzen stille,
Alle Gäste zauberbang.

Stimmet an die letzten Lieder!
Und so, Paar an Paar gereiht,
Steiget nun zum Fluß hernieder,
Wo ein festlich Schiff bereit.
Auf dem vordern Rand erhebe
Sich der Gott und führ uns an,
Und der Kiel, mit Flüstern, schwebe
Durch die mondbeglänzte Bahn!

LIED EINES VERLIEBTEN

In aller Früh, ach, lang vor Tag,
Weckt mich mein Herz, an dich zu denken,
Da doch gesunde Jugend schlafen mag.

Hell ist mein Aug um Mitternacht,
Heller als frühe Morgenglocken:
Wann hättst du je am Tage mein gedacht?

Wär ich ein Fischer, stünd ich auf,
Trüge mein Netz hinab zum Flusse,
Trüg herzlich froh die Fische zum Verkauf.

In der Mühle, bei Licht, der Müllerknecht
Tummelt sich, alle Gänge klappern;
So rüstig Treiben wär mir eben recht!

Weh, aber ich! o armer Tropf!
Muß auf dem Lager mich müßig grämen,
Ein ungebärdig Mutterkind im Kopf.

AKME UND SEPTIMIUS
Nach Catull

Akme, seine Geliebte, auf dem Schoße
Haltend, sagte Septimius: »Meine Akme!
Übermäßig hab ich dich lieb und will auch
Jahr für Jahr dich beständig also lieben,
So arg wie nur ein Mensch jemals imstand ist;
Sieh, sonst mag mir's geschehn, daß ich, ganz einsam,
Sei's in Libyen, sei's im heißen Inder-
Land, dem tödlichen Blick des Leun begegne!«
Wie er dieses gesagt, niest Amor, herzlich
Es bekräftigend (sonst war er ihm abhold).
Akme, rückwärts ihr Köpfchen leicht gebogen,
Und die trunkenen Augen ihres süßen
Knaben küssend mit jenem Purpurmunde

Sprach: »Mein Leben! o goldenes Septimchen!
Künftig dienen wir *diesem* Herrn alleine,
Ich, wie du – so gewiß als mir noch weit ein
Heißer Feuer im zarten Marke glühet!«
Wie sie dieses gesagt, niest Amor, herzlich
Es bekräftigend (sonst war er ihr abhold).
Auf so günstige Zeichen nunmehr bauend
Tauschen beide von Herzen Lieb um Liebe.
Nur in Akme allein noch lebt Septimius,
Die ihm teurer als Syrien und Britannien,
Nur Septimius widmet Akme treulich
All ihr Süßes und alle Liebeswonnen.
Kein glückseliger Paar hat man gesehen,
Keine Liebe, so schön vom Gott besiegelt!

SCHERZ

Einen Morgengruß ihr früh zu bringen,
Und mein Morgenbrot bei ihr zu holen,
Geh ich sachte an des Mädchens Türe,
Öffne rasch, da steht mein schlankes Bäumchen
Vor dem Spiegel schon und wascht sich emsig.
O wie lieblich träuft die weiße Stirne,
Träuft die Rosenwange Silbernässe!
Hangen aufgelöst die süßen Haare!
Locker spielen Tücher und Gewänder.
Aber wie sie zagt und scheucht und abwehrt!
Gleich, sogleich soll ich den Rückzug nehmen!
»Närrchen«, rief ich, »sei mir so kein Närrchen:
Das ist Brautrecht, ist Verlobtensitte.
Laß mich nur, ich will ja blind und lahm sein,
Will den Kopf und alle beiden Augen
In die Fülle deiner Locken stecken,
Will die Hände mit den Flechten binden –«
»Nein, du gehst!« »Im Winkel laß mich stehen,
Dir bescheidentlich den Rücken kehren!«

»Ei, so mag's, damit ich Ruhe habe!«
Und ich stand gehorsam in der Ecke,
Lächerlich, wie ein gestrafter Junge,
Der die Lektion nicht wohl bestanden,
Muckste nicht und kühlte mir die Lippen
An der weißen Wand mit leisem Kusse,
Eine volle, eine lange Stunde;
Ja, so wahr ich lebe. Doch, wer etwa
Einen kleinen Zweifel möchte haben
(Was ich ihm just nicht verargen dürfte),
Nun, der frage nur das Mädchen selber:
Die wird ihn – noch zierlicher belügen.

ABREISE

Fertig schon zur Abfahrt steht der Wagen,
Und das Posthorn bläst zum letzten Male.
Sagt, wo bleibt der vierte Mann so lange?
Ruft ihn, soll er nicht dahinten bleiben!
– Indes fällt ein rascher Sommerregen;
Eh man hundert zählt, ist er vorüber;
Fast zu kurz, den heißen Staub zu löschen;
Doch auch diese Letzung ist willkommen.
Kühlung füllt und Wohlgeruch den weiten
Platz und an den Häusern ringsum öffnet
Sich ein Blumenfenster um das andre.
Endlich kommt der junge Mann. Geschwinde!
Eingestiegen! – Und fort rollt der Wagen.
Aber sehet, auf dem nassen Pflaster
Vor dem Posthaus, wo er stillgehalten,
Läßt er einen trocknen Fleck zurücke,
Lang und breit, sogar die Räder sieht man
Angezeigt und wo die Pferde standen.
Aber dort in jenem hübschen Hause,
Drin der Jüngling sich so lang verweilte,
Steht ein Mädchen hinterm Fensterladen,
Blicket auf die weiß gelaßne Stelle,
Hält ihr Tüchlein vors Gesicht und weinet.

Mag es ihr so ernst sein? Ohne Zweifel;
Doch der Jammer wird nicht lange währen:
Mädchenaugen, wißt ihr, trocknen hurtig,
Und eh auf dem Markt die Steine wieder
Alle hell geworden von der Sonne,
Könnet ihr den Wildfang lachen hören.

SEPTEMBERMORGEN

Im Nebel ruhet noch die Welt,
Noch träumen Wald und Wiesen:
Bald siehst du, wenn der Schleier fällt,
Den blauen Himmel unverstellt,
Herbstkräftig die gedämpfte Welt
In warmem Golde fließen.

VERBORGENHEIT

Laß, o Welt, o laß mich sein!
Locket nicht mit Liebesgaben,
Laßt dies Herz alleine haben
Seine Wonne, seine Pein!

Was ich traure weiß ich nicht,
Es ist unbekanntes Wehe;
Immerdar durch Tränen sehe
Ich der Sonne liebes Licht.

Oft bin ich mir kaum bewußt,
Und die helle Freude zücket
Durch die Schwere, so mich drücket
Wonniglich in meiner Brust.

Laß, o Welt, o laß mich sein!
Locket nicht mit Liebesgaben,
Laßt dies Herz alleine haben
Seine Wonne, seine Pein!

FRÜH IM WAGEN

Es graut vom Morgenreif
In Dämmerung das Feld,
Da schon ein blasser Streif
Den fernen Ost erhellt;

Man sieht im Lichte bald
Den Morgenstern vergehn,
Und doch am Fichtenwald
Den vollen Mond noch stehn:

So ist mein scheuer Blick,
Den schon die Ferne drängt,
Noch in das Schmerzensglück
Der Abschiedsnacht versenkt.

Dein blaues Auge steht,
Ein dunkler See vor mir,
Dein Kuß, dein Hauch umweht,
Dein Flüstern mich noch hier.

An deinem Hals begräbt
Sich weinend mein Gesicht,
Und Purpurschwärze webt
Mir vor dem Auge dicht.

Die Sonne kommt; – sie scheucht
Den Traum hinweg im Nu,
Und von den Bergen streicht
Ein Schauer auf mich zu.

KARWOCHE

O Woche, Zeugin heiliger Beschwerde!
Du stimmst so ernst zu dieser Frühlingswonne,
Du breitest im verjüngten Strahl der Sonne
Des Kreuzes Schatten auf die lichte Erde,

Und senkest schweigend deine Flöre nieder;
Der Frühling darf indessen immer keimen,
Das Veilchen duftet unter Blütenbäumen
Und alle Vöglein singen Jubellieder.

O schweigt, ihr Vöglein auf den grünen Auen!
Es hallen rings die dumpfen Glockenklänge,
Die Engel singen leise Grabgesänge;
O still, ihr Vöglein hoch im Himmelblauen!

Ihr Veilchen, kränzt heut keine Lockenhaare!
Euch pflückt mein frommes Kind zum dunkeln Strauße,
Ihr wandert mit zum Muttergotteshause,
Da sollt ihr welken auf des Herrn Altare.

Ach dort, von Trauermelodieen trunken,
Und süß betäubt von schweren Weihrauchdüften,
Sucht sie den Bräutigam in Todesgrüften,
Und Lieb' und Frühling, alles ist versunken!

DENK ES, O SEELE!

Ein Tännlein grünet wo,
Wer weiß, im Walde,
Ein Rosenstrauch, wer sagt,
In welchem Garten?
Sie sind erlesen schon,
Denk es, o Seele,
Auf deinem Grab zu wurzeln
Und zu wachsen.

Zwei schwarze Rößlein weiden
Auf der Wiese,
Sie kehren heim zur Stadt
In muntern Sprüngen.
Sie werden schrittweis gehn
Mit deiner Leiche;
Vielleicht, vielleicht noch eh
An ihren Hufen
Das Eisen los wird,
Das ich blitzen sehe!

PEREGRINA

[Aus: Maler Nolten]

I

Der Spiegel dieser treuen, braunen Augen
Ist wie von innerm Gold ein Widerschein;
Tief aus dem Busen scheint er's anzusaugen,
Dort mag solch Gold in heilgem Gram gedeihn.
In diese Nacht des Blickes mich zu tauchen,
Unwissend Kind, du selber lädst mich ein –
Willst, ich soll kecklich mich und dich entzünden,
Reichst lächelnd mir den Tod im Kelch der Sünden!

II

Aufgeschmückt ist der Freudensaal.
Lichterhell, bunt, in laulicher Sommernacht
Stehet das offene Gartengezelte.
Säulengleich steigen, gepaart,
Grün-umranket, eherne Schlangen,
Zwölf, mit verschlungenen Hälsen,
Tragend und stützend das
Leicht gegitterte Dach.

Aber die Braut noch wartet verborgen
In dem Kämmerlein ihres Hauses.
Endlich bewegt sich der Zug der Hochzeit,
Fackeln tragend,
Feierlich stumm.
Und in der Mitte,
Mich an der rechten Hand,
Schwarz gekleidet, geht einfach die Braut;
Schöngefaltet ein Scharlachtuch
Liegt um den zierlichen Kopf geschlagen.
Lächelnd geht sie dahin; das Mahl schon duftet.

Später im Lärmen des Fests
Stahlen wir seitwärts uns beide
Weg, nach den Schatten des Gartens wandelnd,
Wo im Gebüsche die Rosen brannten,
Wo der Mondstrahl um Lilien zuckte,
Wo die Weymouthsfichte mit schwarzem Haar
Den Spiegel des Teiches halb verhängt.

Auf seidnem Rasen dort, ach, Herz am Herzen,
Wie verschlangen, erstickten meine Küsse den scheueren Kuß!
Indes der Springquell, unteilnehmend
An überschwenglicher Liebe Geflüster,
Sich ewig des eigenen Plätscherns freute;
Uns aber neckten von fern und lockten
Freundliche Stimmen,
Flöten und Saiten umsonst.

Ermüdet lag, zu bald für mein Verlangen,
Das leichte, liebe Haupt auf meinem Schoß.
Spielender Weise mein Aug auf ihres drückend
Fühlt ich ein Weilchen die langen Wimpern,
Bis der Schlaf sie stellte,
Wie Schmetterlingsgefieder auf und nieder gehn.

Eh das Frührot schien,
Eh das Lämpchen erlosch im Brautgemache,
Weckt ich die Schläferin,
Führte das seltsame Kind in mein Haus ein.

III

Ein Irrsal kam in die Mondscheingärten
Einer einst heiligen Liebe.
Schaudernd entdeckt ich verjährten Betrug.
Und mit weinendem Blick, doch grausam,
Hieß ich das schlanke,
Zauberhafte Mädchen
Ferne gehen von mir.
Ach, ihre hohe Stirn,
War gesenkt, denn sie liebte mich;
Aber sie zog mit Schweigen
Fort in die graue
Welt hinaus.

Krank seitdem,
Wund ist und wehe mein Herz.
Nimmer wird es genesen!

Als ginge, luftgesponnen, ein Zauberfaden
Von ihr zu mir, ein ängstig Band,
So zieht es, zieht mich schmachtend ihr nach!
– Wie? wenn ich eines Tags auf meiner Schwelle
Sie sitzen fände, wie einst, im Morgen-Zwielicht,
Das Wanderbündel neben ihr,
Und ihr Auge, treuherzig zu mir aufschauend,
Sagte, da bin ich wieder
Hergekommen aus weiter Welt!

IV

Warum, Geliebte, denk ich dein
Auf einmal nun mit tausend Tränen,
Und kann gar nicht zufrieden sein,
Und will die Brust in alle Weite dehnen?

Ach, gestern in den hellen Kindersaal,
Beim Flimmer zierlich aufgesteckter Kerzen,

Wo ich mein selbst vergaß in Lärm und Scherzen,
Tratst du, o Bildnis mitleid-schöner Qual;
Es war dein Geist, er setzte sich ans Mahl,
Fremd saßen wir mit stumm verhaltnen Schmerzen;
Zuletzt brach ich in lautes Schluchzen aus,
Und Hand in Hand verließen wir das Haus.

V

Die Liebe, sagt man, steht am Pfahl gebunden,
Geht endlich arm, zerrüttet, unbeschuht;
Dies edle Haupt hat nicht mehr, wo es ruht,
Mit Tränen netzet sie der Füße Wunden.

Ach, Peregrinen hab ich so gefunden!
Schön war ihr Wahnsinn, ihrer Wange Glut,
Noch scherzend in der Frühlingsstürme Wut,
Und wilde Kränze in das Haar gewunden.

War's möglich, solche Schönheit zu verlassen?
– So kehrt nur reizender das alte Glück!
O komm, in diese Arme dich zu fassen!

Doch weh! o weh! was soll mir dieser Blick?
Sie küßt mich zwischen Lieben noch und Hassen,
Sie kehrt sich ab, und kehrt mir nie zurück.

UM MITTERNACHT

Gelassen stieg die Nacht ans Land,
Lehnt träumend an der Berge Wand,
Ihr Auge sieht die goldne Waage nun
Der Zeit in gleichen Schalen stille ruhn;
Und kecker rauschen die Quellen hervor,
Sie singen der Mutter, der Nacht, ins Ohr
Vom Tage,
Vom heute gewesenen Tage.

Das uralt alte Schlummerlied,
Sie achtet's nicht, sie ist es müd;
Ihr klingt des Himmels Bläue süßer noch,
Der flüchtgen Stunden gleichgeschwungnes Joch.
Doch immer behalten die Quellen das Wort,
Es singen die Wasser im Schlafe noch fort
Vom Tage,
Vom heute gewesenen Tage.

TROST

Ja, mein Glück, das lang gewohnte,
Endlich hat es mich verlassen!
– Ja, die liebsten Freunde seh ich
Achselzuckend von mir weichen,
Und die gnadenreichen Götter,
Die am besten Hülfe wüßten,
Kehren höhnisch mir den Rücken.
Was beginnen? Werd ich etwa,
Meinen Lebenstag verwünschend,
Rasch nach Gift und Messer greifen?
Das sei ferne! vielmehr muß man
Stille sich im Herzen fassen.

Und ich sprach zu meinem Herzen:
Laß uns fest zusammenhalten!
Denn wir kennen uns einander,
Wie ihr Nest die Schwalbe kennet,
Wie die Zither kennt den Sänger,
Wie sich Schwert und Schild erkennen,
Schild und Schwert einander lieben.
Solch ein Paar, wer scheidet es?

Als ich dieses Wort gesprochen,
Hüpfte mir das Herz im Busen,
Das noch erst geweinet hatte.

AUF EINER WANDERUNG

In ein freundliches Städtchen tret ich ein,
In den Straßen liegt roter Abendschein.
Aus einem offnen Fenster eben,
Über den reichsten Blumenflor
Hinweg, hört man Goldglockentöne schweben,
Und *eine* Stimme scheint ein Nachtigallenchor,
Daß die Blüten beben,
Daß die Lüfte leben,
Daß in höherem Rot die Rosen leuchten vor.
Lang hielt ich staunend, lustbeklommen.
Wie ich hinaus vors Tor gekommen,
Ich weiß es wahrlich selber nicht.
Ach hier, wie liegt die Welt so licht!
Der Himmel wogt in purpurnem Gewühle,
Rückwärts die Stadt in goldnem Rauch;
Wie rauscht der Erlenbach, wie rauscht im Grund die Mühle!
Ich bin wie trunken, irrgeführt –
O Muse, du hast mein Herz berührt
Mit einem Liebeshauch!

DER GENESENE AN DIE HOFFNUNG

Tödlich graute mir der Morgen:
Doch schon lag mein Haupt, wie süß!
Hoffnung, dir im Schoß verborgen,
Bis der Sieg gewonnen hieß.
Opfer bracht ich allen Göttern,
Doch vergessen warest du;
Seitwärts von den ewgen Rettern
Sahest du dem Feste zu.

O vergib, du Vielgetreue!
Tritt aus deinem Dämmerlicht,
Daß ich dir ins ewig neue,
Mondenhelle Angesicht
Einmal schaue, recht von Herzen,

Wie ein Kind und sonder Harm;
Ach, nur *einmal* ohne Schmerzen
Schließe mich in deinen Arm!

WALD-IDYLLE

An J. M.

Unter die Eiche gestreckt, im jung belaubten Gehölze
Lag ich, ein Büchlein vor mir, das mir das lieblichste bleibt,
Alle die Märchen erzählts, von der Gänsemagd und vom Machandel-
Baum und des Fischers Frau; wahrlich man wird sie nicht satt.
Grünlicher Maienschein warf mir die geringelten Lichter
Auf das beschattete Buch, neckische Bilder zum Text.
Schläge der Holzaxt hört ich von fern, ich hörte den Kuckuck,
Und das Gelispel des Bachs wenige Schritte vor mir.
Märchenhaft fühlt ich mich selbst, mit aufgeschlossenen Sinnen
Sah ich, wie helle! den Wald, rief mir der Kuckuck, wie fremd!
Plötzlich da rauscht es im Laub – wird doch Sneewittchen nicht kommen,
Oder, bezaubert, ein Reh? Nicht doch, kein Wunder geschieht.
Siehe, mein Nachbarskind aus dem Dorf, mein artiges Schätzchen!
Müßig lief es in Wald, weil es den Vater dort weiß.
Ehrbar setzet es sich an meine Seite, vertraulich
Plaudern wir dieses und das, und ich erzähle sofort
Gar ausführlich die Leiden des unvergleichlichen Mädchens,
Welchem der Tod dreimal, ach, durch die Mutter gedroht.
Denn die eitle, die Königin, haßte sie, weil sie so schön war,
Grimmig, da mußte sie fliehn, wohnte bei Zwergen sich ein.
Aber die Königin findet sie bald; sie klopfet am Hause,
Bietet, als Krämerin, schlau, lockende Ware zu Kauf.
Arglos öffnet das Kind, den Rat der Zwerge vergessend,
Und das Liebchen empfängt, weh! den vergifteten Kamm.
Welch ein Jammer, da nun die Kleinen nach Hause gekehrt sind!
Welcher Künste bedarf's, bis die Erstarrte erwacht!

Doch zum zweitenmal kommt, zum dritten Male, verkleidet,
Kommt die Verderberin, leicht hat sie das Mädchen beschwatzt,
Schnürt in das zierliche Leibchen sie ein, den Atem erstickend
In dem Busen; zuletzt bringt sie die tödliche Frucht.
Nun ist alle Hülfe umsonst; wie weinen die Zwerge!
Ein kristallener Sarg schließet die Ärmste nun ein,
Frei gestellt auf dem Berg, ein Anblick allen Gestirnen;
Unverwelklich ruht innen die süße Gestalt.
– So weit war ich gekommen, da drang aus dem nächsten Gebüsche
Hinter mir Nachtigallschlag herrlich auf einmal hervor,
Troff wie Honig durch das Gezweig und sprühte wie Feuer
Zackige Töne; mir traf freudig ein Schauer das Herz,
Wie wenn der Göttinnen eine, vorüberfliehend, dem Dichter
Durch ambrosischen Duft ihre Begegnung verrät.
Leider verstummte die Sängerin bald, ich horchte noch lange,
Doch vergeblich, und so bracht ich mein Märchen zum Schluß. –
Jetzo deutet das Kind und ruft: »Margrete! da kommt sie
Schon! In dem Korb, siehst du, bringt sie dem Vater die Milch!«
Und durch die Lücke sogleich erkenn ich die ältere Schwester;
Von der Wiese herauf beugt nach dem Walde sie ein,
Rüstig, die bräunliche Dirne; ihr brennt auf der Wange der Mittag;
Gern erschreckten wir sie, aber sie grüßet bereits.
»Haltet's mit, wenn Ihr mögt! es ist heiß, da mißt man die Suppe
Und den Braten zur Not, fett ist und kühle mein Mahl.«
Und ich sträubte mich nicht, wir folgten dem Schalle der Holzaxt;
Statt des Kindes wie gern hätt ich die Schwester geführt!

Freund! du ehrest die Muse, die jene Märchen vor alters
Wohl zu Tausenden sang; aber nun schweiget sie längst,
Die am Winterkamin, bei der Schnitzbank, oder am Webstuhl
Dichtendem Volkswitz oft köstliche Nahrung gereicht.
Ihr Feld ist das Unmögliche; keck, leichtfertig verknüpft sie
Jedes Entfernteste, reicht lustig dem Blöden den Preis.

Sind drei Wünsche erlaubt, ihr Held wird das Albernste wählen;
Ihr zu Ehren sei dir nun das Geständnis getan,
Wie an der Seite der Dirne, der vielgesprächigen, leise
Im bewegten Gemüt brünstig der Wunsch mich beschlich:
Wär ich ein Jäger, ein Hirt, wär ich ein Bauer geboren,
Trüg ich Knüttel und Beil, wärst, Margarete, mein Weib!
Nie da beklagt ich die Hitze des Tags, ich wollte mich herzlich
Auch der rauheren Kost, wenn *du* sie brächtest, erfreun.
O wie herrlich begegnete jeglichen Morgen die Sonne
Mir, und das Abendrot über dem reifenden Feld!
Balsam würde mein Blut im frischen Kusse des Weibes,
Kraftvoll blühte mein Haus, doppelt, in Kindern empor.
Aber im Winter, zu Nacht, wenn es schneit und stöbert am Ofen,
Rief' ich, o Muse, dich auch, märchenerfindende, an!

IM WEINBERG

Droben im Weinberg, unter dem blühenden Kirschbaum saß ich
Heut, einsam in Gedanken vertieft; es ruhte das Neue
Testament halboffen mir zwischen den Fingern im Schoße,
Klein und zierlich gebunden: (es kam vom treuesten Herzen –
Ach! du ruhest nun auch, mir unvergessen im Grabe!)
Lang so saß ich und blickte nicht auf; mit einem da läßt sich
Mir ein Schmetterling nieder aufs Buch, er hebet und senket
Dunkele Flügel mit schillerndem Blau, er dreht sich und wandelt
Hin und her auf dem Rande. Was suchst du, reizender Sylphe?
Lockte die purpurne Decke dich an, der glänzende Goldschnitt?
Sahst du, getäuscht, im Büchlein die herrlichste Wunderblume?
Oder zogen geheim dich himmlische Kräfte hernieder
Des lebendigen Worts? Ich muß so glauben, denn immer
Weilest du noch, wie gebannt, und scheinst wie trunken, ich staune!
Aber von nun an bist du auf alle Tage gesegnet!
Unverletzlich dein Leib, und es altern dir nimmer die Schwingen;
Ja, wohin du künftig die zarten Füße wirst setzen

Tauet Segen von dir. Jetzt eile hinunter zum Garten,
Welchen das beste der Mädchen besucht am frühesten Morgen,
Eile zur Lilie du – alsbald wird die Knospe sich öffnen
Unter dir; dann küsse sie tief in den Busen: von Stund an
Göttlich befruchtet, atmet sie Geist und himmlisches Leben.
Wenn die Gute nun kommt, vor den hohen Stengel getreten,
Steht sie befangen, entzückt von paradiesischer Nähe,
Ahnungsvoll in den Kelch die liebliche Seele versenkend.

AM RHEINFALL

Halte dein Herz, o Wanderer, fest in gewaltigen Händen!
Mir entstürzte vor Lust zitternd das meinige fast.
Rastlos donnernde Massen auf donnernde Massen geworfen,
Ohr und Auge wohin retten sie sich im Tumult?
Wahrlich, den eigenen Wutschrei hörete nicht der Gigant hier,
Läg er, vom Himmel gestürzt, unten am Felsen gekrümmt!
Rosse der Götter, im Schwung, eins über dem Rücken des andern,
Stürmen herunter und streun silberne Mähnen umher;
Herrliche Leiber, unzählbare, folgen sich, nimmer dieselben,
Ewig dieselbigen – wer wartet das Ende wohl aus?
Angst umzieht dir den Busen mit eins, und, *wie* du es denkest,
Über das Haupt stürzt dir krachend das Himmelsgewölb!

EINER REISENDEN

Bald an die Ufer des Sees, der uns von ferne die Herzen
Lockt in jeglichem Jahr, Glückliche! kehrst du zurück.
Tag und Nacht ist er dein, mit Sonn und Mond, mit der Alpen
Glut und dem trauten Verkehr schwebender Schiffe dazu.
Denk ich an ihn, gleich wird mir die Seele so weit wie sein lichter
Spiegel; und bist du dort – ach wie ertrag ich es hier?

VICIA FABA MINOR

Fort mit diesem Geruch, dem zauberhaften: Er mahnt mich
An die Haare, die mir einst alle Sinne bestrickt.
Weg mit dieser Blüte, der schwarz und weißen! Sie sagt mir,
Daß die Verführerin, ach! schwer mit dem Tode gebüßt.

ZWIESPALT

Nach Catull

Hassen und lieben zugleich muß ich. – Wie das? – Wenn ich's wüßte!
Aber ich fühl's, und das Herz möchte zerreißen in mir.

DER HÄSSLICHE

Häßlich genug, wie er ist, noch Fratzen zu schneiden, und welche!
Dicht vor dem Spiegel! Es springt – Himmel! mit nächstem das Glas.

AUF DEM GRABE EINES KÜNSTLERS

Tausende, die hier liegen, sie wußten von keinem Homerus;
Selig sind sie gleichwohl, aber nicht eben wie du.

AN MEINE MUTTER

Siehe, von allen den Liedern nicht *eines* gilt dir, o Mutter!
Dich zu preisen, o glaub's, bin ich zu arm und zu reich.
Ein noch ungesungenes Lied ruhst du mir im Busen,
Keinem vernehmbar sonst, mich nur zu trösten bestimmt,
Wenn sich das Herz unmutig der Welt abwendet und einsam
Seines himmlischen Teils bleibenden Frieden bedenkt.

AN DIESELBE

Ach wie liebreich warst du der Welt und dienetest allen!
Und wie klein doch, wie plump hat sie dich endlich verkannt!
Da entsagtest du ihr; doch lächelnd wehren die Deinen
Heute wie gestern der Hand, die sich in Liebe vergißt.

AN H. KURTZ

Sei mir, Dichter, willkommen! denn dir hat wahrlich die Muse
Heiter Lippen und Stirn und beide die glänzenden Augen
Mit unsprödem Kusse berührt, so küsse mich wieder!

BROCKES

Führe mich, Alter, nur immer in deinen geschnörkelten Frühlings-
Garten! noch duftet und taut frisch und gewürzig sein Flor.

JOSEPH HAYDN

Manchmal ist sein Humor altfränkisch, ein zierliches Zöpflein,
Das, wie der Zauberer spielt, schalkhaft im Rücken ihm tanzt.

EPISTEL

Wie sich dein neuer Poet in unserem Kreise gefalle?
Nicht zum besten. Er meint, man verstünd ihn eben auch hier nicht.
Jetzo hat er ein griechisches Epos, hör ich, die Argonauten,
heroische Form, auf dem Amboß. Segn' es der Gott ihm,
Aber zu lesen begehr ich es nicht. Glaub mir, das ist auch so
Eins von den sauren Genies, dergleichen wir mehrere kennen.
Wortkarg streicht er den Schnurrbart sich, wie verstimmt und befangen,

Wenn man des Trefflichsten irgend gedenkt von den Alten und Neuen;
Oder er mäkelt daran mit kleinlichem Tadel, von fern erst,
Bis er, hitziger werdend im Streit, Maßloses daherschwatzt
Und wie ein stätischer Esel hinausschlägt, wo es auch hintrifft.
Das sind schlimme Symptome. – Vernimm ein homerisches Gleichnis
(Pflegten wir doch vormals in parodischer Laune zuweilen
Stundenlang nach der Weise des göttlichen Alten zu reden):
Gleichwie die gelbliche Birne zur Herbstzeit, wenn sie gereifet
Fiel vom Ast und im Fall von der dornigen Hecke verwundet
Liegt am Boden, alsbald mit schwärmenden Wespen bedeckt ist,
Welche sie rings aushöhlen, die gierigen Kiefer bewegend
Also strotzet sein Herz von wilden Gedanken der Ehrsucht
Und des verzehrenden Neids. Ihn blendete völlig ein Dämon.

AN KARL MAYER

Dem gefangenen, betrübten Manne
Hinter seinen dichten Eisenstäben,
Wenn ihm jemand deine holden Lieder
Aufs Gesimse seines Fensters legte,
Wo die liebe Sonne sich ein Stündlein
Täglich einstellt, handbreit nur ein Streifchen:
O wie schimmerten ihm Wald und Auen
Sommerlich, die stillen Wiesengründe!
O wie hastig irrten seine Schritte
Durch die tausend Lieblichkeiten alle,
Ohne Wahl, was er zuerst begrüße:

Ob das Dörflein in der Sonntagfrühe,
Wo die frische Dirne sich im Gärtchen
Einen Busenstrauß zur Kirche holet;
Ob die Trümmer, wo das Laub der Birke
Herbstlich rieselt aufs Gestein hernieder,
Drüberhin der Weih im Fluge schreiend;
Und den See dort einsam in der Wildnis,
Übergrünt von lichten Wasserlinsen.

Wär ich, wär ich selber der Gefangne!
Sperrten sie mich ein auf sieben Monde!
Herzlich wollt ich dann des Schließers lachen,
Wenn er dreifach meine Tür verschlösse,
Mich allein mit meinem Büchlein lassend.

Aber wenn doch endlich insgeheime
Eine tiefe Sehnsucht mich beschliche,
Daß ich trauerte um Wald und Wiesen?
Ha! wie sehn ich mich, mich so zu sehnen!
Reizend wär's, den Jäger zu beneiden,
Der in Freiheit atmet Waldesatem,
Und den Hirten, wenn er nach Mittage
Ruhig am besonnten Hügel lehnet!

Sieh, so seltsam sind des Herzens Wünsche,
Das sich müßig fühlt im Überflusse.

DIE ANTI-SYMPATHETIKER

An Justin Kerner

Von lauter Geiste die Natur durchdrungen,
Wie würde sie nicht durch den Geist bezwungen?
Wenn sich getrennte Kräfte wiederkennen,
Auf ein Erinnrungswort entbrennen,
Die Krankheit weicht, das Blut sich plötzlich stillt:
Sie leugnen's, ob es gleich, du weißt, kein Wunder gilt.
Laß die Schwachmatiker nur immer räsonieren,
Und rechn' es ihnen allzu hoch nicht an!
Denn, wenn sie Gott und die Natur bornieren –
Es streckt sich keiner länger als er kann.

AN FRIEDR. VISCHER, PROFESSOR DER ÄSTHETIK etc.

Mit meinen Gedichten

Oft hat mich der Freund verteidigt,
Oft sogar gelobt; doch nun?
Der Professor ist beeidigt,
Und da hilft kein Traulich-Tun.

Also geht, ihr braven Lieder,
Daß man euch die Köpfe wascht!
Seht auch, daß ihr hin und wieder
Einen guten Blick erhascht.

Er ist Vater: um so minder
Denk ich ihn euch abgeneigt;
Sind doch seine eignen Kinder
Auf der Schulbank nicht gezeugt!

APOSTROPHE

Als der Verfasser unter ein paar alten Eichen verschiedene Gedichte las, worin Rückerts geniale Formen auf eine geistlose Weise nachgeahmt und überboten waren

Ihr mehr als tausendjährigen,
Eichbäum, ihr rauh-moos-härigen!
Ihr, fröhlichen, spitzöhrigen
Waldteufeln angehörigen!
Ihr lang von wutbeflissenen
Nordstürmen wild zerrissenen!
Nun angeweht von weichlichen
Mailüftchen, unvergleichlichen;
Und euer Fuß, der tüchtige,
Den grimmig der bergschlüchtige,
Von Felsen überpurzelte
Waldstrom so gern entwurzelte,
Beglänzt von Bächleins Schimmer nun,
Dessen Gesprächlein nimmer ruhn:
Von Grund des Herzens preis ich euch,
Und überglücklich heiß ich euch,

Daß ihr so hoch euch beide streckt
Und in so dicken Häuten steckt,
Daß, was ich euch in künstlichen,
So äußerst sprachverdienstlichen
Reimweisen eben vorgesungen,
Euch gar nicht an das Ohr gedrungen.

AN EINEN KRITISCHEN FREUND

der unzufrieden war, da der Verfasser neue Märchen schreiben wollte

Die Märchen sind halt Nürnberger War,
Wenn der Mond nachts in die Butiken scheint:
Drum nicht so strenge, lieber Freund,
Weihnachten ist nur einmal im Jahr.

EINEM KUNSTLIEBENDEN KAUFMANN

Hermes, der handelbeschützende Gott, der klug mit dem Beutel
Schaltet, nachdem er dem Sohn Letos die Leier geschenkt,
Wahrlich er sieht dir nicht scheel um die täglichen Opfer, womit du,
Fern von seinem Altar, singende Musen berufst.
Ohne das Schöne, was soll der Gewinn? Dem feineren Sinn nur
Duftet die Blüte des Glücks. Heil dir, du kennst sie, o Freund!

P. K.

Täglich verletzt euch sein Witz, doch könnt ihr den Alten nicht missen;
Flucht ihr ihm heute, gewiß schmeichelt ihr morgen ihn her.
Trocken erst sitzt er im fröhlichen Kreis; bald wagt es ein Schlaukopf,
Reizt ihn leise von fern, scheinbar bemerkt er es nicht.
Jetzo faßt er den Mann sich ins Aug mit Schweigen und wieget
Sachte, sachte das Haupt, und – nun, ihr kennt ja das Spiel
Wohl mit dem Vogel von Holz? Erst zielet der eiserne Schnabel,
Trifft ins Schwarze – herauf rauschet mit Lachen Hanswurst.

MEINES VETTERS BRAUTFAHRT

Freut er sich denn auch ein wenig, die künftige Braut zu begrüßen?
Aber wo bleibt er so lang? Sagt ihm, die Kutsche sei da! –
Droben im Bett noch liegt er, verdrießlich, und lieset in Schellers
Lexikon! Als ich ihn schalt, rief er halb grimmig: »Nun ja,
Gebt mir andere Strümpf! die haben Löcher – ach freilich
Eine Frau muß ins Haus, die mich von Fuß auf kuriert!«

DER KANONIER

(Mit einer Zeichnung)

Feindlich begegneten sich auf der Erde die Scharen des Himmels
Und der Höllen; es kommt eben zur förmlichen Schlacht.
Vorn auf dem Hügelchen steht so ein Bocksfuß bei der Kanone;
Sein stets rauchender Schwanz dient ihm als Lunte dabei.
(Etwas phantastisch geformt ist das Feldstück, Flügel des Drachen,
Statt der Räder, stehn hüben und drüben empor:
Denn man braucht dies Geschütz oft über den Wolken mit Vorteil
Bei Blockaden, da fliegt's mittelst der höllischen Kunst.)
Aber der Kerl ist feige; denn während langsam der Schweif sich
Nach dem Zündloch bewegt, hält er die Ohren sich zu,
Über die Achsel nur schielend; doch jetzo drückt er die Augen
Fest zu, krümmt sich, und – Tupf! folgt der entsetzliche Knall.

ZU ERÖFFNUNG EINES ALBUMS

Auf einen Geburtstag

Ein Album! Schneeweiß Pergamentpapier,
Und Schnitt und Decke schön verziert mit Golde!
Nicht wahr, wenn sich's nur nicht so langsam füllen sollte,
Mit Sprüchen, Bildern, hundertfacher Zier?
Zur Hälfte wenigstens säh man es gar zu gern
Schon ausstaffiert, geistreich, von Damenhänden,

Und, hätten sie was Kluges drein zu spenden,
Zur Not wohl auch von dem und jenem Herrn?

Geduld, mein Kind! Es blicken diese Blätter
Dich heut wie deine künftgen Jahre an;
Die Muse weiht den ausgeworfnen Plan –
Wie er sich fülle, wissen nur die Götter!
Auch wird dies Buch von einem vollen Leben
Zuletzt doch nur ein schöner Auszug eben,
Und wieviel Holdes auf den Seiten steht,
Von Lieb und Freundschaft, sonnenhellen Tagen:
Was unsichtbar dazwischen geht,
Ist köstlicher als was die Blätter sagen.

AUF EINEN KLAVIERSPIELER

Hört ihn und seht sein dürftig Instrument!
Die alte, klepperdürre Mähre,
An der ihr jede Rippe zählen könnt,
Verwandelt sich im Griffe dieses Knaben
Zu einem Pferd von wilder, edler Art,
Das in Arabiens Glut geboren ward!
Es will nicht Zeug, noch Zügel haben,
Es bäumt den Leib, zeigt wiehernd seine Zähne,
Dann schüttelt sich die weiße Mähne,
Wie Schaum des Meers zum Himmel spritzt,
Bis ihm, besiegt von dem gelaßnen Reiter,
Im Aug die bittre Träne blitzt –
O horch! nun tanzt es sanft auf goldner Töne Leiter!

ANTIKE POESIE

Ich sah den Helikon in Wolkendunst,
Nur kaum berührt vom ersten Sonnenstrahle:
Schau! jetzo stehen hoch mit einem Male
Die Gipfel dort in Morgenrötebrunst.

Hier unten spricht von keuscher Musen Gunst
Der heilge Quell im dunkelgrünen Tale;
Wer aber schöpft mit reiner Opferschale,
Wie einst, den echten Tau der alten Kunst?

Wie? soll ich endlich keinen Meister sehn?
Will keiner mehr den alten Lorbeer pflücken? –
– Da sah ich Iphigeniens Dichter stehn:

Er ist's, an dessen Blick sich diese Höhn
So zauberhaft, so sonnewarm erquicken.
Er geht, und frostig rauhe Lüfte wehn.

EBERHARD WÄCHTER

In seine hohen Wände eingeschlossen,
Mit traurig schönen Geistern im Verkehr,
Gestärkt am reinen Atem des Homer,
Von Goldgewölken Attikas umflossen:

Also vor seinen Tüchern unverdrossen,
Fern von dem Markt der Künste, sitzet er;
Kein Neid verletzt, kein Ruhm berauscht ihn mehr.
Ihm blüht ein Kranz bei herrlichern Genossen.

O kommt und schaut ein selig Künstlerleben!
Besuchet ihn am abendlichen Herd,
Wenn diese Stirne, sich der Wunderschwingen

Des Genius erwehrend, sich nur eben
Erheitert zu dem Alltagskreise kehrt,
Den Weib und Kinder scherzend um ihn schlingen.

SELTSAMER TRAUM

Als Nachbild eines glücklichen Theaterabends bei und nach Aufführung von Mozarts Figaro

Marien und Paulinen, Rudolph und Friedrich
gewidmet von dem Lustigsten aus der Gesellschaft

Stuttgart, 1828

Ich sahe nächtlich hinter Traumgardinen
Viel Frühlingsgärten blühn und immer ändern;
Es tanzten, klein, auf zierlichen Geländern
An hundert Figaros mit Cherubinen.

Wie alle Dinge hundertfach erschienen,
So sah ich zwischen Masken, Blumen, Bändern,
Und zwischen all den seidenen Gewändern
Einfach die Einzigen, *Marien, Paulinen.*

Und aus dem samtnen Frühlingsboden stiegen,
Gehoben von melodischen Gewalten,
Die Leidenschaften auf als ernste Schatten;

Da sah ich, still, mit tief gefurchten Zügen,
Einfach *zwei* edle bärtige Gestalten,
Und *ich* sang, als Hanswurst, auf Blumenmatten.

ZUM NEUEN JAHR

Kirchengesang
(Melodie aus *Axur:* »Wie dort auf den Auen«)

Wie heimlicher Weise
Ein Engelein leise
Mit rosigen Füßen
Die Erde betritt,
So nahte der Morgen,
Jauchzt ihm, ihr Frommen,
Ein heilig Willkommen,
Ein heilig Willkommen!
Herz, jauchze du mit!

In Ihm sei's begonnen,
Der Monde und Sonnen
An blauen Gezelten
Des Himmels bewegt.
Du, Vater, du rate!
Lenke du und wende!
Herr, dir in die Hände
Sei Anfang und Ende,
Sei alles gelegt!

DER KÖNIG BEI DER KRÖNUNG

Dir angetrauet am Altare,
O Vaterland, wie bin ich dein!
Laß für das Rechte mich und Wahre
Nun Priester oder Opfer sein!

Geuß auf mein Haupt, Herr! deine Schale,
Ein köstlich Öl des Friedens, aus,
Daß ich wie eine Sonne strahle
Dem Vaterland und meinem Haus!

KANTATE BEI ENTHÜLLUNG DER STATUE SCHILLERS

Stuttgart, am 8. Mai 1839

Dem heitern Himmel ewger Kunst entstiegen,
Dein Heimatland begrüßest du,
Und aller Augen, alle Herzen fliegen,
O Herrlicher, dir zu!

Frauen:
Des Lenzes frischen Segen,
O Meister, bringen wir,
Betränte Kränze legen
Wir fromm zu Füßen dir.

Männer:
Der in die deutsche Leier
Mit Engelstimmen sang,
Ein überirdisch Feuer
In alle Seelen schwang,

Der aus der Muse Blicken
Selige Wahrheit las,
In ewgen Weltgeschicken
Das eigne Weh vergaß;

Frauen:
Ach, der an Herz und Sitte
Ein Sohn der Heimat war,
Stellt sich in unsrer Mitte
Ein hoher Fremdling dar.

*

Doch stille! Horch! – Zu feierlichem Lauschen
Verstummt mit eins der Festgesang: – –
Wir hörten deines Adlerfittigs Rauschen
Und deines Bogens starken Klang!

AUF EIN ALTES BILD

In grüner Landschaft Sommerflor,
Bei kühlem Wasser, Schilf und Rohr,
Schau, wie das Knäblein Sündelos
Frei spielet auf der Jungfrau Schoß!
Und dort im Walde wonnesam,
Ach, grünet schon des Kreuzes Stamm!

SCHLAFENDES JESUSKIND

gemalt von Franc. Albani

Sohn der Jungfrau, Himmelskind! am Boden
Auf dem Holz der Schmerzen eingeschlafen,
Das der fromme Meister sinnvoll spielend
Deinen leichten Träumen unterlegte;
Blume du, noch in der Knospe dämmernd
Eingehüllt die Herrlichkeit des Vaters!
O wer sehen könnte, welche Bilder
Hinter dieser Stirne, diesen schwarzen
Wimpern, sich in sanftem Wechsel malen!

AUF EINE CHRISTBLUME

I

Tochter des Walds, du Lilienverwandte,
So lang von mir gesuchte, unbekannte,
Im fremden Kirchhof, öd und winterlich,
Zum erstenmal, o schöne, find ich dich!

Von welcher Hand gepflegt du hier erblühtest,
Ich weiß es nicht, noch wessen Grab du hütest;
Ist es ein Jüngling, so geschah ihm Heil,
Ist's eine Jungfrau, lieblich fiel ihr Teil.

Im nächtgen Hain, von Schneelicht überbreitet,
Wo fromm das Reh an dir vorüberweidet,
Bei der Kapelle, am kristallnen Teich,
Dort sucht ich deiner Heimat Zauberreich.

Schön bist du, Kind des Mondes, nicht der Sonne;
Dir wäre tödlich andrer Blumen Wonne,
Dich nährt, den keuschen Leib voll Reif und Duft,
Himmlischer Kälte balsamsüße Luft.

In deines Busens goldner Fülle gründet
Ein Wohlgeruch, der sich nur kaum verkündet;

So duftete, berührt von Engelshand,
Der benedeiten Mutter Brautgewand.

Dich würden, mahnend an das heilge Leiden,
Fünf Purpurtropfen schön und einzig kleiden:
Doch kindlich zierst du, um die Weihnachtszeit,
Lichtgrün mit einem Hauch dein weißes Kleid.

Der Elfe, der in mitternächtger Stunde
Zum Tanze geht im lichterhellen Grunde,
Vor deiner mystischen Glorie steht er scheu
Neugierig still von fern und huscht vorbei.

II

Im Winterboden schläft, ein Blumenkeim,
Der Schmetterling, der einst um Busch und Hügel
In Frühlingsnächten wiegt den samtnen Flügel;
Nie soll er kosten deinen Honigseim.

Wer aber weiß, ob nicht sein zarter Geist,
Wenn jede Zier des Sommers hingesunken,
Dereinst, von deinem leisen Dufte trunken,
Mir unsichtbar, dich Blühende umkreist?

SEHNSUCHT

In dieser Winterfrühe
Wie ist mir doch zumut!
O Morgenrot, ich glühe
Von deinem Jugendblut.

Es glüht der alte Felsen,
Und Wald und Burg zumal,
Berauschte Nebel wälzen
Sich jäh hinab das Tal.

Mit tatenfroher Eile
Erhebt sich Geist und Sinn,

Und flügelt goldne Pfeile
Durch alle Ferne hin.

Auf Zinnen möcht ich springen,
In alter Fürsten Schloß,
Möcht hohe Lieder singen,
Mich schwingen auf das Roß!

Und stolzen Siegeswagen
Stürzt ich mich brausend nach,
Die Harfe wird zerschlagen,
Die nur von Liebe sprach.

– Wie? schwärmst du so vermessen,
Herz, hast du nicht bedacht,
Hast du mit eins vergessen,
Was dich so trunken macht?

Ach, wohl! was aus mir singet,
Ist nur der Liebe Glück!
Die wirren Töne schlinget
Sie sanft in sich zurück.

Was hilft, was hilft mein Sehnen?
Geliebte, wärst du hier!
In tausend Freudetränen
Verging' die Erde mir.

AM WALDE

Am Waldsaum kann ich lange Nachmittage,
Dem Kuckuck horchend, in dem Grase liegen;
Er scheint das Tal gemächlich einzuwiegen
Im friedevollen Gleichklang seiner Klage.

Da ist mir wohl, und meine schlimmste Plage,
Den Fratzen der Gesellschaft mich zu fügen,
Hier wird sie mich doch endlich nicht bekriegen,
Wo ich auf eigne Weise mich behage.

Und wenn die feinen Leute nur erst dächten,
Wie schön Poeten ihre Zeit verschwenden,
Sie würden mich zuletzt noch gar beneiden.

Denn des Sonetts gedrängte Kränze flechten
Sich wie von selber unter meinen Händen,
Indes die Augen in der Ferne weiden.

LIEBESGLÜCK

Wenn Dichter oft in warmen Phantasieen,
Von Liebesglück und schmerzlichem Vergnügen,
Sich oder uns, nach ihrer Art, belügen,
So sei dies Spielwerk ihnen gern verziehen.

Mir aber hat ein gütger Gott verliehen,
Den Himmel, den sie träumen, zu durchfliegen,
Ich sah die Anmut mir im Arm sich schmiegen,
Der Unschuld Blick von raschem Feuer glühen.

Auch ich trug einst der Liebe Müh und Lasten,
Verschmähte nicht den herben Kelch zu trinken,
Damit ich seine Lust nun ganz empfinde.

Und dennoch gleich ich jenen Erzphantasten:
Mir will mein Glück so unermeßlich dünken,
Daß ich mir oft im wachen Traum verschwinde.

ZU VIEL

Der Himmel glänzt vom reinsten Frühlingslichte,
Ihm schwillt der Hügel sehnsuchtsvoll entgegen,
Die starre Welt zerfließt in Liebessegen,
Und schmiegt sich rund zum zärtlichsten Gedichte.

Am Dorfeshang, dort bei der luftgen Fichte,
Ist meiner Liebsten kleines Haus gelegen –
O Herz, was hilft dein Wiegen und dein Wägen,
Daß all der Wonnestreit in dir sich schlichte!

Du, Liebe, hilf den süßen Zauber lösen,
Womit Natur in meinem Innern wühlet!
Und du, o Frühling, hilf die Liebe beugen!

Lisch aus, o Tag! Laß mich in Nacht genesen!
Indes ihr sanften Sterne göttlich kühlet,
Will ich zum Abgrund der Betrachtung steigen.

NUR ZU!

Schön prangt im Silbertau die junge Rose,
Den ihr der Morgen in den Busen rollte,
Sie blüht, als ob sie nie verblühen wollte,
Sie ahnet nichts vom letzten Blumenlose.

Der Adler strebt hinan ins Grenzenlose,
Sein Auge trinkt sich voll von sprühndem Golde;
Er ist der Tor nicht, daß er fragen sollte,
Ob er das Haupt nicht an die Wölbung stoße.

Mag denn der Jugend Blume uns verbleichen,
Noch glänzet sie und reizt unwiderstehlich;
Wer will zu früh so süßem Trug entsagen?

Und Liebe, darf sie nicht dem Adler gleichen?
Doch fürchtet sie; auch fürchten ist ihr selig,
Denn all ihr Glück, was ist's? – ein endlos Wagen!

AN DIE GELIEBTE

Wenn ich, von deinem Anschaun tief gestillt,
Mich stumm an deinem heilgen Wert vergnüge,
Dann hör ich recht die leisen Atemzüge
Des Engels, welcher sich in dir verhüllt.

Und ein erstaunt, ein fragend Lächeln quillt
Auf meinen Mund, ob mich kein Traum betrüge,
Daß nun in dir, zu ewiger Genüge,
Mein kühnster Wunsch, mein einzger, sich erfüllt?

Von Tiefe dann zu Tiefen stürzt mein Sinn,
Ich höre aus der Gottheit nächtger Ferne
Die Quellen des Geschicks melodisch rauschen.

Betäubt kehr ich den Blick nach oben hin,
Zum Himmel auf – da lächeln alle Sterne;
Ich kniee, ihrem Lichtgesang zu lauschen.

NEUE LIEBE

Kann auch ein Mensch des andern auf der Erde
Ganz, wie er möchte, sein?
– In langer Nacht bedacht ich mir's, und mußte sagen, nein!

So kann ich niemands heißen auf der Erde,
Und niemand wäre mein?
– Aus Finsternissen hell in mir aufzückt ein Freudenschein:

Sollt ich mit Gott nicht können sein,
So wie ich möchte, mein und dein?
Was hielte mich, daß ich's nicht heute werde?

Ein süßes Schrecken geht durch mein Gebein!
Mich wundert, daß es mir ein Wunder wollte sein,
Gott selbst zu eigen haben auf der Erde!

AN DEN SCHLAF

Somne levis! quanquam certissima mortis imago,
Consortem cupio te tamen esse tori.
Alma quies, optata, veni! nam sic sine vita
Vivere, quam suave est, sic sine morte mori!
Meibom

Schlaf! süßer Schlaf! obwohl dem Tod wie du nichts gleicht,
Auf diesem Lager doch willkommen heiß ich dich!
Denn ohne Leben so, wie lieblich lebt es sich!
So weit vom Sterben, ach, wie stirbt es sich so leicht!

SEUFZER

Jesu benigne!
A cujus igne
Opto flagrare
Et Te amare:
Cur non flagravi?
Cur non amavi
Te, Jesu Christe?
– O frigus triste!

(Altes Lied)

Dein Liebesfeuer,
Ach Herr! wie teuer
Wollt ich es hegen,
Wollt ich es pflegen!
Hab's nicht geheget
Und nicht gepfleget,
Bin tot im Herzen –
O Höllenschmerzen!

WO FIND ICH TROST?

Eine Liebe kenn ich, die ist treu,
War getreu, solang ich sie gefunden,
Hat mit tiefem Seufzen immer neu,
Stets versöhnlich, sich mit mir verbunden.

Welcher einst mit himmlischem Gedulden
Bitter bittern Todestropfen trank,
Hing am Kreuz und büßte mein Verschulden,
Bis es in ein Meer von Gnade sank.

Und was ist's nun, daß ich traurig bin,
Daß ich angstvoll mich am Boden winde?
Frage: »Hüter, ist die Nacht bald hin?«
Und: »was rettet mich von Tod und Sünde?«

Arges Herze! ja gesteh es nur,
Du hast wieder böse Lust empfangen;
Frommer Liebe, frommer Treue Spur,
Ach, das ist auf lange nun vergangen.

Ja, das ist's auch, daß ich traurig bin,
Daß ich angstvoll mich am Boden winde!
Hüter, Hüter, ist die Nacht bald hin?
Und was rettet mich von Tod und Sünde?

GEBET

Herr! schicke, was du willt,
Ein Liebes oder Leides;
Ich bin vergnügt, daß beides
Aus deinen Händen quillt.

Wollest mit Freuden
Und wollest mit Leiden
Mich nicht überschütten!
Doch in der Mitten
Liegt holdes Bescheiden.

TAG UND NACHT

Schlank und schön ein Mohrenknabe
Bringt in himmelblauer Schürze
Manche wundersame Gabe,
Kühlen Duft und süße Würze.
Wenn die Abendlüfte wehen,
Naht er sachte, kaum gesehen,
Hat ein Harfenspiel zur Hand.

Auch der Saiten sanftes Tönen
Kann man nächtlich lauschend hören;
Doch scheint alles seiner Schönen,
Ungetreuen, zu gehören;

Und er wandelt, bis am Haine,
Bis am See und Wiesenraine
Er die Spur der Liebsten fand.

Wohl ein Lächeln mag sich leise
Dann ins ernste Antlitz neigen,
Weiße Zähne, glänzend weiße,
Sich wie Sternenlichter zeigen.
Doch ihn faßt ein reizend Bangen,
Kommt von ferne Sie gegangen,
Und er sucht sein dunkles Haus.

Liebchen tritt von Bergeshöhen
In das Tal: da wird es Freude!
Wald und Flur wie neu erstehen
Vor dem Kind im Rosenkleide;
Alles drängt sich nach der Süßen,
Alt und jung will sie begrüßen,
Nur der Knabe bleibet aus.

Und doch ist ein tiefes Ahnen
Von dem Fremdling ihr geblieben;
Wie ein Traum will sie's gemahnen
An ein früh gehegtes Lieben.
Glänzen dann auf allen Wegen
Schmuck und Perlen ihr entgegen,
Denkt sie wohl, wer es gebracht.

Schnell den Schleier vorgezogen,
Steht das Töchterchen in Tränen,
Und der Mutter Friedensbogen
Neigt sich tauend ihrem Sehnen;
Erd und Himmel haben Frieden,
Aber ach, *sie* sind geschieden,
Sind getrennt wie *Tag* und *Nacht.*

DIE ELEMENTE

Ἡ γὰρ ἀποκαραδοκία τῆς κτίσεως
τὴν ἀποκάλυψιν τῶν υἱῶν τοῦ θεοῦ
ἀπεκδέχεται.
Paulus a. d. Röm. 8, 19

Am schwarzen Berg da steht der Riese,
Steht hoch der Mond darüber her;
Die weißen Nebel auf der Wiese
Sind Wassergeister aus dem Meer:
Ihrem Gebieter nachgezogen
Vergiften sie die reine Nacht,
Aus deren hoch geschwungnem Bogen
Das volle Heer der Sterne lacht.

Still schaut der Herr auf seine Geister,
Die Faust am Herzen fest geballt;
Er heißt der Elemente Meister,
Heißt Herr der tödlichen Gewalt;
Ein Gott hat sie ihm übergeben,
Ach, ihm die schmerzenreichste Lust!
Und namenlose Seufzer heben
Die ehrne, göttergleiche Brust.

Die Keule schwingt er jetzt, die alte,
Vom Schlage dröhnt der Erde Rund,
Dann springt durch die gewaltge Spalte
Der Riesenkörper in den Grund.
Die fest verschloßnen Feuer tauchen
Hoch aus uraltem Schlund herauf,
Da fangen Wälder an zu rauchen,
Und prasseln wild im Sturme auf.

Er aber darf nicht still sich fühlen,
Beschaulich im verborgnen Schacht,
Wo Gold und Edelsteine kühlen,
Und hellen Augs der Elfe wacht:
Brünstig verfolgt er, rastlos wütend,
Der Gottheit grauenvolle Spur,
Des Busens Angst nicht überbietend
Mit allen Schrecken der Natur.

Soll er den Flug von hundert Wettern
Laut donnernd durcheinanderziehn,
Des Menschen Hütte niederschmettern,
Aufs Meerschiff sein Verderben sprühn,
Da will das edle Herz zerreißen,
Da sieht er schrecklich sich allein;
Und doch kann er nicht würdig heißen,
Mit Göttern ganz ein Gott zu sein.

Noch aber blieb ihm *eine* Freude,
Nachdem er Land und Meer bewegt,
Wenn er bei Nacht auf öder Heide
Die Sehnsucht seiner Seele pflegt.
Da hängen ungeheure Ketten
Aus finstrem Wolkenraum herab,
Dran er, als müßten sie ihn retten,
Sich schwingt zum Himmel auf und ab.

Dort weilen rosige Gestalten
In heitern Höhen, himmlisch klar,
Und fest am goldnen Ringe halten
Sie schwesterlich das Kettenpaar;
Sie liegen ängstlich auf den Knieen
Und sehen sanft zum wilden Spiel,
Und wie sie im Gebete glühen,
Löst, wie ein Traum, sich sein Gefühl.

Denn ihr Gesang tönt mild und leise,
Er rührt beruhigend sein Ohr:
O folge harmlos deiner Weise,
Dazu Allvater dich erkor!
Dem Wort von Anfang muß du trauen,
In ihm laß deinen Willen ruhn!
Das Tiefste wirst du endlich schauen,
Begreifen lernen all dein Tun.

Und wirst nicht länger menschlich hadern,
Wirst schaun der Dinge heilge Zahl,
Wie in der Erde warmen Adern,
Wie in dem Frühlingssonnenstrahl,

Wie in des Sturmes dunkeln Falten
Des Vaters göttlich Wesen schwebt,
Den Faden freundlicher Gewalten,
Das Band geheimer Eintracht webt.

Einst wird es kommen, daß auf Erden
Sich höhere Geschlechter freun,
Und heitre Angesichter werden
Des Ewigschönen Spiegel sein,
Wo aller Engelsweisheit Fülle
Der Menschengeist in sich gewahrt,
In neuer Sprachen Kinderhülle
Sich alles Wesen offenbart.

Und auch die Elemente mögen,
Die gottversöhnten, jede Kraft
In Frieden auf und nieder regen
Die nimmermehr Entsetzen schafft;
Dann, wie aus Nacht und Duft gewoben,
Vergeht dein Leben unter dir,
Mit lichtem Blick steigst du nach oben,
Denn in der Klarheit wandeln wir.

SCHIFFER- UND NIXEN-MÄRCHEN

I

Vom Sieben-Nixen-Chor

Manche Nacht im Mondenscheine
Sitzt ein Mann von ernster Schöne,
Sitzt der Magier Drakone,
Auf dem Gartenhausbalkone,
Mit Prinzessin Liligi;
Lehrt sie allda seine Lehre
Von der Erde, von dem Himmel,
Von dem Traum der Elemente,
Vom Geschick im Sternenkreise.

»Laß es aber nun genug sein!
Mitternacht ist lang vorüber –«
Spricht Prinzessin Liligi –

»Und nach solchen Wunderdingen,
Mächtigen und ungewohnten,
Lüstet mich nach Kindermärchen,
Lieber Mann, ich weiß nicht wie!«

»Hörst du gern das Lied vom Winde,
Das nicht End noch Anfang hat,
Oder gern vom Königskinde,
Gerne von der Muschelstadt?«

»Singe du so heut wie gestern
Von des Meeres Lustrevier,
Von dem Haus der sieben Schwestern
Und vom Königssohne mir.«

»Zwischen grünen Wasserwänden
Sitzt der Sieben-Nixen-Chor;
Wasserrosen in den Händen,
Lauschen sie zum Licht empor.

Und wenn oftmals auf der Höhe
Schiffe fahren, schattengleich,
Steigt ein siebenfaches Wehe
Aus dem stillen Wasserreich.

Dann, zum Spiel kristallner Glocken,
Drehn die Schwestern sich im Tanz,
Schütteln ihre grünen Locken
Und verlieren Gurt und Kranz.

Und das Meer beginnt zu schwanken,
Well auf Welle steigt und springt,
Alle Elemente zanken
Um das Schiff, bis es versinkt.«

Also sang in Zaubertönen
Süß der Magier Drakone
Zu der lieblichen Prinzessin;
Und zuweilen, im Gesange,
Neiget er der Lippen Milde
Zu dem feuchten Rosenmunde,
Zu den hyazintheblauen,
Schon in Schlaf gesenkten Augen
Der betörten Jungfrau hin.
Diese meint im leichten Schlummer,
Immer höre sie die Lehre
Von der Erde, von dem Himmel,
Vom Geschick im Sternenkreise,
Doch zuletzt erwachet sie:

»Laß es aber nun genug sein!
Mitternacht ist lang vorüber,
Und nach solchen Wunderdingen,
Mächtigen und ungewohnten,
Lüstet mich nach Kindermärchen,
Lieber Mann, ich weiß nicht wie!«

»Wohl! – Schon auf des Meeres Grunde
Sitzt das Schiff mit Mann und Maus,
Und die Sieben in die Runde
Rufen: ›Schönster, tritt heraus!‹

Rufen freundlich mit Verneigen:
›Komm! es soll dich nicht gereun;
Woll'n dir unsre Kammer zeigen,
Wollen deine Mägde sein.‹

– Sieh, da tritt vom goldnen Borde
Der betörte Königssohn,
Und zu der korallnen Pforte
Rennen sie mit ihm davon.

Doch man sah nach wenig Stunden,
Wie der Nixenbräutigam,
Tot, mit sieben roten Wunden,
Hoch am Strand des Meeres schwamm.«

Also sang in Zaubertönen
Süß der Magier Drakone;
Und zuweilen, im Gesange,
Neiget er der Lippen Milde

Zu dem feuchten Rosenmunde,
Zu den hyazintheblauen,
Schon in Schlaf gesenkten Augen
Der betörten Jungfrau hin.

Sie erwacht zum andern Male,
Sie verlanget immer wieder:
»Lieber Mann, ein Kindermärchen
Singe mir zu guter Letzt!«

Und er singt das letzte Märchen,
Und er küßt die letzten Küsse;
Lied und Kuß hat ausgeklungen,
Aber sie erwacht nicht mehr.
Denn schon war die dritte Woche,
Seit der Magier Drakone
Bei dem edeln Königskinde
Seinen falschen Dienst genommen;
Wohlberechnet, wohlbereitet
Kam der letzte Tag heran.

Jetzo fasset er die Leiche,
Schwingt sich hoch im Zaubermantel
Durch die Lüfte zu dem Meere,
Rauschet nieder in die Wogen,
Klopft an dem Korallentor,
Führet so die junge Fürstin,
Daß auch sie zur Nixe werde,
Als willkommene Genossin
In den Sieben-Nixen-Chor.

II

Nixe Binsefuß

Des Wassermanns sein Töchterlein
Tanzt auf dem Eis im Vollmondschein,
Sie singt und lachet sonder Scheu
Wohl an des Fischers Haus vorbei.

»Ich bin die Jungfer Binsefuß,
Und meine Fisch wohl hüten muß,
Meine Fisch die sind im Kasten,
Sie haben kalte Fasten;
Von Böhmerglas mein Kasten ist,
Da zähl ich sie zu jeder Frist.

Gelt, Fischermatz? gelt, alter Tropf,
Dir will der Winter nicht in Kopf?
Komm mir mit deinen Netzen!
Die will ich schön zerfetzen!
Dein Mägdlein zwar ist fromm und gut,
Ihr Schatz ein braves Jägerblut.

Drum häng ich ihr, zum Hochzeitstrauß,
Ein schilfen Kränzlein vor das Haus,
Und einen Hecht, von Silber schwer,
Er stammt von König Artus her,
Ein Zwergen-Goldschmieds-Meisterstück,
Wer's hat, dem bringt es eitel Glück:
Er läßt sich schuppen Jahr für Jahr,
Da sind's fünfhundert Gröschlein bar.

Ade, mein Kind! Ade für heut!
Der Morgenhahn im Dorfe schreit.«

III

Zwei Liebchen

Ein Schifflein auf der Donau schwamm,
Drin saßen Braut und Bräutigam,
Er hüben und sie drüben.

Sie sprach: »Herzliebster, sage mir,
Zum Angebind was geb ich dir?«

Sie streift zurück ihr Ärmelein,
Sie greift ins Wasser frisch hinein.

Der Knabe, der tät gleich also,
Und scherzt mit ihr und lacht so froh.

»Ach, schöne Frau Done, geb sie mir
Für meinen Schatz eine hübsche Zier!«

Sie zog heraus ein schönes Schwert,
Der Knab hätt lang so eins begehrt.

Der Knab, was hält er in der Hand?
Milchweiß ein köstlich Perlenband.

Er legt's ihr um ihr schwarzes Haar,
Sie sah wie eine Fürstin gar.

»Ach, schöne Frau Done, geb' sie mir
Für meinen Schatz eine hübsche Zier!«

Sie langt hinein zum andernmal,
Faßt einen Helm von lichtem Stahl.

Der Knab vor Freud entsetzt sich schier,
Fischt ihr einen goldnen Kamm dafür.

Zum dritten sie ins Wasser griff:
Ach weh! da fällt sie aus dem Schiff.

Er springt ihr nach, er faßt sie keck,
Frau Done reißt sie beide weg:

Frau Done hat ihr Schmuck gereut,
Das büßt der Jüngling und die Maid.

Das Schifflein leer hinunterwallt;
Die Sonne sinkt hinter die Berge bald.

Und als der Mond am Himmel stand,
Die Liebchen schwimmen tot ans Land,
Er hüben und sie drüben.

IV

Der Zauberleuchtturm

Des Zauberers sein Mägdlein saß
In ihrem Saale rund von Glas;
Sie spann beim hellen Kerzenschein,
Und sang so glockenhell darein.
Der Saal, als eine Kugel klar,
In Lüften aufgehangen war
An einem Turm auf Felsenhöh,
Bei Nacht hoch ob der wilden See,
Und hing in Sturm und Wettergraus
An einem langen Arm hinaus.
Wenn nun ein Schiff in Nächten schwer
Sah weder Rat noch Rettung mehr,
Der Lotse zog die Achsel schief,
Der Hauptmann alle Teufel rief,
Auch der Matrose wollt verzagen:
»O weh mir armen Schwartenmagen!«
Auf einmal scheint ein Licht von fern
Als wie ein heller Morgenstern;
Die Mannschaft jauchzet überlaut:
»Heida! jetzt gilt es trockne Haut!«
Aus allen Kräften steuert man
Jetzt nach dem teuren Licht hinan,

Das wächst und wächst und leuchtet fast
Wie einer Zaubersonne Glast,
Darin ein Mägdlein sitzt und spinnt,
Sich beuget ihr Gesang im Wind;
Die Männer stehen wie verzückt,
Ein jeder nach dem Wunder blickt
Und horcht und staunet unverwandt,
Dem Steuermann entsinkt die Hand,
Hat keiner acht mehr auf das Schiff;
Das kracht mit eins am Felsenriff,
Die Luft zerreißt ein Jammerschrei:
»Herr Gott im Himmel, steh uns bei!«
Da löscht die Zauberin ihr Licht;
Noch einmal aus der Tiefe bricht
Verhallend Weh aus *einem* Mund;
Da zuckt das Schiff und sinkt zu Grund.

DAS LUSTIGE WIRTSHAUS

Akademischer Scherz

Die Burschen:

Man lebet doch wie im Schlaraffenland hier,
Da schmauset man frühe wie spat;
Schon dreht sich der Boden vor Wonne mit mir,
Kaum daß ich die Schwelle betrat!

Der Becher, ihr Herrn, wird nur gratis gefüllt:
Der Wirt ist kein knausiger Tropf,
Er führt den Hanswurst nicht vergeblich im Schild,
Man wirft euch das Geld an den Kopf.

Der Alte soll, wißt ihr, ein Zauberer sein,
Er lächelt auch immer so schlau;
– Und seht nur, was treten für Kerl da herein?
Die Eule, der Storch und der Pfau!

Wie sittig, kratzfüßig und blöd sie sich drehn!
Pedanten vom köstlichsten Schlag!

Sie nehmen sich Stühle – das muß ich gestehn,
So was sieht man nicht alle Tag!

Mein Alter am Fäßchen, er zapfet den Wein
Und hält sich vor Lachen den Bauch;
Rebekke schenkt ihnen vom feurigsten ein
Und zierlich kredenzt sie ihn auch.

Nun sitzen sie steif wie Professorsleut da,
Und lassen das Glas unberührt,
Wir Herren vom Humpen sind ihnen zu nah:
Man hat sich leicht kompromittiert.

Nur ruhig, und kehrt euch noch gar nicht an sie!
Die führen ihr Mütlein im Sack;
Es ist nur erlogene Pedanterie,
Sie sind das versoffenste Pack.

Inzwischen, mein schönes, schwarzaugiges Kind,
Komm, sing uns was Lustiges vor!

Das Mädchen:
Das kann ja geschehen; die Herren dann sind
So gütig und machen den Chor.
(Dieselbe fährt fort mit der Zither:)
– Mein Vater, der hatte drei Krebse zum Schild,
Da sprachen die Leute nicht ein:
Nun führt er den scheckigen Narren im Bild,
Er selber trinkt aber den Wein.

Chor:
Heida! sa sa!
Er selber trinkt aber den Wein.

Mädchen:
Auch seht ihr ja wohl, wie so herrlich das lauft,
Man denkt, es wär Kirmes im Haus;
Und wenn man uns Betten und Stühle verkauft,
Wir lachen die Leute noch aus.

Chor:
Heida! sa sa!
Ihr lachet die Leute noch aus.

Mädchen:
Mein Vater, heißt's, hab ein klein Männlein im Sold,
Ein Männlein, so fein und so klug,
Und wenn er nur möchte und wenn er nur wollt,
Wir hätten Dukaten genug.

Chor:
Heida! sa sa!
Ihr hättet Dukaten genug.

Mädchen:
Das laß ich nun gerne dahingestellt sein;
Was kümmert mich Silber und Gold!
Und zög ich auf Bettel landaus und landein,
Mein Schätzchen, das bliebe mir hold.

Chor:
Heida! sa sa!
Dein Schätzchen, das bliebe dir hold.

Mädchen:
Denn ich und des Schäfers sein lustiger Franz,
Wir ziehn wie die Vögel so frei,
Ich spiele die Zither, das Hackbrett zum Tanz,
Mein Liebster, der spielt die Schalmei.

Chor:
Heida! sa sa!
Dein Liebster, der spielt die Schalmei.

Mädchen:
Und wenn meine Mutter Frau Kaiserin wär,
Hätt ich Kleider und seidene Schuh,
Ich gäb doch den herzigen Jungen nicht her,
Gäb ihm Kron und Zepter dazu.

Chor:
Heida! sa sa!
Gäbst ihm Kron und Zepter dazu.

Einer:
Doch seht mir nur dort das Professorsvolk an!
Das jauchzet und tanzet und hopft!
Der Storch und der Pfau und die Eule voran –
Mein Seel, sie sind alle bezopft!

Chor:
Heida! sa sa!
Mein Seel, sie sind alle bezopft!

DER ALTE TURMHAHN

Idylle

Zu Cleversulzbach im Unterland
Hundertunddreizehn Jahr ich stand,
Auf dem Kirchenturn ein guter Hahn,
Als ein Zierat und Wetterfahn.
In Sturm und Wind und Regennacht
Hab ich allzeit das Dorf bewacht.
Manch falber Blitz hat mich gestreift,
Der Frost mein' roten Kamm bereift,
Auch manchen lieben Sommertag,
Da man gern Schatten haben mag,
Hat mir die Sonne unverwandt
Auf meinen goldigen Leib gebrannt.
So ward ich schwarz für Alter ganz,
Und weg ist aller Glitz und Glanz.
Da haben sie mich denn zuletzt
Veracht't und schmählich abgesetzt.
Meinthalb! So ist der Welt ihr Lauf,
Jetzt tun sie einen andern 'nauf.
Stolzier, prachtier und dreh dich nur!
Dir macht der Wind noch andre Cour.

Ade, o Tal, du Berg und Tal!
Rebhügel, Wälder allzumal!
Herzlieber Turn und Kirchendach,
Kirchhof und Steglein übern Bach!
Du Brunnen, dahin spat und früh
Öchslein springen, Schaf' und Küh,
Hans hinterdrein kommt mit dem Stecken,
Und Bastes Evlein auf dem Schecken!
– Ihr Störch und Schwalben, grobe Spatzen,
Euch soll ich nimmer hören schwatzen!
Lieb deucht mir jedes Drecklein itzt,
Damit ihr ehrlich mich beschmitzt.
Ade, Hochwürden, Ihr Herr Pfarr,
Schulmeister auch, du armer Narr!
Aus ist, was mich gefreut so lang,
Geläut und Orgel, Sang und Klang.

Von meiner Höh so sang ich dort,
Und hätt noch lang gesungen fort,
Da kam so ein krummer Teufelshöcker,
Ich schätz, es war der Schieferdecker,
Packt mich, kriegt nach manch hartem Stoß
Mich richtig von der Stange los.
Mein alt preßhafter Leib schier brach,
Da er mit mir fuhr ab dem Dach
Und bei den Glocken schnurrt hinein;
Die glotzten sehr verwundert drein,
Regt' ihnen doch weiter nicht den Mut,
Dachten eben, wir hangen gut.

Jetzt tät man mich mit altem Eisen
Dem Meister Hufschmied überweisen;
Der zahlt zween Batzen und meint wunder,
Wieviel es wär für solchen Plunder.
Und also ich selben Mittag
Betrübt vor seiner Hütte lag.
Ein Bäumlein – es war Maienzeit –
Schneeweiße Blüten auf mich streut,
Hühner gackeln um mich her,
Unachtend, was das für ein Vetter wär.

Da geht mein Pfarrherr nun vorbei,
Grüßt den Meister und lächelt: »Ei,
Wär's so weit mit uns, armer Hahn?
Andrees, was fangt Ihr mit ihm an?
Ihr könnt ihn weder sieden noch braten,
Mir aber müßt es schlimm geraten,
Einen alten Kirchendiener gut
Nicht zu nehmen in Schutz und Hut.
Kommt! tragt ihn mir gleich vor ins Haus,
Trinket ein kühl Glas Wein mit aus.«

Der rußig Lümmel, schnell bedacht,
Nimmt mich vom Boden auf und lacht.
Es fehlt' nicht viel, so tat ich frei
Gen Himmel einen Freudenschrei.
Im Pfarrhaus, ob dem fremden Gast
War groß und klein erschrocken fast;
Bald aber in jedem Angesicht
Ging auf ein rechtes Freudenlicht.
Frau, Magd und Knecht, Mägdlein und Buben,
Den großen Göckel in der Stuben
Mit siebenfacher Stimmen Schall
Begrüßen, begucken, betasten all.
Der Gottesmann drauf mildiglich
Mit eignen Händen trägt er mich
Nach seinem Zimmer, Stiegen auf,
Nachpolteret der ganze Hauf.

Hier wohnt der Frieden auf der Schwell!
In den geweißten Wänden hell
Sogleich empfing mich sondre Luft,
Bücher- und Gelahrtenduft,
Gerani- und Resedaschmack,
Auch ein Rüchlein Rauchtabak.
(Dies war mir all noch unbekannt.)
Ein alter Ofen aber stand
In der Ecke linker Hand.
Recht als ein Turn tät er sich strecken
Mit seinem Gipfel bis zur Decken,
Mit Säulwerk, Blumwerk, kraus und spitz –

O anmutsvoller Ruhesitz!
Zuöberst auf dem kleinen Kranz
Der Schmied mich auf ein Stänglein pflanzt'.

Betrachtet mir das Werk genau!
Mir deucht's ein ganzer Münsterbau;
Mit Schildereien wohl geziert,
Mit Reimen christlich ausstaffiert.
Davon vernahm ich manches Wort,
Dieweil der Ofen ein guter Hort
Für Kind und Kegel und alte Leut,
Zu plaudern, wann es wind't und schneit.

Hier seht ihr seitwärts auf der Platten
Eines Bischofs Krieg mit Mäus und Ratten,
Mitten im Rheinstrom sein Kastell.
Das Ziefer kommt geschwommen schnell,
Die Knecht nichts richten mit Waffen und Wehr,
Der Schwänze werden immer mehr.
Viel Tausend gleich in dicken Haufen
Frech an der Mauer auf sie laufen,
Fallen dem Pfaffen in sein Gemach;
Sterben muß er mit Weh und Ach,
Von den Tieren aufgefressen,
Denn er mit Meineid sich vermessen.
– Sodann König Belsazers seinen Schmaus.
Weiber und Spielleut, Saus und Braus;
Zu großem Schrecken an der Wand
Rätsel schreibt eines Geistes Hand.
– Zuletzt da vorne stellt sich für
Sara lauschend an der Tür,
Als der Herr mit Abraham
Vor seiner Hütte zu reden kam,
Und ihme einen Sohn versprach.
Sara sich Lachens nicht entbrach,
Weil beide schon sehr hoch betaget.
Der Herr vernimmt es wohl und fraget:
»Wie, lachet Sara? glaubt sie nicht,
Was der Herr will, leicht geschicht?
Das Weib hinwieder Flausen machet,

Spricht: Ich habe nicht gelachet.«
Das war nun wohl gelogen fast,
Der Herr es doch passieren laßt,
Weil sie nicht leugt aus arger List,
Auch eine Patriarchin ist.

Seit daß ich hier bin dünket mir
Die Winterszeit die schönste schier.
Wie sanft ist aller Tage Fluß
Bis zum geliebten Wochenschluß!
– Freitag zu Nacht, noch um die neune,
Bei seiner Lampen Trost alleine,
Mein Herr fangt an sein Predigtlein
Studieren; anderst mag's nicht sein;
Eine Weil am Ofen brütend steht,
Unruhig hin und dannen geht:
Sein Text ihm schon die Adern reget;
Drauf er sein Werk zu Faden schläget.
Inmittelst einmal auch etwan
Hat er ein Fenster aufgetan –
Ah, Sternenlüfteschwall wie rein
Mit Haufen dringet zu mir ein!
Den Verrenberg ich schimmern seh,
Den Schäferbühel dick mit Schnee!

Zu schreiben endlich er sich setzet,
Ein Blättlein nimmt, die Feder netzet,
Zeichnet sein Alpha und sein O
Über dem Exordio.
Und ich von meinem Postament
Kein Aug ab meinem Herrlein wend;
Seh, wie er, mit Blicken steif ins Licht,
Sinnt, prüfet jedes Worts Gewicht,
Einmal sacht eine Prise greifet,
Vom Docht den roten Butzen streifet;
Auch dann und wann zieht er vor sich
Ein Sprüchlein an vernehmentlich,
So ich mit vorgerecktem Kopf
Begierlich bringe gleich zu Kropf.

Gemachsam kämen wir also
Bis Anfang Applicatio.

Indes der Wächter elfe schreit.
Mein Herr denkt: es ist Schlafenszeit;
Ruckt seinen Stuhl und nimmt das Licht;
Gut Nacht, Herr Pfarr! – Er hört es nicht.

Im Finstern wär ich denn allein.
Das ist mir eben keine Pein.
Ich hör in der Registratur
Erst eine Weil die Totenuhr,
Lache den Marder heimlich aus,
Der scharrt sich müd am Hühnerhaus;
Windweben um das Dächlein stieben;
Ich höre wie im Wald da drüben –
Man heißet es im Vogeltrost –
Der grimmig Winter sich erbost,
Ein Eichlein spalt't jähling mit Knallen,
Eine Buche, daß die Täler schallen.
– Du meine Güt, da lobt man sich
So frommen Ofen dankbarlich!
Er wärmelt halt die Nacht so hin,
Es ist ein wahrer Segen drin.
– Jetzt, denk ich, sind wohl hie und dort
Spitzbuben aus auf Raub und Mord;
Denk, was eine schöne Sach es ist,
Brave Schloß und Riegel zu jeder Frist!
Was ich wollt machen herentgegen,
Wenn ich eine Leiter hört anlegen;
Und sonst was so Gedanken sind;
Ein warmes Schweißlein mir entrinnt.
Um zwei, Gottlob, und um die drei
Glänzet empor ein Hahnenschrei,
Um fünfe, mit der Morgenglocken,
Mein Herz sich hebet unerschrocken,
Ja voller Freuden auf es springt,
Als der Wächter endlich singt:
»Wohlauf, im Namen Jesu Christ!
Der helle Tag erschienen ist!«

Ein Stündlein drauf, wenn mir die Sporen
Bereits ein wenig steif gefroren,
Rasselt die Lis' im Ofen, brummt,
Bis 's Feuer angeht, saust und summt.
Dann von der Küch rauf, gar nicht übel,
Die Supp ich wittre, Schmalz und Zwiebel.
Endlich, gewaschen und geklärt,
Mein Herr sich frisch zur Arbeit kehrt.

Am Samstag muß ein Pfarrer fein
Daheim in seiner Klause sein,
Nicht visiteln, herumkutschieren,
Seine Faß einbrennen, sonst hantieren.
Meiner hat selten solch Gelust.
Einmal – Ihr sagt's nicht weiter just –
Zimmert' er den ganzen Nachmittag
Dem Fritz an einem Meisenschlag,
Dort an dem Tisch, und schwatzt' und schmaucht',
Mich alten Tropf kurzweilt' es auch.

Jetzt ist der liebe Sonntag da.
Es läut't zur Kirchen fern und nah.
Man orgelt schon; mir wird dabei,
Als säß ich in der Sakristei.
Es ist kein Mensch im ganzen Haus;
Ein Mücklein hör ich, eine Maus.
Die Sonne sich ins Fenster schleicht,
Zwischen die Kaktusstöck hinstreicht
Zum kleinen Pult von Nußbaumholz,
Eines alten Schreinermeisters Stolz;
Beschaut sich was da liegt umher,
Konkordanz und Kinderlehr,
Oblatenschachtel, Amtssigill,
Im Dintenfaß sich spiegeln will,
Zuteuerst Sand und Grus besicht,
Sich an dem Federmesser sticht
Und gleitet übern Armstuhl frank
Hinüber an den Bücherschrank.

Da stehn in Pergament und Leder
Vornan die frommen Schwabenväter:
Andreä, Bengel, Rieger zween,
Samt *Ötinger* sind da zu sehn.
Wie sie die goldnen Namen liest,
Noch goldener ihr Mund sie küßt,
Wie sie rührt an *Hillers* Harfenspiel –
Horch! klingt es nicht? so fehlt nicht viel.

Inmittelst läuft ein Spinnlein zart
An mir hinauf nach seiner Art,
Und hängt sein Netz, ohn erst zu fragen,
Mir zwischen Schnabel auf und Kragen.
Ich rühr mich nicht aus meiner Ruh,
Schau ihm eine ganze Weile zu.
Darüber ist es wohl geglückt,
Daß ich ein wenig eingenickt. –
Nun sagt, ob es in Dorf und Stadt
Ein alter Kirchhahn besser hat?

Ein Wunsch im stillen dann und wann
Kommt einen freilich wohl noch an.
Im Sommer stünd ich gern da draus
Bisweilen auf dem Taubenhaus,
Wo dicht dabei der Garten blüht,
Man auch ein Stück vom Flecken sieht.
Dann in der schönen Winterzeit,
Als zum Exempel eben heut:
Ich sag es grad – da haben wir
Gar einen wackern Schlitten hier,
Grün, gelb und schwarz; – er ward verwichen
Erst wieder sauber angestrichen:
Vorn auf dem Bogen brüstet sich
Ein fremder Vogel hoffärtig –
Wenn man mich etwas putzen wollt,
Nicht daß es drum viel kosten sollt,
Ich stünd so gut dort als wie der,
Und machet niemand nicht Unehr!
– Narr! denk ich wieder, du hast dein Teil!
Willt du noch jetzo werden geil?

Mich wundert, ob dir nicht gefiel',
Daß man, der Welt zum Spott und Ziel,
Deinen warmen Ofen gar zuletzt
Mitsamt dir auf die Läufe setzt',
Daß auf dem Gsims da um dich säß
Mann, Weib und Kind, der ganze Käs!
Du alter Scherb, schämst du dich nicht,
Auf Eitelkeit zu sein erpicht?
Geh in dich, nimm dein Ende wahr!
Wirst nicht noch einmal hundert Jahr.

AN WILHELM HARTLAUB

Durchs Fenster schien der helle Mond herein;
Du saßest am Klavier im Dämmerschein,
Versankst im Traumgewühl der Melodien,
Ich folgte dir an schwarzen Gründen hin,
Wo der Gesang versteckter Quellen klang,
Gleich Kinderstimmen, die der Wind verschlang.

Doch plötzlich war dein Spiel wie umgewandt,
Nur blauer Himmel schien noch ausgespannt,
Ein jeder Ton ein lang gehaltnes Schweigen.
Da fing das Firmament sich an zu neigen,
Und jäh daran herab der Sterne selig Heer
Glitt rieselnd in ein goldig Nebelmeer,
Bis Tropf um Tropfen hell darin zerging,
Die alte Nacht den öden Raum umfing.

Und als du neu ein fröhlich Leben wecktest,
Die Finsternis mit jungem Lichte schrecktest,
War ich schon weit hinweg mit Sinn und Ohr,
Zuletzt warst du es selbst, in den ich mich verlor;
Mein Herz durchzückt' mit eins ein Freudenstrahl:
Dein ganzer Wert erschien mir auf einmal.
So wunderbar empfand ich es, so neu,
Daß noch bestehe Freundeslieb und Treu!
Daß uns so sichrer Gegenwart Genuß
Zusammenhält in Lebensüberfluß!

Ich sah dein hingesenktes Angesicht
Im Schatten halb und halb im klaren Licht;
Du ahntest nicht, wie mir der Busen schwoll,
Wie mir das Auge brennend überquoll.
Du endigtest; ich schwieg – Ach warum ist doch eben
Dem höchsten Glück kein Laut des Danks gegeben?

Da tritt dein Töchterchen mit Licht herein,
Ein ländlich Mahl versammelt groß und klein,
Vom nahen Kirchturm schallt das Nachtgeläut,
Verklingend so des Tages Lieblichkeit.

LÄNDLICHE KURZWEIL

An Constanze Hartlaub

Um die Herbstzeit, wenn man abends
Feld und Garten gerne wieder
Tauschet mit dem wärmern Zimmer,
Bald auch schon den lang verschmähten
Ofen sieht mit andern Augen,
Jetzo noch zweideutigen:
Haben wir hier auf dem Lande
Noch die allerschönsten Stunden
Müßig halb und halb geschäftig
Plaudernder Geselligkeit.

Jüngst so waren wir am runden
Tisch versammelt um die Lampe.
Eine Freundin, aus der Ferne
Neulich bei uns angekommen,
Saß, ein holder Gast, im Kreise.
Abgetragen war das Essen,
Nur das Tischtuch mußte bleiben.
Reinliche Gefäße vor sich
Eiferten die guten Frauen,
Wer des vielkörnigen Mohnes
Größern Haufen vor sich bringe;
– Weißen hatten wir und blauen –
Emsig klopften, unbeschadet

Des Gespräches, ihre Messer,
Während ich, zunächst dem Lichte,
In den Haller Jahresheften
Blätterte und hin und wieder
Einen Brocken gab zum besten.

Doch nach einer kleinen Stille,
Plötzlich wie vom Zaun gebrochen,
Sagte meine Schwester Clärchen,
Schadenfrohen Blicks nach mir:
»Geld auf Zinsen auszulehnen
Ist wohl keine üble Sache,
Wenn man es nur christlich treibt;
Denn vom Hundert zieht man immer,
Wo nicht fünfe, doch fünfthalbe,
Das ist einem wie geschenkt;
Aber wer in müßger Weile
An dem Mohnfeld einst vorüber
Schlenderte, der grünen Häupter
Eines an der Seite spaltend,
Kleine Münze drin verbarg,
Hoffend, daß es groß und größer,
Eine Wunderfrucht, erwachse,
Und so viel es Körner trüge
So viel nagelneue Kreuzer
Künftig in der dürren Hülse
(Eine feine Kinderklapper,
Eine seltne Vogelscheuche!)
Klingend in dem Winde schüttle,
Der ist übel angeführt.
Nicht nur, daß die Interessen
Fehlen, auch die schönen Samen
Sind vergiftet, schwarz gemodert,
Und der unfruchtbare Mammon
Lauter Grünspan, ganz unkenntlich,
Garstig, wie dies Beispiel zeigt!«
Und hiermit warf sie den Kreuzer
Auf den Tisch, da lachte alles.

»Lassen Sie sich das erklären!«
Sagt ich, zu dem Gast gewendet:
»Wer in Schwaben einen neuen
Rock anhat zum ersten Male,
Muß von Freunden und Bekannten
In das neue Taschenfutter
Einen blanken Kreuzer haben;
Und so ward mir, ländlich sittlich,
Auch der meine vorgen Sommer
Für den hübschen Schlafrock, eben
Den man gegenwärtig sieht.
Jenen Morgen nun erging ich
Guten Mutes mich im Garten,
Tat auch wirklich wie sie sagt,
Doch was ich dabei mir dachte,
Muß ich wohl am besten wissen.
Ein Orakel sollt es sein,
Das der Herbst erproben würde:
Bringt die Kolbe blauen Samen,
Ist der liebe Gast nicht kommen;
Bringt sie weißen, wird er dasein
Eben wenn man sie eröffnet;
Und um sie genau zu zeichnen
Legt ich jene Münze ein.
Aber bald war dieses alles
Bis den Augenblick vergessen.
Und nun seht« –
»Nichts!« rief die Schwester:
»Nein, ich lasse mir's nicht nehmen,
Spekulieren wolltest du!
Und der Fall beweist nur wieder,
Was oft, dich in Schutz zu nehmen,
Andere mit mir bezeugten:
Daß mein teuerster Herr Bruder
Bei dem allerbesten Willen
Zum Kapitalisten eben
Einmal nicht geboren ist.«

BEI DER MARIEN-BERGKIRCHE

Am Geburtstag des Freundes

O liebste Kirche sondergleichen,
Auf deinem Berge ganz allein,
Im Wald, wo Linden zwischen Eichen
Ums Chor den Maienschatten streun!

Aus deinem grünen Rasen steigen
Die alten Pfeiler prächtig auf,
An Drachen, Greifen, Laubgezweigen
Reich bis zum letzten Blumenknauf.

Und Nachtigall und Kuckuck freuen
Sich dein- und ihrer Einsamkeit,
Sie kommen jährlich und erneuen
Dir deine erste Frühlingszeit.

Der Wohllaut deiner Orgeltöne
Schläft, ach, manch lieben langen Tag,
Bis einmal sich dein Tal der Schöne
Deines Geläutes freuen mag.

Dort, wo aus gelbem Stein gewunden
Die Treppe hängt, *ein* Blumenkranz,
Vertieft sich heut in Abendstunden
Mein Sinn in ihre Zierde ganz.

Sieh! ihre leicht geschlungnen Glieder
Verklären sich in rotes Gold!
Und horch, die Spindel auf und nieder
Gehn Melodieen wunderhold!

Musik der hundertfachen Flöte,
Die mit dem letzten Strahl verschwebt,
Und schweigt – bis sie die Morgenröte
Des gleichen Tages neu belebt.

MEINER SCHWESTER

Nach dem Tode der Mutter, mit einem Blatt von der Birke zwischen dem Pfarrhaus und dem Kirchhof zu Cleversulzbach

Sommer 1841

»Blättchen, das im losen Spiel
Winde durch die Lüfte tragen,
Blättchen, kannst du mir nicht sagen,
Wo ist deiner Wandrung Ziel?«

Ach ich weiß ein frommes Kind,
Dem möcht ich mich gern verbinden,
Und kann doch den Weg nicht finden,
So verstürmte mich der Wind.

Als ich aus der Knospe mich
Vor den Veilchen, früh, gerungen,
Kam das Liebchen oft gesungen
Durch den Garten morgendlich.

Aber da sich, glatt und schön,
Tät mein grünes Herzlein dehnen,
Sah ich sie in bittern Tränen
Unter unsern Zweigen stehn.

Und dort drüben überm Hag,
Steht das Röslein, steht die Weide,
Dahin wallte sie in Leide
Mir vorüber jeden Tag.

Freut' auch mich nichts weiter mehr,
Nicht die süße Maiensonne,
Bienenton und Schaukelwonne,
Keine kühle Mondnacht mehr.

Also welkt ich vor der Zeit,
Bin, bevor der Herbst gekommen,
Aus der Mutter Hut genommen
Und von der Geliebten weit.

Dürft ich zu ihr, ach wieviel
Sagt ich ihr von Lust und Schmerzen!
Und an dem getreusten Herzen
Fänd ich meiner Wandrung Ziel.

ZUM ZEHNTEN DEZEMBER

»Sie ist mündig!« Sagt mir, Leute,
Wie versteh ich dieses Wort?
Ach ein Kind war sie bis heute,
Bleibt sie das nicht immerfort?

Hingen denn vor einem Jahre
Um dies Morgenangesicht
Kindlicher die blonden Haare
Und in goldenerem Licht?

Zögen heut zu diesem Herzen,
Fromm geartet, hold und rein,
Andre Freuden, andre Schmerzen,
Ganz ein neues Wesen ein?

Und zu glänzen allerorten,
Würde sie der großen Welt,
An Gebärde, Sitt und Worten
Ihren Schwestern gleichgestellt?

Nein! ein Engel dieser Erden
Ohne Wandel bleibet sie.
Eine Fürstin kann sie werden,
Eine Dame wird sie nie!

AN O. H. SCHÖNHUTH,

Herausgeber des Nibelungenliedes und verschiedener Volksbücher
Bei der Geburt seines ersten Töchterchens

Das Neugeborne spricht:

Herr Vater, gebt Euch nur zufrieden!
Ich kann ja wahrlich nichts dafür;
Ein Mädchen hat Euch Gott beschieden,
Jedoch ein hübsches, sagt man mir.

Viermal war Euch der Himmel willig
Und hat den kühnern Wunsch erfüllt,
So gönnt er jetzt einmal, wie billig,
Der Welt ein Mutterebenbild.

Ihr rühmt Euch Eurer *Haimonskinder;*
Doch seht Ihr, einen sanften Stern
Zu Milderung der Kraft, nicht minder
Auch eine *Melusine* gern.

Ihr mögt aus mir ein Mägdlein bilden
Nach Eurem Sinn, von deutscher Art:
Nennt mich *Chriemhilden* und *Chlotilden,*
Gertrudis oder *Irmengard.*

Zur Harfe künftig sei gesungen
Manch Lied aus Eurem *Rosenflor,*
Ich lese selbst die *Nibelungen*
Euch im Originale vor.

Ich spinn Euch selbstgezogne Seide,
Will allen Fleiß den Bienen weihn;
Ich hoffe Eure Augenweide
Noch spät und Euer Stolz zu sein.

Mein Prahlen scheint Euch zu erbauen,
Ihr lächelt, und ich fasse Mut,
Noch etwas mehr Euch zu vertrauen;
Gewiß Ihr haltet mir's zugut.

Ich komme frisch vom Paradiese,
Wo man von künftgen Dingen sprach;
Man meint, wenn ich willkommen hieße,
So kämen noch drei Mädchen nach!

Ihr starrt mich an – um Gottes Willen,
Hört mich, Papa, zähmt den Verdruß!
Es macht, die Neunzahl schön zu füllen,
Ein hörnen *Siegfried* den Beschluß.

AN PAULINE

Die Neune, die zu ewgen Tänzen
Sich schwesterlich die Stirne kränzen,
Sie sollen, heißt's, im Dämmerscheine
Der dichterischen Wunderhaine
Gar manches Mal dir gern begegnen
Und dich mit ihren Gaben segnen;
Nur daß du, was sie dir vertrauten,
Mit keiner Silbe läßt verlauten.

– Ob etwa *sie,* wie sie wohl pflegen,
Dir dieses Schweigen auferlegen?
Ich weiß, ein solcher Schatz, verschlossen,
Wird doppelt wonnig erst genossen,
Unendlich scheint er sich zu füllen,
Indem wir ihn der Welt verhüllen.
Drum, was die Freunde sagen möchten,
Es ziemt sich kaum mit dir zu rechten;
Wünscht mancher doch ein gleiches Glück
Unmutig oft sich selbst zurück!

AN MARIE MÖRIKE, GEB. SEYFFER

Deines Tages reiche Fülle
Ganz empfindest du sie erst,
Wenn du in der nächtgen Stille
Einsam dich zur Muse kehrst,

Die zu vollen Himmelstönen
Deine Lippen hat geweiht,
Jede Freude zu verschönen
Und zu klagen jedes Leid.

Doch wie du den Freund entzücket,
Perlend in der Töne Licht,
Himmlischer fürwahr beglücket
Dich die Muse selber nicht.

AN CLÄRCHEN

Die Freundin immer neu zu schmücken,
Ich seh es wohl, ist deine Lust;
Darfst du ins Haar den Kranz *ihr* drücken,
Des eignen bist du kaum bewußt.

Und deinen Augen zu gefallen
Erlaubt sie gern das müßge Spiel.
Ach täglich mehr gefällt sie allen,
Die allen schon zu sehr gefiel!

Du machst sie, *wie* dir's auch gelungen,
Kaum lieblicher als je sie war,
Doch jede dieser Neuerungen
Bringt neue Sorge und Gefahr.

Heut ringeltest du Kinderlocken
Wie schön um Hals und Nacken ihr!
Ein Mädchen sieht das unerschrocken,
Allein bedenk, bedenke, *wir*!

Zwar muß vom Reiz ein Dichter leben,
Er heischt zurück was du versteckt,
Ihm bleibt der Pfeil ins Herz gegeben
Des Schönen, das ihn ewig neckt;

Nur höre auf, der Welt zu zeigen
Den Schatz, den sie uns schon mißgönnt!

Wer gern ein Kleinod hat zu eigen,
Es ist genug, daß *er* es kennt.

AUF DEN TOD EINES VOGELS

O Vogel, ist es aus mit dir?
Krank übergab ich dich Barmherzgen-Schwester-Händen,
Ob sie vielleicht noch dein Verhängnis wenden;
So war denn keine Hilfe hier?
Zwei Augen, schwarz als wie die deinen,
Sah ich mit deinem Blick sich einen,
Und gleich erlosch sein schönes Licht.
Hast du von ihnen Leids erfahren?
Wohlan, wenn *sie* dir tödlich waren,
So war dein Tod so bitter nicht!

MARGARETA

Ach, muß der Gram mit dunkelm Kranz
Noch erst unschuldge Schläfe schmücken?
So hoher Sinn in ungetrübtem Glanz,
Er würde minder uns entzücken?
Ich weiß es nicht, nur dies weiß ich allein:
So gleichst du *dir,* und also sind wir dein.

Könnt ich, o Seele, wie du bist,
Dich in den reinsten Spiegel fassen,
Was all dir einzig eigen ist,
Als Fremdes dir begegnen lassen!
Ja, fiele nur aus diesem Aug ein Blick,
Wie er uns traf, ins eigne Herz zurück:

Von selgen Schauern angeweht,
Scheu nahtest du dem namenlosen Bilde,
Wie einem Rätsel, das um Lösung fleht,
Daß eins im andern sich auf ewig stillte;
Doch ach, kaum hast du halb dich selbst erkannt,
Verkennst du dich, und hast dich abgewandt!

AUS DER FERNE

Weht, o wehet, liebe Morgenwinde!
Tragt ein Wort der Liebe hin und wieder!

Er:
Vor der Stadt, wo du hinausgeritten,
Auf dem Maultier, du mit den Begleitern, –
Stund um Stunde sitz ich dort in Trauer,
Wie ein scheuer Geist am hellen Tage.

Sie:
Weder Freude hab ich, die mich freute,
Weder Kummer, der mir naheginge,
Als nur jene, daß du mein gedenkest,
Als nur diesen, daß ich dich nicht habe.

Er:
Ist ein Stein, darauf dein Fuß getreten,
Fliegt ein Vogel, der vielleicht dich kennte,
Jedem Höckenweibe möcht ich's sagen,
Laut am offnen Markte könnt ich weinen.

Weht, o wehet, liebe Morgenwinde!
Tragt ein Wort der Liebe hin und wieder!

Er:
Sollt ich Trost bei den Genossen suchen?
Noch kein Fröhlicher hat wahr getröstet.

Sie:
Kann ich meinesgleichen mich vertrauen?
Halb mit Neid beklagten sie mich Arme.

Er:
In der Halle, wo sie abends trinken,
Sang ein hübsches Mädchen zu der Harfe;
Ich kam nicht zur Halle, saß alleine,
Wie ein kranker Sperber auf der Stange.

Sie:
Auf den Altan zogen mich die Mädchen:
»Komm, die schönen Jünglinge zu sehen,
Die vorüberziehn im Waffenschmucke.«
Ungern folgt ich, mit verdroßnen Augen.

Weht, o wehet, liebe Morgenwinde!
Tragt ein Wort der Liebe hin und wieder!

Er:
Die Korallenschnur von deinem Halse,
Die du noch zum Abschied mir gegeben,
Tausendmal am langen Tage drück ich,
Tausendmal bei Nacht sie an den Busen.

Sie:
Dieses Balsamfläschchen an der Kette,
Weg muß ich's von meinem Herzen nehmen,
Mich befängt ein Liebeszauberschwindel,
Wohlgeruch der Liebe will mich töten.

Er:
Eine Nacht, ach, hielt ich dich im Arme,
Unter Küssen dich auf meinem Schoße;
Ein Jasminzweig blühte dir im Haare,
Kühle Lüfte kamen durch das Fenster.

Sie:
Heut im Bette, früh, es dämmert' eben,
Lag ich in Gedanken an den Liebsten:
Unwillkürlich küßt ich, wie du küssest,
Meinen Arm, und mußte bitter weinen.

Still, o stille nun, ihr Morgenwinde!
Wehet morgen in der Frühe wieder!

ACH NUR EINMAL NOCH IM LEBEN!

Im Fenster jenes alt verblichnen Gartensaals
Die Harfe, die, vom leisen Windhauch angeregt,
Lang ausgezogne Töne traurig wechseln läßt
In ungepflegter Spätherbst-Blumen-Einsamkeit,
Ist schön zu hören einen langen Nachmittag.
Nicht völlig unwert ihrer holden Nachbarschaft
Stöhnt auf dem grauen Zwingerturm die Fahne dort,
Wenn stürmischer oft die Wolken ziehen überhin.

In meinem Garten aber (hieß' er nur noch mein!)
Ging so ein Hinterpförtchen frei ins Feld hinaus,
Abseits vom Dorf. Wie manches liebe Mal stieß ich
Den Riegel auf an der geschwärzten Gattertür
Und bog das überhängende Gesträuch zurück,
Indem sie sich auf rostgen Angeln schwer gedreht! –
Die Tür nun, musikalisch mannigfach begabt,
Für ihre Jahre noch ein ganz annehmlicher
Sopran (wenn sie nicht eben wetterlaunisch war),
Verriet mir eines Tages – plötzlich, wie es schien,
Erweckt aus einer lieblichen Erinnerung –
Ein schöneres Empfinden, höhere Fähigkeit.
Ich öffne sie gewohnter Weise, da beginnt
Sie zärtlich eine Arie, die mein Ohr sogleich
Bekannt ansprach. Wie? rief ich staunend: träum ich denn?
War das nicht »Ach nur einmal noch im Leben« ganz?
Aus Titus, wenn mir recht ist? – Alsbald ließ ich sie
Die Stelle wiederholen; und ich irrte nicht!
Denn langsamer, bestimmter, seelenvoller nun
Da capo sang die Alte: »Ach nur einmal noch!«
Die fünf, sechs ersten Noten nämlich, weiter kaum,
Hingegen war auch dieser Anfang tadellos.
– Und was, frug ich nach einer kurzen Stille sie,
Was denn noch einmal? Sprich, woher, Elegische,
Hast du das Lied? Ging etwa denn zu deiner Zeit

(Die neunziger Jahre meint ich) hier ein schönes Kind,
Des Pfarrers Enkeltochter, sittsam aus und ein,
Und hörtest du sie durch das offne Fenster oft
Am grünlackierten, goldbeblümten Pantalon
Hellstimmig singen? Des gestrengen Mütterchens
Gedenkst du auch, der Hausfrau, die so reinlich stets
Den Garten hielt, gleichwie sie selber war, wann sie
Nach schwülem Tag am Abend ihren Kohl begoß,
Derweil der Pfarrherr ein paar Freunden aus der Stadt,
Die eben weggegangen, das Geleite gab;
Er hatte sie bewirtet in der Laube dort,
Ein lieber Mann, redseliger Weitschweifigkeit.
Vorbei ist nun das alles und kehrt nimmer so!
Wir Jüngern heutzutage treiben's ungefähr
Zwar gleichermaßen, wackre Leute ebenfalls;
Doch besser dünkt ja allen was vergangen ist.
Es kommt die Zeit, da werden wir auch ferne weg-
Gezogen sein, den Garten lassend und das Haus.
Dann wünschest du nächst jenen Alten uns zurück,
Und schmückt vielleicht ein treues Herz vom Dorf einmal,
Mein denkend und der Meinen, im Vorübergehn
Dein morsches Holz mit hellem Ackerblumenkranz.

GÖTTLICHE REMINISZENZ

Πάντα δι' αὐτοῦ ἐγένετο.
Ev. Joh. 1, 3

Vorlängst sah ich ein wundersames Bild gemalt,
Im Kloster der Kartäuser, das ich oft besucht.
Heut, da ich im Gebirge droben einsam ging,
Umstarrt von wild zerstreuter Felsentrümmersaat,
Trat es mit frischen Farben vor die Seele mir.

An jäher Steinkluft, deren dünn begraster Saum,
Von zweien Palmen überschattet, magre Kost
Den Ziegen beut, den steilauf weidenden am Hang,
Sieht man den Knaben Jesus sitzend auf Gestein;
Ein weißes Vlies als Polster ist ihm unterlegt.
Nicht allzu kindlich deuchte mir das schöne Kind;

Der heiße Sommer, sicherlich sein fünfter schon,
Hat seine Glieder, welche bis zum Knie herab
Das gelbe Röckchen decket mit dem Purpursaum,
Hat die gesunden, zarten Wangen sanft gebräunt;
Aus schwarzen Augen leuchtet stille Feuerkraft,
Den Mund jedoch umfremdet unnennbarer Reiz.
Ein alter Hirte, freundlich zu dem Kind gebeugt,
Gab ihm soeben ein versteinert Meergewächs,
Seltsam gestaltet, in die Hand zum Zeitvertreib.
Der Knabe hat das Wunderding beschaut, und jetzt,
Gleichsam betroffen, spannet sich der weite Blick,
Entgegen dir, doch wirklich ohne Gegenstand,
Durchdringend ewge Zeitenfernen, grenzenlos:
Als wittre durch die überwölkte Stirn ein Blitz
Der Gottheit, ein Erinnern, das im gleichen Nu
Erloschen sein wird; und das welterschaffende,
Das Wort von Anfang, als ein spielend Erdenkind
Mit Lächeln zeigt's unwissend dir sein eigen Werk.

ERBAULICHE BETRACHTUNG

Als wie im Forst ein Jäger, der, am heißen Tag
Im Eichenschatten ruhend, mit zufriednem Blick
Auf seine Hunde niederschaut, das treue Paar,
Das, Hals um Hals geschlungen, brüderlich den Schlaf,
Und schlafend noch des Jagens Last und Mühe teilt:
So schau ich hier an des Gehölzes Schattenrand
Bei kurzer Rast auf meiner eignen Füße Paar
Hinab, nicht ohne Rührung; in gewissem Sinn
Zum erstenmal, so alt ich bin, betracht ich sie,
Und bin fürwahr von ihrem Dasein überrascht,
Wie sie, in Schuhn bis übern Knöchel eingeschnürt,
Bestäubt da vor mir liegen im verlechzten Gras.

Wie manches Lustrum, ehrliche Gesellen, schleppt
Ihr mich auf dieser buckeligen Welt umher,
Gehorsam eurem Herren jeden Augenblick,
Tag oder Nacht, wohin er nur mit euch begehrt.
Sein Wandel mochte töricht oder weislich sein,

Den besten Herrn, wenn man euch hörte, trugt ihr stets.
Ihr seid bereit, den Unglimpf, der ihm widerfuhr,
– Und wäre sein Beleidiger ein Reichsbaron –
Alsbald zu strafen mit ergrimmten Hundetritt
(Doch hiefür hat er selber zu viel Lebensart).
Wo war ein Berg zu steil für euch, zu jäh ein Fels?
Und glücklich habt ihr immer mich nach Haus gebracht;
Gleichwohl noch nie mit einem Wörtchen dankt ich euch,
Vom Schönsten was mein Herz genoß erfuhrt ihr nichts!

Wenn, von der blausten Frühlingsmitternacht entzückt,
Oft aus der Gartenlaube weg vom Zechgelag
Mein hochgestimmter Freund mich noch hinausgelockt,
Die offene Straße hinzuschwärmen raschen Gangs,
Wir Jünglinge, des Jugendglückes Übermaß
Als baren Schmerz empfindend, ins Unendliche
Die Geister hetzten, und die Rede wie Feuer troff,
Bis wir zuletzt an Kühnheit mit dem sichern Mann*
Wetteiferten, da dieser Urwelts-Göttersohn
In Flößerstiefeln vom Gebirg zum Himmel sich
Verstieg und mit der breiten Hand der Sterne Heer
Zusammenstrich in einen Habersack und den
Mit großem Schnaufen bis zum Rand der Schöpfung trug,
Den Plunder auszuschütteln vor das Weltentor –
Ach, gute Bursche, damals wart ihr auch dabei,
Und wo nicht sonst, davon ich jetzo schweigen will!
Bleibt mir getreu, und altert schneller nicht als ich!
Wir haben, hoff ich, noch ein schön Stück Wegs vor uns;
Zwar weiß ich's nicht, den Göttern sei es heimgestellt.
Doch wie es falle, laßt euch nichts mit mir gereun.
Auf meinem Grabstein soll man ein Paar Schuhe sehn,
Den Stab darüber und den Reisehut gelegt,
Das beste Sinnbild eines ruhenden Wandersmanns.
Wer dann mich segnet, der vergißt auch eurer nicht.
Genug für jetzt! denn dort seh ich's gewitterschwer
Von Mittag kommen, und mich deucht, es donnert schon.
Eh uns der Regen übereilt, ihr Knaben, auf!
Die Steig hinab! zum Städtchen langt sich's eben noch.

* Vgl. S. 314.

AN LONGUS

Von Widerwarten eine Sorte kennen wir
Genau und haben ärgerlich sie oft belacht,
Ja einen eignen Namen ihr erschufest du,
Und heute noch beneid ich dir den kühnen Fund.

Zur Kurzweil gestern in der alten Handelsstadt,
Die mich herbergend einen Tag langweilete,
Ging ich vor Tisch, der Schiffe Ankunft mit zu sehn,
Nach dem Kanal, wo im Getümmel und Geschrei
Von tausendhändig aufgeregter Packmannschaft,
Faßwälzender, um Kist und Ballen fluchender,
Der tätige Faktor sich zeigt und, Gaffens halb,
Der Straßenjunge, beide Händ im Latze, steht.
Doch auf dem reinen Quaderdamme ab und zu
Spaziert' ein Pärchen; dieses faßt' ich mir ins Aug.
Im grünen, goldbeknöpften Frack ein junger Herr
Mit einer hübschen Dame, modisch aufgepfauscht.
Schnurrbartsbewußtsein trug und hob den ganzen Mann
Und glattgespannter Hosen Sicherheitsgefühl,
Kurz, von dem Hütchen bis hinab zum kleinen Sporn
Belebet' ihn vollendete Persönlichkeit.
Sie aber lachte pünktlich jedem dürftgen Scherz.
Der treue Pudel, an des Herren Knie gelockt,
Wird, ihr zum Spaße, schmerzlich in das Ohr gekneipt,
Bis er im hohen Fistelton gehorsam heult,
Zu Nachahmung ich weiß nicht welcher Sängerin.

Nun, dieser Liebenswerte, dächt ich, ist doch schon
Beinahe was mein Longus einen *Sehrmann* nennt;
Und auch die Dame war in hohem Grade *sehr*.
Doch nicht die affektierte Fratze, nicht allein
Den Gecken zeichnet dieses einzge Wort, vielmehr,
Was sich mit Selbstgefälligkeit Bedeutung gibt,
Amtliches Air, vornehm ablehnende Manier,
Dies und noch manches andere begreifet es.

Der Prinzipal vom Comptoir und der Kanzellei
Empfängt den Assistenten oder Kommis – denkt,

Er kam nach elfe gestern nacht zu Hause erst –
Den andern Tag mit einem langen Sehrgesicht.
Die Kammerzofe, die kokette Kellnerin,
Nachdem sie erst den Schäker kühn gemacht, tut bös,
Da er nun vom geraubten Kusse weitergeht:
»Ich muß recht, recht sehr bitten!« sagt sie wiederholt
Mit seriösem Nachdruck zum Verlegenen.

Die Tugend selber zeiget sich in Sehrheit gern.
O hättest du den jungen Geistlichen gesehn,
Dem ich nur neulich an der Kirchtür hospitiert!
Wie Milch und Blut ein Männchen, durchaus musterhaft;
Er wußt es auch: im wohlgezognen Backenbart,
Im blonden, war kein Härchen, wett ich, ungezählt.
Die Predigt roch mir seltsamlich nach Leier und Schwert,
Er kam nicht weg vom schönen Tod fürs Vaterland;
Ein paarmal gar riskiert' er liberal zu sein,
Höchst liberal – nun, halsgefährlich macht' er's nicht,
Doch wurden ihm die Ohren sichtlich warm dabei.
Zuletzt, herabgestiegen von der Kanzel, rauscht
Er strahlend, Kopf und Schultern wiegend, rasch vorbei
Dem duftgen Reihen tief bewegter Jungfräulein.
Und richtig macht er ihnen ein Sehrkompliment.

Besonders ist die Großmut ungemein sehrhaft.
Denn der Student, von edlem Burschentum erglüht,
Der hochgesinnte Leutnant, schreibet seinem Feind
(Ach *eine* Träne Juliens vermochte das!)
Nach schon erklärtem Ehrenkampfe, schnell versöhnt,
Lakonisch schön ein Sehrbillett – es rührt ihn selbst.
So ein Herr X, so ein Herr Z, als Rezensent,
Ist großer Sehrmann, Sehr-Sehrmann, just wenn er dir
Den Lorbeer reicht, beinahe mehr noch als wenn er
Sein höhnisch Sic! und Sapienti sat! hintrumpft.

Hiernächst versteht sich allerdings, daß viele auch
Nur teilweis und gelegentlich Sehrleute sind.
So haben wir an manchem herzlich lieben Freund
Ein unzweideutig Äderchen der Art bemerkt,
Und freilich immer eine Faust im Sack gemacht.

Doch wenn es nun vollendet erst erscheint, es sei
Mann oder Weib, der Menschheit Afterbild – o wer,
Dem sich im Busen ein gesundes Herz bewegt,
Erträgt es wohl? wem krümmte sich im Innern nicht
Das Eingeweide? Gift und Operment ist mir's!
Denn wären sie nur lächerlich! sie sind zumeist
Verrucht, abscheulich, wenn du sie beim Licht besiehst.
Kein Mensch beleidigt wie der Sehrmann und verletzt
Empfindlicher; wär's auch nur durch die Art wie er
Dich im Gespräch am Rockknopf faßt. Du schnöde Brut!
Wo einer auftritt, jedes Edle ist sogleich
Gelähmt, vernichtet neben ihnen, nichts behält
Den eignen, unbedingten Wert. Geht dir einmal
Der Mund in seiner Gegenwart begeistert auf,
Um was es sei – der Mann besitzt ein bleiernes,
Grausames Schweigen; völlig bringt dich's auf den Hund.
– Was hieße gottlos, wenn es dies Geschlecht nicht ist?
Und nicht im Schlaf auch fiel es ihnen ein, daß sie
Mit Haut und Haar des Teufels sind. Ich scherze nicht.
Durch Buße kommt ein Arger wohl zum Himmelreich:
Doch kann der Sehrmann Buße tun? O nimmermehr!
Drum fürcht ich, wenn sein abgeschiedner Geist dereinst
Sich, frech genug, des Paradieses Pforte naht,
Der rosigen, wo, Wache haltend, hellgelockt
Ein Engel lehnet, hingesenkt ein träumend Ohr
Den ewgen Melodien, die im Innern sind:
Aufschaut der Wächter, misset ruhig die Gestalt
Von Kopf zu Fuß, die fragende, und schüttelt jetzt
Mit sanftem Ernst, mitleidig fast, das schöne Haupt,
Links deutend, ungern, mit der Hand, abwärts den Pfad.
Befremdet, ja beleidigt stellt mein Mann sich an,
Und zaudert noch; doch da er sieht, hier sei es Ernst,
Schwenkt er in höchster Sehrheit trotziglich, getrost
Sich ab und schwänzelt ungesäumt der Hölle zu.

AN DEN VATER MEINES PATCHENS

Der Knabe, der zehn Jahre später dir ein Freund
Und lange Zeit ein täglicher Genosse war,
Daheim noch lebt' er in des lieben Vaters Haus,
Mit blühenden Geschwistern selbst ein blühender:
Sieh, diesen Säbel zur Husarenuniform
Trug er durch Hof und Garten und Alleen der Stadt.
Das schöne Kleid (du sahst wohl noch ein Stück davon,
Scharlachen, fein, mit Silberschnörkelwerk besetzt),
Ist längst dahin samt alle seinem Zubehör,
Bis auf dies Eisen, dem getreu die Scheide blieb.
Wem laß ich nun die Waffe? Billig spart ich sie
Dem eignen Sohn; er bleibt nur gar zu lange aus!
Am Ende, fürcht ich ernstlich, kommt er nimmermehr;
Sah ich doch selbst die Mutter bis zur Stunde nicht!
Kurzum denn, Alter, deinem Erstgeborenen,
Dem deine Bruderliebe meinen Namen lieh,
Häng ich den Säbel, bis er ihn gebrauchen kann,
Am Nagel übers Bettchen, ihm zu Häupten, auf,
Unblutig Spielzeug, das von schöner Jugend weiß
Und deinem Knaben keine bösen Träume schafft.

WALDPLAGE

Im Walde deucht mir alles miteinander schön,
Und nichts Mißliebiges darin, so vielerlei
Er hegen mag; es krieche zwischen Gras und Moos
Am Boden, oder jage reißend durchs Gebüsch,
Es singe oder kreische von den Gipfeln hoch,
Und hacke mit dem Schnabel in der Fichte Stamm,
Daß lieblich sie ertönet durch den ganzen Saal.
Ja machte je sich irgend etwas unbequem,
Verdrießt es nicht, zu suchen einen andern Sitz,
Der schöner bald, der allerschönste, dich bedünkt.
Ein einzig Übel aber hat der Wald für mich,
Ein grausames und unausweichliches beinah.
Sogleich beschreib ich dieses Scheusal, daß ihr's kennt;
Noch kennt ihr's kaum, und merkt es nicht, bis unversehns

Die Hand euch und, noch schrecklicher, die Wange schmerzt.
Geflügelt kommt es, säuselnd, fast unhörbarlich;
Auf Füßen, zweimal dreien, ist es hoch gestellt
(Deswegen ich in Versen es zu schmähen auch
Den klassischen Senarium mit Fug erwählt);
Und wie es anfliegt, augenblicklich lässet es
Den langen Rüssel senkrecht in die zarte Haut;
Erschrocken schlagt ihr schnell darnach, jedoch umsonst,
Denn, graziöser Wendung, schon entschwebet es.
Und alsobald, entzündet von dem raschen Gift,
Schwillt euch die Hand zum ungestalten Kissen auf,
Und juckt und spannt und brennet zum Verzweifeln euch
Viel Stunden, ja zuweilen noch den dritten Tag.
So unter meiner Lieblingsfichte saß ich jüngst –
Zur Lehne wie gedrechselt für den Rücken, steigt
Zwiestämmig, nah dem Boden, sie als Gabel auf –
Den Dichter lesend, den ich jahrelang vergaß:
An Fanny singt er, Cidli und den Zürcher See,
Die frühen Gräber und des Rheines goldnen Wein
(O sein Gestade brütet jenes Greuels auch
Ein größeres Geschlechte noch und schlimmres aus,
Ich kenn es wohl, doch höflicher dem Gaste war's.) –
Nun aber hatte geigend schon ein kleiner Trupp
Mich ausgewittert, den geruhig Sitzenden;
Mir um die Schläfe tanzet er in Lüsternheit.
Ein Stich! der erste! er empört die Galle schon.
Zerstreuten Sinnes immer schiel ich übers Blatt.
Ein zweiter macht, ein dritter, mich zum Rasenden.
Das holde Zwillings-Nymphen-Paar des Fichtenbaums
Vernahm da Worte, die es nicht bei mir gesucht;
Zuletzt geboten sie mir flüsternd Mäßigung:
Wo nicht, so sollt ich meiden ihren Ruhbezirk.
Beschämt gehorcht ich, sinnend still auf Grausamtat.
Ich hielt geöffnet auf der flachen Hand das Buch,
Das schwebende Geziefer, wie sich eines naht,
Mit raschem Klapp zu töten. Ha! da kommt schon eins!
»Du fliehst! o bleibe, eile nicht, Gedankenfreund!«
(Dem hohen Mond rief jener Dichter zu dies Wort.)
Patsch! Hab ich dich, Kanaille, oder hab ich nicht?
Und hastig – denn schon hatte meine Mordbegier

Zum stillen Wahnsinn sich verirrt, zum kleinlichen –
Begierig blättr' ich: ja, da liegst du plattgedrückt,
Bevor du stachst, nun aber stichst du nimmermehr,
Du zierlich Langgebeinetes, Jungfräuliches!
– Also, nicht achtend eines schönen Buchs Verderb,
Trieb ich erheitert lange noch die schnöde Jagd,
Unglücklich oft, doch öfter glücklichen Erfolgs.

So mag es kommen, daß ein künftger Leser wohl
Einmal in Klopstocks Oden, nicht ohn einiges
Verwundern, auch etwelcher Schnaken sich erfreut.

DEM HERRN PRIOR DER KARTAUSE J.

Sie haben goldne Verse mir, phaläkische,
Das zierlichste Latein, geschickt. Ich möchte wohl
Sie gleicherweis erwidern; doch mit gutem Grund
Enthalt ich mich des Wagestücks, Vortrefflicher!
Kein Wunder, wenn ein grundgelehrter Freund Sie nur
Den zweiten Pater elegantiarum nennt.
Etwas bedenklich scheint es zwar, ich muß gestehn,
Daß ein Herr Prior, Prior des Kartäuserstifts,
Mit unserm Veroneser wettzueifern sich
Inallewege als berufnen Meister zeigt.
Wenn Ihr Herr Bischof das erführe! – doch es soll,
Was über allen Türen Ihres Klosters steht,
An Pfosten, Gängen, selbst am heimlichen Gemach,
Silentium! – das strenge Wort, mir heilig sein.

In wenig Tagen komm ich selbst; schon lange lockt
Die neue Märzensonne mich. Dann find ich wohl
Im Garten frühe meinen stattlich muntern Greis,
Beschäftigt, wilder Rosenstämmchen jungem Blut
Durch fürstlichen Gezüchtes eingepflanzten Keim
Holdsel'ge Kinder zu vertraun; von weitem schon
Ruft er sein Salve, und behend entgegen mir
Den breiten Sandweg, weichen Trittes, schreitet er,
Im langen Ordenskleide, wollig, weiß wie Schnee.

Inzwischen hier ein Hundert Schnecken, wenn's beliebt!
Ich fügte gern ein Stückchen Rotwild noch hinzu,
Das mir der Förster heut geschenkt, doch fällt mir ein,
Daß man nicht Pater elegantiarum nur,
Vielmehr auch Pater esuritionum* ist.

BESUCH IN DER KARTAUSE

Epistel an Paul Heyse

Als Junggesell, du weißt ja, lag ich lang einmal
In jenem luftigen Dörflein an der Kindelsteig
Gesundheitshalber müßig auf der Bärenhaut.
Der dicke Förster, stets auf mein Pläsier bedacht,
Wies mir die Gegend kreuz und quer und führte mich
Bei den Kartäusern gleich die ersten Tage ein.
Nun hätt ich dir von Seiner Dignität zunächst,
Dem Prior, manches zu erzählen: wie wir uns
In Scherz und Ernst, trotz meines schwäbischen Ketzertums,
Gar bald verstanden; von dem kleinen Gartenhaus,
Wo ein bescheidnes Bücherbrett die Lieblinge
Des würdigen Herrn, die edlen alten Schwarten trug,
Aus denen uns bei einem Glase Wein, wie oft!
Pränestes Haine, Tiburs Wasser zugerauscht.
Hievon jedoch ein andermal. Er schläft nun auch
In seiner Ecke dort im Chor. Die Mönche sind,
Ein kleiner Rest der Brüderschaft, in die Welt zerstreut;
Im Kreuzgang lärmt der Küfer, aus der Kirche dampft
Das Malz, den Garten aber deckt ein Hopfenwald,
Kaum daß das Häuschen in der Mitte frei noch blieb,
Von dessen Dach, verwittert und entfärbt, der Storch
Auf *einem* Beine traurig in die Ranken schaut.

So, als ich jüngst, nach vierzehn Jahren, wiederkam,
Fand ich die ganze Herrlichkeit dahin. Sei's drum!
Ein jedes Ding währt seine Zeit. Der alte Herr
Sah alles lang so kommen, und ganz andres noch,
Darüber er sich eben nicht zu Tod gegrämt.

* Catullischer Ausdruck.

Bei dünnem Weißbier und versalznem Pökelfleisch
Saß ich im Gasthaus, der gewesnen Prälatur,
Im gleichen Sälchen, wo ich jenes erste Mal
Mit andern Fremden mich am ausgesuchten Tisch
Des Priors freute klösterlicher Gastfreiheit.
Ein großer Aal ward aufgetragen, Laberdan,
Und Artischoken aus dem Treibhaus »fleischiger«,
So schwur, die Lippen häufig wischend, ein Kaplan,
»Sieht sie Fürst Taxis selber auf der Tafel nicht!«
Des höchsten Preises würdig aber deuchte mir
Ein gelber, weihrauchblumiger Vierunddreißiger,
Den sich das Kloster auf der sonnigsten Halde zog.
Nach dem Kaffee schloß unser wohlgelaunter Wirt
Sein Raritätenkästchen auf, Bildschnitzerein
Enthaltend, alte Münzen, Gemmen und so fort,
Geweihtes und Profanes ohne Unterschied;
Ein heiliger Sebastian in Elfenbein,
Desgleichen Sankt Laurentius mit seinem Rost,
Verschmähten nicht als Nachbarin Andromeda,
Nackt an den Fels geschmiedet, trefflich schön in Buchs.
Nächst alledem zog eine altertümliche
Stutzuhr, die oben auf dem Schranke ging, mich an;
Das Zifferblatt von grauem Zinn, vor welchem sich
Das Pendelchen nur in allzu peinlicher Eile schwang,
Und bei den Ziffern, groß genug, in schwarzer Schrift
Las man das Wort: Una ex illis ultima:
»Derselben eine ist die letzt« – verdeutschte flugs
Der Pater Schaffner, der bei Tisch mich unterhielt
Und gern von seinem Schulsack einen Zipfel wies;
Ein Mann wie Stahl und Eisen; die Gelehrsamkeit
Schien ihn nicht schwer zu drücken und der Küraß stand
Ihm ohne Zweifel besser als die Kutte an.

Dem dacht ich nun so nach für mich, da streift mein Aug
Von ungefähr die Wand entlang und stutzt mit eins:
Denn dort, was seh ich? wäre das die alte Uhr?
Wahrhaftig ja, sie war es! – Und vergnügt wie sonst,
Laufst nicht, so gilt's nicht, schwang ihr Scheibchen sich auf
und ab.

Betrachtend stand ich eine Weile still vor ihr
Und seufzte wohl dazwischen leichthin einmal auf.
Darüber plötzlich wandte sich ein stummer Gast,
Der einzige, der außer mir im Zimmer war,
Ein älterer Herr, mit freundlichem Gesicht zu mir:
»Wir sollten uns fast kennen, mein ich – hätten wir
Nicht schon vorlängst in diesen Wänden uns gesehn?«
Und alsbald auch erkannt ich ihn: der Doktor war's
Vom Nachbarstädtchen und weiland der Klosterarzt,
Ein Erzschelm damals, wie ich mich wohl entsann,
Vor dessen derben Neckerein die Mönche sich
Mehr als vor seinem schlimmsten Tranke fürchteten.
Nun hatt ich hundert Fragen an den Mann, und kam
Beiher auch auf das Ührchen: »Ei, ja wohl, das ist«,
Erwidert' er, »vom seligen Herrn ein Erbstück noch,
Im Testament dem Pater Schaffner zugeteilt,
Der es zuletzt dem Brauer, seinem Wirt, vermacht.«
– »So starb der Pater hier am Ort?« – »Es litt ihn nicht
Auswärts; ein Jahr, da stellte sich unser Enaksohn,
Unkenntlich fast in Rock und Stiefeln, wieder ein:
›Hier bleib ich‹, rief er, ›bis man mich mit Prügeln jagt!‹
Für Geld und gute Worte gab man ihm denn auch
Ein Zimmer auf der Sommerseite, Hausmannskost
Und einen Streifen Gartenland. An Beschäftigung
Fehlt' es ihm nicht; er brannte seinen Kartäusergeist
Wie ehedem, die vielbeliebte Panazee,
Die sonst dem Kloster manches Tausend eingebracht.
Am Abend, wo es unten schwarz mit Bauern sitzt,
Behagt' er sich beim Deckelglas, die Dose und
Das blaue Sacktuch neben sich, im Dunst und Schwul
Der Zechgesellschaft, plauderte, las die Zeitung vor,
Sprach Politik und Landwirtschaft – mit *einem* Wort,
Es war ihm wohl, wie in den schönsten Tagen kaum.
Man sagt, er sei bisweilen mit verwegenen
Heiratsgedanken umgegangen – es war damals
So ein lachendes Pumpelchen hier, für den Stalldienst, wie mir deucht –
Doch das sind Possen. Eines Morgens rief man mich
In Eile zum Herrn Pater: er sei schwer erkrankt.
Ein Schläglein hatte höflich bei ihm angeklopft

Und ihn in größern Schrecken als Gefahr gesetzt.
Auch fand ich ihn am fünften oder sechsten Tag
Schon wieder auf den Strümpfen und getrosten Muts.
Doch fiel mir auf, die kleine Stutzuhr, welche sonst
Dem Bette gegenüberstand und allezeit
Sehr viel bei ihm gegolten, nirgend mehr zu sehn.
Verlegen, als ich darnach frage, fackelt' er:
Sie sei kaputtgegangen, leider, so und so.
Der Fuchs! dacht ich, in seinem Kasten hat er sie
Zuunterst, völlig wohlbehalten, eingesperrt,
Wenn er ihr nicht den Garaus etwa selbst gemacht.
Das unliebsame Sprüchelchen! Mein Pater fand,
Die alte Hexe fange nachgerade an
Zu sticheln, und das war verdrießlich.« – »Exzellent!
Doch setzten Sie den armen Narren hoffentlich
Nicht noch auf Kohlen durch ein grausames Verhör?«
– »Je nun, ein wenig stak er allerdings am Spieß,
Was er mir auch im Leben, glaub ich, nicht vergab.«
– »So hielt er sich noch eine Zeit?« – »Gesund und rot
Wie eine Rose sah man Seine Reverenz
Vier Jahre noch und drüber, da denn endlich doch
Das leidige Stündlein ganz unangemeldet kam.
Wenn Sie im Tal die Straße gehn dem Flecken zu,
Liegt rechts ein kleiner Kirchhof, wo der Edle ruht.
Ein weißer Stein, mit seinem Klosternamen nur,
Spricht Sie bescheiden um ein Vaterunser an.
Das Ührchen aber – um zum Schlusse kurz zu sein –
War rein verschwunden. Wie das kam, begriff kein Mensch.
Doch frug ihm weiter niemand nach, und längst war es
Vergessen, als von ungefähr die Wirtin einst
In einer abgelegnen Kammer hinterm Schlot
Eine alte Schachtel, wohlverschnürt und zehenfach
Versiegelt, fand, aus der man den gefährlichen
Zeitweisel an das Tageslicht zog mit Eklat.
Die Zuschrift aber lautete: ›Meinem werten Freund
Bräumeister Ignaz Raußenberger auf Kartaus‹.«

Also erzählte mir der Schalk mit innigem
Vergnügen, und wer hätte nicht mit ihm gelacht?

HERRN BIBLIOTHEKAR ADELB. v. KELLER

bei verspäteter Zurücksendung einer Ausgabe des Catullus

Das Buch:

Da bin ich endlich! – Blicke nicht so streng, o Herr!
Wie? oder wäre was verlautet wirklich wahr,
Du wärst uns ernstlich böse? Nun, so höre mich:
Zwar nahezu zwei Jährchen blieb ich aus; jedoch
Nicht schmutziger, bei meiner Ehre, komm ich heim,
Als ich, dem Zeugnis aller Grazien gemäß
(Die mir gleichwohl bei jeder Zeile lächelten),
Von jeher war. Auch hattest du mich eben nicht
So groß vonnöten, wenn ich's redlich sagen darf,
Denn über eine ganze Welt von Büchern ja
Bist du Gebieter, der mit jeglichem vertraut
In seiner eignen Sprache zu verkehren weiß.
Dort in der Reihe steh ich dutzendfach bereit;
Bald nackt, bald mit preiswürdgen Kommentarien,
Worin sich meine Schlankheit wie im Reifrock bläht;
Nur bin ich nirgend wie mich einst die Muse schuf.
– Du warst die Zeit in meinem Vaterlande, heißt's;
Hätt ich denn etwa mit gedurft? Ich zweifle fast.
Du hast, Beneidenswerter, kaum einmal an mich
Im schönen Rom und am Benacus-See gedacht,
Wo jedes Wellchen, blinkend in des Morgens Hauch,
Noch von den Scherzen meines Vaters fröhlich lebt.
Darum vergib dem Manne, der so lang mich hielt,
Und, hoch dich achtend, ungern dich beleidigt weiß.
Indem er herzlich danken möchte und der Schein
Des Undanks ihm das beste Wort verkümmern will,
Hat er, o glaub's, den Fehler schon genug gebüßt.

HERRN HOFRAT DR. KRAUSS

Bad Mergentheim, Sommer 1847

Der jüngsten in dem weitgepriesnen Schwesternchor
Heilkräftger Nymphen unsres lieben Vaterlands,
Die wundertätig im bescheidnen Tempel wohnt,

Sich selber still weissagend einen herrlichern;
In deren schon verlorne Gunst du leise mich
An deiner priesterlichen Hand zurückgeführt:
Heut in der frühsten Morgenstunde goß ich ihr
Die Opfermilch, die reine, an der Schwelle aus,
Und schenkte dankbar ein kristallen Weihgefäß.
Sie aber, rauschend in der Tiefe, sprach dies Wort:
»Bring meinem Diener, deinem Freunde, den Pokal,
Mit jenes Gottes Feuergabe voll gefüllt,
Der meinen Berg mit seinen heiligen Ranken schmückt,
Obwohl er meine Lippen zu berühren scheut.«

AN EBERHARD LEMPP

Nach angenommener Einladung zu einer Abendgesellschaft

Kennst du der Furien schlimmste, Freund? Ich hoffe, nein!
Kein Dichter, nicht der alten, noch der neuen Zeit,
Kein Mythograph hat sie zu nennen je gewagt;
Ich selber, bange vor der leise hörenden,
Tu es nur heimlich: Agrypnia heißet sie.
Ach, als ich jung war, deuchte sie mir schön zu sein,
Piërische Jungfrau, oder ihnen nah verwandt;
Vielleicht auch ist sie's, aber weh dem, der sie ruft!
Denn der Gesundheit Farbe saugt ihr heißer Blick
Dem Jüngling von den Wangen, und verzehrt den Mann.
An meinem Bette sitzt sie manche Mitternacht,
Gleich einer Buhlerin, der man überdrüssig ist.
Den Rücken ihr zukehrend blinz ich seufzend nur,
Sooft die Glocke wieder schlägt, nach dem Gespenst,
Ob es noch sitzt – es sitzet bis der Morgen graut!

Seit Wochen hatt ich Ruh vor ihr, bis gestern nacht;
Da trat sie schadenfroher Miene vor mich hin,
Unheilverkündend, und wohl weiß ich, was sie meint:
Es ist das Wort, das ich dir auf der Straße jüngst
Am lichten Tag gegeben, nicht entging es ihr –
Gib eilig, Bester, mir's zurück, wenn du mich liebst!

L. RICHTERS KINDER-SYMPHONIE

als Hochzeitsgeschenk

für Marie Hocheisen, geb. v. Breitschwert

(Ein nicht genug bekanntes Kunstblatt des vortrefflichen Meisters; Lithographie mit leichter Färbung, Querfolio. – Eine Anzahl Kinder, mehr ländlich als städtisch, in Werktagskleidung, hat sich dicht bei der Stadt am halbverfallenen Zwinger versammelt, wo sie, ganz unter sich, Musik machen. Mit Ausnahme eines ältern Knaben, der eine wirkliche Geige spielt, hat jedes nur ein Kinderspielzeug, oder ein zufällig gefundenes Surrogat für das betreffende Instrument, einen Trichter, eine Gießkanne und dergleichen in Händen. Der Violinist und ein zweiter Knabe, sowie das älteste Mädchen, welches mit letzterem zusammen singt, haben den edelsten musikalischen Ausdruck auf dem Gesicht. Unmittelbar hinter der Versammlung ist Wäsche zum Trocknen aufgehängt und bildet eine Art von künstlerischer Draperie. – Die nicht genannte Stadt ist Biberach, woselbst der Vater des Bräutigams als erster Geistlicher lebt.)

Hier, Liebwerteste, seht ihr einen kleinen
Dilettantenverein, ungleich an Kräften,
Und teilweise versehn mit Tonwerkzeugen,
Die dem Hörenden bange machen könnten.

Ein symphonisches Stück mit Singpartieen
Gilt's, und zwar noch der ersten Proben eine.
Vom andächtigen Klarinett herunter
Bis zum Rätschchen und Vater Haydns Kuckuck
Tut ein jedes nach seinem Kunstvermögen.
Baßposaune, Trompete lasten sichtlich
Auf der schmelzenden Bratsche; offenbar auch
Kommt die Sängerin schon nicht mehr zum Worte;
Doch nichts bringt den Direktor aus der Fassung.

Sagt, und wären euch denn die guten Kinder
Völlig fremd? es entdeckte wirklich niemand
Ein bekanntes Gesichtchen hier? – Nun also
Wißt: Landsleute sind's unsres vielgeehrten
Bräutigams! – wie ich näher gleich erkläre.

Denn ich selber, mit einem Dresdner Freunde,
Der verwichenen Herbst sich gern, als Maler,

Unser Schwaben einmal beschauen wollte,
War zufälliger Zeuge dieser Szene,
Als wir beide, von Friedrichshafen kommend,
Vor dem Städtchen im Rißtal, das ihr kennet,
In Erwartung des Vier-Uhr-Zuges müßig
Hin und her um die alten Mauern strichen.
Leider waren des Herrn Dekans Hochwürden
Damals eben verreist, er hätte sonst wohl
Uns im kühligen Haus bei sich ein Fäßlein
Angestochen des edlen Kraftgebräudes,
Das sein heimatlich Ulm ihm zollt alljährlich.

Nun, beim äußersten Häuschen an der hintern
Grabenmauer ist gar ein stiller Winkel.
Eine Witwe, des Kantors selig, wohnt dort
Mit drei Kindern. Der eine Sohn ererbte
Seines Vaters geliebte Geige, aber
Alle dreie von seinen Gaben etwas.

Unvollständig noch, als wir kamen, lärmte,
Sang und pfiff das Orchester durcheinander:
Für die Fehlenden spielte die gesamte
Junge Nachbarschaft mit, und nicht nach Noten.
Doch verstummend auf unsern Wink mit einmal
Wich das wirre Getös dem hellen Goldklang
Einer himmlischen Mädchenstimme, wie wenn
Nachts aus krausem Gewölk des Mondes Klarheit
Tritt, ein Weilchen die reine Bahn behauptend.
Aber nimmer beschreib ich dieser Kehle
Herzgewinnenden Ton, noch jenes Lächeln,
Das verschämt um die frischen Lippen schwebte,
Noch den wonnigen Ernst, mit dem der Geiger
Ihr zunächst sie begleitete, der Bruder;
Neigend beide das Haupt nach *einer* Seite,
Wie zwei Wipfel, geneigt von *einem* Hauche,
Seelenvoll dem beseelten Zuge folgend.
– Und was sang sie? Die Worte ließen unschwer
Einen bräutlichen Festgesang erkennen.
Doch mir fiel nicht von weitem ein zu fragen,
Ob dergleichen denn wirklich wo im Werk sei?

Und wir hatten auch nicht lang Zeit: denn während
Wir in herzlicher Rührung horchend standen –
Ludwig Richter und ich und ein vergnügter
Ulmer Spatz, mit noch andern wackern Tierchen –
Scholl die höllische Pfeife her vom Bahnhof.
Rasch nur küßt ich das süße Kind (Freund Richter,
Immer praktischer, zog den Beutel, das ich
Traun im Taumel beinah vergessen hätte) –
Und so rannten wir fort, und Stuttgart zu ging's.

Kaum nach Hause gelangt vernahm ich staunend,
O Marie, was sich mit dir begeben.
Holde, liebliche Botschaft, deren Wohllaut
Mir weissagend das Ohr voraus berührte!
»Heil!« so klingt es aus Kindermund noch helle
Mir im Sinn, und in ihrem Namen ruf ich
Heil, o Freundliche, dir und deinem Liebsten!
– Zwar sie hofften, so hör ich, hier im Saale
Heut, sonntäglich geputzt, mit Bändern und mit
Blumensträußen, geführt vom Herrn Provisor,
Ihre Sache vor euch zu produzieren.
Doch das sollte nicht sein, man fand den Einfall
Doch am Ende zu kühn, die Fahrt kostspielig.

Laßt euch denn, als Ersatz aus Richters Mappe,
Diese stille Musik hier auch gefallen –
Eine Probe nur freilich, aber war nicht
Stets den Liebenden selber ihres Glückes
Vorbereitung so süß wie die Erfüllung?

ERZENGEL MICHAELS FEDER

I

Weil schon vor vielen hundert Jahren,
Da unsre Väter noch Heiden waren,
Unser geliebtes Schwabenland
So lustig wie ein Garten stand,
So sah der Teufel auch einmal
Vom Michelsberg ins Maiental

Und auf das weit bebaute Feld.
Er sprach: »Das ist ja wohlbestellt;
Hier blüht, wie einst im Paradies,
Der Apfelbaum und schmeckt so süß.
Wir wollen dieses Gartens pflegen,
Und soll sich erst kein Pfaff drein legen!«
– Solch Frevelwort des Satans hört
Der Herr im Himmel ungestört,
War aber gar nicht sehr ergetzt,
Daß sich der Bock zum Gärtner setzt.
Er sandte Bonifazium
Damals im deutschen Reich herum,
Daß er, des heiligen Geistes voll,
Den himmlischen Weinstock pflanzen soll;
So rückt' er nun auch zum Michelsberg.
Das kam dem Satan überzwerch,
Tät ihm sogleich den Weg verrennen,
Ließ den Boden wie Schwefel brennen,
Hüllet' mit Dampf und Wetterschein
Das ganze Revier höchst grausam ein,
Ging selber auf den Heiligen los,
Der stand aller irdischen Waffen bloß,
Die Hände sein zum Himmel kehrt',
Rief: »Starker Gott! leih mir ein Schwert!«
Da zückt herab wie ein Donnerstreich
Erzengel Michael sogleich.
Sein Flügel und sein Fußtritt dämpft
Das Feuer schnell, er ficht und kämpft,
Und würgt den Schwarzen blau und grün,
Der hätte schier nach Gott geschrien;
Schmeißt ihn der Engel auch alsbald
Kopfunter in den Höllenspalt;
Schließt sich der Boden eilig zu,
Da war's auf Erden wieder Ruh,
Die Lüfte flossen leicht und rein,
Der Engel sah wie Sonnenschein.
Unser Heiliger bedankt sich sehr,
Möcht aber noch ein Wörtlein mehr
Mit dem Patronen gern verkehren;
Des wollte jener sich erwehren,

Sprach: »Jetzo hab ich keine Zeit.«
Da ging Herr Bonifaz so weit,
Daß er ihn faßt' an seiner Schwingen,
Der Engel ließ sich doch nicht zwingen,
War wie ein Morgenrauch entschlüpft.
Der Mann Gottes stund sehr verblüfft.
Ihm war, wie er mit dem Erzengel rang,
Eine Feder, gülden, schön und lang,
Aus dem Fittig in der Hand geblieben.
Flugs tät er sie in Mantel schieben,
Ging eine Strecke fort und sann:
Was fang ich mit der Feder an?

Nun aber auf des Berges Rand
Ein kleiner Heidentempel stand,
Noch in der letzten Römerzeit
Luna, der Mondsgöttin, geweiht,
Von Trephon, dem Feldhauptmann.
Da nahm Bonifaz ein Ärgernis dran,
Ließ also das Bethaus gleich fegen und lichten,
Zur christlichen Kapell herrichten,
Und weihte sie auch auf der Stell
Dem teuren Erzengel Michael.
Sein Bild, übern Altar gestellt,
Mit der rechten Hand die Feder hält,
Die dann bei mancher Pilgerfahrt,
Noch bis heute, hoch verehret ward.

Zu guter Letzt ich melden will:
Da bei dem Berg liegt auch Tripstrill,
Wo, wie ihr ohne Zweifel wißt,
Die berühmte Pelzmühl ist.

II

Es war ein Kaufherr zu Heilbronn,
Fürwahr ein halber Salomon;
Mit seinen Talern hätt man mögen
Den Markt wohl zwiefach pflästern und legen;
Zwar seines Glaubens nur ein Jüd,
Jedoch ein echt und fromm Gemüt,

Machte manchen Christenbettler satt.
Er hatte drei Häuser in der Stadt,
Indes er selbst das ganze Jahr,
Oft über Meer, verreiset war.
Weil aber in guter Christen Mitte,
Sein Volk damals viel Tort erlitte,
Ließ Herr Aaron seiner Frauen
Auf dem Land ein Schlößlein bauen,
Ringsum mit Wiesen, See und Wald,
Zur Sommerzeit ein Aufenthalt.
Zu alldem saß sein jung Gemahl
Nur wie das Klagweib im Hochzeitssaal,
Ging weder fischen, weder jagen,
Ließ sich auch nicht vom Maultier tragen
Durch Berg und Wald, das Dorf entlang,
Wollte kein Saitenspiel, noch Gesang:
Denn ihr einzig Kind, ein Mägdlein zart,
Wie ein Fürstenblut so schön von Art,
War leider taub und stumm geboren,
Auch Kunst und Hoffnung ganz verloren.

Als nun das Mägdlein endlich groß,
Einer Lilie gleich aufschoß,
Ging es und ritte manches Mal
Ohne Diener durchs Wiesental.
Dann sprachen die Leute insgemein:
»Seht da, des Sultans Töchterlein!«
War weiß von Haut und schwarz von Haar,
Mit Ringeln deckt's den Nacken gar.
Ihr Auge, hell und lauter ganz,
Sah munter drein beim Schäfertanz;
Ihr roter Mund zwar red'te nicht,
Konnt aber lachen inniglich.

Einsmals schön Rahel saß allein
Beim Birkenwald am grünen Rain,
Dacht einem Traumgesichte nach,
Darin ihr Gott der Herr versprach,
Treu und wahrhaft, durch Engelsmund:
Sie sollte werden ganz gesund,

Wenn sie ihm täte dies und das –
Sie wußte leider nicht mehr was.
Hätt sie's gewußt, sie könnt's nicht sagen,
Müßt es ewig bei sich selber tragen.
Das fiel nun aufs Herz so schwer,
Daß sie seufzet laut und weinet sehr.
Nun kam den Pfad ein Büblein her,
Dem war die Rahel wohlgesinnt,
Es war des Juden Pächters Kind,
Kam von der Synagoge warm,
Hatt Buch und Täflein unterm Arm.
Sie macht ihm Platz an ihrer Rechten,
Lehrt ihm ein lustig Kränzlein flechten,
Am Bach da hatt's der Blumen viel.
Der Tag war aber gar zu schwül:
Der Knabe nickt, dann schläft er ein,
Schön-Rahel sitzt für sich allein.

Sie kriegt des Knaben Buch zur Hand,
Davon sie leider nichts verstand,
Sie nimmt das Täflein auf den Schoß,
Da wurden ihr die Tränen los.
Mit Händen deckt sie ihr Gesicht,
Sie bet't im stillen und weiß es nicht.
Und wie sie wieder aufgeblickt,
Ein frisches Aug ins Blaue schickt –
Vom Michelsberg was blinkt so hell,
Als wie das Kreuz auf der Kapell?
Streicht es nicht durch die Luft daher?
Kommt es nicht nah und immer mehr?
Ein Vogel, ei! ein Schwälblein hold!
Im Schnabel hat's ein klares Gold.
Der Jungfrau legt's, o Wunder, sieh!
Eine güldne Feder auf ihr Knie,
Fliegt auf den nächsten Erlenbaum:
Der Jungfrau ist es als ein Traum.
Wie wird es ihr im Geist so licht!
Sie weiß ihr ganzes Traumgesicht!
Ihr klinget, was der Engel sprach,
Hell, wie Gesang, im Herzen nach.

Im Taumelsinn, in seliger Hast,
Hat sie den güldnen Kiel gefaßt:
Er lebt und schreibt, kaum hält sie ihn,
So rasch geht's übers Täflein hin,
Mit goldiger Hebräerschrift
(Wohl feiner denn mit Schieferstift!):
»Schön-Rahel! Friede sei mit dir!
Der ewig Vater grüßt dich hier,
Will lösen deiner Zunge Band,
Auftun dein Ohr mit seiner Hand,
So du mit Vater und Mutter dein
Dem Heiland willt zu eigen sein.«

Die Feder ruht; das Schwälblein keck
Fliegt ab dem Baum und nimmt sie weg,
Und auf und fort in einem Nu,
Dem Michelsberg da wieder zu.

Indessen war der Knab erwacht,
Nahm auch das Wunder wohl in acht.
Die Jungfrau winket ihm aufzustehn,
Alle beide still nach Hause gehn.
Wie sie noch wenig Schritt vom Hofe,
Entgegen rennet schon die Zofe,
Bedeutend, daß der Vater kommen.
Von tausend Freuden übernommen
Jetzt eilet das glückselig Kind
Ins Haus noch zehnmal so geschwind.
Herr Aaron stund just in der Tür,
Faßt sie in Arm, sie zittert schier,
Sie dringet ihm das Täflein auf,
Dann eilet sie in *einem* Lauf,
Holt ihre Mutter in den Saal,
Herzet und küßt sie tausendmal,
Winket des Pächters Kind herbei,
Das sagt, was all geschehen, frei.
Der Alte liest und staunt und schweigt,
Seiner Frauen dar das Wunder reicht,
Und murmelt für sich unbewußt;
Schlägt dann laut an seine Brust,

Und ruft: »Dein Knecht, Herr, ist nicht wert,
Daß ihm so Großes widerfährt!
Ich seufzet' oft in Nächten tief
Nach deines Sohnes Heil und rief,
Doch Zweifels Angst und Spott der Welt
Hat mir so teures Licht verstellt;
Ich war verstocket, taub und blind:
Muß mich noch retten mein armes Kind!
Dafür sei Preis und Ehre dein!
Laß mich jetzt auch der erste sein,
So brünstig dir, Herr Jesu Christ,
Weh! die durchgrabnen Füße küßt!
Und wie, zu deinem Stern gewandt,
Drei Könige aus Morgenland
Dir brachten Myrrhen, Weihrauch, Gold:
Vergönne, daß dein Knecht dir zollt,
Was alles du seit so viel Jahren
Durch ihn der Kirche wollen sparen!
– O du, an deines Sohnes Seite,
Vertritt uns, Mutter, benedeite!«
So sprach Herr Aaron jenen Tag;
Hört an, was weiter werden mag.
Zu Pfingsten, früh vor Tage schon,
Zieht, groß und lang, eine Prozession
Mit hellen Kerzen ohne Zahl
Langsam dahin durchs grüne Tal,
Söhne und Töchter Israel,
Zum Berg des Engels Michael.

Zuvorderst tät Herr Aaron gehn
Mit seiner Frauen und Rahel schön;
Kam hierauf seine Dienerschaft,
Lobpreisend Gottes Wunderkraft,
Aber zuletzt, in langen Reihn,
An die zweihundert seiner Gemein:
Die kamen nicht, zu sehn und zu gaffen,
Sondern geschlagen von Gottes Waffen,
Wollten sich alle taufen lassen.
Das Kirchlein nicht ein Drittel faßt
Der Meng, so an den Pforten paßt.

Jetzo die Orgel hell erklingt,
Man freudig Hallelujah singt.
Dann, voller Demut, holder Sitte,
Schön-Rahel vor den Taufstein schritte.
Ihr Haupt gebeuget und ihr Knie,
Empfänget Bad und Segen sie.
Und als der Priester feierlich
Sprach: »Gotteskind, ich taufe dich,
So jetzo *Dorothea* heißt,
Auf Vater, Sohn und Heiligen Geist –
Glaubst du an des Dreieinigen Namen?«
Schön *Dorothe'* sprach: »Ja und Amen.«

AN GRETCHEN

Jüngst, als unsere Mädchen, zur Fastnacht beide verkleidet,
Im Halbdunkel sich scheu erst an der Türe gezeigt,
Dann sich die Blonde als Schäferin dir, mir aber die kleine
Mohrin mit Lachen zumal warf in den offenen Arm,
Und du, Liebste, von fern mein Gefühl nicht ahnend, ins Ohr
(Der ich verblüfft dasaß) flüstertest »lobe sie doch« – : [mir
O wie gedacht ich der Zeit, da *diese* nicht waren, und *wir* uns
Beide noch fremd, ja du selber noch hießest ein Kind.
Einst und jetzt im Wechsel – ein fliegender Blitz der Gedanken
Machte mich stumm, und hoch wallte vor Freuden mein Herz.

HERMIPPUS

An Karl Wolff, Rektor des Katharinenstifts
Stuttgart 1860

Seltsames wird von Hermippus, dem römischen Weisen, dem Pfleger
Weiblicher Jugend, erzählt, Glaubliches doch, wie mir deucht.
Hundertundfünfzehn Jahre, so liest man, vom stärkenden Anhauch
Kindlicher Lippen genährt, lebte der treffliche Greis.
Dort in geschlossener Halle, die er zur Schule den Mädchen
Selber gegründet, auch wohl öfter im Gärtchen am Haus

Sah man ihn Tag für Tag, vom Morgen zum Abende tätig,
Bei dem bescheidenen Brot seiner Minerva vergnügt.
Rundum zu Füßen ihm saß, in pergamentenen Rollen
Lesend ein Teil, ein Teil still mit dem Griffel bemüht.
Aber der kleineren eins hielt er in holder Umarmung
Allzeit selbst auf dem Schloß (immer das ärmste zuerst).
Goldene Sprüche der Alten und liebliche Rhythmen der Dichter,
Die es gelernt, hört' er, leis ihm der Reihe nach ab.
Und vom Munde des Mädchens den Hauch, wie Frühlingsatem
Herzerfrischend, empfing er in die welkende Brust.
Also fristet' Asklepios ihm die gesegneten Tage.
Aber der Parze zuletzt weicht auch der Himmlischen Rat
– Als er nun tot im Portikus saß in dem steinernen Sessel,
Noch vom Mantel, den er gestern getragen, umhüllt,
Kamen aus jedem Quartiere der Stadt unmündige Kinder,
Jungfraun, Mütter, in Eil, edle Matronen, herbei,
Ihren Hermippus noch einmal zu sehn, den Geweihten der Götter,
Kamen und standen von fern, sonder Entsetzen, um ihn,
Ehrend so heiligen Schlaf mit Schweigen. Und einige kränzten
Mit Hyazinthen sein Haupt, Veilchen auch deckten den Schoß.
Lieblicher war nicht Homerus geschmückt von den Fingern der Musen,
Milderes Have war keinem hinuntergefolgt.

Aber wozu *dir* dies, mein Lykos? – Bester, versteh mich:
Lang ist die Kunst, und lang messe dein Leben der Gott!
Zwar noch ist es nicht eben an dem gar, daß du der Künste
Unseres Römers bedarfst, aber sie kommt dir, die Zeit,
Laß mich's hoffen! – gewiß. Dann, wenn die Locke dir schneeweiß
Hängt und der Bart, wer ist besser geborgen als du?
Doch ich seh es im Geist, du wirst an Würden und Ehren
Reich, vor den Neunzigen schon heiterer Ruhe dich freun.
Still im eigenen Haus hast du, im eigenen Gärtlein
Sitzend, ein blühendes, lernlustiges Häufchen zur Hand.
Zwar längst nimmer den Enkel, doch Söhne und Töchter des Enkels
Auf den Knien, trinkst du Fülle des Lebens in dich.

Anmerkung: Thomas Reinesius, ein Gelehrter des 17. Jahrhunderts, gibt in seiner Sammlung römischer Altertümer von einem interessanten Monumente Nachricht, dessen Echtheit er übrigens nicht verbürgen will. Dasselbe hat folgende Inschrift:

ÆSCULAPIO · ET · SANITATI
L · CLODIUS · HERMIPPUS
QUI · VIXIT · ANNOS · CXV · DIES · V
PUELLARUM · ANHELITU
QUOD · ETIAM · POST · MORTEM
EIUS
NON · PARUM · MIRANTUR · PHYSICI
IAM · POSTERI · SIC · VITAM · DUCITE.

Vgl. hiezu: »Der wiederauflebende Hermippus oder curiose physicalisch-medicinische Abhandlung etc., von J. H. Cohausen, 1752.«

BILDER AUS BEBENHAUSEN *

1
Kunst und Natur

Heute dein einsames Tal durchstreifend, o trautestes Kloster,
Fand ich im Walde zunächst jenen verödeten Grund,
Dem du die mächtigen Quader verdankst und was dir zum Schmucke
Deines gegliederten Turms alles der Meister verliehn.
Ganz ein Gebild des fühlenden Geistes verleugnest du dennoch
Nimmer den Mutterschoß drüben am felsigen Hang.
Spielend ahmst du den schlanken Kristall und die rankende Pflanze
Nach und so manches Getier, das in den Klüften sich birgt.

* Zisterzienser-Abtei mit einem Weiler, eine Stunde von Tübingen, gegenwärtig Sitz eines Forstamts. Das ehmalige Gasthaus des Klosters, wo der Verfasser einige Wochen zubrachte, ist das Geburtshaus des Naturforschers C. F. v. Kielmeyer, Eigentum und Sommeraufenthalt der Familie desselben.

2
Brunnen-Kapelle am Kreuzgang

Hier einst sah man die Scheiben gemalt, und Fenster an Fenster
Strahlte der dämmernde Raum, welcher ein Brünnlein umschloß,
Daß auf der tauenden Fläche die farbigen Lichter sich wiegten,
Zauberisch, wenn du wie heut, herbstliche Sonne, geglänzt.
Jetzo schattest du nur gleichgültig das steinerne Schmuckwerk
Ab am Boden, und längst füllt sich die Schale nicht mehr.
Aber du zeigst mir tröstlich im Garten ein blühendes Leben,
Das dein wonniger Strahl locket aus Moder und Schutt.

3
Ebendaselbst

Eulenspiegel am Kreuzgang, was? der verrufne Geselle
Als Gurtträger? Und wem hält er sein Spiegelchen vor?
Einem entrüsteten Mönch, der ganz umsonst sich ereifert;
Immer nur lachet der Schalk, weist ihm die Eule und lacht.

4
Kapitelsaal

Wieder und wieder bestaun ich die Pracht der romanischen Halle,
Herrliche Bogen, auf kurzstämmige Säulen gestellt.
Rauh von Korn ist der Stein, doch nahm er willig die Zierde
Auch zu der Großheit auf, welche die Massen beseelt.
Nur ein düsteres Halblicht sendet der Tag durch die schmalen
Fenster herein und streift dort ein vergessenes Grab.
Rudolf dem Stifter, und ihr, Mechthildis, der frommen, vergönnte
Dankbar das Kloster, im Port seiner Geweihten zu ruhn.

5
Sommer-Refektorium

Sommerlich hell empfängt dich ein Saal; man glaubt sich in einem
Dom; doch ein heiterer Geist spricht im Erhabnen dich an.
Ha, wie entzückt aufsteiget das Aug im Flug mit den schlanken
Pfeilern! Der Palme vergleicht fast sich ihr luftiger Bau.
Denn vielstrahlig umher aus dem Büschel verlaufen die Rippen
Oben und knüpfen, geschweift, jenes unendliche Netz,
Dessen Felder phantastisch mit grünenden Ranken der Maler
Leicht ausfüllte; da lebt was nur im Walde sich nährt:
Frei in der Luft ein springender Eber, der Hirsch und das Eichhorn;
Habicht und Kauz und Fasan schaukeln sich auf dem Gezweig.
– Wenn von der Jagd herkommend als Gast hier speiste der Pfalzgraf,
Sah er beim Becher mit Lust über sich sein Paradies.

6
Gang zwischen den Schlafzellen

Hundertfach wechseln die Formen des zierlich gemodelten Estrichs
Auf dem Flur des Dorments, rötlich in Würfeln gebrannt:
Rebengewinde mit grüner Glasur und bläulichen Trauben,
Täubchen dabei, paarweis, rings in die Ecken verteilt;
Auch dein gotisches Blatt, Chelidonium, dessen lebendig
Wucherndes Muster noch heut draußen die Pfeiler begrünt;
Auch, in heraldischer Zeichnung, erscheint vielfältig die Lilie,
Blume der Jungfrau, weiß schimmernd auf rötlichem Grund.
Alles mit Sinn und Geschmack, zur Bewunderung! aber auch alles
Fast in Trümmern, und nur seufzend verließ ich den Ort.

7
Stimme aus dem Glockenturm

Ich von den Schwestern allein bin gut katholisch geblieben;
Dies bezeugt euch mein Ton, hoff ich, mein goldener, noch.
Zwar ich klinge so mit, weil ich muß, sooft man uns läutet,
Aber ich denke mein Teil, wißt es, im stillen dabei.

8
Am Kirnberg

Hinter dem Bandhaus* lang hin dehnt sich die Wiese nach Mittag,
Längs dem hügligen Saum dieser bewaldeten Höhn,
Bis querüber ein mächtiger Damm sich wirft wie mit grünem
Sammet gedeckt: ehdem faßte das Becken den See,
Welcher die Schwelle noch netzte des Pförtleins dort in der Mauer,
Wo am eisernen Ring spielte der wartende Kahn.
Sah ich doch jüngst in der Kirche das Heiligenbild mit dem Kloster
Hinten im Grund: tiefblau spiegelt der Weiher es ab.
Und auf dem Schifflein fahren in Ruh zwei Zisterzienser,
Weiß die Gewänder und schwarz, Angel und Reuse zur Hand.
Als wie ein Schattenspiel, so hell von Farben, so kindlich
Lachte die Landschaft mich gleich und die Gruppe mich an.

9
Aus dem Leben

Mädchen am Waschtrog, du blondhaariges, zeige die Arme
Nicht und die Schultern so bloß unter dem Fenster des Abts!
Der zwar sieht dich zum Glück nicht mehr, doch dem artigen Forstmann
Dort bei den Akten bereits störst du sein stilles Konzept.

* Küferei und Speicher.

10
Nachmittags

Drei Uhr schlägt es im Kloster. Wie klar durch die schwülige Stille
   Gleitet herüber zum Waldrande mit Beben der Schall,
Wo er lieblich zerfließt, in der Biene Gesumm sich mischend,
   Das mich Ruhenden hier unter den Tannen umgibt.

11
Verzicht

Bleistift nahmen wir mit und Zeichenpapier und das Reißbrett;
   Aber wie schön ist der Tag! und wir verdürben ihn so?
Beinah dächt ich, wir ließen es gar, wir schaun und genießen!
   Wenig verliert ihr, und nichts wahrlich verlieret die Kunst.
Hätt ich auch endlich mein Blatt vom Gasthaus an und der Kirche
   Bis zur Mühle herab fertig gekritzelt – was ist's?
Hinter den licht durchbrochenen Turm, wer malt mir dies süße,
   Schimmernde Blau, und wer rundum das warme Gebirg? –
– Nein! wo ich künftig auch sei, fürwahr mit geschlossenen Augen
   Seh ich dies Ganze vor mir, wie es kein Bildchen uns gibt.

»LANG, LANG IST'S HER.«*

An Auguste Stark, geb. Mährlen, zu ihrer Hochzeit

Es gibt ein altes Liebeslied, vom Norden kommt's,
Wie ferne Glockenlaute, oder wie am Strand
Eintönig sanfter Wellenschlag sich wiederholt,
Dem man so gern, vergangner Zeiten denkend lauscht;
Denn endlos, süßer Wehmut unersättigt, kehrt
Das immer gleiche Wort zurück: Lang, lang ist's her.
– Du kennst es wohl, und nie vielleicht so lieblich mehr
Als jenen Tag aus deinem Munde hören wir's.

* Irisches Volkslied: »Long, long ago.«

Wie kommt es doch, daß mitten hier im lauten Schwarm
Entzückter Gäste, die dein Fest versammelt hat,
Mir insgeheim die schlichte Weise immerdar
Im Ohre flüsternd liegen muß: Lang, lang ist's her –?
– Nachdenklich auch und wie der Gegenwart entrückt
Auf Augenblicke seh ich deinen Vater dort,
Den Freund, mit dem ich jung gewesen und bei dem
Das Herz mir immer jung aufgeht, so alt es sei.
Was wir erstrebt, genossen beide und verschmerzt,
In tausend Bildern drängt sich's vor die Seele mir:
Des Scherzes Fülle, dicht am Ernst, und Lieb und Haß,
Bei vielem Irrtum vieles doch, das nicht getäuscht.
– Ihm selber aber, wie muß ihm zu Sinne sein,
Die Tochter heut an eines edeln Mannes Hand
Zu sehn, dein liebes Haupt, o Kind, bekränzt von Ihr,
Die lächelnd uns in deiner bräutlichen Gestalt
Der eignen Jugend Blüte wieder schauen läßt!

Nun wendet sich dein Lebensweg; du gehst von uns,
Fernhin, wo dir ein trauter Herd bereitet ist,
Und manches Auge sieht dir schwer von Tränen nach.
– Noch steht die Sonne dieses Tags am Himmel und
Noch heißt es Heute; wenn dies Heute Gestern heißt,
Wie anders liegt die Welt bereits vor deinem Blick!
– Und Jahr um Jahr vergeht gemach mit Eile so.
Ihr Inhalt ist zur Hälfte kaum des Menschen Wahl,
Die andre ruht in ewiger Mächte Liebesrat.

Wenn du an des Geliebten Seite künftighin
Des heutigen Fests Gedächtnis ohne uns begehst,
Wenn ihr in diesen gästereichen, heitern Saal
Euch einmal wieder ganz versetzt im Geist, und all
Die freundlichen Gesichter hier sich neu vor euch
Beleben zwischen Blumenschmuck und Gläserklang:
Dann laß zur stillen Abendstunde kerzenhell
Dein Zimmer sein und hell erleuchtet dein Klavier.
Sing ihm das alte Liedchen, das sich nie verlernt:

Lang, lang ist's her. – Was dir sein Kuß, sein Händedruck
Drauf sagen wird mit Schweigen – braucht's der Worte noch?
Daß unveraltet Liebe doch und Treue bleibt,
Was auch der Zeiten Wandel sonst hinnehmen mag.

CHARIS UND PENIA

A:

Seht doch den Schläfer dort ins Gras gestreckt!
Es ist des Gauklers Sohn, der schöne Knabe,
Den gestern wir so lieblich tanzen sahn.
Für jetzt das seidne Jäckchen abgeworfen,
Den Schatten suchend vor der Mittagssonne,
Warf er sich in des Wirtes Garten, faul,
Hier unter den Syringenbusch.

B:

Frei, losgebunden ruht ein jedes Glied;
Nur bei den Knöcheln schmiegen sich die Füße,
Das rote Paar der Stiefeln, umeinander,
Dem Blütenknopfe des Granatbaums gleich,
Der eben aufzubrechen willens ist;
Es scheinen seine Füße wie zum Tanz
In jedem Augenblicke sich zu öffnen.

C:

Es ist, als atmen sie im Schlafe selbst
Den holden Geist des Tanzes! Ja gewiß,
Er träumt Musik zu hören.

A:

Aber seht,
Wie rührend spricht aus diesen fremden Zügen
Jetzt offne, reine Menschlichkeit sich aus!
Bajazzos rohe Stimme ist entfernt,
Die Peitsche, die zum Scherze, doch empfindlich
Den Kleinen traf, der sich zum Lachen zwang.

B:

Ich weck ihn auf! und stürzt er auch im Traum
Von seinem Seil, er fällt ins weiche Gras.

Knabe *im Schlaf*:

No! No! per Dio santo! Mein ist die Wurst,
Du Immeldonnerwetter!

Die Freunde:

Ach so! Das war's!
Nun, das ist lustig!

C:

Er erwacht und hebt
Den Kopf; verstört, beschämt schaut er uns an.

B:

Komm, guter Junge, dort an unsern Tisch!
So recht – nur munter!
Magst du denn Wurst?

Knabe:

Wurst? Si, cari Signori!
Gern das ik freß.

A:

O Charis! o Penia!
Wie seid ihr einzig, wenn ihr euch umarmt!

ZWEI DICHTERISCHEN SCHWESTERN

von ihrem Oheim

Mit einer Randzeichnung, auf welcher an der Stelle der Endsilben ein Band herunterlief, durch dessen abwechselnde Farben das Reimschema angedeutet war

Heut lehr ich euch die Regel der Son – –.
Versucht gleich eins! Gewiß, es wird ge – –,
Vier Reime hübsch mit vieren zu versch – –,
Dann noch drei Paare, daß man vierzehn h – –.

Laßt demnach an der vielgeteilten K – –
Als Glied in Glied so einen Schlußring sp – –:
Das muß alsdann wie pures Gold erk – –;
Gewisse Herrn zwar hängen Klett an K – –.

Ein solcher findet meine schönen N – –
Bei diesem Muster. »Ah, Fräulein, Sie st – –!«
»O nein, Herr Graf, hier gilt es Silben z – –.«

»Wirklich! Doch wenn die Lauren selber d – –,
Was soll Petrarca?« Der mag Strümpfe str – –.
Eins wie das andre ist für schöne S – –.

AN FRAU PAULINE v. PHULL-RIEPPUR AUF OBER-MÖNSHEIM

Nacht für Nacht, mit dem Zwölf-Uhr-Schlag, auf gespenstigem Rosse,
War der geharnischte Mann sonst vor dem Schlosse zu sehn;
Grollend dem fremden Geschlecht, das hier statt seiner gebietet,
Sucht' er die Brücke umsonst, welche zur Pforte geführt.
– Wunder! seitdem *du* waltest im Haus, erblickt man ihn nimmer.
Hätte dein liebliches Bild endlich den Alten versöhnt?

AN X UND Y

Geistreich seid ihr, glänzend, wahrlich, daß ich euch bewundern müßte,
Wenn sich nur bei euch nicht jede Zeile selber geistreich wüßte!

AN J. G. FISCHER

Mit Übersendung einer alabasternen Blumenvase, als er zum Ehrenmitglied und Meister des freien deutschen Hochstifts in Frankfurt a. M. ernannt wurde

Künftig, sooft man dem »Meister« den wohlerworbenen Lorbeer
Neu um die Schläfe, den zwiefältig gewundenen legt,
Oder im Lenz auch, wenn er die frühesten Rosen zum Opfer
Seinen Chariten weiht, denk er des Freundes dabei.

AUF DIE NÜRTINGER SCHULE

Herrn Rektor Köstlin

Einen Genius hast du der Welt in Schelling erzogen;
Dessen berühmest du dich, wackere Schule, mit Recht.
Hätte dir Schwaben nur mehr von solcherlei Samen zu senden,
Nicht am Gärtner fürwahr, daß er dir blühte, gebricht's.

AN FRÄULEIN LUISE v. BREITSCHWERT

Auf ein Bilderbuch mit Illustrationen zu dem *Stuttgarter Hutzelmännlein*, von ihr in Schwarz ausgeschnitten

O eine kleine Welt voll Leben! Kenn ich sie?
Den schwachen Umriß jener Träume, wie?
So konntest du ihn fassen, halten, schärfen?
– Sie müssen leibhaft sein! nun zweifl' ich selber nicht,
Da sie, bestrahlt von deinem Licht,
Entschiedne, holde Schatten werfen.

Freund Kerner legte sich, im Reiseschattensinn,
Ein Album an, da quetscht er Dintendolken drin,
Und zeichnet jeden Klecks nach seiner Phantasei
Mit wen'gem aus und freut sich wie ein Kind dabei:
Wird der nicht Augen machen, wenn er sieht,
Wie anders dir der Spaß geriet!

Doch ach, was biet ich nun der Künstlerin dagegen,
Wenn nicht etwa die *Lau* sich wird ins Mittel legen?
Der gute *Curt* möcht ich mit seinem Schatze sein:
Die Hälfte wenigstens, die goldne, wäre dein!*

AN FRAU LUISE WALTHER, GEB. v. BREITSCHWERT

zu ihrem Hochzeitstage

Wie manchen Morgen, frisch und wohlgemut,
Im lichten Sommerkleid, Feldblumen auf dem Hut,
Trat sie bei uns, die edle Freundin, ein,
Und wie sie kam, da war es Sonnenschein!

Als ob sie weiter gar nicht wollte oder wüßte,
Nur daß sie jedermann zur Freude dasein müßte,
So lebte sie in klarer Gegenwart,
Neidlos bei andrer Glück, die Lachende, die Feine;
Doch heimlich sah ich's oft in ahnungsvollem Scheine
Hoch über dieses Scheitels Reine
Wie einen sel'gen Stern, der seiner Stunde harrt.

Nun ist's geschehn! und mit verklärtem Blicke
Von ihres Lebens Gipfel lächelt sie;
Es war geschehn, kaum weiß sie selber wie,
Denn jäh erfüllen sich die himmlischen Geschicke.

* Curt, ein alter ehrlicher Diener in dem Märchen, der von der Wasserfrau einen Perlenschmuck und eine goldene Schere bekam.

DER FRAU GENERALIN v. VARNBÜLER

Vorsteherin des Katharinenstifts

Nach ihrer Rückkehr von der Kaltwasser-Heilanstalt zu Herrenalb, bei Überreichung der Photographien sämtlicher Pensionärinnen gesprochen von einer derselben

Stuttgart 1853

Das edle, das geliebte Angesicht
Nun wiedersehend, ach, wie fang ich's an,
In Worte würdig unseren Willkomm
Zu fassen, bei des Herzens Ungestüm?

Dieselbige, wie wir dich immer kannten,
Kamst du zurück, dein gütig Auge sagt's,
Der Liebe aber ist's, der Ehrfurcht eigen,
Daß sie, nach kurzem Fernesein, befangen,
Verwirrt vor ihrem Gegenstande steht,
Gleich als vor einem ungewohnten Gast,
Wenn uns sein stiller Blick mit Lächeln prüft.

Dieselbe, ja du bist es, teure Mutter!
Nur trägt dein Antlitz, o wie hell, die Spur
Der Heiligen, die dich berührt! Umsonst
Nicht fleht man ihr; sie wirft dem Wagenden
Aus eisiger Nacht die tauende Rose zu.

Wir waren oft bei dir, du glaubst es kaum,
Leibhaftig eben nicht; doch wenn du pflegtest,
Im Tannenschatten auf das Moos gebettet,
Balsamische Luft zu atmen, zweimal täglich,
Elise dir zur Seite mit viel andern,
Da kamen wir, zu leichten Traumgestalten
Verkleinert, schlüpften durch die hohen Äste
Mit jenen runden Lichtern leis herab,
Die deines Kleides Saum und Hand und Schultern
Zudringlich küßten. Kanntest du sie nicht?
– Wenn nun die ganze Schar in einen Rahmen
Gefangen, eins am andern, dicht gedrängt,
Sich wieder zeigte – ob du sie wohl kennst?

AN FRÄULEIN ELISE v. GRÄVENITZ

Aus Anlaß einer Maskerade, bei der sie in Gestalt einer Distel erschien, zugleich mit ihr die Maske des verwandelten Zettel, Webers, im *Sommernachtstraum*

Der jungen Rose fiel es ein,
Auf einem Blumen-Maskenballe
In jener Feengartenhalle
Bescheiden eine Distel zu sein.

Getäuscht von der Metamorphose,
Macht sich ein Herrchen gleich herbei,
Im grünen Frack und gelber Hose,
Ein ganzer Esel, meiner Treu!
Seht nur die wunderbaren Gesten,
Wie ihm das Herz im Leibe lacht!
Die Schöne denkt, den hab ich nun zum besten!
Und hätte sich beinah zu grün gemacht.
– Auf einmal stutzt er, schnüffelt in die Luft:
Er wittert wahrlich Rosenduft.
Gebt acht, nun schleicht er traurig sich beiseite,
Für seinesgleichen ist das schlechte Weide.
– Doch nein, er weilt entzückt, seht her!
Der hat Verstand, trotz seiner langen Ohren!
Und hat er morgen keinen mehr,
Begreif ich's, wie er ihn verloren.

AN EDUARD WEIGELIN

bisher Professor am Katharinenstift

Bei seinem Austritt aus der Anstalt

Freund! dein heiterer Blick und deine gelassene Miene
Heißt uns die Klage des Abschieds sparen; doch tief in der Brust dir
Selber bewegt sich das männliche Herz. Wer möcht es ihm wehren?
Denn du verlässest das Haus, das dir wie dein eigenes lieb war,
Dem du die Blüte der Jahre geweiht im redlichen Tagwerk.

Aber glücklich genug, der still sich dessen bewußt ist!
Siehe, die Zeit kommt auch, da *wir* weggehn nacheinander,
Ungern jeder fürwahr, doch keiner mit besserem Ruhme,
Noch von treueren Wünschen der dankbaren Liebe begleitet.

AN LOTTCHEN KREHL

Zum Geburtstag im Anfang Mai's

Ich hätte wohl, dein Haar zu zieren,
Ein Kränzchen, auch ein klein Gedicht;
Wie aber? ich will gratulieren,
Und weiß den Tag des Festes nicht!

Wenn ich es gleichwohl nun probierte,
Ich meint es drum nicht minder treu:
Ist's nicht der erste, dritte, vierte,
So feir ich dir den ganzen Mai.

Doch ach, was ist vom Mai zu singen?
Hier ist's noch winterlich bestellt;
Komm, Lottchen, uns den Mai zu bringen,
Dann blühen Garten, Haus und Feld!

WANDERLIED

(Melodie aus Aubers »Stummen von Portici«)

Entflohn sind wir der Stadt Gedränge
Wie anders leuchtet hier der Tag!
Wie klingt in unsre Lustgesänge
Lerchensang
hier und Wachtelschlag!
Nun wandern wir und lassen gerne
Herrn Griesgram zu Haus;
Ein frischer Blick dringt in die Ferne
Nur immer hinaus!
Wir wandern bis der späte Abend taut,
Wir rasten bis der Morgen wieder graut.

Man lagert sich am Schattenquelle,
Wo erst das muntre Reh geruht;
Aus hohler Hand trinkt sich der helle
Kühle Trank
wohl noch eins so gut,
Nun wandern wir usw.

ZITRONENFALTER IM APRIL

Grausame Frühlingssonne,
Du weckst mich vor der Zeit,
Dem nur in Maienwonne
Die zarte Kost gedeiht!
Ist nicht ein liebes Mädchen hier,
Das auf der Rosenlippe mir
Ein Tröpfchen Honig beut,
So muß ich jämmerlich vergehn
Und wird der Mai mich nimmer sehn
In meinem gelben Kleid.

AUF EINEM KIRCHTURM

Ein Glockentonmeer wallet
Zu Füßen uns und hallet
Weit über Stadt und Land.
So laut die Wellen schlagen,
Wir fühlen mit Behagen
Uns hoch zu Schiff getragen
Und blicken schwindelnd von dem Rand.

ZUM NEUJAHR

Mit einem Taschenkalender

An tausend Wünsche, federleicht,
Wird sich kein Gott noch Engel kehren,
Ja, wenn es so viel Flüche wären,
Dem Teufel wären sie zu seicht.

Doch wenn ein Freund in Lieb und Treu
Dem andern den Kalender segnet,
So steht ein guter Geist dabei.
Du denkst an mich, was Liebes dir begegnet,
Ob dir's auch ohne das beschieden sei.

AN MEINEN VETTER

Juni 1837

Lieber Vetter! Er ist eine
Von den freundlichen Naturen,
Die ich *Sommerwesten* nenne.
Denn sie haben wirklich etwas
Sonniges in ihrem Wesen.
Es sind weltliche Beamte,
Rechnungsräte, Revisoren,
Oder Kameralverwalter,
Auch wohl manchmal Herrn vom Handel,
Aber meist vom ältern Schlage,
Keinesweges Petitmaitres,
Haben manchmal hübsche Bäuche,
Und ihr Vaterland ist Schwaben.

Neulich auf der Reise traf ich
Auch mit einer Sommerweste
In der Post zu Besigheim
Eben zu Mittag zusammen.
Und wir speisten eine Suppe,
Darin rote Krebse schwammen,
Rindfleisch mit französ'schem Senfe,
Dazu liebliche Radieschen,
Dann Gemüse, und so weiter:
Schwatzten von der neusten Zeitung,
Und daß es an manchen Orten
Gestern stark gewittert habe.
Drüber zieht der wackre Herr ein
Silbern Büchslein aus der Tasche,
Sich die Zähne auszustochern;
Endlich stopft er sich zum schwarzen

Kaffee seine Meerschaumpfeife,
Dampft und diskurriert und schaut in-
mittelst einmal nach den Pferden.

Und ich sah ihm so von hinten
Nach und dachte: Ach, daß diese
Lieben, hellen Sommerwesten,
Die bequemen, angenehmen,
Endlich doch auch sterben müssen!

AN DENSELBEN

als er sich leidenschaftlich mit Verfertigung von Sonnenuhren beschäftigte

Mai 1840

Hör Er nur einmal, Herr Vetter,
Was mir diese Nacht geträumet!
Sonntag war es, nach Mittage,
Und ich sah vom Fenster Seines
Alten gelben Gartenhäuschens,
Wie die Bürgersleute ruhig
Vor der Stadt spazierengingen.
Und ich wandte mich und sah Ihn,
Der im Anfang nicht zugegen,
Ernsthaft vor dem Spiegel stehen,
In der Stellung eines Mannes,
Der sich zu balbieren trachtet.
Doch indem ich näher trete
Muß ich voll Erstaunen sehen,
Wie Er sich mit schwarzer Farbe
Auf Sein rundes Vollmondantlitz
Einen saubern Halbkreis malte;
Von der linken Schläfe abwärts,
Zwischen Mund und Kinn hindurch, und
So hinauf die rechte Backe.
Jetzo mit geübtem Pinsel
Zeichnet' Er entlang dem Zirkel
Schöngeformte römsche Ziffern,
Kunstgerecht, von eins bis zwölfe.

Und ich dachte: ach, mein lieber
Vetter ist ein Narr geworden! –
Denn Er sah mich an mit Augen,
Die mich nicht zu kennen schienen.
Überdem stellt' Er sich förmlich
An das Fenster in die Sonne,
Und der Schatten Seiner Nase,
Sollte nun die Stunde weisen.
Ach, die Leute auf der Straße
Wollten fast sich Kröpfe lachen!

Was nun dieser Traum bedeute?
Ich will Ihn just nicht erschrecken:
Aber laß Er Sein verdammtes
Sonnenuhrenmachen bleiben!

DER PETREFAKTENSAMMLER

An zwei Freundinnen

Einmal noch an eurer Seite,
Meinen Hammer im Geleite,
Jene Frickenhauser Pfade,
Links und rechts und krumm und grade,
An dem Bächlein hin zu scherzen,
Dies verlangte mich von Herzen.
Aber dann mit tausend Freuden
Gleich den Hügel auf zu weiden,
Drin die goldnen Ammoniten,
Lias-Terebratuliten,
Pentakrinen auch, die zarten,
Alle sich zusammenscharten, –
Den uns gar nicht ungelegen
Just ein warmer Sommerregen
Ausgefurcht und abgewaschen,
Denn so füllt man sich die Taschen.
Auf dem Boden Hand und Knie,
Kriecht man fort, o süße Müh!
Und dazwischen mit Entzücken
Nach der Alb hinaufzublicken,

Deren burggekrönte Wände
Unser sonnig Talgelände,
Rebengrün und Wald und Wiesen
Streng mit dunkeln Schatten schließen!
Welche liebliche Magie,
Uns im Rücken, übten sie!
Eben noch in Sonne glimmend
Und in leichtem Dufte schwimmend,
Sieht man schwarz empor sie steigen,
Wie die blaue Nacht am Tag!
Blau, wie nur ein Traum es zeigen,
Doch kein Maler tuschen mag.
Seht, sie scheinen nah zu rücken,
Immer näher, immer dichter,
Und die gelben Regenlichter
All in unser Tal zu drücken!
Wahrlich, Schönres sah ich nie.

Wenn man nur an solcher Stätte
Zeit genug zum Schauen hätte!
Wißt ihr was? genießt ihr beiden
Gründlich diese Herrlichkeiten,
Auch für mich genießet sie!
Denn mich fickt' es allerdinge,
Wenn das rein verlorenginge.
Doch, den Zweck nicht zu verlieren,
Will ich jetzt auf allen vieren
Nach besagten Terebrateln
Noch ein Stückchen weiterkratteln;
Das ist auch wohl Poesie.

AUF EIN KIND

das mir eine ausgerissene Haarlocke vorwies

Mein Kind, in welchem Krieg hast du
Die gelben Haare lassen müssen?
Ein Rosenzweig hat sie im Sprunge dir entrissen!
Du weißt es kaum und lachst dazu.
Gott gebe, daß in künftger Zeit

Nie kein Verlust, noch ander Leid
Dich bitterer im jungen Herzen
Als dieser leichte Raub mag schmerzen!

AN PHILOMELE

Tonleiterähnlich steiget dein Klaggesang
Vollschwellend auf, wie wenn man Bouteillen füllt:
Es steigt und steigt im Hals der Flasche –
Sieh, und das liebliche Naß schäumt über.

O Sängerin, dir möcht ich ein Liedchen weihn,
Voll Lieb und Sehnsucht! aber ich stocke schon;
Ach, mein unselig Gleichnis regt mir
Plötzlich den Durst und mein Gaumen lechzet.

Verzeih! im Jägerschlößchen ist frisches Bier
Und Kegelabend heut: ich versprach es halb
Dem Oberamtsgerichtsverweser,
Auch dem Notar und dem Oberförster.

AN EINEN LIEBENDEN

Du klagst mir, Freund, daß immer die Mutter noch
Des schönen Kindes gleich unerbittlich sei.
Geduld! noch leben wir im Jänner,
Aber nicht stets wird der Eiswind schnauben.

Im Winkel, wo sich einsam des Daches Trauf
In morscher Rinne sickernd vereiniget,
Hängt mannsdick, zuckerkandelartig
Schimmernd ein sechsfach verwachsnes Monstrum.

Bald wehen laue Lüfte den Frühling her,
Dein Gartenbeet vergoldet der Krokus schon;
Eidechslein sonnen ihr smaragdnes
Kleidchen am bröckelnden Felsen wieder.

Grün wird das Wiesental, und der lichte Wald
Vertieft in Schatten schon sich geheimnisvoll,
Die wilde Taube gurrt, der Jäger
Schmückt sich den Hut mit dem jungen Zweige.

Blieb dann von jenem eisigen Ungetüm
Auch wohl die Spur noch? – Warte den Sommer ab.
Im schlimmsten Fall, o Bester, denke,
Daß noch des Wildes im Forste mehr lebt!

AUF EINEN REDNER

Zwar acht Zolle nur mißt der virginische Frosch, doch es ward [ihm
Eine Stimme zuteil, schrecklich, wie Ochsengebrüll.

SCHUL-SCHMÄCKLEIN

Ei ja! es ist ein vortrefflicher Mann,
Wir lassen ihn billig ungerupft;
Aber seinen Versen merkt man an,
Daß der Verfasser lateinisch kann
Und schnupft.

AN –

Laß doch dein Dichten! hast ja Geld;
Tropf! brauch's, die Poesie lebendig zu betreiben!
Was gilt's, dich freut das Schönste in der Welt
Nur halb, vor lauter Angst, du müssest es beschreiben!

AUF DEN ARRIUS

Nach Catull

Ordnunk sagte mein trefflicher Arrius, wenn sich's um Ordnung
Handelte; *Hefeu*, wo Efeu ein anderer sagt.
Und er glaubte dir schön ganz über die Maßen zu reden,
Wenn er sein *Hefeu* so recht grundaus der Lunge geholt.
Sicherlich hatten Mama, Oheim, Großmutter und -vater

(Diese von Mutterseit) eben die Sprache beliebt.
Wie er nach Syrien ging, da wünschten wir unseren Ohren
Glück, und natürlich, wie sonst, hörte man jegliches Wort.
Ja wir glaubten uns los und ledig der Plage für immer,
Als man, o Schreckenspost! plötzlich die Kunde vernahm:
Seit Herr Arrius über das Meer ging, gibt es in aller
Welt kein Jonisches mehr, aber ein *Hionisches.*

LAMMWIRTS KLAGELIED

Da droben auf dem Markte
Spazier ich auf und ab,
Den ganzen lieben langen Tag,
Und schaue die Straße hinab.

Es steht ein Regenbogen
Wohl über jenem Haus,
Mein Schild ist eingezogen,
Ein andrer hangt heraus.

Heraus hangt über der Türe
Ein Hahn mit rotem Kamm;
Als ich die Wirtschaft führte,
Da war es ein goldenes Lamm.

Mein Schäflein wohl zu scheren,
Ich sparte keine Müh,
Ich bin heruntergekommen,
Und weiß doch selber nicht wie.

Nun läuft es mit Köchen und Kellnern
Im ganzen Hause so voll,
Ich weiß nicht, wem ich von allen
Zuerst den Hals brechen soll.

Da kommen drei Chaisen gefahren!
Der Hausknecht springt in die Höh.
Vorüber, ihr Rößlein, vorüber,
Dem Lammwirt ist gar so weh!

AUFTRAG

In poetischer Epistel
Ruft ein desperater Wicht:
Lieber Vetter! Vetter Christel!
Warum schreibt Er aber nicht?

Weiß Er doch, es lassen Herzen,
Die die Liebe angeweht,
Ganz und gar nicht mit sich scherzen,
Und nun vollends ein Poet!

Denn ich bin von dem Gelichter,
Dem der Kopf beständig voll;
Bin ich auch nur halb ein Dichter,
Bin ich doch zur Hälfte toll.

Amor hat Ihn mir verpflichtet,
Seinen Lohn weiß Er voraus,
Und der Mund, der Ihm berichtet,
Geht dabei auch leer nicht aus.

Paß Er denn zur guten Stunde,
Wenn Sein Schatz durchs Lädchen schaut,
Lock ihr jedes Wort vom Munde,
Das mein Schätzchen ihr vertraut.

Schreib Er mir dann von dem Mädchen
Ein halb Dutzend Bogen voll,
Und daneben ein Traktätchen,
Wie ich mich verhalten soll.

DER TAMBOUR

Wenn meine Mutter hexen könnt,
Da müßt sie mit dem Regiment,
Nach Frankreich, überall mit hin,
Und wär die Marketenderin.
Im Lager, wohl um Mitternacht,

Wenn niemand auf ist als die Wacht,
Und alles schnarchet, Roß und Mann,
Vor meiner Trommel säß ich dann:
Die Trommel müßt eine Schüssel sein,
Ein warmes Sauerkraut darein,
Die Schlegel Messer und Gabel,
Ein lange Wurst mein Sabel,
Mein Tschako wär ein Humpen gut,
Den füll ich mit Burgunderblut.
Und weil es mir an Lichte fehlt,
Da scheint der Mond in mein Gezelt;
Scheint er auch auf franzö'sch herein,
Mir fällt doch meine Liebste ein:
Ach weh! jetzt hat der Spaß ein End!
– Wenn nur meine Mutter hexen könnt!

VOGELLIED

Mit einem leeren Vogelnest, welches dem Distelfinken
meiner Schwester zum Scherz in den Käfig gelegt wurde

Es ist zwar sonsten nicht der Brauch,
Daß man 's Nestchen baut,
Bevor man erst ein Weiblein auch
Sich angetraut:
Zirri Zirrli!
Erst ein Schätzchen,
Dann ein Plätzchen,
Zirri!
Am Birnbaum oder am Haselstrauch.

Allein ich dacht, du baust einmal
Auf gut Glück.
Schaden kann es auf keinen Fall;
Zirrwick Zirrliwick!
Gefällt's Ihr nicht, meine Jungfer Braut,
Es ist gleich wieder umgebaut.

MAUSFALLEN-SPRÜCHLEIN

Das Kind geht dreimal um die Falle und spricht:

Kleine Gäste, kleines Haus.
Liebe Mäusin, oder Maus,
Stell dich nur kecklich ein
Heut nacht bei Mondenschein!
Mach aber die Tür fein hinter dir zu,
Hörst du?
Dabei hüte dein Schwänzchen!
Nach Tische singen wir,
Nach Tische springen wir
Und machen ein Tänzchen:
Witt witt!
Meine alte Katze tanzt wahrscheinlich mit.

UNSER FRITZ

Unser Fritz richt't seinen Schlag,
Wollt ein Meislein fangen,
Doch weil ihm denselben Tag
Keines drein gegangen,
Wird dem Fritz zu lang die Zeit,
Denkt, ich hab umsonst gestreut,
Will ja keine kommen.

Nach acht Tagen fällt ihm ein,
Im Garten zu spazieren:
Es ist schöner Sonnenschein,
Man kann nicht erfrieren;
Und am alten Apfelbaum
Kommt's ihm plötzlich wie im Traum:
Ob der Schlag gefallen?

»Ja! es sitzt ein Vogel drin!
Aber, weh! o wehe!
Das ist trauriger Gewinn:
Tot, soviel ich sehe!
– Aber was kann ich dafür?

Sicher hat das dumme Tier
Sich zu Tod gefressen!«

So tröst't sich dein Mörder wohl,
Der dich hungern lassen,
Aber ich vor Leid und Groll
Weiß mich nicht zu fassen!
Hast alle Körnlein aufgepickt,
Hast dann vergebens umgeblickt,
Wo noch ein Bröslein wäre!

Ihr andern Vöglein allesamt,
Wohl unterm blauen Himmel,
Ihr habt mit Wehgesang verdammt
Den Vogelstellerlümmel.
Ach, eines starb so balde, bald!
Eben da in Feld und Wald
Der Frühling wollte kommen.

HÄUSLICHE SZENE

Schlafzimmer. Präzeptor *Ziborius* und seine *junge Frau.* Das Licht ist gelöscht.

»Schläfst du schon, Rike?« – »Noch nicht.« – »Sag! hast du denn heut die Kukumern
Eingemacht?« – »Ja.« – »Und wieviel nahmst du mir Essig dazu?« –
»Nicht zwei völlige Maß.« – »Wie? fast zwei Maß? Und von welchem
Krug? von dem kleinern doch nicht, links vor dem Fenster am Hof?«
»Freilich.« – »Verwünscht! So darf ich die Probe nun noch einmal machen,
Eben indem ich gehofft schon das Ergebnis zu sehn!
Konntest du mich nicht fragen?« – »Du warst in der Schule.« – »Nicht warten?« –
»Lieber, zu lange bereits lagen die Gurken mir da.«
»Unlängst sagt ich dir: Nimm von Numero 7 zum Hausbrauch –«
»Ach wer behielte denn stets alle die Zahlen im Kopf!« –

»Sieben behält sich doch wohl! nichts leichter behalten als sieben!
Groß, mit arabischer Schrift, hält es der Zettel dir vor. – «
»Aber du wechselst den Ort nach der Sonne von Fenster zu Fenster
Täglich, die Küche pressiert oft und ich suche mich blind.
Bester! dein Essiggebräu, fast will es mich endlich verdrießen.
Ruhig, obgleich mit Not, trug ich so manches bis jetzt.
Daß du im Waschhaus dich einrichtetest, wo es an Raum fehlt,
Destillierest und brennst, schien mir das Äußerste schon.
Nicht gern sah ich vom Stockbrett erst durch Kolben und Krüge
Meine Reseden verdrängt, Rosen und Sommerlevkoin,
Aber nun stehen ums Haus her rings vor jeglichem Fenster,
Halb gekleidet in Stroh, gläserne Bäuche gereiht;
Mir auf dem Herd stehn viere zum Hindernis, selber im Rauchfang
Hängt so ein Untier jetzt, wieder ein neuer Versuch!
Lächerlich machen wir uns – nimm mir's nicht übel!« – »Was sagst du?
Lächerlich?« – »Hättest du nur heut die Dekanin gehört.
Und in jeglichem Wort ihn selber vernahm ich, den Spötter;
Boshaft ist er, dazu Schwager zum Pädagogarch.« –
»Nun?« – »Einer Festung verglich sie das Haus des Präzeptors, ein Bollwerk
Hieß mein Erker, es sei alles gespickt mit Geschütz!« –
»Schnödes Gerede, der lautere Neid! Ich hoffe mein Stecken-
Pferd zu behaupten, so gut als ihr Gemahl, der Dekan.
Freut's ihn, Kanarienvögel und Einwerfkäfige dutzend-
Weise zu haben, mich freut's, tüchtigen Essig zu ziehn.« –

Pause. Er scheint nachdenklich. Sie spricht für sich:

»Wahrlich, er dauert mich schon; ihn ängstet ein wenig die Drohung
Mit dem Studienrat, dem er schon lange nicht traut.« –

Er fährt fort:

»Als Präzeptor tat ich von je meine Pflicht; ein geschätzter
Gradus neuerlich gibt einiges Zeugnis davon.
Was ich auf materiellem Gebiet, in müßigen Stunden,

Manchem Gewerbe, dem Staat denke zu leisten dereinst,
Ob ich meiner Familie nicht ansehnlichen Vorteil
Sichere noch mit der Zeit, dessen geschweig ich vorerst:
Aber – *den* will ich sehn, der einem geschundenen Schulmann
Ein Vergnügen wie das, Essig zu machen, verbeut!
Der von Allotrien spricht, von Lächerlichkeiten – er sei nun
Oberinspektor, er sei Rektor und Pädagogarch!
Greife nur einer mich an, ich will ihm dienen! Gewappnet
Findet ihr mich! Dreifach liegt mir das Erz um die Brust!
– Rike, du lachst! … du verbirgst es umsonst! ich fühle die Stöße …
Nun, was wandelt dich an? Närrst du mich, törichtes Weib?« –
»Lieber, närrischer, goldener Mann! wer bliebe hier ernsthaft?
Nein, dies Feuer hätt ich nimmer im Essig gesucht!« –
»Gnug mit den Possen! Ich sage dir, mir ist die Sache nicht spaßhaft.« –
»Ruhig! Unseren Streit, Alter, vergleichen wir schon.
Gar nicht fällt es mir ein, dir die einzige Freude zu rauben;
Zu viel hänget daran, und ich verstehe dich ganz.
Siehst du von deinem Katheder im Schulhaus so durch das Fenster
Über das Höfchen den Schatz deiner Gefäße dir an,
Alle vom Mittagsstrahl der herrlichen Sonne beschienen,
Die dir den gärenden Wein heimlich zu zeitigen glüht,
Nun, es erquicket dir Herz und Aug in sparsamen Pausen,
Wie das bunteste Brett meiner Levkoin es nicht tat;
Und ein Pfeifchen Tabak in diesem gemütlichen Anblick
Nimmt dir des Amtes Verdruß reiner als alles hinweg;
Ja seitdem du schon selbst mit eigenem Essig die rote
Dinte dir kochst, die sonst manchen Dreibätzner verschlang,
Ist dir, mein ich, der Wust der Exerzitienhefte
Minder verhaßt; dich labt still der bekannte Geruch.
Dies, wie mißgönnt ich es dir? Nur gehst du ein bißchen ins Weite.
Alles – so heißt dein Spruch – habe sein Maß und sein Ziel.« –
»Laß mich! Wenn mein Produkt dich einst zur vermöglichen Frau macht –«
»Bester, das sagtest du just auch bei der Seidenkultur.«
»Kann ich dafür, daß das Futter mißriet, daß die Tiere krepierten?« –
»Seine Gefahr hat auch sicher das neue Geschäft.« –

»Namen und Ehre des Manns, die bringst du wohl gar nicht in Anschlag?« –
»Ehre genug blieb uns, ehe wir Essig gebraut.« –
»Korrespondierendes Mitglied heiß ich dreier Vereine.« –
»Nähme nur *einer* im Jahr etliche Krüge dir ab!« –
»Dir fehlt jeder Begriff von rationellem Bestreben.« –
»Seit du ihn hast, fehlt dir abends ein guter Salat.« –
»Undank! mein Fabrikat durch sämtliche Sorten ist trefflich.« –
»Numero 7 und 9 kenn ich, und – lobe sie nicht.« –
»Heut, wie ich merke, gefällst du dir sehr, mir in Versen zu trumpfen.« –
»Waren es Verse denn nicht, was du gesprochen bisher?« –
»Eine Schwäche des Mannes vom Fach, darfst du sie mißbrauchen?« –
»Unwillkürlich, wie du, red ich elegisches Maß.« –
»Mühsam übt ich dir's ein, harmlose Gespräche zu würzen.« –
»Freilich im bitteren Ernst nimmt es sich wunderlich aus.« –
»Also verbitt ich es jetzt; sprich, wie dir der Schnabel gewachsen.« –
»Gut; laß sehen, wie sich Prose mit Distichen mischt.« –
»Unsinn! Brechen wir ab. Mit Weibern sich streiten ist fruchtlos.« –
»Fruchtlos nenn ich, im Schlot Essig bereiten, mein Schatz.« –
»Daß noch zum Schlusse mir dein Pentameter tritt auf die Ferse!« –
»Dein Hexameter zieht unwiderstehlich ihn nach.« –
»Ei, dir scheint es bequem, nur das Wort noch, das letzte zu haben:
Hab's! Ich schwöre, von mir hast du das letzte gehört. –
»Meinetwegen; so mag ein Hexameter einmal allein stehn.« –

Pause. Der Mann wird unruhig, es peinigt ihn offenbar, das Distichon nicht geschlossen zu hören oder es nicht selber schließen zu dürfen. Nach einiger Zeit kommt ihm die Frau mit Lachen zu Hülfe und sagt:

»Alter! ich tat dir zu viel; wirklich, dein Essig passiert;
Wenn er dir künftig noch besser gerät, wohlan, so ist einzig
Dein das Verdienst, denn du hast, wahrlich, kein zänkisches Weib!« –

Er, gleichfalls herzlich lachend und sie küssend:

»Rike! morgenden Tags räum ich dir die vorderen Fenster
Sämtlich! und im Kamin prangen die Schinken allein!«

DER LIEBHABER AN DIE HEISSE QUELLE ZU B.

Du heilest den und tröstest jenen,
O Quell, so hör auch meinen Schmerz!
Ich klage dir mit bittern Tränen
Ein hartes, kaltes Mädchenherz.

Es zu erweichen, zu durchglühen,
Dir ist es eine leichte Pflicht;
Man kann ja Hühner in dir brühen,
Warum ein junges Gänschen nicht?

BEI EINER TRAUUNG

Vor lauter hochadligen Zeugen
Copuliert man ihrer zwei;
Die Orgel hängt voll Geigen,
Der Himmel nicht, mein Treu!
Seht doch, *sie* weint ja greulich,
Er macht ein Gesicht abscheulich!
Denn leider freilich, freilich
Keine Lieb ist nicht dabei.

ZWEI BRÜDERN INS ALBUM

1

Kastor und Pollux heißen ein Paar Ammoniten (der Vater
Kann sie dir zeigen im Schrank); füglich vergleich ich sie´euch,
Emil und Theodor. Denn brüderlich sieht man die schönen
Immer gesellt. Freut euch! heute noch habt ihr euch so.

2

Fällt dir vielleicht in späten Tagen
Wieder ein, dies Stammbuch aufzuschlagen,
Und schaust dann auch dies Blättlein an,
Mit einem lieben Freund etwan,
Da sagst du von mir wohl dies und jenes,
Nicht allzu Schlimmes, noch allzu Schönes:
Er war im ganzen ein guter Mann,
Und uns besonders zugetan.
Ich hoffe denn auch insofern,
Er sitzt in einem guten Stern.
Meine Mutter schickt' ihm einmal durch mich
Einen Gänsebraten säuberlich
Mit einem feinen Salat ins Haus,
Das schmeckte ihm ganz überaus.
Er meinte, das Gänsestopfen hienieden
Sei drum nicht absolut zu verbieten,
Es sei halt für ein Prälatenessen –
Kurz, rühmte den Imbiß ungemessen.
Deswegen ich gern glauben mag,
Es habe sein Herz bis diesen Tag
Weder den Braten, noch mich vergessen.

DIE VISITE

Philister kommen angezogen:
Man sucht im Garten mich und Haus;
Doch war der Vogel ausgeflogen,
Zu dem geliebten Wald hinaus.
Sie kommen, mich auch da zu stören:
Es ruft, und ruft im Widerhall –
Gleich laß ich mich als Kuckuck hören,
Bin nirgends und bin überall.

So führt ich sie, nur wie im Traume,
Als Puck im ganzen Wald herum;
Ich pfiff und sang von jedem Baume,
Sie sahn sich fast die Hälse krumm.
Nun schalten sie: Verfluchte Possen!

Der Sonderling! der Grobian!
Da komm ich grunzend angeschossen,
Ein Eber, mit gefletschtem Zahn.

Mit Schrein, als wenn der Boden brennte,
Zerstob ein Teil im wilden Lauf,
Die andern kletterten behende
Den nächsten besten Baum hinauf;
Sie krochen weislich bis zum Gipfel,
Und sahen nicht einmal zurück,
Doch ich als Eichhorn saß im Wipfel,
Ich grüße sie und wünsche Glück.

»Ei, welch ein allerliebstes Späßchen!
Gott grüß Sie, schöne Fraun und Herrn!
Sie kommen, hoff ich, auf ein Täßchen
Eichelkaffee? Von Herzen gern!«
– Allein sie fanden's nicht gemütlich
In dieser ungewohnten Höh.
So schieden wir für heute gütlich;
Doch wehe meiner Renommee!

AUF EIN EI GESCHRIEBEN

Ostern ist zwar schon vorbei,
Also dies kein Osterei;
Doch wer sagt, es sei kein Segen,
Wenn im Mai die Hasen legen?
Aus der Pfanne, aus dem Schmalz
Schmeckt ein Eilein jedenfalls,
Und kurzum, mich tät's gaudieren,
Dir dies Ei zu präsentieren,
Und zugleich tät es mich kitzeln,
Dir ein Rätsel drauf zu kritzeln.

Die Sophisten und die Pfaffen
Stritten sich mit viel Geschrei:
Was hat Gott zuerst erschaffen,
Wohl die Henne? wohl das Ei?

Wäre das so schwer zu lösen?
Erstlich ward ein Ei erdacht:
Doch weil noch kein Huhn gewesen,
Schatz, so hat's der Has gebracht.

GUTE LEHRE

In unsers Pfarrers Garten,
Es fällt ein warmes Regelein,
Wie duften da die Blumen,
Die Apfelblüt so fein!

Im Häuselein da drüben
Ein Bauer vespert wohlgemut,
Hat's Fensterlein halb offen,
Das Lüftlein tät ihm gut.

Ei, spricht er bei sich selbsten,
Ein Sonntagssträußchen hätt ich gern,
Auf morgen in die Predigt,
Tulipanen oder Stern.

Ein Vöglein hat's vernommen,
Das denkt; dir soll geholfen sein:
Tät gleich ein Blümlein holen,
Und bringt's im Schnäbelein.

Ei, lachte da mein Peter!
Hat flugs sein Fenster zugemacht,
Hat's Vögelein gefangen
Und in den Käfig bracht.

Ach, muß das Vöglein trauern!
Und war auch von der Stunde krank.
Sind wüste Kerl die Bauern,
Die geben Stank für Dank!

SELBSTGESTÄNDNIS

Ich bin meiner Mutter einzig Kind,
Und weil die andern ausgeblieben sind,
Was weiß ich wieviel, die sechs oder sieben,
Ist eben alles an mir hängen blieben;
Ich hab müssen die Liebe, die Treue, die Güte
Für ein ganz halb Dutzend allein aufessen,
Ich wills mein Lebtag nicht vergessen.
Es hätte mir aber noch wohl mögen frommen,
Hätt ich nur auch Schläg für sechse bekommen.

RESTAURATION

nach Durchlesung eines Manuskripts mit Gedichten

Das süße Zeug ohne Saft und Kraft!
Es hat mir all mein Gedärm erschlafft.
Es roch, ich will des Henkers sein,
Wie lauter welke Rosen und Kamilleblümlein.
Mir ward ganz übel, mauserig, dumm,
Ich sah mich schnell nach was Tüchtigem um,
Lief in den Garten hinterm Haus,
Zog einen herzhaften Rettich aus,
Fraß ihn auch auf bis auf den Schwanz,
Da war ich wieder frisch und genesen ganz.

ZUR WARNUNG

Einmal nach einer lustigen Nacht
War ich am Morgen seltsam aufgewacht:
Durst, Wasserscheu, ungleich Geblüt;
Dabei gerührt und weichlich im Gemüt,
Beinah poetisch, ja, ich bat die Muse um ein Lied.
Sie, mit verstelltem Pathos, spottet' mein,
Gab mir den schnöden Bafel ein:
»Es schlagt eine Nachtigall
Am Wasserfall;
Und ein Vogel ebenfalls,

Der schreibt sich Wendehals,
Johann Jakob Wendehals;
Der tut tanzen
Bei den Pflanzen
Obbemeldten Wasserfalls – «
So ging es fort; mir wurde immer bänger.
Jetzt sprang ich auf: zum Wein! Der war denn auch mein Retter.
– Merkt's euch, ihr tränenreichen Sänger,
Im Katzenjammer ruft man keine Götter!

ALLES MIT MASS

Mancherlei sind es der Gaben, die gütige Götter den Menschen
Zum Genusse verliehn, sowie für die tägliche Notdurft.
Aber vor jeglichem Ding begehr ich gebratenen Schweinsfuß.
Meine Frau Wirtin, die merkt's, nun hab ich alle Tag Schweinsfüß.
Öfters im Geist ahnt mir: jetzt ist kein einziger Schweinsfuß
Mehr in der Stadt zu erspähn: was hab ich am Abende? Schweinsfüß!
Spräche der König nun gleich zum Hofkoch: Schaffe mir Schweinsfüß!
Gnade der Himmel dem Mann, denn nirgend mehr wandelt ein Schweinsfuß.
Und ich sagte zur Wirtin zuletzt: »Nun laßt mir die Schweinsfüß!
Denn er schmeckt mir nicht mehr wie sonst, der bräunliche Schweinsfuß.«
Aber sie denkt, aus Zartgefühl nur verbät ich die Schweinsfüß,
Lächelnd bringet sie mir auch heute gebratenen Schweinsfuß –
Ei so hole der Teufel auf ewig die höllischen Schweinsfüß!

[SCHERZ]

Nächtlich erschien mir im Traum mein alter hebräischer Lehrer,
Nicht in Menschengestalt, sondern – o schreckliches Bild!
Als ein Kamez geformt (wenn es nicht ein Komez Chatuf war:
Sah ich doch wahrlich so recht niemals den Unterschied ein;
Doch dies stell ich dahin). Ein grammatikalisches Scheusal
Trat er zur Türe herein, mich zu ermorden gewillt.
»Halt!« – so rief ich: »erbarme dich mein! in *Dettingers** Namen!« –
Siehe, da ließ er mich los, und ich erwachte zugleich.
Aber noch lang fort kämpfte die Brust mit fliegendem Atem,
Und von der Stirne mir troff examinalisches Naß.

BEI GELEGENHEIT EINES KINDERSPIELZEUGS

vorstellend:
Hanswurst an der Sandmühle

Hanswurst:
Schauen's gefälligst, meine Lieben,
Ein hübsch Geschäft wird hier betrieben.
Geht wohl einem Müller im ganzen Land
Sein Metier so lustig aus der Hand?
Zwar das bekenn ich frank und frei,
Besonderer Segen ist nicht dabei:
Sand gießt man ein, Sand kommt heraus,
Man dächte fast, hier wär ein Narr zu Haus.
Sobald ich übrigens insoweit fertig bin,
Hab ich etwas wirklich Gemeinnütziges im Sinn.

Ein Bürger:
Was denn, Hans?

* Primus der Klasse.

Hanswurst:
Ein neues Augenpulver.

Zweiter Bürger:
Aus Streusand, Kerl? O weh!

Hanswurst:
Ein herrliches Volksmittel.

Erster Bürger:
Ich versteh,
Spitzbub! Schlagt ihm den Schädel ein!

Hanswurst:
Ihr Herrn, da muß ein Irrtum sein.

Beide Bürger:
Hundsfott! dich hat die Regierung im Sold!

Hanswurst:
Ich will des Teufels sein, ich weiß nicht, was ihr wollt.
Hülfe! zu Hülfe!

Andere:
Was gibt's?

Erster und Zweiter:
Da! Sand will man uns in die Augen streun!
Der Polignac steckt dahinter!

Andere:
Seid gescheit,
Der Narr hielt euch zum besten, gute Leut!
Ihr kennt ihn ja, es ist der Alte.

Hanswurst:
Gleich beißen und kratzen! Gott verdamm's!
Hab doch alle Farben an Hosen und Wams,
Zum Zeichen, daß ich's mit keiner halte!
Wenn ich meinen Purzelbaum machen kann,
Was ficht die Politik mich an?

Ein Bürger:
Ich glaub's ihm gern; der Sand ist nur so nebenher.

Hanswurst:
Mein Seel! treibt ihr mein Rad, ich mahl euch lotterleer!

Erster Bürger:
Der Tagdieb!

Hanswurst:
Was, du Schuft?
Gott der Herr schlägt am lustigen Sommertage
Seinen bunten Reifen in die Luft,
Was guckst du scheel, wenn ich den meinen schlage?
Der eine nutzt so wenig wie der ander,
Aber Kinder und Narren sehen's gern.
Ich bin nicht Bonapart und bin nicht Alexander,
Und hab doch meinen Sparrn so gut wie diese Herrn.
– Was führt ihr überhaupt so einen hohen Ton
Und schämt euch schier, nur noch zu lachen?
Ich sah, beim Blitz, die ganze Nation
Schon viel possierlichere Sprünge machen!

Aus jetzt – wem sein Kopf lieb ist!

GRABSCHRIFT DES PIETRO ARETINO

Nach dem Italienischen

Böses nur sagte der Schelm von jedermann, außer von Gott nicht.
Aber wieso? Er sprach: »Selbigen kenne ich nicht.«

AUF DIE PROSA EINES BEAMTEN

A:
Welch ein Gedankendrang in den Perioden! ein wahrer
Stilus infarctus, von dem Quintilian nichts gewußt!

B:
Ganz wurstartig, auf Ehre! Die Schrift ist ein einzig farcimen,
Und der Zipfel, er guckt hinten und vorne heraus.

PASTORALERFAHRUNG

Meine guten Bauern freuen mich sehr;
Eine »scharfe Predigt« ist ihr Begehr.
Und wenn man mir es nicht verdenkt,
Sag ich, wie das zusammenhängt.
Sonnabend, wohl nach elfe spat,
Im Garten stehlen sie mir den Salat;
In der Morgenkirch mit guter Ruh
Erwarten sie den Essig dazu;
Der Predigt Schluß fein linde sei:
Sie wollen gern auch Öl dabei.

HÜLFE IN DER NOT

Ein rechter Freund erscheint uns in der Not
Zu rechter Zeit und sicher wie der Tod.
Doch offen, Bester, sag ich dir,
Du hast eine ganz verwünschte Manier!
Du trocknest mir den Jammerschweiß,
Und machst mir doch die Hölle heiß,
Du bringst das ganze Jüngste Gericht
Mit dir – bei Gott, so meint ich's nicht!

HERR DR. B. UND DER DICHTER

»Recht hübsche Poesie; nein, ohne Schmeichelei!
Aber *eins* vermiß ich an Ihren Sachen.«
»Nämlich?« – »Eine Tendenz.« – »Tendenz! Ei, meiner Treu!« –
»Die kriegen Sie sich *ja*, mein Bester!« – »Bleib's dabei!
Will mir gleich einen Knopf an mein Sacktuch machen!«

AUSKUNFT

Närrische Tadler und Lober auf beiden Seiten! Doch darum
Hat mir mein Schöpfer den Kopf zwischen die Ohren gesetzt.

ABSCHIED

Unangeklopft ein Herr tritt abends bei mir ein:
»Ich habe die Ehr, Ihr Rezensent zu sein.«
Sofort nimmt er das Licht in die Hand,
Besieht lang meinen Schatten an der Wand,
Rückt nah und fern: »Nun, lieber junger Mann,
Sehn Sie doch gefälligst mal Ihre Nas so von der Seite an!
Sie geben zu, daß das ein Auswuchs is.«
– Das? Alle Wetter – gewiß!
Ei Hasen! ich dachte nicht,
All mein Lebtage nicht,
Daß ich so eine Weltsnase führt im Gesicht!!

Der Mann sprach noch Verschiednes hin und her,
Ich weiß, auf meine Ehre, nicht mehr;
Meinte vielleicht, ich sollt ihm beichten.
Zuletzt stand er auf; ich tat ihm leuchten.
Wie wir nun an der Treppe sind,
Da geb ich ihm, ganz froh gesinnt,
Einen kleinen Tritt,
Nur so von hinten aufs Gesäße, mit –
Alle Hagel! ward das ein Gerumpel,
Ein Gepurzel, ein Gehumpel!
Dergleichen hab ich nie gesehn,
All mein Lebtage nicht gesehn
Einen Menschen so rasch die Trepp hinabgehn!

IDYLLE VOM BODENSEE

ODER

FISCHER MARTIN

In sieben Gesängen

Erster und zweiter Gesang:

Martin und die Glockendiebe

Dritter bis sechster Gesang:

Martin und Tone

Siebenter Gesang:

Martin und die Glockendiebe

Erster Gesang

Dicht am Gestade des Sees, im Kleefeld, steht ein verlaßnes
Kirchlein, unter den Höhn, die, mit Obst und Reben bewachsen,
Halb das benachbarte Kloster und völlig das Dörfchen verstecken,
Jenes gewerbsame, das weitfahrende Schiffe beherbergt.
Uralt ist die Kapelle; durch ihre gebrochenen Fenster
Streichet der Wind und die Distel gedeiht auf der Schwelle des Pförtleins;
Kaum noch hält sich das Dach mit gekrümmtem First, ein willkommner
Schutz vor plötzlichem Regen dem Landmann oder dem Wandrer.
Aber noch freut sich das Türmchen in schlanker Höhe den weiten
See zu beschauen den ganzen Tag und segelnde Schiffe,
Und jenseits, am Ufer gestreckt, so Städte wie Dörfer,
Fern, doch deutlich dem Aug, im Glanz durchsichtiger Lüfte.
Aber im Grund wie schimmern die Berge! wie hebet der Säntis
Silberklar in himmlischer Ruh die gewaltigen Schultern!

Hoch noch weilte die Sonn in Westen und wärmte des Kirchleins
Mauern; es schattete zierlich im Fenster die steinerne Rose
Innen sich ab an der Wand, an welche gelehnt auf den kühlen
Platten die Mähder vom Dorfe den Trunk einnahmen, der Schneider
Wendel und seines Weibes Verwandter, ein lediger Bursche,
Steffen genannt; die zwei. Zu ihnen gesellte sich grüßend
Martin, der Fischer, ein Siebziger schon, noch munter und rüstig;
Nicht wie seines Gewerbes die anderen, denen der Geist sich
Stumpft im gemächlichen Tun des gleich hinschleichenden Tages,
Denen die Zunge sogar in stummer Fische Gemeinschaft
Auch erstarrt, ein freundliches Wort nur mürrisch erwidernd.
Er nun stand in der Türe. Den Mostkrug reichte der Schneider
Ihm zum Bescheid und fragte, nachdem er getrunken, den Alten:

»Fischer, wie lang ist's her, seit daß die Kapelle den Meßner
Nimmer gesehn und daß sie kein Vaterunser gehört hat?
Doch wohl ein sechzig Jahre, so schätz ich, oder darüber?«
Aber der andere sagte darauf: »Mitnichten! Es denkt mir,
Als ich ein Bursche mit achtzehn war, da pflegten die jungen
Ehfraun noch hierher am dritten Tag nach der Hochzeit
Beten zu gehn, nach altem Gebrauch, wann eben der Morgen
Grauete über dem See. Mit einer Gefreundtin alleine
Ging sie, die Neuvermählte, verhüllten Hauptes, und brachte
Eine wächserne Kerz und ließ den Küster die Glocke
Für sich läuten da droben, als welches besonderen Segen
Bringen sollte den Fraun, da mit ihr sich ein Wunder begeben.
Hievon habt Ihr gehört, doch wissen es wenige gründlich.«
Dies die Worte des Alten; darauf der Schneider ihm zurief:
»Setzet Euch her, und trinkt! wir haben noch Weile zu plaudern.
Kommt, und erzählt aus dem Grund, so wie Ihr sie wißt, die Geschichte!«
Jener nun ließ auf den Estrich zu ihnen sich nieder, die Pfeife
Holt' er, die täglich gebrauchte, hervor, mit dürftigem Rohre,
Zog dann listigen Blicks dem Schneidergesellen den Knaster
Aus dem Wamse, das neben dem Krug und Brode gelegen
(Ein Dragoner zu Pferd auf dem Päcklein rühmte die Sorte
Als der Gesundheit dienlich und von preiswürdiger Güte):
Jetzo brannte das Kraut und der Fischer begann die Erzählung.

»Anna hatte, die Gräfin, von ihren Gütern das beste,
Weinberg, Felder und Wald, dem Kloster geschenkt auf dem Todbett;
Denn sie verstarb als Wittib und ohne Kinder auf ihrem
Schlößchen, davon auf dem Bühl noch stehen die wenigen Mauern.
Aber es war ihr Bruder der Abt bei den Benediktinern
Im Stammkloster, er hieß Ernfried. Alljährlich im Sommer,
Wenn der Fischer aufs neue das Netz auswirft und den Barsch fängt
Und den Felchen zumal, den Leibtrost geistlicher Herren,
Kam er einmal an den See, um der Mönche Wirtschaft zu mustern,
Wie sein Amt ihm befahl, und die leibliche Schwester zu sehen.

Dieser gedachte nunmehr, zu ihrer Seele Gedächtnis,
Eine Kapelle zu baun, unfern dem Kloster. (Man sah dort
Aus den Fenstern hierher auf den Platz.) Und sie hoben das Werk an,
Steckten das Viereck aus und den schmälern Chor nach der Morgen-
Seit und gruben den Grund. Nicht lang, so stockte der Spaten
Kreischend an hartem Metall, und es kam ein eherner Dreifuß
Bald an das Licht – so heißet das fremde Gerät in der Chronik –,
Hoch und schwer, mit mancherlei Zierat, Schlangen und Laubwerk;
Messer sodann und Beil' und Opfergefäße von Kupfer,
Heidnische: denn es hauseten hier vorzeiten die Römer;
Auch ein gegossenes Bild ward vor aus der Erde gezogen,
Armslang nur, mit Schild und mit Schwert, ein gerüsteter Kriegsgott.
Als nun die Mönche verwundert den Fund auf dem Platze beschauten –
›Sieh!‹ sprach einer, ›das ist von ungefähr nicht, und der Anfang
Kündiget Segen dem Haus und Kloster! Bevor wir den ersten
Stein zum Grunde gelegt, ist, mein ich, die Glocke dem Kirchlein
Gnädig geschenkt, und es mußte das Erz ihm reichen der Heide.
Sagt, wo rühmte sich sonst noch eine Kapelle desgleichen?
Wo wird eine wie sie mit gläubigen Gaben geehrt sein,
Wenn sie nun steht an dem Ufer und bald ihr Ruf sich verbreitet?‹
– Alsbald fielen die andern ihm bei; doch einer bestritt ihn.
Pater Eusebius war er genannt, vor allen den Vätern
Fromm und gelehrt, kunstreich und in alten Geschichten bewandert,
Welcher mit lieblichen Farben und Gold ausmalte die Bücher.
Dieser vernahm ungern, daß jene die seltsamen Stücke
Einzuschmelzen beschlossen, wofern es gefiele dem Prior.
Der nun gab den Bescheid, ein Teil, was künstliches Werk sei,
Soll nach dem Kloster gebracht, im Saal bei den Büchern verwahrt sein,
Aber den Kessel, die Schüsseln und mächtigen Schalen, die schmucklos
Wären und glatt, die möge man ohne Bedenken dem Gießer
Lassen zum Guß und was an Gewicht noch fehle darauf tun.

Also schien es gerecht und waren es alle zufrieden.
Jetzo wuchsen gemach von Tag zu Tage die Mauern
Längs dem Gerüst in die Höh, und zunächst in der Hütte der Steinmetz
Eilte die Bogen und Fenster zu haun aus dem gelblichen Sandstein.
Kommenden Frühling, so war es bestimmt, den Tag vor des Herren
Auffahrt, wollten sie weihen das Haus. – Und es nahte die Zeit nun.
Blank in der Werkstatt hing beim Meister im Städtlein die Glocke,
Sauber von Ansehn, glatt und kraus, auch stattlich an Umfang.
Aber nicht jenem zur Lust und keiner christlichen Seele,
Sondern zum Schrecken vielmehr und großen Entsetzen gedieh sie
Jeglichem. Denn als der Gießer sie anschlug, sanft mit dem Hammer
Prüfend am äußeren Rand, und stärker und wie er nur wollte,
Seht! da verweigert' sie stracks den Ton und war es nur eben
Als man klopfe zum Spott an die lederne Haube des Kriegsmanns
Oder an klotziges Blei. Da stand nun der Meister und kratzte
Hinter dem Ohr, ratlos und schwieg, Unsauberes merkend,
Vor den Gesellen. Er hätte vielleicht sie gerne verheimlicht,
Wie man ein Scheuel verbirgt vor den Augen der Menschen, ein Mondkalb
Oder zauberisch Ding, unrichtiges, welches verflucht ist.
Aber es drängten die Leute sich zu in Scharen, und einer
Sprach, aus dem Hause getreten, nachher zu dem andern im Heimweg:
›Sagt! wann ist solches erhört in der Welt? Wohl glaub ich dem Alten,
Daß er den Guß fehllos nach der Regel gemacht und die Speise
Pünktlich gemischt nach der Kunst; ich wett Euch, sein ist die Schuld nicht.
Wisset, sie hat den Satan im Leib, von wegen des Erzes,
Drin sein blutiges Opfer empfing vor alters der Abgott.‹
So denn befand es sich auch, und die Mönche bezeugten es selber.

Einige rieten, sogleich in den See die Glocke zu stürzen,
Jählings hinab in die Tiefe, bevor ausbräche das Unheil,
Doch unweislich erfand man den Rat: leicht konnte der Geist ja
Zornig im Grund aufwühlen die Wasser und über die Ufer
Treiben in Sud und Dampf den gewaltigen See, zum Verderben
Stadt und Land. Nun kam von dem Prior gesendet ein Pater,
Nicht von den Seinen, versteht, ein Franziskaner vom Thurgau,
Der sich auf die Beschwörung verstand und die Geister in Zwang nahm.
Diesen, sobald nur die Sonne hinab war, führte der Meister,
Wo das Unheimliche hing, in die Kammer dort neben der Werkstatt,
Drin er allein ihn ließ (ihn stach nicht mächtig der Fürwitz –
Wendel, was dünkt Euch, bliebt Ihr dabei? Euch könnt ich es zutraun,
Denn das Sprichwort lügt wohl an Euch: es hätten die Schneider
Mut vor dem Feind ein Quentlein und wo es sicher ein Pfündlein).
Bald auch spürte der Pater, er hab es mit einem der Schlimmen.
Denn hart griff er ihn an, neun Stunden, eh daß er sich einmal
Rührte der Fuchs voll List, als wär er nicht in dem Neste.
Aber es tat nicht gut und der Tanz fing an mit dem Morgen,
Heftig. Da haben den Geist in der vierten Gasse die Nachbarn
Lachen gehört aus dem Erz und schrein mit erzener Stimme,
Gleichwie im Wald den brünstigen Hirsch, und hätte die Glocke
Krümmen sich mögen, bekannte der Mönch, und winden, da nun er
Aus der gequälten sich riß als ein Windbraus und in die öde
Luft mit Seufzen entwich. Und also war es gewonnen.
Gott dann lobte der Mönch und rief in Eile den Meister,
Dieser zugleich die Gesellen, auch andere kamen von selber,
Viele, zu sehn wie es ward und wie er nun weihe die Glocke,
Die noch empört nachdröhnte mit weinenden Tönen den Aufruhr.
Dreimal sprengt' er das Wasser und gab ihr den Segen, der Priester.
Aber zum Schluß, nachdem sie gestillt war, sprach er gelinde,
Nah hin neigend zum Rande den Mund, die bedeutsamen Worte:

›Lieblich sei, wie dein Name, nun auch deine Stimme, Maria!‹ –
Wie wenn zur Frühlingszeit im Gärtlein hinter dem Hause,
An der rebenumzogenen Wand, der sonnigen, etwan
Seine Bienen der Bauer behorcht, im Korbe, zu wissen,
Ob sich bereite der Schwarm, und schon in der summenden Menge
Hell mit feinem Getön, stoßweise die Königin dutet,
Werbend um Anhang unter dem Volk, und lauter und lauter
Unablässig sie ruft, so sang von selber die Glocke,
Vom holdseligen Klange berührt des liebsten der Namen,
So auch horchten die Männer und horchten mit Lächeln die Frauen.

Als am gesetzten Tage sofort allhier bei dem Kirchlein,
Auf dem geebneten Feld und dort vom Gestade hinaufwärts
An dem Hügel, schon viel Andächtige standen versammelt
Und, das neue Gebäude zu schenken der heiligen Jungfrau,
Wegen Anna, der Gräfin, nunmehr im Namen des Abtes,
Von den Vätern umgeben, im schönen Ornate der Prior
Selber erschien und den Raum einnahm vor der größeren Pforte,
Sah man auch schon von der anderen Seite den ländlichen Aufzug
Kommen des Weges daher vom Dorf, wo zuvor schon die Unsern,
Alt' und Junge, den Gießer bewillkommt und die Gesellen
Samt dem gesäuberten Werk. Nun bogen sie hinter dem Weinberg
Eben hervor und der Küster voran (zu eigenen Diensten
War er dem Kirchlein bestellt); ihm folgete billig der Meister;
Aber mit stetigem Schritt dann zwei Maultiere des Klosters,
Dicht aneinandergeschirrt und geschmückt mit hängenden Kränzen,
Trugen ein Polster, darüber bequem das scharlachgedeckte
Blatt mit der zierlichen Glocke. Sie stand aufrecht in der Mitte,
Schön mit Rosen bekränzt, und zum Schutz ihr hüben und drüben
Saß ein Knabe vom Dorf und ein Mädchen, erlesene Kinder,
Vierzehnjährig, und saßen gelehnt an die glänzende Glocke
Auf dem Teppich, der tief an beiden Seiten herabhing.

Jener auch hatte, der Knabe, den rings mit farbigen Bändern
Prangenden Klöppel vor sich, den schweren, aus Eisen geschmiedet,
Sie das genestelte Seil als ein Bündlein neben sich liegen.
Paar und Paar dann folgten in Feierkleidern die Jungfraun
Unseres Dorfes, zu Ehren der gottesfürchtigen Gräfin.

Aber der Kommenden freuete sich und des herrlichen Anblicks
Alle das Volk; da gingen sogleich entgegen der Brüder
Drei, durch die weichende Menge herein die Glocke geleitend
Bis in den offenen Kreis, wo hart am vorderen Eingang,
Unter das Türmchen geführt, haltmachten die Tiere. Sie waren
Bald entledigt der Last, als hoch aus dem obersten Fenster
Niedergelassen das doppelte Seil mit dem Haken den Henkel
Faßte, den starken, und frei die glänzende Glocke nun schwebte,
Jedem, die rosenbekränzte, zur Schau. Und es machte der Meister
Fest inwendig den Schwengel mit Riemwerk; dann zu dem Prior
Sprach er den Spruch, wie der Brauch ist, laut, daß ihn alle vernahmen:
›Diese, des Gießers Tochter, die Glocke, begehret und wünschet
Dienst am gesegneten Haus; Euch übergeb ich sie fehllos.‹
– Hierauf nahm er die Kränze herab und gab sie dem Mädchen
Nächst zur Hand, auch die flatternden Bänder, und stieß er die Glocke
An mit dem Eisen von innen, zur Probe; da schwang sich ein heller
Ton aus ihr, weitkreisend umher, inkräftig und lauter,
Daß unverwundert ihn keiner vernahm, laut priesen ihn alle.
Doch jetzt winkten die Väter und alsbald ward sie von oben
Auf am Seile gewunden und währt' es nicht lange, so hing sie
Läutend mit Macht im Stuhl; es ergötzte sich selber der weite
See, so viel er auch andre gewohnt war täglich zu hören,
Schöne, das Ufer hinauf und hinab, so große wie kleine.
Nach dem verrichtet' der Prior sein Amt und weihte die Schwelle,
Wände, den kleinen Altar und las er die Messe der Toten.

Also war es bewandt mit dem Ursprung dieser Kapelle
Nach Wahrheit. Nun mehrete sich der Gläubigen Zulauf

Jährlich, der Frauen zumal, die jüngst in die Ehe getreten.
Denn die Verheißung bestand, daß die hier knieten und hörten
Singen die Glocke das Lob der hochgepriesenen Jungfrau,
Denen würde geschenkt, daß sie kein Stummes noch Taubes
Sollten gebären dem Mann. Da kamen sie häufig mit Gaben
Weither. Aber die Zeiten sind anders geworden hernachmals.
Seht nur rings um den See die verödeten Stifter! Was ehdem
Heilig erschien und für selig erkannt war unter den Menschen
Allen, es galt kaum noch; und den Betgang taten die Unsern
Selbst auf die Letzte mit Not und Scham, weil die ledigen Bursche
Ihnen am Weg aufpaßten vor Tag und neckten die Weiblein –
Dieser Sünde, so viel wir auch sonst Unziemliches übten,
Zeihe mich keiner! – Auch war das allein nicht Ursach; die Glocke,
Hieß es, wäre gestohlen und eine andere hinge
Droben im Stuhl, von keinerlei Kraft und nüchternen Klanges.
Ehdem hörten sie drüben in Rheinegg läuten und Arbon
Oft, wenn helle das Wetter und nicht entgegen der Wind war,
Aber hernach nicht mehr. So verkam der Gebrauch, dem der Pfarrer
Kaum nachfrug, doch wünschten ihn viele zurück von den Alten.
Aber das Kirchlein zerfiel von Jahr zu Jahr; was die Zeit nicht
Tat mit Regen und Wind, zerstört' und raubte der Mutwill.«

Zweiter Gesang

Also erzählte der Fischer und endigte seine Geschichte.
Ruhig am Boden die Pfeif ausklopfend, empfing er des Schneiders
Dank, der höchlich ihn pries, vorab sein gutes Gedächtnis.
»Aber«, so fuhr der Wendel nun fort, »wo kam denn die Glocke
Selber am Ende noch hin, die zuletzt für die rechte gedient hat?
Wurde sie etwa verkauft im Aufstreich, oder, ich will nicht
Hoffen, geraubt, wie die erste, von gottvergessenen Händen?«
Ernstlicher Miene versetzte darauf der Befragte mit Schalkheit:
»Besser verborgen ist manches dem Menschen, denn daß er es wisse,

– Sagt ein vortrefflicher Lehrer, Ambrosius, wenn es mir recht ist.
Denn wovon einer nicht weiß, und läg es ihm auch vor der Nase,
Dessen begehret er schon selbst nicht, daß er solches entwendend
Sein Gewissen beschwere, mit Gott so vermied er den Fallstrick.
Doch euch darf ich vertraun was ich nur in voriger Woche
Erst zufällig entdeckt; auch sagt ihr es beide nicht weiter.
Hört denn: weder verkauft im Aufstreich wurde die Glocke,
Noch kam sonst sie abhanden, durch Gaudieb', oder zur Kriegszeit,
Wo ja, zerstückt und zum groben Geschütze gegossen, schon manche
Lernte den schrecklichen Dienst: vielmehr zur Stunde noch hängt sie
Droben in ihrem Gebälk. Kein Mensch denkt dran und ich selber
Wunderte mich; doch zweifelt ihr etwa, so geht nur ein dreißig
Schritte zunächst da hinauf im Neubruch, neben des Schusters
Weinberg, bis zu dem Nußbaum links, da könnt ihr sie sehen,
Durch den zerrissenen Laden! Sie tritt mit der unteren Schweifung
Halb ins Licht; dem schärferen Aug entgeht sie nicht leichtlich.
Niemand weiß es bis jetzt, durch mich zum wenigsten niemand,
Außer dem Schultheiß, dem ich sogleich pflichtschuldige Meldung
Tat. Er salviere sie nur, eh es ruchtbar wird in der Gegend!
Wohl bald fänden sich da Liebhaber; ich stünde nicht gut für.
Denn an Gewicht drei Zentner, ich setze das mindeste, hat sie.
Kommt auf das Pfund ein Gulden, so macht sich die Rechnung von selber.
»Mein!« rief Wendel erstaunt: »was sagt Ihr! wäre die Glocke
Noch im Stuhl? Sankt Velten und alle Heiligen! hätte
Das auch einem geträumt? Ja, Fischer Märte, da habt Ihr
Weislich gehandelt und schön, daß Ihr's gleich anzeiget dem Schulzen!
So was nur gleich vors Amt und vor die Behörde, so ist man
Quitt und außer Verantwortung, es falle was will vor.
Ei so sag doch ein Mensch den Streich! Die Glocke seit fünfzig
Jahren vergessen im Turm! Natürlicherweise, die Stiegen

Fehlen solang es mir denkt, wer sollte sich dahin versteigen!«
Also ereiferte sich mit fliegenden Worten der Schneider.
Aber der Alte erhub sich gelassen und sagte: »Die Sonne
Macht sich hinunter, und ich will heim, sonst hab ich vom Weibe
Zank ins Essen. Ihr mäht wohl noch euer Restchen? Der Abend
Ist schön kühl und morgen am Sonntag ruhet die Sense.«
Grüßend verließ er die zwei, die nimmer gedachten der Arbeit.
Doch nur etliche Schritte zum Schein fort lief er und schlich dann
Sacht an die Mauer zurück und horcht', ob etwa nicht Wendel
Irgend sich ließe verlauten mit bösem Gelüsten, nachdem er
Ihn durch betörende Reden versucht von wegen der Glocke.
Denn sie war nimmer vorhanden in Wahrheit. Aber dem Schneider
Keimte geschwind im Busen der sündige Samen und sproßte
Stracks auch die Blume, die glänzende, schon des beschlossenen Frevels;
Ja schon waren ihm weit die Gedanken entführt, nach dem Ziele
Schwärmend die Kreuz und Quer, unschlüssig nur wie er es angriff.
Kurz noch schwieg er und sprach zum Vetter die prüfenden Worte:
»Will man warten, bis unsere Herrn vom Rate die Glocke
Holen – ja, helf ihr Gott! was gilt's, sie hat Füße bekommen?
Daß auch kein Nagel von ihr im Holz bleibt, das will ich schwören!
Mir ein wackerer Mann ist der Schultheiß, aber pressieren
Tut ihm nichts und wenn ihm das Stroh im eigenen Bett brennt.
So der Heiligenpfleger, der Bürgermeister, sie lassen
Fünfe nur auch grad sein: ich könnte Geschichten erzählen.
Sicherlich ist die Sache bereits verträtscht und im halben
Flecken herum, nun kriege nur morgenden Tags so ein Jude
Wind, so ein Kesselflicker vom Allgäu oder Zigeuner –
Wutsch! hat der Henker sie fort. Dann werden sie kommen die Herren,
Werden beaugenscheinigen langs und breits, und mein Schultheiß

Hält die Dose sich über dem Bauch und streichelt den Deckel:
›Hier ist‹, sagt er, ›das Loch, da kam er herein der Halunke!‹
So und so. Das nennt man den Tatbestand, mußt du verstehen,
Gar eine schöne Sache: das Ei zwar holte der Marder,
Aber man weiß doch ehender wie man's ohne geworden.
Mord! das soll nun ein Bürger, ein denkender, alles voraussehn,
Und ihm sollt es nicht wurmen ins Herz, wenn der Kirche Besitztum
Und der Gemeinde verliederlicht wird, von Ketzergesindel
Heimlich verschachert in Eil, wohl unter der Hälfte des Wertes,
Aber das Geld in der Zeche vertan, in Würfel und Karten,
Welches mit ringerer Sünde daheim den hungernden Kindlein
Käme zugut, da ein Segen die Untat würde vergüten?
Nein! mich kränkt es, mich fickt's und – Bursch, das müssen wir hindern!
Ein Weg leuchtet mir ein. Er ist nicht ganz in der Ordnung,
Sag ich frei, doch ist es einmal ein leidiger Notfall.
Nehm ich des Wesens mich an, ich tu es mit Zittern und Zagen!
Doch kein Mensch erfahre davon. Wir bringen selbander
Morgen den Schatz beiseit, veräußern ihn wie er den Wert hat,
Keinen Heller zuviel und keinen Heller zuwenig.
Aber der Kirche verbleibt der Gewinst. Man wartet ein Weilchen
Zeit und Gelegenheit kommt, wir stiften ein schönes Gewandstück
Oder Gerät – ich habe das noch so genau nicht erwogen,
Wie oder was – nur daß wir die Kirche bedenken vor allem!
Fällt dann für uns was ab, wir nehmen's mit gutem Gewissen.
Eine Kappe mit Bräm und güldener Zottel, du hättst sie
Lang für den Winter am Sonntag gern; eine maserne Pfeife,
Silberbeschlagen, ein Ulmer Kopf auch stünde dir gut an.
Das sind meine Gedanken, ich handle mit dir wie ein Vater.«
So weit ließ sich der Schneider heraus und steckte den Burschen
An, der vor Schmunzeln das Maul schon nicht mehr brachte zusammen,
Wegen der Kappe mit Bräm und wegen der stattlichen Pfeife.
Minder nicht freute sich jener geheim des wackeren Helfers
Bei dem bedenklichen Fall; denn stark von Gliedern und handfest

War der Gesell, er selber jedoch war schwächer am Leibe.
»Ja«, so fuhr er nun fort, »Mir könnte gelegener selbst nicht
Kommen ein kleiner Profit, es ist ein gnädiges Wunder.
Auf Kiliani hab ich den Rest zu bezahlen dem Maurer,
Der mir das Häuschen geflickt aus dem Grund, bevor es zusammen
Über dem Kopf mir brach; dann wäre dem Michel das Fleckchen
Wiese noch feil bei der meinen, – wenn's Tuch wär, nicht mit der Schere
Schnitt man's gätlicher zu; sei' s um zehn Taler, so hab' ich's!
Hinten, der Länge nach, fließet der Bach: da wird mir das Krebsrecht
Obendarein: nichts lieber von Kind auf tu ich wie krebsen!
Dann schwatzt täglich mein Weib mir vor um ein sauberes Halstuch,
Nur leicht seiden, geflammt; zwar auf so ein Ding wie ein Kunstherd
Red'te sie auch schon hin; das wär ihr einziges Leben.
Kunstherd! – ei ja freilich! warum nicht gar eine Baßgeig!
Steffen, wir sagen ihr nichts. Siehst du, gleich fallen die Weiber
Ins Marktfieber, wenn unverhofft so ein Geldchen ins Haus schaut.
Werd ich ja selbst schon sorgen und tun was billig und recht heißt.
Ist für die Kirch was übrig, inallweg soll's ihr gegönnt sein,
Ob sie es schon nicht braucht; ich ziehe mein Wort nicht zurücke.«
Solchergestalt verdrehte der listige Mann sich die Rede
Frei im eigenen Mund, ihn kümmerte wenig die Stiftung;
Selbst dem Gesellen zu schmälern den Anteil hofft' er im stillen.
Aber der Fischer von außen vernahm mit innigem Lachen
Jegliches Wort. Er war auf den Gurt an der Mauer gestiegen,
Dicht am Fenster das Ohr, und biß sich die Lippen, der Alte,
Und sie besprachen sofort, wie sie wollten die andere Nacht schon,
Die auf den Sonntag käme, heraus mit Leitern und Stricken,
Auch mit Feilen und Zangen und was sonst wäre vonnöten,
Statt der Laterne das Blendlicht führend, zu mehrerer Vorsicht.

»Haben die Glocke wir los«, sprach Wendel, »aus Klammer und Banden,
Wälzen wir leicht auf Hölzern sie vor bis zum größeren Schalloch,
Vorn nach dem Feld, wo hoch wir das Kleeheu schochen zu Haufen,
Daß sie gelind auffalle. Denn ob man am Seil sie hinunter
Bringe, bezweifl' ich dir stark: hiezu schon braucht es der Winde,
Aber vor Tag noch führen wir sie, verborgen im Kleeheu,
Auf dem Wägelchen heim und bergen sie wohl in der Scheuer.
Drüben am See da wohnt mir ein guter Bekannter, in Steinach,
Ein Rotgießer von Profession; er handelt mit allem
Was nur klingt, es sei alt oder neu; der mag sie verkaufen
Unter der Hand für mich, so hab ich den mindesten Schaden.
– Komm, wir steigen einmal auf die Höh, ob man heute noch etwas
Sieht; zwar glaub ich es nicht, zu dunkel schon will es mich dünken.
Morgen spazieren wir wieder heraus, wenn die Kirche vorüber,
Vormittags, und visieren vom Weinberg, wie es bestellt ist.
– Hätt ich den Märte nicht selber gehört, beim Wetter, ich glaubte
Jeden zum besten gehalten von ihm! doch sprach er's im Ernste,
Sah man wohl, und der Schalksnarr ist ihm endlich vergangen,
Den er wohl ehe gespielt, da er jung war, wie sie erzählen.
Jetzund brechen wir auf, und das Gras mag wachsen derweile.
Bis Montag, ich sage dir, wirst du vieles erleben!«
Sprach's, weissagend, der Schneider, und schleunig erhoben sich beide.
Aber hinweg schon hatte sich leise der Horcher mit langen,
Weit ausgreifenden Beinen gemacht, bis wo das Gebüsch ihn
Deckte. Gemächlich so fort nun schlendert' er neben den Erlen
Hin, auf dem Fußpfad längs dem Berg, und es blühten dem Greise
Von scherzliebender Jugend die rötelnden Wangen noch einmal.

Ländliche Muse! nun hemme den Schritt und eile so rasch nicht
Fort an das Ziel! Du liebest ja stets nach der Seite zu schweifen,

Und ruhst wo dir's gefällt. So wende dein offenes Antlitz
Hinter dich, fern in die Zeit, wo dein Liebling, jung noch mit andern,
Kühnerer Taten sich freute. Vergönn uns einen der Schwänke,
Deren er jetzo gedenkt auf dem Heimweg dort nach dem Dorfe.
Niemals-Alternde, du hast alles gesehen mit Augen!
Selbst auch hast du ihn manches gelehrt, mithelfend am Werke,
Und die roheren Kräfte mit deinem Geiste gemildert.
Sing! und reich, die wir lang nicht übten, die Flöte dem Dichter!

Dritter Gesang

Tone, des Schiffmanns Sohn, da er dienete noch bei dem Vater,
Hatte die Gertrud lieb, einer Witfrau einzige Tochter.
War sie so fromm und so brav, wie sie tüchtig und schön von Gestalt war,
Durften die Bursche vom Dorf ihm alle das Mädchen beneiden:
Doch hart war ihr Gemüt, nicht offen den Freuden der Jugend;
Ja vom Vater – er starb auf der Wirtschaft in Argen, ein rechter
Küß-den-Pfennig – vererbt' ihr ein Äderchen. Noch in der Schulzeit
Schwitzte der Kreuzer ihr naß im Fäustlein, eh sie ihn hingab
Für die Brezel an Ostern; so rühmte die Mutter ihr öfters
Nach vor den Freiern. Doch mußte sie fein sich halten in Kleidern,
Städtisch beinah, die Mutter verlangt's, und die Geizige selber
War dem eigenen Leib nicht feind, sie sah, daß er schön sei.
Jetzo war es ein Jahr, seitdem der Gesell sie besuchte,
Und schon hatten sie manchen Verdruß und manche Versöhnung.
Aber nun fuhren sie fröhlich einmal mit andern zu Markte
Nach Lindau, der vergnüglichen Stadt, die schön auf der Insel
Liegt im See, durch die Brücke nur breit mit dem Lande verbunden.
Doch sie kamen zu Schiff: mit drei Kameraden der Tone
Und fünf Mädchen, im ganzen zu neunt; darunter der junge
Märte, zu welchem der Schiffer sich hielt wie ein jüngerer Bruder
Sich zu dem älteren hält. Und die stattlichen Bursche traktierten

Drüben im Wirtshaus über Mittag ein jeder sein Schätzchen,
Kauften Geschenke für sie, nicht schlechte: der einen zum roten
Mieder den Zeug, auch ein Band; der andern die starrende Haube,
Schwarz, mit Flittern gestickt, ein Spiegelchen oder ein Pater-
Noster von dunkelfarbigem Glas, mit zinnerner Fassung.
Lang vor den Buden verweileten sie, nach ländlichem Brauch erst
Hart um den äußersten Preis den geduldigen Krämer bedrängend,
Bis er die Ware zuletzt nach Wunsch abließ – wie er sagte,
Einzig der schönen Jungfer zulieb, die den Handel mit ansah.
Und so tauschten die Buben auch selbst wohl schmucke Geschenke.
Dann zur fröhlichen Heimfahrt wandten sich alle befriedigt.
Andere noch, die zu Fuß am Morgen herübergekommen,
Nahmen sie auf in das Schiff, bunt sitzend umher auf den Bänken
Oder gelehnt am Bord. So plauderte jedes und scherzte,
Während der Wind von Bregenz her, in stetigem Zuge
Sanft andringend, mit Macht auftrieb das gewaltige Segel.
Martin, der Klarinett wie ein Meister zu spielen gelernt war,
Machte Musik, frischauf, daß zur Rechten die blühenden Ufer
Drüben, im letzten Gefunkel des Tags, die verschobenen Buchten,
Reben- und Obstbaumhügel, die Schlösser, die Höfe, die Flecken,
Schneller sich drängten herbei, entgegen dem lieblichen Schalle.
Fels und Turm, gleichwie sie mit Lust ihr eigenes Abbild
Sahn in flüssigen Farben gemalt auf der glänzenden Fläche,
So nun vergnügt' es sie jetzt, die begierig empfangenen Töne
Wiederzugeben alsbald in melodischer Folge mit Necken.
Da ward vieles gelacht und gekost, da schlang sich ein mancher
Arm um einen geschmeidigen Leib und rauscht' es von Küssen.
Aber die Gertrud saß am vorderen Ende des Schiffes
Auf Schilfblättern am Boden, wo dieser gelind sich emporhob,
Gegen die Sonne den Rücken gekehrt, damit sie nicht blende.
Und für die Kurzweil nahm sie der langen grünenden Blätter
Einige, schön zur Schleife sie biegend, und schmückte das neue
Ruder, das künstlich geschnitzte, das zwischen den Knieen sie festhielt:

Heut erst war es dem Tone geschenkt vom Fischer, ein Marktstück,
Nicht zu gemeinem Gebrauch, nur am Festtag wollt er es führen.
Oben am Handgriff war ein Meerfräulein, das die Arme
Stemmt' in die schuppigen Hüften; es flossen die Haare natürlich
Ihr, wie naß, auf die Brust, die sich vorstreckt', und auf die Schultern;
Gelblicher Ahorn war's, auf eichener Stange befestigt.
Dessen erfreuete jetzo das Paar sich. Aber am meisten
Freut' er des Mädchens sich selbst, das ihm holder als je sich erzeigte.
Innig tat ihm ihr Anblick wohl, wie sie saß und die Sonne,
Schon zur Hälfte versenkt dort hinter die Türme von Konstanz,
Ihr den Nacken erhellt' und die rosige Wange noch streifte.
Und schon wallt', ein lebendiges Meer, rotglühend in ganzer
Länge, hinunter der See, mit unendlichen Wellen erzitternd,
Bis wo die feurige Flut er gestadlos breit ausgießet
In das Gewoge des tief entzündeten Abendhimmels.
Leider verdarb es der Tone mit seinem Part auf die Letzte.
Denn im Frohsinn ermuntert' er noch die Gesellschaft, zu singen,
Etliche Dirnen zumal, die auch gleich mit geläufigen Kehlen
Herzhaft begannen ein Lied, zu welchem er selber den Kehrreim
Sang mit des Schäfers Tochter, der lieblichen Margarete,
Da denn zwischenhinein Klarinettspiel immer den neuen
Vers einleitete, schicklich und fein, nach Märtes Erfindung.
Trude jedoch sang nicht; sie ermangelte völlig der Gabe,
Ja wenn sie auch nur sprach, anmutete keinen die Stimme.
Also grollte sie ihm, weil zuerst er das Zeichen gegeben
Und im Gesange sich gar dem bescheidenen Mädchen gesellte,
Das für die schönere galt bei der Mehrzahl (wahrlich mit Recht auch)
Und, von vielen gewünscht, derzeit noch keinem gehörte.
Als man das Dorf nun endlich erreicht und zur Stunde der Dämmrung
Stieß an das Land vor dem offenen Platz, wo umher aus den Häusern
Blinkten schon einzelne Lichter, da sprang Gertrud als die erste

Vorn, von einer Gespielin empfangen, hinaus auf den Kiesgrund;
Nicht erwartete sie den Geleitsmann, welcher noch hinten
Stand, wo dem Schiffe die Wendung er gab, rechtsher, mit dem Steuer:
Sondern sie lief, die Begleiterin heimlich nur zupfend am Ärmel,
Weg, indem sie ihm kurz Gut Nacht zurief von dem Ufer.
Selber ihr Marktstück ließ sie zurück; bei den übrigen Gaben
Hing es im bunten Gemische zur Schau am Mast auf der Herfahrt;
Käthchen nahm es indes, die Verlobte des Fischers, zu Handen.
So stand Tone beschämt, obgleich mit erzwungenem Lachen,
Unter den Paaren. Es führte nach Haus ein jeder die Seine,
Übrig allein blieb er, der allen am fröhlichen Tage
Hatte zum Führer gedient. Ihn bedauerte jedes im stillen,
Als er zum Scheine noch dort sich am Tauwerk machte zu schaffen.
Dann saß lang er allein auf der Bank im verlassenen Schiffe,
Heftig entrüstet im Innern und wie er sich räche bedenkend,
Weil sie die Schmach ihm tat um so kleines Vergehn (er erriet es).
Still war alles umher, und, im Sternenscheine verbreitet,
Rührte der See sich kaum; nur daß am Bauche des Schiffes
In vielfältigen Tönen die glucksende Welle sich übte.
Jenseits aber die Berge, die ewig schimmern im Schneelicht,
Schon empfingen sie höheren Glanz und leise des Mondes
Aufgang zeigten sie an, eh die lieblichen Ufer ihn schauten;
Hoch vor andern im Nachtblau glänzte die Stirne des Alpsteins,
Einer himmlischen Wolke vergleichbar. Aber der Jüngling
Sah und hörete nichts, in trauriges Brüten versunken.
Erst als oben am Himmel der Mond in völligem Scheine
Stand, aufrafft' er sich auch, und heim durch die schweigenden Gassen
Lief er, entschlossen, den Trotz mit doppeltem Trotze zu strafen,
Wie er sich oft vornahm, doch nie es zu halten vermochte:
Wenn sie quälerisch war, stets kam er am ersten von selber.
Diesmal setzt' er es durch. Er suchte die Schwelle des Mädchens
In fünf Tagen nicht heim. So fuhr er am sechsten auf Bregenz
Ohne Adieu, mit den Knechten – ihm konnte sein Vater das Steuer

Sicher vertraun mit der Fracht; sie hatten Getreide geladen
In das Tirol; – und so kam er zurück auch ohne Willkommen.
Aber die bittere Reu und die nagenden Schmerzen verhehlend
Ging er Gesellschaft suchen denselbigen Abend im Zwielicht
Noch auf die Straßen; er dachte: vielleicht daß ich finde das Mädchen
Unter der Haustür stehn und sie gibt mir hustend ein Zeichen,
Daß ich komme; so hofft' er; da stieß an dem offenen Platze
Gegen den See, wo die Schiff anlanden, unferne dem Kornhaus,
Märte zu ihm; der zog ihn hinein in die steinerne Halle,
Die, auf Bogen erbaut, von vorn das alte Gebäu schmückt.
»Hast du gehört, mit der Gertrud –? was sie für Sprünge gemacht hat?«
Redete jener ihn an mit blitzenden Augen, den Tone,
Welcher verblaßt'; ihm ahnete gleichwohl nimmer das Ärgste.
Aber behutsamer sprach nach kurzem Bedenken der andre:
»Tone! wenn ich nun spräche: du hast einem Narren von Weibe
Trauben geschenkt, da läuft sie dir hin, sich Schlehen zu pflücken:
Zögst du dir das zu Gemüt wie ein Unglück über die Maßen?
Wahrlich auch mir vorhin, da die Käthe mir alles berichtet,
Hat sich das Blut empört um der Falschheit willen der Dirne,
Die dich verkauft und verrät dem leidigen Mammon zuliebe;
Aber um dich und was du verlorst, da säng ich ein Klaglied
Ohne Lachen dir schwerlich zu End; mein's geht nach der Weise:
Hallelujah! oder: Herein ihr Schnurranten, ihr Pfeifer!
– Wiß: sie hat kurzweg sich an den Müller, den jungen, von Bärnau
Lassen verkuppeln, den Erzdümmling mit flächsenen Haaren,
Dem ja von je, du klagtest es immer, die Alte flattiert hat.
Ihr kam euer Verdruß wie bestellt und sie schürte das Feuer
Weidlich. Nun wurde dem Peter die Zunge gelöst und er stellte
Keck am vergangenen Sonntag schon durch die Base den Antrag.
›Nimm ihn!‹ sagte die Mutter, und: ›friß ihn!‹ sagte die Base:
›Bei dem säßest du warm, der machte dich wahrlich zur Herrnfrau!
Steht ihm die Mühle nicht drüben im Tal wie ein Schloß, mit dem neuen
Müllerblauen Altan? rings eigene Gärten und Güter?

Und auf den Händen, er schwur's ja, wollt er dich tragen aus Liebe,
Und zum Brautgruß denkt er dir schon auf ein kostbares Taftkleid,
Coclicorot, deine Leibfarb, Trude, was sagst du nur dazu?
Der gutherzige Mensch! dem's auch gar nicht an Verstand fehlt:
Still nur ist er, zu blöd, und fährt nicht wohl mit der Sprache,
Doch schön geht das Geschäft und der Mühlstein dreht sich von selber.
Laß mir den Fischerkittel, den trutzigen! Macht sich noch rar der!
Hat noch kein eigen Gewerb und fronet dem Alten im Handwerk!
Bleib von dem Hungerleider! Was bist du schuldig? Kein Treupfand
Gabt ihr einander. So ging ja wohl eh ein Handel zurück schon.
Spruchweis sagte mein Mann: voll Röselein hänget der Kirschbaum;
Neune gehören dem Wind, das zehente glücket zur Frucht nur.‹ –
Aber die Trude darauf? Fürwahr, da braucht' es wohl großer
Arbeit, bis sie sich gab! Mit der Axt ja spalt't man die Butter!
Kurz, schon haben sie richtig gemacht insgeheim und den Handschlag
Holte der Peter sich heut mit zwei Goldfuchsen am Wäglein.
Tone, nun hängst du den Kopf! und jetzt mit langsamen Schritten
Wirst du von dannen und heim auf deine Kammer dich stehlen.
Aber – dort nimm die Kreide vom Sims und, hörst du, zu Häupten
Über dem Bett, wo das Ruder dir hängt, noch im grünenden Schilfkranz
An der getäfelten Wand, da zeichne dir pünktlich den Tag auf:
Diesen heutigen! Künftig mit Dank noch gedenkst du der Stunde,
Da der Märte gesagt: dir ist er ein zweiter Geburtstag!
Denn, bei Gott, du bist wie der Mann, der drinnen gemalt ist
In der Kirche, der Kanzel zunächst, den der scheußliche Meerfisch
Zwischen den Zähnen hervor aus triefendem Rachen ans Land spie.

Jetzo liegt er für tot, doch er wird mit Freuden des Tages
Licht neu sehen und sehn frohlockender Freunde Gesichter.«
Solches zum Trost ihm sagt' er und anderes. Aber der Arme
Glich vielmehr dem verwundeten Lachs, wenn plötzlich die Angel
Steckt im begierigen Schlund, und die Schnur abriß an der Rute,
Daß er vor Schmerz aufspringt aus der Flut und weiset der Sonne
Noch den glänzenden Leib und im offenen Munde den Blutstrom,
Mitleid heischend und Hilfe von ihr, die den wimmelnden Scharen
Ihre Wohnung erhellt und wärmt, und im lieblichen Schimmer
Ihnen die Speise, die tödliche, zeigt, so wie die gesunde.
Stumm so kämpfte der Bursch in sich; um den steinernen Pfeiler
Warf er den nervigen Arm und ihm stürzt' aus den Augen die Träne.
Doch schon rückte von fern hörbar aus der oberen Straße
Müßiger Burschen ein Trupp mit Gesang an und mit Gepfeife,
Wie sie pflegen zu tun in sommernächtlicher Kühle,
Arm in Arm nach dem Platze gewandt, wo sie gern in der Halle
Ausruhn auf der geräumigen Bank und schmauchen und schwatzen.
Schnell da schickte sich Tone zum Abschied, denn der Genossen
Anblick wollt er entgehn, der jetzt unerträglich ihm deuchte.
Links in das Gäßchen begleitet' ihn Märte und sagte zuletzt noch:
»Mach dir auch keine Gedanken der Leut halb, was sie nun werden
Sagen, und meine nicht gar dich vor uns und den Mädchen zu schämen.
Dich hat alles in Ehren und hängt dir an, und ein jedes
Preist dich selig dazu; ich wollte, du hörtest die Käthe!
Aber der Gertrud will ich und ihrem Kauz einen Maien
Stecken – er soll sie nicht freun! Nur soviel sag ich: wenn diesmal
Nicht ein Fastnachtspossen gespielt wird, daß man in achtzig
Jahren sich noch die Haut voll lacht ob dem Bärnauer Ehpaar,
Will ich mein Lebtag nimmer der Eulenspiegel euch heißen.«
Dies die Rede des Fischers. Hierauf denn schieden sie beide.
Nur noch folgte dem Tone von fern sein Freund bis zur Ecke,

Ob er auch sicher ins Haus, nicht etwa hinab dem Gestad zu
Liefe, ein Leid sich zu tun; denn es geht jähschlüssige Liebe
Gern auf das Äußerste gleich, und besorgt ist herzliche Freundschaft.
Aber so weh es ihm war, nicht solches gedachte der Jüngling.

Vierter Gesang

Nicht zwölf Wochen fürwahr, nachdem sich dies alles begeben,
Sah man, im Sonntagsrock, mit dem Blumenstrauß in dem Knopfloch,
Eifrig den Hochzeitbitter im Dorf umher und der Gegend
Laden die Gäste zu Ehren der Gertrud und dem Gesponsen.
Und schon hatte geheim sich die männliche Jugend verschworen,
Alle, was hiesige sei'n, nicht teil am Tage zu nehmen;
Weder zur Kirche zu gehn, noch im Hirschen zu Tanz und Gelage;
Auch, wenn am Morgen der Zug mit Musik von der Kirche geholt wird,
Nicht wie sonst mit Pistolen und Stutzern im Winkel zu passen
Und mit verdoppeltem Knall die errötende Braut zu begrüßen.
Selber die Mädchen, so viel rechtschaffener Dirnen im Dorfe
Waren zu selbiger Zeit, die auf Ehre noch hielt und auf Treue,
Standen ihr ab insgesamt, durch die kühnere Käthe begeistert,
Märtes Verlobte; sie gab den übrigen immer das Beispiel.

Käthchen, o treffliches Kind, mit beredsamen Lippen, und Augen
Hell und wahr wie der Tag! noch seh ich dich dort auf der Wiese
Hand in Hand mit den andern im Reihn lustwandeln am Sonntag.
Euerer achte begegnetet ihr Gertrud an der Mutter
Sommergarten – es hatte noch kaum die Geschichte verlautet –
Alsbald fingt ihr sie ein im geschlossenen Ring, die Bestürzte.
Scherzweis noch, und als glaubtet ihr's nicht, sprach ein und die andre:
»Du! was ist es mit dir? Es geht ja die Rede, du hättest
Neues Werg an der Kunkel, man rüste dir eilend die Mitgift:

Aber wir glauben es nicht, wir hörten es denn von dir selber.
Darum gib nur Bescheid auf der Stelle, nicht eher entkommst du.«
– Und sie verleugnet' es kaum. Da schauten die Mädchen einander
An, halb lächelnd und schadenfroh: doch nicht so die Käthe,
Sondern das Wort nahm diese, und dicht vor die Stirn ihr tretend
Las sie der Falschen den Text: das ging risch rasch wie ein Wetter-
Regen, der schräg ins Gesicht dem reisenden Manne daherfährt,
Spitzige Schloßen dazu, feindselige, nicht zu ertragen,
Daß er verdummt dasteht und sich duckt und blinzelt; es macht' ihn
Aber der Wind barhäuptig und rollet den Hut auf dem Acker
Weit, und gebrochenen Laut von den Lippen nur raufet der Sturmwind.
Endlich, der Weinenden, wie sie hinwegstrebt', rief sie das Wort nach:
»Geh nur hin! und miß dir in schefflige Säcke die Batzen!
Möchten wir dich nur bald aus dem Ort gehn sehn und der Markung!
Gar nichts wollen wir künftig von dir! ja mich ärgert der Bach schon,
Welcher das Rad dir treibt an deiner geizigen Mühle,
Daß er uns fällt in den See! Doch will's Gott steckt er ihn nicht an:
Weit gnug ist er und breit – ich mein, so ein Tropfen verliert sich,
Und der Tone verschmerzet noch wohl ein Mädchen wie du bist!«
So, mit zornigen Tränen im Blick, ausschaltst du sie tapfer,
Weil sie den Freund des Geliebten, den treuesten Jungen, betrübte.
– Damals glaubtest du nicht, bald selber den Liebsten zu kränken,
Bitterer weit als jene vermocht, in eiligem Siechtum
Scheidend vom lieblichen Leben hinweg, aufs Jahr, wenn der See blüht,
Eh du den eigenen Tag der Vermählung erblicktest, o Jungfrau!
Deiner gedenket die Muse mit Leid so oft als der Frühling

Über den See neu wieder die schwimmenden Teppiche lässet
Gleiten aus goldenem Staub und dem Fischer die Garne vergoldet.

Jetzo verweile mit Lust mein Blick im Kreise der Jugend
Und bei dem lustigen Rat, den Märte, der Schelm, sich ersonnen,
Daß er räche den Freund, ein großes Gelächter bereitend,
Wider den Willen desselbigen zwar, doch es ließ ihn nicht ruhen;
Und frei war ihm das Feld. Denn früh am Tage der Hochzeit
Ging der Beleidigte weg nach der Stadt, in Geschäften des Vaters,
Zu der versammelten Schiffherrnzunft, und gedachte noch weiter
Um ein Stündchen zu wandern am See hinunter, nach Manzell,
Wo ein Vetter ihm saß, ein Seiler, sein herzlicher Pate;
Denn er wollte daheim nicht den Tag, den verhaßten, mit ansehn.
Als nun die Stunde der Trauung herankam und schon zum andern
Mal das Geläute erscholl, da fuhren auf rasselnden Wagen
Von zwei Seiten zum Dorfe herein die Verwandten des Brautpaars,
Männer und Fraun, auch vom Ort nicht wenige richteten hurtig
Sich zur Kirche; jedoch der blühenden Dirnen kein halbes
Dutzend sah man im Zug, und diese gehorchten den Eltern.
Indes spähte vom Fenster daheim auf die sonnigen Straßen
In Hemdärmeln der Märte hinaus durch das grünende Weinlaub,
Welches, gedrängt an die Scheiben umher, der getäfelten Stube
Kühligen Schatten verlieh; denn heiß kam frühe der Tag schon.
Still war alles im Haus, und Vater und Mutter zur Kirche.
Hinten im Lehnstuhl schlummert' der Ehni, es lag in der Wiege
Neben das Kleinste, sein Enkel, und schlief; schwach regte der Wedel
Noch in der Hand sich des Alten, sein Haupt umsummte die Fliege,
Und ihm war das Gestrick von den Knieen gesunken des Netzes,
Das er zur Hälfte bereits mit hölzernen Nadeln vollendet.
Dies ja war sein Geschäft, des Erblindeten, seit er die Garne

Nimmer geschleppt auf das Boot und den freundlichen See nicht gesehen.

Märte nun aber, indem er am Fenster den Hans und den Frieder,
Zwei Kameraden, ersah, ging eilig und trat in die Haustür,
Winkte die beiden herein und sie folgten ihm über die enge
Höckrige Stiege hinauf nach dem oberen Boden des Hauses,
Wo viel altes Gerümpel umherstand und am Gebälke
Hing unbrauchbares Fischergerät voll Spinnengewebe.
Vorn in der Hellung jedoch des geöffneten Ladens am Schornstein
Sah man gelehnt – fürwahr dem Beschauer ein Schrecken im Anfang –
Grinsende Puppen, ein seltenes Paar, in menschlicher Größe,
Welche der Schalk aus Werg und aus Heu kunstreich und mit alten
Haderlumpen zusammengestoppt; auch Pfähle umwand er
Dick mit Stroh: so begabt' er mit Armen und Beinen die Leiber.
Doch die Gesichter zu malen auf Leinwand mußte des Nachbar
Schreiners Gesell Bleiweiß und Mennige leihen und Kienruß;
Flachs hing aber dem Manne vom Haupt, an der Stirne mit gradem
Schnitte gekürzt, wie der Müller sich trug; und Haare vom Roßschweif
Deckten die Scheitel der Braut, zum ärmlichen Zopfe geflochten.
Also waren sie strack und steif, nur die Kniee gebogen,
Nebeneinandergesetzt auf die eisenbeschlagene Truhe,
Welche den nächtlichen Fleiß so manches vergangenen Winters,
Köstliche Ballen gesponnenen Tuchs, verwahrte der Hausfrau.

Hell aufjauchzten die Bursch' und lachten unbändig, sobald sie,
Wer die wären, erkannt. Da sagtest du, sinniger Fischer:
»Jetzo sind sie noch nackend, ihr seht es, gleichwie im Garten
Eden die Menschen gewesen im Anfang, unsere Eltern:
Doch ihr sollet im Feiergewand sie schauen, ein jedes
In der Farbe, so ihm vor andern geliebt und vertraut ist.
Diese begehrt ausbündigen Staat, ein gleißendes Taftkleid,
Coclicorot, und es ist ihr gewährt, so viel es mich kostet;

Leibchen und Rock (ich habe den Zeug erst heute bekommen)
Ganz aus Ackerschnallen gemacht, wie sie eben im Kornfeld
Blühn und die reifende Saat im Wechsel erheitern mit blauen
Nelken. Zu Wams und Hosen erwählte sich diese der Peter.
Blume an Blume gesetzt, mit Zwirn und Baste verbunden –
Kein Kramladen, noch Warengewölb, ihr möget in Konstanz,
In Sankt Gallen und fort bis Paris nachfragen, verkauft euch
Feinere Stück wie die, und das rote zumal für die Trude!
Trudelchen hieß sie bis heut, nun soll sie die Trudelmadam sein!
Wären sie selbst nur hübscher von Antlitz, besser gebaut auch!
Dafür kann ich halt nicht, so wurden sie einmal erschaffen.
– Wißt, auf die Nacht ergötzen sie sich mit uns auf dem Tanzplatz!
Diesen erratet ihr nicht wo er ist; denn weder im Hirschen,
Weder im Adler bestellten wir Hochzeit; nicht in der Stube,
Nicht im Saal, auf der Straße nicht ist's, noch Wiese, noch Wald ist's,
Auch nicht der See: nein alles zumal – nun ratet das Rätsel!«
Sprach es der Fischer, und jene zerbrachen umsonst sich die Köpfe.
Also eröffnet' er ihnen, sie wollten hinaus in die grüne
Herberg ziehn insgeheim miteinander, die sämtlichen Buben.
Dies ist dort im Gehölz ein vermooseter trockener Weidplatz,
Fast viereckig, mit Eichen besetzt und luftigen Birken,
Einem geräumigen Saale nicht ungleich; aber vor alters
War es ein Sumpf. Unferne dem Dorf, an der Ecke des Waldes,
Führet ein Holzweg hin; nur selten befährt ihn ein Fuhrwerk.
Drossel und Mönch singt dort ungestört und die Amsel dazwischen
Orgelt von früh bis zum Abend ihr Lied, die zufriedene Weise.
Du auch, wenn dir's gefiele um unsere Ufer zu wohnen,
Fändest das was dich erfreut, o Nachtigall; doch du verschmähst uns.
Weiter nun sprach zu den zween, die begierig ihn hörten, der Fischer:
»Sagt, wo ihr Ort und Gelegenheit mögt pläsierlicher finden,
Sei es im Dorf, in der Stadt, und sei's in den Gärten der Städter?
Aber den Platz fein auszustaffieren, daß jedes ihn lobe,
Soll uns die Trude (wir fragen sie nicht) von dem Ihrigen borgen,

Höret! Zu Mitten der Nacht, wenn drunten im ›Hirschen‹ der Lebtag
Und das Gewühl erst recht angeht, doch ruhig die Straßen
Wurden im übrigen Dorf, da schleichen wir uns an des Jörgen
Tenne – sie liegt uns eben gerecht am Ende des Fleckens –;
Drin herberget für heut, ich weiß, ein geladener Wagen,
Über und über bepackt mit unendlicher Habe der jungen
Müllerin, unserer schönen, die stets froh war des Besitztums.
Zwar es gedachte derselbe nur erst bei lieblicher Tagszeit
Morgen gemach mit Rossen die sichere Straße zu fahren,
Bärnau zu; doch anders ihm schmierte die Räder das Schicksal.
Du sollst, Ächzender, nachts irrtümliche Wege durchs Brachfeld
Schwanken, dem Holz dort zu die unwillige Deichsel gewendet!
Alldort laden wir ab in Ruh, und ein sämtlicher Hausrat
Wird an den grünenden Wänden umher beim Scheine der Fackeln
Sorgsam verteilt und ganz die erfreuliche Wohnung gegründet.
Ohne Verwunderung nicht, wie mir ahnet, ja sicher mit großen
Freuden begrüßt sich das Paar in der sonst unwohnbaren Wildnis
Als wie daheim, sieht aufgeschlagen sein mächtiges Ehbett
Selbst, das gesegnete, dort und schmauset am eigenen Tische.«
So sprach, trockener Miene, mein Freund; da schnalzt' mit dem Finger,
Hoch aufspringend, der Hans und rief voll Jubels der Frieder:
»Spitzbub du! o durchtriebene Haut, vom Galgen gestohlen!
Schöneres hast du nimmer erdacht, es ist wahrlich dein Hauptstreich!
Mag sie doch bersten, sie hat es verdient, vor Scham und Erbosung,
Sie und ihr Schöps und die Mutter zugleich mit der kuppelnden Base!
Aber wie fangen wir's an, unbeschrien zu vollbringen das Wagstück?
Nicht leicht ist es, bei Gott! Auch die Nacht hat Augen und Ohren.«
»Dies«, entgegnete Märte, »bereden wir alles am Kornhaus
Mit den übrigen zeitig genug um Ave Maria.
Jetzund, wie wir in *einem* es halten, vernehmet und gebt mir
Beifall. Euerer Hilfe bedarf's, ich rief euch umsonst nicht.

Eine Zechkompanie, wie im Ort noch keine erlebt ist,
Stellen wir an – verstehet mich wohl, dem Tone zu Ehren,
Weil er dem Meerkrokodil durch göttliche Fügung entronnen.
Wär er selber dabei, was gäb ich! Aber die Ohren
Sollen ihm klingen die Nacht vom Vivatrufen und Heisa!
Unserer zwanzig wir legen zusammen; ein preußischer Taler
Auf den Mann sei das mindeste: zwei zahl ich, und da sind sie!
Gleich nun geht ihr herum bei den andern – die mehresten wissen
Schon was es gilt –; dann kaufet ihr ein was teuer und gut ist.
Wein fürs erste, vom besten ein Fäßchen; ich rechne ein Imi
Zwei; Weißbrot und Käse verhältnismäßig; der Müller,
Unser Bräutigam, ist als ein wackerer Esser berufen –
Hieran denket mir ja; dann am Kaffee sollt ihr nicht sparen:
Trudelchens Herzbalsam ist der Kaffee, wenn ihr's noch nicht wißt.
Braten sodann und Salat; ich hieß den Metzger ein Säulein
Rüsten. Das Fleisch tragt nur und die Würst in den ›Adler‹: die Sephe
Macht es im Kessel uns gar, sie will mir's gerne zulieb tun.
Fisch' bring ich; Blaufelchen und Stichling'; auch mit den roten
Tupfen die Grundforelle: von achtzehn Pfund ein Gewaltstier
Hab ich – wüßte mein Alter darum, die stünde zu Mittag
Heut vor den Hochzeitgästen im ›Hirsch‹, so gewiß wir den Essig
Auch wohl finden dazu! Dann Lichter zu schaffen vergeßt nicht!
Lichter genug, daß helle der Saal und die köstliche Tafel
Glänze! Auch fichtene Fackeln insonderheit etliche Dutzend
Haltet bereit; wir haben sie nötig. Dies alles bestellt denn
Ohne Verzug. Und schickt mir des Lorenz Jungen, den Klumpfuß,
Der so saubere Flechtarbeit in Weiden und Rohr macht.
Sagt ihm, es gebe Verdienst. Er muß mir helfen das Brautpaar
Kleiden. Schon liegen die Blumen bereit; zwei Körbe gehäuft voll
Schleppten die Kinder mir heim, ich halte sie frisch mir im Waschhaus;
Und nun läßt mich im Stiche die Käth, auf die ich gerechnet!
Ja sie macht alle mir scheu, daß keine der Närrinnen hergeht!«
Sprach es, der Fischer, und schalt auf die Dirnen, unbilligerweise.
Denn ihm hatte sein Mädchen sogleich, wohlmeinend mit Eifer

Ihre Gesinnung erklärt und gesagt: »Uns stünd es nicht fein an,
Mutwill zu üben an ihr und Unglimpf ihr zu erweisen,
Die doch eine der Unseren hieß und groß mit uns wurde.
Schau, wie glaubte sie wohl und nähm es nur irgend zu Herzen,
Daß es ein Ernst uns sei und daß sie sich habe versündigt?
Drum nichts Liebes von uns und auch nichts Böses erfährt sie.
Ihr seid Buben und tut was ihr wollt, doch sollst du gewarnt sein:
Treibst du es wieder zu arg und mußt wie neulich vor Amt stehn
(Denn dich nimmt man zuerst), ich gönne die Buße dir wahrlich!«
Dies, aufrichtigen Sinns und voll Klugheit, sagt' ihm die Käthe.
Aber der Hans und der Frieder sofort mit lachendem Munde
Liefen alsbald, zu vollziehn was der sinnige Fischer sie anwies.

Fünfter Gesang

Schwebe nunmehr, o mein Lied, feldwärts auf beweglichen Schwingen!
Erst am hellen Gestade hinab, dann über das Fruchtfeld
Schräge den Wasen hinauf, der gemach ansteiget zum Waldsaum.
Dort, in der Frühe des Hochzeittags, da noch auf den Gräsern
Blinkte der Tau und stärkenden Duft noch hauchte die Erde,
Stand bei den Eichen die holdeste Schäferin, hütend alleine,
Wie sie wohl manchmal tat an der Stelle des älteren Bruders.
Denn längst war sie geübt in den sämtlichen Künsten des Handwerks:
Wußte geschickt den unfolgsamen Stör mit der Schippe zu treffen,
Stieß in das Pfeifchen und schickte mit flüchtigen Worten den Schafhund
Hinter den irrenden Haufen herum und sie stoben zusammen.
Auch wenn der Bruder den Pferch aufschlug für die Nacht auf dem Felde,
Trieb sie die Pflöck in den Grund mit kräftig geschwungenem Schlägel.
Doch jetzt haftete ruhigen Blicks ihr Aug auf der Berge
Morgendlich strahlenden Reihn, die mit schneeigen Häuptern zum hohen

Himmel sich drängen; und jetzo die fruchtbaren Ufergelände
Flog sie entlang, und den herrlich besonnten Spiegel durchlief sie,
Welcher, vom Dunste befreit, schon wärmender Strahlen sich freute.
Hier arbeiteten Fischer im Kahn, dort schwand in die Ferne
Winzig ein Segel, indes schnell wachsend ein anderes nahte,
Und noch andre begegneten sich und kreuzten die Wege.
Rauch stieg auf von den Dächern des Dorfs, und irres Getöse
Kam undeutlich herauf von Menschen und Tieren; die Peitsche
Knallt' und es krähte der Hahn. Doch weit in den blauenden Himmel,
Über dem See und über dem wilden Geflügel des Ufers,
Kreiste der Reiher empor, dem Säntisgipfel sich gleichend;
Aber im Walde, zunächst bei der Schäferin, sangen die Vögel.
Jetzt, indem nach dem Dorfe sie sah, kam hinter den Gärten
Tone, der Schiffer, hervor und trat in die offene Straße.
Da sprach jene verwundert für sich: »Ja, wahrlich, er ist es!
Sagten die Mädchen doch jüngst, er würde verreisen auf heute.
Trotzig geht er einher und getrost, doch, *wie* ihm zumut sei,
Dauert er mich auf ein neu's und muß ich denken, er ziehet
Weit in die Welt und kommt nicht mehr. Das aber ist Torheit,
Weiß ich wohl. Wie schön dem wandernden Buben der breite
Strohhut läßt mit dem hängenden Band – er hat ihn das erste
Mal heut auf – und mit silbernen Knöpfen die Jacke von Sammet!
Trude, was hast du gemacht, so wackeren Jungen verlassen!«
Also sprach Margrete, die Schäferin, mit sich alleine,
Während er nah und näher herankam unten im Fahrweg.
Aber o welches von euch, ihr wehenden Lüfte des Morgens,
Führt' ihm das Wort zu Gehör? Denn mit einmal schaut' er herüber,
Stand und schaute nach ihr: da schien er sich erst zu bedenken,
Sprang dann über den Graben und stieg in der Furche des Kornfelds
Grade den Hügel herauf. Von Schrecken gelähmet, das Mädchen
Duckte sich nieder am Stamm der gewaltigen Eiche, sich bergend,
Saß und zog ihr kurzes Gewand auf die Knöchel der Füße
Hastig hinab, denn barfuß war in den Schuhen die Hirtin.
Gleich dann stand er vor ihr und bot ihr die Zeit, und sie gab's ihm

Mit schamlächelndem Munde zurück, unsicher die braunen
Augen erhebend; sie glänzten ihr hell im Schatten des Baumes.
Und er sagte sogleich: »Nach Buchhorn muß ich dem Vater;
Gibst du mir nichts in der Stadt zu bestellen? Es sei was es wolle.« –
»Dasmal nicht«, erwiderte sie: »dankswert ist der Antrag.« –
Hierauf wechselten sie gleichgültige Reden; doch abseits
Waren die stillen Gedanken gekehrt und auf anderen Pfaden
Hin und wieder betrafen sie sich und flohen sich alsbald
Scheu. Nun schwiegen sie gar, und er, an die Eiche sich schmiegend,
Blickte von oben auf ihre Gestalt. Da quoll ihm der Busen
Bang und wallete ganz vor sehnender Liebe das Herz ihm,
Welche zuvor ihm schon mit Verheißung leise genaht war,
Wenn dem Einsamen oft das liebliche Bild Margaretens
Sich vor die Seele gestellt mit Trost und Schwestergebärde.
Ach wie drang es ihn jetzt in überfließender Rührung
Auf einmal sein ganzes Gemüt vor ihr zu entdecken!
Aber ihm fehlte der Mut, und er fand nicht wie er beginne.
Endlich mit Not, nur daß er nicht blöd und seltsam erscheine,
Frug er, sich zwingend zum Scherz, mit erheiterter Miene das Mädchen:

»Margret, singen wir nicht bald wieder zusammen den Kehrreim,
Wie dort, wo ich im Schiff euch fuhr und das Kälbchen ins Aug traf?
Traun, hier säng es sich schön, und niemand nähm es in übel.« –
Doch das errötende Kind am Boden mit spielendem Finger
Rupfte das Moos und sagte die ungeheuchelten Worte:

»Nicht gern, Tone, das glaub, und heut am wenigsten denk ich
Gern an den leidigen Tag. Ich bin nicht schuld, es ist wohl wahr:
Aber, hat es mit euch auf ein End gehn sollen – ich sagt es
Gleich und sage noch jetzt – ich hätt doch können davon sein.«

»Rede mir nicht so!« versetzte der Jüngling rasch mit bewegter
Stimme: »dein Wort kränkt mich; denn so Gott will warest du damals
Mir zum glücklichen Zeichen dabei, und wahrlich umsonst nicht
Muß ich zuerst dir wieder am heutigen Morgen begegnen,

Der zu Schmerzen mir nur, zu Verdruß und Verschämung gemacht schien.
Diesen, ich lüge dir nicht, ich sah seit Wochen ihn kommen,
Eben als sei es ein Tag wie ein anderer; siehe, so ist mir
Völlig gewendet der Sinn! Noch kaum zwei Monate bin ich
Los von der Gertrud und – schon so viel Jahre mir deucht es.
Ja ich denke zurück und kann mich in dem Vergangnen
Selbst nicht wieder und kann nicht wieder das Mädchen erkennen,
Das mich betört, um das verzweifelte Liebe zuletzt noch
Dreizehn Tag und Nächte mit Fäusten mich schlug und würgte
(Wahrhaft sei es dir alles bekannt)! Doch mitten im Jammer
War ich entlassen der Pein; mich stieß ein plötzlicher Mut an,
Hoffnung kam in mein Herz, ich weiß nicht wieso, noch von wannen,
Denn nichts war mir bewußt, darnach ich irgend begehrte.
Nein, vielmehr, nur wie oft noch im Angesichte des Winters
Hell aus nacktem Gezweig ein Frühlingsvogel die Stimme
Hebt und zumal im Busen die staunende Freude dir wecket,
Also war ich erfreut und gewiß glückbringender Zukunft.
Meinem Geschäft nach ging ich getrost, und gesellte mich bald auch
Zur Kameradschaft wieder, wie vordem. Einmal, am Sonntag,
Hieß mich der Fischer mit ihm die Käthe besuchen in ihrer
Stube; da plauderten wir, und er, wie er immer zu tun pflegt,
Nahm vom Schranke herunter das Buch mit alten Geschichten,
Las ein Stück und das andere laut und plauderte wieder
Zwischenhinein. Indem so sah ich im Fenster ein braunes
Näglein stehen im Glas, und ich lobt es, weil es so schön roch.
Sagte die Käthe: ›Dir sei es geschenkt! ich hab es von einer,
Die verdrießet es nicht, weil *du's* bist, Tone; die Schäfrin
Gab mir's gestern, sie hat sie von allen Farben im Garten.‹ –
Sagt's, und redete noch, da kamst du just mit der Walburg
Langsam die Gasse herab im Gespräch und am Hause vorüber.
Alle wir sahen dir nach mit wohlgefälligen Blicken.
Sieh, und im Hinschaun kam mir ein Wort des herzlichen Lobes
Und dein Name mir über den Mund – so rührte dein Bild mich
In der Seele! so schön warst du! ja recht wie der Friede
Selber erschienest du mir! – Ich war wohl etwan ein wenig

Stille geworden; da blickten die Zwei sich mit heimlichem Lachen
An, doch taten sie nicht so fort, noch sagten sie etwas,
Und bald ging ich hinweg. Von Stund an aber, o Schäfrin,
Kamst du mir nicht aus dem Sinn, und war mein erstes Gedenken
Früh im Erwachen an dich, und mein letztes an dich, wenn ich einschlief,
Müd von sauerer Tagsarbeit. Schau, jegliche Nacht fast
Leert ich im Traum vor dir mit tausend Tränen mein Herz aus!
Aber am Tag, wie sollt ich zu dir mich finden? Ich sah dich
Kaum in der Kirche einmal und kaum auf der Straße von weitem.
Und mein Unglück machte mich blöd, ich wollte dich meiden
Eher als dir nachgehn. Doch heut, da ich dort von der Straße
Dich auf dem Hügel allein bei deinen Schafen erblickte,
Dacht ich: du willst nur hinauf, sie sehen und grüßen, und mehr nicht!
Denn so sprach ich bei mir in zweifelnder Seele noch gestern:
›Hüte dich wohl, ihr so bald und mit *einem* Mal zu verraten
Was dich im Innern bewegt! Nur seltsam gewiß und unglaublich
Müßte so plötzlicher Wandel das ehrbare Mädchen bedünken,
Ja sie scheute vielleicht und bliebe dir stutzig für immer.‹
Unfreiwillig jedoch, und trotz dem beschworenen Vorsatz,
Margret, sagt ich dir alles heraus, ich konnte nicht anders.
Aber so denke von mir darum nicht schlimmer als vordem!
Kennst du mich doch, und weißt, wie alles gekommen von Anfang.
Sprich mir ein freundliches Wort! nur soviel, daß du nicht unhold
Von mir denkst! ich lasse dich dann und gehe zufrieden.«
    Sprach es, der Schiffer, und hielt sich nicht mehr: an die Seite der Hirtin
Sank er danieder ins Moos; sie aber bedeckte mit ihren
Händen das schöne Gesicht voll Glut und die strömenden Augen.
Himmlische Freude durchdrang, unfaßbar, welche dem Schmerz gleicht,
Ihr wie betäubendes Glockengeläut den erschütterten Busen.
Staunend blickte der Jüngling auf sie und rührete schüchtern
Ihr an die Achsel: »Was ist dir?« frug er, in steigender Ahnung,
Nahm ihr die Hände hinweg vom Gesicht, und es lachten die klaren

Augen ihn an, mit Tränen gefüllt unsäglicher Liebe.
Aber der Jüngling umschlang mit brünstigen Armen das Mädchen
Fest, und sie küßten einander, und hingen ein Weilchen sich also
Schweigend am Hals und fühlten die stärkeren Schläge des Herzens,
Sahen aufs neue sich an und herzten einander und lachten
Hell vor unschuldiger Lust, und schienen sich selber ein Wunder.
Tausendfältig sofort mit Worten bekräftigten beide
Sich, was wieder und wieder zu hören die Liebenden freuet.
 Ruhig indessen am Abhang weideten nieder die Schafe,
Vom aufmerksamen Wächter bewacht; auch schaute die Hirtin,
Oft vorbeugend ihr Haupt, nach der Schar, ob keins sich verlaufe.
 Hoch stand aber die Sonne, schon sechs Uhr schlug es im Dorfe,
Und es gemahnte die Zeit jetzt, ach, den Schiffer zum Abschied.
Zehnmal sagt' er bereits Lebwohl, und immer von neuem
Hielt er die Hand, die bescheidene, fest und hub er von vorn an.
Endlich erhoben sie sich, und, gelehnt an das Mädchen, der Jüngling
Sah in die Gegend hinaus. Ach, wieviel anders erglänzten
Jetzo die Berge vor ihm! und der See und der herrliche Morgen!
Ihn durchzuckte sein Glück, ein inneres Jauchzen versetzte
Jäh in der Brust ihm den Odem, er seufzete tief und küßte
Margareten die Stirne noch einmal, ging dann und kehrte
Nach drei Schritten sich um, und sagte die bittenden Worte:
 »Gib ein Zeichen mir mit auf den Weg, ein Blatt von der Eiche,
Oder was immer es sei von dir, zum tröstlichen Zeugnis
Dieser Stunde, damit ich im stillen daran mich bestärke!«
 Sprach's und löste zugleich die silberne Schnalle von seinem
Hemde, die breit, herzförmig, er vorn am Halse getragen;
Reichte sie ihr, und das willige Mädchen, geschwinde besonnen,
Sah am Boden zunächst, am knorrigen Fuße des Eichbaums
Liegen die Tasche, darin ihr Morgenbrot und ihr Betkranz
War, aus Bein, in Messing gefaßt, ein teueres Erbstück
Noch von der Ahne: den nahm sie heraus und drückte die Lippen
Innig darauf, gab dann in die Hand dem Liebsten das Kleinod,

Der es begierig empfing und sogleich am Herzen verwahrte,
Wie sie die silberne Schließe verwahrt am wärmenden Busen.
Jetzo mit lang aushaltendem Kuß erst trennte das Paar sich.

So denn hatte sein besseres Glück dem redlichen Jungen
Alle die Schmerzen zumal der vergangenen Tage vergütet.
Eh noch am Traualtar dem gekuppelten Mann sich die Falsche
Unwiderruflich verband, o Jüngling, umfingst du mit Freuden
Jene, die längst, in der Wiege, dir schon zudachte dein Schicksal.

Sechster Gesang

Aber der Fischer zu Hause betrieb die begonnene Arbeit
Nach Mittag ungestört und nahm sich der Weile zu allem.
Still nach dem hinteren Höfchen hinab die Schauergestalten
Trug er ins Waschhaus jetzt, wo die Mittagshitze nicht hindrang.
Allda schloß er sich ein mit dem gar anstelligen Jungen,
Ruht' und rastete nicht, bis er, erst mit sinkendem Abend,
Reinlich und schön in die blumige Tracht nun beide gehüllt sah.
Ungern weg vom vollendeten Werk dann folgt' er der Mutter
Stärkerem Ruf an den Tisch zu den andern, so viele das Haus nährt,
Die, um die Schüssel voll sauerer Milch her sitzend, in Ruhe
Speiseten, ohne den Vater (er zehrt' um sein Geld mit den Gästen):
Alle die stark herwachsenden Knaben und Töchter und jener
Blinde, der teilnahmlos, halbtaub, von dem Tagesereignis
Nichts vernahm im Gespräch; nur als mit erhobener Stimme
Ihm in das Ohr gutherzig die Hausfrau sprach von der Hochzeit,
Und von den leckeren Bissen zuerst ihm legt' auf den Teller,
Welche der Mann herschickte vom Gasthof, Kuchen und Rehfleisch,
Nickt' er zum halbverstandenen Wort, doch frug er nicht weiter.
Märte, nachdem er den Löffel gewischt, nahm leise die Kappe
Hinter dem Ofen vom Nagel herab und ging aus den Hause,
Nach dem Versammlungsort. Ihn führte sein Weg an der Liebsten
Wohnung vorbei. Sie stand in der Scheuer und winkte; da lief er

Hurtig zu ihr, die strahlenden Blicks mit den Worten ihn ansprach:
»Denke, der Tone macht Ernst mit der Schäferin! Heut in der Frühe
Sah ihn die Cordel, die alte – sie ging Holz suchen im Eichschlag –
Sah sie ihn bei ihr stehn, denn sie hütete dort, und zum Abschied
Hätten sich beide geküßt! Was willst du weiter? Er machte
Sicher den Antrag ihr, und fürwahr sie bedachte sich nicht lang!«

Sprach es, die Käth, und der feurige Bursch, sein Mädchen ergriff er
Unter den Armen und, Schmatz auf Schmatz, noch bevor sie geendet,
Schloß er die freundlichen Lippen ihr zu; dann Lirum tralarum
Schwang er, wie närrisch geworden, im Tanz sie umher auf der Tenne.
»Bei Gott!« rief er zuletzt – »nun hab ich Respekt vor dem Jungen!
Siehst du: daß er am richtigen Fleck noch käme zu landen,
Das war gut prophezein, nachdem sich der Wind einmal drehte;
Aber so frischweg und wie zum Trutz dem garstigen Werwolf
Sich just heut resolvieren – ich hielt ihn selber nicht Manns gnug.
Wetter! ich wollt, sie erführ's noch am Hochzeittisch, und zum Kehraus
Säng ihr einer, verkleidet als Hackbrettschläger, die Märe.
Ach, und warum ist der Tone nicht hier! Ich hoffe, er kommt noch.
Denn, im Vertrauen gesagt, heut schmausen wir droben im Walde,
Ihm zu Ehren; es geht hoch her, und wäret ihr Mädchen
Etwas nütz im geringsten, wir nähmen euch alle zum Tanz mit;
Aber man braucht euch nicht. Und also sag ich für heute,
Schatz, gut Nacht! und nimm es nicht übel, ich habe Geschäfte.«

Hiermit lief er hinweg, und die dämmernde Gasse hinunter
Eilt' er und kam zur Halle, woselbst er die andern schon antraf.

Lachend empfingen sie ihn, schon kundig des Planes, und standen
Dicht um ihn her; da begann ungesäumt lebhaft die Beratung,

Doch vorsichtig die Stimmen gedämpft, auch wann durcheinander
Alle sich mischten und hin und wieder die Meinung geteilt war.
Vorweg hatte, schon gestern, der Fischer mit Mühe des Jörgen
Niklas beredt, er wolle zur Zeit aufschließen die Tenne,
Und so gelobt er auch jetzt, da ihn alle bestürmten, aufs neue,
Ungern freilich: er konnte des Vaters Entrüstung voraussehn.
Doch er gedachte vor Tag, noch ehe der Alte vom Gasthaus
Wäre zurück, im nüchternen Bett sich finden zu lassen.
Weiter: sie wollten mit Stroh dem Wagen die Räder umwickeln,
Daß sie ohne Geräusch ihn förderten über das Pflaster,
Bis vor das Dorf ihn zwingend allein aus menschlichen Kräften;
Doch dort sollten die Pferde bereitstehn, viere zum mindsten:
Frieders Gespann und Dieterichs Scheck und Damians Einaug.
Vorher mußten die Speisen indes nach dem Walde geschafft sein,
So wie das Fäßchen mit Wein auf dem Schubkarrn; ferner besonders,
Sorglich getragen von zwein auf der Achsel, das blumige Brautpaar.
Etlichen gab man noch auf, für den Notfall eine der langen
Tafeln, auch ein und die andere Bank aus dem Garten der Wirtschaft
Hinten am »Adler« zu holen, wo leicht von der Wiese man beikam.
Glas und Besteck war aber zu bringen ein jeder verbunden.
Dies nun alles genau so wie sie es hatten beschlossen
Führten sie herzhaft aus; ja sie kamen zum fröhlichen Ziele
Unentdeckt, so nah noch zuletzt die Gefahr sie bedrohte.
Zwölf Uhr war's in der Nacht, nur spärlich der Himmel erleuchtet,
Und schon hatten sie glücklich heraus den belasteten Wagen;
Hinter ihm schlossen die Flügel der Tür sich leise zusammen,
Und dumpf rollt' er dahin, selb fünfzehn keuchten die Bursche
Vorn und hinten, die Stärksten jedoch an den Speichen der Räder
Schiebend. Und jetzo bereits vor den Ort und nahe dem Schafhaus
War er gebracht, es kam schon der Hans mit den Pferden entgegen:

Plötzlich da rief es von hinten und stolpert' heran auf der Straße –
Sime-Barthel, ein Ratsherr, war's, er kam von der Hochzeit
Hinter dem Flecken herum, es war ihm der nähere Heimweg –:
»Höll-Schwernot! was wird da geschafft? Ihr Mannen, wer seid ihr?« –
Alle erschraken ins Herz, doch es sagte der Märte mit Fassung:
»Der ist voll bis zum Hals – man hört es am Gang und der Sprache –
Mit dem werden wir fertig! – nur flink, spannt ein! – ich beschwätz ihn.«
– Hiermit lief er entgegen dem Trunkenen, welcher auf schwanken
Füßen daher sich in unfreiwilligen Kreisen bewegte,
Dem auch die Sinne zumeist und das Urteil gänzlich entflohn war.
Gern sah solches der Freund und sprach mit erlogener Stimme:
»Kommt Ihr vom Rathaus heim, Herr Gevatter? Ihr bringet ein kluges
Protokoll mit nach Haus, da unter dem Hut, wie ich merke!
Hier ist ein Fuhrmann, seht, aus dem Galler Kanton, will gegerbte
Rindshäut führen auf Ulm, wo sie jetzt – wir hörten es eben –
Über den Münster ein groß Futteral her machen, mit vielen
Kosten, ein Wunder der Welt: er sagt, man könne nicht Sattler
Gnug auftreiben im Land zu der Arbeit. Nun, und der Fuhrmann
Hatte gefüttert im Dorf; kaum ist er heraus und am Bildstock,
Bringt ihn der Teufel dem Graben zu nah – da lag ihm der Plunder!
Schrie er nicht Zeter und Weh, als führet er Glas auf dem Wagen!
Wir dann sprangen ihm bei und halfen ihm wiederum laden
Seht, just fährt er hinweg! wir geben ihm noch das Geleite.«
– »Auch gut!« – stammelte jener zur Antwort – »irren ist menschlich.
Bringt ihn bis zur Chaussee, dann meinthalb fahr er nach Belgrad!«

Sprach's, und redete noch, als Märte schon lange hinweg war.
Vorwärts ging schon der Wagen und bog jetzt ein in den Feldweg,
Wo er gelind anstieg, und es schwitzten im Ziehen die Pferde,

Rechts und links von den eifrigen Burschen zur Eile getrieben,
Während der Fischer in Atem den Jux erzählte vom Ratsherrn.
Hinten am Dorf noch hörten sie laut des Betrunkenen Stimme
Singen; ihn führte der Rausch abwegs in der Gärten Umfriedung,
Nimmer den Eingang ihm in die vordere Gasse gestattend.

Als sie den nächtlichen Wald nun erreicht, und der türmende Wagen,
Sanft auf grasigem Weg noch wenige Schritte hineinwärts
Fahrend mit breitem Geleis und oft am Gezweig anstreifend,
Auf dem geräumigen Platz ankam, der zum Feste bestimmt war,
Machten sie halt und verschnauften ein weniges. Aber der Fischer
Sagte sodann: »Jetzt spannen wir aus! Du, Frieder, und ihr zwei,
Reitet die Pferde vor allem zurück! sie taten das Ihre.
Braucht Vorsicht mir im Dorf! Doch betrifft euch einer, so lügt ihr,
Was ihr vermögt; je nachdem es ein Mann ist schleppet ihn lieber
Mit, eh man etwa befährt, daß er wider uns zeuge am Morgen.
Auch spioniert nach dem Schiffer gelegentlich, ob er nicht heimkam.
Hört – ja brächtet ihr den mit herauf, ihr solltet gelobt sein!«
Sprach's, und die rüstigen Bursche, nachdem das Gespann sie gelöset,
Schwangen sich auf und ritten hinweg, ihr Bestes versprechend.
Rasch dann gingen die andern ans Werk. Vorn, links in der Ecke,
Wo im Gebüsche der Mundvorrat mit dem Weine versteckt lag,
Machten ein lustiges Feuer sie an, und flammende Brände
Leuchteten hell um den Wagen herum, von dem sie die Decke
Zogen. Es stiegen der Jünglinge drei auf denselben. Die Stricke
Machten sie los und warfen zuoberst die Betten herunter,
Reichten die sauberen Stühle herab und die leichteren Tische
(Alles mit strohernen Bäuschen geschützt, von wegen der Reibung);
Rocken und Spinnrad auch, und im länglichen Kasten die Standuhr;
Hoben die Wiege heraus und das hohe Gestelle des Ehbetts,
Welches vom Urgroßvater noch da war: oben am Deckel
Sah man den Traum Jakobs mit der himmlischen Leiter in hellen
Farben gemalt, die geflügelten Engel hinauf und hinunter.

Nächst dem Küchenbehälter erschien ein altes Klavierchen,
Gar dünnleibig und schwach von Ton; ihm bangete jetzo
Schon vor dem roheren Griff der spielunkundigen Jugend;
Dann die Kommode von Nußbaum und zwei kleinere Schränke.
Endlich erhoben sie noch den verschlossenen Kasten mit Weißzeug,
Den acht stämmige Arme zugleich von unten empfingen.
Stück für Stück ward alles, so wie es vom Wagen herabkam,
Gleich an die schickliche Stelle gesetzt, und die grünenden Wände
Schmückten sich wohnbarlich aus. Ein paar hell strahlende Spiegel
Hingen an zwei dickstämmigen Birken vom Nagel herunter,
Gegeneinandergekehrt, an den längeren Seiten des Saales.
Quer hingegen, zurück nach dem Grund, sah man die gestreckte
Tafel bereits mit der sauberen Leinwanddecke des Wagens
Reinlich gedeckt und hüben und drüben geordnet die Bänke.
Gleich ward auch das vortreffliche Brautpaar, welches im Schatten
Schon seit Stunden gekoset, hervor aus den Büschen gezogen,
Und, an die Tafel gesetzt auf den Ehrenplatz in der Mitte,
Grinseten sie bei dem einzigen Licht, das ihnen einstweilen,
Bis die Stunde des Schmauses erschien, auf den Leuchter gesteckt war.
Scherz und Witz, nicht immer des feinsten, belebte der Burschen
Emsiges Tun. In die riesige Bettstatt wurden die vollen
Pfauschigen Betten gebracht, und der rötlich gewürfelte Vorhang,
Welcher dabeilag, fiel in Falten herab von dem Himmel.
Doch in der Wiege – befremdlicher Anblick! schreckenerregend
Jeder gesitteten Jungfrau, wenn sie es sollte gewahren –
Lag ein gebackenes Kind, mit Augen und Mund und Nase,
Gelb, schön glänzender Kruste, vom Sohne des Bäckers gestiftet.

Einige hatten das Feuer geschürt, um die Speisen zu wärmen:
Denn es gebrach nicht Tiegel noch Topf, noch fehlte der Dreifuß.
Solches Gerätes enthielt der übelverwahrte Behälter
Mehr als genug, in Heu sorgfältig gepackt von der Mutter.
Alles entwickelten sie mit Bewunderung neben der Flamme;
Stellten die Teller zurück und was zur Tafel sie brauchten,
Hingen der Reih nach auf am Gesträuch messingene Pfannen,

Sonniger Pracht, und mit doppeltem Handgriff zinnerne Schüsseln,
Welche mit Blitzen zurück den gewaltigen Lichtglanz warfen.
Jegliches ordneten sie mit Sinn und Geschick, wie die Magd tut,
Wenn sie die Küche am Samstag schmückt auf den lieblichen Sonntag,
Hin und her mit Gesang sich bewegt und die lange bekannten
Stücke nun blank und rein den gewohnten Plätzen zurückgibt.
   Indes kam auch der Frieder vergnügt von dem Dorf mit den andern
Wieder. Sie hatten, von keiner lebendigen Seele betreten,
Glücklich die Pferde versorgt, und vom Hirschen herüber die hellen
Pfeifen im Lärmen der Tänzer gehört und den heftigen Brummbaß.
Aber vom Tone erspähten sie nichts; umsonst auf den Nußbaum
Hinten im Hof stieg einer und klopft' ihm, wie sie auch sonst wohl
Taten, ans Fenster: sein Bett war leer. – »Auf! zündet die Lichter
An auf dem Tisch!« – rief Märte – »das Essen herbei und die Kannen
Hurtig gefüllt! es dürsten die Gäste, es hungert das Brautpaar!«
   Also nahmen sie Platz, wie es kam. Ein paar von den Jüngsten
Warteten auf, ein dritter jedoch am Fäßchen (es ruhte
Auf zwei Stühlen, gesichert) zunächst an der festlichen Tafel
Zapfte den funkelnden Wein. Wie gut, nach der handigen Arbeit,
Schmeckte der Trunk im kühlen, im herrlich erleuchteten Raum! wie
Schmeckte zum Braten der frische Salat! Sie kaueten wahrlich
Auf zwei Backen zumal, die gesundheitstrahlenden Zecher,
Plauderten, strichen sich selber heraus und priesen ihr hohes
Glück bei so großer Gefahr und erwogen mit Lachen die Folgen.
Lustig ertönte der Gukukruf aus der Uhr, die der Fischer
Aufgezogen, jedoch auf die Stunde zu richten vergessen:
Neunmal rief sie, den herzerfreuenden Sänger des Frühlings
Schlecht nachahmend im Walde, bei Nacht und wider die Jahrszeit.
Nur erst zwei Uhr war es vorbei und ferne der Tag noch.

Nicht lang saßen die Schmausenden so, als in dem Gehölze
Plötzlich Musik zu erschallen begann, die näher und näher
Rückte: da sprangen die meisten erschreckt empor von den Sitzen,
Schauten verwundert sich an, bis Märtes gelassene Miene,
Was es bedeute, verriet. Er hatte den Geiger von Argen
Auf die Stunde beschieden hierher mit seinen Gesellen.
Und schon traten sie ein, vier Mann hoch in den erhellten
Saal marschierend im Takt, und ein Bürschlein trug die Laterne.
Aber auf einmal hielten sie inne, verblüfft absetzend,
Da sie den seltsam verwandelten Schauplatz sahn und das Pärchen
In hoffärtiger Pracht am Tische. Sie lachten und schwuren:
»Solches erlebten wir nicht, fürwahr, so weit wir herum schon
Kamen, wir durstigen Spieler, im Land und außer den Grenzen!«
Dann, nachdem sie mit Essen sich erst und mit Trinken geletzet,
Spielten sie auf zur Tafel, die mannigfaltigen Weisen,
Wohl eine Stunde. Man stieß auf der Neuvermähleten Wohlsein
An, mit ledigen Gläsern, verkehrt sie haltend am Fuße,
Füllte sie neu und ließ den beleidigten Freund hoch leben;
Neckte mit kitzlichen Fragen die Braut und erteilte dem blöden
Bräutigam allerlei Rat; doch zur Antwort borgte der Fischer
Beiden die täuschende Stimme zum großen Ergötzen der andern;
Darin tat es ihm keiner zu gleich, dem bei der Geburt schon
Jegliche Kunst und Gabe der scherzenden Muse geschenkt war.

Aber sie hatten des Sitzens genug und begehrten zu tanzen.
Paar und Paar erst drehten sie sich im melodischen Ländler,
Der halb traurig ein Herz, halb fröhlich zu stimmen gemacht war
Und das Verlangen die Liebste zu sehn in jedem erregte,
Weil er zuletzt bei diesem Getön sie gewiegt in den Armen,
Welche daheim nun lag in dumpfiger Kammer; die Stirne
Netzt unschuldiger Schlaftau ihr und die brennenden Glieder
Drängen die lästige Decke zurück im stöhnenden Schlummer,
Während der Hahn auf der Stange den Tag schon wittert und ankräht.

Doch zu des Festes Beschluß nun schritten sie, fichtene Fackeln

Schwingend in düsterer Glut, durcheinander sich schlingend im Tanze;
Nur daß etliche, rasch vom Geiste des Weines bewältigt,
Schwankten, so mächtig ihr Juhschrei noch durchhallte die Waldung.
Schon verblaßte die Nacht, und im Laub ein schüchternes Vöglein
Regte sich hier und dort: da ermahnte der Fischer zum Aufbruch.
Weggeworfen die Fackeln verglommen im feuchtigen Grase,
Und man eilte nur noch, dem Magen zur Sühne, den heißen
Kaffee hinunterzuschlürfen; dann raffte zusammen ein jeder
Was ihm gehörte. Die Musiker leerten die Reste des Weines
Noch in den Kannen; das ledige Faß ward tief ins Gebüsche
Seitab getragen und sorgsam versteckt, um es später zu holen,
Aber das übrige blieb wie es lag und stand. Eh die Sonne
Noch, aufgehend, die Wipfel beschien des beschatteten Haines,
War schon verlassen der Platz, nur das Ehpaar saß noch alleine
Schweigsam hinter dem Tisch; kein Laut als der singenden Vögel
Wurde gehört, und die Wanduhr hielt den gemessenen Takt ein.
Aber indem sich der wacker bezechte, der lachende Haufen
Nun auf dem Umweg durch das Gehölz fortmachte, damit sie
Heimlich gelangten ins Dorf, ein jeder in seine Behausung,
Blieb mit Bedacht Freund Märte zurück in der Nähe des Platzes,
Daß nicht am einsamen Ort unbeschützt der Müllerin Hausrat
Sei zufälligen Dieben ein Fund, ihm aber vor allen
Schwere Verantwortung des geringsten Verlustes erwachse.
Dort an der Spitze des Waldes, gedeckt von den äußersten Büschen,
Saß er, sein Pfeiflein stopfend, allein auf dem liegenden Eichstamm,
Spähte mit Blicken des Falken umher im offenen Felde,
Rund um das Dorf, wo der Hochzeittumult schon lange verstummt war
Und der geschäftige Tag erst wenige Schläfer erweckte.
Hier denn war er entschlossen die Ortspolizei zu erwarten,
Und nicht eher zu fliehn, als bis sich Richter und Schultheiß,
Auch Waldmeister und Büttel, besonders der Müllerin Sippschaft,

Ja, wie er hoffte, sie selber mit ihm, voll stürmischer Eile
Naheten, lang nachziehend den Schweif neugierigen Volkes.
Er dann wollte geschickt auf verborgenen Wegen dem See zu
Eilen, und von dort aus, mit triefendem Netz auf der Schulter,
Kommen gemächlichen Schritts in das Dorf, als wüßt er von gar nichts.

Niklas (welcher, von Märte gewarnt, nach desselbigen Beispiel,
Mäßiger war bei dem Trunk und sich bei guter Besinnung
Weislich erhielt) war kaum auf die eigene Kammer geschlichen,
Als er mit großem Geschrei, daß der Brautschatzwagen hinweg sei,
Allen verkündet' im Haus. Sogleich wie ein laufendes Feuer
Kam es im Dorfe herum, und zuerst vor die Müllerin selber.
Grausamer ward wohl nimmer ein Weibchen geweckt auf die Brautnacht,
Als im stillen Gemach die nur erst entschlummerte Schöne!
Und ein Rennen und Laufen begann und ein Fragen und Rufen
Allenthalben, als läutete Sturm, als brennt' es im Orte.
– Wundersames berichtete Sime-Barthel, der Ratsherr,
Was ihm einer gesagt von dem Frachtfuhrmann auf der Straße,
Unglaubwürdiges, eher dem Scherz gleich, weder dem Ernste,
Wie es ihm selber nun deucht'; auch sagte der Mann, der die Wache
Tat in der Nacht, er hätte vom Wald her öfters wie Geigen
Oder wie Pfeifen gehört, und andere, so ihm begegnet,
Hätten es mit ihm gehört, doch geschworen, es halle die Musik
Wider vom Tanz im »Hirschen«, obwohl er es lange bezweifelt.
Hiernach denn, sowie andern untrüglichen Zeichen zufolge,
Zog man hinaus, und entdeckte gar bald den unglaublichen Frevel.
Da war des Staunens umher und der aufgehobenen Hände,
Lachens und Jammerns kein End! In stets sich vermehrenden Scharen
Strömten des Dorfes Bewohner herbei; mit unmäßigem Schelten
Heulte die Mutter voran, ihr folgte die ganze Verwandtschaft.
Trude jedoch, von Scham und von Schmerz auf dem Wege bezwungen,

Als sie vernahm, was alles im Wald leichtfertige Hände
Stellten zur Schau, blieb weinend zurück: »O das hat der Böswicht«,
Rief sie, »der Märte getan!« – und lief und verbarg sich im Hause.
Peter inzwischen, er wußte nicht wie, stand schon auf dem Platze,
Schaute mit dummlicher Miene sich um und erblickte sein Abbild
Neben der Liebsten, das doppelte Kunstwerk, farbigen Glanzes,
Eh es, den Augen der Lacher entrückt, nun schmählich dahinsank.
Während entschlossene Männer nun, hülfreich, aus dem verengten
Raum wegtrieben die Menge, das Fuhrwerk eilig zurechte
Stellten und gleich anfingen die Fahrnis wieder zu laden,
Sah man der Müllerin Mann untätig, in blöder Verwirrung
Stehen, bald hier, bald dort, und erneuerten Spott sich erwecken.
Denn, nicht wissend so recht was er tat, auch weil ihn des Essens
Stete Begier antrieb, und das kuchengebackene Kindlein
Vor ihm lag auf dem Tisch, unberührt noch, brach er dasselbe
An und kostete, weniges erst, dann aber zu immer
Völligern Bissen geführt, verzehrt' er es nahe zur Hälfte.
Deshalb sagt man noch heut: er ißt wie der Müller von Bärnau,
Welcher sein eigenes Kind, das unmündige, so ihm geschenkt war,
Gleich am Tag nach der Hochzeit fraß, ein grausames Frühstück.
Als nun die Ladung endlich zurück auf den Wagen gebracht war,
Führten befreundete Rosse hinweg ihn stracks nach der Mühle,
Wo die Besitzerin schon sein harrete unter dem Hoftor.

Also rächte der Fischer die Kränkung seines Geliebten;
Ungestraft: denn der Schultheiß riet zur Güte dem Ehpaar,
Daß nicht vielleicht gar Schlimmeres noch der vermessene Haufen
Ihnen an Gut und Ehre, zur Wiedervergeltung erweise.
Aber noch selbigen Tag kam froh, in des Vetters Begleitung,
Tone von Manzell heim. Er hatte dem ehrlichen Paten
Seine Geschichte vertraut und wie er die Schäferin liebe.

Jener nun brachte des Sohns Absicht (so verlangt' es der Jüngling)
Erst an Vater und Mutter, darnach an die Eltern des Mädchens,
Und den Morgen darauf lud Tone – wie staunten die Leute! –
Seinen trautesten Freund zum fröhlichen Fest der Verlobung.

Siebenter Gesang

O glückselige Zeit, da der Jüngling blüht und die Jungfrau!
Unaufhaltsam gehst du dahin, nie wiederzukehren!
Gleichwie ein weitaussehendes Lied anhebet und freundlich
Jedem das Herz einnimmt (dies hoffet ein Sänger bescheiden),
Daß man der fliehenden Stunde nicht wahrnimmt und sich das Ende
Gerne verhüllt, doch kommt es zuletzt und die Töne verstummen:
Also verrinnt die gemessene Frist anmutiger Jugend.
Zwar auch der Mann, der dem Haus vorsteht und neben dem Weibe
Blühende Kinder ernährt, noch über die Mitte des Lebens
Grünet er neidenswert: dann aber empfängt ihn das Alter
Schon mit unwillkommenem Gruß, und dringet ihm Freundschaft
Auf, die jeden beschämt und welcher doch alle sich fügen,
Ehe das Bitterste naht; denn lieb ist das Leben auch so noch.

Solche Gedanken, o munterer Greis, betrübten die Seele
Dir nicht am Abende dort auf dem Heimweg von der Kapelle,
Wo du den Schneider betrogst und früherer Jahre gedachtest.
– Aber ich singe die Strafe nunmehr, die du jenem bereitet.

Sonntag war es gewesen, und schweigende finstere Nacht war's,
Als mit seinem Gesellen der Schneider den Gang nach dem Kirchlein
Antrat, bestens mit allem versehn, was die Absicht erheischte.
Ihn durchjästete ganz, wie ein giftiges Fieber, die Habgier,
Seit er die Glocke gesehn, die vermeintliche, drüben vom Hügel.

Denn am hellen Mittag dort standen sie, spähten und blinzten,
Öfter den Standpunkt wechselnd, hinauf; und die Hand vor die Sonne
Über dem Auge gedeckt, rief, schluckend in freudigem Schrecken,
Wendel zumal: »Da ist sie, bei Gott! Mit der unteren Schweifung
Sticht sie finster ins Licht, wie der Alte gesagt! und ein Weltsding,
Ein allmächtiges, wie mich bedünkt – die macht uns zu schaffen!«
– Gleichfalls sah der Geselle sie dann und bekräftigt' es lebhaft,
Trug hingegen war alles und Gaukelwerk des durchtriebnen
Greisen. Er war mit dem frühesten Tage bereits in dem Türmchen
Oben gewesen, indem er den Chor von außen erklettert
– Siebenzigjährig ein Jüngling noch –, in die Lücke des Kirchdachs
Stieg und über das Deckengewölb weglaufend zur Schnecken-
Treppe gelangte, von welcher hinabwärts hohl das Gemäuer
Hallte, der Stiegen beraubt. Dort aber ins Glockengehäuse
Hatte der Alte den Speck, um die diebischen Ratzen zu fangen,
Heimlich gebracht, und war, wie er kam, bald wieder gegangen.
Jetzt, in der Nacht, schon lange bevor ankamen die Diebe,
Wartet' er ihrer am Felsengestad, dicht unter dem Kirchlein.
Weit noch waren die Schneider entfernt, die beschwerliche Leiter
Zwischen sich tragend; der Meister voran und hinten der Bube.
Während sie nun so gingen und keiner ein Wort mit dem andern
Redete, häufig die Ohren gespitzt, anhielten und horchten,
Kamen dem Wendel Gedanken der Furcht. Ihm fiel nacheinander
Ein was er früh in der Schule gehört von Wundergeschichten.
Bald wie ein Heiligenschänder gestraft ward, bald wie ein Räuber
Sein ruchloses Beginnen gebüßt, noch eh es vollbracht war;
Jener zumal, von welchem erzählt wird, daß er die Mutter
Gottes bestohlen im Dom, ihr strahlendes Bild am Altare,
Und wie die Himmlische seiner geschont anfänglich und stille
Hielt, da er frech aus der Hand ihr die goldene Kugel gebrochen,
Ja noch geduldig es litt, die Erbarmende, daß er den Mantel
Ihr von der Schulter geraubt, aus gediegenem Silber getrieben;
Aber indem er die Hand ausstreckte zuletzt, ihr die Krone

Selber zu nehmen vom Haupt – urplötzlich die mächtigen Arme
Warf sie um ihn und hielt so gefangen ihn bis an den Morgen,
Wo die erstaunende Menge den schon Entseelten befreite.
Noch auf den heutigen Tag steht sie mit gebogenen Armen,
Zum Wahrzeichen, die Heilige, dort und zur ewigen Warnung.
Aber – so tröstete Wendel sich bald – hab ich doch im Leben
Nichts dergleichen geglaubt! Und dächt ich, es wäre die Wahrheit,
Scheut ich die lumpige Glocke doch nicht. Ja wenn es die echte
Wär, und man führte sie über den See, ich wollte noch eher
Denken, es hätte Gefahr; daß sie etwa, schwerer und immer
Schwerer von selbst sich machend, das Schifflein brächte zum Sinken.
Aber so ist es ein Wechselbalg, ein elendiger. Diebe
Haben hieher sie gebracht, drum holen auch Diebe sie wieder.
Dies und anderes sprach er bei sich. Und sie standen am Kirchlein,
Traten hinein und rasteten nicht erst, sondern der Bube
Schlug gleich Feuer und steckte das Blendlicht an (das der Schneider
Eigenhändig gemacht), es wurde die Leiter gerichtet
Und sie stiegen hinauf, nacheinander, mit Feilen und Zangen,
Bis an die steinernen Stufen und weiter so fort; der Geselle
Diesmal voran. Doch unhörbaren Tritts, in geringer Entfernung
Folgte der Fischer und blieb in der obersten Wendung der Treppe
Unter dem Schlupfloch stehn, so, daß er nur halb mit dem Kopfe
Ragt' aus dem Boden hervor, den jene soeben betraten.
Doch kaum hatte der Schneider beim streifenden Scheine des Lichtes
Flüchtig erblickt was im Stuhl dort Zweifelhaftes herabhing,
Als ihm der Mut einsank, und jetzo, näher getreten,
Starreten beide mit offenem Mund. Denn, ach, statt der Glocke
Schwebt ein Ungeheuer von Hut, dreieckig, am Stricklein!
Nicht ein solcher fürwahr, wie er Sonntags während der Predigt
Hinter dem Sitze des Schultheiß hängt, andächtiger Stille;
Noch wie der Schäfer ihn hat am festlichen Tage des Wettlaufs
Auf dem Gröninger Markte, geziert mit farbigen Nesteln;
Nein, wie im Acker der Landmann ihn aus der werdenden Furche

Unter der Pflugschar ziehet hervor und ihn wirft in den Graben:
Gelb vom Regen gewaschen der Filz und gedörrt an der Sonne,
Löcherig, ohne Gestalt, ein Auswurf seines Geschlechtes.

Sprachlos waren die zwei, unfähig ein Glied zu bewegen.
Schnöden Verrats Ahnung und die Angst unauslöschbarer Schande
Trieb dem unseligen Schneider den Schweiß aus. Selber das tiefe
Schweigen des Orts – nur der Nachtwind blies durch die lockeren Laden –
Ward ihm ängstlich und schien noch größere Schrecken zu bergen.
Und so kam es auch jetzt; denn die nächtliche Stille zerrissen
Gellende, schreiende Töne der Dorfklarinette mit einmal,
Fröhlich genug, doch verzweiflungbringend dem Ohre der Frevler,
Und es entstürzte dem Nest jählings, vor Entsetzen, der Eule
Noch schwach flatternde Brut, daß der Flaum an den Balken umherflog.
Gar wohl kannten die Weise des schelmischen Liedes die beiden,
Welches begann: »Was gleichet uns Schneidern an Witzen und Listen.«
Ebenso schnelle errieten sie auch den unsichtbaren Spielmann,
Welcher zu spielen so lang fortfuhr in beschleunigtem Zeitmaß,
Bis ihm das Lachen den Blast abstieß, ihm die Pfeife vom Mund sank
Und er sich jetzo nach Lust ausschüttete, Tränen vergießend.
Vor aus dem Dunkel nun trat er und stand von der Leuchte beschienen.
Wendel gelangte zum Wort und ruhigen Tones begann er:
»Alter! Ihr habt zwei Schneider im Garn – was hülfe das Leugnen!
Lacht nur, ich lache vielleicht noch mit: doch, seid Ihr's zufrieden,
Bleibe der Spaß unter uns! Wie meint Ihr, könnet Ihr schweigen?
Drei Maß Wein, Bärnauer Gewächs, sind Euer noch heute.«
»Sei's drum« – sagte der Fischer: »es gilt! Hier nehmet die Hand drauf.«

Anmerkungen

Der Schauplatz der Idylle ist an der württembergischen Landesgrenze gegen Bayern, südöstlich von Friedrichshafen zu denken.

479 *Der First,* schwäbisch, sonst: die Firste; im Altdeutschen bei den Minnesängern: der Virst.

479 *Der hohe Säntis* bildet, nebst dem Altmann und dem Gyrenspitz, die Krone der Appenzeller-Berge.

480 *Im Stammkloster,* Mutterkloster; etwa die Abtei Weingarten.

483 *Windbraus,* heftiger Wind. Joh. Matthesius.

488 *Das Allgäu,* Allgau, der Landstrich an der Iller von Memmingen und Kempten bis zum Bodensee herüber.

489 *ehender,* eher. – Etwas *ohne werden,* einer Sache los oder verlustig werden.

489 *ring,* gering, leicht.

490 *gätlich,* bequem.

491 *schochen* bedeutet eigentlich schon an und für sich: Haufen aus etwas machen.

495 *der Alpstein,* die ganze Säntiskette.

496 *Schnurranten,* herumziehende Spielleute.

498 Jemanden *einen Maien stecken* (als figürliche Redensart immer ironisch), einem etwas antun, das ihm nicht zur Ehre gereicht. Ein Mai heißt ein grüner Baumzweig oder Büschel von Zweigen, besonders von frisch ausgeschlagenen Birken, sofern sie bei festlichen Gewohnheiten zu Ausschmückung der Häuser u. dgl. gebraucht werden. s. Adelung, Wörterb.

500 *der See blüht* – stehender Volksausdruck für ein natürliches Vorkommen, welches der Bodensee vermutlich mit andern Landseen gemein hat. Im Frühling sind nämlich oft ganze Strecken seines Wassers mit einem gelben Staub bedeckt, der sich bald schleimig zusammenhängt und nach tagelangem Umherschwimmen verschwindet. Diese Erscheinung kann nicht vom Blühen der Wasserpflanzen herrühren, da der See deren nur wenige hat; es ist vielmehr nichts anderes, als der männliche Samenstaub der an den Ufern wachsenden Sträucher und Waldbäume. s. Schwab, Der Bodensee.

503 Unter den gewöhnlichen Singvögeln, die sich alle am See finden, soll nur die *Nachtigall* fehlen. s. Memminger, Beschreibung des Oberamts Tettnang.

508 *Buchhorn* hieß die vormalige kleine Reichsstadt, welche von König Friedrich, dem Gründer des dortigen Hafens, den Namen Friedrichshafen erhielt.

508 *Das Kälbchen ins Aug schlagen,* bei jemand anstoßen, besonders durch Reden.

521 *weder,* beim Komparativ – als.

524 Die hier angeführte *Wundergeschichte* wird irgendwo von einer deutschen Kirche, und zwar, wenn der Verf. sich nicht irrt, in den Rheinprovinzen, erzählt.

525 *Gröningen,* Markgröningen, ein altes Städtchen unweit Ludwigsburg. Am Bartholomäus-Feiertage wird daselbst ein Fest unter dem Namen Schäfermarkt, das Überbleibsel eines ehemaligen Wollmarkts, begangen. Die meisten Schäfer des Unterlands versammeln sich hier, teils um ihre Geschäftsangelegenheiten in Ordnung zu bringen, teils um sich mit Tanz und Spiel zu vergnügen. Schaulustige Gäste kommen in Menge aus Städten und Dörfern herbei. Nach einem feierlichen Aufzug mit Musik, wobei eine gemalte Fahne aus weißem Taffet vorgetragen wird, halten einige junge Schäfer und Schäferinnen einen Wettlauf mit bloßen Füßen auf dem Ackerfelde. Die Preise bestehen in einem bunt geschmückten Lamm, Halstüchern, Bändern und bemalten Blechkronen. Ein allgemeines Abzeichen für diesen Tag sind die Nestel, schmale farbige Streifen Schafleder, die in einen Metallstift auslaufen. Sie werden auch unter die Zuschauer verteilt, am Arm und im Knopfloch getragen.

526 *Blast,* Hauch, Wind. »– wie ein Sackpfeiffenzipffel, dem der Plast entgangen.« Grimmelshausen, Simplicissimus.

WISPELIADEN

SOMMERSPROSSEN

VON

LIEBMUND MARIA WISPEL

Bel-Ésprit

Lettre de cachet &c. &c.

[Vignette: bekränzte Lyra]

Creglingen

zu haben bey dem Verf.

1837.

Mit einem Stahlstich.

—

Sr. Wohlgebohren

Herrn Prof.

Ludwig v. (Luigi de) Bauer

zum XV^{ten} Weinmondes

MDCCCXXXVII

gebaichnet

vom

Verfasser

BEVORWORTENDES

»Facturusne operae pretium sim – – – nec satis scio, nec, si sciam, dicere ausim« – so beginnt der große Tite-Live seine meisterhafte Geschichte des Römischen Stuhls, und ähnliche Gefühle der Bescheidenheit beseelten mich bei Auszwarkung dieser Poemen. Allein die Stimme zerschiedener Kenner und Mäzenaten, welche meiner poetischen Arterie einen, wohl nicht ganz fehlgreifenden, Beifall zugeflüstert, (ich nenne hier statt aller andern bloß Se. Hochwürden, Herrn Dom-Dechant Hartlaub in W.) ermutigte mich endlich zu dieser literarbezüglichen Entreprise. Unschwer würde es gewesen sein, die Banzahl der hier präsentierten Piecen auf das Dreifache zu steigern, doch ebenjener Kenner und Patron bemerkte, daß Gedichte, zumal Lyriken von gegenwärtigem Genre, wenn sie en masse antreten, nachgerade äkelhaft zu werden pflegen.

Lange Vorreden sind die Sache eines, auch nur halbwegs, bedeutenden Schriftstellers nicht; es wäre daher lächerlich, abstrakt, ein Wort weiter hinzuzufügen. Alles übrige ist in der Nachschrift angeschiftet.

W.

INVENTAR

1 ## DER STRÄFLING

Elegische Balladière

Im Kerker zu Stouttgart gedichtet
d. 5. Ap. 1837.

In des Zwingers Mißgerüchen
Fröstelnd sitz ich da;
Weil man mich der königlichen
Zwiebel dräuen sah.

Denn ich wähnt, es wär nicht übel,
Wenn wir unserem Aquavit*
Statt gemeiner Zähren-Zwiebel
Zärtern Schmälzling teilten mit.**

Und ich schlich zum Herrschergarten,
Wo der Silberstölzling† schwimmt,
Wo die Afrikanen†† schnarrten
Und die Tulpe flimmt.

2 »Ihre Knolle auszuzwarken,
Hilf, o Küpris†††, mir!
Niemand wird mir dies verargen,
Niemand lauschet hier!«

* Euphemism, pour Wasser-Soupe.

** Auch mein Kochwerk anzubessern***,
Pröblings wollt ich's tun
Diesen Wissenszweig zu größern,
Kann mein Geist nicht ruhn.

*** Der Verf. beabsichtigte die Herausgabe eines Kochbuchs nach baichenen Ideen, welches sein Bruder drucken wollte.

† Der Schwan.

†† Eine Art ausländischer Enten; sehr schön, aber von häßlichem Geschrei.

††† Göttin der Botanique.

Und schon bohrt ich auf die Neige,
Und schon gab sie nach,
Als aus nahem Lustgezweige
Still ein Bosmann brach.

Und ich trat mit meinem Zweke
Floskelnhaft hervor,
Doch der goldbordierte Reke*
Wismet' mir kein Ohr. –

– Wie notwendig Junge brechen
Aus dem Hühnerei,
So folgt jeglichem Verbrechen
Stets die Polizei.

In des Zwingers Mißgerüchen
Fröstelnd sitz ich da,
Weil man mich der königlichen
Zwiebel dräuen sah.

3 AN DIE SCHÖNEN DES KATHARINENSTIFTS IN STUTTGART

Ich hatte mich um das leere Fachwerk der Historie beworben und mich erboten, statt des Katheders ein eigenes Geschichts-Theater zu arrangieren und dabei die Stelle des Direktors und dramatischen Geschichtschreibers zu übernehmen. Der Antrag ging jedoch nicht durch und die wichtigsten Fächer werden durch Fuscher und suspendierte Pfarrer besetzt.

Gerne auf lebendger Bühne –
(Doch wer schafft mir die Lizenz?) –
Zeigt' ich Clios Welten-Sühne
Und AllVaters Providenz;

Nicht in dumpfem Hörsaal stillet
Man die Wiß-Gier allermeist:
Nicht in Sutterkrüge* füllet
Man der Weltgeschichte Geist!

* Altteutsch pour: Portier.

** Bloß Bild für die Beschränktheit der Form und des Lokals.

4

SARKASME

An meinen Bruder, den Uchrucker

Du mich mit Perlschrift drucken? Nein!
Ich bin die Perle und du bist das Schwein.

AN EINE WEINENDE

Elegie, mit schließlich heitrer Wendung

Dolorose! mir verkünde
Deinen Seelenschmerz!
Möglich, daß ich Mittel finde
Für dein reizbar Herz –!

Nimm indes als Liebesflagge
Dieses Tüchlein an,
Bis des Ehbetts reine Lakke
Hold uns wird empfahn;

Dann in unserm Liebesgarten
Wollen wir ein Kind erwarten,
Das der Storch, wenn's ihm gelingt
Einst aus Edens Teiche bringt.

(Oder, falls letzteres zu kühn, beliebe man:)

Nimm, o Liebliche, einstweilen
Diese zartentworfnen Zeilen
Und, als Mittel, diesen Kuß
Wider deinen Zährenfluß.

5 LA JALOUSIE*

Ich ging an Louis von Baierns Schloß vorbei,
Da wispert' man ihm zu, daß ich es sei:
Von Baiern eilt ans Fenster, mich zu sehn,
Doch nur verstohlen wollt er nach mir spähn;
Ich merkt es wohl und lächelt vor mich hin:
»Ein Dichter sieht sehr oft aus Jalousien
Ja manchmal gar aus prächtigen Basiliken
Mit Basilisken-Augen nach sich blicken!«

6 HORATIUS AD THALIARCHUM

(Chansons, Livre 1, od. 9.)

Vides, ut alta stet nive candidum
Socrate, nec jam sustineant onus
silvae laborantes, geluque
flumina constiterint acuto;

Dissolve frigus, ligna super foco
large reponens; atque benignius
deprome quadrimum Sabina,
o Thaliarche, merum diota.

7 DES VTUS HORAZIUS FLAKKUS AUS WENUSIA ERSTEN BUCHES DER ODEN DIE NEUNTE

Schau, wie, an Altersweisheit ein Sokrates,
Höchlings der Berg steht und wie die Sylphe sich,
Ihn untergrabend, umsonst abmühet,
Und die Gewässer wie Spießglas zwitzern!

* Bei den Galliern die Götzen des Neides.

Wärme dich, Guter! stapple den Holzstoß auf,
Reichlich, nicht etwa über dem Sparherd bloß!
Und vielleicht ist Sabinchen* so gütig
Uns, Daliarch, ein Quart Rein-Wein zu wismen.**

8 SARKASME WIDER DEN PIETISM

Wer wissen will, wie baigen, wie pikant
Der Christianism öfters Hand in Hand
Mit feinem Sündenreize webt
Dem biet ich folgendes Rezept:
Mir wismet' es ein Pietist
Der doch zugleich Lyäens nicht vergißt.

Man nimmt ein altes Evangilen-Buch
Um es in lauem Branntwein einzuwaichnen
Bringt's unter die Kompreß, um es dann durch ein Tuch
Bis auf den letzten Tropfen auszulaichnen:
So hast du einen Extrait d'Evangile,
Der mit Bedacht goutiert sein will
Du hast – ein Tröpfchen unter deinen Wein –
Ein wonne-schmerzlich Reu- und Buß-Tränklein!

9 MEINE *B*ANSICHT

Wer aus reinem Wahrheitseifer
Zweifel an der Bibel wagt,
Sie mit Spottes Gift und Geifer
Zu beschmitzen sich versagt:
Bleibt, wie Dr. Paulus lehrt,
Immerhin höchst achtungswert.

* Wahrscheinlicherweise Horazens Gattin.
** Die übrigen Verse blieben weg, weil ich sie nicht für antique halte.

Strauß hab *ich* noch nicht gelesen,
Weil der Preis zu diffizil;
Doch, er sei zu plumb gewesen,
Selbst in Hinsicht auf den Stil.
Steudel, Bahn- und Eschenmaier
Lieben keine Straußeneier.

Aber, schröcklich ist's zu hören,
Strauß will durch sein Teufelswerk
Die Unsterblichkeit zerstören,
Auch sogar in *Würtemberg*!*
Dieses zeigt doch mehr und minder
Einen ganz verstockten Sünder!

Strauß und Osiander
Müssen beide sterb',
Einer wie der ander,
Trotz der Christoterp'.

Glaubt nur, daß die Hölle drüben
Euch mit gleichem Recht verschluckt,
Denn der eine hat's geschrieben,
Und der andere hat's gedruckt!

SARKASME

An v. Goethe

Du hast mich keiner AntiWort gewürdigt,
Wohl weil mein Geist sich kühn dir ebenbürtigt?
Deswegen, Sprödling! willt du mir mißgönnen
Dich Freund zu nennen?

* Hier ist eine Warinate bemerklich. Anfangs stand:
Strauß will als ein Bandeist
Die Unsterblichkeit zerstören
Die uns doch so wichtig ist –
Allein ich zog jene Lesart vor, weil die Sache dadurch an Schröcklichkeit gewinnt.

Ha! eitler Stolz! Man sah dich von der scharfen
Kritik Bustkuchens schon vorlängst entlarven;
Da zeigte sich's, daß alle deine Verse
  Nur güldne Ärse!

11 SERENADE

zu Tübingen, als ich noch Privatdozent, in dem strengen Winter 1829/30
einer Dienenden dargebracht

Musique von Bornschein

(Con tenerezza)

Eingehüllt in ihre Daunenfeder
Ruht, entkleidet, schon das süße Kind,
Als mit eins vor dem fenêtre
Liebmunds Instrument beginnt;

  Und es rührt sie, daß der Arme
  Noch in seinem Liebesharme
  Ihr auf dem Fünffingerdarme
  Eine Serenade bringt.

(Pizzicato) Mond-Licht wallt;
    Es ist kalt.
Siehst du Liebmunds wandelnde Gestalt??

12 ZWO ÄLTERE GEDICHTE

1

Der Kehlkopf

  Der Kehlkopf, der im hohlen Bom
Als Weidenschnuppe uns ergötzt,
Dem kam man endlich auf das Trom,
Und hat ihn säuberlich zerbäzt,
Man kam von hinten angestiegen,
Drauf ward er vorne ausgezwiegen.

2

Die Streichkröte

Die Kröte, die einst mutig strich,
Hat nun der blasse Tod ergriffen,
Daß ihr das Eingeweichse blich,
Die Volz dazu war nicht geschliffen:
Man rieb sie etwas mit dem Fuß,
Dieweil sie *sterben* muß!

Τέλος

13 AVERTISSEMENT

Von dem Anteil, welchen die vorgerückten Geschöpfe meiner Muse bei dem Publikum finden, wird es abhängen, ob eine Nachgeburt folgen soll oder nicht. Dieselbe würde u. a. nachstehende Stücke enthalten:

1. An den Krammetsvogel. (Würde, in flakkischer Weise, etwa anfangen: »Du, Philomelens glücklichster Sangrival« etc.)

2. An die katholische Religion (Petrinism) Im von Hardenbergschen Stil.

3. Bei Konfirmation meines Neveus (unehelichen Zwitters meines Bruders) mel: die Kröte, die etc.

4. Meine Ähnlichkeit mit v. Matthisson. Kritisches Poem.

5. Umarbeitung des v. Schillerschen: »Laurette am Flügel«. (Ich beginne: »Wenn dein Finger durch den Stahldarm geistert«)

7. An Nane Z. als sie einen angeschriebenen Gänserich von mir wünschte. (»Die Feder, die den Sträfling schrieb«)

8. Bei Betrachtung des Glanz-Gaifers der Gartenschnecke (cochl. hort. Lin.) didaktisches Gedicht.

9. Sonett. Unter heftigen Schmerzen, als ich in einem Gehölze bei Zwerenberg lag und zu sterben meinte. (Der Verf. ist mit einem – medizinisch übrigens vielleicht interessanten – Nabelbruch behaftet.)

10. Das Beuteltier. (Dem H. Grafen v. Skrzynecki zugebaichnet.)

[WISPEL AUF REISEN]

Im Wirtshaus zu D., einem kleinen Dorfe hörte ich etwas von den 2 Schlingeln. Derjenige, der sich Professor nennt, hatte in einer Trödelbude zu Reutlingen für seine letzten 30 Kreuzer ein Blatt von der Bohnenbergerischen Landes-Charte gekauft. Das Blatt umfaßte zufälligerweise den Distrikt von der Gegend bei Aalen, wohin sie auch gerade zu reisen hatten um den Druckapparat eines ruinierten Buchdruckers in der Auktion zu besehen. Der Professor glaubte, daß auf denselbigen sehr waldigen Wegen eine Charte höchst nötig sei: »Kaufen wir den Flächendeuter!« – sagte er zu seinem Bruder – »es ist auf alle Fälle!« Man kaufte das Stück und bei dem Dorfe E. von wo an es brauchbar wurde, breitete der Professor die ganze Papierrolle auf dem kleinen Schubkärchelchen [so] aus, das er seit einiger Zeit mit dem wenigen Gepäck, das die beiden hatten, vor sich herzuführen pflegte. So rückte man schnelle vorwärts, der Professor den Blick immer unverwandt auf die Charte gerichtet, überzeugt daß sie so unmöglich fehlen könnten. Spät abends kehrte man in einer schlechten Dorfkneipe über Nacht ein und der Professor benannte schon in der Ferne das Ort aus der Charte, ohne sich durch weiteres Fragen zu berichten. Sie ließen sich vom Wirt 4 Täubchen geben, den Salat hatten sie selbst mitgebracht. Morgens vor Tagesanbruch aber entfernten sie sich wie gewöhnlich, ohne Abschied, aus der Herberge; der Professor war recht munter unterweges und blinzelte unter allerhand Reden die aufgehende Sonne an. So ging's nach der Anweisung des Bohnenbergers den ganzen Tag vorwärts; außer ein paar Banmeisen brachte der Professor bis abends nichts über den Mund, der Uchrucker hatte aber 1½ Täubchen bei sich von gestern. Abends gegen 5 Uhr war es, als der Herr, der mir diese Notizen nachher erzählt hat, auf der Wegscheide bei O. mit den Gebrüdern zusammentraf. Er lief ½ Stunde hinter ihnen her und hörte folgendes Gespräch:

Prof.: »Nein, gib acht Bruder, was du für ein Geschäftsleben, ein Negotiieren haben wirst, wenn nur beinmal erst die Ruckerei angekauft ist. Ich werde dir nach Kräften in die Hände arbeiten.

Ich schreibe die Bücher und du wirst sie rucken. Es muß himmlisch sein! Ich habe noch nie etwas Gerucktes von mir gesehen. Ich habe schon 3–4 Vorreden im Kopfe, die Prolegoménen sind die Hauptsache, vielleicht geb ich sie auch einzeln heraus. Ich weiß noch nicht recht über was ich zunächst schreiben werde.«

Buchdr.: »Hm, mnä« (ganz gedankenlos).

Prof.: »Ein Werk aber wird Aufsehen, Revolte veranlassen, das ist mein: Sturz Linées [*so*]. Du kennst diesen Naturalisten, diesen Schwärmer. Sein System ist sinnlos. Es gibt nichts Kapriziöseres als seine Einteilung der Pflanzen- und Bestialwelt. Man kann ihn einen trocknen Verstandesschwärmer nennen, einen Sophisten. Ich habe 302 Sophimata [*so*] bei seim System aufgezählt.«

Buchdr.: »Mnja.«

Prof.: »Meine Gegenbehauptungen werden stark, sie werden kühn sein, aber um so gewisser werden sie siegen. Man wird sie am Ende natürlich finden, man wird Linéen einen Pedantiker nennen: Was konnte ihn z. B. verleiten, die Rubrik der Säugetiere so einzuschränken? Ist etwa die Bremse, der Blutegel, die Honigträgerin, nicht so gut ein Säugetier als der Elephas helfenbeiniensis etc.? Wie? übersah Herr Linée denn gänzlich die Saugrüssel dieser Geschöpfe? Er muß wahrhaftig noch keine Biene in der Nähe betrachtet haben. Wie weise ist vom Schöpfer alles eingerichtet! und das sollte Herrn L. entgangen sein? Ferner wie engherzig ist bei ihm die Rubrik Insekten! Was will er denn? Ich werde den Satz aufstellen, daß alles Geflügel was unter der Größe der Schnepfe ist zu den Insekten zu rechnen sei. Mit 8 Worten ist dies bewiesen. Ferner: Warum rechnet Herr L. die Fische nicht zu den Mollusken? gibt es ein kätschiger Fleisch als das der Schwimmtiere? Der Walfisch ist der größte Mollusk. Überhaupt aber was will eine Einteilung der Werke Allvaters besagen vonseiten eines endlichen Verstandeswesens? Wie kann er sagen dies ist groß und jenes klein, dies ist ein Ungeheuer, jenes ein Infusionstier? In den Sehnerven Allvaters rinnt das Volumen eines Nilpferds zu einer Banmeise zusammen. So ist der Mammut eigentlich nur die größte Infusion.«

Buchdr.: »Mnä.«

Prof.: »Weil aber doch einmal klassifiziert sein muß so will *ich* klassifizieren. Ich werde namentlich die bisherige Ordnung der

Planten, Blumen oder Floskeln umstoßen. Ebenso das Gesteinreich. Ich werde zeigen, daß es auch unter den Steinen Männgen und Weibgen gibt. Auch sie begatten sich.« etc.

Hier wurde der Buchdrucker aufmerksam und es entspann sich ein Gespräch, das ich nicht erzählen mag. »Ich blieb absichtlich zurück« – sagte jener Herr. –

In der nächsten Stadt fand ich sie in einem ordentlichen Gasthof wieder. Sie mußten einen starken Umweg gemacht haben, denn sie langten *mit* mir im Wirtshaus an, ob ich sie gleich einen großen Vorsprung auf der Chaussee hatte nehmen lassen. Beim Eintreten in die Tür sagte der Professor mit seiner lispelnden Stimme zum andern: »So hätt ich dich denn mit Beihülfe meiner Charte glücklich nach Aalen gebracht.« Er wiederholte dies öfters und endlich nahm auf seine Frage: »Nicht wahr, dies ist doch Aalen?« – der Wirt das Wort: »Bitt um Verzeihung, Sie sind hier im Bayrischen zu S.«

Der Professor ward über und über rot, wollte sich korrigieren und erwiderte, er frage nicht nach dem Namen einer Stadt, sondern: ob es keinen Aal zu speisen gäbe. »O ja!« war die Antwort. – Das hatte der Professor nicht erwartet, er kam in noch größere Verlegenheit, wollte die Bestellung ablenken und sagte, er meine nämlich einen Zitteraal, dergleichen er in Triest gegessen, sie seien aber freilich auch dort schwer zu fangen wegen ihrer Elektrizität. – »Das haben wir hierzulande gar nicht.« – »So? so bringen Sie mir zwei Weichsöttlinge!« (weich gesottene Eier) Der Buchdrucker lachte in die Hand beiseite, und die Eier wurden bald gebracht. Nach einiger Zeit rief der Buchdrucker den andern in den Öhrn und schloß sich mit ihm auf dem Privet ein. Ich bemerkte daß er seinen Stock mitgenommen hatte und alsbald hörten wir einen entsetzlichen Lärmen entstehen. Ganz deutlich vernahm ich die Worte des Buchdruckers: »Du Taugenichts! Du windiges Mutterschwein! Was führst du mich so an der Nase herum? Du Hund! Mit deinem Flächendeuter! Ich will jetzt dir den meinigen auf den Rücken zeichnen!« usw. Es klopfte und winselte erbärmlich und dazwischen lachte der Buchdrucker wieder auf jene widerliche und maliziöse Art. Nach einer Viertelstunde kamen sie wieder heraus; der Professor machte ein so vergnügtes Gesicht als wäre nichts geschehen. Ich bemerkte auch und erfuhr später daß eigentlich dem Buchdrucker nichts daran lag, wo sie hinliefen; mit dem Ankauf der Druckerei war es ihm gar nicht ernst, ob er sich gleich gegen den armen Professor das Ansehen gab.

ANHANG

EDITORISCHE NOTIZ

Der vorliegende Band enthält die Gedichte und Erzählungen Mörikes, nicht jedoch seine kleineren vermischten Schriften und Gelegenheitsarbeiten, seine Übersetzungen, seine dramatischen Werke (die Oper *Die Regenbrüder*, die kurze Prosakomödie *Spillner* und die kleine Allegorie *Die umworbene Musa*) und seinen einzigen großen Roman, *Maler Nolten* – dessen Aufnahme hätte den Rahmen dieser Ausgabe gesprengt. Hingewiesen sei jedoch ausdrücklich auf die zweibändige Ausgabe der *Sämtlichen Werke* Mörikes bei Artemis & Winkler (München ^{3}1996). Dort finden sich auch ausführliche Erläuterungen sowie eine umfangreiche Bibliographie zu Mörikes Werk.

NACHWORT

Eigentlich ist Mörike nicht recht über Schwaben hinausgekommen, was seine wirkliche Lebensfahrt angeht: in Ludwigsburg 1804 geboren, in Stuttgart 1875 gestorben, dazwischen die Tübinger Jugendjahre in der Lateinschule, dann das Theologiestudium in dem berühmten Tübinger Stift; danach Vikariatsjahre, die er als Knechtschaft empfand, in kleinen schwäbischen Dörfern abgedient; mit neunundzwanzig Jahren endlich Pfarrer in Cleversulzbach: eine schwäbische Idylle. Aber dann wurde er das geistliche Dasein wieder leid, gab sein Leben als Pfarrer mit neununddreißig Jahren auf – seine weiteren Lebens-Stationen sind Schwäbisch-Hall, Mergentheim, Stuttgart, und zwischendurch, für zwei Jahre, Lorch im Remstal, ein Jahr in Nürtingen – die letzte Krankheit in Stuttgart durchlitten, dort auch sein Tod. Ein unaufgeregtes Leben im Schwabenland, trotz der vielen Ortswechsel letztlich doch ein maßvolles, geographisch gesehen sogar ein beschränktes Dasein – so nimmt sich Mörikes Leben zumindest auf den ersten Blick aus.

Eine provinzielle Existenz? Gewiß, aber man darf das nicht als Makel sehen. Das unaufgeregte Leben, die Provinz war gleichsam ein Schutzwall, sein Leben gesichert durch Freundschaften, durch enge Beziehungen zu einigen seiner Geschwister, durch ein Netz literarischer Verbindungen, das sich allmählich zu den poetischen Honoratioren seiner Zeit geknüpft hatte: Theodor Storm, Paul Heyse, Emanuel Geibel, Berthold Auerbach gehörten dazu. Nach außen hin sieht das alles nach einem Dasein voller Selbstgenügsamkeit aus, auch wenn seine wirtschaftlichen Verhältnisse alles andere als gut waren; der Pfarrerstand brachte nicht viel ein, und der Beruf eines freien Schriftstellers, den er nach seiner Entlassung aus dem geistlichen Amt pflegte, bescherte auch anderen Autoren ein Leben, das so sehr weit von der Armutsgrenze nicht entfernt war. Er war es dennoch zufrieden. Von der Politik hielt er sich fern, betrachtete die öffentlichen Aufgeregtheiten seiner Jahre nicht ohne Grund aus gehöriger Distanz: Sein Bruder Karl mußte, verurteilt wegen revolutionärer Umtriebe, ein Jahr in der Festung Hohenasperg zubringen, und das dürfte für Mörike Warnung genug gewesen sein, das Feld der öffentlichen Wirksamkeit so gründlich wie möglich zu meiden. Er brauchte Distanz zur Welt, wenn er schreiben wollte, und er brauchte die Ruhe seiner Provinz-Zurückgezogenheit. Er schrieb viel, als er in Amt und Würden war, erst als Vikar nach seinem Abschlußexamen 1826, dann, nach 1834, als Pfarrer in Cleversulzbach: ruhige Jahre, in denen so manches Idyllische entstand. Noch einmal ein Produktivitätsschub, als er von 1851 an wieder in Stuttgart war und wöchentlich Literaturunterricht am Katharinen-Stift gab, für wenig Lohn, aber es reichte. Damals entstanden *Das Stuttgarter Hutzelmännlein*, *Die Hand der Jezerte* und 1855 die berühmteste Erzählung, *Mozart auf der Reise nach Prag*. Nichts spiegelt sich in seinen Erzählungen von seiner Zeit, sie handeln von Weltabgewandtem, jedes Belehrend-Aufklärerische und Weltverbesserische ist diesen Geschichten fremd, und auf den ersten Blick könnte man meinen, das alles seien tatsächlich nur freundlich-behäbige Idyllen, viel schnurrige Phantastik dort versammelt, Unterhaltsames, Vergnügliches, ironisch Kommentiertes, auch Nachdenkliches, aber niemals Agitatorisches, Aufgeregtes, Politisches, Zeitbezogenes.

Mörike also ein Biedermann, der Verfasser erzählerischer Harmlosigkeiten, diese leicht zu lesen und nicht schwierig zu verstehen? So ist er wohl schon manchen seiner eigenen Zeitgenossen erschienen. Aber er war alles andere als ein selbstgenügsamer, weltfremder Poet aus dem Schwabenland, der ängstlich alles abwehrte und ignorierte, was von außen auf ihn hereinzudringen drohte. Gewiß, er war zentriert auf Schwaben, vor allem auf die Bodenseelandschaft – etwas, was jenseits dieses Raumes geschah, mochte für ihn zuweilen den Charakter exotischer Vorkommnisse haben, und selbst die nahen Schweizer Berge betrachtete er am liebsten von der nördlichen Bodenseeseite aus – das reichte ihm. Aber die biedermeierliche Oberfläche täuscht, täuscht gründlich hinweg über vieles, was nur verborgen und gleichsam zwischen den Zeilen in seinen Erzählungen und Gedichten an die Oberfläche drängt. Der Bodensee-Idylliker, der Spätromantiker, der Biedermann: Das ist nur die bürgerlich-harmlose Außenseite einer literarischen Existenz, die auch Nicht-Geheures, Bedrohendes, Melancholisches zu beschreiben wußte, Unverständliches, dem Alltagsmenschen Unheimliches, der Zwielichtiges und Zauberisches, Pathologisches und seelisch Hochgefährdetes kannte. Hinter einigen seiner Erzählungen und Gedichte tun sich wahre Abgründe auf, werden die Schatten wahnsinniger Existenzen sichtbar, und wenn auch in der Spätromantik das Schreiben über Nachtseiten des Lebens gelegentlich geradezu Alltagsliteratur geworden war, so werden diese hier in ganz anderen Dimensionen präsentiert: Der Psychologe Mörike, der sich nach außen hin vor allem für die freundlichen Seiten des Lebens zu interessieren schien, war mit einer neuen, eigenen Sensibilität für das Unwirkliche, für Wahnsinn und Krankheit, für Trübsinn und Schwermut, für Liebesabgründe und Todessehnsucht begabt. Das war mehr als nur Schauerromantik, wie sie literarisch bis zur Mitte des 19. Jahrhunderts gang und gäbe war, da ging es nicht nur um nächtliche Geisterversammlungen und Zaubereien, die ein angenehmes Gruseln auslösten, da wurden durch die Fenster des Idyllikers hindurch tödliche Bedrohungen der Seele sichtbar, die alles andere als zeitgebundene Romantik-Vorliebe waren. Das, was als »Weltschmerz« zum literarischen Tummelplatz geworden war, wurde bei anderen, bei Heine und bei Büchner, selbst bei der Droste und bei Karl Immermann, bei Grabbe und bei Lenau als das damals »Moderne« in immer neuen Facetten beschrieben, »Stimmungen«, Visionen, Traumerfahrungen, phantastische Erscheinungen literarisch ausgebreitet. Die Welt der Aufklärung und der Verstandeshelle hatte längst geendet; die Seele mit all ihren Krankheiten und Gefährdungen und Abgründigkeiten war als reizvolles Literaturthema entdeckt und gründlich ausgebeutet worden. Aber Mörike ging es nicht um den Kult seelischer Allerweltsattitüden und mehr oder weniger literarisch herbeiphantasierter Duodezleiden des Inneren, sondern um psychische Erfahrungen, die den Menschen zerstören konnten.

Aber Mörike gehört nicht zu denen, die eine zwiespältige Seele ihr eigen nannten und deren Krankheiten poetisch zur Schau stellten, weil das literarische Mode geworden war. Alles, was anderswo bloß Talmi war, nachempfunden oder den Nachempfindenden abgesehen und nur anders formuliert worden war – Mörike zählte sich selbst nicht zu den Nachlebenden, die aus Mangel an eigener Substanz in den Sog des Überkommenen gerieten. Bei ihm hat die modisch gewordene Rhetorik des Weltschmerzes oder der schon unglaubwürdig gewordenen Schauerromantik keinen Einlaß gefunden, wohl auch deswegen nicht, weil sein Schreiben sich nicht auf ein bloß angelesenes Gefühlspotential gründete, sondern weil er sehr vieles selbst erfahren hatte. Das Erlebnis des Endes ist Mörike alles andere als fremd, der Tod zweier seiner Geschwister, des jüngeren Bruders August, Mörikes Lieblingsbruders, und der älteren Schwester Luise, haben Mörike tiefer berührt als alles andere, ihm sei, so sagte er einmal, sein »ganzes Dasein umgewälzt und für die Zukunft jede Lebensfreude voraus von mir genommen worden«. Mörike war bis ins Innerste getroffen, darüber half auch kein christliches Sichbegnügen hinweg. Er hat sich nie wieder davon befreien können. »Es wühlet mein verstörter Sinn / Noch zwischen Zweifeln her und hin / Und schaffet Nachtgespenster«, heißt es in *In der Frühe.* In *Erinna an Sappho,* einem Masken-Gedicht, taucht ein Dämon auf, nickt ihn, »Tod weissagend«, an, durchzuckt es ihn »wie wenn schwarzgefiedert ein tödlicher Pfeil / Streifte die Schläfe hart vorbei«. Der Tod, dieses *et in arcadia ego,* ist durchaus präsent in seiner nach außen hin so heiteren Welt. Ein Todes-Gedicht ist auch *Die traurige Krönung,* die Ballade vom gemeuchelten Bruderkind und dem Todesspuk um König Milesint, den Mörder, der um Mitternacht von einem »seltsam Totenspiel« überrascht wird; der Ermordete erscheint zusammen mit vermummten anderen Gästen als Zug von Wiedergängern, der den mörderischen König heimsucht – und als er schließlich von dannen streicht, ist König Milesint, der sich noch einmal die Krone hatte aufsetzen wollen, tot. Anderes ist eigene bittere Erfahrung. Von einer Mörike verstörenden, aufwühlenden, nie bewältigten Liebesbeziehung spricht sein Gedichtzyklus *Peregrina.* An unglücklichen Liebesgeschichten ist bei Mörike kein Mangel, vom Beginn seiner ersten Liebe zu seiner Base Clärchen Neuffer bis hin zu seiner Beziehung zu seiner Frau Margarethe von Speeth. Im *Peregrina*-Zyklus spiegelt sich eine andere: Maria Meyer. Sie taucht als rätselhafte Gestalt mehrfach in Mörikes Leben auf, eine geheimnisvolle Fremde, die ebenso schön wie rätselhaft gewesen sein muß. Sie galt als »Somnambule«, hat aber in Wirklichkeit wohl an Epilepsie gelitten. Aber Mörike hat sie nicht als Kranke erlebt, sondern die Liebe zu ihr als zutiefst verstörende Begegnung. Wer sie war, wissen wir immer noch nicht – vielleicht eine Landstreicherin, vielleicht auch nur eine aus der Fremde Gekommene. Sie verschwand aus seinem Leben, wie sie hineingeraten war, ging nach Heidelberg, kam jedoch im Frühjahr 1824 zurück, auch noch einmal 1826, hat damals versucht, mit Mörike erneut eine Beziehung anzuknüpfen – und von dem Scheitern dieser Beziehung künden diese Gedichte. Eine »tragische« Beziehung? Das Wort will uns unzureichend erscheinen. Andererseits: Mörike ist durch die Begegnung mit Maria Meyer offenbar tief getroffen worden, und der Gedanke liegt nahe, daß Mörike hier Selbsterlebtes verarbeitet, ins Gedicht gebracht habe, um sich davon zu befreien, sofern eine Befreiung von solchen Erlebnissen überhaupt möglich war. Wie tief ihn diese Begegnung berührt hat, zeigen die Gedichte unverhüllt: eingangs die Verse, die vom Faszinosum der fremdartigen dunklen Augen seiner Geliebten berichten, aber auch vom lächelnd gereichten Tod »im Kelch der Sünden«. Die Hochzeitsgeschichte dann; abseits vom eigentlichen Hochzeitstrubel der Weg mit der Geliebten in den Schatten des Gartens,

> Wo im Gebüsche die Rosen brannten,
> Wo der Mondstrahl um Lilien zuckte,
> Wo die Weymouthsfichte mit schwarzem Haar
> Den Spiegel des Teiches halb verhängt.

Hinreißend schöne Verse, einzigartig auch das liebende Miteinander, eine hochzeitliche Begegnung vor einer Kulisse, die völlig teilnahmslos scheint, »Indes der Springquell, unteilnehmend / An überschwenglicher Liebe Geflüster, / Sich ewig des eigenen Plätscherns freute«. Dann der Weggang der Geliebten und, schlimmer noch, ihre Rückkehr: »Ein Irrsal kam in die Mondscheingärten / Einer einst heiligen Liebe.« Ist das geträumt, erlebt, erhofft, gefürchtet? Das Gedicht verschweigt es uns, berichtet nur das Ende dieses träumerischen déjà-vu: »Aber sie zog mit Schweigen / Fort in die graue / Welt hinaus.«

Es muß eine lebensgefährliche, Mörike tief bedrohende Begegnung gewesen sein – »Krank seitdem, / Wund ist und wehe mein Herz. / Nimmer wird es genesen!«, heißt es im Gedicht. Aber wie an einem Zauberfaden zieht sie ihn nach, und er phantasiert sich hinein in ihre ebenso gefürchtete wie erhoffte Rückkehr im »Morgen-Zwielicht«, »Hergekommen aus weiter Welt!«. Das fünfte Gedicht des Zyklus ist das bitterste und zugleich das schönste:

> Die Liebe, sagt man, steht am Pfahl gebunden,
> Geht endlich arm, zerrüttet, unbeschuht;
> Dies edle Haupt hat nicht mehr, wo es ruht,
> Mit Tränen netzet sie der Füße Wunden.

Ein Rückblick, auf den schönen Wahnsinn der Peregrina, auf »der Frühlingsstürme Wut«, der unbezwingliche Wunsch, sie noch einmal in die Arme zu nehmen, und zugleich das Wissen: »Sie kehrt sich ab, und kehrt mir nie zurück.«

Waren die *Peregrina*-Gedichte ein Beschwörungsversuch, der Mörike zugleich vom Bild der Geliebten befreien sollte? Wir können in Mörikes Seele nicht hinabtauchen, aber wir wissen: Dieser Zyklus gehört zu den schönsten, freilich auch zu den traurigsten Liebesgeschichten der Weltliteratur. Wie tief das Selbsterlebte auch gereicht haben mag – es ist Wortkunst vom Feinsten, eine lyrische Erinnerung, um eine Unendlichkeit entfernt von jenen Liebesgedichten, die auf den Spuren Petrarcas alle Register der Liebesmotivik ziehen und keinen Topos der Liebesklage auslassen. Das Geheimnis um diese Gestalt in Mörikes Leben wird sich nie lüften lassen – aber Mörike hat die rätselhafte Schönheit, die vor Betrug an ihm nicht zurückgeschreckt hat, mit Worten beschrieben, die wir ihm glauben – und die doch weit über seine eigene Erfahrung hinausreichen. Die Geliebte, das »zauberhafte Mädchen«, das »seltsame Kind«, Peregrina ist wiedergekehrt – aber nur im Gedicht. »Sie kehrt sich ab, und kehrt mir nie zurück«, hieß es in der letzten Zeile des fünften Gedichtes – aber in diesem Zyklus ist sie, die Wandernde, Fremde, Treulose, wieder da, ist diese vergängliche Beziehung unvergänglich geworden, und es tut nichts mehr zur Sache, wie Mörikes Geliebte tatsächlich hieß – als Peregrina hat sie literarische Unsterblichkeit gewonnen. Peregrina: Das ist die Fremde, die auch als Geliebte eine Fremde bleibt.

Hier steht Selbsterlebtes im Hintergrund – aber es ist in dichterische Sprache verwandelt und das Flüchtige damit der Vergänglichkeit enthoben, auch wenn das Gefühl des Verlustes und das düstere Ende dieser Beziehung bleibt. Von Tod und Verderben berichten auch andere Gedichte, so etwa die Ballade *Der Schatten*, die Geschichte eines gebrochenen Eides. Der Tod ist häufig bei Mörike gerade da präsent, wo es noch volles Leben gibt: so in *Denk es, o Seele!*. »Und was rettet mich von Tod und Sünde?«, heißt es in dem Gedicht *Wo find ich Trost?* Wir wissen nicht, wieviel ihn davon selbst innerlich bedroht hat, aber was immer wir lesen, ist hohe Formkunst, die in diesem Jahrhundert ihresgleichen sucht.

Vielleicht ist nicht alles selbsterlebtes Leben, aber alles ist aufs kunstvollste ausgesprochen, und Mörike gelingen unvergleichlich schöne Verse wie jene:

> Gelassen stieg die Nacht ans Land,
> Lehnt träumend an der Berge Wand,
> Ihr Auge sieht die goldne Waage nun
> Der Zeit in gleichen Schalen stille ruhn [...]

Das ist einzigartig, einzigartig wie jenes Gedicht *Septembermorgen*:

> Im Nebel ruhet noch die Welt,
> Noch träumen Wald und Wiesen:
> Bald siehst du, wenn der Schleier fällt,
> Den blauen Himmel unverstellt,
> Herbstkräftig die gedämpfte Welt
> In warmem Golde fließen.

Bei Mörike verwandelt sich die Welt in Worte, zu farbigen Gemälden, die sich von wirklichen allerdings dadurch unterscheiden, daß die Zeit in sie eingebracht ist: Wir sehen förmlich die Nebel sinken, das Himmelsblau allmählich hervorleuchten, einen goldfarbenen Herbsttag heraufziehen. Diese Natur hat nichts Dämonisch-Wildes, aber es ist auch keine gezähmte Natur: Es ist poetische Landschaftsmalerei, wie sie kein anderes Jahrhundert schöner hervorgebracht hat als das 19. Gelegentlich sind es nur ein paar Zeilen, die die bunte Welt hervorzaubern:

> Frühling läßt sein blaues Band
> Wieder flattern durch die Lüfte;
> Süße, wohlbekannte Düfte
> Streifen ahnungsvoll das Land.

Das 19. Jahrhundert gilt auch als Jahrhundert des Kitsches, aber davon wird man bei Mörike so gut wie nichts finden. Es ist auch keine niedliche Kulisse, die uns hier begegnet, trotz der vielen Diminutive, die über die Gedichte ausgestreut sind. Die Welt dringt in ihn ein, und er baut sie in seinen Gedichten wieder auf, nicht in naturalistischer Manier, sondern immer verbunden mit dem, was zu seiner poetischen Malerei hinzukommt: seine Empfindungen, seine Deutung der Dinge und der Verhältnisse. Mörike ist kein Impressionist, der nur Farbtupfer nebeneinanderreiht – er übersetzt seine Naturerfahrung so in Worte, daß nicht das Bild, sondern eben diese Erfahrung zum Zentrum einiger Zeilen werden kann. Anders gesagt: Was immer sich ihm an Natureindrücken erschließt, wird übertragen, und nicht selten geschieht das in Form eines ausgeführten oder auch nur angedeuteten Gleichnisses. Wenn die Nacht ans Land steigt, an der Berge Wand lehnt, träumend, so ist das Erlebnis der einbrechenden Dämmerung gleichsam übersetzt in ein uns faßliches Bild, die Nacht zu einem lebenden Wesen geworden, das heraufsteigt, an einer Bergwand verweilt – schöner ließe sich die aufsteigende Dämmerung gar nicht beschreiben.

Kein Einzelgedicht. Es sind die Übergangszeiten zwischen Tag und Nacht, zwischen Winter und Frühjahr, Sommer und Herbst, die Mörike häufig in Worte gefaßt hat, etwa auch in *An einem Wintermorgen vor Sonnenaufgang*: »O flaumenleichte Zeit der dunkeln Frühe! / Welch neue Welt bewegest du in mir?« So spiegelt sich jener Morgen in seinem Gedicht, spiegelt sich die Leichtigkeit des Tagesanbruchs, die aufkommende Morgenhelle. Da ist nichts zu spüren von einer Beschränkung auf eine schwäbische Idylle, ein solcher Wintermorgen ist, bei aller Zeitgebundenheit, doch zeitlos, auch eigentümlich ortlos. Wo die Natur in den Gedichten erscheint, ist es eine tröstliche Welt, und wenn manche Gedichte auch von Krankheit, Sterben und Tod berichten, so hat die Zerstörung doch nicht das letzte Wort. Kommt die Welt zu ihm, wird sie von ihm auch angenommen, und wenn sich manchmal ein fast naives Gottvertrauen einschleicht, das wir ihm heute nicht so ohne weiteres abnehmen, so spricht aus seinen Gedichten immer wieder Lebenszuversicht; das Ausmaß des Zerstörerischen, das Mörike auch in seinem eigenen Leben erfahren und gekannt hat, wird gleichsam neutralisiert, alle

Gefährlichkeit aufgewogen durch Hoffnung und ein Einvernehmen mit der Natur. Am Ende jenes Gedichtes *In der Frühe*, in der ihn der Schlaf verlassen hat, sein verstörter Sinn zwischen Zweifeln hin- und herwühlt, die Nachtgespenster ihn umhüllen, da ruft er seiner Seele zu: »Freu dich! Schon sind da und dorten / Morgenglocken wach geworden.«

Vor allem der Morgen ist bei Mörike mit symbolischer Bedeutung aufgeladen – seine Lebensreise will ihm in *Fußreise* gar wie eine einzige »Morgenreise« erscheinen, und wenn er seinen Fluß sieht, so sieht er ihn »im Morgenstrahl«. Im Hochamt glimmt wunderbar »der Morgensonne Blick« im »süßen Weihrauchschein«. Die Todesgeister in *Die traurige Krönung* verschwinden »von Morgenluft berauschet«. Der frühe Morgen: Das ist eigentlich Mörikes Zeit. Ein Gedicht heißt *Bei Tagesanbruch*:

»Sage doch, wird es denn heute nicht Tag? es dämmert so lange,
Und schon zu Hunderten, horch! Singen die Lerchen im Feld.«

Immer ja saugt ihr lichtbegieriges Auge die ersten
Strahlen hinweg, und so wächset nur langsam der Tag.

Das langsame Herandämmern des Morgens: Man könnte es kaum besser darstellen, als Mörike das in seinen Gedichten getan hat. Die Nacht hingegen: eine Zeit der Verlassenheit, der Entfremdung, der Träume, wie in *Nachts am Schreibepult*. Der Morgen wischt das alles freilich rasch hinweg. Das Gedicht *Scherz* beginnt mit »Einen Morgengruß ihr früh zu bringen« – das Mädchen, sein Mädchen ist gemeint. Und eines der schönsten Morgengedichte ist eben jener *Septembermorgen* mit den fallenden Nebeln. Der Morgen wird oft als Morgen auf Reisen erlebt, wie in *Früh im Wagen*:

Es graut vom Morgenreif
In Dämmerung das Feld,
Da schon ein blasser Streif
Den fernen Ost erhellt;

Man sieht im Lichte bald
Den Morgenstern vergehn,
Und doch am Fichtenwald
Den vollen Mond noch stehn […]

Eine Übergangszeit, eine Zeit des »Schmerzensglücks«, nach der »Abschiedsnacht«: Der Wechsel der Tageszeit ist auch ein Wechsel in der Selbstbefindlichkeit des Dichters, und fast immer ist es nicht der Abschied von der Nacht, sondern die Zuversicht in den neuen Tag, der die Schatten der Nacht verscheucht – so auch in *Der Genesene an die Hoffnung:* »Tödlich graute mir der Morgen: / Doch schon lag mein Haupt, wie süß! / Hoffnung, dir im Schoß verborgen […]«

Also Lebensgläubigkeit, auch wo sich die Welt verhüllt, Hoffnung als Gewißheit dessen, dem die Gespenster der Nacht, die Gespenster des Lebens letztlich nichts anhaben können. So kommt die Welt zu Mörike und in seine Gedichte, und es ist fast immer eine tröstliche Botschaft, die von ihnen ausgeht. Natur und Leben spiegeln sich in diesen Gedichten, aber nie im Sinne einer nur maßgerechten Abbildung, sondern als gedeutete Welt, die Verstörungen und Zerstörungen durchaus kennt, ihnen aber nicht das Feld überläßt.

Aber die Welt dringt nicht nur ein in die Dichtungen Mörikes; in diesen schafft er auch eine neue Welt, wie sie bunter, überraschender, menschenfreundlicher kaum gedacht werden kann. Es ist eine poetisch imaginierte Vielfalt, und sie tritt vor uns mit dem Glanz einer neuen Schöpfung. Ein »bunter Schwarm von Bildern und Gedanken«, eine Seelenlandschaft, aber auch ein farbiges Außen, aufs unterschiedlichste bevölkert. Der *Rat einer Alten,* das Lied eines Jägers, ein Räuberhauptmann mit seinen Liedern, ein Feuerreiter, der eine Feuersbrunst verkündet, eine von einer Krankheit Genesene, die sich an die Hoffnung wendet, eine Reisende, ein Klavierspieler, ein Wirt und sein Klagelied, ein Tambour – ein fast unendlicher Zug von Gestalten zieht durch die Gedichte hin, eine bunte Szenerie öffnet sich, wie in einem Theaterstück treten die Figuren auf und ab. Hinzu kommen Personen aus der Umgebung Mörikes: seine Mutter, seine Schwester, Clärchen, die früh Geliebte, und seine spätere Frau Margarethe.

Dazu finden sich Gelegenheitsgedichte auf Personen, aus Anlaß einer Einladung etwa, ein Gedicht ist ein Hochzeitsgeschenk, eines bezieht sich auf den Rektor der Nürtinger Schule, es gibt Gedichte zu einer Maskerade, zu einem Hochzeitstag, zum Ende einer professoralen Dienstzeit, Gedichte an seinen Vetter, ein Gedicht aus Anlaß einer Trauung, da ist ins Poesiealbum Geschriebenes: Die Zeit liebte derartige Verse, sie gehörten zum besseren täglichen Leben, Poesie war ein Teil des gesellschaftlichen Daseins und Umgangs. Aber nicht genug damit: Auch Dichter-Kollegen treten auf, solche aus vergangenen Zeiten wie Barthold Heinrich Brockes, dann wieder Zeitgenossen wie Hermann Kurz, Justinus Kerner, Friedrich Theodor Vischer, Paul Heyse, Künstler wie Ludwig Richter, dazu erscheinen Figuren aus einer vergangenen Welt: antike Dichter, Theokrit etwa und Tibull, aber auch der Renaissance-Dichter Pietro Aretino, und das alles verträgt sich in dieser erdichteten Welt ohne Schwierigkeiten nebeneinander. In den Gedichten ist die Zeit, die die Alten von den Gegenwärtigen trennt, aufgehoben, und so kann denn Johann Kepler neben Ludwig Hölty erscheinen, Erinna und Sappho neben Mozarts Figaro stehen. Es gibt kein vielgestaltigeres Nebeneinander als in Mörikes Gedichten, in ihnen ist nicht nur die eigene Zeit präsent, auch tief Vergangenes hat den gleichen Anspruch auf poetische Gegenwärtigkeit. Hinzu kommen jene Gedichte, die als Dinggedichte bekannt sind: eine belebte Natur, anthropomorphisierte Gegenstände, die es bei Mörike ebenso verdient haben, bedichtet zu werden, wie Gestalten aus seiner Gegenwart oder anderen Jahrhunderten. Die »Dinge« gehören zur erzählten Welt Mörikes einfach hinzu, er läßt sie sprechen, adressiert sie, und kein »Ding« ist ihm klein genug, um besungen zu werden. Zu seinen bekanntesten gehört *Auf eine Lampe* – ein Kunstgebilde »der echten Art«, diese Lampe, ein Kunstgebilde gleicher Qualität aber auch das Gedicht auf sie.

Auch hier eine reiche Vielfalt an poetischen Themen. Mörike hat gelegentlich eine Christblume besungen, und einmal läßt er ein derartiges »Ding« selbst sprechen: in *Der alte Turmhahn.* »Idylle«, so lautet der Untertitel – es ist der Abschiedsgesang des ausgedienten Turmhahns: Wenn er seine Geschichte erzählt, erzählt er die Geschichte seiner Welt – doch die Idylle ist zugleich eine Säkularpredigt, der alte Turmhahn räsoniert über sich und vieles andere, und die Welt, die kleine, dörfliche Welt von Cleversulzbach ist in dieser Idylle wie in einem farbenfrohen Bilderbogen versammelt. Doch nicht nur das: Auch die Weltgeschichte ist in ausgewählten Kapiteln zu Gast. Die Sage vom Erzbischof Hatto von Mainz und dem Mäuseturm von Bingen ist eingeblendet, König Belsazar, Sara und Abraham erscheinen, aber auch eine geistliche Gesellschaft: Die frommen Schwabenväter treten mit ihren Büchern auf, Johann Valentin Andreä und Johann Albrecht Bengel, Georg Conrad Rieger und Friedrich Christoph Oetinger – theologisch versierte Schriftsteller, die Wegbereiter des Pietismus in Schwaben. Ein höchst gebildeter alter Turmhahn also – seine Verse rinnen unaufhörlich vorüber, Universalhistorisches findet sich neben Dörflichem, Naturbetrachtungen neben einigem zur Frömmigkeit, mit Augenzwinkern vorgebracht. Eine »Idylle« soll das Ganze sein, also die große Geschichte en miniature, vorgestellt in fast lieblichen Bildern, eine Welt, aus der Not und Tod ausgeschlossen sind, die Geschichte mit lächelnder Weisheit dargeboten. Da ist alles, was wir an Mörike bewundern: Heiterkeit, Souveränität, Gelassenheit und Unerschütterlichkeit, da ist soviel an innerer Freiheit, die von ihm in seinen Gedichten erschaffene Welt letztlich geprägt von Zufriedenheit mit dem Gegenwärtigen und einem Lebensvertrauen, das nicht zu erschüttern ist. Gelegentlich erscheint auch in derart freundlichen Gedichten wie dem vom alten Turmhahn Wunderliches, werden Totengesichter und Gespenster aufgerufen, aber der Dichter hält sie alle im Zaum, und am Ende ist es eine fröhliche Welt, die uns, von Mörike erschaffen, in diesen Gedichten begegnet. Von Isolde Kurz gibt es ein berühmtes Porträt des alten Mörike, sie vermutete, »daß dieser große Kopf eines schwäbischen Landpfarrers mit den etwas schlaffen Zügen und den stehenden grämlichen Falten nur eine scherzhafte oder schützende Maske sei, unter der jeden Augenblick ein feiner jugendlicher Griechenkopf oder ein lächelnder Ariel zum Vorschein kommen könnte«. Von Grämlichkeit in seinen Gedichten keine Spur, aber der lächelnde Ariel, der jugendliche Griechenkopf: Sie werden in ihnen sichtbar.

So heiter, wie Mörike mit der Welt umgeht, so heiter geht er mit seinem eigenen Metier um, mit dem Dichten. Der schwäbische

Idylliker, der das seinem Wesen nach so wenig war, auch wenn er sich immer wieder als solcher gab, war ein ausgezeichneter Kenner der antiken Literatur, und mehr als das: Er hat sich ihrer mit lächelnder Freiheit bemächtigt. Die Dichtung der Alten ist ihm geläufig wie kaum einem anderen seiner dichtenden Zeitgenossen, ihm sind die Sammlungen poetischer Altertümer vertraut, und er kennt nicht nur Tibull oder Theokrit, Anakreon oder Homer, sie stehen ihm auch zur Verfügung, er bedient sich ihrer auf seiner poetischen Klaviatur in einer Weise, die ihresgleichen sucht. Er kann ein Gedicht nach Catull schreiben oder ein Zwiegespräch zwischen Charis und Penia, er parodiert den Anfang von Titus Livius' *Ab urbe condita*, er übersetzt *Horatius ad Taliarchum*, er erwähnt wie selbstverständlich »phaläkische« Verse, und wer sich mit diesem Teil des Mörikeschen Werkes beschäftigt, der weiß: Da schreibt ein Weltbürger, da kann einer für sich in Anspruch nehmen, Weltliteratur zu beherbergen.

Seine Übersetzungen sind hier nicht abgedruckt. Aber eine Kostprobe seiner Fähigkeit, sich eine antike Form anzuverwandeln, gibt seine *Idylle vom Bodensee oder Fischer Martin. In sieben Gesängen.* Mörike travestiert das homerische Epos, und zur Travestie gehört, daß Mörike nicht nur den antiken Hexameter auf überaus kunstvolle Weise parodiert, sondern, ein lächelnder Erzähler, auch das Geschehen, von dem er selbst berichtet. Denn das, was er beschreibt, ist der großen Welt der homerischen Epen völlig entgegengesetzt: Es sind ländliche Ereignisse. Damit steht er in der Tradition des komischen Heldenepos, aber das ist nicht nur geschmeidige Artistik: Auch hier wird etwas von der Heiterkeit des Mörikeschen Dichtens sichtbar. Der listige Erzähler nutzt die Satire nicht, wie andere Erzähler seiner Zeit, um politische Konterbande zu schmuggeln, sondern um eine kleine epische Welt erzählerisch aufzubauen, in die Politisches absichtlich nicht hineindringt. Eine gewollt unpolitische, nicht auf die Zeit bezogene Idylle – es sei denn, man nähme das Dargestellte als Gleichnis dessen, wie es in der Welt zuzugehen pflegt.

Mörike hat seine Idylle selbst als ein »Diebs-Heldengedicht« bezeichnet, als »eine freie Erfindung der heitern und komischen Art«, »ihrem Geist nach ungefähr in der Mitte zwischen den griechischen Mustern und Hebels erzählender Darstellungsweise«. Versepen, wie diese Idylle eines ist, waren in der ersten

Hälfte des 19. Jahrhunderts überaus beliebt; von weltbewegenden Dingen ist dort nicht die Rede, die große Geschichte kam allenfalls durch die Hintertür mit herein. So ist auch Mörikes *Idylle vom Bodensee* zu verstehen. Er bezieht sich bewußt nicht auf Zeitgenössisch-Wirkliches, sondern auf Literarisches: Das Motiv des Glockendiebstahls war alt, ist schon in Alessandro Tassonis *Der geraubte Eimer* (1622) behandelt. Mörikes Epos ist eigentlich ein Doppelepos: Die Geschichte vom Glockenraub verbindet sich mit der Liebesgeschichte des Martin; diese steht im Mittelpunkt, die Glockengeschichte bildet den Rahmen. Beide Erzählstränge haben freilich wenig miteinander zu tun, sie sind nur in der Gestalt des Märte (= Martin) verbunden, dessen Jugendgeschichte in die beiden Teile der Glockenraubgeschichte eingerahmt ist. Martin erzählt aus der Retrospektive des weisen Alters seine eine Jugendgeschichte, frei von aller Leidenschaftlichkeit, in heiterer Rückschau.

Also eine ländliche Idylle; »gemütliche Fülle, leidenschaftliche Bewegung und Zartheit« hat Mörike ihr selbst zugesprochen. Aber das trifft nicht im entferntesten das, was den Reiz dieses Gedichts ausmacht. Es ist ein Theaterspiel des Erzählers Mörike, darin auch ein Sprachspiel: Mörike war damals auf der Höhe seines poetischen Könnens angelangt. Hier ist die Welt dargeboten, nicht nur eine dörflich-ländliche Groteske, das Ganze ein Ausschnitt aus dem *theatro mundi*, wie es souveräner kaum dargestellt werden könnte. Die Bodensee-Landschaft wird unversehens zur bukolischen Szenerie, ein heiteres Völkchen gibt die passende Staffage ab für das, von dem die Idylle berichtet. Schon in der Eingangsszene ist die Bodensee-Landschaft wie eine Theaterkulisse beschrieben, wenn im Vordergrund die Kapelle steht und »im Glanz durchsichtiger Lüfte« im Hintergrund der Säntis sich silberklar abhebt. Die große Welt eingepaßt in eine kleine epische Welt, Parodie und Ernsthaftigkeit in reizvoller Mischung, Menschliches aus der gelösten Distanz des Alters betrachtet.

Schließlich die *Wispeliaden*: Nirgendwo zeigt sich deutlicher als dort, daß das komische Sprachtalent Mörikes bis in die Unsinnspoesie hineinreichen kann. Zugleich wird noch einmal sichtbar, wieviel an seinen komischen Dichtungen Theaterspiel ist, in dem der Dichter zum Spaß Rollen einnimmt, um damit auf sehr ernsthafte Weise etwas zu karikieren. Wispel ist eine von Mörike erfundene Gestalt, eine Art geschäftiger Müßiggänger, ein eitler Fant, dem vor allem an seiner passenden Toilette liegt, und er bedient sich einer angelesenen oder auch aufgeschnappten Gelehrsamkeit, um seinem Dasein das zu verleihen, was ihm so völlig abgeht: Eleganz. Er erscheint als ein Herr von Distinktion, aber seine komische Suada straft alles Lügen. Wispel tritt auf in Gestalt eines Professors, der seine Dümmlichkeit kaum verbergen kann. So lesen wir es in der kleinen Skizze *Wispel auf Reisen.* Mörike macht sich lustig, nicht zuletzt über sich selbst und seine hochartistische Schreibweise: Diese poetischen Gebilde sind pretiös-kunstvolle und zugleich bewußt derb gehaltene verballhornte Poesie, mit schiefen Reimen und unpassenden Bildern, falsch gebrauchten Fremdwörtern und sarkastischen Späßen – ein Gegenstück zur ernsthaften Lyrik Mörikes. Hier gibt es nichts Dunkles und Unerledigtes, die Welt wird verspottet, und Mörike macht vor nichts halt: Das Gedicht *Sarkasma* ist »an von Goethe« gerichtet, und die scharfe parodistische Kritik Johann Friedrich Wilhelm Pustkuchens an *Wilhelm Meisters Lehrjahre* ist hier zur Kritik an dem Kritiker Pustkuchen geworden – ein Spiel, das jeder Leser damals leicht durchschauen konnte und: an dem er vermutlich seinen Spaß hatte. Je schwülstiger die Sprache, desto belangloser der Inhalt, je aufgedonnerter die leere Rhetorik, desto simpler die Aussage: gekonnte literarische Späße, die einmal mehr das komische Talent Mörikes zeigen. Mörike war im übrigen ein begabter Zeichner, und in der Handschrift der *Sommersprossen* erscheint Wispel, von seiner Hand gemalt, in Frack und Nankinghosen bei einem Zwiebeldiebstahl im Beet des königlichen Gartens: Er wird gerade von einem Portier, einer hühnenhaften Gestalt in betreßter Uniform und einem Dreispitz auf dem Kopf, ertappt, und der zeigt ihm den Weg zur Polizei. Das komische Zeichen-Talent Mörikes hat sich hier unverblümt ausgetobt.

Mörikes Erzählungen stehen dem allen an Raffinesse nicht nach. Geschichten, Novellen, Märchen, Gespensterberichte, Schauerromane, Wunderberichte waren im 19. Jahrhundert beliebt, und Mörike zeigt einen erstaunlichen Variationsreichtum auch hier. Die Gattungsgrenzen sind dabei fließend; »Novelle« konnte damals selbst ein großer Roman genannt werden. Mörikes Erzählungen liefern ein farbiges Arsenal an Stoffen, und wenn es sich oft auch um entfernte Weltgegenden, entlegene Gesellschaft handelt, von denen er berichtet, spannend sind sie alle. *Lucie Gelmeroth*, eine »poëtische Erzählung«, wie er selbst den Stoff einmal genannt hat, nutzt eine literarische Gattung, die vor allem im letzten Drittel des 18. Jahrhunderts und das ganze 19. Jahrhundert hindurch sehr beliebt war: die Kriminalgeschichte. In dieser Geschichte der Lucie Gelmeroth, in der Mörike alle Register seiner Erzählkunst zieht, wird die von ihrem treulosen Liebhaber verlassene Braut gerächt, die Schwester der Verlassenen nimmt die Schuld auf sich – doch sie war bestenfalls die Anstifterin zu einer Mordtat, begangen wurde sie von einem anderen. Aber nicht genug damit: Neben der Kriminalgeschichte mit der Suche nach dem wirklichen Mörder aus Rache und Liebe über den Tod hinaus läuft noch ein anderer Vorgang ab: die Suche nach der moralischen Rechtfertigung dieser Rache und der Entschluß, um des Gewissens willen für eine Tat zu büßen, die die angebliche Mörderin, die sich selbst des Mordes bezichtigte, gar nicht begangen hat. So gesehen ist diese Erzählung auch eine moralische Erzählung von der Art, wie sie vor allem das 18. Jahrhundert liebte. Das Ganze wird angeblich aus hinterlassenen Papieren eines deutschen Gelehrten mitgeteilt – eine Fiktion, wie sie gerne im 19. Jahrhundert genutzt wurde. Aber Mörikes Novelle zielt eigentlich auf anderes ab: auf die unheimliche Seelenlandschaft, die sich hier offenbart und in die religiöse Motive wie Buße und Reue hineinspielen, die aber vor allem die Schilderung einer Verlassenen im Zustand ihrer äußersten Bedrohung enthält. Die Erzählung, eigentlich auf Zerstörung und Selbstzerstörung hin angelegt, endet zwar gut: Der glückliche Schluß kann aber nicht über die untergründige Bedrohung der am Ende wieder geordneten Welt hinwegtäuschen.

Mörike ist erzählerisch ein Virtuose – das zeigt etwa seine Geschichte *Der Schatz*. Mörike hat sie »Novelle« genannt; es ist die Erzählung von einem Schatzkästlein und seiner wundersamen Wirkung. Auch hier viel erzählerische Raffinesse: Die Märchengeschichte, die Mörike erzählt, entpuppt sich plötzlich nur als Rahmen, in den eine andere Geschichte eingelagert ist – eine Geister-, Gespenster- und Wiedergängergeschichte, die aber wie alle anderen Erzählungen Mörikes jenseits alles bloß Schauerlichen ihre moralischen Tiefendimensionen hat: handelt sie doch von verratener Liebe, von Schuld, von Betrug. Unversehens wandelt sich die Erzählung dann aber wieder zur Schatzgeschichte, und Mörike mischt noch einmal viel hinein an Geheimnissen, an Gespensterhaftem, an Kriminalistischem – doch am Ende wird auch in dieser Erzählung alles gut, in einem verborgenen Gewölbe findet sich der gestohlene Schatz, und alles Geheimnisvolle bekommt seine mehr oder weniger natürliche Erklärung. Es ist eine Geschichte, die in Gesellschaft erzählt wird, wie es der novellistischen Kunst des 19. Jahrhunderts nur zu vertraut war. Doch wenn sich schließlich eine kleine Diskussion »über Wahrheit und Dichtung in dem erzählten Abenteuer« entspinnt, so ist das ein Scheingefecht: Wahrheit und Dichtung haben sich hier untrennbar miteinander verbunden, und nicht zuletzt das macht den Reiz des Erzählten aus.

Mörike hat das Modell der moralischen Erzählung auch noch in *Der Bauer und sein Sohn* genutzt, einer Geschichte, die er »ursprünglich für das Volk geschrieben« hatte, der Bericht über einen Tierfrevel, in den aber vieles andere mit hineinspielt: die Wiederkehr toter Tiere, das Umreiten eines Stück Landes, um es dadurch in Besitz zu nehmen, sprechende Tiere. Das hat mit der moralischen Erzählung natürlich nichts zu tun, aber das Ende der Geschichte – »seit dieser Zeit hat sich im ganzen Dorf kein Mensch mehr an einem Tier versündigt« – bringt doch noch eine moralische Komponente ganz im Sinne jener Gattung des 18. Jahrhunderts wieder in das Märchen hinein. Die Geschichte sollte einen »moralischen Zweck« haben – ein Stück Weltordnung sollte sichtbar werden, in seiner Präsenz und Geltung, nicht in seiner Zerstörung.

Alle Erzählungen Mörikes durchzieht ein geheimes Thema: Es sind Liebesgeschichten, sie berichten von erfüllter, aber häufiger noch von unerfüllter Liebe. Fast immer wird die Liebe auf die Probe gestellt, und manchmal ist es eine Treue über den Tod hinaus, von der erzählt wird. Ähnliches gilt auch für *Die Hand der Jezerte* – ein »Märchen«, in dem sich orientalische Motive mit Elementen der Heiligenlegende unter einem fast alttestamentarischen Erzählstil mischen. Das ist ebenfalls eine Liebesgeschichte – und zugleich die Geschichte einer eifernden Nebenbuhlerin, die einen Frevel begeht, ihre Strafe bekommt und am Ende von der zur Heiligen erklärten jungen Geliebten dennoch sichtbarlich freigesprochen wird. Auch diese Geschichte endet also gut, nach aller Tragik und Schuld: allerdings erst im Tode, der von Vergehen und Freveln reinigt. *Das Stuttgarter Hutzelmännlein* ist ebenfalls ein Märchen, eine Geschichte von Glücksschuhen, im Volkston erzählt und für das Volk geschrieben, und Mörike hat hinzugesetzt, daß »dies Märchen ganz den schwäbischen Charakter tragen, und dieser seinen Ausdruck so viel als möglich auch in der Sprache finden sollte«. Schwäbisches findet sich reichlich, etwa in der Geschichte vom Hutzelbrot, aber vor allem im Sprachlichen. Mörike hat selbst einen umfangreichen Anhang mitgeliefert, der dem Verständnis des schwäbischen Vokabulars dient. Vieles geht jedoch über schwäbische Stoffe weit hinaus: Die Geschichte von den Glücksschuhen verbindet sich mit romantischen Wander- und Reisemotiven, das Tischlein-deck-dich-Motiv ist ein Sagenmotiv wie das von den Wichtelmännchen. In der Zeit der Spätromantik und des beginnenden Realismus war eine derartige Reiseliteratur, in der sich Phantastisches mit Realistischem mischte, außerordentlich beliebt – Eichendorffs *Aus dem Leben eines Taugenichts* zeigt das so gut wie Chamissos Geschichte von der wunderbaren Reise des Peter Schlemihl. In seinen Anmerkungen hat Mörike Auskunft über Einzelmotive gegeben, die er von anderen übernommen hat – Matthias Claudius ist zitiert, aber auch ein Roman wie Hermann Kurz' *Schillers Heimatjahr;* Tiecks *Fortunatus* und die Simplizissimus-Geschichten der Zeit haben ebenfalls Materialien geliefert. Dennoch ist Mörikes Geschichte eine Konstruktion seiner eigenen Phantasie: Alles sei »frei erfunden«, sagt er selbst, und so ist denn eine Märchenkomposition entstanden, die wenig mit den üblichen romantischen Kunstmärchen gemeinsam hat, wenngleich das gute Ende der Glücksgeschichte Mörikes Erzählung mit romantischen Geschichten verbindet. Auch wenn man das Feenhafte und die Phantastik einer überbordenden Phantasie gelegentlich kritisiert hat: Es ist Erzählkunst eigener Art, und nicht zufällig hat Mörike darin keinen Nachfolger gefunden. Aber Mörikes Meistererzählung ist unzweifelhaft *Mozart auf der Reise nach Prag.* Es ist die berühmteste Künstlernovelle seiner Zeit, wohl auch die schönste Mozart-Erzählung – Weltliteratur, nicht nur innerhalb des engen Rahmens des 19. Jahrhunderts gesehen.

Mörike geriet mit Mozarts Leben an einen kongenialen Stoff. Mozarts Musik war für ihn der Inbegriff von Musik schlechthin, Mozart das Urbild des genialen Musikers. Es gibt schon frühe Äußerungen Mörikes über seine Empfänglichkeit für Mozarts Musik: »Wirklich thut die Musik eine unbeschreibliche Wirkung auf mich – oft ists wie eine Krankheit, aber nur periodisch. Ich sage Dir, eine bewegliche, nicht gerade traurige Musik – oft eine fröhliche, kann mir manchmal mein Innerstes lößen, da versink ich in die wehmüthigsten Phantasieen, wo ich die ganze Welt küssend voll Liebe umfassen möchte, wo mir das Kleinliche u. Schlimme in seiner ganzen Nichtigkeit u. wo mir *Alles* in einem andern verklärten Lichte erscheint. Wenn die Musik dann abbricht, möchte ich in meiner Empfindung v. einer hohen Mauer herabstürzen, möchte ich sterben.« Dieser Bekenntnisse gibt es manche.

Mörike hat an der Mozart-Geschichte lange herumgeplant und -gearbeitet. Die Anfänge reichen in das Jahr 1847 zurück; 1855, als die Erzählung fast vollendet war, schrieb er: »Meine Aufgabe bei dieser Erzählung war, ein kleines Charaktergemälde Mozarts (das erste seiner Art, soviel ich weiß) aufzustellen, wobei, mit Zugrundelegung frei erfundener Situationen, vorzüglich die heitere Seite zu lebendiger, konzentrierter Anschauung gebracht werden sollte. Vielleicht daß ich später in einem Pendant auch die andern, hier nur angedeuteten Elemente seines Wesens und seine letzten Lebenstage darzustellen versuche.« Als die Novelle 1855 erschien, war ihr ein Zitat aus der Mozart-Biographie von Oulibicheff vorangestellt: »Wenn Mozart, statt stets für seine Freunde offne Tafel und Börse zu haben, sich eine wohlverschlossene Sparbüchse gehalten hätte, wenn er mit seinen Vertrauten im Tone eines Predigers auf der Kanzel gesprochen, wenn er nur Wasser getrunken und keiner Frau außer der seinigen den Hof gemacht hätte, so würde er sich besser befunden haben und die Seinigen ebenfalls. Wer zweifelt daran? Allein von diesem Philister hätte man wohl keinen ›Don Juan‹ erwarten dürfen, ein so vortrefflicher Familienvater er auch gewesen wäre.«

Der spielerische Charakter der Mörikeschen Prosa überträgt sich auf diese Geschichte aus dem Leben Mozarts, von dem nur ein Tag beschrieben ist. Aber wie auch in anderen Erzählungen und Gedichten ist hier die heitere Welt durchtränkt mit Melancholie; es ist die Ahnung des frühen Todes, die Mozart umschattet, und es ist jener »je und je wiederkehrende Zustand von Schwermut«, der die heitere Welt verdunkelt. Zwar findet sich das traditionelle Bild vom genialen Künstler Mozart auch hier, wenn der Graf von dem berühmten Künstler als dem »Tausendsassa« Mozart spricht. Aber die wahre Wirkung der Musik wird in der Empfindung Eugeniens mit *einem* Satz beschrieben, als sie die Arie Susannas aus der Gartenszene in Figaros Hochzeit hört: »Sie hielt sich lächelnd, sicher auf der hohen Woge, und das Gefühl dieses Moments, des einzigen vielleicht in seiner Art für alle Tage ihres Lebens, begeisterte sie billig.« Doch das Bild des strahlenden Künstlers ist für Eugenie verdunkelt durch die Präsenz des Todes, von dem sie Mozart bereits umgeben weiß. Sie gesteht: »Es ward ihr so gewiß, so ganz gewiß, daß dieser Mann sich schnell und unaufhaltsam in seiner eigenen Glut verzehre, daß er nur eine flüchtige Erscheinung auf der Erde sein könne, weil sie den Überfluß, den er verströmen würde, in Wahrheit nicht ertrüge.« Mozart, der bei aller Geselligkeit unendlich Einsame, auch er auf der hohen Woge seines Lebens, sich spielerisch hinwegsetzend über alle Alltäglichkeiten – Mozart trägt aus dem *Don Giovanni* einige »Nummern« vor und berichtet dann, wie er tief in der Nacht das Finale geschrieben habe, wo das Gespenst erscheint, in jenem »langen, entsetzensvollen Dialog, durch welchen auch der Nüchternste bis an die Grenze menschlichen Vorstellens, ja über sie hinausgerissen wird, wo wir das Übersinnliche schauen und hören, und innerhalb der eigenen Brust von einem Äußersten zum andern willenlos uns hin und her geschleudert fühlen«. Eugenie, die Braut, ist die einzige, die Mozarts Musik wirklich durchschaut hat. Als sie den Deckel des Klaviers, auf dem Mozart gespielt hat, leise zudrückt, fällt ihr das Blatt mit der Abschrift eines böhmischen Volksliedchens ein, jenes

Ein Tännlein grünet wo,
Wer weiß, im Walde,
Ein Rosenstrauch, wer sagt,
In welchem Garten?
Sie sind erlesen schon,

Denk es, o Seele,
Auf deinem Grab zu wurzeln
Und zu wachsen.

Der Todesgenius anwesend im Augenblick höchster Lebensfülle – Eugenie hat das verstanden, hätte es auch verstanden, wenn sie die Zuhörerin von Mörikes Novelle gewesen wäre.
Mörikes Erzählungen, Mörikes Gedichte: hohe Formkunst, ohne je bloße Artistik zu sein. Hier und da wird von Phantastischem berichtet – aber es ist immer so geboten, daß es nicht unwahrscheinlich ist, sondern glaubhaft in jenem poetischen Rahmen, der die Welt Mörikes ausmacht. Es ist Wortartistik im besten Sinne – und die Gedichte bestätigen es wie seine Erzählungen. Er kann Märchen erzählen, weiß ein liebenswürdiges »Spektakel« mit »süßem Gelächter« zu würzen. Mörike kann romantisch schreiben wie Eichendorff, aber seine schönsten Gedichte übertreffen jene der romantischen Dichter um einiges. Mörike kennt die verworrenen Seelenlandschaften im Menschen, kennt dessen Gefährdungen und Versuchungen, auch dessen Wissen um Schuld und Unrecht. Dabei ist Mörike alles andere als ein Moralist im üblichen Sinne, denn eines hat er sich auch vor dunklen Hintergründen immer bewahrt: Heiterkeit. Vielleicht sind seine Erzählungen, seine Gedichte deswegen heute noch so gut zu lesen wie zur Zeit ihrer Entstehung. »Weltschmerz« mag es hier und da auch bei Mörike geben – aber das wird überflutet von Lebenszugewandtheit, Lebensfreundlichkeit, auch von Güte – soweit sich dieses in der Dichtung vermitteln läßt. Gerade die Mozart-Novelle berichtet wie keine andere von der Heiterkeit der Mozartschen Musik, bei allem Wissen um das rasch Vergängliche dieser Heiterkeit, um die Gefährdung und das nur Vorübergehende alles Liebenswerten. Graziöse Erzählkunst, der unaufhörliche Sieg der Sprache über Widrigkeiten und psychische Gefährdungen, über Dunkelheit und Verwirrungen. Nicht »Schwermut« ist ihr Kennzeichen, sondern Heiterkeit, von der ein Abglanz auch in unsere Welt fällt, wenn wir in seinen Dichtungen lesen.

Helmut Koopmann

LITERATURVERZEICHNIS

Maync, Harry: Eduard Mörike. Leben und Werk. Berlin 1901.

Meyer, Herbert: Eduard Mörike. Tübingen/Stuttgart 1950. 2., verb. u. erg. Aufl. 1965, 3., verb. u. erg. Aufl. 1969.

Wiese, Benno von: Eduard Mörike. Tübingen/Stuttgart 1950.

Reuter, Hans-Heinrich: Eduard Mörike in seinem Leben und Denken. Berlin 1957.

Prawer, Siegbert Salomon: Mörike und seine Leser. Versuch einer Wirkungsgeschichte. Mit einer Mörike-Bibliographie und einem Verzeichnis der wichtigsten Vertonungen. Stuttgart 1960.

Storz, Gerhard: Eduard Mörike. Stuttgart 1967.

Steinmetz, Horst: Mörikes Erzählungen. Stuttgart 1969.

Unger, Helga: Mörike-Kommentar zu sämtlichen Werken. Mit einer Einführung von Benno von Wiese. München 1970.

Barnouw, Dagmar: Entzückte Anschauung. Sprache und Realität in der Lyrik Eduard Mörikes. München 1971.

Heydebrand, Renate von: Eduard Mörikes Gedichtwerk. Beschreibung und Deutung der Formenvielfalt und ihrer Entwicklung. Stuttgart 1972.

Holthusen, Hans Egon: Eduard Mörike in Selbstzeugnissen und Bilddokumenten. Reinbek bei Hamburg 1972.

Eduard Mörike. 1804–1875. Gedenkausstellung zum 100. Todestag im Schiller-Nationalmuseum Marbach a. N. Texte und Dokumente. Ausstellung und Katalog: Bernhard Zeller u. a. München 1975.

Eduard Mörike. Hg. von Victor G. Dörksen. Darmstadt 1975 (Wege der Forschung Bd. CCCCXLVI).

Graevenitz, Gerhart von: Eduard Mörike: Die Kunst der Sünde. Zur Geschichte des literarischen Individuums. Tübingen 1978.

Wiese, Benno von: Eduard Mörike. Ein romantischer Dichter. München 1979.

Simon, Hans-Ulrich: Mörike-Chronik. Stuttgart 1981.

Lahnstein, Peter: Eduard Mörike. Leben und Milieu eines Dichters. München 1986.

Mayer, Birgit: Eduard Mörike. Stuttgart 1987.
Zeller, Bernhard: Eduard Mörike. In: Deutsche Dichter. Leben und Werk deutschsprachiger Autoren. Romantik, Biedermeier und Vormärz. Bd. 5. Hg. von Gunter E. Grimm und Frank Rainer Max. Stuttgart 1989, S. 480–499.
Fliegner, Susanne: Der Dichter und die Dilettanten. Eduard Mörike und die bürgerliche Geselligkeitskultur des 19. Jahrhunderts. Stuttgart u. a. 1991.
Literaturreisen. Mörike in Schwaben. Stuttgart 1991.
Hötzer, Ulrich: Mörikes heimliche Modernität. Tübingen 1998.
Wolf, Thomas: Brüder, Geister und Fossilien. Eduard Mörikes Erfahrungen der Umwelt. Tübingen 2001.

ZEITTAFEL

1804 8. 9.: Eduard Friedrich Mörike (M) wird in Ludwigsburg (Württemberg) als Sohn des Stadt- und Amtsarztes Karl Friedrich Mörike und seiner Frau Charlotte Dorothea, geb. Beyer, geboren. Väterlicherseits stammt die Familie aus der Mark Brandenburg. Ein Vorfahre war von dort Ende des 17. Jahrhunderts nach Württemberg gekommen. Die Mutter ist die Tochter eines schwäbischen Pfarrers in Grafenberg. Besonderes Verhältnis Eduards zu folgenden Geschwistern: Karl (* 1797), Luise (*1798), August (*1807) und später zu Klara (*1816).

1811 Eintritt in die Ludwigsburger Lateinschule, die M zusammen mit den Freunden Rudolf Lohbauer, Friedrich Kauffmann, Hermann Hardegg, Friedrich Theodor Vischer und David Friedrich Strauß besucht. – Freundschaft mit der Base Klärchen Neuffer, seiner »Kinderbraut«.

1817 22. 9.: Tod des Vaters. – Die Mutter übersiedelt mit den Kindern nach Stuttgart. M's Oheim, der Obertribunalrat Friedrich Eberhard von Georgii, ein literarisch vielseitig interessierter Mann, sorgt für seine Erziehung. Ein Jahr lang besucht M das Gymnasium illustre in Stuttgart.

1818 Oktober: Eintritt in das »Niedere theologische Seminar« in Urach. Hier Beginn der Freundschaft mit Johannes Mährlen und dem »Urfreund« Wilhelm Hartlaub. – Umfangreiche Lektüre: Ariost, Calderon, Goldsmith, Goethe, Jean Paul, Hölderlin, Klopstock, Kerner, Schiller, Shakespeare.

1821 Erster (brieflicher) Kontakt mit dem Dichter Wilhelm Waiblinger.

1822 28. 11.: Zusammen mit Hartlaub und Waiblinger Beginn des Theologiestudiums an dem berühmten Tübinger Stift. – Lockerung der Verbindung zu Klärchen Neuffer.

1823 Ostern: Erste Begegnung mit dem Schankmädchen Maria Meyer (»Peregrina« der Gedichte, »Elisabeth« im *Maler Nolten*).
15. 4.: Freundschaftsbund mit dem Schriftsteller Ludwig Bauer und mit Waiblinger. – Begegnung mit dem umnachteten Hölderlin. Mit den Freunden Lektüre des Ossian. Eigentlicher Beginn seines Dichtertums.

1824 Frühjahr: Angeregt durch das mysteriöse Schicksal Maria Meyers faßt M den Plan eines Trauerspiels. Im Herbst vernichtet er die Skizzen.
Juli: Gesundheitlicher Zusammenbruch und Rückkehr nach Stuttgart.
25. 8.: Plötzlicher Tod des Bruders August. Plan eines einaktigen Librettos für den Komponisten Louis Hetsch.
Ende Oktober: Rückkehr ins Tübinger Stift.

1825 Lockerung der Beziehungen zu Lohbauer und Waiblinger. Innige Freundschaft mit Ludwig Bauer. Gemeinsame Lektüre von Homer,

Ossian, Fouqué, Jean Paul. E. T. A. Hoffmann, Kerner, Uhland, Tieck, Freundschaft mit den Komponisten Louis Hetsch und Friedrich Kauffmann.
Herbst: David Friedrich Strauß und Friedrich Theodor Vischer treten in das Tübinger Stift ein.

1826 Oktober: Theologisches Abschlußexamen.
Dezember: Vikar, zunächst in Oberboihingen, dann in Möhringen. – Dramatische Pläne: »König Enzio« (nicht erhalten), *Die umworbene Musa, Spillner;* Libretto einer Oper »Ahasver« (nicht erhalten).
Aus der gemeinsam geschaffenen Fiktion des Sagenlandes Orplid schreiben M und Bauer Dramen: M: *Der letzte König von Orplid,* Bauer: *Der heimliche Maluff* und *Orplids letzte Tage.*

1827 31. 3.: Tod der Schwester Luise.
18. 5.: Vikar in Köngen. Starke Bedrückung durch die »Vikariatsknechtschaft«.
Mitte September: Reise nach Tübingen.
Im Winter: mehrmonatiger Urlaub in Nürtingen. Plan eines einaktigen Singspiels (um ein blindes Mädchen) für Hetsch.

1828 Ab 20. 2.: Aufenthalt in Scheer an der Donau bei dem Bruder Karl, Amtmann in Scheer. Liebe zu Josephine, der Tochter des Lehrers in Scheer.
Anfang Juni: Übersiedlung zum Vetter Heinrich M nach Buchau am Federsee. – Lektüre: Goethe-Schiller-Briefwechsel.
Juli: Als Begleiter seines Onkels Johann Gottlieb M Reise nach Bayern und München.
Herbst: Rückkehr nach Stuttgart. Vergeblicher Versuch, als freier Schriftsteller zu leben. Einen Vertrag mit der Franckhschen Buchhandlung (vom 12. 10.), »eine bestimmte Anzahl von erzählenden und anderen ästhetischen Aufsätzen« zu schreiben, löst M wieder (Dez.), da er nicht termingebunden arbeiten kann.
November: Beginn des *Maler Nolten.* Plan, ein »Journal für Kunst und ästhetische Unterhaltung« zu gründen.

1829 Mitte Januar: Reise von Nürtingen nach Scheer zu Bruder Karl.
Mitte Februar: Pfarrverweser in Pflummern.
19. 5.: Pfarrverweser in Plattenhardt auf den Fildern. Liebe zu der dreiundzwanzigjährigen Tochter des ehemaligen Plattenhardter Pfarrers, Luise Rau.
14. 8.: Verlobung mit Luise Rau.
Dezember: Versetzung nach Owen.

1830 Spätherbst: Beendigung des *Maler Nolten.*

1831 M's Bruder Karl wird wegen revolutionärer Umtriebe (im September) zu einem Jahr Festungshaft auf dem Hohen Asperg verurteilt.
Mai: Dreimonatiger Urlaub in Stuttgart in Johannes Mährlens Gartenhaus. Häufiger Theaterbesuch. Freundschaftlicher Umgang mit Hetsch, Lohbauer, Strauß, dem Historienmaler Eberhard Wächter,

dem Psychiater Albert Zeller und dem Schriftsteller Wilhelm Zimmermann.
Aufenthalt in Hohenheim, wo sein Bruder Louis studiert.
Reise nach Ulm und Oberschwaben.
Ende Juli: Pfarrverweser in Eltingen.

1832 21. 1.: Übernahme des Vikariats in Ochsenwang.
Lektüre: Grabbe, E. T. A. Hoffmann, Kotzebue, Lichtenberg, Logau, Jean Paul, Rousseau, Hans Sachs, Schelling, Spinoza und Tieck.
August: Erscheinen des *Maler Nolten* bei Schweizerbart.
Plan eines religiösen Romans *(Bruchstücke eines Romans)*.

1833 September/Oktober: Lösung der Verlobung mit Luise Rau.
Ende Oktober: Diakonatsverweser in Weilheim.

1834 Beginn des Opernlibrettos *Die Regenbrüder* für Ignaz Lachner.
März: Pfarrverweser in Owen.
April: Pfarrverweser in Öthlingen.
Mai: Ernennung zum Pfarrer von Cleversulzbach, wohin seine Mutter und seine Schwester Klara ihm folgen. – Lektüre: Bibel, Grimms Märchen, Bettina von Arnims Buch über die Günderode, Börne. – Eifriger Sammler von Münzen, Altertümern und Autographen.
Herbst: Aufzeichnungen über den Hausgeist Rabausch (= Eberhard Ludwig Rabausch, M's Amtsvorgänger in Cleversulzbach).
Veröffentlichung von *Miß Jenny Harrower* in der *Urania*.

1835 Frühjahr: Beendigung der Novelle *Der Schatz*.
Freundschaftliche Beziehungen zu Justinus Kerner in Weinsberg.

1836 Veröffentlichung von *Der Schatz* im *Jahrbuch schwäbischer Dichter und Novellisten* bei Balz.

1837 Freundschaft mit Hermann Kurz.
5. 8. bis Mitte September: Kuraufenthalt mit seiner Schwester Klara in Mergentheim. In Kerners Weinsberger Haus Begegnung mit Uhland, Emma von Niendorf und dem Liederkomponisten Karl Mayer.
Vorbereitung der ersten Gedichtausgabe. – Entstehung der humoristischen Gedichtsammlung *Sommersprossen von Liebmund Maria Wispel*.

1838 Frühjahr: Beendigung des Märchens *Der Bauer und sein Sohn*. Beginn der Arbeit an einer griechisch-römischen Anthologie.
Sommer: Urlaub mit der Mutter in Lauffen.
August: 1. Ausgabe der Gedichte bei Cotta.
Oktober: Besuch bei Hartlaub in Wermutshausen.
November bis Ende Dezember: Aufenthalt in Stuttgart; Begegnungen mit Grüneisen, Kerner, Lachner, Lindpaintner, Prinzessin Marie von Württemberg und anderen.

1839 April: Erscheinen von *Iris. Eine Sammlung erzählender und dramatischer Dichtungen* bei Schweizerbart. (Enthält: *Der Schatz, Die Regenbrüder, Der letzte König von Orplid, Lucie Gelmeroth, Der Bauer und sein Sohn.)*

22. 4.: Aufführung der *Regenbrüder*. M nimmt daran nicht teil. Im Auftrag der Schweizerbartschen Buchhandlung kauft M Abschriften von Schillerschen Familienbriefen, die er mit einem kurzen Geleitwort im 2. Band der Boas'schen *Nachträge zu Schillers Werken* herausgibt.

1840 Sommer: Mit Hartlaub Besuch bei Hetsch in Heidelberg.
September: Reise mit seinem Bruder Louis in die Schweiz (Thurgau).
Dezember: Veröffentlichung der *Classischen Blumenlese* bei Schweizerbart.

1841 26. 4.: Tod der Mutter.
Sommer: M schreibt im Auftrag von Regisseur Moritz für das Regierungsjubiläum König Wilhelms von Württemberg (27. 9. 1841) ein Singspiel, *Das Fest im Gebirge*. Die Aufführung unterbleibt.

1842 Oktober: Besuch bei Vetter Karl M in Neuenstadt; dort Begegnung mit Kauffmann und Strauß.

1843 Reise nach Nürtingen. Besuch bei Hölderlins Schwester, Durchsicht von Hölderlin-Manuskripten.
August/September: Pensionierung auf eigenen Wunsch.
19. 9.: M und seine Schwester Klara ziehen für ein halbes Jahr zu Hartlaubs nach Wermutshausen, wo M sein Haushaltsbuch beginnt.

1844 18. 4.: Umzug mit Klara nach Schwäbisch Hall. Petrefaktensammlung.
Herbst: Kur in Nürtingen.
1. 11.: Umzug nach Bad Mergentheim.
Eine von M besorgte Auswahl der Gedichte Waiblingers erscheint bei Heubel in Hamburg.

1845 April: M zieht in das Mergentheimer Haus des Oberstleutnants von Speeth. Dessen Tochter Margarethe wird die Freundin der Geschwister Mörike.

1846 Oktober: Veröffentlichung der *Idylle vom Bodensee* bei Schweizerbart.

1847 Auf Uhlands Empfehlung und Jakob Grimms Vorschlag erhält M für die *Idylle* den Tiedge-Preis.
Herbst: Besuch bei Hartlaub in Wermutshausen.
November: 2. Auflage der Gedichte bei Cotta (vordatiert auf 1848).

1848 August: Kur in Bad Teinach. Fahrt nach Möttlingen zu Pfarrer Johann Christoph Blumhardt, der durch Handauflegen M's Schmerzen lindert. – Aus politischen Gründen Zerwürfnis mit Hermann Kurz.

1850 Oktober bis Jahresende: Mit Klara Besuch bei Bruder Louis, Verwalter auf dem Pürkelgut bei Regensburg.

1851 April: Fahrt nach Stuttgart. Vergebliche Bemühungen, die Stelle eines Bibliothekars zu bekommen.
Reise mit Klara an den Bodensee; Plan, in Konstanz ein Mädchenpensionat zu gründen.
22. 4. bis 12. 6.: Aufenthalt in Egelshofen im Thurgau. Studium von Vischers *Ästhetik*. – Rückkehr nach Stuttgart.

15.10.: Beginn des literarischen Unterrichts (»Frauenzimmerlektionen«) am Stuttgarter Katharinenstift.
25.11.: Heirat mit der Katholikin Margarethe von Speeth (in Mergentheim). Wohnung in Stuttgart.

1852 Sommer: Besuch bei Hartlaubs in Wimsheim.
5.8.: Ernennung zum Dr. phil. h.c. durch die Universität Tübingen. Entstehung des *Stuttgarter Hutzelmännleins.*

1853 Plan zu einer poetischen Behandlung des Makkabäer-Stoffes.
Mai: Veröffentlichung des *Stuttgarter Hutzelmännleins* bei Schweizerbart.
Herbst: Kurzfristige Übernahme der Redaktion des *Beiblattes zur Metzlerschen Frauenzeitung, Der Salon.* – Veröffentlichung von *Die Hand der Jezerte* im *Kunst- und Unterhaltungsblatt.*

1854 Freundschaft mit Paul Heyse.

1855 Beginn der Freundschaft mit Emanuel Geibel.
26.4.: Geburt der Tochter Fanny.
Juli/August: Erstdruck von *Mozart auf der Reise nach Prag* in Cottas *Morgenblatt für gebildete Stände.*
15./16.8.: Besuch Theodor Storms bei M.
Dezember: Veröffentlichung zusammen mit Friedrich Notter: *Theokritos, Bion und Moschos* (Übersetzungen) bei Hoffmann in Stuttgart. Die *Mozart*-Novelle erscheint, vordatiert auf 1856, bei Cotta als Buch. M's stärkster Erfolg beim Publikum.

1856 Sommer: Angebot König Maximilians von Bayern, nach München überzusiedeln; M lehnt ab.
Herbst: 3. Auflage der Gedichte. – Veröffentlichung von *Vier Erzählungen (Der Schatz, Lucie Gelmeroth, Der Bauer und sein Sohn, Die Hand der Jezerte)* bei Schweizerbart.

1857 28.1.: Geburt der Tochter Marie.
Frühjahr: Besuch Friedrich Hebbels bei M.
Juli: Reise an den Bodensee.

1859 Frühjahr: Beschäftigung mit der Umarbeitung des *Maler Nolten*, die bis zu seinem Tode dauert, ohne abgeschlossen zu werden.

1861 Sommer: Besuch bei Hartlaubs in Wimsheim.

1862 Juli: Reise mit Mährlen in den Schwarzwald.
28.11.: Berufung durch den König von Bayern in das Kollegium des Maximiliansordens für Kunst und Wissenschaft.

1863 Herbst: Aufenthalt mit Schwester Klara und Tochter Marie in Bebenhausen.

1864 M erhält das Ritterkreuz des württembergischen Friedrichsordens. – 3. Auflage von Karl Mayers Gedichten, an deren Redaktion M beteiligt ist.
Juli: Veröffentlichung von *Anakreon und die Anakreontischen Lieder* bei Krais und Hoffmann in Stuttgart.
Freundschaft mit Moritz von Schwind.

1865 31. 1.: Besuch Iwan Turgenjews bei M.
November: M lehnt es ab, am Stuttgarter Polytechnikum Vorlesungen zu halten.

1866 Rege Freundschaft mit Vischer.
Sommer: Kuraufenthalt in Wemding (Bayern).
20. 11.: Beendigung der Lehrtätigkeit am Katharinenstift.

1867 Januar: Schwind schickt M die Zeichnungen zu *Das Pfarrhaus zu Cleversulzbach, Erzengel Michaels Feder, Das Märchen vom sichern Mann.*
Ende Mai: 4. Auflage der Gedichte bei Göschen.
Juni: Umzug mit Ehefrau Margarethe nach Lorch.

1868 Ende 1867/Anfang 1868: Rückkehr nach Stuttgart.
Ende Januar: Mit Klara nach Lorch.
Sommer: Schwind schickt M seine Illustrationen zur *Historie von der schönen Lau* und den *Vier Erzählungen.*

1869 November: Rückkehr von Lorch nach Stuttgart.

1870 Februar: Umzug nach Nürtingen.

1871 Wiederaufnahme der Beziehungen zu Hermann Kurz, der ihm die Aufnahme der *Mozart*-Novelle in den *Novellenschatz* mitteilt.
August: Umzug nach Stuttgart. Häusliche Zerwürfnisse mehren sich.

1872 November: 5. Auflage (Titelauflage) der Gedichte bei Göschen (vordatiert auf 1873).
Prachtausgabe der *Historie von der schönen Lau* mit Schwinds Zeichnungen (ebenfalls bei Göschen und vordatiert auf 1873).

1873 Frühjahr: Wachsende familiäre Spannungen, da Tochter Fanny sich gegen M's Willen verlobt.
Juli: Aufenthalt in Stöckenburg bei Hartlaubs.
August/September: Aufenthalt in Lorch.
12. 9.: M zieht mit Klara und Marie nach Fellbach bei Cannstatt; Margarethe und Fanny bleiben in Stuttgart.
November: Rückkehr nach Stuttgart.

1874 Juni/Juli: Aufenthalt in Bebenhausen bei der Familie Walther. Freundschaft mit Walthers und Wilhelm Hemsen. Begegnung mit Emil Kuh und Isolde Kurz.
Herbst: Letzter Besuch bei Hartlaub in Stöckenburg.

1875 Frühjahr: Beginn der schweren Krankheit.
Ende Mai: Versöhnung mit Margarethe.
4. 6.: Tod M's.
6. 6.: Beerdigung auf dem Stuttgarter Pragfriedhof. Grabrede von Friedrich Theodor Vischer.

Alphabetisches Verzeichnis der Gedichtüberschriften und -anfänge

Inhalt

J.K. ROWLING

Wat belangrijk is

Over het belang van verbeelding
en waarom fouten maken juist goed is

BOEKERIJ

ISBN 978-90-225-8370-8
ISBN 978-94-023-1095-5 (e-book)
ISBN 320

Oorspronkelijke titel: *Very Good Lives. The Fringe Benefits of Failure and the Importance of Imagination*
First published in the United States in 2015 by Little, Brown and Company, a division of the Hachette Book Group, Inc.
First published in Great Britain in 2015 by Sphere
Vertaling: Sabine Mutsaers
Omslagontwerp: DPS Design & Prepress Studio, Amsterdam
Illustraties: Joel Holland
Zetwerk: Text & Image, Assen

Wat belangrijk is

Universiteitshoofd Faust, leden van de Harvard Corporations en de Board of Overseers, leden van de faculteit, trotse ouders en vooral de afgestudeerden.

Thank You

Het eerste wat ik graag wil zeggen is 'bedankt'. Harvard heeft me niet alleen een buitengewone eer bewezen, maar door de weken van angst en misselijkheid die ik heb doorstaan bij de gedachte dat ik deze afstudeertoespraak zou gaan geven, ben ik ook nog eens afgevallen. Een win-win-situatie! Nu hoef ik alleen nog maar diep adem te halen, met half dichtgeknepen ogen naar de rode vlaggen te kijken en mezelf wijs te maken dat ik op 's werelds grootste Griffoendor-reünie ben.

Het geven van een afscheidstoespraak is een grote verantwoordelijkheid, althans, dat dacht ik toen ik terugblikte op mijn eigen afstuderen. De spreker van die dag was de eminente Britse filosoof barones Mary Warnock. De gedachte aan haar toespraak heeft me enorm geholpen bij het schrijven van de mijne – ik kan me namelijk geen woord van haar speech herinneren. Dankzij deze

bevrijdende ontdekking hoef ik niet bang te zijn dat ik jullie misschien onbedoeld zou aansporen om een veelbelovende carrière in de rechten, in het zakenleven of de politiek overboord te zetten en in plaats daarvan te kiezen voor het verrukkelijke vooruitzicht een homoseksuele tovenaar te worden.

Zie je wat er gebeurt? Als jullie in de komende jaren alleen de grap over de homoseksuele tovenaar onthouden, scoor ik al beter dan barones Mary Warnock. Haalbare doelen: de eerste stap in de zelfverbetering.

In werkelijkheid heb ik me suf gepiekerd over de vraag wat ik jullie vandaag zou moeten vertellen. Ik vroeg me af wat ik zelf graag had willen weten toen ik pas afgestudeerd was, en welke belangrijke lessen ik heb geleerd in de eenentwintig jaar tussen toen en nu.

The Importance of Imagination

Uiteindelijk heb ik twee antwoorden gevonden. Ik heb besloten om, op deze mooie dag waarop we bijeen zijn om jullie academische succes te vieren, het te gaan hebben over de voordelen van mislukkingen. En nu jullie aan de vooravond staan van wat soms 'het echte leven' wordt genoemd, wil ik graag het cruciale belang van de verbeeldingskracht benadrukken.

UNEASY

Het lijken misschien donquichotachtige of paradoxale keuzes, maar laat me even uitpraten.

Terugkijken naar mezelf als de eenentwintigjarige die ik bij mijn afstuderen was, is een enigszins ongemakkelijke ervaring voor de tweeënveertigjarige vrouw die ik nu ben. Een half leven geleden zocht ik moeizaam naar een evenwicht tussen de ambitie die ik voor mezelf had en datgene wat de mensen die het dichtst bij me stonden van me verwachtten.

PERSO
NA
QUIRK

Ik wist zeker dat er maar één ding was dat ik ooit zou willen doen: boeken schrijven. Maar mijn ouders, die allebei uit een arm gezin kwamen en geen van beiden gestudeerd hadden, waren van mening dat mijn overactieve fantasie niet meer was dan een amusante, merkwaardige eigenschap die me nooit in staat zou stellen een hypotheek af te lossen of een pensioen op te bouwen. Ik weet dat de ironie achteraf keihard toeslaat, als een aambeeld in een tekenfilm.

Dus zij hoopten dat ik een vak zou kiezen waar ik later wat aan had; zelf wilde ik Engelse literatuur studeren. Er kwam een compromis waar achteraf niemand blij mee was: ik ging moderne talen studeren. Mijn ouders waren nog niet goed en wel uit het zicht verdwenen of ik liet Duits vallen en koos voor de richting klassiek.

Ik kan me niet herinneren dat ik mijn ouders ooit heb verteld dat ik klassieke talen studeerde; het kan best zijn dat ze daar pas tijdens mijn afstuderen achter kwamen. Ik denk dat ze er van alle vakken op aarde maar moeilijk een hadden kunnen aanwijzen dat in hun ogen minder nuttig was dan Griekse mythologie – voor iemand die later de sleutel van de directietoiletten op zak wilde hebben.

Ik wil, tussen haakjes, graag duidelijk maken dat ik mijn ouders hun standpunt niet kwalijk neem. Je ouders ervan beschuldigen dat ze je de verkeerde richting op hebben gestuurd heeft een uiterste houdbaarheidsdatum: zodra je oud genoeg bent om zelf het stuur over te nemen, ligt de verantwoordelijkheid bij jou. Bovendien kan ik mijn ouders moeilijk verwijten dat ze hoopten dat ik nooit arm zou hoeven zijn. Ze hadden de armoede zelf ervaren, en ik ben daarna óók arm geweest en ik ben het met ze eens dat dat niet bepaald verheffend is. Armoede brengt angst, stress en soms depressies met zich mee, en het betekent dat je duizenden kleine vernederingen en ongemakken moet ondergaan. Op eigen kracht aan de armoede ontkomen, dát is iets om trots op te zijn, maar het romantiseren van de armoede zelf is iets wat alleen dwazen doen.

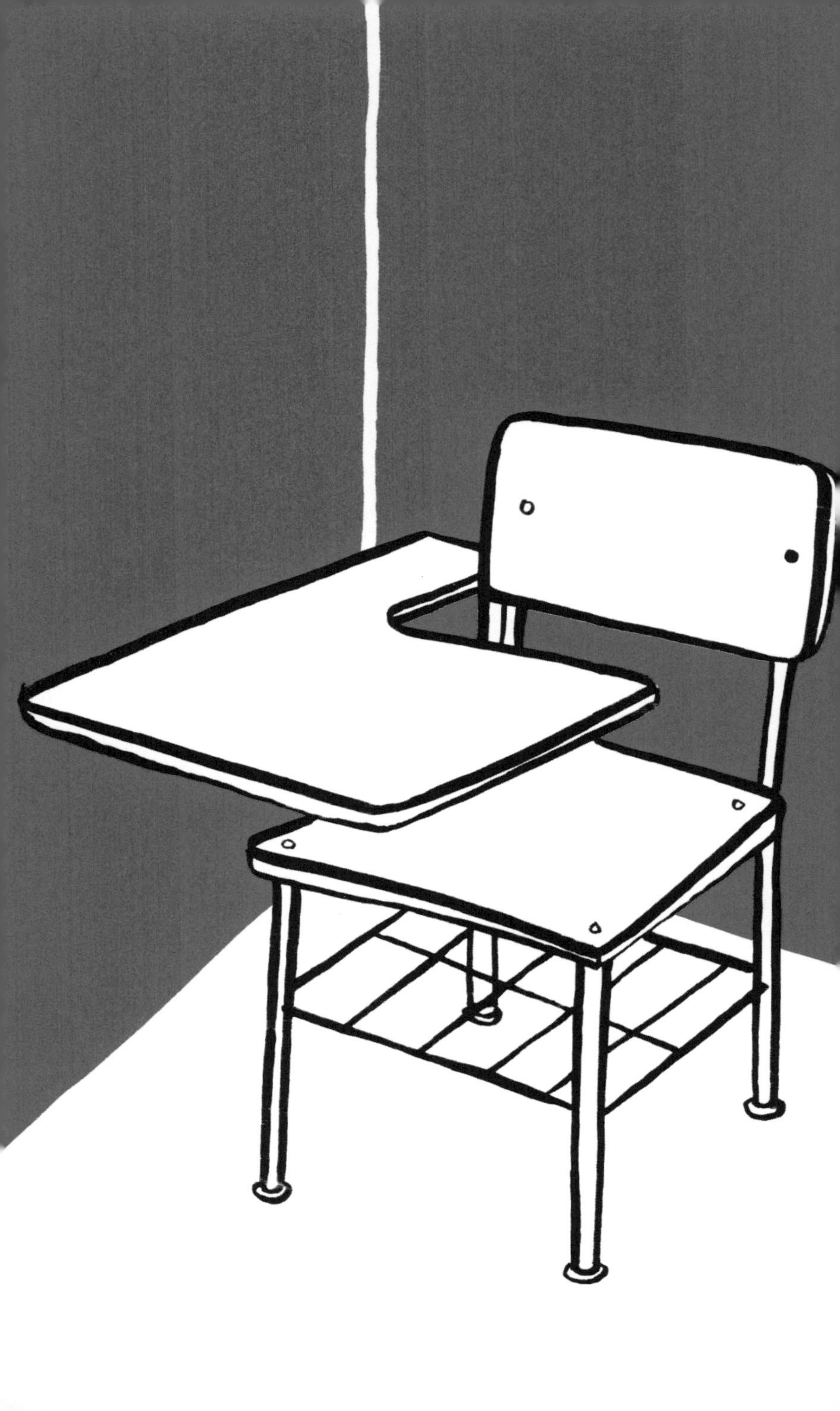

Waar ik zelf het bangst voor was op jullie leeftijd was niet om arm te worden, maar om te mislukken.

Ondanks een uitgesproken gebrek aan motivatie en het feit ik op de universiteit veel te veel tijd doorbracht met het schrijven van verhalen in de koffiebar en veel te weinig in de collegezaal, wist ik wel steeds te slagen voor mijn tentamens, en dat was jarenlang de maatstaf voor succes – in mijn leven en dat van mijn vrienden.

Ik ben niet zo dom om ervan uit te gaan dat jullie, alleen omdat je jong, talentvol en hoogopgeleid bent, nooit tegenspoed of verdriet hebben gekend. Talent en intelligentie hebben nog nooit iemand ingeënt tegen de grillen van het lot, en ik ga er dan ook geen moment van uit dat iedereen hier een leven van louter voorrecht en tevredenheid leidt.

Echter, het feit dat je nu afstudeert aan Harvard suggereert wel dat je niet veel mislukking hebt gekend in je leven. Misschien is de angst om te mislukken wel net zo'n sterke drijfveer als het verlangen naar succes. Het zou goed kunnen dat jullie opvatting van mislukken niet ver verwijderd is van wat de gemiddelde mens verstaat onder succes, zo ver hebben jullie het al geschopt.

SO HiGH
HAVE
YOU
ALREADY
FLOWN

"I was the biggest failure I knew"

Uiteindelijk bepaalt iedereen zelf wat mislukken inhoudt, maar de wereld staat te popelen om je een aantal criteria in te wrijven, als ze de kans krijgt. Ik denk dat ik gerust kan stellen dat ik, naar de gebruikelijke maatstaven, amper zeven jaar na mijn afstuderen een gigantische mislukking was. Een buitengewoon kortstondig huwelijk was stukgelopen, ik was werkloos, een alleenstaande moeder en zo arm als je maar kunt zijn in het hedendaagse Groot-Brittannië, al had ik nog wel een dak boven mijn hoofd. Wat mijn ouders voor me hadden gevreesd, en ikzelf ook, was uitgekomen, en ik was naar alle doorsneecriteria de grootste mislukkeling die ik kende.

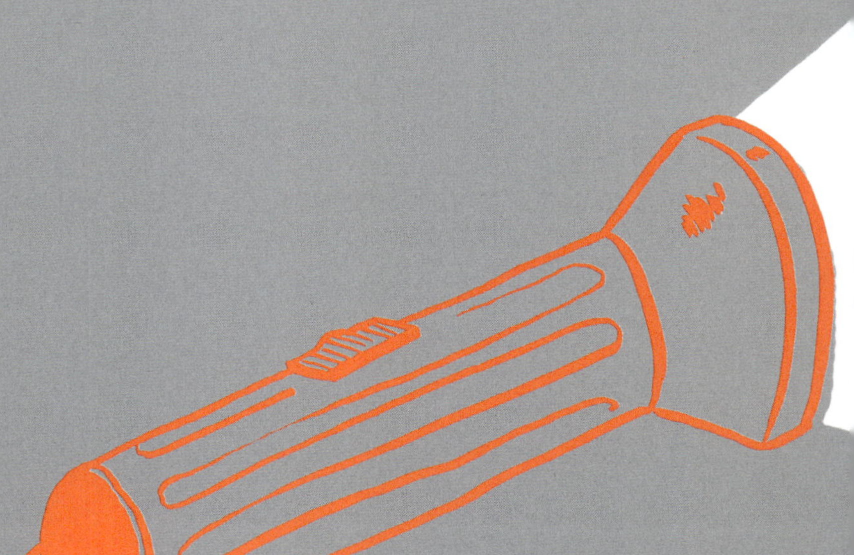

Nu ga ik hier niet beweren dat het leuk is om te mislukken. Die periode in mijn leven was duister en akelig, en ik had geen flauw benul dat er ooit een sprookjeswending zou komen – zoals de pers het sindsdien steevast noemt. Ik had ook geen idee hoe lang die donkere tunnel nog zou zijn, en een hele tijd was het licht aan het einde ervan veel meer hoop dan werkelijkheid.

Waarom begin ik dan nu over de voordelen van mislukken? Eenvoudigweg omdat alles wat niet essentieel was wegviel. Ik maakte mezelf niet langer wijs dat ik iets was wat ik in werkelijkheid niet was, en ik stak al mijn energie in het afmaken van het enige werk dat er voor mij toe deed. Als ik geslaagd was op een ander gebied, dan was ik misschien nooit zo vastbesloten geweest om te sla-

gen op dat ene terrein waar ik voor mijn gevoel echt thuishoorde. Het was een bevrijding: mijn grootste angst was toch al werkelijkheid geworden en ik leefde nog, ik had een dochter van wie ik zielsveel hield, ik had een oude typemachine en een omvangrijk idee. En zo werd de bodem van de put het stevige fundament waarop ik mijn leven opnieuw bouwde.

Jullie zullen het misschien nooit ervaren op dezelfde schaal als ik het destijds ervoer, maar enige mate van mislukking is onontkoombaar in het leven. Je kunt onmogelijk een leven leiden waarin nooit iets misgaat, tenzij je zo voorzichtig bent dat je net zo goed niet had kunnen leven – en in dat geval is dát juist je mislukking.

Dat het misliep gaf mij een innerlijke zekerheid die het slagen voor mijn tentamens me nooit had gegeven. Het bezorgde me inzicht in mezelf zoals ik dat op geen enkele andere manier had kunnen verkrijgen. Ik ontdekte dat ik een sterke wilskracht bezat, en meer discipline dan ik had gedacht; bovendien kwam ik erachter dat ik vrienden had die meer waard waren dan robijnen.

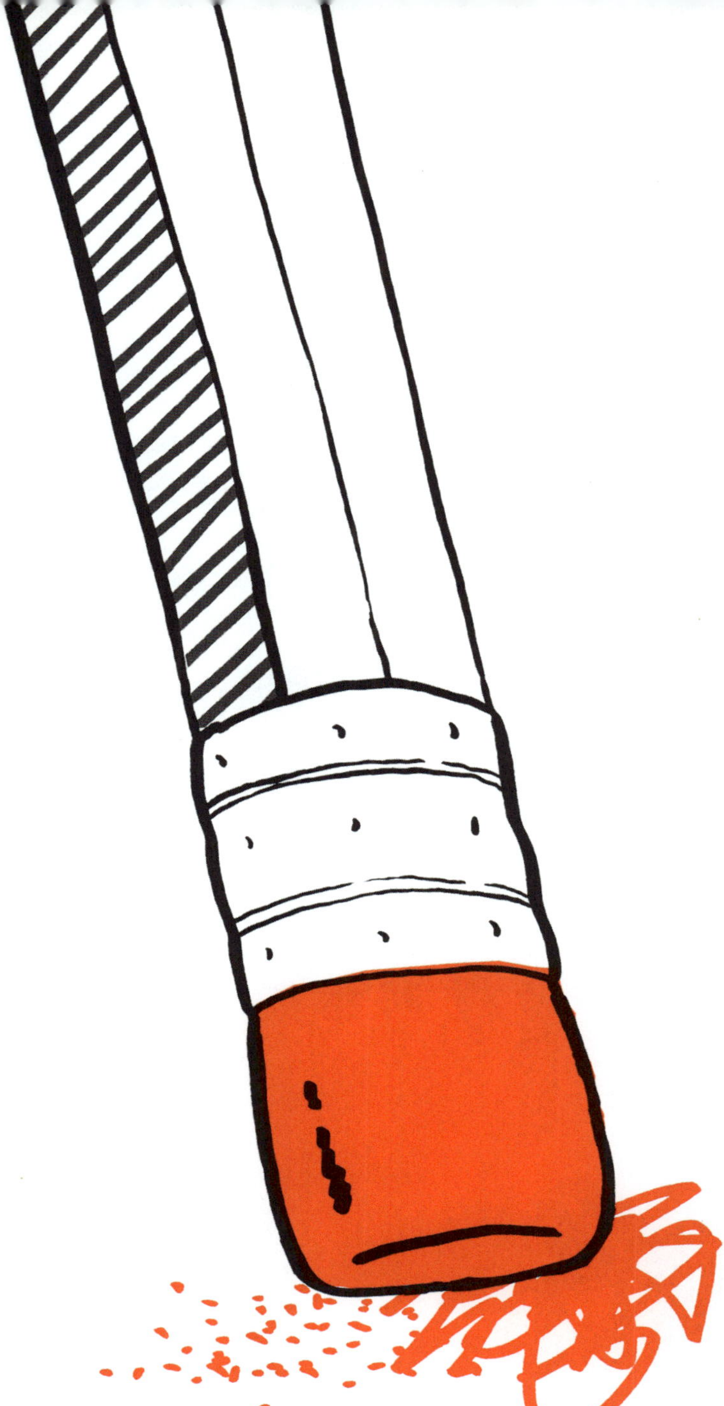

Daar, in mijn kantoortje, las ik haastig neergekrabbelde brieven, afkomstig uit landen met totalitaire regimes, meegesmokkeld door mannen en vrouwen die een gevangenisstraf riskeerden om de buitenwereld te informeren over wat er met hen gebeurde. Ik zag foto's van mensen die spoorloos verdwenen waren, foto's die naar Amnesty waren gestuurd door hun wanhopige families en vrienden. Ik las de verklaringen van de slachtoffers van marteling en zag foto's van hun verwondingen. Ik opende handgeschreven ooggetuigenverslagen van standrechtelijke veroordelingen en executies, van ontvoering en verkrachting.

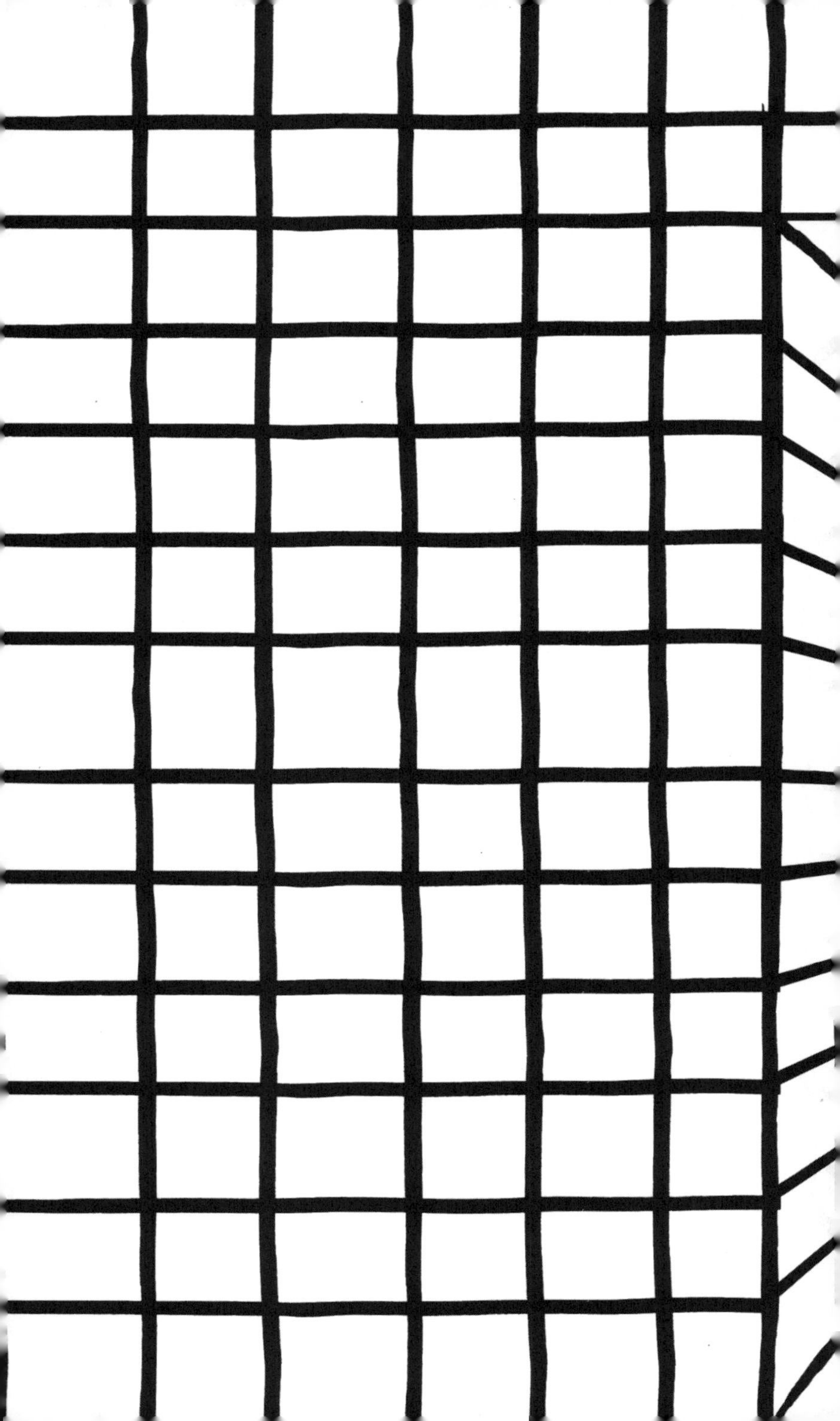

Veel van mijn collega's waren voormalige politieke gevangenen, ontheemden en mensen die gevlucht waren en in ballingschap leefden omdat ze het lef hadden gehad zich uit te spreken tegen het bewind in hun vaderland. Onder de bezoekers aan ons kantoor waren ook mensen die informatie kwamen doorgeven of juist probeerden te achterhalen wat er was gebeurd met degenen die ze hadden moeten achterlaten.

Nooit zal ik dat ene Afrikaanse martelingsslachtoffer vergeten, een jongeman die niet ouder was dan ik destijds en die geestesziek was geworden na alles wat hij in zijn thuisland had moeten doorstaan. Hij trilde onbeheersbaar terwijl hij voor een videocamera vertelde over de gruweldaden die hem waren aangedaan. Hij was een kop

groter dan ik en leek kwetsbaar als een kind. Ik kreeg de taak toegewezen om hem na afloop naar de metro te brengen, en deze man, wiens leven was verwoest door wreedheden, pakte uiterst hoffelijk mijn hand en wenste me veel geluk in de toekomst.

A SCREAM OF PAIN AND HORROR

Wat me de rest van mijn leven ook zal bijblijven is dat ik, terwijl ik door een verlaten gang liep, opeens achter een gesloten deur een luide kreet van pijn en afschuw hoorde; een geluid zoals ik later nooit meer heb gehoord. De deur ging open en de onderzoeker die haar hoofd om de hoek stak vroeg me gauw een beker thee of koffie te halen voor de jongen die bij haar binnen zat. Ze had hem zojuist het nieuws moeten brengen dat, als vergelding voor zijn onverbloemde uitspraken over het regime in zijn land, zijn moeder was opgepakt en geëxecuteerd.

Ik was begin twintig en werd er elke werkdag aan herinnerd hoezeer ik het had getroffen omdat in een land woonde met een democratisch gekozen regering, waar iedereen recht had op een advocaat en een openbare rechtszaak.

Ik kreeg met de dag meer bewijzen onder ogen van het kwaad dat de mens zijn medemens aandoet om macht te verkrijgen of te behouden. Ik kreeg nachtmerries, letterlijk, van alles wat ik zag, hoorde en las.

En toch heb ik bij Amnesty International meer geleerd over de goedheid van de mens dan ik ooit eerder had ervaren.

Amnesty mobiliseert duizenden mensen die nooit gemarteld of gevangengenomen zijn vanwege hun opvattingen om te handelen namens degenen voor wie dat wél geldt. Dat is de kracht van het inlevingsvermogen van de mens, dat leidt tot collectieve actie waardoor levens gered worden en gevangenen bevrijd. Gewone mensen, wier persoonlijke welzijn en veiligheid verzekerd zijn, slaan in groten getale de handen ineen om anderen, mensen die ze niet kennen en nooit zullen ontmoeten, te redden. Mijn kleine bijdrage aan dat proces was een van de meest nederig stemmende, inspirerende ervaringen in mijn leven.

Anders dan alle andere levende wezens op deze planeet kan de mens iets leren en begrijpen zonder het zelf te ervaren. Mensen kunnen zich met hun gedachten verplaatsen in de levens van anderen.

Op zich is dat vermogen, net als mijn vorm van fictieve magie, moreel neutraal. Iedereen kan deze gave aanwenden, net zo goed om te manipuleren of te heersen als om begrip en medeleven te tonen.

"They can *think* themselves into *other* people's places"

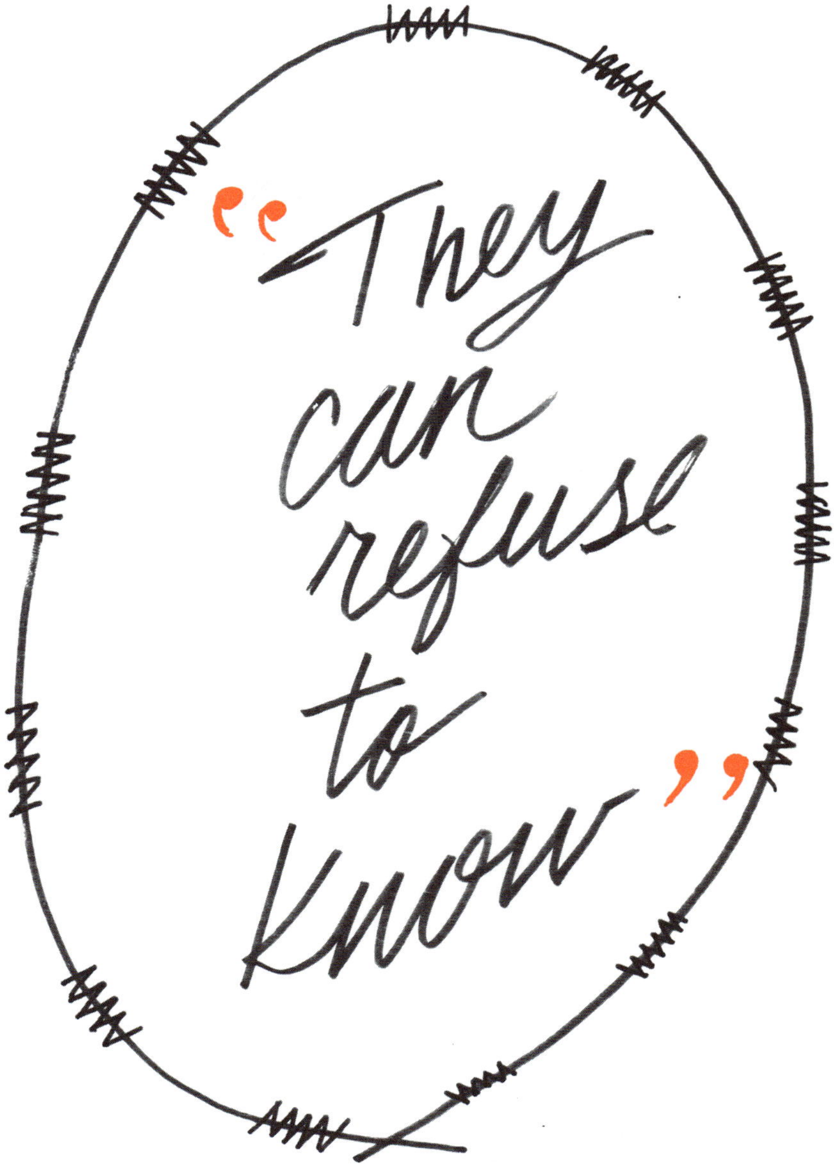
"They can refuse to know"

En veel mensen doen liever helemaal niets met hun verbeeldingskracht. Ze kiezen ervoor om comfortabel binnen de grenzen van hun eigen ervaringen te blijven en nemen nooit de moeite om zich af te vragen hoe het zou zijn als ze ergens anders geboren waren. Zij kunnen weigeren het geschreeuw te horen of in een kooi te gluren; zij kunnen hun hoofd en hart afsluiten voor al het lijden dat hen niet persoonlijk aangaat; ze kunnen weigeren te weten.

Ik zou in de verleiding kunnen komen om mensen die zo leven te benijden, alleen denk ik niet dat zij minder nachtmerries hebben dan ik. De keuze om te leven binnen een beperkte ruimte leidt tot een vorm van mentale pleinvrees, en die brengt weer zijn eigen angsten met zich mee. Ik denk dat mensen die willens en wetens leven zon-

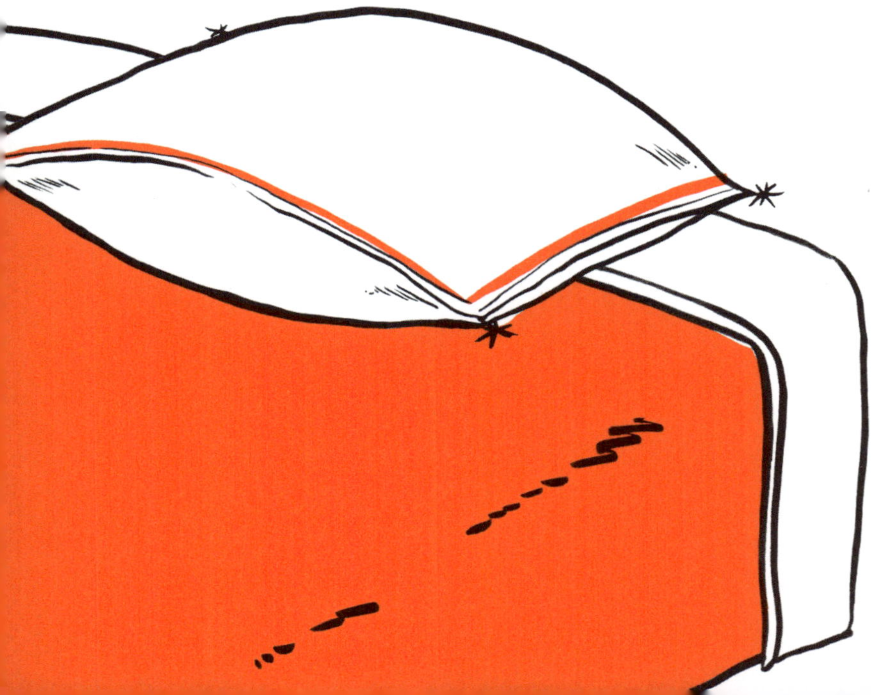

der fantasie méér monsters zien dan anderen. Ze zijn vaak banger.

En wat belangrijker is: zij die ervoor kiezen zich niet te verplaatsen in anderen, maken ruimte voor de echte monsters. Want zonder zelf ooit een ronduit kwaadaardige handeling te plegen, spannen we er door onze eigen apathie wel degelijk mee samen.

Een van de vele dingen die ik heb geleerd tijdens mijn uitstapje naar de klassieken op mijn achttiende, op zoek naar iets wat ik toen niet kon definiëren, was het volgende, geschreven door de Griekse auteur Plutarchus: 'Wat we innerlijk bereiken zal de realiteit van de buitenwereld veranderen.'

Dat is een verbluffende constatering, en tegelijkertijd een die dagelijks duizend keer wordt bewezen. Het is deels een uitdrukking van onze onontkoombare band met de buitenwereld, het feit dat we de levens van anderen raken, eenvoudigweg door te bestaan.

N
E
S
W

Maar hoeveel groter is de kans dat jullie, Harvard-lichting 2008, de levens van anderen zullen beïnvloeden? Jullie intelligentie bezorgt jullie, samen met het talent om hard te werken en de opleiding die jullie hebben verdiend en gekregen, een unieke status en unieke verantwoordelijkheden. Jullie onderscheiden je zelfs door je nationaliteit. De grote meerderheid hier behoort tot 's werelds enig overgebleven grootmacht. De manier waarop jullie stemmen, leven en demonstreren, de druk die jullie uitoefenen op je regering: dat alles heeft een impact die jullie grenzen ver overschrijdt. Dat is jullie privilege, en een last die op jullie drukt.

Als je ervoor kiest je status en je invloed te gebruiken om je stem te verheffen uit naam van degenen die geen stem hebben; als je ervoor kiest je niet alleen te identificeren met de machtigen op aarde, maar ook met de machtelozen; als je vasthoudt aan het vermogen om je te verplaatsen in het leven van degenen die niet jouw gunstige omstandigheden hebben, dan zullen niet alleen trotse familieleden je bestaan vieren, maar ook duizenden, miljoenen mensen wier realiteit je hebt helpen veranderen. We hebben geen magie nodig om onze wereld te transformeren; alles wat daarvoor nodig is dragen we al bij ons. Wij hebben het vermogen om ons betere omstandigheden voor te stellen.

Ik ben bijna klaar. Ik heb nog één laatste wens voor jullie, en dat is iets wat ik op mijn eenentwintigste al had. De vrienden met wie ik in de zaal zat bij mijn afstuderen zijn al mijn hele leven mijn vrienden. Zij zijn de peetooms en -tantes van mijn kinderen, degenen bij wie ik terechtkon als ik het echt moeilijk had, mensen die zo aardig zijn geweest me niet voor de rechter te slepen omdat ik hun namen heb gebruikt voor Dooddoeners. Wat ons verbond bij ons afstuderen was een enorme genegenheid, de gezamenlijke ervaring van een tijd die nooit terug zou komen en natuurlijk ook de wetenschap dat we fotografisch bewijs hadden dat uitzonderlijk waardevol zou zijn mocht een van ons zich verkiesbaar stellen als premier.

Daarom wens ik jullie vandaag niets beters toe dan soortgelijke vriendschappen. En ik hoop dat als jullie je morgen geen woord herinneren van mijn toespraak, jullie nog wel terugdenken aan de woorden van Seneca, een van die andere oude Romeinen die ik tegenkwam toen ik koos voor de klassieken, op de vlucht voor carrièreladders, op zoek naar eeuwenoude wijsheden:

'Voor het leven geldt hetzelfde als voor een verhaal: waar het om gaat is niet hoe lang het is, maar hoe goed.'

Ik wens jullie allemaal een heel goed leven. Hartelijk dank.

I wish you all very good lives

Over de auteur

J.K. Rowling is auteur van de *Harry Potter*-boeken, die vele records hebben gebroken en onderscheidingen hebben opgeleverd. De reeks is geliefd bij fans over de hele wereld en er zijn 500 miljoen exemplaren van verkocht, met vertalingen in meer dan tachtig talen, en de acht verfilmingen zijn grote kaskrakers geworden. Rowling heeft drie bijbehorende boekdelen geschreven voor het goede doel: *Zwerkbal door de eeuwen heen* en *Fabeldieren en waar ze te vinden* (ten bate van Comic Relief en Lumos), *De vertelsels van Baker de Bard* (voor Lumos) en een filmscript geïnspireerd op *Fabeldieren en waar ze te vinden.* J.K. Rowling heeft ook meegewerkt aan een toneelstuk, *Harry Potter and the Cursed Child*

Parts One and Two (Harry Potter en het vervloekte kind, deel een en twee) dat in de zomer van 2016 in première is gegaan in West End in Londen.

J.K. Rowling heeft vele onderscheidingen op haar naam staan, waaronder de Orde van het Britse Rijk voor haar bijdrage aan de kinderliteratuur, de Franse Légion d'honneur en de Hans Christian Andersen Award. Ze steunt een aantal goede doelen via haar liefdadigheidsinstelling Volant en is tevens oprichter en voorzitter van Lumos, een charitatieve instelling die als doel heeft wereldwijd een eind te maken aan het in tehuizen plaatsen van kinderen en ervoor te zorgen dat kinderen opgroeien in een veilige, liefdevolle omgeving.